연민의 시학

연민의 시학

—

김현정 평론집

대전·충청의 문학과 로컬리티

역락

첫 평론집을 세상에 내보낸다. 1999년『작가마당』에 비평을 발표하여 문단에 얼굴을 내민 지 스무 해 만의 일이다. 아직도 뉴밀레니엄 시대를 앞둔 늦가을에 설렘과 두려움을 지닌 채 비평의 길로 들어선 때를 잊지 못한다. '지금 여기'의 작품을 올바르고 균형있게 평가하라는 소중한 임무를 부여받게 된 것이다. 이후 많은 작품을 '비평'의 이름으로 제자리에 자리매김하려고 노력하였다. 그동안 발표한 비평 중 '연민'을 노래한, '대전·충청지역'의 시인(시)에 관한 비평을 모아 한 권의 평론집으로 묶는다.

연민을 처음 느끼게 된 것은 신동엽 시인을 통해서였다. 그의 장편서사시『금강』을 비롯하여 많은 시들에 담긴 휴머니티를 통해, 그리고 당시 여러 가지의 일로 분주하고 건강이 좋지 않았음에도 충남 부여의 고향 문우들과의 약속을 꼭 지키려 했던 그의 인간적인 모습을 통해 연민을 엿보게 된 것이다. 이후 조재훈, 정의홍, 김강태, 윤중호, 정낙추, 이진수, 최은숙, 조민정, 김규성 시인 등의 시에 투영된 연민의식을 발견할 수 있었다.

필자는 대전·충청지역에서 나고 자라고 교직에 몸담게 된 것을 커다란 행운으로 여기고 있다. 이를 통해 이 지역과 연고가 있는 많은 시인과 시를 만나게 되었고, 그에 대한 비평도 할 수 있었기 때문이다. 이곳에 머물며 대전·충청지역 문인들의 상흔과 연민, '지금 여기'의 시문(詩紋)을 살피고, 지역 문단의 소리도 경청할 수 있었다.

이 책은 5부로 나누어져 있다. 1부는 '시와 현실, 그리고 지역'으로, 시와 리얼리티, 지역문학과 소수자문학, 해방기 문학 자료의 발굴 및 소개, 대전 현대시의 흐름과 충북 근현대 문인의 활동과 영향에 대해 두루 살폈다. 이상필, 박용래, 박희선, 오탁번, 권오순 시인 등을 만날 수 있을 것이다. '지역문학과 소수자문학', '해방기 대전문학과 『현대』', 이 두 편의 글은 책의 구성에 맞게 제목을 약간 수정했음을 밝힌다.

2부는 작고 시인들을 다룬 시인론에 해당된다. 신동엽, 임강빈, 정의홍, 홍희표, 김강태, 윤중호, 박문성 시인에 대해 조망해 본 글이다. 근대성과 휴머니티를 다룬 신동엽론을 비롯하여 시집에 묶이지 않은 시들을 분석한 임강빈론, 자유와 민주, 사랑의 시를 다룬 정의홍론, 한밭풍물시의 미학적인 면을 살펴본 홍희표론, 동행을 통해 터득한 사랑을 다룬 김강태론, 고향과 금강에서 삶의 시원을 찾는 과정을 분석한 윤중호론, 짧은 생이었지만 많은 여운을 남긴 시를 살펴본 박문성론이 수록되어 있다.

3부는 대전·충청지역과 연고가 있는 시인 및 지역에서 활동하는 시인들의 시세계를 다루어 보았다. 조재훈 시인을 시작으로 김윤배, 구재기, 강신용, 이창식, 조민정, 김우식, 김규성, 박권수, 윤임수, 이정섭, 이진수, 최은숙 시인의 시세계를 그려보았다. 지역의 고유성과 특이성이 담긴 시인들의 따뜻한 연민의식을 엿볼 수 있을 것이다.

4부는 지역 시인들의 시집 서평을 한 자리에 모아 보았다. 나태주, 박만진, 이은봉, 정낙추, 양문규, 성배순, 박종빈, 고완수 등의 시집에 대한 서평을 통해 지역문학의 다양한 색채를 볼 수 있을 것이다. 그리고 청탁에 의한 글이다 보니 이 지역 시인이 아닌 시인의 시집도 함께 살피게 되었음을 밝혀둔다.

5부는 지역 동인지와 문학단체의 시선집에 담긴 지역 시인들의 목소리가 담긴 장이다. 신진 시인부터 중견 시인에 이르기까지 시를 통해 표출되는 그들의 다양한 소리를 청취하고자 하였다. 지역 문단의 새로운 활력을 불어넣고 있는 그들의 진지한 목소리에서 희망을 읽을 수 있을 것이다.

첫 평론집을 내는 과정에서 많은 분들에게 빚을 졌다. 대전·충청지역을 연고로 한 작고 시인과 현역 시인들, 글이 실리고 독자들에게 읽힐 수 있는 공간을 마련해 준 잡지사 및 편집위원들, 그리고 비평을 읽고 애정이 담긴 질책과 격려를 해준 모든 독자 분들께 감사를 드린다. 그들의 따뜻함과 엄정함, 기대감이 이 평론집을 만들어준 것이다. 어려운 환경 속에서도 예쁘고 멋지게 평론집을 내주신 역락출판사의 이대현 사장님과 박태훈, 이태곤 이사님, 그리고 편집부 직원들께도 고마움을 전한다. 부족한 역량으로 비평의 길을 걸어가는 모습을 묵묵히 지켜보며 응원해 준 가족에게도 고마움의 인사를 보낸다.

2021년 겨울
김현정

차례

책머리에 · 5

제1부 시와 현실, 그리고 지역   11

시와 리얼리티   13

지역문학과 소수자문학   28

해방기 대전문학과 『현대』   41

대전 현대시의 흐름과 정체(正體)   61

충북 근현대 문인의 활동과 영향   77

제2부 시인의 상흔과 연민   101

근대성과 휴머니티 - 신동엽론   103

시집에 묶이지 않은, 아름다운 숨은 꽃 - 임강빈론   118

자유와 민주 또는 사랑을 위하여 - 정의홍론   132

한밭풍물시의 미학 - 홍희표론   144

동행, 사랑에 이르는 길 - 김강태론   166

고향 그리고 금강, '삶의 문학'의 시원(始原) - 윤중호론   183

간결직절한 삶과 문학, 긴 여운 - 박문성론   204

제3부 '지금-여기'의 시문(詩紋)   217

시적인 삶과 진실의 문학 - 조재훈의 시세계   219

맑은 영혼 혹은 자유를 위한 고뇌 - 김윤배의 신작시   230

자연의 노래, 화엄의 노래 - 구재기의 신작시   240

여백의 미, 동행의 미 - 강신용의 신작시   252

불교적 상상력과 유랑의식 - 이창식의 시세계   260

연민의 시학 - 조민정의 시세계   279

천변풍경과 모정의 그늘 - 김우식의 시세계   299

진정(眞情)의 삶, 진정(眞正)의 문학 - 김규성의 시세계   319

치유를 넘어 소통으로 - 박권수의 시세계   340

'그늘'의 시학 - 윤임수의 시세계   354

'생'의 치열함, 참 맑은 고행 - 이정섭의 신작시   364

동행의 두 변주 - 이진수와 최은숙의 신작시를 중심으로   374

제4부 '시집'의 이름들   389

길과 경계, 그리고 자아성찰 - 이수익, 나태주, 허영숙, 고완수 시집   391

흐름 혹은 어우러짐의 미학 - 박만진 시선집   409

식물적 상상력과 '생활'의 미 - 이은봉, 성배순 시집   422

'귀꽃'의 이름으로 - 권덕하 시집   434

세상을 사랑하는 두 방식 - 김승희, 양문규 시집   438

훼손된 삶의 복원, 현실 속의 희망 - 정낙추, 박성우 시집   452

말랑말랑함, 노마드적 상상력의 힘 - 박종빈, 정겸 시집   465

제5부 지역 문단의 소리   479

'불후의 문학'을 꿈꾸며 - 『대전충남시선』   481

어울림, 따뜻한 세상을 만드는 힘 - 『젊은시』   497

문학의 진실, 진실의 문학 - 『대전작가시선』   517

살아있는 문학, 새로운 공동체를 꿈꾸며 - 『큰시』   542

1부

시와 현실,
그리고 지역

시와 리얼리티

1. 사색, '나'를 찾기 위한 길

시는 '그리움'을 매개로 한다. 잃어버린, 혹은 잊혀진 그리운 대상들을 끊임없이 호명하여 시로서 자리매김하기 때문이다. 그 그리움은 대상의 부재를 통해 나타나며, 긍정의 기억을 전제로 한다. 이러한 그리움은 '기억'의 현실과 '지금 여기'의 현실의 거리가 멀수록 더 간절해진다. 결국 현실에서의 결핍에 의해 그리움이 생겨나고, 그 욕망을 채우기 위해 그리움이 존재하는 것이다. 그러나 그리움으로 인한 결핍 욕망의 충족은 일시적이기에 이후에도 그리움은 지속적으로 등장하게 된다. 정희성 시인이 "아마도 시는 닿을 수 없는 그리움인게라고/ 보고 싶어도 볼 수 없는 마음인게라고"(「시를 찾아서」) 노래한 것도, 윤중호 시인이 "덧없어, 참 덧없어서 눈물겹게 아름다운 지친 행상길"(「시」)이라고 표현한 것도 같은 맥락이라 할 수 있다. 자신의 길을 묵묵히 걸어온 아름답고 숭고한 대상에 대한 그리움을 시로 보고 있는 것이다.

오늘날의 현실은 자본의 논리가 점점 확대되어 인간보다는 물질이나 기계가 점점 중요시되고 있다. 이러한 현실에서 탈출하기 위해 우리는 '사색'을 하게 된다. '사색'을 통해 일상화되어 있는 현실에서 원래의 모습으로의 회귀를 꿈꾸며, 획일적이고 무기력한 일상적인 삶에서의 탈피를 시도한다. 이처럼 '사색'은 우리의 삶의 '원형'을 엿보게 하고, 신동엽이 말한 '원수성(元數性)의 세계' 또는 '귀수성(歸數性)의 세계'를 탐색하게 하는 동력으로 작용한다.

> 추일레에서 촘롱 가는 해발 2,050m
> 가파른 산기슭에 자리잡은 학교
> 돌을 쌓아 만든 어두운 교실에서
> 아이들이 글을 읽고 있습니다.
> 불이 없어서 걱정이 되었는지
> 아득한 계곡에서 올라온 구르중강의 물소리가
> 한 줄 두 줄 짚어주는 대로
> 천상의 소리를 내며 글을 읽고 있습니다.
> 계단식 다랑이 밭의 보리가 엿들으며 푸르게 자라고
> 보리밭에 듬성듬성 유채꽃도 귀를 기울이고 있다가
> 바람이 스치면 화들짝 놀라 노랗게 흔들립니다.
> 지나가는 구름도 멈칫멈칫 들여다봅니다
> 그래그래, 풀을 뜯던 소들도 고개를 주억거립니다.
> ― 정용기, 「구르중초등학교」 전문

히말라야의 산 기슭에 있는 구르중초등학교의 아름다운 풍경을 엿볼 수 있는 시이다. 우리나라의 분교처럼 작고 아담한 학교에서 들려오는 아이들의 글 읽는 소리는 도시 학생들의 책 읽는 소리와는 사뭇 다르다. 천상의 소리이자 자연의 소리인 구르중강의 물소리가 함께 하기 때문이다.

이 두 소리의 어울림은 보리도 푸르게 자라게 하고 유채꽃도 피우게 하고 풀을 뜯는 소를 즐겁게 하기도 한다. 깨끗하고 맑은 물소리와 순수한 아이들의 글 읽는 소리가 어우러졌기에 가능한 것이다. 자연과 인간이 하나 된 모습이다. 우리가 원초적으로 느꼈던, 시원(始原)의 이미지이다. 입시 위주의 우리나라의 교육 현실과는 너무나 거리가 먼 이야기이다. 경쟁 위주의 스트레스를 감당하지 못해 스스로 목숨을 끊는 학생들이 늘어나고, 대안학교를 찾아 떠나는 우리의 교육현실과는 많이 다르다. 그러나 주목해야 할 점은 구르중초등학교의 모습이 우리의 옛 모습과 크게 다르지 않다는 사실이다. '입시' 위주가 아닌 '인성'이 중시되는 교육, 서로의 경쟁보다는 더불어 사는 삶의 지혜를 배우는 그들의 교육과 우리의 전통 훈육방식이 유사하다는 점이다. 결국 시인은 네팔의 히말라야 산에 위치한 작은 학교의 모습에서 오늘날 우리 교육의 문제점을 풀 실마리를 찾고 있는 것이다. '사색'을 통해 '히말라야의 산'에 위치한 마을의 이면을 보고, 자연과 함께 하는 산 교육의 모습을 발견한 것이다.

국도에서 바닷가를 향해 갈라지는 길
입구에, 한 할아버지가 힘겹게 발걸음을 떼고 있다.
잔뜩 꼬부라진 허리 때문에 길이 오히려
노인의 배꼽 쪽으로, 가랑이 사이로 파고드느라 여러 굽이 시꺼멓게
꿈틀대며 애를 먹는다.
우리는 휑하니 차를 몰아 이 곳 저 곳 포구를 돌아보고
올망졸망한 섬 풍경 앞에 내려 히히거리다 다시
국도 쪽으로 되돌아 나왔다. 길 입구, 이제 겨우
삼 백여 미터 앞에서 또
좀 전에 지나친 노인을 만났다. 지팡이도 없는 더딘 발걸음의 저

오랜

　말씀.

　ㄱ자의 짐은 ㄱ자이다.

　흐린 시선으로 짚어낸 길바닥엔 시시각각 채 썬 중심이 촘촘하겠다.

　그 등허리에 실린 열 손가락,

　두 손끼리 가끔 매만지며 느리게 간다.

- 문인수, 「뒷짐」 전문

　　빠름과 느림의 대비를 통해 자아성찰하는 모습을 보여주고 있는 시이다. 자본주의의 속성인 빠름을 대변하고 있는 '자동차'를 타고 손쉽게 바다와 섬 구경을 한 시적 화자는 문명의 이기에서 빗겨 서서 천천히 살아가고 있는 '노인'의 모습을 보며 자신을 반추한다. 자신이 바다의 아름다운 풍광을 둘러보고 오는 동안 아직도 삼 백여 미터밖에 걷지 못한 노인에게 그는 안타까움을 넘어 경외감을 느낀다. 허리가 굽은 노인의 피상적인 모습에서 연민의 정을 느끼는 단계로 나아간 시인은 화자가 뒷짐을 통해 중심이 동을 끊임없이 하고 있는 모습에 경외감을 느낀 것이다. 노인의 빠르지 않은, 그러나 혼신의 힘을 다하여 걷는 모습에서 현대인들의 속도주의에 대한 경박성과 소외된 이들에 대한 연민의식과 긍정성을 엿보게 된다. 이러한 현대인들의 속도주의에 대한 부정적 시선과 소외된 이들에 대한 긍정적 시선은 '사색'의 힘을 통해 얻게 된 것이다. 그 노인의 걸음걸이를 꼼꼼히 관찰하고 사색하는 과정을 통해 느림의 미학을 발견하게 된 것이다.

2. 현실, 시의 토대 혹은 자양분

시인은 '지금 이곳'의 현실에 민감하게 반응한다. 우리가 살고 있는 이 현실이 시인의 시적 소재, 주제가 되기 때문이다. 때문에 그들은 '사색'을 통해 현실의 이면, 대상의 또 다른 면을 파악하고자 하고, 현실을 다각적으로 조망하려 한다. 현실에 대한 총체적인 조망을 통해 '지금 이곳'의 문제점을 간파하는 일이 가능해지기 때문이다. 아직도 우리 사회에는 소외된 이들이 많다. 그들 대부분의 삶은 비참하고 우울하다. 그들의 이러한 삶이 개인의 무능보다는 인간보다 기계 내지는 물질을 중시하고 점점 빈부간의 양극화현상이 심해지는 현실에서 기인한다는 점이 우리를 더 슬프게 한다.

내 고향은
폐광촌 그늘에 움츠리고
막걸리에 취하지 않으면
갈 수 없는 곳
막장 무너져 피투성이로 업혀 들어 온 아버지의
찢어진 옷을 바라보며 울던
수건에 핏물 들었던 광산
밥사발에 쏟아졌던 탄가루가
아랫목에 봉분처럼 솟아
어머니 손 끝에 까맣게 번졌다
인생 막장이라는 말, 허공에 긋듯 함부로 쓰지마라
막장은 들어가 본 사람만이 아는 곳
무너진 돌 틈에서 안간힘으로 빠져나와
이승의 문지방에 발목을 걸치는 일

이부자리에서 일어나기까지
저승의 갱도를
수십 번 넘나들었던
아버지

- 박경희, 「막장」 전문

　광부의 삶처럼 힘들고 위험한 일이 또 있을까. 갱도의 막다른 곳인 막장에서 일하는 시적 화자의 아버지의 삶은 매일 매일 생사를 오가는, 아주 고단하고 힘겨운 삶을 영위한다. 가족의 생계를 위해 어쩔 수 없이 이렇듯 힘들고 위험한 삶을 살아가야 하는 아버지의 슬픈 현실을 시인은 목도한다. 광부로서 살아가는 아버지의 삶이 분명 서민들을 위해 반드시 누군가는 해야 되는 중요한 일임을 시인이 모르는 바는 아니다. 그럼에도 생사를 넘나드는 그 일을 자신의 아버지가 감당해야 한다는 사실에 더 연민의 정을 보내고 있다. 막장이 무너져 피투성이가 된 아버지의 모습을 본 시인의 연민의 정은 고조에 달한다. "막장 무너져 피투성이로 업혀 들어 온 아버지의/ 찢어진 옷을 바라보며 울던/ 수건에 핏물 들었던 광산"이라고 표현한 데서 시인의 슬픔을 진하게 읽을 수 있다. "밥사발에 쏟아졌던 탄가루"라고 한 구절은 '탄가루'가 곧 '밥'임을 잘 보여주고 있다. 그리하여 시인은 요즘 흔하게 쓰이는 "인생 막장"이라는 말에도 민감하게 반응한다. '막장'의 진정한 의미를 모르는, 철부지의 발언으로 치부한다. '막장'이 그들이 생각하는 끝이 아니라 "무너진 돌 틈에서 안간힘으로 빠져나와/ 이승의 문지방에 발목을 걸치는 일"을 수십 번 해야 하는, 살아있는 사투의 공간이기 때문이다. 따라서 막장은 단순히 끝이 아니라 시작과 끝이 공존하는, 절망과 희망이 함께 하는 곳인 것이다.

이 세상에서 소외되고 천대받는 것들은
항상 울분에 떨고 있나니
눈에 보이지 않는다고 해서
무심한 것은 결코 아니다.
무표정 속에서 갈고 있는 복수의 칼날은
때를 기다려
안색 하나 변치 않고 등을 찌른다.

중심에서 밀려
어두운 거리의 한 구석에 웅크리고 있는
맨홀 하나
자제치 못하고 마침내
자해를 결행한다.

스며든 가연성 가스의 대 폭발.

- 오세영, 「맨홀」 전문

　　'맨홀'을 노래하고 있지만, 소외되고 천대받는 이들의 심정을 잘 표현하고 있는 시이다. 소외받고 천대받는 이들은 따뜻한 사랑의 결핍을 지닌 채 살아간다. 그들의 욕망(요구)을 잊은 채 삶을 영위한다. 사람들에게 밟히고 사는 것이 운명인 맨홀처럼, 그들도 권력에 의해 짓밟히며 사는 것을 숙명으로 여길지도 모른다. 한편으로 그들은 권력으로부터 '혜택'을 받은 것이 없기 때문에 '권력'으로부터 자유로울 수 있다. 권력의 눈치를 볼 필요성을 별로 느끼지 못한다. 그들에겐 '주인과 노예의 변증법'에서 말하는 주인에게 인정받고 싶어 하는 욕망(인정욕망)이 거세된 것이다. 거세된 그 자리에 자신들을 소외하고 천대한, 권력을 가진 이들에 대한 "울분"이 놓인다. 그들은 그 "울분"을 어떻게 터뜨릴지, 언제 터뜨릴지 고민한다. 작은 힘을 모으고 모아 그들이 인정받을 수 있고, 삶다운 삶을 영위할 수 있는 새로운 세상을 위해 "복수의 칼날"을 준비하는 것이다. 당하고만 살 수 없다는 '복수'의 심리가 내재하고 있는 것이다. "중심에서 밀려/ 어두운 거리의 한 구석에 웅크리고 있는" 맨홀이 자제하지 못하고 "스며든 가연성 가스"에 의해 대폭발하는 것처럼, 그들도 중심이 아닌 주변부에서, "어두운 거리의 한 구석"에서 자신의 "울분"을 터뜨릴 '우발성'의 계기를 엿보고 있는지 모른다. '맨홀'을 통해 소외받고 천대받는 이들의 현실을, 또한 그들의 슬픈 심정을 잘 표상하고 있다.

3. 연민, 진실을 끌어안는 힘

연민은 현실을 움직일 수 있는 작은 기제이다. 이는 법과 질서, 규율 등에 지배받고 있는 이성적 사유체계에서 벗어나 '체제' 이면에 존재하는 감성적 사유체계를 엿볼 수 있는 장치이다. 보통 어떤 대상을 불쌍히 여기는 마음은 자신의 직 간접 체험이 있다거나 '역지사지(易地思之)'의 심정이 작동할 때 생긴다. 이러한 연민의 시선으로 세상을 바라보는 일은 세상을 좀 더 따뜻하고 살기 좋게 만들기 위한 디딤돌이 될 수 있다. '중심'에서 빗겨선 가난하고 쓸쓸한 이들, 소외받거나 천대받는 이들을 '있는 그대로' 바라보는 일은 새로운 세상으로 가기 위한 작은 실천인 것이다.

어머니 앓아누워 도로 아기 되셨을 때
우리 부부 외출할 때나 출근할 때

문간방 안쪽 문고리에 어머니 손목 묶어두고 나갔네
우리 어머니 빈집에 갇혀 얼마나 외로우셨을까
돌아와 문 앞에서 쓸어내렸던 수많은 가슴들이여
아가 아가 우리 아가 자장자장 우리 아가
나 자장가 불러드리며 손목에 묶인 매듭 풀어드리면
장난감처럼 엎질러진 밥그릇이며 국그릇 앞에서
풀린 손 내미시며 방싯방싯 좋아하시던 어머니
하루 종일 이 세상을 혼자 견딘 손목이 빨갛게 부어 있었네

- 이시영, 「어머니 생각」 전문

생명을 지닌 모든 대상은 생(生)과 사(死)의 경계를 잘 알지 못한다. 특히 인간은 더 그러하다. 언제 태어났는지는 알지만, 몰(沒)의 시점을 알기란 쉽지 않다. 따라서 우리는 좀 더 생을 연장하기 위해 다각적으로 수단과 방법을 고안해 내려고 힘쓰지만, 결코 죽음에서 자유롭지 못하다. 그리하여 차선으로 '9988124'(아흔 아홉까지 건강하게 살다가 하루 이틀 고생한 뒤 죽는다는 말)까지 나왔는지 모른다. 인간의 생명 연장의 꿈은 지금도 진행 중이다. 위 시에 나오는 시적 화자도 같은 생각일 것이다. 자신이 아닌 '어머니'의 생명 연장의 꿈이다. 어머니와 오랜 기간 함께 하고 싶은 욕망이 절실한 것이리라. 비록 어머니가 정신줄을 놓아 가끔 오락가락하고 혼미해질지라도 화자는 개의치 않는다. 아내와 함께 외출하거나 출근할 때 이러한 어머니를 두고 가는 화자의 심정은 착잡하다. 정신이 온전하지 못하신 어머니에게 무슨 일이 일어날지 모르기 때문이다. 그리하여 화자는 어머니의 손목을 문고리에 묶어두고 나간다. 그럴 수밖에 없는 현실이라고 위안해도 될법하지만, 화자의 마음은 그러하질 못하다. "우리 어머니 빈집에 갇혀 얼마나 외로웠을까"하고 연민의 시선을 보낸다. 혹여 어머니가 어떻

게 되셨을까 노심초사하여 가슴을 수없이 쓸어내렸을 장면을 쉽게 연상할 수 있다. "장난감처럼 엎질러진 밥그릇이며 국그릇 앞에서" 어머니의 손목을 풀어드리며 화자는 도로 아기가 된 어머니 앞에서 '자장가'를 부른다. 예전에 어머니가 화자에게 불러준 것처럼. 자장가를 들으며 "방싯방싯" 좋아하는 어머니의 모습을 보며 유년시절의 '아기'가 된다. 치매에 걸린 어머니를 '아이-되기'의 심정으로 보살피는 시인의 따뜻한 심성을 엿볼 수 있다. 이는 '치매'라는 것이 자신보다는 가족을 위해 한평생 헌신했기에 생긴 결과라는 측은한 생각이 자리잡고 있어야 가능한 것이다.

> 백일장 사생대회 있는 날
> 내일은 절대루 늦지 마라
> 하나가 늦으면
> 모두가 늦게 입장하게 된다
> 신신당부하고
> 동물원 앞에 몇 시에 모이라 하면
> 늦은 놈이 있다
> 화가 나서
> 엎드려뻗쳐 시키다 보면
> 끝내 말하지 않지만
> 중풍으로 쓰러진 제 어미
> 죽 끓여 떠먹여 주고
> 기저귀 갈아 채워 주다 늦는 놈이 있다
>
> 절대루라는 말이
> 정말로 우습다
>
> - 윤재철, 「절대루」 전문

일상생활에서 흔히 쓰는 단어 중 하나는 '절대로'라는 말이다. 이 말은 '어떤 경우에도'라는 부사어로, 주로 자신의 생각을 더 확고히 말하거나 금기 내용을 더 강조할 때 쓰인다. '절대로'라는 말은 다른 어떤 것의 선택이 허용되지 않는, '꼭 그것만'의 의미를 지닌다. 때문에 우리는 '절대로'라는 말을 들으면, 그것에 좀 더 신경을 쓰게 된다. 시적 화자는 내일에 있을 '백일장 사생대회'에 늦지 말라고 아이들에게 당부한다. 그러나 그의 간곡한 당부에도 불구하고 꼭 늦는 아이가 있다. 화가 많이 난 화자는 참지 못하고 그 아이에게 "엎드려뻗쳐"라는 벌칙을 준다. 그러나 그 아이가 "중풍으로 쓰러진" 어머니에게 "죽 끓여 떠먹여 주고/ 기저귀 갈아 채워 주다" 늦게 온 사실을 알았을 때 화자는 자신의 경솔한 행동에 대해 후회한다. 그 아이의 사정을 제대로 헤아리지 못하고 그 아이의 결핍을 제대로 알지 못한 자신의 행동을 부끄럽게 여긴 것이다. 그리하여 그는 "절대루라는 말이/ 정말로 우습다"라고 말하며 허탈하게 웃는다. 중풍에 걸린 어머니를 간병하는 아이의 순수하고 따뜻한 마음을 통해 '절대루'라는 말이 무색해진 것이다. 가난하고 쓸쓸한, 소외된 이들을 연민의 시선으로 바라보는 시인의 따뜻함이 돋보이는 시이다.

4. 희망, 시의 존재 이유

사색을 통해 자아를 탐색하고, '지금 이곳'의 현실을 균형적인 감각으로 바라보고, 가난하고 쓸쓸한, 외로운 이들을 연민의 정으로 바라보는 일은 모두 현실성에 기반하고 있다. 현실성이 부족한 시는 아무리 좋은 외연과 내포를 지니고 있더라도 마음을 움직이게 하는 감동(感動)이 떨어질 수밖에 없다. 따라서 우리 시대의 시정신은 현실성과 긴밀하게 연결된다고 하겠다.

> 길로 메타세쿼이어가 먼저 지나간다
> 저 끝에서 나무들은 줄지어 하늘로 올라갔다
> 남은 나무 그림자 같은 사람들
> 목련 꽃잎 한 장씩 입에 대고 오가는 길
> 나는 허리 숙여 빗자루질한다 어떤 아침
> 잔가지들 바닥에 널부러졌다 그래서 간밤
> 바람 세차게 불었던 거란 짐작을 쓸어 모았다
> (그런데 왜 그 때 까치가 울었을까)
> 정작 허릴 펴도록 말 건넨 건 칠십 먹은 노인이다
> 법원 가는 길 맞느냐고
> 자식놈 보증 땜에 파산신청 하러 가는 길이라고
> 나는 천천히 대빗자루를 왼 손으로 옮기며
> 빈손 쳐들어 반듯이 앞을 가리켰다 그 다음
> (맨 처음이듯 나무꼭대기를 올려다보았을까)
> 거기 까치가 들락날락 집을 짓고 있었다
> 하늘 파랗게 쓰는 빗자루 일렁이는 우듬지 께
> 바람 부는 날 짓는 집이 더 든든한 거라고
> 그래, 그렇다고, 나무와 까치 서로 등 토닥이며.
>   - 이면우, 「까치집」 전문

　각박한 현실 속에서도 '희망'을 잃지 않고 살아가는 이의 모습은 아름답다. 시적 화자는 지난밤에 떨어진 '메타세쿼이어' 잔가지들을 대나무비로 쓸어 모은다. "잔가지들 바닥에 널부러"진 것으로 보아 바람이 세차게

불었음을 어렵지 않게 짐작할 수 있다. 그때 법원에 가는 한 노인을 만난다. "자식놈 보증 땜에 파산신청 하러 가는 길"이라는 노인의 말에서 쓸쓸함과 절망감이 묻어난다. 다른 사람의 보증도 아니고 자식의 보증이라 충격이 더 컸을 것이다. 이러한 슬픈 분위기를 반전시키고 있는 대상은 다름 아닌 '까치'이다. 반가운 소식을 전해주는, 희망의 메시지를 가져다주는 까치의 울음소리가 그 쓸쓸한 분위기를 밝은 분위기로 전환하고 있는 것이다. 까치의 울음소리를 따라 화자의 시선이 머문 곳은 메타세쿼이아 꼭대기이다. 그곳에 까치가 들락날락하면서 부지런히 잔가지들을 물어 집을 짓고 있는 것이었다. 지난밤 세찬 바람에 무너진 자신의 집을 복구하고 있었던 것이다. 화자가 좀 전에 비로 쓸어 모은 "바닥에 널부러진" 잔가지들도 사실은 지난밤 강한 바람에 까치집에서 떨어진 것이었음을 어렵지 않게 짐작할 수 있다. 망가진 자신의 집을 복구하기 위해 까치는 쉼 없이 잔가지들을 물어 나르고 있는 것이다. "바람 부는 날 짓는 집이 더 든든한" 것임을 보여주기라도 하듯 말이다. 까치는 강한 바람에도 무너지지 않을 튼튼한 집을, '희망'의 집을 짓고 있었던 것이다.

못 이긴 척 야유회에 따라 나온
서른 여덟 유대리
빗방울 뚝뚝 떨어지는 슬렛트 위에
삼겹살 구우며 술잔도 돌리다가,
모래밭에서 축구도 하다가,
바지 둥둥 걷어 부치고
작은 우각호를 건넌다
가서 손 한번 흔들고 돌아와
무엇이 아쉬운 걸까

다시 건너가 그 곁에

조용히 흐르는 낙동강 한참을 들여다 본다

한동안 그는 돌아오지 않았고

사람들은 얼큰해져

제각기 노래를 부르거나

고스톱을 치거나

비를 맞으며 잠을 잔다

한동안 머뭇거리면서 그는

강을 건너고 싶었는지도 모른다

훌쩍 건너가

어제는 야근, 오늘은 접대, 하루쯤 푹 쉬었으면,

광고문구 같은 생활을

잊고 싶은지도

가끔씩은 꿈을 꿀지도,

휴식과 평온이 있는 생활은

건너지 못한 강 너머에만 있는 걸까

바지 자락 젖은 모래를 털면서

그는 희망 같은 강의 울음도 털고 있는 듯하다.

　　　　　　　　- 이은경, 「젖은 모래와 희망에 대하여」 전문

　　가보지 못한 곳에 대한 동경의식은 누구에게나 있다. 그 동경의식은 우리들에게 힘든 삶을 인내하게 하는, '희망'의 끈을 놓지 않게 하는 힘으로 작용한다. '지금 이곳'의 현실이 각박할수록 그 동경의식은 더욱 간절해진다. 위 시에 나오는 '유대리'의 삶은 오늘을 살아가는 현대인의 자화상이다. "어제는 야근, 오늘은 접대" 등으로 심신이 극도로 지쳐있는, 힘들고 고달픈 삶을 살아가고 있는 현대인들을 반영하고 있기 때문이다. 유대리는 이러한 지쳐있는 심신을 치유하기 위해 "하루쯤 푹 쉬었으면"하는 마음이 간절하나 '지금 이곳'의 현실은 그것을 쉽게 허용하지 않는다. 생존경쟁의 현실 속에서 살아남기 위해 자신의 목소리(존재감)를 끊임없이 드러내야 하기 때문이다. 이러한 각박한 현실에서 잠시나마 벗어날 수 있는 것은 '야유회'이다. 유대리는 야유회에 가서 "빗방울 뚝뚝 떨어지는 슬렛트 위에/ 삼겹살 구우며 술잔"을 돌리기도 하고 "모래밭에서 축구도" 한다. 그러나 그가 정말 원하는 것은 '지금 이곳'의 현실에서 탈출하는 것이다. 짧은 시간만이라도 이곳에서 벗어나 그가 동경하는, 이상향의 공간으로 떠나고자 한다. 그는 '소기의 목적'의 의미가 담긴 직장동료들과의 단합을 위한 '야유회'가 아닌, '속세'에 찌든 의식적인 욕망에서 탈출하여 무의식적 욕망이 원하는 '야유회'를 꿈꾸고 있는 것이다. 그리하여 그는 동료들 곁을 떠나 하천에서 분리되어 생긴 "작은 우각호"를 건너 "조용히 흐르는 낙동강" 너머를 물끄러미 쳐다본다. "휴식과 평온의 생활"이 있을 것 같은, 강 너머에 있는 곳을 그는 동경하고 있는 것이다. 시인은 현대인의 자화상이라 할 수 있는 유대리를 통해 '지금 이곳'의 각박한 현실상과 그러한 현실 속에서도 희망을 놓치지 않는 모습을 잘 표출하고 있다.

- 『시와정신』 2012년 가을호

지역문학과 소수자문학

1. 지역문학의 현재적 의미

지방자치시대 이후 지역문학에 대한 관심이 날로 증폭되고 있다. 이는 자신이 출생한 또는 자신이 거주하고 있는 지역의 문학을 올바르게 자리매김하려는 노력의 일환으로 매우 고무적인 현상이라 할 수 있다. 이러한 노력에도 불구하고 현재의 지역문학의 현실을 볼 때 아직도 여러 면에서 문제점을 노정하고 있는 것을 부인하기 어렵다. 그 하나로 중앙과 지방의 이분법적 시각, 즉 지역문학이 변두리문학이라는 시각이 아직도 지배적이라는 점을 들 수 있다. 지역문인들을 중심에서 소외된 무리들, 주류에 끼지 못한 주변에 머무는 무리들로 보는 시각이 아직도 많다는 점이다. 이러한 시각은 그 지역에서 활동하는 일부 문인들의 행위, 즉 중앙문단에서 어느 정도 입지를 확보한 후 아마추어 위에 군림하려는 문인들, 지방 문단의 권력을 잡고 문인을 꿈꾸는 지망생들에게 실력행사를 하려는 이들 때문에 더욱 고착화되기도 하는데, 여기에서 우리가 논하고자 할 지역문학은 이러한 일부 문인들의 행위와 거리를 두고자 한다.

그리고 둘째로 지역문학을 논함에 있어 그 작가가 지역사람인가, 그

지역을 배경으로 하고 있는가하는 점을 지역문학의 전부처럼 여기는 형식논리학적 관점을 들 수 있다. 그동안 이러한 관점에 의해 지역문학이 그 지역의 정서와 언어를 담아내면 된다라는 단선적이고 표층적인 문학 태도로 나아간 면이 없지 않다. 물론 그렇다고 해서 그 지방의 정서와 언어가 지역문학을 표방하는데 중요하지 않다라는 얘기는 아니다. 다만 이러한 두 요소들이 지역문학의 전부가 아닌 지역문학의 정체성을 표출하는 기제의 하나로 작용해야 한다라는 지적을 하고 싶은 것이다. 이러한 점을 바탕으로 우리는 왜 지역문학에 관심을 가져야만 하는가, 그리고 지역문학이 어떤 의미를 가지고 있는가하는 점을 집중적으로 논의하고자 한다. 이러한 물음들을 통해 지역문학의 새로운 의미와 지역문학이 나아가야 할 방향 등에 대한 모색이 가능할 것이기 때문이다.

지역문학은 기본적으로 소수성의 문학[01]이라 할 수 있다. 주류에서 소외된 비주류라는 입장에서, 권력을 지향하는 어떤 것에 반한다는 의미에서 그러하다. 소수성의 문학은 소수적인 언어로 된 문학이라기보다는 다수적인 언어 안에서 만들어진 소수자의 문학이다. 이 소수성의 문학의 세 가지 특징은 언어의 탈영토화, 개인적인 것과 정치적인 것의 직접성의 연결, 언표행위의 집합적 배치이다. 이 '소수성'이라는 말은 어떤 문학을 특

---

01 소수적[mineure]이라는 말은 '다수적(majeur)'이란 말과 반대인데, 단순히 수적인 비교를 하는 개념이 아니다. 가령, 곤충들은 인간보다 수가 훨씬 많지만 이 세계에서 인간이 다수자라면 곤충은 소수자고, 여성이 남성보다 수가 적지 않지만 남성에 대해 여성은 소수자이다. 다수자 내지 다수성이란 척도적인 것, 그래서 척도의 권력을 장악하고 있는 것이고, 그것이 평균적인 것이 되는 것은 바로 그것 때문이다. 그런 점에서 '다수적인'이란 '지배적인' 내지 '주류적인' 것이고, 언제나 권력이 함축되어 있는 어떤 것이다. 소수적인 것은 그 지배적인 것에서 다수적인 것의 권력에서 벗어나는 것이다. (질 들뢰즈·펠릭스 가타리, 『카프카』, 이진경 옮김, 동문선, 2001, 43쪽-역주 참조)

징짓는 것이라기보다는, 거대한(혹은 기성의) 문학이라고 불리는 것 안에서 만들어지는 모든 문학의 혁명적 조건을 뜻하는 것이다.[02] 기존의 거대하고 권위있는 문학에 균열을 낼 수 있는 조건들, 힘들은 모두 이 소수성의 문학과 관련된다. 여기에서는 지역문학이 거대하고 권위있는 중앙문단의 문제점을 제기하는 차원이 아닌 길항작용을 할 수 있는 생산의 장의 차원에서 논의를 진행시키고자 한다.

지역문학은 자신의 삶의 뿌리가 된 지역 현실에 관심을 지니고 있다는 측면에서 1970~80년대의 리얼리즘 문학에서 토대를 마련할 수 있는데, 이러한 점에서 볼 때 지역문학은 당대의 현실의 삶과 철학과 밀접하다고 할 수 있다. 지역문학이 지역 현실의 문제를 자신의 구체적인 삶의 문제로 인식한다든지, 일상적 차원의 테두리 속에 관련시킨다는 점에서 볼 때, 1980년대 문학의 경직된 모습과 거리가 있으며, 포스트모던한 1990년대 문학과도 차이가 있다고 할 수 있다. 여기에서 우리는 지역문학이 1980~90년대 문학의 한계를 뛰어넘어 새로운 문학의 방향을 생산할 수 있는 가능성을 엿볼 수 있다.

이 글에서는 오늘날의 지역문학의 실상을 살펴보고, 지역문학의 새로운 개념을 설정한 뒤 민족문학과의 연관관계를 모색할 것이며, 끝으로 지역문학의 전망을 제시해보고자 한다.

---

02   위의 책, 43-48쪽 참조.

2. 지역문학의 새로운 개념

지역문학이 중앙과 지역을 우월의 공간과 열등의 공간으로 나누는 이분법적 시각에 의해 오랫동안 인식되어온 것이 사실이다. 그래서 대부분의 지역문학인은 지역문학을 중앙문학의 하위개념으로, 소외받는 문학으로 인식하여 왔다. 그래서 그들은 지역문단에서 벗어나 중앙문단에 진출할 기회가 생기면 미련없이 떠났으며, 또한 그렇게 되기 위해 부단히 힘쓰기도 하였다. 이러한 현상은 중앙문단에서 활동해야 문인으로서 제대로 인정받을 수 있는 문단풍토와 지역문단에서 활동하는 지역문인들의 비주체적이고 소극적인 인식이 어우러진 결과라 할 수 있다. 이는 기존의 중앙과 지방(역)간의 주종적 역학관계를 여실히 반영하는 것이기도 하다. 이러한 우리나라 문학의 중앙집권화 현상은 외국에 비해 유별난 것을 알 수 있다.[03]

지역문학[04]이 변방의 문학으로 취급되게 된 데는 여러 가지 이유가 있겠지만, 그 중 하나로 지역문학의 연구가 제대로 되지 못한 점을 들 수 있다. 이러한 관점에 접근하여 지역문학과 그 연구의 관련성을 밝힌 박태일의 글은 시사하는 바가 크다.

---

03   김천혜는 독일문단의 경우 중앙문단이니 지방문단이니 하는 표현을 쓸 수 없을 정도로 지역별 차별이 없다면서 한국 문단의 서울 편중이 너무 심하다고 지적한 바 있다. (김천혜, 「지방문단뿐인 독일문학계」, 『오늘의 문학론』, 지평, 1985, 48-55쪽 참조)

04   '지역문학'이라는 말 외에도 '지방문학', '향토문학' 등의 용어가 사용되기도 한다. 그러나 이 용어들간에는 일정 정도 차별성이 존재한다. 지방문학은 종속적 개념이요, 향토문학은 주관적 개념이다. 이에 비해 지역문학은 객관적인 용어라고 할 수 있다. (임재해, 「지역문화 연구를 위한 몇 가지 구상과 전망」, 『안동문화연구』 제 8집, 안동문화연구회, 1994, 105-106쪽 참조)

지역문학은 지역 가치를 키워내고 이어줄 뿐 아니라, 지역 사회의 문화통합을 앞서 이끌고 있는 중요한 인자다. 그리고 지역문학의 발전은 그 연구의 도움없이는 어려운 일이다. 지금까지 지역문학이 제대로 대접받지 못하고, 지역 사회 안에서조차 곁눈질 받아야 했던 까닭은 그 연구가 크게 모자랐거나 잘못 나아간 데 있다.[05]

위에서 보듯 지역문학의 가치가 제대로 평가받지 못한 데에는 지역문학에 대한 연구의 소홀이 한몫 했다는 것이다. 지역문학에 대한 연구의 필요성을 강조하는 이 대목은 연구자들의 지역문학에 대한 관심의 확대와 연구의 필요성을 극명하게 보여주고 있다고 하겠다.

그러나 이제는 지역문학의 여러 문제점을 노정한 지역문학에 대한 기존의 잘못된 시각, 지역문학이 중앙과 지역의 우등/ 열등의 이분법적 시각에서 탈피해야 한다. 서울과 지역간에는 "문화의 우월함과 열등함 사이에서 나타나는 차이가 아닌, 인간의 삶의 양식들 사이에서 나타나는 차이가 존재할 뿐"[06]이라는 인식이 절실하다. 인간의 삶의 양식 차이가 존재한다는 말 속에는, 그 지역의 특수성에 대한 인정이 내포되어 있다. 그리고 또한 중앙도 하나의 지역이라는 사실이 내포되어 있다. 중앙/ 지방, 우등/ 열등이라는 견고한 인식틀에 균열을 내는 이러한 작업을 통해 지역문학의 새로운 개념을 설정할 수 있는 기반이 형성된다.

지역문학의 개념을 일반적인 규정에 의해 두 갈래로 나누어 보면, 광의적인 의미로는 그 지역의 문학이라는 개념, 협의적인 의미로는 그 지역 출신 작가의 문학작품 또는 오랫동안 그 지역에 거주한 작가의 문학

---

05   박태일, 「지역문학 연구의 방향」, 『지역문학연구』 제2호, 경남지역문학회, 1998, 130쪽.

06   김병택, 「지역문학의 현실과 미래」, 『영주어문』 4집, 2002, 246쪽.

작품이라는 개념이다. 이러한 개념을 모르는 이는 거의 없을 것이다. 이러한 막연하고 단순한 지역문학의 개념에 인식의 전환을 가져올 무언가가 필요한데, 그것은 위에서 언급했던 지역에 대한 인식변화이다. 즉 지역은 그 구성원들의 공동체의식을 바탕으로 이루어진 세계의 중심이라는 인식 전환, 곧 중앙패권주의나 지방우월주의에 대한 지역구심주의(local centripetalism) 의식이 바로 그것이다. 중앙은 '우리' 지역과 떨어져 있는 또 '다른' 한 지역일 뿐이다. 지역 가치와 지역 다양성 뿐 아니라, 구체적으로 경험 가능한 삶터를 인식의 중심에 세우는 수평적 틀이 바로 지역구심주의이다.[07] 지역문학의 새로운 개념도 이러한 인식 위에서 가능하다고 할 수 있다.[08] 이렇게 볼 때 지역문학은 "지역성을 자각하면서, 우리의 삶 전체에 대한 관심을 환기시키고 아우르는 문학"[09]으로 정의내릴 수 있겠다. 그 지역민들의 생활이나 현실을 '지역'이라는 코드에서 해석하고 이해될 때 지역문학의 의미는 생성되는 것이다. 왜냐하면 그 지역이라는 코드에 지역의 정서와 풍토들, 그 지역에서 일상을 살아가는 사람들의 구체적인 삶의 내용이 담겨 있기 때문이다. 따라서 지역문학의 개념은 그 지역의 정체성과 특수성을 드러내는 문학으로 설정할 수 있겠다.

---

07 박태일, 「지역시의 발견과 연구」, 『한국시학연구』 제6호, 한국시학회, 2002, 89쪽 참조.

08 이러한 입장으로 볼 때, 서울도 하나의 지역으로 인식이 가능하며, 서울의 본질을 언어예술로 담아내면 서울의 지역문학이 될 것이라는 논리가 가능해진다.

09 이현식, 「지역문학을 둘러싼 문제들」, 『작가들』, 소명출판, 2001년 겨울호, 21-22쪽 참조.

3. 지역문학의 정체성

지역의 정체성을 찾기 위한 작업이 한창 진행되고 있다. 그 지역만의 뿌리 깊은 정체성을 찾아내어 현재적 의미로 재해석하려는 운동의 일환으로 보인다. 이는 그 지역의 정체성을 살려 지역민과 공유하려는 측면에서 바람직한 일로 여겨진다.

먼저 여기에서 말하는 정체성(正體性)의 개념이 무엇인지를 짚고 넘어가야 할 것 같다. 에릭슨에 의하면, 정체성은 개인이 지니고 있는 연속성·단일성·독자성·불변성과 그와 같은 개인의 동질성에 대한 의식적인 감각이고, 사람이 자라고 발전함에 따라 자신과 하나가 되는 존재감인 동시에 또한 그의 역사뿐만 아니라 미래와도 하나가 되는 존재의 공동체 감각을 가진 친근감이라 할 수 있다.[10] 이러한 개인의 정체성에 비추어 지역의 정체성에 대한 의미규정을 내려 보면, 그 지역에만 존재하는 연속성·단일성·독자성·불변성이며, 그 지역의 특수성과 동궤에 놓인다고 할 수 있다. 이러한 논리에 비춰볼 때 지역문학은 역사·지리·언어·민속·가치관·공동체의식 등을 바탕으로 지역의 이같은 정체성과 특수성을 드러내는 문학으로 정의 내릴 수 있다. 이렇게 될 때 비로소 문학적 가치를 인정받고 존중받을 수 있을 것이다. 또한 이러한 지역문학의 현재의 정체성에 대한 이해는 지역문학의 바람직한 미래를 위한 발전방안을 마련하는 데에 효과적으로 기여할 수 있을 것이다.

지역문학이 이러한 지역의 정체성을 드러내는 것이라 할 때 발생되는

---

10   Erik H. Erikson, *Identity : Youth and Crisis*(New York : Norton, 1968), p.183, *Identity : Dimension of a New Identity*(New York : W. W. Norton and Company, Inc., 1974), p.27 참조.

문제 중 하나는 이 정체성 드러내기가 지역성의 강조로 이어져 자칫 편협된 지역문학으로 전략할 우려가 있다는 점이다. 다시 말하면 정체성의 강조로 말미암아 그 지역만을 위한 지역문학으로 될 가능성이 있다는 점이다. 그래서 이와 같은 지역문학의 편협성을 지양하기 위해서는 지역문학이 우리 민족이 지향하는 민족문학과 맥이 닿아야 할 것이다. 지역문학이 지역성을 염두에 두되, 우리의 보편적인 삶을 아우르는 문학이어야 한다는 것도 결국 이러한 맥락에서이다. 여기에서 지역문학과 민족문학과의 소통가능한 틈이 마련되는데, 이에 대해 김승환은 '지역문학은 민족문학이다.'라는 명제가 정합성을 획득하기 위해서는 지역문학의 개념과 민족문학의 개념이 지향하는 바가 동일해야 한다고 하며 다음과 같이 언급한 바 있다.

> 지역문학은 한 지역의 문학적 총량이 아니다. 지역문학은 민족문학을 실천하는 구체적 방식이며 역사적인 과정인 것이다. 생존의 정체성을 확인받고 삶의 현실을 반영하는 구체적인 언어예술의 방식이 지역문학이다. 다시 말해서 21세기적 삶의 세 범주는 세계체제, 민족국가, 지역이라고 할 수 있을 것인데 민족국가의 약화와 세계체제의 강화에서 삶의 정체성을 보장하며 언어예술로 표현하는 것이 지역문학인 것이다.[11]

그는, 지역문학은 민족문학을 실천하는 구체적 방식이며, 역사적인 과

---

11 김승환, 「민족문학과 지역문학」, 『작가들』, 2001년 겨울호, 116-117쪽. 같은 글에서 "민족적으로 사고하고 지역적으로 실천한다"라는 명제를 사용하고 있는데, 이때의 지역은 현장이고, 민족문학이 목표로 했던 가치들을 실천하는 현장성을 담보하는 공간이 바로 지역이다 (105쪽 참조). 따라서 민족문학과 지역문학은 항상 공존하고 있음을 엿볼 수 있다.

정이라는 것이다. 지역문학과 민족문학이 불가분의 관계이고, 길항작용의 관계임을 밝히고 있다. 지역문학의 존재의의까지도 말이다. 이러한 점을 감안하여 우리는 지역의 정체성을 추구하되, 보편성을 염두에 둔 그러한 지역문학을 추구해야 할 것이다.

여기에서 생각해 볼 문제는, 지역간의 정체성을 고려해 볼 때 대전지역의 정체성이 광주나 부산지역의 정체성보다 상대적으로 부족한 측면이 없지 않다는 점이다. 이는 오래 전부터 형성된 부산이나 광주에 비해 식민지시대에 형성된 신흥도시인 대전이 역사가 짧다는 점이 작용한 것이라 할 수 있다. 그러나 이는 타 지역에 비해 상대적으로 역사가 짧아 정체성이 약한 것이 반드시 부정적으로만 작용한다고 볼 수는 없다. 왜냐하면 다른 지역에 비해 역사가 짧고 정체성이 강하지 못한 점이 한편으로 상대적으로 폐쇄성이 별로 없다는 점, 즉 개방성이 강하다는 점으로 부각될 수 있기 때문이다.

4. 지역문학의 전망을 모색하며

민족문학과 지역문학의 합일점을 찾아온 최원식은, 「지방을 보는 눈」이란 글에서 현실 비판과 삶의 통합을 지향해야 하는 민족 문학 내부에서조차 무시되고 폄하되어온 지역문학을 과연 어떤 식으로 재고할 것인가에 대해 다음과 같이 언급한 바 있다.

이 이분법(지역과 중앙을 평면적으로 나누는)의 극복을 정치적인 차원
과 문학적 차원의 통일로서 밀어나갈 민족문학인들, 특히 지방에서

활동하는 문인들의 역할이 중차대하다. 오늘날 문인들의 대부분이 서울에 몰려 복작대는 것은 정말 문제지만, 사실 문인이 어디 사는가가 중요한 것은 아니다. 어디 살든지 그 지방에서 사는 한, 그 값을 제대로 하면 족할 것이다. 지방에 살면서 그저 '지방 지방'하는 것도 촌스러운 일이고, 그곳에 단지 몸뚱이만 덩그러니 얹힌 상태로 왔다갔다 하는 것도 안쓰러운 것이다. 가장 이상적인 경우는 자기가 딛고 사는 고장의 삶을 자기 삶의 일부로 접수하고 그 공간 속으로 침투해 들어감으로써 지역적 실천 속에 전지구적 사고를 벼리는, 그리하여 문학과 삶을 함께 구원하려는 지역 문인들의 등장이다.[12]

전지구적으로 사고하고 문학과 삶을 한꺼번에 구원하자는 그의 제안은 지역문학에 복무하는 문학인의 대승적인 안목과 자세를 보여주고 있다는 점에서 시사하는 바가 크다. 이제 지역문학의 문제를 시·공간을 분리하는 것만으로 문제를 해결하는 데는 한계가 있기 때문에 우리에게 혁신적인 사고를 요구한 것이다. 삶이 이어지는 곳마다 내재한 제 모순을 찾아 해결하고, 인간다운 삶을 누리기 위해 무딜대로 무딘 우리의 사고를 예리하게 만들어야 한다고 역설한 것이다.

지역문학이 지배구조의 내부를 교란시킬 수 있는 인식적 힘은 위와 같은 소수성의 존재들이 지배구조에 대항하는 삶의 토대일 것이다. 지역문인들은 자신의 삶의 토대를 기반으로 끊임없이 지배구조에 틈을 만들어야 하고, 견제해야만 할 것이다. 그렇게 될 때 지역문학이 그 지역의 정체성을 담보한 보편적인 문학으로, 그리고 그 지역에 살고있는 지역민들의 잠재성의 세계가 내포된 문학으로 생성될 것이다. 소수성의 존재들의 인

---

12 최원식, 「지방을 보는 눈」, 『황해문학』 17, 1997.12, 226쪽.

식적 힘은 인식의 고정성이 아니라 유동성에서 나온다는 것이다. 그들의 인식적 힘은 결코 어떤 하나의 목적을 정해놓고 끊임없이 그 목적을 이루기 위해 질주하는 목적론적 시각이 아닌, 목적을 계속 바꾸어가는 '변용(變容)'의 속성을 지니는 유목민적인 시각에 닿아 있다. 그리고 지역문학은 '중심이라고 착각하는 문화(문학) 권력이 스스로를 해체하고 문화의 지역적 평등을 실현하는 인간적 목표의 전망을 가질 때 비로소 존재의의를 확보한다. 요컨대 지역문학의 의의는 모든 삶의 터전을 지역이라는 관점에서 바라보고 그것이 작품 속에서 형상화된다라는 인식 속에서 찾아질 것이다.[13]

이러한 지역문학의 실천을 위해 앞에서 잠깐 언급했던 지역문학에 대한 연구를 게을리 하지 말아야 할 것이다. 이 연구는 지역공동체에 대한 실천문학임과 아울러, 지난날의 문학연구 인습에서 벗어나려는 대항문학이며, 굳어진 문학소통 관행을 깨뜨리는 혁신문학[14]이어야 하기 때문이다.

지금까지 논의한 지역문학의 내용을 몇 가지로 나누어 정리해 보기로 한다.

첫째, 지역문학은 중앙문학과 지역문학을 우월의 공간과 열등의 공간으로 나누는 이분법적 시각에서 벗어나야 한다. 중앙/지방, 우등/열등이라는 견고한 이분법적 인식틀에 균열을 내는 작업을 통해 지역문학의 새로운 개념이 설정될 수 있을 것이다.

둘째, 지역문학은 지역의 정체성과 특수성을 드러내는 문학작품의 창작을 위해 노력해야 한다. 지역작가들은 그 지역만의 정체성을 찾아내어

---

13   김승환, 앞의 글, 115쪽 참조.

14   박태일, 「지역문학 연구의 한 방향」, 『지역문학연구』 2호, 경남지역문학회, 1998, 130쪽.

문학작품으로 형상화시켜야 할 것이다.

셋째, 지역문학은 지역민들의 공동체의식을 지향해야 한다. 공동체의식은 그 지역민들을 하나로 만드는 집단적 무의식이자 잠재태이다. 그러므로 지역의 전통적 힘을 현재적 의미로 재해석하는 데 필수불가결한 요소가 된다.

넷째, 지역문학은 민족문학과 유기적 관계를 맺고 있다. 지역문학이 지역의 전통과 정체성, 그리고 공동체의식을 다루는 것이라고 해서 그 지역에만 국한되는 것은 아니다. 지역의 정체성과 공동체의식이 민족의 정체성과 공동체의식과 밀접하게 관련하고 있기 때문이다.

다섯째, 지역문학의 활성화를 위해 학자와 비평가들은 지역문학 연구에 적극적으로 참여해야 한다. 지역문학의 활성화와 질적 향상을 꾀하는 데 학자와 비평가들의 역할이 중요하다고 본다. 특히 지역성의 함축 여부, 작품성의 유무 등을 객관적으로 비평하는 작업이 필요하다.

여섯째, 지역문학은 고정된 틀에 의해 맞추어 나가는 것이 아니라 끊임없이 변모해야 한다. 지역문학은 지역의 정체성을 드러내면서, 동시에 그 정체성을 시대적 상황에 맞게 재해석해내는 작업을 요구하고 있다. 따라서 끊임없이 지역민들의 잠재태를 찾아내어 문학적으로 승화시켜야 할 것이다.

요컨대, 지역문학은 지역의 진실과 역사를 자기화시켜 이해하면서 작품으로 형상화한 결과이면서, 문학 담당층이 갖는 개별성과 문학이 구현하는 보편성을 다같이 표출하는 구체적인 장이라 할 수 있다. 그리고 지역문학은 지역공동체의 정체성을 담보한다는 점에서 '결정성'을 지닌 문학이면서 민족 전체의 보편성을 전제로 한다는 점에서 '미결정성'을 내포한 문학이기도 하다. 이러한 두 측면의 공존이 지역문학의 정체성(停滯性)

을 극복해주는 인자로 작용하는 동시에 지역문학의 특수성과 보편성을
지닌 생성의 인자로 작용하리라 생각된다.

- 『작가마당』제5호, 2002년

해방기 대전문학과 『현대』[01]

1. 『현대』의 발견과 그 의미

2006년 9월 30일, 충북 보은에서 열린 '오장환문학제'에 다녀왔다. 월북시인 최초로 문학관을 개관한다는 내용을 접했기 때문이다. 작년에 이 문학제에 참가했을 때만 해도 윤곽이 구체적으로 드러나지 않았던 '오장환문학관'이 마침내 개관된 것이다. 문학관에 그의 연보와 자료들, 그리고 그와 관련된 많은 문인들의 자료들이 조목조목 잘 전시되어 있었다. 10여 년 전 마을 주민의 반대로 오장환의 생가터에 '표지석'을 세우는 것조차 힘들었던 것을 감안하면 실로 감개무량할 일이 아닐 수 없다.[02] 대전에 사는 필자로서는 부러움이 없지 않았다. 몇 년 전 옥천에 월북문인 '정지용문학관'이 개관되었고, 괴산에 월북문인 '벽초 홍명희'의 생가복원 등이 진행되는 등 충북지역에서는 다양한 움직임을 보이고 있다. 그들은 그 지역에서 태어난 문인들 중 문학사적인 가치와 의의가 있는 문인에 대해

---

01 귀중한 자료 『현대』를 제공해 준 윤종영 시인께 감사드린다.
02 오장환의 '표지석'을 세우는 일에서부터 '오장환문학관'이 건립되기까지는 도종환 시인과 〈보은미래신문〉의 박진수 기자의 도움이 컸다.

이념과 사상을 초월하여 문학적으로 조명하고 복원해 내고 있는 것이다.

그런데, 대전·충남지역의 문학현실은 어떠한가? 대전, 충남지역에는 이곳에서 태어나고 자란 문인들 중 문학사적인 가치와 의의가 있는 문인이 상당수 존재하고 있다.[03] 신채호, 한용운, 윤곤강, 이기영, 신동엽, 박용래, 이문구 등이 여기에 해당된다. 그럼에도 이 문인들의 삶과 문학의 체취를 느낄만한 문학관은 아직 없는 실정이다. 한용운, 신동엽, 이문구 등의 문학관이 건립 중에 있거나 추진 중에 있다고 하니 그나마 다행스런 일이다. 이와 결부지어 아쉬운 점은 우리 지역에 월북문인의 생가 및 문학관이 없다는 점이다. 특히 우리에게 소설 『고향』으로 널리 알려져 있고, 카프문학에서도 중요한 위치를 차지하고 있는 이기영 작가의 삶과 문학의 체취를 느낄만한 곳이 없다는 점은 우리를 더욱 안타깝게 만든다. 이는 아직도 문인의 문학적 가치와 우수성보다는 그의 사상과 이념이 더 크게 작용한 결과가 아닌가 한다. 이처럼 같은 충청도지역이라고 해도 대전·충남지역과 충북지역의 진보문학에 대한 관심의 정도가 다른 것을 알 수 있다. '새는 좌우의 날개로 난다'는 어느 사상가의 말처럼, 어느 문인을 조명할 때 그의 사상과 이념만이 아닌 문학성, 문학사적 위치 등 다양한 측면에서 평가하는 균형적 감각이 요구된다고 하겠다.

이러한 점에서 1947년 8월에 발간된 종합지 『현대(現代)』(9월호)는 이 시기 대전의 진보문학의 한 단면을 엿볼 수 있다는 점에서 시사하는 바가 크다. 그동안 해방공간의 대전문학에 대해서는 종합지 『향토(鄕土)』(1945. 10)와 시전문지 『동백(冬栢)』(1946. 2) 등이 주로 언급되었다.[04] 지금까지 『현

---

03 송기한·김현정, 『대전·충청지역의 고향시』, 도서출판 다운샘, 2004 참조.

04 박명용 편, 『대전문학사』(한국예총대전광역시지회, 2000)와 『대전문학과 그 현장(상)』(대전문인총연합회, 푸른사상, 2004) 참조.

대』를 비롯한 진보문학 계열의 자료가 발견되지 않아 생긴 어쩔 수 없는 현상이었을 것이다. 그러나 이 잡지의 발견으로 해방 이후 대전문학에 대해 새롭게 조명할 필요성이 제기된다. 물론 이 잡지 전부가 발견된 것이 아니라 한 호만 발견되었고, 문학, 예술잡지가 아닌 문화잡지의 성격을 띠고 있기 때문에, 이 시기 대전지역의 진보문학의 전모를 밝힌다는 것은 불가능할 것이다. 그러나 이는 해방 이후 대전의 문학장(場)에 분명 진보문학의 축도 있었다는 사실을 밝힐 수 있는 단서가 되고, 당시의 진보문학의 양상을 살필 수 있는 근거가 될 것으로 사료된다. 특히 이 잡지에 시를 발표한, 대전문학사에서 빼놓을 수 없는 박용래, 박희선 시인에 대해서도 일정 정도 새로운 시각에서 조명이 가능할 것이다. 이 글에서는 『현대』 잡지의 발견의 의미와 이 잡지의 성격과 구성(형식), 그리고 대전·충남지역의 진보문학의 현실 및 가능성을 살펴보고자 한다.

2. 『현대』의 성격과 구성

문화잡지의 성격을 띤 『현대』가 나온 1947년은 해방 직후 나타난 좌우익 이데올로기의 대립이 점점 심화되던 시기였다. 해방 직후 정치적 상황의 변화에 따른 좌우 이념적 성향이 모든 분야에서 두드러지기 시작한 것이다. 문학에서도 예외는 아니었는데, 그 예가 문단조직의 좌우 분열과 민족문학의 개념을 둘러싸고 나온 이념적 대립이었다.

당시 문단조직의 분열 과정을 보면 좌익 문단의 조직과 그 세력화 과정이 두드러지게 나타난다. 임화, 김남천, 이태준 등에 의해 조직된 〈조선문학건설본부〉(1945. 8)의 등장에 이어, 이들의 문화운동 노선에 불만을 품은 이기영, 한설야, 송영, 한효 등의 〈조선프롤레타리아문학동맹〉(1945. 9)이 결성된다. 그런데 이 두 조직은 사회주의 문화운동의 단일노선을 의미하는 문화통일전선의 구축을 위해 〈조선문학가동맹〉(1945. 12)으로 통합된다. 좌익문단의 조직화 과정에 맞서 김광섭, 박종화, 이헌구는 문단의 민족세력을 규합하여 〈중앙문화협회〉(1945. 9)를 결성하였고, 뒤에 〈전조선문필가협회〉(1946. 3)와 〈조선청년문학가협회〉(1946. 4)의 조직이 이루어지면서 문단의 좌우 대립이 노골화되기에 이른 것이다.[05] 좌익문단에서는 일본 제국주의의 잔재 소탕, 봉건주의 잔재의 청산, 국수주의 배격, 진보적 민족문학의 건설, 조선문학의 국제문학과의 제휴 등의 강령을 내세워 진보적 민족문학의 건설을 주장한 반면, 우익 문단에서는 자주독립을 위한 문화적 헌신 기함, 민족문학의 세계사적 사명 지향, 진정한 문학 정신 옹호 등을 내세워 문학의 자율성과 순수성을 바탕으로 한 민족문학을 표방한다.

문화단체도 좌우익으로 갈려 결성하게 된다. 우익측에서는 김광섭, 양주동, 박종화, 유치진 등을 중심으로 〈중앙문화협회〉(1945. 9)가 결성되어 과거의 문화적 생명을 탐구하여 현재를 건실히 파악하고, 인류문화의 보편성을 담지한 조선문화 건설을 추구하였다. 반면 좌익측에서는 김용건, 임화, 이태준 등을 중심으로 〈조선문화단체총연맹〉(1946. 2)이 조직되어 국유(國有)문화의 정당한 계승, 진보된 과학의 수입 연구, 인민의 민주주의적 교육, 비과학적, 반민주적 문화 경향의 배제 등을 토대로 '민주주의 민족문화의 건설'을 표방하였다.

『현대』는 '조선문화단체총연맹'과 '조선문학가동맹' 등의 단체명이 등

---

05 권영민, 「해방공간의 민족문학론과 그 이념적 실체」, 『한국민족문학론연구』, 민음사, 1988, 362-363쪽 참조.

장하고, '민주주의 민족문화'와 '진보적 민족문학' 등을 건설하자는 내용이
나와 있는 것으로 보아 좌익진영의 계열에 해당되는 잡지라 할 수 있다.
'문화소식'란에 '조선문화단체총연맹' 산하에 충남도연맹과 각 단일동맹
지부가 결성되었다는 내용과 이 결성을 축하해 주기 위해 조벽암 시인과
안회남 소설가가 대전에 왔다는 내용이 이러한 점을 더 확실하게 해준다.

조선문화단체총연맹 산하의 각 단일동맹지부결성준위에서는 오,
육월 두 달에 걸쳐 각각 지부를 결성하였는데 선임된 역원은 다음과
같다.

문학가동맹대전시지부
위원장 황린/ 부위원장 김종태/ 서기장 송설영/ 상무위원 이병권
박희선(朴喜宣) 외 십육명[06]

문련 충청남도연맹결성을 준비 중이든 동준위에서는 지난 유월
십팔일 중앙위원 안회남 조벽암 양씨 참석 하에 서면대회로서 결성을
보았는데 선임된 역원은 다음과 같다.

위원장 안회남/ 부위원장 임완빈/ 서기장 송진무[07]

---

06 이 외에 문연산하에 있는 과학동맹대전시지부, 미술동맹대전시지부, 연극동맹대전시지부,
음악동맹대전시지부 등이 결성된 내용도 소개하고 있는데, 그 내용을 밝히면 다음과 같다.
〈과학동맹대전시지부〉 위원장 김종남/ 부위원장 서재윤/ 사무국장 홍성일/ 상무위원 인휘
수외 九명, 〈미술동맹대전시지부〉 위원장 이도희/ 부위원장 박성변/ 서기장 박성규, 〈연극
동맹대전시지부〉 위원장 홍경운/ 부위원장 신관우/ 서기장 이영찬/ 상무위원 김기환외 五
명, 〈음악동맹대전시지부〉 위원장 남철우/ 부위원장 오태균/ 서기장 민인식 김영태/ 상무
위원 육동일외 九명. (『현대』 9월호, 현대사, 1947. 8, 63쪽)

07 『현대』 9월호, 위의 책, 63-4쪽.

위의 내용 중 낯익은 이름은 '문련충청남도연맹' 위원장 안회남과 '문학가동맹대전시지부' 상무위원 박희선이다. 안회남은 신소설 「금수회의록」으로 유명한 안국선의 장남으로, 1948년에 발표된 「농민의 비애」로 널리 알려진 소설가이며 월북문인이다. 그리고 박희선은 충남 강경 출신으로 독립운동가이자 시집 7권과 시선집 3권 등을 상재한 불교시인이다. 이 시인에 대해서는 다음 장에서 좀 더 구체적으로 밝히기로 한다.

국판 103면 내외의 분량으로 되어 있는 『현대』 9월호 잡지는 정확하게 1947년 8월 28일에 인쇄하고 동월 30일에 발행되었다. 편집 겸 발행인은 김종태이고, 대전부(大田府) 원동 47번지에 위치한 현대사에서 발간하였다. "1946년 6월 18일 제 24호"로 허가받은 것으로 나와 있고 이번에 발견된 9월호가 혁신호임을 감안하면, 이전에 분명히 창간호를 비롯하여 여러 권의 잡지가 발간되었을 것이고, 그 이후에도 더 발간되었을 것으로 추정된다.[08] 이들 잡지가 발견되면 해방공간의 대전의 진보문학의 윤곽이 어느 정도 드러날 것으로 판단된다. 그리고 '사명변경근고(社名變更謹告)'란에 1947년 7월 28일부터 사명을 '고려출판사'에서 '현대사'로 변경하였고, 서울에 현대사의 '서울총국사무소'를 설치하였다는 내용도 보인다.

『현대』는 문화와 문학에 대한 전반적인 내용을 다루고 있다. 이를 크게 두 개로 나누어 보면, 하나는 인민문화, 문화대중화, 지방문화운동, 문화공작단활동 등 '민주주의 민족문화'의 건설을 위한 지침과 실천운동을 강조하는 문화에 대한 것이고, 또 하나는 진보적 민족문화의 하위 개념이

---

08 유실된 이 잡지를 발견하는 작업이 급선무라 할 수 있다. 그리고 『현대』 편집 후기에 "1947년 6월부터 해방이주년기념 특집호 편집에 전력을 경주했으나 결국 용지 원고수집 인쇄 기타의 일로를 타개할 도리없이 유산되고 말았다."라고 나와 있는 것으로 보아 1947년 6월호부터 8월호까지는 발간되지 않았음을 알 수 있다.

라 할 수 있는, '조선문학가동맹'에서 추구하는 진보적 민족문학을 표방하는 내용이다.

    이러한 내용을 살피기 위해 목차를 소개하기로 한다.

    차례

    현대에 기(寄) 함

    호중(湖中) 의 목탁되라 ······김태준

    인민문화의 역군으로 ······신남철

    인민문학론······조중곤

    민주건국과 문화대중화······강성재

    인민문학의 기본이념······김남천

    지방문화운동전개에 대한 제의······김진웅

    미소(美蘇) 협조와 조선문제해결······박소백

    성주식(成周寔) 론······윤증우

    시

    피······김철수

    비켜라 우리가 간다······조인행

    노래······남철우

    붉은산맥······박희선(朴喜宣)

    몽양(夢陽) 선생영전에······박용래(朴龍來)

    미국세계정책의 구상······펄-뻑

    문화공작단(工作團) 을 마지하여······임완빈

    문화공작단을 에워싼 좌담회

    포프라송(頌)······이병권

    바다의 과학······정인택

여성해방운동사……천유석

신인문단

학생시단

창작 새벽종……(라듸오드라마)……우안빈(宇安貧)

안해----주성이(朱星二)

문화소식

중계실

편집후기

표지……박성규

위의 목차를 통해 우리가 눈여겨 볼 것은 당시 진보문학 진영에서 왕성한 활동을 한 김태준, 신남철, 김남천, 조중곤의 글과 대전, 충청지역의 대표적인 시인으로 손꼽히는 박용래와 박희선의 시, 그리고 '민주주의 민족문화의 건설'을 모토로 한 문화대중화와 지방문화운동에 관한 내용 등이다. 첫 번째와 두 번째 부분은 다음 장에서 구체적으로 다루기로 하고 여기에서는 세 번째 지방문화운동에 대해 논의하기로 한다.

강성재는 「민주건국과 문화대중화」라는 글에서 인민의 문맹을 퇴치하고 인민들에게 민주주의적 재교육과 과학적 계몽을 위한 문화대중화가 꼭 필요하다는 점과 문화단체가 전국적인 조직망을 정비하고 인민문화의 창조자로서, 지도자로서의 역할을 다할 때 인민을 위한 민주주의 민족문화를 건설할 수 있을 것이라는 점을 역설하고 있다. 그리고 이 문화대중화운동은 조선의 완전한 자주독립과 진정한 민주주의의 건국의 정치운동과 결부된 매우 중요한 것임을 밝히고 있다.[09] 또한 김진웅은 지방문

---

09   강성재, 「민주건국과 문화대중화」, 위의 책, 17-22쪽 참조.

화의 활성화를 모색하는 내용을 개진하고 있다. 그는 먼저 지방문화운동의 과업 및 구체적인 실천방안을 피력하고 있다. 첫째는 "농후한 봉건사상을 타파하고 일제잔재요소를 청소(淸掃)하며 민족문화수립에 옳은 의식을 주입시킬 수 있는 조선문화단체총연맹에 망라된 민주주의적문화단체의 지방지부를 조직하고 그것을 토대로 하여 양심적인 문화인을 발견하여 내야 한다"라고 하여 조선문화단체총연맹에 망라된 민주주의적 문화단체의 지방지부 설치와 양심적인 문화인의 발견, 육성에 중점을 두고 있다. 둘째는 "대중 속에서 자주적으로 이러나는 문화써-클을 옳은 방면으로 인도하는 사업"으로 자발적인 문화써클을 올바른 방향으로 인도해야 한다는 것이다. 셋째는 "민족문화단체에 같은 방향으로 나가는 문화인을 위선(爲先) 조직화하는 문제와 조직화된 문화인을 어떻게 하며 대중 속에 드러가서 공작하고 활동할 수 있는 수준까지 높이는 문제"로 지방문화운동의 올바른 전개방법에 대해 모색하고 있다. 아울러 그는 충남지방의 문화운동에 대해서도 언급한다. "충남에 있어서도 과거의 충남문화협회가 충남문화총동맹으로 개편되자 이것이 모체가 되어 단일체(즉 과학동맹 미술동맹 문학동맹 음악동맹 등)를 통합한 조선문화단체 충남도연맹으로 발전하게 된 것"[10]이라고 하여 충남문화협회가 충남문화총연맹으로 바뀐 뒤 과학동맹, 미술동맹, 문학동맹, 음악동맹 등을 통합한 조선문화단체 충남도연맹으로 발전되었음을 밝히고 있다.

그리고 문화총련산하의 문화공작단을 맞이하여 마련한 '좌담회'의 내용도 보인다. 문화공작단의 사명은 문화를 인민들 속에 삼투하고, 문련의 조직을 확대 강화하며, 민주진영내의 타조직의 강화에 도움이 되는 것

---

10 김진웅, 「지방문화운동전개에 대한 제의」, 위의 책, 26-28쪽.

에 있다는 것이다. 그리고 문화의 대중화운동은 각 부문의 조직적인 연대를 통해서, 그리고 대중 속으로 침투함으로써 가능하다고 역설하고 있다. 음악에서는 민요를 살리고, 연극에서는 희곡의 부족, 테로의 창궐, 극장의 교섭란 등을 해결해야 한다는 등 구체적인 실천방안까지도 모색한다. 그런데 이 좌담회를 하는 과정에서 문제가 발생하게 된다. 그 문제는 "주최자로부터 이 좌담회는 최초 약 두시간을 예정하고 좀더 충분한 내용을 가져보려고 했었으나 돌연 불온한 모종이 정보로 인하여 부득이 중단하게 되었음을 독자와 함께 유감으로 생각하는 바이다."[11]라고 한 데서 알 수 있듯 우익측의 방해공작이다. 그리고 임완빈의 「문화공작단을 마지하여」라는 글에서 문화공작단의 공연이 우익진영의 방해공작과 당국의 비협조로 인해 여러 차례 중단되었음을 기술하고 있는 것도 같은 내용들이다. 이러한 사실로 보아 당시 모든 분야에 걸쳐 좌우익의 이념 대립이 얼마나 심했는지를 알 수 있다.

3. 『현대』와 대전, 충남지역의 진보문학

먼저 진보적 민족문학의 입장에서 개진하고 있는 김태준, 신남철, 김남천, 조중곤의 글을 살펴보자. 김태준과 신남철은 『현대』에 부치는 글 형식을 취하고 있다. 1930년대 최초의 비교문학적 국문학연구서인 『조선소설사』와 이희승, 조윤제 등과 함께 '조선어문학회'를 결성한 것으로 유명한 김태준은 당시 척박한 대전 문화의 현실에서 『현대』의 혁신호가 발간

---

11 「문화공작단을 에워싼 좌담회」, 위의 책, 44쪽.

되는 것에 커다란 의미를 부여하고 있다. 그는 "우리 대전만 하드라도 인민의 신문 하나도 없지 않으냐 인민의 위안물이며 인민의 말을 기록한 문화잡지 하나도 없지 않으냐!"라고 하여 당시 대전의 문화 현실을 언급한 뒤 『현대』가 "충남운동의 지남침(指南針)이며 인민의 목탁이며 인민의 혓바닥이며 인민의 거울"[12]이 되어야 함을 역설하고 있다. 그리고 신남철은 "포부와 자신과 투지가 더욱 더욱 새로워감을 금할 수 없는 것은 『現代』와 더부러 우리가 다같이 느끼는 바이다. 과학사상과 문화를 일반화시키며 또 그러한 실천을 통하야 우리의 민족문화가 순정(純正)하게 건립되도록 하지 않어서는 아니될 것이다."[13]라고 하여 과학사상과 문화를 일반화시키며, 그러한 실천을 통해 민족문화 건립에 노력할 것을 당부하고 있다.

그리고 김남천과 조중곤은 '인민문학'의 개념과 인민문학이 가야할 길을 밝히고 있다. 『대하(大河)』를 지은 소설가로, 고발문학론을 주장한 문학평론가로 널리 알려진 김남천은 인민문학의 기본이념에 대해 견해를 피력한다. 그는 민족문학은 "인민의 문학이어야 한다는 기본이념"을 밝힌 뒤, 인민문학의 기본이념을 '인민의 이익에 복무하는 문학', '인민에게 널리 사랑을 받고 즐거움을 주고 교양을 줄 수 있는 문학', '인민 자신이 창조하는 문학'으로 규정짓고 있다.[14] 그리고 조중곤은 비교적 긴 글을 통해 인민문학론에 대해 언급하고 있다. 그는 민족문학의 임무는 인민들에게 자신의 생활을 인식함과 동시에 사회현실을 옳게 이해하도록 교육하는 것이고, 조선민족문학으로서의 인민문학이 가지는 숭고한 자기과업의 완수는 조선문학가동맹의 깃발 아래에서 인민대중에게 문학적 양식을 주는

---

12 김태준, 「호중의 목탁되라」 위의 책, 7쪽.

13 신남철, 「인민문화의 역군으로」 위의 책, 9쪽.

14 김남천, 「인민문학의 기본이념」 위의 책, 51-52쪽 참조.

데서 가능하다고 주장한다. "인민문학이란 인민의 생활과 지향을 내용으로 하는 인민이 이해할 수 있는 형식을 가추운 문학작품을 인민인 작가의 손으로서 창작한 것"[15]임을 밝히고 있다.

다음에는 박용래(1925-1980)와 박희선(1923-1998)의 시에 대해 살펴보자. 대전의 대표적 시인이라 할 수 있는 그들의 초기시에 해당되는 작품들이다.

박용래는 해방 이후 줄곧 좌우합작운동을 전개하다 1947년 7월 19일 한 극우파에 의해 숨진 몽양 여운형에 대해 추모하는 시를 발표한다.

> 모자를 버스라
> 너도나도 당신도
> 조선아 너의 어린 품않에
> 꽃도 피기전
> 인민의 지도자 몽양선생 가시다
> 정치도 학자도 웅변가도 아닌
> 명예나 지위나 호사스런 그런것은
> 더군다나 아닌
> 독한탄환 반역의칼속
> 불길처럼 솟아오르는 眞情을 인민의 권리로
> 아로색인 높은행렬의 기폭에 더퍼가신님
> 설주도 스기전
> 조선아 너의 몽양은
> 우리지도자 몽양선생을
> 어느 먼곳으로 여워야 했드냐

---

15 조중곤, 「인민문학론」, 위의 책, 15쪽.

어두움에

빛과함께 전진하든 뭇 작은별들도

잠시 머리 숙여라

우리들을 위하야 희생하는 선구자의 피보다

슬픈건 있으랴

맑은 샘물이 쉴새없이 고이듯 방방곡곡 삼천만의

추도가 腸子를 끊는 하늘 아래

무릎꿀어

사람들

다시 엎드려라

- 「몽양선생영전에」[16] 전문

    위의 시를 제대로 이해하기 위해서는 먼저 몽양 여운형에 대해 살펴보는 것이 순서일 것 같다. 여운형(1886-1947)에 대해서는 다양한 평가가 내려지고 있다. 공산주의자, 민족적 민주사회주의자, 좌경적 사회주의자, 민주적 사회주의자, 민족적 사회주의자 또는 사회주의적 민족주의자, 민주주의자·사회주의자 등으로 말이다. 그러나 여운형은 해방 이후 한반도의 완전한 통일·독립이 미국과 소련이라는 외세의 대립, 좌익과 우익이라는 사상·이념적 대립, 남한과 북한이라는 지역적 분립이라는 세 가지 층위의 대립구도를 극복해야 가능하다는 신념을 가지고 있었던 것으로 판단된다. 이러한 미-소, 좌-우, 남-북간의 대립구도를 타개하기 위한 핵심적 방안으로 그는 좌우합작운동을 펼치게 된 것이다. 그리고 여운형 자신이 스스로를 공산주의자나 사회민주주의자가 아닌 진보적 민주주의자로

---

16   이 시는 그의 시전집 『먼바다』(창작과비평, 1984)에 수록되지 않은 작품이다.

규정하고 있는데, 이는 당시의 민족문제를 해결하기 위해서는 특정 이념 보다는 구체적인 실천이 중요했음을 반증하는 것이라 하겠다.[17] 이를 통해 볼 때 여운형은 중도 좌파의 성격을 띤 진보적 민주주의자로 규정지을 수 있다. 2005년에 그가 건국훈장 대통령장을 받은 것도 그의 독립운동과 좌우합작노력이 인정되었음을 반증하는 것이라 하겠다. 해방 이후 좌우익의 분열된 모습을 보면서 많은 회의를 느꼈을 박용래는 이러한 좌우익의 이념 대립과 갈등을 불식시킬 수 있는 여운형의 좌우합작에 많은 기대와 희망을 가지고 있었을 것으로 보인다. 그런데 그가 한 극우파에 의해 암살당한 것이다. 이 사건은 박용래 시인에게 커다란 충격이었을 것이다. 그래서 그가 여운형을 추모하는 시를 쓴 것으로 추정된다. 위의 시에서 불길처럼 솟아오르는 "진정을 인민의 권리로/ 아로색인 높은 행렬의 기폭에 더퍼가신 님"이라는 구절은 '인민의 권리'를 위한 삶으로 일관한 여운형이 당시 민중들에게 많은 사랑을 받았음을 보여주고 있다. "우리들을 위하야 희생하는 선구자의 피보다/ 슬픈 건 있으랴"라는 대목과 "맑은 샘물이 쉴 새 없이 고이듯 방방곡곡 삼천만의/ 추도"라고 한 데에서는 몽양에 대한 민중들의 끝없는 추도 행렬을 보여주고 있다. 여기에서 우리가 간과하지 말아야 할 점은 그의 시적 형상화 방법과 감정처리방식이 뛰어나다는 점이다. 가령, 사람들뿐만 아니라 "어두움에/ 빛과 함께 전진하든 뭇 작은 별들"까지도 추도 대열에 포함시키는 장면이라든지 해방 이후 모든 것이 미성숙된 현실을 "조선아/ 너의 어린 품앓에/ 꽃도 피기 전"이라는 구절에서 박용래의 시적 형상화 기법을 엿볼 수 있다. 그리고 시인은 몽양 여운형을 죽인 극우파에 대한 적대적인 감정을 "독한 탄환 반역

---

17   정병준, 「해방직후 몽양 여운형의 노선과 활동」, 『한국현대사연구』 창간호, 한국정신문화연구원 현대사연구소, 1998, 96-97쪽 참조.

의 칼 속"이라고 드러내어 감정을 절제하는 모습이 보인다. 그는 여운형을 숨지게 한 적대자에 대한 분노보다도 당시 민족을 위해 꼭 필요한 몽양의 갑작스런 죽음에 대한 슬픔에 더 무게중심을 두었던 것으로 판단된다. 여운형에 대해 추모하고 있는 다른 한 편의 시를 보면 박용래 시의 진가를 더 발견하게 될 것이다.

아—
혜화동 로—타리에
거룩한 선혈이 어려
삼천만 가슴마다
분노의 피
새파랗게 역류하고
애도의 우름 목매여
邊土에 號泣하다

아—
조국하늘밑
피흘린
거대한 혁명가의 痛恨
인민의가슴
속속이 사모친순간
백만의 골수
칼을 갈라

아—
정의도 멍들고

얄구진 자유
대륙의 흐린 하늘에
깃들곳 없고
시베리아 찬바람에 눈물이얼든
불길 마듸마듸
싶어런 총칼 자퀴가
체 아물기도전
숭고한 생명들 사라진다
흙속으로 철창으로

여기 또다시
가시는구나 우리의몽양선생
인민해방 못 보시고
밤바람 차운길로

피에 주릴 흡혈귀야
피에 취한 사탄들아
너희들 그얼마나
모착스러우냐

고요히 잠드시라
인민의 우름속에
오날 여기 애끈는 눈물
방울마다 칼날되여
기어코 갚으리다 천추의한을
- 홍기협의 「정의명들고 인민은 울었다─몽양선생의 영전에」 전문

위 시는 전반적으로 시적 형상화 측면과 감정처리방식에서 습작기의 수준을 크게 벗어나지 못하고 있다. 특히 마지막 연에 나오는 "인민의 우름 속에/ 오늘 여기 애끈는 눈물/ 방울마다 칼날되여/ 기어코 갚으리다 천추의 한을"이라고 한 대목에서는 화자의 적대적 감정이 과잉된 모습으로 나타나며, 박용래 시인과는 달리 여운형의 추도보다는 여운형을 숨지게 한 적의가 더 전면에 위치해 있는 것을 알 수 있다.

박희선 시인은 1943년 일본 학도병으로 끌려가 중국에서 복무하던 중 일본군을 탈출, 독립운동을 하다가 체포되어 감옥에서 해방을 맞이하게 된다. 박용래와 마찬가지로 박희선도 일제에 대한 저항의식과 비판의식을 지니고 있었다. 그는 몽양 여운형을 추모한 박용래와는 달리 '붉은 산맥'을 노래하고 있다.

오늘 여름 구름들이
石柱처럼 솟아
실라쩍 옛 하늘을 받으는
베포기 푸르는데 서서
들끝
공장연기가 녹는데
땀을 씨스며 생각는 맘은
낯서른 지역으로 쪼끼며
헤매든 생각이여
한줌 흙을쥐어 사랑하듯
원수와 더붓고
피빛처럼 분하자는
우뢰소리가 멀리 노하는데

귀감으며 다짐함이다

붉은 산맥 가까이
한두름 소나기와
강물은
가슴패기 빛으로 물들어
다시 흐르기 시작한것이다

- 「붉은 산맥」¹⁸ 전문

　　해방되기 전 일본 고마자와(駒澤) 대학 불교과를 수학한 바 있는 박희선 시인의 불교적 색채를 엿볼 수 있는 작품이다. 구름이 모여 소나기가 내리고 다시 강물로 흐르는 윤회사상을 보이고 있다. 그러나 이 시는 서정주의 「춘향유문」, 「추천사」 등에서 보이는 윤회사상과는 사뭇 다르다. 박희선의 시가 구름 → 소나기 → 강물이라는 순환구조만을 보이는 것이 아니라 대립·분열 → 사랑 → 통합이라는 구조를 함축하고 있기 때문이다. '대립·분열' 양상은 구름이 '石柱'처럼 솟고 서는 장면과 우뢰소리가 멀리 노하는 장면에서 보이고, '사랑' 국면은 "한줌 흙을 쥐어 사랑"하듯 원수와 더불어야 된다는 것에서 나타나며, '통합' 양상은 소나기와 강물이 '다시' 흐르기 시작한 장면에서 드러난다. 대립·분열 양상에서 사랑 양상으로 나아가게 하는 것은 다름 아닌 시적 화자가 식민지시대에 낯선 지역으로 쫓기며 '독립운동'을 하던 기억이다. 대립·분열되지 않고 한 목소리로 '일제'를 타도하기 위해, 독립을 위해 싸웠던 기억을 말이다. 즉 그것은 독립을 이루기 위한 사상과 방법은 달랐어도 서로 배척하거나 방해하지

18　그의 시집에 수록되지 않은 작품이다.

는 않았던 그들에 대한 기억이다. 그리고 이 시에서 간과하지 말아야 할 것은 시인이 '대립·분열'에서 '화해'로 나아가기 위해 '가슴패기 빛', '붉은', '피빛'으로 상징되는 '열정'을 투사하고 있다는 점이다. 따라서 이 시는 불교의 윤회사상을 바탕으로 당시 좌우익의 분열된 모습을 원래의 분열되기 이전의 상태로 '다시' 되돌리려는 의지를 담아낸 작품이라 할 수 있다.

이 외에도 이 잡지에 신설된 '신인문단'과 '학생문단'도 눈여겨 볼만하다. 이는 "문학적 천분(天分)과 재능을 연마하는 도장이 되고 동시에 작금 신예문학도들에게 절실히 요청되고 있는 민족문학 수립과 문학대중화의 과제를 실천에 옮기는 공기(公器)"가 되기 위해 마련한 것이라고 밝히고 있다. '학생문단'란에는 계룡학관 윤황한의 「정의와 함께」, 대전여고 정옥순의 「달밤」, 대전중학 정해강의 「만종」등의 작품들이 수록되어 있는데, 이는 당시 학생들의 많은 호응을 반영하는 것이라 하겠다.

4. 『현대』와 대전의 진보문학의 가능성

'조선문련(조선문화단체총연맹)' 기관지 격인 『현대』의 발간은 당시 대전에 살고 있는 지식인과 많은 사람들에게 센세이션을 불러일으켰을 것이다. 해방 이후 제대로 된 '인민의 신문', '인민의 문화잡지'가 하나도 없는 상태에서 처음으로 만들어진 것이기 때문이다. 그리고 이 잡지에는 문학 부분에 많은 지면을 할애하였기에 '진보적 민족문학'에 관심있는 독자들의 욕구를 어느 정도 충족시켜 주었을 것으로 판단된다. 대전의 대표적 시인인 박용래와 박희선를 비롯하여 '조선문련' 충남도연맹의 부위원장인 임완빈, 음악동맹 대전지부 위원장인 남철우 등의 시는 대전지역의 진보적 민족문학의 기틀을 세우는 매개가 된다. 박용래는 좌우익 이념 대립에 희생된 여운형을 추모하는 시를, 그리고 박희선은 좌우익의 분열된 모습을 분열되기 이전의 상태로 돌리려는 의지를 담아낸 시를 발표하여 당시 좌우익의 이념 대립과 분열양상에 대해 우려와 안타까움을 표출하였다. 그리고 이 잡지에 신설된 '신인문단'과 '학생문단'도 대전지역의 진보적 문학을 확인하는 데 어느 정도 도움이 될 것으로 보인다.

『현대』 잡지 한 호를 가지고 대전지역의 진보문학을 운운하는 데에는 무리가 없지 않다. 그러나 이를 통해 해방 이후 대전지역에도 '진보적 민족문학'을 담아낸 잡지가 존재했었고, 대전의 문학장에 진보문학의 축도 있었다는 사실을 밝히는 것도 의미가 있을 것으로 판단된다. 이러한 작업은 대전의 진보문학의 전모를 밝히는 단초가 될 것으로 사료된다. 아울러 이 지역의 진보문학의 자양분이 풍부해지기 위해서는 해방 이후 대전의 진보문학 자료를 지속적으로 찾아내야 할 것이다.

- 『작가마당』 제9호, 2006년

대전 현대시의 흐름과 정체(正體)

1. 한국 현대시와 대전의 현대시

한국의 현대시는 최남선의 「해에게서 소년에게」(『소년』, 1908)를 기점으로 하여 올해로 100년을 맞이한다. 주지하다시피 이 시는 서양의 산문시와 일본의 신체시, 그리고 창가의 영향을 받아 창작한 새로운 형식의 작품이라는 점에서, 또한 소년들에 대한 기대와 희망을 강한 톤으로 드러내고 있다는 점에서 당시 문단에 센세이션을 불러일으켰다. 을사보호조약(1905) 이후 조선에 다가올 암울한 현실(경술국치)을 예감이라도 하듯 그는 미래의 조선을 짊어지고 나아갈 '소년'들에게 '희망'의 메시지를 담아내고 있다. 이 작품을 시작으로 우리의 현대시는 100년 동안 숱한 우여곡절(일제강점과 해방, 한국전쟁과 독재 등) 속에서도 '저항'과 '순응'을 통해 나름대로 풍성한 결실을 맺게 되었다.

오늘날의 한국 현대시의 모습은 100년의 긴 역사 동안 문학장(場)에서 벌어진 아비튀스(habitus)에 의해 형성된 것이라 할 수 있다. 이광수와 최남선의 2인 문단시대를 비롯하여 '창조', '백조', '폐허' 동인지를 중심으로 한 시대, 카프(KAPF)의 시대, 해방공간의 좌우익문학의 시대, 순수문학과 참여문학의 시대, '문협(한국문인협회)'과 '민작(민족문학작가회의(현 한국작가회의))'의 시대 등이 이를 대변해주고 있다.

　이 시점에서 우리는 논의의 폭을 좁혀 대전의 현대시의 모습은 어떻게 형성되었는지에 대해 살펴보는 것도 의미있는 일이라 하겠다. 대전의 현대시의 발자취를 살피는 일은 대전 현대시의 흐름과 형성과정을 파악하는 길이자 대전 시문학의 정체성을 확인하는 일에 다름 아닐 것이다. 지역문학이 중앙문학과 불가분의 관계에 놓여 있고, 그 지역문학이 중앙문학의 영향을 무시할 수 없는 점을 고려할 때 대전 시문학 또한 한국의 현대시와의 관련 속에서 논의될 수밖에 없을 것이다. 그렇다고 하여 대전의 시문학이 한국의 시문학의 '지류'라고 단정짓는 태도 또한 경계해야 할 것이다. 왜냐하면 한국 현대시의 조류와는 다른 대전의 현대시의 형성과정(『동백』, 『향토』, 『호서문학』 등)을 보이고 있고, 그 지역만의 고유 정서('금강'을 통한 '느림'의 미학, 선비정신 등)를 담아낸 시문학이 엄연히 존재하기 때문이다. 따라서 이 글에서는 대전의 현대시의 발자취를 살피되 한국의 현대시의 맥락과 대전의 현대시의 고유정서를 두루 고려하여 다룰 것이다. 그런데 이러한 작업은 실로 방대하여 오랜 시간을 두고 정리·분석·평가해야만 하는 일이다. 때문에 주어진 짧은 시간과 한정된 지면에서 이를 모두 논의하기에는 무리가 없지 않으며, 필자의 역량 또한 이를 감당하기에는 부족한 면이 없지 않다. 따라서 이 글에서는 대전의 현대시의 흐름과 형성과정, 그리고 정체성에 대해 소략하게 짚어보는 데 의미를 두고자 한다.

2. 대전 현대시의 흐름

'대전'이라는 명칭은 조선시대 성종 때 발간된 『동국여지승람』에서 처음으로 발견된다. 충남 공주의 자연을 설명하는 과정 중에 "대전천은 유성 동쪽 25리 지점에 있다."라고 한 구절에서 말이다. 이를 통해 볼 때 500년 전에도 대전은 있었을 것으로 추정된다. 이러한 대전이 신흥도시로 급부상하게 된 것은 1905년 경부선 철도가 개설되고 대전역사(驛舍)가 생기면서부터이다. 그리하여 1914년에는 회덕군, 진잠군을 통합하여 대전군 대전면으로 되었으며, 이후에도 성장을 거듭한 나머지 1931년에는 대전면에서 대전읍으로 승격된다. 그 다음해에는 충청남도청이 공주에서 대전으로 이전함으로써 대전은 명실상부한 도시로 발돋움한다. 1935년에 대전부로 승격되고, 해방 이후 1949년에는 대한민국의 대전시로 개칭된다. 이후 1989년에 직할시로 승격된 대전은 1995년에 대전광역시로 변경되어 오늘에 이르고 있다.(대전광역시 대전통계연보 참조) 이처럼 대전은 다른 지역에 비해 비교적 짧은 기간 동안 급속한 성장을 한 도시라 할 수 있다.

이러한 대전의 짧은 역사는 현대시 분야에도 영향을 미쳐 그 역사 또한 그다지 길지 않다. 때문에 대전의 현대시를 논하는 데 '대전'만의 시문학을 다루기에는 일정 정도 한계가 있다. 해방 이전의 대전의 시문학에서 대전의 지역성 및 시정신을 노래한 작품이 거의 없기 때문이다. 따라서 대전의 현대시는 '대전'으로 분리되기 이전에 같은 충청도였던 충남의 현대시와의 긴밀한 연관 속에서 살펴야 될 것이다. 그리고 짧은 대전의 역사에 비춰볼 때, 대전지역의 정서나 정체성을 명확하게 밝히기란 쉽지 않다. 따라서 대전의 시정신 또한 충남의 시정신과 어울려 조명해 볼 때 대전의 정서나 정체성이 어느 정도 밝혀질 수 있으리라 본다.

충청남도는 차령산맥을 중심으로 완만한 산지가 형성되고 남동부 지역의 금강과 북서부 지역의 삽교천이 풍부한 수원을 이루어 땅이 비옥하고 풍광이 아름다운 천혜의 자연환경을 지니고 있다. 이러한 자연 조건 때문인지 이 지역 사람들의 성격이 모나지 않고 성품이 어질어 예로부터 양반의 고장이라 일컬어져 왔으며 충청인의 기질 또한 청풍명월에 비유되곤 했다.[01] 또한 이 지역은 충신, 열사가 유난히 많아 충절과 의기의 고장으로도 유명하다. 백제의 성충, 계백 등을 시작으로 고려의 최영, 이색, 조선의 성삼문, 박팽년, 이순신, 근대의 최익현, 김옥균, 이상재, 신채호, 김좌진, 윤봉길, 유관순 등이 이에 해당된다. 이같은 충절과 의기에 결부되는 시인으로 한용운, 신석초, 김형원, 윤곤강, 신동엽 등을 꼽을 수 있다. 이들 모두 충남을 대표하는 시인이자 우리 현대시를 대표하는 민족시인이기도 하다.[02] 이후 그리고 이들의 넓고도 깊은 충남의 시맥이 대전의 현대시를 형성하는 토대가 된 것이다.

대전의 현대시는 1945년 10월 정훈을 중심으로 임영선, 송석홍, 원영한 등이 종합지 형태의 『향토』를 창간하면서 시작된다. "내 조국 내 민족의 정서를 나타내기에 가장 적합"하다고 판단하여 제호를 '향토'로 정했다는 이 종합지는 대전을 비롯하여 충청지방 최초의 잡지라 할 수 있다. 이

---

01 손종호, 「정중동(靜中動)의 다원적 삶과 꿈」, 『현대시』, 2002. 10, 59쪽 참조.

02 이들은 거의 중앙에서 주로 활동한 문인들로, 엄밀한 의미에서 볼 때 지역문인으로 보기 어려운 면도 없지 않을 것이다. 그러나 이들의 작품 곳곳에 등장하는 지역(고향)에 관련된 소재와 주제들을 볼 때, 이들이 비록 중앙문단에서 활동했을지라도 그들의 내면에는 자신이 태어나고 자란 지역(고향)에 대한 그리움이 있었으며, 이 그리움이 시작품으로 형상화되기도 하였다. 이를 통해 볼 때 그들의 작품도 지역문학의 범주에 포함시켜 논의해야 할 것이다. (송기한·김현정, 『대전 충청지역의 고향시』, 다운샘, 2004 참조)

잡지를 통해 박희선, 박용래, 유상세, 김정세, 이용호, 이춘우, 하유상, 한덕희 등의 문인이 작품을 발표한다. 그러나 『향토』는 2집으로 종간되고 만다. 이후 정훈, 박희선, 박용래는 1946년 2월에 "본격적인 문학의 장"을 만들기 위해 〈동백시회〉를 창립한 뒤 『동백』을 발간한다. 이 또한 대전지역 최초의 문학지이자 시지(詩誌)였던 것이다.[03] 이렇듯 해방 이후 대전지역에 정훈, 박희선, 박용래 등을 중심으로 순수문학 계열의 시문학이 주를 이루었다. 그렇다고 하여 해방 이후 대전지역에 순수시 계열만 있었던 것은 아니다. 1947년에 발간된 『현대』를 통해 이를 확인할 수 있는데, 이 잡지는 해방공간의 좌익 단체인 조선문화총연맹 대전시지부에서 주관한 종합지로, 이 지역의 진보문학의 전사를 보여주고 있다. 여기에 민족정신을 담아낸 박희선의 「붉은 산맥」과 박용래의 「몽양선생영전에」 등이 보인다. 이를 통해 우리는 당시 시인들이 순수문학과 진보문학에 경계를 두지 않고 자신의 문학세계를 드러내고 있었음을 알 수 있다. 그리고 당시 '문학가동맹 대전시지부'가 등장하는 것으로 보아 이 지역에도 진보적인 문학활동이 조직적으로 이루어졌음을 간파할 수 있다.[04] 또한 1950년 3월 『동방신문』 '신춘향토시선(新春鄕土詩選)'란에 박용래, 이춘우, 송석홍, 원영한 등의 작품이 발표되기도 한다.[05]

한국전쟁 이후 다소 침체하던 대전의 시문학은 '호서문학회'가 창립(1951년)되면서 활기를 띠게 된다. 정훈를 비롯하여 한성기, 임강빈, 강소

---

03 박명용 편, 『대전문학사』, 한국예총대전광역시지회, 2000, 38-43쪽 참조.

04 졸고, 「대전 진보문학의 뿌리를 찾아서-『현대』를 중심으로」, 『작가마당』 9호, 대전충남작가회의, 2006 참조.

05 이는 해방공간의 대전 시문학을 살피는데 중요한 부분으로 여겨지는데, 이에 대해서는 차후에 다른 지면을 통해 좀 더 논의하고자 한다.

천, 권선근, 원영한 등이 중심이 된 이 문학회는 1952년 8월에『호서문학』을 창간한다. 대전지역의 선구적인 문학을 주도했던 이 잡지는 4집까지 발간되는데, 그 지면과 편집진이 서울에서 발간되던『문예』에 필적할 만할 정도였다.[06] 또한 이 시기에 한성기, 박용래, 임강빈 등은 1955년에 창간된『현대문학』을 통해 문단에 데뷔하게 된다. 박희선과 이재복은 이미『동백』(1946)을 통해 등단하였고, 김대현, 구상회도『호서문학』을 통해 작품활동을 함으로써 등단하게 된 것이다. 그런데 이렇듯 중앙문단에서 추천을 받아 등단하는 시인이 생기면서 신인 추천제도(등단제도)를 두고 호서문학회와 불협화음을 낳게 된다. 그리하여 1955년 등단파와 비등단파의 견해차에 의해 1955년 박용래, 권선근, 한성기 등 등단파들이 호서문학회에서 이탈하여 한국문학가협회 충남지부를 결성한 뒤『호서문단』1집을 간행한다.

1960년대에 접어들면서 대전의 시문학은 더욱 활발해진다. 호서문학회가 해산되고 한국문인협회 충남지회가 결성되면서 대전의 현대시가 양적으로 확산되고 질적으로 향상된 것이다. 60년대 초입에 이덕영이 대전의 시단에서 처음으로『한국일보』와『동아일보』신춘문예를 통해 등단하였으며, 1962년에는 최원규가『자유문학』으로 등단하게 된다. 60년대 중반에는 박상일이『서울신문』신춘문예(1965)에 입선되었고, 조남익(1966)과 홍희표(1967)가『현대문학』으로 문단에 데뷔하게 된다. 그리고 한성기의『산에서』와『낙향 이후』를 비롯하여 박용래의『싸락눈』, 임강빈의『당신의 손』, 김대현의『고란초』, 최원규의『금채적(金彩赤)』, 조남익의『산바람소리』, 홍희표의『어군의 지름길』등의 시집이 발간된다. 전통적인 서정

---

06   조남익,「충남시단 40년사」,『시여 바람이여』, 1984, 326쪽 참조.

시 계열의 작품이 주를 이룬 이들 시집은 분명 1950년대 작품성을 뛰어 넘고 있다.

1960년대가 문단활동보다는 시인 각자의 작품에 내실을 기한 시기였다면, 1970년대에는 인재의 양적인 팽창과 동인지 활동의 활성화가 활발했던 시기였다고 할 수 있다.[07] 1970년 벽두에 한국문인협회 충남지회의 첫 기관지『충남문학』6집을 발간하게 된다. 이 기관지를 1집이라 하지 않고 6집이라 한 것은 기존의 대전문학의 선구적 역할을 한『호서문학』1-4집과『호서문단』1집을 합쳐 전통을 계승하려는 의도가 담긴 것이라고 한다. 이 시기에 이장희, 박명용, 정진석, 변재열 등이『현대문학』으로, 그리고 지광현, 신정식, 안명호, 김학응, 신봉균, 이관묵, 오완영 등이『현대시학』을 통해 문단에 데뷔하게 된다. 또한 최문휘, 김용재, 엄기창 등은『시문학』으로, 송한범, 신협 등은『심상』으로 등단한다. 그리고 손기섭은『한국문학』으로, 손종호는『중앙일보』신춘문예와『문학사상』을 통해 데뷔한다. 시단의 상황을 보면 1978년에 김용재, 박명용, 이덕영, 이장희, 조완호, 한병호 등이 중심이 된〈백지(白紙) 동인회〉가 결성되며, 같은 해에『백지』창간호를 출간하게 된다. 그리고 동년에 지광현, 이대영, 안명호, 신봉균, 김학응, 김정수 등에 의해〈시도(詩圖) 동인회〉가 꾸려져『시도』동인지를 발간하였다. 그리고 1976년에 4집을 내고 종간된『호서문학』5집을 17년 만에 내게 된다. 이 잡지는 지금까지도 그 명맥을 유지하고 있다는 점에서 시사하는 바가 크다.[08] 이 시기에도 대전의 시문학은 전통적

---

07 양애경,「대전·충남시단의 역사와 흐름」,『한국문예비평연구』, 한국현대문예비평학회, 2002, 12쪽 참조.

08 『호서문학』은 대전(충남)의 정신적 전통을 계승하고 있다는 점에서, 그리고 이 지역에 사는 향토 시인의 시집 발간에 심혈을 기울이고 있다는 점에서 의미를 지닌다.

인 서정시가 주조를 이루었다.

1980년대에 접어들면서 대전의 시문학에도 변화가 일기 시작했다. 기존의 향토성 짙은 서정시 중심의 시적 경향이 점차 다양성을 보여주는 경향으로 나아간 것이다. 그리고 이 시기에 등단한 시인들만도 30명이 넘을 정도로 양적인 팽창을 가져온다. 강신용, 강희안, 곽우희, 김가린, 김명수, 김백겸, 김완하, 김원태, 김홍식, 박상일, 박세윤, 박순길, 백남천, 송계헌, 안초근, 양애경, 윤형근, 이강산, 이은봉, 이종진, 전민, 조미나, 주근옥, 최송석, 최자영 등이 이에 해당된다. 이 시기에는 『무천』(1981), 『시심(詩心)』(1981), 『동시대』(1983), 『신인문학』(1985)[09], 『천칭문학동인』(1989) 등의 동인지가 발간되어 동인지 시대를 열었다. 그리고 80년대에 기존의 전통과 결부된 서정시 계열의 동인지와는 다른, 진보적인 동인지가 발간되는데, 그것은 1978년 『창과 벽』의 후신인 『삶의 문학』이다. 이 동인지는 1983년 4월에 발간된 대전지역의 진보적인 문학무크지로, 1988년 종간될 때까지 서정성을 바탕으로 한 리얼리즘을 추구하였다. 동인으로는 이은봉, 이은식, 박용남, 류도혁, 최진홍, 최교진, 김홍수, 백남천, 전인순, 윤중호, 전무용, 조기호, 정영상, 임우기, 조재도, 강병철, 황재학, 이재무, 이강산, 이규황, 양문규, 최은숙, 육근상, 전병철, 류지남, 김상배, 지원종, 김상천 등이 있다.[10] 『삶의 문학』은 대전 지역에서 태동하였지만 중앙문단에까지 문학적 울림을 가져다 준 무크지라는 점, 이후 1998년에 '민족문학작가회의'의 지회인 '대전·충남작가회의'가 결성하게 되는 토대가 되었다는 점에서 의미를 찾을 수 있다. 이처럼 80년대 대전의 현대시는 전통적

09　이 동인은 손종호를 중심으로 강태근, 김백겸, 이태관, 임승빈, 송재일, 서정학, 구수경, 이형권, 윤은정 등이 활동하고 있으며, 2002년부터는 종합지 『문학마당』을 발간하고 있다.

10　이은봉, 「삶의 현실에 뿌리박기 혹은 초월하기」, 『진실의 시학』, 태학사, 1998 참조.

인 서정시와 진보적인 민중시 등이 어우러지는 다양성이 공존하던 양상이 두드러졌다.

1990년대의 대전 시문학은 향토성 짙은 서정시의 경향과 이러한 경향에서 탈피하여 변화를 모색하려는 양상이 주를 이루었다. 이 시기에 접어들면서 등단 절차가 간소화되고 용이해지면서 더욱 많은 시인들이 등단하게 된다. 50여 명 이상 등단한 것으로 파악되는데, 이처럼 등단한 시인의 수가 증가하는 것은 분명 긍정적인 일이지만, 작품성이 검증되지 않은 경우도 종종 있어 부정적인 면 또한 없지 않다. 그 중 김남규, 김명동, 김명아, 김명원, 김병호, 김상현, 김순선, 박문성, 박종빈, 박현옥, 빈명숙, 유은경, 유진택, 윤종영, 윤임수, 이강산, 이면우, 이은채, 이태관, 이형자, 정바름, 조혜식, 주용일, 함순례, 황희순 등이 주목할 만하다. 1990년에 대전문인총연합회가 결성되어 『문학시대』라는 기관지를 발간했는가 하면, 1993년에는 리헌석을 중심으로 『오늘의 문학』이 창간되어 지역문학의 저변을 확대하고 있다. 같은 해에 윤형근, 송기섭, 박수연, 박종빈, 이태관, 이선호 등이 참여한 『풍향계』가 창간된다. 그리고 1994년에 창간된 『큰시』는 김완하를 비롯하여 송찬호, 이종진, 안용산, 강희안, 주용일 등의 동인이 활동하고 있으며, 현재에도 왕성하게 시작활동을 보여주고 있다. 또한 동년에 『허리와 어깨』 동인지가 발간되었는데, 이 동인으로 강신용, 권선옥, 김백겸, 김홍수, 백남천, 이은봉 등이 있다. 이 동인지는 순수 서정시 계통과 민중문학 계통이 합쳐서 만든 점에서 특이한 점을 발견할 수 있다. 같은 해에 『화요문학사람들』 동인지가 창간된다. 김백겸, 임우기, 우진용, 양애경, 김상배 등이 중심이 된 이 동인은 현재에도 꾸준히 활동하고 있다. 1997년에는 구본미, 김미경, 박문성, 배인석, 윤종영, 이경섭, 황의택 등으로 꾸려진 〈살아나는 시〉 동인이 『깊으면 병이 되는 사랑』

을 발간한다. 그리고 1999년에는 민족문학작가회의 대전충남지회의 기관지인 『작가마당』이 창간된다. 이 기관지는 2008년 현재 12호까지 나왔으며, 많은 문인들로부터 긍정적인 평가를 받고 있다.

2000년 이후 대전의 시문학은 많은 변화를 보이기 시작한다. 대전의 지역문학이 발전하기 위해서는 동인지 형태를 벗어나 전문적인 문학잡지가 나와야 된다는 문인들의 바람이 현실화 된 것이다. 즉, 이 시기에 동인지 성격이 아닌, 정기적으로 간행되는 문예지의 발간이 활발하게 이루어진 것이다. 2002년 시전문지 『시와 정신』이 창간된 데 이어 같은 해에 신인문학의 동인지인 『신인문학』이 종합지 『문학마당』으로 전환된다. 그리고 2000년 봄에 청주에서 창간된 『애지』가 2003년부터 대전에서 발간됨으로써 대전의 시문학을 풍성하게 해주고 있다. 이후 백지문학회 동인지였던 『백지』도 제호를 바꾸어 『시와 상상』으로 거듭나고 있다. 이 문예지들은 그동안의 유례를 찾아볼 수 없을 정도로 대전(충남)의 문단을 부흥시키면서 대전(충남) 문단이 지닌 지역문단의 한계를 극복해 나가는 계기가 되고 있다.[11] 또한 이 문학잡지들을 통해 등단하는 문인이 많아지고 있는데, 이도 지역 문학잡지의 활성화에 따른 영향이라 할 수 있다. 이 시기에 등단한 시인으로는 길상호, 김광선, 김열, 김우식, 김희정, 박진성, 우진용, 이장곤, 이정섭, 조용숙, 최광임, 한기욱, 황진성 등이 있다. 그리고 요즘 김용재, 나태주, 이명수 등이 신문지상에 연재형식으로 대전·충남 시문학을 재조명하고 있는 모습도 고무적으로 다가온다.[12]

---

11   이형권, 「지역문학의 탈식민성과 글로컬리즘」, 『어문연구』 52호, 어문연구학회, 2006, 305쪽 참조.

12   2008년 6월부터 김용재는 〈시로 쓰는 한밭의 물결〉(≪대전일보≫)로, 나태주·이명수는 〈한국시 100년 충청 애송시&그림〉(≪대전일보≫)로 독자들을 만나고 있다.

3. 대전의 시정신 - '느림'의 미학과 선비정신

대전의 지형적 특징을 보면, '금강'이 대전을 에둘러 유유히 흐르고 있고, 계룡산, 식장산, 계족산, 보문산 등 험준하지 않은 낮은 산이 자리하고 있다. 그리고 이곳엔 선비들의 기품과 멋이 깃든 동춘당공원, 남간정사, 박팽년 생가터 등이 위치해 있다. 이러한 면은 충청·대전의 특유의 기질이라 할 수 있는 '느림'의 정신과 선비정신과 긴밀한 연관을 맺고 있다고 할 수 있다.

전북 장수에서 발원하여 금산, 영동, 대전, 공주, 부여를 지나 장항으로 빠지는 금강은 자그마치 천리길을 유랑한다. 이렇듯 긴 여정을 하는 금강은 그만큼 여유가 있고 흐르는 듯 멈추는 듯 "다정스레 소근거리"(정의홍의 「금강은 소근거려서 좋다」)면서 흘러간다. 그리고 금강은 낮은 곳으로 흘러가는 "겸손함"을 지닌 강으로, "사람들을 넉넉하게/ 일구어 주는"(박명용의 「금강」) 생명력 깊은 강으로 다가온다. 이렇듯 금강을 통해 "여유", "다정함", "겸손함"을 음미할 수 있는데, 이는 충청·대전 지역주민들의 기질과 밀접한 '느림'의 아름다움으로 읽을 수 있다.

대전의 향토시인으로 널리 알려진 박용래의 「저녁눈」에도 느림의 모습이 보인다.

늦은 저녁 때 오는 눈발은 말집 호롱불 밑에 붐비다

늦은 저녁 때 오는 눈발은 조랑말 발굽 밑에 붐비다

늦은 저녁 때 오는 눈발은 여물 써는 소리에 붐비다

늦은 저녁 때 오는 눈발은 변두리 빈터만 다니며 붐비다.

　대전의 사정공원에 세워진 그의 시비에 새겨져 있기도 한 이 시는 늦은 저녁에 눈이 오는 풍경을 관조하듯 보여주고 있다. 이 시는 지금은 아파트가 생겨 사라진 대전 오류동의 말집을 배경으로 눈이 '붐비'는 모습을 속도감있게 표현한 것 같지만, 이 시의 전체적인 모습을 보면 "말집 호롱불"과 "조랑말 발굽" 밑에, 그리고 "변두리 빈터"에 눈이 오르내리는 풍경을 여유를 가지고 바라보듯 이미지화하여 오히려 느긋함을 엿볼 수 있다.
　한성기의 「시와 진잠바람」에서도 이러한 측면이 보인다. 대전 변두리인 '진잠'에 거주한 그는 그 곳에 부는 바람을 맛보며 즐길 줄 알았던 것이다. "지금 막 밭에서 따온/ 수박맛처럼" 달콤한 바람, "살갗에 닿는 선들거리는" 바람을 말이다. 강한 바람이 아닌 선들 선들 부는 바람에서 "개방"의 자유로움을 만끽하였던 것이다. 이처럼 그는 바람을 통해 인생을 알았고, 바람을 통해 느긋함과 여유를 맛보았던 시인이라 할 수 있다.
　그리고 '느림'의 미학과 함께 대전의 시정신으로 꼽을 수 있는 것이 '선비정신'이다. 어느 시인이 대전을 "선비정신으로 온유함을 지켜온/ 지조와 정절의 고장/ 우리는 한반도의 가장 한 가운데 자리한/ 중용의 미덕을 섬기는 사람들"(김소엽의 「한밭의 노래」)이라고 노래했듯, 대전에는 선비와 관련된 고택이나 사당, 그리고 비(碑)가 많이 있다. 우암 송시열을 모신 남간정사를 비롯하여 동춘당 고택, 박팽년 유허비, 단재 신채호 생가 등에서 선비들의 삶과 정신을 엿볼 수 있다.
　박팽년 선생에 대해 "사람마다 슬픈 가슴/ 벙벙한 그리움 심어놓고// 청사(靑史)의 갈피 갈피/ 속 우린 영혼의 꽃 피는가/ 어진 뜻 곧은 절개여/ 천년을 더 희게 빛나리"(김용재의 「송시(頌詩)」)라고 노래한 시가 있는가 하

면, 우암의 숨소리를 "오늘도 우리네 살아가는 맥(脈)이야/ 이끼 푸른 남
간정사 이어오는 혼(魂)"(최송석의 「남간정사」)이라고 노래한 시도 있으며, 상
촌 신흠 선생에 대해 "위난을 당해서는 충절로 나라를 지키시며/ 벼슬은
영의정을 지냈으되 살림은 청빈했고,/ 학문은 유불선(儒佛仙) 삼교에 통
달/ 문장으로는 상월계택(象月谿澤)이라 하며/ 붓 끝에 서린 칼날/ 어지러
운 세태, 당파를 물리치셨네"(홍순갑의 「상촌(象村) 신흠(申欽)선생을 기리며」)라
고 형상화한 시도 있다.

이들은 하나같이 선비의 특징이라 할 수 있는 "꼿꼿한 지조와 목에 칼
이 들어와도 두려워 않는 강인한 기개, 옳은 일을 위해서는 사약(賜藥) 등
죽음도 불사하던 불요 불굴의 정신력, 항상 깨어있는 청청한 마음가짐"[13]
으로 당대를 풍미했던 인물들이다. 이들의 선비정신은 '지금 여기'를 살
아가는 시인들의 삶과 정신 속에 스며들어 면면히 이어져 내려오는 것일
게다. 이러한 선비정신은 초창기 대전의 시문학을 이끌었던 정훈의 「머들
령」에서도 엿볼 수 있다.

> 요강원을 지나
> 머들령
>
> 옛날 이 길로 원님이 나리고
> 등짐장사 쉬어 넘고
> 도적이 목 지키던 곳
>
> 분홍 두루막에 남빛 돌띠 두르고

---

13 정옥자, 『우리선비』, 현암사, 2002, 14쪽.

할아버지와 이 재를 넘었다
뻐꾸기 자꾸 우든 날

검정 개명화에
발이 부르트고
파랑 갑사 댕기
손에 감고 울었더니
흘러간 서른 해
유월 하늘에 슬픔이 어린다

머들령은 대전에서 금산군 추부면의 삽티고개와 동면 장터를 지나 지금의 요광리로 넘어가는 고개를 말한다. 이 작품은 머들령에 얽힌 유년시절에 대한 추억을 그리는 것을 뛰어넘어 식민지현실의 슬픔을 형상화하는 데까지 나아간다. 이렇듯 머들령을 통해 일제강점기의 슬픈 현실을 묘사한 시인의 이면에는 시대를 초월하여 존재하는 선비정신이 자리 잡고 있었던 것으로 보인다.

이처럼 대전 현대시의 흐름을 통해 볼 때 대전의 시정신은 '느림'의 정신과 선비정신으로 압축할 수 있겠다. "남들이 조급할 때/ 지그시 기다리는/ 어리석은 듯 하면서도/ 느긋한/ 내 안과 싸워 멍드는/ 참고 견디는 우직함"(박상일의 「충청도」)이 담긴 '느림'의 미학과 "감성의 발현이라 할 수 있는 인정과 인간으로서 지켜야 할 도리인 의리"를 잘 조화시킨 선비정신을 말이다. 우리는 이러한 대전의 시문학의 정신을 온고이지신(溫故而知新)하는 마음으로, 현재적 의미에서 되새겨보고 실천해야 할 것이다.

4. 대전 현대시의 과제

지금까지 간략하게 대전의 현대시의 흐름 및 시정신에 대해 살펴보았다. 주지하다시피 대전의 현대시는 충남의 전통적인 시문학의 자양분 속에서 형성된다. 때문에 대전 현대시의 지형도는 충남의 시문학과 밀접한 관련 속에서 그려질 수 있을 것이다. 이러한 전제를 간과하지 않은 상태에서 대전의 현대시를 검토해 본 결과 해방 이후 『향토』, 『동백』으로 시작한 대전의 시문학은 이제 양·질적인 면에서 놀라운 성장을 하였음을 확인할 수 있었다. 이는 대전 시문학의 초석을 다진 정훈, 박용래, 박희선, 한성기 등의 헌신적인 노력과 대전의 짧은 역사가 지닌 장점이라 할 수 있는 대전 문학장에서의 다양성이 가져온 결과라 할 수 있다. 대전 현대시의 주조라 할 수 있는 향토성을 띤 전통적인 서정시의 바탕 위에 진보문학 계열의 시와 모더니즘 계열의 시 등의 다양한 운문적 색채가 함께 어우러진 것이다. 그렇다고 해서 대전의 시문학의 문제가 없는 것은 아니다. 그 중 하나로 지역적 정체성(停滯性)이 가져온 문학적 방식의 획일성을 들 수 있다. 이는 대전·충남 시단이 주로 문인협회의 결성, 즉 한국문학가협회 충남도지부(1955), 한국문인협회 충남지부(1962), 한국문인협회 대전지회(1989) 등이 형성되는 일련의 과정에서 문학적 아비튀스로 고착화된 것이라 할 수 있다. 문협을 중심으로 한 문학권력의 형성이 순수서정의 방식으로 지역문학의 형식을 지속시키는 주요 원인으로 작용했다고 할 수 있다.[14] 1990년대 후반에 민족문학작가회의 대전충남지회가 결성되고 기관지 『작가마당』이 발간되면서 문협 중심의 대전의 시문학의 양상이 점차

---

14 남기택, 「정중동의 흐름과 무늬-대전·충남 지역시단의 형성과 정체」, 『시와정신』 25, 시와정신사, 2008년 가을호, 66-67쪽 참조.

다양한 시문학의 장으로 변모하고 있음은 고무적이라 할 수 있다. 그리고 2000년 이후에는 젊은 시인들을 중심으로 기존의 내용과 형식을 깨뜨리는 실험정신을 담아낸 시를 양산해 내기도 한다. 이러한 일련의 양상들은 대전의 시문학을 좀 더 깊이 있고 넓게, 그리고 풍성하게 만드는 일이라 할 수 있다. 이렇듯 시문학장(場)에서 이질적인 만남이 공존하고 어우러질 때 대전의 시문학은 더 발전하리라고 본다.

- 『대전의 시인들』 제14집, 2008년

충북 근현대 문인의 활동과 영향
- 제천을 중심으로

1. 근현대 제천문학의 의미

충북 제천의 근대문학은 다른 지역에 비해 성과가 두드러진 편이 아니다. 옥천의 정지용, 보은의 오장환, 진천의 조명희, 음성의 이무영, 충주의 권태응 등 한국근현대문학사에서 중요한 위치를 차지하는 문인들이 포진해 있는 다른 지역에 반해 제천은 한국근대문학사에 족적을 남긴 문인을 찾아보기가 쉽지 않다.

최근 1937년에 첫 시집 『잔몽(殘夢)』으로 문단에 등장한 제천 출신 이상필의 문학자료를 총망라한 『이상필문학집』이 발간되고[01], 신춘문예 3관

---

01 이창식·최도식 등과 내재문화연구회에 의해 발간된 『이상필문학집』은 제천의 근대문학의 활로를 개척한 중요한 자료집이라 할 수 있다. 이상필의 첫 시집 『잔몽』을 비롯하여 제2시집 『향수애가』, 그의 유고시, 소설, 희곡, 산문, 평가 등 그의 작품이 총망라되어 수록되어 있다. (이창식·최도식 외, 『이상필문학집』, 내재문화연구회, 2012) 권명옥은 『제천군지』에 제천의 근현대문학을 기술하는 과정에서 "제천 지역에서 최초로 상재되었던 시집 『잔몽』은 박지견 등 한때 소장했거나 확인했던 이들 증언에도 불구하고 현재로서는 소장자가 나타나지 않고 있어 안타깝다."라고 언급하여 이상필의 『잔망』의 미발굴에 대해 안타까운 심정을 토로한 바 있다. (권명옥, 「문학」(제3장 제2절), 『제천시지』, 2004) 이러한 점으로 볼 때 『이상필문학집』 발간의 의미가 더 크다고 할 수 있다.

왕(『동아일보』(동화), 『중앙일보』(시), 『대한일보』(소설))의 영예를 안고 꾸준히 작품활동을 보여준 제천 백운 출신인 원로 시인 오탁번의 시전집과 자서전이 발간[02]되는 등 제천의 근대문학의 토대가 마련되고 있어 다행이라 할 수 있다. 그리고 한국문인협회 제천지부 문인들의 작품을 중심으로 한 『제천문학』이 꾸준히 발간되고 있고[03] 제천 출신 문인은 아니지만 제천에서 거주하며 작품활동을 한, 동시 「구슬비」로 유명한 권오순 시인의 동시선집도 발간되어 제천의 문학이 더 풍성해지고 있다.[04] 이 외에도 권운상의 장편대하소설 『녹슬은 해방구』와 판화가 이철수의 판화산문집 『배꽃 하얗게 지던 밤에』, 『소리 하나』 등도 주목할 만하다.

그러나 한국근현대문학사에서 제천 문인들에 대한 언급은 거의 없는 상태이다. 그것은 그동안 제천문학에 대한 비평이나 연구가 제대로 이루어지지 않은 결과라 할 수 있다.[05] 앞으로 제천의 근현대문학에 대한 연구

---

02 오탁번에 관련된 문학자료를 정리해보면 다음과 같다. 『오탁번시전집』(태학사, 2003), 『손님』(황금알, 2006), 『우리 동네』(2010), 『시집 보내다』(문학수첩, 2014) 등의 시자료와 『순은의 아침』(나남, 1992) 등의 소설자료, 그리고 『시적 상상력과 언어』(태학사, 2003) 등의 연구자료와 『입품 방아품』(원서헌, 2008) 등의 자서전 성격을 띤 자료가 있다. 최근에 발표된 시집 『우리 동네』 와 『시집 보내다』는 제천에 관련된 작품들이 특히 많이 수록되어 있다. 앞으로 제천문학사의 올바른 자리매김을 위해 오탁번에 대한 연구가 많이 이루어져야 할 것으로 사료된다.

03 『제천문학』(한국문인협회 제천지부)은 1976년에 창간호를 발간한 이래 2017년 현재 78집까지 발간되었다. 제천 현대문학의 흐름과 특징을 잘 보여주는 문학자료라 할 수 있다.

04 전병호 엮음, 『권오순 동시 선집』, 지식을만드는지식, 2015.

05 제천문학에 대한 연구는 거의 근대 이전의 문학에 집중되어 있다. 권순긍, 「한문학」(제3장 제1절), 『제천시지』, 2004 ; 이창식, 「권섭과 국문시가」(제3장 2절), 『제천시지』, 2004 ; 권순긍, 『한국문학의 로컬리티와 제천』, 박이정, 2015 등. 제천의 근현대문학에 관한 연구성과로는 이창식·최도식, 「이상필의 삶과 문학 – 초금의 세계의 애도의 시학」, 『이상필문학집』, 2012 ; 최도식, 「제천지역 문인 이상필의 삶과 시세계」, 『한국문학이론과비평』 제57집, 2012 ; 전병호, 「천국 가는 길가 풀잎에 맺힌 이슬로 살다 가다」, 『권오순 동시 선집』, 지식을만드는지식, 2015 등. 이처럼 제천의 근현대문학 연구가 거의 이루어지지 않았음을 알 수 있다.

가 절실하다고 하겠다. 그리고 한국근현대문학사에서 제천 문인들에 대한 언급이 없는 또 다른 이유는 중앙과 지방이라는 이분법적인 잘못된 인식에서 찾을 수 있겠다. 지금까지 나온 한국근현대문학사가 객관성과 균형감각을 담보한 서술이라기보다는 지역문학이 중앙과 지방이라는 이분법적 경계에 의해 '서울(경성)' 중심이라는 중앙 위주의 문단, 작품활동이 주가 되어 기술된 느낌이 없지 않다. 이에 따라 그 지역의 문화와 정서가 반영된, 풍부한 지역문학이 자칫 홀대받을 수 있다는 것이다. 따라서 앞으로 나올 한국근현대문학사는 중앙과 지방을 뛰어넘어 지역 대 지역이라는 균형적인 안목, 예를 들어 서울도 하나의 지역으로 인식하여 서울 지역과 제천 지역이라는 인식을 바탕으로 기술되어야 할 것이다. 물론 서울과 다른 지역에 형성된 문화·예술(문학)의 장의 규모면이나 질적인 면에서 동등 비교될 수 없는 것은 사실이다. 그럼에도 불구하고 중앙문단(본부)과 지방문단(지부) 형식의 상하의 개념이라는 인식에서 탈피하여 그 지역 고유의 문화와 정서, 전통이 담긴 지역문학을 제대로 문학사가 반영될 때 올바른 한국근현대문학사가 기술될 것으로 사료된다.

오늘날 이렇듯 지역문학에 대한 새로운 인식을 통해 많은 성과를 이루고 있다. 부산·경남, 대구·경북지역뿐만 아니라 광주·전라, 대전·충청, 강원지역에 이르기까지 지역의 고유성과 특수성을 반영한 연구성과가 꾸준히 나오고 있다.[06] 제천이 속해 있는 충북지역문학에 관련된 연구성과도

---

06 박태일, 『경남·부산 지역문학 연구 1』, 청동거울, 2004 ; 박태일, 『한국 지역문학의 논리』, 청동거울, 2004 ; 송기한·김현정 편저, 『대전·충청지역의 고향시』, 도서출판 다운샘, 2004 ; 김현정, 『한국현대문학의 고향담론과 탈식민성』, 역락, 2005 ; 경북대학교 대형과제연구단, 『근현대 경북지역 문학의 흐름과 특성』, 정림사, 2005 ; 경북대학교 대형과제연구단, 『근현대 대구지역 문학의 흐름과 특성』, 정림사, 2005 ; 구모룡, 『지역문학과 주변부적 시각』, 신생, 2005 ; 전북문학지도 간행위원회, 『길은 길을 묻는다』, 도서출판 두인, 2005 ; 최명표,

서서히 나오고 있는 실정이다.[07]

이 글에서는 제천과 연관된 많은 문인 중 작고한 이상필 시인과 현재에도 왕성하게 활동하고 있는 오탁번 시인, 그리고 제천에 연고가 있는 권오순 시인에 대해 고구하고자 한다. 아울러 1976년부터 『제천문학』을 꾸준히 펴내고 있는 제천문인 등에 대해서도 조명하고자 한다.

2. 충북 제천 근현대문인의 활동

1) 제천의 근대문학과 이상필

제천의 근대문학은 일제강점기인 1937년에 첫 시집 『잔몽(殘夢)』(삼문사)을 펴낸 이상필 시인(1917-1975)으로부터 시작된다. 그는 1917년 10월 15일에 충북 제천군 제천면 읍부리 213번지에서 이민우의 4남 2녀 중 차남으로 출생한다. 아호는 그의 첫 시집명과 동일한 '잔몽(殘夢)'이고, 1922년에 상훈(相勳)에서 상필(相弼)로 개명하게 된다. 1924년 4월에 제천공립보통학교(현 제천 동명초등학교)에 입학한다. 9세가 되던 1925년에 어머니가 사망하게 되어 적잖은 충격을 받게 된다.

『전북 지역 시문학 연구』, 청동거울, 2007 ; 최명표, 『전북 지역 아동문학 연구』, 청동거울, 2010 ; 한정호, 『지역문학의 이랑과 고랑』, 도서출판 경진, 2011 ; 김현정, 『대전·충남문학의 향기를 찾아서』, 도서출판 심지, 2013 ; 안미영 외, 『예향의 도시, 문학을 말하다』, 대구문화재단, 2013 ; 남기택, 『강원영동지역문학의 정체와 전망』, 청운, 2013 등.

07 충북문학지리편집위원회 편, 『충북문학지리 - 너의 피는 꽃이 되어』, 도서출판 고두미, 2005 ; 김외곤, 『한국 근대문학과 지역성 - 충청북도의 근대 문학』, 역락, 2009.

희망의 꽃다발을 수놓던 보드러운 감성은
권태와 하품에 넋을 잃어
울적한 암흑이 가득이 덮여 있고……

힘 다하도록 싸우려던 신념과 투지는
운명 작희(作戱)와 세월의 흐름에 자취도 없이
황사바람 휘몰아치는
황무지 광야 위를 끝없이 헤매느니…….

인생을 시련하려든 깜짝한 마음에
『인생무상의 묘표(墓標)가 박힌지도 이미 오래요.』

산마루에 근심스러히 헤매는
마음 들뜬 구름도
갈 길을 헤아리지 못해
비창(悲愴)한 눈물을 구성지게 뿌리는구려.

-「시련」 전문(『잔몽』)[08]

위 시는 어머니에 대한 그리움이 많이 담긴 작품이다. 시인은 시 말미에 "이 글은/ 이 세상에 태여나신지 사십팔년/ 나의 어머니 되신지 이십일년/ 이 세상을 떠나신지 십이년/ 되신 어머니의 영전(靈前)에 드리나이다"라고 붙여 어머니에게 바치는 헌시라 할 수 있다. 아홉 살에 어머니를 잃은 후 시인은 한번도 어머니를 잊은 적이 없었을 것이다. 어머니가 떠나신지 12년이 되었어도 시인은 변함없이 어머니에 대한 그리움을 표출하

---

08 이창식·최도식 외, 『이상필문학집』, 80-81쪽.

고 있다. 어머니가 세상을 떠나시기 전 가졌던 "희망의 꽃다발을 수놓던 보드러운 감성"도 "울적한 암흑"으로 바뀌고, "힘 다하도록 싸우려던 신념과 투지"도 "황무지 광야" 위를 헤매는 바람처럼 사라지게 된 것이다. 때문에 그의 삶에는 이미 "인생무상의 묘표"가 깊숙이 박히었다. 이 시는 어머니의 부재로 인한 상실감이 얼마나 큰지를 단적으로 보여주는 작품이라 할 수 있다. 그리고 어머니와 누님을 잃은 그는 자신의 이름을 호명해주길 당부한다. "고요한 밤이 되면/ 누구신지 가만히 내 이름을 불러주서요.// 아니…… 어느 때나 노—부르십니다./ 눈물이 흐를 때나/ 기쁨이 솟을 때나/ 노— 내 이름을 불러주서요"(「부르심」)라고 말이다. 식민지현실에서의 일제의 탄압과 어머니와 누님의 부재로 인한 극도의 쓸쓸함이 그를 호명되기를 바라는 화자로 만든 것이다.

이후 1931년에 서울 양정고보에 입학하면서 서울로 유학을 떠나 객지생활을 한다. 양정고보 2학년 때 제2회 브나로드 계몽 대원으로 참가한 그는 제천에 내려와 한글을 가르치기도 했다.[09]

7월 18일 제천지국장을 방문하고 강습인가 수속을 부탁하여 놓고 그간 장소문제로 노력 중이다가 어쩔 수 없이 당지 예배당의 아동성경학교와 합하여 개강하게 되었다. 제1일엔 강습생 15명이다가 현재는 57명의 다수가 모집되었다. 이로써 8월 15일에 강습을 종료하였는데 37명이 한글을 완전히 해득하게 되었다. 제천군 제천면 책임대원 이상필[10]

---

09 위의 글, 617쪽 참조.

10 「브나로드 운동 2차 계몽대 활동 개시」, 『동아일보』, 1932년 8월 24일.

첫 시집 『잔몽』이 나온 1937년은 중일전쟁이 발발하던 시기로, 일제가 점차 대동아공영권을 강조하며 군국주의의 본질을 더 드러내던 때였다. 동아일보가 복간되고, 『요람』, 『단층』, 『문원』, 『시인춘추』, 『자오선』 등의 문학잡지가 출간되기도 하였다. 시집은 이용악의 『분수령』을 비롯하여 윤곤강의 『대지』, 오장환의 『성벽』, 이찬의 『대망』, 장만영의 『양』 등 12권이 출간되었는데, 이상필의 시집이 여기에 포함된 것이다. 시집 첫머리에 "글도 글갓지 아는 글로/ 活字 작란 하여 보려는/ 마음을 서러합니다// 이 詩集을 삼가 가고 못올/ 그길을 떠나가신 누님의 靈前에 드립니다/ 昭和 十二年 五月/ 내 故鄕 堤川에서"라고 쓴 것으로 보아 이 시집은 죽은 누님을 기리기 위해 바치는 헌시(獻詩) 성격을 띤 작품집이라 할 수 있다. 아홉 살에 어머니가 돌아가신 뒤 줄곧 자신을 돌봐 준 누님의 죽음은 시인에게 적잖은 트라우마(정신외상)를 가져다주었을 것으로 판단된다. 그리하여 시인은 자신의 슬픔을 달래고 누님에 대한 정을 표출하기 위해 방황기에 써놓은 시와 어머니와 누님에 대한 애틋한 시들을 묶어 시집을 발간한 것으로 보인다.

이상필의 문학적 행보는 1936년 『모던 조선(朝鮮)』의 주간을 맡을 때부터 시작되었다고 할 수 있다. 『모던 조선』은 문학작품, 문단의 가십, 대중가요 등 당시 시류적인 글과 서구의 사회 내지는 문화를 소개하는 등 계몽성을 담은 잡지이다. 이 잡지의 주간을 맡은 이상필은 여러 문인들과 교유하면서 본격적으로 시를 쓰기 시작한 것으로 사료된다. 이후 1947년 10월에 김동리의 초회 추천으로 『문예』 제3호에 소설 「미발(美髮)」을 발표하게 되고, 12월에는 동지 제5호에 「심문섭씨」로 마지막 추천을 받음으로써 정식으로 소설가로 데뷔한다. 1955년에 제2시집 『향수애가(鄕愁哀歌)』를 발간하는데, 이 시집에는 청춘의 방황과 전원적인 삶이 담겨 있다.

이 외에 『잔몽』에서 보여준 허무주의적이고 방황하던 모습에서 탈피하고자 하는 의지를 보이고 있다.

> 혼자 가는 길이다
> 나의 모든 실패와 비극을 거느리고
> 나 혼자 가는 길이다.
>
> (……)
>
> 다음 날 가장 아름답게 가장 굳세게
> 솟아오를 나의 힘을 믿으며
> 나 혼자 가는 길이다.
>
> -「혼자 가는 길」부분

위 시는 "서문을 대신하는 시"에 해당하는 작품이다. 첫 시집에서 보인 어머니와 누님의 부재로 인한 극도의 불안감과 허무함은 사라지고, "나의 노래를 나의 가슴에 새기며" 혼자 가야함을 강조하고 있다. 일제강점기 불안한 상황 속에서 내 이름을 호명해 달라고 하는 모습이라든지, 힘없는 우울한 모습이 보이지 않는다. 그 자리에 나의 길은 다른 사람이 대신 가주는 길이 아닌 내가 스스로 개척해야 되는 것임을 자각한 것이다. 제천 로컬리티를 보여주고 있는 시 「의림지 호반에서」도 있다. 의림지에 소풍 온 "어린이들의 동심이 부럽소"라고 하여 동심의 세계로 돌아가고 싶은 욕망을 보여주고 있는 것이다. 이상필은 1975년 숙환으로 별세한

뒤 제천시 고명동 산 84번지 천주교 남천동 교회 공동묘지에 안장된다.[11]

이처럼 이상필은 시인으로서뿐만 아니라 소설가로서도 왕성하게 활동한 제천의 근대문인을 대표하는 작가라 할 수 있다. 그의 문학적 성과가 제대로 밝혀지려면, 그의 시집 두 권뿐만 아니라 유고시집 『봄맞이』와 소설, 희곡 등에 대한 전반적인 연구가 이루어져야 할 것이다.

2) 원서문학관과 오탁번

또 다른 제천 출신 문인으로 오탁번(1943~)을 들 수 있다. 그는 현재 대학에서 정년퇴임한 후 자신이 다니던 백운초등학교 분교를 매입, 리모델링하여 만든 '원서문학관'에 거주하면서 창작활동을 하고 있다. 최근에 발간된 시집 『우리 동네』를 비롯하여 그의 시집 곳곳에 제천을 소재로 한 작품이 많이 등장한다. 시인은 제천에서 나고 자라서 백운초등학교를 졸업하고 객지생활을 했지만, 그의 마음은 어머니가 있는 고향 제천을 떠나지 못하였다. 그리하여 그는 지속적으로 제천을 노래했으며, 제천의 현대문학을 간접적으로 개척한 시인이라 할 수 있다.

> 제천군 백운면 평동리 장터
> 비바람에 그냥 젖는
> 버스 정류장 옆 조그만 가게
> 바깥 세상 겨우 내다보이는
> 가게의 금 간 유리창에
> 흰 종이가 ☆☆☆☆모양으로
> 오종종 붙어 있다

---

11 이창식·최도식 외, 『이상필문학집』 참조.

천둥산 그림자 일렁이는 앞개울에는
모래빛 모래무지 한 마리가
한사코 모랫바닥에 숨는다
꼬리에 알 가득 밴 여울목의 가재는
무지개빛 수염을 한껏 치켜들고
물속에 비친
천둥산 이마를 간지럽힌다

- 「고향」 전문(『벙어리 장갑』)

　위 시는 오탁번 시인의 고향인 제천시 백운면 풍경이 잘 표출되어 있
는 작품이다. 백운면 평동리 장터에는 아직도 구멍가게가 그대로 위치해
있다. "가게의 금간 유리창"에는 별 모양의 하얀 종이로 붙어있고, 천둥산
자락 앞 개울에는 모래무지와 가재가 노닐고 있는 평화로운 모습이 그려
져 있다. 제천에서 떠난 지 오래되었어도 유년시절의 모습 그대로 남아있
는 고향의 오래된 낡은 구멍가게와 모래무지, 가재 등이 있는 개울의 모
습은 시인에게 고향에 다시 회귀하고 싶은 욕망을 불러일으키게 한다. '서
울'이라는 곳에서 오랫동안 살아온 시인은 언젠가는 그곳을 떠나 고향으
로 가고자 하는 욕망을 늘 지니고 있다. 이를 암시하듯 시인은 '고향'이라
는 동일한 제목의 시를 세 편이나 썼다.[12]

　오탁번은 1943년에 충북 제천군 백운면 평동리 169번지에서 아버지
오동복과 어머니 광산 김씨 사이의 4남 1녀의 막내로 출생한다. 충주와

12　제1시집 『아침의 예언』(조광, 1973)과 제3시집 『생각나지 않는 꿈』(미학사, 1991), 제6시집 『벙어
리장갑』(문학사상사, 2002) 등이 수록되어 있다. 그리고 「고향」과 유사한 「내 고향」(제4시집 『겨
울강』(세계사, 1994)까지 합하면 네 편이나 된다. 시인이 이렇듯 '고향'에 관련된 시를 여러 편
쓴 것은 고향으로 회귀하고 싶은 욕망을 지속적으로 드러낸 것이라 볼 수 있다.

제천 두 군의 경계가 되는 이곳은 천등산과 박달재 사이에 있는 백운면 면소재지로서 제천까지 50리, 충주까지 70리, 원주까지 80리가 되는 곳에 위치해 있다. 3세에 아버지가 돌아가시는 슬픔을 경험한다. 한국전쟁이 발발하여 피난갔다가 해동 무렵에 돌아온다. 1951년에 백운초등학교 입학한 그는 4학년 때 충주사범을 갓 졸업한 권영희 선생님을 만나면서 새로운 인생이 시작된다. 조실부모한 선생님은 오탁번의 어머니를 친어머니처럼 모셨고, 오탁번도 선생님 동생이 된다. 가난했던 오탁번은 권 선생님의 도움으로 원주중학교에 진학하게 되고, 그곳 문예반에 들어가 시를 쓰기 시작한다.

내가 백운초등학교 3학년이었을 때
충주사범을 갓 졸업한 권영희 선생님이
나의 담임교사로 부임해 왔다
내 생애의 한복판에 민들레꽃으로 피어서
배고픈 연한살의 나를 숨막히게 했다
멀리 솟은 천등산 아래 잠든 마을에
풍금을 잘 치는 예쁜 여교사가 왔다
어느 날 하교길에 개울의 돌다리를 건너며
들국화 한 송이 가리키듯 나를 손짓했다
　　탁번아 너 내 동생되지 않을래?
　　전쟁 때 부모가 다 돌아가시고
　　오빠도 군대에 가서 나는 너무 외롭단다
선생님이 누나가 되는 정말 이상한 일이
아무렇지도 않은 듯 일어났다

－「영희 누나」 부분(『겨울강』)

권영희 선생님은 시인에게 아주 특별한 존재이다. 궁핍하던 시절 시인에게 꿈과 희망을 심어주었고, 중학교 1학년 학비까지 내주어 배움의 끈을 놓지 않도록 했으니 말이다. 이때 권 선생님을 만나지 않았다면, 그리고 시인의 누나가 되지 않았다면, 선생님처럼 학생을 가르치는 일과 시를 쓰는 일을 할 수 없었을지 모른다. 시인의 가슴 한 켠에는 늘 권 선생님이 자리잡아 시인의 중심추 역할을 했을 것으로 보인다. 이렇듯 비록 아버지가 일찍 돌아가시고, 어머니 혼자 뒷바라지 하느라 시인을 잘 돌보지 못하는 상황이었지만 시인은 선생님의 도움으로 유년시절을 별탈없이 지냈던 것으로 생각된다.

1960년에 원주고등학교에 입학한 그는 3학년 때 집안사정이 악화되어 학교를 그만두려고 했으나 담임 선생님의 후의로 졸업한다. 이 시기 시 「걸어가는 사람」으로 학원문학상을 수상하게 되고, 2년 뒤 고려대 영문과에 입학한다. 대학 시절에 그는 동화 「철이와 아버지」로 『동아일보』 신춘문예에 당선되고, 시 「순은이 빛나는 이 아침에」로 『중앙일보』 신춘문예에 당선하여 문단의 주목을 받기 시작한다. 1969년에는 소설 「처형의 땅」으로 『대한일보』 신춘문예에 당선하여 신춘문예 3관왕을 차지한다.

1973년에 첫 시집 『아침의 예언』을 발간한다. 1년 뒤에 수도여자사범대학 전임강사가 된 그는 첫 창작집 『처형의 땅』(일지사)을 간행한다. 3년 뒤에 제2창작집 『내가 만난 여신』(물결)을 발간하고, 이듬해에 제3창작집 『새와 십자가』(고려원)를 간행하여 왕성한 창작활동을 보여준다. 3년 뒤에 제4창작집 『절망과 기교』(예성)를 간행한 그는 12년만에 제2시집 『너무 많은 가운데 하나』(청하)를 펴낸다. 제5창작집 『저녁연기』(정음사)도 간행한다. 2년 뒤에 단편 「우화의 땅」으로 제12회 한국문학작가상을 수상한 그는 소년소설 『달맞이 피는 마을』(정음사)과 소설 『혼례』(고려원)를 발간한다. 이듬해에 제6창작집 『겨울의 꿈은 날 줄 모른다』(문학사상사)를, 평론집 『현대시의 이해』(청하)를 간행한다. 1991년에는 제3시집 『생각나지 않는 꿈』(미학사)과 산문집 『시인과 개똥 참외』(작가정신)를 출간한다. 1994년에는 제4시집 『겨울강』(세계사)을 간행하여 동서문학상(시)을 수상한다. 1997년에 시 「백두산 천지」로 제9회 정지용문학상을 수상한다.

1998년은 시인에게 아주 특별한 해이다. 산문집 『오탁번 시화』(나남)를 간행한 것도 있지만, 그보다도 그가 소망했던 계간시지 『시안』이 창간되던 해이기 때문이다. 이듬해에 제5시집 『1미터의 사랑』(시와시학사)을, 3년 뒤에 제6시집 『벙어리장갑』(문학사상사)을 펴낸다. 2003년에는 회갑 기념으로 『오탁번 시전집』(태학사)을 간행하기에 이른다. 3년 뒤에는 제7시집 『손님』(황금알)을 간행하고, 1년 뒤에 『오탁번 시화 - 아직 태어나지 않은 시인을 위하여』(나남)를 간행한다. 원서문학관에 내려온 그는 2010년에 제8시집 『우리 동네』(시안)를 발간하고, 2년 뒤에는 시선집 『밥 냄새』(지만지)를 간행한다. 그리고 2014년 제9시집 『시집 보내다』(문학수첩)를 발간한 그는 1년 뒤에 『작가수업 오탁번 벙어리 시인』(다산책방)을 간행한다.[13]

이처럼 오탁번 시인은 신춘문예 3관왕도 놀라운 일이지만, 등단 이후 작품활동을 꾸준히 하여 9권의 시집과 7권의 창작집이라는 16권의 작품집을 발간한 것도 경이로운 일이라 할 수 있다. 평론집과 산문집도 발간한 그는 제천의 현대문학뿐만 아니라 한국의 현대문학에서까지 높이 평가받을 만한 문학적 성과를 이루었다고 할 수 있다.

---

13   오탁번, 『입품 방아품』, 원서헌, 2008 참조.

3) 『제천문학』과 로컬리티

그리고 제천의 근현대문학에서 빼놓을 수 없는 자료는 1976년 10월 1일에 창간된 『제천문학』이다. 이 잡지는 2017년 현재 78호까지 발간했을 정도로 장수 잡지이다.[14] 『제천문학』 창간호는 특별한 양장이 없는 표지에다가 일반 종이에 인쇄된 국판 79쪽으로 되어 있다. 시문학사에서 인쇄한 것으로 나와 있다. 『제천문학』 창간호에 실려있는 김준현의 창간사에는 다음과 같은 내용이 나온다. "생활과 문학, 문학과 생활은 어머니와 아들, 아들과 어머니의 관계로서 생활을 떠난 문학, 생활에 밝은 빛을 더해주지 못하는 창작행위란 백해무익한 것이라 할 것입니다.// (……)// 생활속에 문학을 심는 일이 얼마나 어려운 작업이며 문학 속에서 생활을 창조해 가는 일이 또 얼마나 힘든 것인가를 우리 모두가 깊이 체험하게 될 때 너, 나를 막론하고 뜨거운 한 가슴이 될 것입니다. 바로 이러한 가슴들로 조용히 모인 것이 「제천문학회」입니다."라고 하여 '생활과 문학', '문학과 생활'을 지향할 것이며, 이 둘의 변증법적 관계 속에서 새로운 문학을 추구할 것임을 강조하고 있다. 생활과 문학이 유리된 것이 아니라 상호보완적인 것임을 역설하고 있는 것이다. 창간호의 목차를 소개하기로 한다.

〈창간사〉
문학과 생활--- 김준현

---

14 권명옥은 『제천시지』에 '제천지역 현대문학의 전개 - 동인지 『제천문학』'이라는 장을 마련하여 『제천문학』에 대한 서지학적 측면에서 작품 분석에 이르기까지 비교적 자세하게 언급하여 『제천문학』의 중요성을 부각시키고 있다. (권명옥, 앞의 글 참조)

〈축사〉

훌륭한 시작의 지속──────────────────── 권일송

제천문학 창간호에 부쳐──────────────── 해원

〈초대시〉

구름──────────────────────── 야청 박기원

송화삿길 ───────────────────── 월하 이태극

고무신(古無新) 박종우선생 영전에 ───────────── 신세훈

소서(小暑) ───────────────────────서 벌

〈시〉

오월 외 2편 ────────────────────── 박지견

강물 외 1편 ────────────────────── 홍석하

차라리 바람이고 싶음을 외 1편 ─────────── 장운영

근황 외 1편 ────────────────────── 신갑선

가을소리 외 1편───────────────────── 최재순

〈시조〉

속(俗) 증도가(證道歌) ───────────────── 김준현

초(初) 雪賦(설부) 외 1편───────────────── 이종훈

〈동시〉

속삭이는 꽃밭 ───────────────────── 김태하

〈초대 수감(隨感)〉

무명(無名) 교사────────────────────── 정일훈

국력(國力) ──────────────────────── 안영기

산과 절(寺刹) ───────────────────── 강운회

〈꽁트〉

무등병 ──────────────────────── 한명철

〈지방문화재 소개〉

무명탑(無名塔) ───────────────────── 박지견

〈동화〉
어떤 인삼──────────────── 김태하
〈준회원〉
〈시〉
현전(現前) ──────────────── 장일환
단오절에 ──────────────── 이은자
나는 꿈인가──────────────── 김영귀
〈산문〉
편지──────────────── 김호숙

제천문학회칙
회원소개
제천문학일지
편집후기

　창간호의 목차를 보면 시, 시조, 동시, 수필, 꽁트, 동화 등 다양한 장르
가 수록되어 있음을 알 수 있다. 초대시에 강원도 강릉 출신인 박기원 시
인과 강원도 화천 출신인 이태극 시조시인, 경북 의성 출신 신세훈 시인과
경남 고성 출신 서벌 시조시인 등의 작품이 실려 있어 동인지의 위상을 높
여주고 있다. 〈제천문학일지〉에 따르면 1976년 6월 13일 제천문학회 회
장 김준현 스님(봉양면 송화사 주지)의 제2시집 『인연』 출판기념회에 참석한
이태극, 신세훈, 간운희, 서벌, 윤금초, 이은방을 비롯하여 삼장시 동인회
원과 제천문학회원 등 70여 명이 모여 대성황을 이룬 것으로, 그리고 6월
20일에 총회 때 자문위원 인선과 『제천문학』 창간호 발간을 토의한 것으
로 기술되어 있다. 이를 통해 김준현 시인의 출판기념회 때 각지의 많은

시인들과 제천 문인들이 모여『제천문학』창간의 필요성에 대해 논의를 했고, 이후『제천문학』창간호가 발간되었음을 짐작할 수 있다. 창간 당시 제천문학회 회원은 명예회장 박기원, 회장 김준현, 간사 장준영, 회원 박지견, 김태하, 홍석하, 신갑선, 신윤수, 장윤석, 이종훈, 최재순, 한명철, 박종윤, 임효덕, 준회원 이은자, 김영귀, 장일환, 김호숙, 자문위원 신세훈, 안영기, 정관옥, 임순식, 김종호 등이었다. 준회원으로 제천여고 2학년 김호숙이 활동하고 있는 점이 특이사항이라 할 수 있다. 장년층에서 청소년 층까지 아우르려는 의도로 보인다. 〈편집후기〉의 내용을 정리해 보면 제천문학회의 발족 첫 사업으로『제천문학』창간호가 나와 감개무량하다는 점,『제천문학』을 통해 상업도시 이미지로 굳어있는 제천을 문화의 도시로 바꾸어나가겠다는 점, 원고 수합 과정에서 많은 애로사항이 있었다는 점, "똑똑한 바보들에게 느낄 수 있는 휴매니즘"을 더 많이 느끼고 싶다는 점 등으로 압축할 수 있겠다.[15] 창간호 이후『제천문학』발간 연보를 일부 나열하면 다음과 같다.

· 1977. 4. 20 『제천문학』제2집 발간
· 1977. 11. 16 『제천문학』제3집 발간
· 1978. 5. 30 『제천문학』제4집 발간[16]
· 1978. 12. 30 『제천문학』제5집 발간
· 1979. 8. 30 『제천문학』제6집 발간

(……)

---

15 편집후기 말미에 '―영―'으로 나와 있는 것으로 보아 장준영 간사가 쓴 것으로 보인다.
16 이상필의 유고시 「바람」, 「밤의 노래」, 「흑석리(黑石里)에서」 등을 소개하여 제천문학을 더 풍성하게 하였다.

· 2016. 6. 23 『제천문학』제76집 발간
· 2016. 12. 16 『제천문학』제77집 발간
· 2017. 6. 25 『제천문학』제78집 발간

위에서 보듯 1976년 창간 이후 거의 매년 2회에 걸쳐『제천문학』을 발간했음을 알 수 있다. 초창기 김준현, 박지견 회장[17]을 비롯하여 많은 회원들이 제천의 현대문학을 융성시키겠다는 의지의 결과라 할 수 있다. 2017년 현재 이수진 회장을 비롯하여 53명의 회원이 동인으로 작품활동을 하고 있다. 고문 홍석하, 신성수, 유명상, 회장 이수진, 부회장 강복영, 박옥, 사무국장 이의희, 총무 신승희, 편집장 정정옥, 감사 이궁묵, 정인목, 낭송분과위원장 유진이, 낭송분과 총무 강정낭, 권소형, 권순자, 권오봉, 김경수, 김동원, 김명자, 김민서, 김연호, 김우용, 김은애, 김종식, 김홍래, 김홍래, 문규열, 박광옥, 박상수, 박선옥, 박옥자, 박종혁, 서동윤, 서윤정, 오귀태, 우동구, 원상규, 유봉재, 유지상, 이근규, 이성범, 이의해, 이정화, 임한숙, 정애진, 조성만, 조성희, 최길하, 최동욱, 한인석, 함세린, 함은숙, 황인호, 강미란 등이다.[18]

이처럼『제천문학』은 40여 년 동안 꾸준히 발간된 동인지로, 제천의 근현대문학의 역사와 맞물린다고 할 수 있다. 따라서 창간호부터 지금까지 나온 동인지를 모두 열람하여『제천문학』의 흐름과 특징을 조명하는 작업도 필요하리라 본다.

---

17 역대 회장단 현황을 보면, 초대 김준현(1976-8), 2대 박지견(1978-91), 3대 이종훈(1992-94), 4대 홍석하(1994-5), 5대 최재순(1996-7), 6대 신성수(1998-9), 7대 최재순(2000-1), 8대 김연호(2002-3), 9대 신승수(2004-5), 10대 유명상(2006-7), 11대 권오봉(2008-9), 12·13대 김홍래(2010-13), 14대 김동원(2014-5), 15대 이수진(2016-현재)(『제천문학』제78집, 261쪽).

18 『제천문학』제78집, 252-255쪽 참조.

4) 제천의 백운성당과 「구슬비」의 권오순

또한 제천과 연고가 있는 문인으로 권오순(1919-1997)을 꼽을 수 있다. 동요 「구슬비」로 유명한 그는 3·1운동이 일어나던 1919년에 황해도 해주에서 태어났으며, 아호로 맹물 또는 설봉(雪峯)을 썼다. 세 살부터 지체장애를 갖게 된 그는 평생을 가톨릭 신앙에 의지하며 살았다. 『어린이』 1933년 5월호에 「하늘과 바다」가 입선하면서 작품활동을 시작하게 된다. 이후 1937년 19세 되던 해에 그의 대표작인 「구슬비」를 『카톨릭소년』에 발표하게 된다.[19] 이후 일제가 한글 말살 정책을 펴자 그는 절필한다.

> 송알송알 싸리 잎에 은구슬
> 조롱조롱 거미줄에 옥구슬
> 대롱대롱 풀잎마다 총총
> 방긋 웃는 꽃잎마다 송송송.
>
> 고이고이 오색실에 꿰어서
> 달빛 새는 창문가에 두라고
> 포슬포슬 구슬비 종일
> 예쁜 구슬 맺히면서 솔솔솔
>
> -「구슬비」 전문

---

19 이 작품이 『카톨릭 소년』지에 발표하게 된 연유가 있다. 원래 그는 「구슬비」를 동시 「꽃나무 맘마」, 장편소년소설 「희생」과 함께 『아동문예』에 투고했으나 일제가 비상시국이라며 일간신문 쪽수도 줄이고 각종 잡지도 폐간시키면서 『아동문예』도 갑자기 문을 닫게 된 것이다. 이 때 『아동문예』 편집자가 만주 용정에 가서 「구슬비」를 『카톨릭 소년』 1937년 5월호에 발표해 준 것이라고 한다. (전병호, 「권오순은 천국 가는 길가 풀잎에 맺힌 이슬로 살다 가다」, 『권오순 동시선집』, 지만지, 2015, 169-70쪽 참조)

유년시절에 한번쯤은 동요로 불러봤을 동시이다. 동요로 불린 탓도 있겠지만, 이 동시만큼 구슬비의 느낌을 잘 전달해주는 시도 없을 것이다. "송알송알", "조롱조롱", "대롱대롱", "송송송" 등의 시어는 동그란 구슬비의 속성을 잘 전해주고 있다.

해방 후 권오순 가족은 공산당에게 토지와 집을 몰수당하고 시골로 쫓겨나게 된다. 이 어려운 상황에서도 그는 야학을 열어 문맹퇴치에 앞장선다. 공산당 대의원 선거를 앞두고 그는 선거인 명부에서 자신의 이름을 누락시켰는데, 이것이 발각되어 철저한 감시와 탄압을 받게 된다. 당시 남한의 초등학교에서 자신의 동시 「구슬비」가 국어와 음악책에 수록되어 있는 것을 언니한테 듣게 된다. 그는 월남하기로 결심한 뒤 1948년 11월에 조각배를 타고 임당수를 건넌다.

한국전쟁 때 피난가지 못한 그는 몇 차례 죽을 고비를 넘기게 되는데, 이때 '오묘하신 하느님의 섭리'를 깨닫고 가톨릭에 귀의하게 된다. 1976년에 그는 생각지도 않았던 새싹문학상을 받게 된다. 이 상을 받은 계기로 힘을 얻어 1979년에 창작에 전념하기 위해 서울을 떠나 제천시 백운면 평동리에 있는 천주교회 옆 오막살이로 옮긴다. 이곳에서 창작활동을 왕성하게 한 그는 1983년에 첫 동시집 『구슬비』를 발간하게 되고, 이듬해에 『새벽숲 멧새소리』를, 3년 뒤에는 『무지개 꿈밭』을 출간한다. 이후 1990년에 제4동시집 『가을 호숫길』을 펴낸 후 1997년에 타계한다. 1991년에 이주홍문학상을 수상한 그는 1997년에 경기도 안성 미리내 성지에 안장된다.[20]

20　위의 책, 170-172쪽 참조.

어머니 품속에
꼭 안겨서
어머니 가슴의 볼 부비듯

구슬알 굴리다 잠들어요.
잠결에도 꼬옥 쥐어 보고
꿈속에서도 입술 부벼요.

구슬
알알에
어머니 숨결

꽃 내음 같은
굴 내음 같은…

-「묵주의 기도」전문

　묵주를 통해 어머니에 대한 그리움을 보여주고 있는 시이다. 묵주를 어머니인 것처럼 "어머니 가슴의 볼 부비듯" 부비고 "잠결에도 꼬옥 쥐어 보고" "꿈속에서도 입술"을 부빈다. 실향민인 시인은 북에 두고 온 어머니를 보고 싶은 마음이 간절할 것이다. 분단으로 인해 북녘의 소식을 전해 들을 수 없는 시인은 어머니가 더 그리울 것이다. 시인과 어머니 사이의 매개 역할을 하는 것은 묵주이다. 묵주를 통해 어머니를 만나게 된다.

　그의 생애 중 제천 백운에서 생활할 때가 가장 평화롭고 안정된 시기라 할 수 있다. 시인 스스로 '구름골', '백운골', '흰구름골'로 칭하며 흡족해하기도 했다. 백운공소(현 백운성당) 구내에 기거하면서 그는 원유순의 주선으로 생활보호대상 수급을 받게 되고, 원고료와 인세를 받아 이전보다

비교적 안정된 삶을 영위하게 된다.[21] 이처럼 권오순에게 제천은 심리적 안정을 가져다 준 곳이자 새로운 동요를 많이 쓴 곳이기도 하다. 권오순의 동시에서 제천의 로컬리티를 발견하는 작업이 필요하리라 본다.

이 외에 제천 출신 문인으로 제천시 금성면 동막리에서 출생한 권운상(1955-1996)을 들 수 있다. 1984년 『노동문학』을 통하여 등단한 그는 이후 『붉은 산 검은 강』(1988), 『녹슬은 해방구』(1991), 『월악산』(1994) 등을 출간한다. 그는 한국 근현대사를 배경으로 한 소설을 발표하여 민족문학의 새로운 지평을 열었다는 평가를 받는다. 그리고 판화산문집 『배꽃 하얗게 지던 밤에』, 『소리 하나』 등을 펴낸 이철수 판화가의 작품도 주목할 필요가 있다.

3. 제천문학의 과제

지금까지 제천의 근현대문학에 대해 살펴보았다. 이상필, 오탁번, 권오순과 제천문학회원 등의 작품을 통해 산문보다는 운문이 강세임을 알 수 있다. 제천의 근현대문학은 일제강점기 이상필이 첫 시집 『잔몽』으로 포문을 연 이후 『향수애가』와 소설 등을 통해 제천문학을 풍성하게 하였다. 그의 작품들은 어머니와 누님의 영전에 바치는 시를 비롯하여 청춘의 방황과 허무주의, 그리고 이를 극복하려는 움직임을 보이는 시 작품이 주를 이루었다. 그리고 그는 제천지역 문학의 활성화뿐만 아니라 제천의 역사와 문화에 대한 자긍심을 높이기 위해 다각적으로 노력하였다.

21　권명옥, 앞의 글, 422쪽 참조.

제천 백운에서 유년시절을 보낸 오탁번은 객지생활을 하면서도 고향 회귀에 대한 욕망을 지속적으로 표출하였다. 「고향」이라는 동일한 제목으로 발표한 시도 여러 편 있고, 작품 속에 '천등산' 등 제천의 지명이 곳곳에 등장하고 있다. 특히 제8시집 『우리동네』에는 고향의 아름다운 풍경과 추억, 그리고 고향 사람들의 훈훈한 내용들이 담겨 있다. 이처럼 오탁번 시인은 시를 통해 제천지역의 로컬리티를 끊임없이 표출하였다.

그리고 제천의 현대문학에서 빠뜨릴 수 없는 단체가 제천문학회이다. 1976년부터 제천에서 활동하던 문인들이 모여 『제천문학』 창간호를 발간한 이후 현재까지 78호를 낸 장수 동인지이다. 제천지역의 고유 정서와 특수성을 반영한 작품이 앞으로도 지속적으로 나오길 기대해본다.

제천과 밀접한 연관이 있는 권오순의 동시에 대한 관심과 연구작업이 필요하리라 본다. 제천 지역에서 문필활동을 하면서 그가 머문 곳의 정서가 많이 반영되었을 것이라는 것은 자명한 일이다. 이를 찾아내어 조명하는 일도 소중한 일이라 하겠다.

앞으로 제천의 근현대문학에 대한 심도있는 비평과 연구를 통해 올바르게 자리매김하는 일과 더불어 '지금 여기'에서 제천문학의 로컬리티를 어떻게 형성해나갈 것인가를 같이 고민해야 할 것이다.

-『충북향토문화학술대회자료집』 2017년

2부

시인의
상흔과 연민

근대성과 휴머니티
- 신동엽론

1.

신동엽(1930-1969)은 60년대 문학에서 결코 빼놓을 수 없는 시인으로 손꼽힌다. 왜냐하면 신동엽 시인만큼 치열하게 당시 시대정신을 담아 시로 형상화시킨 시인도 흔치 않기 때문이다. 여기에서 '시대정신'이라고 언급하였는데, 그러면 이 시대정신이란 무엇인가. 그것은 그 시대적 모순을 간파하여 비판하고 해결책을 모색하는 정신, 즉 시대적 요구를 담아내는 정신이라 할 수 있다.

이러한 시대적 요구를 정확하게 파악한 신동엽은 현실을 넘어선 저 먼 미래의 담론에 관심을 갖기보다는 현재 이곳의 현실에 눈을 돌리기 시작한다. 먼저 그의 시선에 들어온 현실은 인간성의 파괴를 가져온 근대문명에 대한 것이었다. 이러한 근대문명을 가져온 근대성(modernity)[01]은 무엇

---

[01] 혹자는 모더니티를 '근대성'이라 번역하지 않고 '현대성'으로 번역하기도 하는데, 이는 모더니티의 현재적 영향력과 당위성을 강조하는 입장이다. 그리고 '근대성'이라 부르는 경우는 현재 모더니티에 대한 전면적인 성찰이 진행되고 있다는 점을 강조하면서 모더니티 전반에 걸친 비판적 검토를 중시여기는 입장이다. (장성만, 「개항기의 한국사회와 근대성의 형성」, 김성기 편, 『모더니티란 무엇인가』, 민음사, 1994, 261쪽) 필자는 '근대성'으로 번역하는 입장에 동조하고자

인가. 근대성은 발전의 원칙, 과학과 기술의 가능성, 이성 숭배, 그리고 자유의 관념 등 무엇보다도 인간 이성에 대한 굳은 믿음과 더불어 세계가 전반적으로 합리화되어 간다는 것을 의미한다.[02] 또한 이는 비정한 경제적 착취와 냉담한 사회적 무관심을 특징으로 하는 것이며, 야만적으로 소외되고 원자화된 사회가 등장함으로써 심각한 혼란과 불안정, 좌절과 분노 등을 가져오는 것이라 할 수 있다.[03] 이러한 서구 근대의 논리가 60년대 한국의 근대화에 그대로 적용되었고, 신동엽 또한 근대화 자체가 서구화의 기획이었다는 것을 파악한 것이다. 따라서 그가 현실을 신랄하게 비판하는 것은 근대에 대한 비판이며, 서구 자본주의에 대한 비판이라 할 수 있다.

당시 그가 현실에 대해 얼마나 비판적인 시각을 지니고 있었는가에 대해서는 그의 평론 「시인정신론」에서 엿볼 수 있다.

문명인은 대지를 이탈하였다. 그들은 고향을 버리고 차수성(次數性) 세계 속의 문명수(文明樹) 나뭇가지 위에 기어 올라 궁극에 가서는 아무도 아닌 그들 스스로의 육혼(肉魂)들에게 향하여 어제도 오늘도 끌질을 하고 있는 것이다. 그들을 실은 공중풍선은 날이 갈수록 기세를 올려 하늘 높이 달아날 것이다. 마침내 인간은 아마도 지구를 벗어날 것이며 지구의 파괴를 기억할 것이며 인조 두뇌를 만들어 자동시작(自動詩作)을 희롱할 것이다.[04]

한다.

02 Rovert B. Pippin, *Modernity as a Philosophical Problem*, Cambridge:Bacil Blackwell, 1991, pp.4-20 참조.

03 패리 앤더슨, 김영희 역, 「근대성과 혁명」, 『창작과 비평』, 1993년 여름, 338쪽.

04 신동엽, 『신동엽전집』(增補版), 창작과 비평사, 1994, 368-369쪽. 앞으로 인용하는 신동엽의

인용 부분은 차수성의 세계, 즉 근대문명의 발달로 인해 나타날 지구의 종말을 예언적으로 묘파하고 있다. 이렇듯 근대가 낳은 심각한 문제점들을 비판하고 그가 추구하고자 한 것은 무엇일까. 그는 대지나 고향이 의미하는 원수성의 세계, 즉 화해롭고 평화스러웠던 원시공동체사회와 같은 인류문명의 시원의 세계를 희구하고 있었던 것이다. 그의 이러한 사상의 기저에는 결국 '인간에 대한 사랑'이 자리잡고 있었던 것이다. 그는 기계에 의해 소외된, 생산물의 노예로 전락한 인간을 어떻게 하면 인간 본연의 모습으로 되돌릴까 하는 부분을 끊임없이 고민했던 것이다. 결국 이러한 것을 포괄하고 있는 것이 휴머니즘이라 할 수 있다.

따라서 이 글에서는 이러한 휴머니즘을 통해 근대를 넘어서고자, 그리고 근대를 극복하고자 했던 신동엽의 시를 면밀하게 살펴보고자 한다.

2.

이 글의 핵심 키워드는 '휴머니즘'이다. 휴머니즘의 개념이 처음 사용된 것은 1808년 니트하머(H. Niethammer)에 의해서였다. 그는 당시 바세도브(Basedow)에 의해 전개된, 자연 및 이성에 근거한 교육에 반해서 고대 희랍어 및 로마어의 교육을 중심으로 하는 교육을 '휴머니즘'이란 개념으로 표현한 것이다. 그에게 이 개념은 "인간의 보다 높은 본성 개발에 기여하는 모든 것"을 포괄한다.[05]

글은 이 전집에 수록된 것이므로 쪽수만 밝힌다.

05 송동준, 「브레히트에 있어서 휴머니즘 槪念」, 서울대학교 인문과학연구소 편, 『휴머니즘 연

이런 의미로 사용된 휴머니즘의 어원을 보면, 원래 'Humanism'이란 말은 키케로(Cicero)와 바로 바로(Varro) 시대의 라틴어 'Humanitas'에서 온 것이다. 이 말은 고대 그리스어인 'Paideia'에서 유래한 것으로, 동물과 달리 인간을 인간답게 함양시키는 교육을 말한다. 다시 말하면 교양습득에 의한 인간성의 도야라는 뜻을 지니고 있다.[06] 그러나 르네상스 휴머니스트들은 여기에 또 다른 개념, 즉 'Humaniroa'를 추가한 바 그것은 신, 신성, 신학의 교육을 뜻하는 'Dirinitas'에 대해 고대 그리스, 로마의 서적 또는 학문을 뜻하는 것이다.[07] 따라서 어원적으로 살펴볼 때 휴머니즘은 첫째, 인간이란 동물적인 존재도, 신과 같은, 또는 신에게 예속된 존재도 아니며 그 스스로 독립해 있다는 인식과, 둘째, 중세적 인간관을 거부하여 고대 그리스, 로마적 인간성을 탐구한다는 의미가 내포되어 있다.[08]

그러면 신동엽 시인이 추구한 휴머니즘은 어떤 것이었을까. 그의 휴머니즘은 창조적이고 '능동적인' 인간이 최고선이며, 물질적 풍요로운 인간이 아니라 바람직한 삶을 영위하는 인간이 중심이 되는 사회를 창조하는 것이라 생각된다. 이는 대부분 마르크스주의의 문헌에서 외면해 왔던 인간, 개인주의, 삶의 의미, 생활규범 등에 관한 물음들을 제기하면서, 기존 휴머니스트들처럼 마르크스 또한 모든 사회적 제도들이 인간의 성장과 발전에 기여해야만 한다는 사상을 지니고 있었다고 언급한 아담 샤프의 관점과 유사하다.[09]

구』 서울대학교출판부, 1988, 95쪽.

06 오세영,「한국 현대 문학과 휴머니즘」『한국 근대문학론과 근대시』 민음사, 1996, 14쪽.

07 Paul Edward(ed), *The Encyclopedia of Philosophy*, N. Y. : The MacMilan Company, 1978.

08 오세영, 위의 책, 13쪽.

09 아담 샤프,『마르크스주의와 개인』 김영숙 역, 중원문화, 1984. 5-6쪽 참조. 이 저서를 통해 그는 자본주의 국가에서 마르크스주의를 상투적인 문구로서 '유물론적'이라고 믿어 왔으

그렇다면 마르크스와 기존 휴머니스트들 사이의 차이점은 무엇인가. 그것은 그들이 가지고 있는 인간 및 인간의 생활목표에 대한 개념에서 비롯되는 것이 아니라 또는 이러한 목표들이 단순히 어떤 가르침에 의해 현실화될 수 있는 것이 아니라 인간의 가장 완전한 발전을 위한 경제적, 사회적 변화들이 필연적으로 요구된다는 생각에서 비롯된다는 데서 찾을 수 있다.

이러한 휴머니즘의 문제는 한 개인과 사회와의 관계에 대한 문제와 뗄 수 없는 것으로, 이는 안정된 사회의 질서가 흔들릴 때, 그리고 사회적으로 받아들여진 가치관이 흔들릴 때 더욱 문제시된다. 사회적 구조가 갈등없이 기능하면, 생산력과 생산관계가 조화를 이루는 한, 이러한 사회관계에 의해 개인이 형성된 것처럼 그러한 것이 자연스러운 것이라고 생각하기 때문에 그리 문제가 되지 않는다. 사회질서의 붕괴와 전통적으로 받아들여지던 가치체계의 붕괴로 말미암아 개인은 자신의 독립된 주체의식을 갖게 되고 자신과 타인 및 사회와의 관계에 의문을 제기하게 된다. 이때 개인은 올바른 삶으로 이끄는 것은 무엇인가에 대해 고민하게 되는 것이다.[10]

신동엽의 인간에 대한 고민은 이러한 맥락에서 시작된다. 그는 한창 감수성이 예민한 시기에 6·25전쟁을 겪었고, 전쟁의 상흔이 점점 사라질 무렵 4·19 학생운동을 경험해야 했으며, 이듬해 5·16 쿠데타를 맛보아야만 했다. 이러한 역사적 격랑과 함께 청년기를 보낸 그는 항상 위기의 시대에 살았으며, 그러한 삶의 연속을 통해 그에게 중심으로 다가온 것은 인간의 문제, 즉 휴머니즘이었던 것이다.

며, 개인을 국가(혹은 사회)에 종속시켰기 때문에 서구 사회의 토대를 이루고 있는 휴머니즘의 가치에 대한 반(反)명제로 여겨 왔다고 하면서 이러한 표현은 그릇된 것이라고 주장한다.
10　아담 샤프, 위의 책, 16-17쪽 참조.

또한 사회주의와 자본주의 사회를 막론하고 산업화된 세계의 산업문 명은 인간을 경시하는 풍조를 증대시킨 것이 사실이다. 이에 따라 인간은 자신의 노동과 동료 그리고 그 자신으로부터조차 소외당하기에 이르렀 으며, 결국 생산과 소비체계에 매몰된 채 스스로를 하나의 사물로 변형시 킨다. 따라서 인간은 무의식적으로 불안과 고독 그리고 혼돈을 느끼게 된 것이다. 신동엽은 모든 원인이 근대문명으로부터 대두된 것으로 보고 이 러한 근대를 극복할 새롭고도 진정한 방향을 이 휴머니즘에서 찾고 있었 던 것이다. 그는 인류가 보다 인간적이고, 보다 행복한 존재로 거듭 나기 를 기대하면서 시를 쓰기 시작했던 것이다.

3.

인간은 누구나 모든 사회적 제도들이 인간의 성장과 발전에 기여하길 갈구한다. 이는 결국 인간은 어떤 수단이 아닌 목적으로 존재해야 하고, 각 개인은 자신의 내부에 인간성의 모든 것을 지니고 있다는 사실을 강조 하며, 또한 과학과 예술에 있어서 인간의 발전은 자유에 의존하고, 인간은 역사의 과정 속에서 스스로를 완성시킬 능력을 지니고 있다는 사실을 주 장하고 있는 것이다.

이러한 개인의 문제, 즉 인간성을 상실하여 그것을 갈망하고, 자유를 억압당해서 그것을 희구하고, 만족스러운 삶을 파괴당하여 그것을 바라 며, 행복을 빼앗겨서 그것을 열망하는 이러한 문제는 변화와 혁명의 시대 에 특히 문제시 되었던 것이다. 현대 철학에서 인간에 대한 주제가 중심 을 이루는 것은 그만큼 현대가 인간존재의 위험에 처해 있고, 전통적 가치

체계가 붕괴되는 시기에 있어서의 인간 존재에 대한 답변이 요구되고 있기 때문이다.[11]

인간의 문제가 충분히 성숙된 시대는 부버의 말을 빌자면 우리 시대뿐이라고 한다. 이 인간의 문제는 두 가지 요소에 의해 나타난다. 첫째, 가족이나 도시 및 농촌 공동체 등과 같이 인간이 공존하는 전통적인 사회 형태의 해체이고, 둘째, 인간이 자신이 창조한 세계에 대해 통제력을 상실했기 때문이라는 것인데, 이것은 헤겔과 마르크스가 소외라고 부르는 현상이다.[12] 이러한 소외는 어떤 특정한 조건하에서만 발생하게 된다. 이 특정한 조건이란 인간의 생산물이 인간에게 독립적인 존재가 되어 자율적인 힘을 얻게 되며, 자기전개 법칙하에 인간을 종속시키고, 심지어는 인간의 삶을 위협하는 생산물의 자율적인 운동법칙에 따라 인간이 이를 의식적인 방법으로 장악할 수 없을 때를 말한다. 인간의 지배권을 벗어난 물질세계의 창조자인 인간은 자신이 종속된 비인격적이고 비인간적인 세계 속에서 스스로를 상실해 버리고 말게 된다.[13] 이러한 소외는 사회에서 갈등의 주된 요소로 작용하고 인간성을 말살시키기 때문에 많은 이들은 이 소외를 극복하기 위해 노력했다. 이러한 소외 문제는 신동엽 시인도 예외는 아니었는데, 그러면 그가 시를 통해 어떻게 표출시키는지 살펴보기로 하자.

    내 고향은 바닷가에 있었다.
    인적 없는 폐가(廢家) 열 구비 돌아들면

11   위의 책, 19-20쪽 참조.

12   위의 책, 20-21쪽 참조.

13   이러한 비인간적인 현실에 복종함으로써 인간은 자신의 인간성을 박탈당하고 개성의 발전에 장애를 받게 됨으로써, 결국 그는 기계나 국가관료체제 등과 같은 물질세계의 한 부속물로 전락하게 되고 만다. (위의 책, 120-121쪽 참조)

배추꽃 핀 돌담, 쥐 쑤신 모녀
내 고향은 언덕 아래 있었다.

봄이 가고 여름이 오면 부황 든 보리죽
툇마루 아래 빈 토끼집엔, 어린 동생
머리 쥐어 뜯으며
쓰러져 있었다.

- 「주린 땅의 지도원리」 부분

　　이 시는 차마 눈뜨고 볼 수 없을 정도로 처참하게 일그러진 고향의 모습을 담아내고 있다. "인적 없는 폐가"나 "툇마루 아래 빈 토끼집"이 주는 이미지는 죽은 듯이 적막하고 쓸쓸한 분위기 그 자체이다. 무언가 채워있어야 할 자리에 텅비어 있는 현실은 공허함과 두려움까지 수반한다. 게다가 "쥐 쑤신 모녀" "부황 든 보리죽" "어린 동생/ 머리 쥐어 뜯으며/ 쓰러져 있었다"이 합쳐져 그러한 공허함과 두려움은 한층 더 증폭된다. 시인은 왜 이와 같이 암울하고 비참한 광경을 시로 담아내려는 것일까. 그는 근대문명의 발달로 인해 파괴된 폐허상을 적나라하게 보여주어 근대를 비판하려 했던 것이리라. 인간다운 삶이 거의 묵살되는 참담한 상황을 그림으로써 가족 또는 농촌공동체의 해체 과정을 독자들에게 드러낸 것이라 할 수 있다. 또한 "눈은 날리고/ 아흔아홉 굽이 넘어/ 바람은 부는데/ 상엿집 양달 아래/ 콧물 흘리며/ 국수 팔던 할멈"(「눈 날리는 날」)이라든지 "노오란 무우꽃 핀/ 지리산 마을./ 무너진 헛간에/ 할멈이 쓰러져 조을고"(「풍경」)에서도 전쟁이 가져다 준 인간성의 파괴의 한 단면을 엿볼 수 있다. 결국 시인은 이 시들을 통해 개인의 행복이 어떻게 파괴되었는지를 휴머니즘 입장에서 보여주고자 했던 것이다.

농촌공동체의 해체로 인해 나타나는 인간들의 참혹한 피폐상들을 드러낸 신동엽은 인간이 근대문명의 억압의 굴레에서 벗어날 수 있는, 즉 소외를 극복할 수 있는 진정한 자유를 꿈꾼다.

사월 십구일, 그것은 우리들의 조상이 우랄고원에서 풀을 뜯으며 양달진 동남아 하늘 고흔 반도에 이주(移住)오던 그날부터 삼한으로 백제로 고려로 흐르던 강물, 아름다운 치마자락 매듭 고흔 흰 허리들의 줄기가 삼·일의 하늘로 솟았다가 또 다시 오늘 우리들의 눈앞에 솟구쳐 오른 아사달 아사녀의 몸부림, 빛나는 가슴과 물구비의 찬란한 반항이었다.

(……)

어느 누가 막을 것인가
태백줄기 고을고을마다 봄이 오면 피어나는
진달래·개나리·복사

알제리아 흑인촌에서
카스피해 바닷가의 촌(村)아가씨 마을에서
아침 맑은 나라 거리와 거리
광화문 앞마당, 효자동 종점에서
노도처럼 일어난 이 새피 뽑는 불기둥의
항거……
충천하는 자유에의 의지……

길어도 길어도 다함없는 샘물처럼

정의와 울분의 행렬은
억겁을 두고 젊음쳐 뒤를 이을지어니

온갖 영광은 햇빛과 함께,
소리치다 쓰러져간 어린 전사의
아름다운 손등 위에 퍼부어지어라.

-「아사녀」 부분

　이 자유는 시인의 수동적인 자세가 아닌 적극적이고 능동적인 자세로
대처할 때 획득할 수 있는 것이기에 그는 강력한 어조로 표출한다. 화자
는 여기에서 한국 현대사에 하나의 획을 그은 4·19 혁명을 백제인인 "아
사달 아사녀의 몸부림"으로 전이시켜 인간의 자유의지를 드러내고 있다.
시인은 다른 시에서도 '아사달'과 '아사녀'를 자주 끌어들이고 있는데, 이
는 아사달과 아사녀가 순수한 민족의 표상으로 상징되고 있기 때문이다.
인간의 자유가 억압된 현실 속에서 자유를 향한 이들의 몸부림은 "빛나는
앙가슴과 물구비의 찬란한 반항"으로 표출된다. 여기에서 우리는 '반항'
이 어떤 단순한 의미를 내포하지 않음을 인지할 수 있다. 즉 반항은 파괴
가 아니라 창조를 위한 하나의 과정이며 창조적 힘으로서 예술도 참된 반
항의 한 형태라 할 수 있다. '나' 개인의 반항은 '우리'라는 공동체의 개념
과 직결된다. 개인의 반항이 뜻있는 것이 되고 설득력을 얻게 되는 것은
그 반항이 보편적인 인간의 존엄성을 지키는 일과 연관되어 있을 때이다.
이럴 때 반항은 공동체의식 내지 인간 상호간의 결속과 부합된다.[14] 이러

14　김영무, 「알맹이의 역사를 위하여」, 구중서·강형철 편, 『민족시인 신동엽』, 소명출판, 1999,
418쪽.

한 반항, 저항을 통한 자유에의 의지는 결코 "샘물처럼" 끝이 없으며, 또한 "억겁을 두고" 행렬이 지속될 것이라는 강하고 끈질긴 면모를 보여준다. 이 시의 마지막 연인 "온갖 영광은 햇빛과 함께,/ 소리치다 쓰러져간 어린 전사의/ 아름다운 손등 위에 퍼부어지어라"라는 구절에서는 자유에 대한 욕망이 더욱 짙게 배어남을 볼 수 있다.

또한 진정한 인간의 자유를 꿈꾸는 능동적 인물형을 창조하는 내용을 담고 있는 작품이 「4월은 갈아엎는 달」이라는 시이다.

> 미치고 싶었다.
> 사월이 오면
> 산천은 껍질을 찢고
> 속잎은 돋아나는데,
> 사월이 오면
> 내 가슴에도 속잎은 돋아나고 있는데,
> 우리네 조국에도
> 어느 머언 심저(心底), 분명
> 새로운 속잎은 돋아오고 있는데,
>
> 미치고 싶었다.
> 사월이 오면
> 곰나루서 피 터진 동학의 함성,
> 광화문서 목 터진 사월의 승리여.
>
> 강산을 덮어, 화창한
> 진달래는 피어나는데,
> 출렁이는 네 가슴만 남겨놓고, 갈아엎었으면

이 균스러운 부패와 향락의 불야성 갈아엎었으면
갈아엎은 한강연안에다
보리를 뿌리면
비단처럼 물결칠, 아 푸른 보리밭.

강산을 덮어 화창한 진달래는 피어나는데
그날이 오기까지는, 사월은 갈아엎는 달.
그날이 오기까지는, 사월은 일어서는 달.

- 「4월은 갈아엎는 달」 부분

이 시는 1894년 동학혁명, 1919년 3·1운동, 1960년의 4·19혁명 등 민족정신의 순수한 발현인 이 사건들을 끌어들여 시적 상상력으로 형상화한 작품이다. 이 작품 또한 인간의 소외를 불러온 근대의 온갖 모순을 갈아엎고자 하는 창조적인 주체의 모습을 표출하고 있다. 화자는 이 시에서 '4월은 갈아엎는 달'이라고 노래하고 있는데, 여기에서 '갈아엎는다'고 한 것은 현실이 만족스럽지 못함을 의미한다. 그것은 "균스러운 부패와 향락의 불야성"처럼 부패되었고 향락을 일삼는 그런 현실이다. 시인은 이 시에서 근대성이 가져온 현실의 부정적 모습을 개혁하고자 하는 근대 극복의 의지를 보여준다. 그는 해마다 4월이 오면 이렇듯 지나간 과거의 혁명적 모습을 반추하여 환기시키고 '그날'이 오기를 희구하고 있다. 이러한 자유를 갈망하는 간절한 모습은 "꿈꿈한 예의는 동댕이 치고/ 우리 아주 발가벗어 버리라.// 나체와 나체에 막걸리 드러붓고/ 뜨겁도록 알몸을 부닥드려 가며, 뜨겁도록/ 황량한 들을 몸부림쳐 뒹굴자"(「벌로 나가자」)에도 표출되어 있다. 이 시에서 '꿈꿈한 예의'는 근대문명이 가져온, 즉 타자의 욕망에 길들여진 주체의 모습에 다름 아닌데, 시인은 이러한 '꿈꿈한 예의'

로 포장된 문명을 벗어버리고 참된 인간의 모습으로 되돌아가자고 호소하고 있다. 결국 그가 지향했던 궁극적인 지향점은 "이승을 담아 버린/ 그리고 이승을 뚫어버린/ 오, 인간정신미(美)의/ 지고한 빛."에서 이야기 하고 있듯 '인간정신'을 존중하는 참된 인간의 모습을 되찾는 것이라 할 수 있다.

이 시와 같이 살펴볼 시는 「껍데기는 가라」이다.

> 껍데기는 가라.
> 사월도 알맹이만 남고
> 껍데기는 가라.
>
> 껍데기는 가라.
> 동학년 곰나루의, 그 아우성만 살고
> 껍데기는 가라.
>
> 그리하여, 다시
> 껍데기는 가라
> 이곳에선, 두 가슴과 그곳까지 내논
> 아사달 아사녀가
> 중립의 초례청 앞에 서서
> 부끄럼 빛내며
> 맞절할지니
>
> 껍데기는 가라
> 한라에서 백두까지
> 향그러운 흙가슴만 남고

그, 모오든 쇠붙이는 가라.

- 「껍데기는 가라」 전문

이 시는 "인간의 구원의 역사밭을 갈아 엎어 우리의 내질(內質)"을 날카로운 역사의식과 '다수운 감성'을 통찰하여 언어로 승화시킨 작품이다. 이 작품은 아무런 공허한 수사적 기교 없이 간결하게 그려져 맛을 더해준다. 그런데 여기에서 우리가 주목해야 할 것이 '알맹이'와 '껍데기'를 어떻게 볼 것인가하는 문제이다. 보통 '껍데기'는 외세의 압력을, '알맹이'는 민족정신을 의미하는 것으로 널리 알려져 있다. 필자는 '껍데기'를 근대화에 의해 파생된 모든 모순덩어리를, 그리고 '알맹이'를 근대에 의해 말살된 인간 중심적인 모든 것으로 파악하고자 한다. 그리고 "동학년 곰나루의, 그 아우성"이라든지 "향그러운 흙가슴"은 근대에 의해 상실되기 이전의 인간성의 시원으로 보고자 한다. 이런 시각에 의하면 결국 신동엽이 근대를 극복하기 위해 궁극적으로 추구했던 것은 이러한 휴머니즘을 통해 새로운 인간형을 만들려고 했던 것으로 파악할 수 있다.

4.

신동엽이 작고한 지 30년이 지났건만 우리는 아직도 시인의 시를 가지고 현재적 관점에서 재해석하는 작업을 하고 있다. 이러한 작업의 의미는 그의 시가 오늘날에도 우리에게 적지 않은 영향력을 주고 있다는 데 있다. 특히 근대성의 논의가 한창 활발한 시점에서 근대화를 직접 겪은 시인으로서 그가 당대 현실에 어떻게 대응하고 있는가를 밝혀보는 것은 유

의미하다고 본다. 이 글에서는 시인이 근대문명을 비판하고 근대를 극복하기 위해 휴머니즘 정신을 끌어들이고 있음을 살펴보았다.

그의 휴머니즘은 소위 창조적이고 능동적인 인간형을 만드는 것이었고, 인간의 완전한 발전을 위해 사회적, 경제적 변화들이 필연적으로 요구된다는 입장을 지니고 있다. 그의 시적 태도는 실의와 좌절에 빠지는 나약한 모습이 아닌 건강하고 힘있는 태도라 할 수 있다.

전통사회형태의 해체와 소외를 낳은 근대에 대해 누구보다 정확하게 파악한 신동엽은 인간이 중심이 되는 사회를 꿈꾸기 시작한다. 그래서 그는 근대로 인해 인간성의 상실을 야기한 불행의 원인을 한꺼번에 없애려 하지 않고 점진적으로 제거하고자 했던 것이다. 이러한 그의 근대 극복의 노력은 현재적 의미에서도 유효하다고 할 수 있다.

- 『작가마당』 제2호, 1999년

시집에 묶이지 않은, 아름다운 숨은 꽃

임강빈론

1

임강빈 시인(1931-2016)이 작고한 지도 어느덧 3주기가 되어간다. 그는 1956년에 박두진 시인에게 3회 추천을 받아 『현대문학』으로 등단한 이후 작고할 때까지 13권의 시집을 발간하였다. 그는 평생 동안 올곧게 시인의 길을 걸어온, '선비 시인'으로 평가받고 있다.

지난 1월 임강빈시전집간행위원회에서 『임강빈시전집』을 발간함으로써 임강빈의 시세계를 전체적으로 조망할 수 있는 기틀을 마련하였다. 이 시전집에는 기존에 발간된 13권의 시집과 사후에 발굴된 미발표시를 묶은 유고시집에 수록된 시 등 그의 모든 시가 총망라되어 있다. 특히 그의 유고시집은 그의 마지막 시집 『바람, 만지작거리다』 발간 이후 쓰인 새로운 시 11편과 1997년부터 2016년 초반까지 쓴 시 중 시집에 수록되지 않은 시 100여 편을 묶은 것으로, 시인의 새로운 면모를 엿볼 수 있는 소중한 시집이라 할 수 있다. 그의 유고시집은 『나는 왜 눈물이 없을까』라는 제목을 달고 별권(別卷)으로 출간되기도 하였다. 이 글에서는 유고시집에 주목하여 이 시집의 특징 및 임강빈의 시세계에 대해 살펴보기로 한다.

그의 유고시집『나는 왜 눈물이 없을까』가 나오게 된 경위부터 살피는 것이 순서일 것 같다. 이 시집 발문「선생님의 유작을 묶으며」에 따르면, 유작 100여 편은 1997년부터 2016년 작고할 때까지 6권의 시집의 발간을 도운 황희순 시인의 컴퓨터에 저장되어 있던 것으로, 시집으로 묶고 남은 미발표시라고 한다. 그의 시집에서 제외된 미발표시 100여 편과 유품 속에서 발견된 새로운 시 11편을 함께 유고시집으로 묶을 것인지에 대해 고민하던 황희순은 결국 임강빈 시인을 잘 아는, 여러 지인들과 시인들의 긍정적인 답변에 힘입어 유고시집을 출간하게 된다. 그럼에도 그는 임강빈 시인과의 약속을 지키지 못한, 미안한 마음을 떨치지 못한다. "이승의 일은 산 사람들 몫이니 나무라서도 어쩔 수 없는 일이다. 버리라고 하신 말씀 어긴 이 후학을 부디 용서해 주시기를……"이라고 하여 간절히 용서를 빌고 있다. 이처럼 유고시집은 어려운 과정을 통해 나온 것이다. 자칫 영원히 묻히거나 사라질 수도 있었던 임강빈의 시를 잘 간직한 그의 꼼꼼함과 여러 시인들의 자문에 바탕한, 그의 열정이 어우러져 나온 의미 있는 시집이라 할 수 있다.

지금부터 임강빈의 미발표시 속에 감추어진, 아름다운 숨은 꽃을 천천히 음미해보기로 한다.

2

그의 유고시집의 구성을 보면, 시기별로 여섯 개로 분류하여 묶은 시와 발문으로 이루어져 있다. 제1부에서 5부까지는 1997년부터 2016년까지 지은 미발표시 100여 편이 다섯 시기로 나누어 수록되어 있고, 그리고 제6부에는 마지막 시집 이후 쓴 11편의 유고시가 실려 있다.

유고시집에 실린 시들은 이순(耳順)을 넘겨 쓴 작품들이다. 내용은 주로 유년시절을 추억하는 시, 자신을 성찰하는 시, 무소유에 관한 시, 자연의 섭리에 관한 시, 시인의 길 또는 시의 길을 보여주는 시, 후회와 희망에 관한 시 등이다. 이 중에서도 특히 지나온 삶을 반추하고 성찰하는 시가 주를 이루고 있다. 먼저 시인의 분신과도 같은 그림자를 노래하는 시를 보기로 한다.

가장 가까이에서
그림자가 나를 따라다닌다
일거수일투족
하루 일과를 빤히 알면서도
짐짓 모른 체할 때가 있다
아플 때 먼저 아파한 적이 없다
따라다니기 지겹지도 않느냐고
내가 호통을 친다

어둑어둑하다
가장 그림자가 길다
집으로 돌아가야지
내가 울먹일 때
왈칵 울음을 참는다
그만큼 착하다
내 옆 잠자리에 드러눕는다
하루의 피곤은 잊기로 한다

― 「동행(同行)」 전문

평생 함께 한 그림자에 대한 시이다. 어느 때 어느 곳에서든, 햇빛이 나면 나는 대로, 흐리면 흐린 대로 늘 동행하던 그림자에 대해 시인은 눈길을 준 적이 거의 없다. 시인의 보폭이 점점 짧아지고 걸음의 속도가 느려지면서 시인은 자신의 그림자를 엿보기 시작한다. "일거수일투족" 모든 것을 알면서도 모른 체하며 묵묵히 동행해 준, 그림자의 이면을 보게 것이다. 시인이 걸어온 삶 그대로 동행해 준 그림자는 다름 아닌 자신의 '자화상'이기도 하다. 시인은 그림자를 통해 내면 속의 무의식적 욕망을 들여다보고, 자신의 삶을 성찰하고 있는 것이다.

아무 말 없이 '동행'해 주는 그림자를 통해 '묵묵함'과 '고요'의 소중함을 느낀 시인은 '큰 목소리'보다는 '낮은 목소리'로 세상과 소통한다.

> 낮은 목소리보다
> 발악하듯 큰 목소리가
> 판치는 세상
> 그러나 보아라
> 낮은 소리가 있어 네가 살고
> 큰 소리로 해서
> 내가 살지 않는가
> 나도 악쓸 수는 있다
> 낮은 목소리가 편안하다
>
> — 「낮은 목소리」 부분

소음이 난무하는 '지금 이곳'에서 시인은 '낮은 목소리'를 지속적으로 내고 있다. '노이즈마케팅'이라는 말이 익숙해질 정도로 점점 큰 소리를 내지 않으면 남들의 시선을 끌 수도 없고, 남들에게 자극이 되지도 않는 것이 현실이다. 그리하여 많은 사람들이 자신을 알리기 위해 더 '큰 목소리'를 내고 있는 것이다. 그러나 시인의 생각은 다르다. 그는 자신에게 주어진 길을 묵묵히 가는 삶, 누가 알아주는 삶이 아니라 스스로 만족하는 삶으로 나아가는 삶을 반영하듯 '낮은 목소리'를 내고 있다. 그렇다고 하여 그는 '낮은 목소리'만을 강조하지 않는다. "낮은 소리가 있어 네가 살고/ 큰 소리로 해서/ 내가 살지 않는가"라는 구절에서 보듯, 낮은 소리가 있기에 큰 소리가 살 수 있고, 큰 소리가 있기에 낮은 소리가 살 수 있다는 유연성을 보여주고 있다. 시인은 두 목소리가 공존해야만 되는 현실을 간과하지 않으면서, '큰 목소리'에 묻힌 '낮은 목소리'의 소중함을 일깨우고 있는 것이다. 이러한 면은 시인이 평생 동안 걸어온 군자의 길, 선비의 길과도 상통한다. 군자적인 삶과 달관의 경지를 보여주는 또 다른 시가 있다.

그래도 다행한 일은
절절한 귀뚜라미 소리는
그대로 놓고 간다는 것이다
슬픔 하나 훔칠 줄 모르는
간(肝)이 크지 못한 녀석들!

-「좀도둑」부분

시인의 배포를 엿볼 수 있는 시이다. 소중한 물건을 도둑맞는 일은 속상하고 안타까운 일이다. 특히 돈으로 다시 살 수 없는, 귀한 대상이 사라졌을 때는 더욱 그럴 것이다. 그러나 시인은 좀 다르게 접근한다. 좀도둑이 가져간 물건보다도 집에 찾아온 귀뚜라미의 안부에 더 관심을 보인다. 그 귀뚜라미가 내는 '절절한 소리'가 온전하다는 것, "절절한 귀뚜라미 소리"를 그대로 놓고 갔다는 것에 시인은 안도한다. "슬픔 하나 훔칠 줄 모르는/ 간이 크지 못한" 좀도둑을 부정적으로만 보지 않고, 그들의 삶까지도 연민의 시선으로 보려는 시인의 포용력을 읽을 수 있다. 인간의 삶 못지않게 자연의 섭리, 그리고 인간과 자연의 조화를 꾀하려는, 시인의 달관의 모습도 엿볼 수 있다. 그의 시 「노염(老炎)」에서도 이러한 모습이 보인다. "이십사절기에는/ 입추가 더위 한가운데 있다/ 노염의 심술도 대단하여/ 쉬 꺾일 줄 모른다/ 늙으면 용심이 더 생긴단다/ 노추(老醜)라는 것// 버려야 한다/ 추한 꼴은 보이지 말아야 한다/ 욕심은 병 중의 병/ 이 생각 저 생각으로 무성한데/ 어느새 노염이 한풀 꺾였다"(「노염(老炎)」)에서 말이다. '늦더위'를 뜻하는 노염(老炎)을 '노추(老醜)'라는 의미와 연결시킨 수작이다. 노염의 기승이 꺾이지 않는 모습을 보며 "늙으면 용심이 더 생"기는 '노추'라는 것을 경계하고 있다. 나이 들수록 "버려야" 함을, 그래야 "추한 꼴"을 보지 않게 된다는 점을 강조하고 있다. "욕심은 병 중의 병"이라고 하여 욕심을 버려야 한다는, 무욕의 세계를 추구한다. 시 「가지치기」도 같은 맥락에서 읽을 수 있다. 과실수의 가지치기를 통해 자신의 '가지치기'에 대한 생각을 펼치고 있다. 충실한 열매를 맺게 하기 위해 가지치기를 하듯, 시인 또한 시적 열매를 맺기 위해 가지치기를 한다. 그것은 다름 아닌 "좁은 공간의 확충"이며, 무엇으로 공간을 채우는 일보다는 점점 공간을 비우는 일인 것이다. 이처럼 끊임없이 채움보다는 비움을, 여백의 미를 보여주고 있다. 이러한 과정을 통해 과감한 '생략'도 가능하다.

수식어를 붙이지 마라
참모습이 흐려진다
너덜너덜한 것 떼어버리면
얼마나 깔끔하랴

압축은 생략의 지름길이다

용감이 던져버려라

생략이 제대로 안 되는 건

굽이굽이 긴 인생뿐이다

살다가 구차스럽다 싶으면

이 생략법을 써보아라

살아가는 맛

조금씩 맛이 들어가리니

-「생략」 전문

'생략'의 아름다움을 노래하고 있는 시이다. 줄이거나 뺀다는 의미를 지닌 '생략(省略)'에 쓰이는 한자 '省'은 덜다 또는 빼다의 뜻을 지닌 '생'과 살피다라는 뜻의 '성' 두 가지로 사용된다. 이를 유추해보면 구차한 것을 인생에서 무엇을 빼고 던진다는 것은 인생을 살피고 돌아본다는 의미와도 밀접하다고 할 수 있다. "수식어 붙이지 마라. / 참모습이 흐려진다"라고 한 표현에서 시인이 걸어온 길, 추구해온 길을 엿볼 수 있다. 그리고 "살다가 구차스럽다 싶으면/ 이 생략법을 써보아라/ 살아가는 맛/ 조금씩 맛이 들어가리니"라는 구절에서는 당시 고희를 넘긴, 시인의 오랜 연륜에서 나오는 경구처럼 느껴진다. 이러한 경지에 오른 시인에게 흔하디 흔한 '호박꽃'도 새롭게 다가온다. 그는 "텃밭에 모종한/ 호박넝쿨 기세가 하도 좋아/ 수확을 미리 점치기로 했다/ 그러나 그것은 희망 사항/ 두 개 애호박을 땄을 뿐/ 이미 있어야 할 늙은 호박은/ 보이지 않고/ 호박꽃 밭이 되어버렸다/ 내 생애 중/ 이처럼 예쁜 꽃 보기는 처음이다/ 예쁘다는 기준도/ 때에 따라 바뀐다는 것/ 이제서야 알겠다"(「호박꽃」)라고 노래하고 있다. 호박꽃보다는 호박이라는 열매가 더 사랑받지만, 시인의 눈에는 달리 포착된다. 열매를 제대로 맺지 못하고 여기 저기 만발한 호박꽃이 더 예쁘게 다가온 것이다. "이미 있어야 할 늙은 호박"은 없지만, 그 자리를 차지한 호박꽃이 시인의 "생애 중" 가장 아름답게 피어 있는 꽃이 된 것이다. 독자들에게 미적 기준이 때에 따라 달라질 수 있음을 보여주고 있다.

미발표시 중에는 작고하였거나 생존하는 문인 또는 예술인에 대해 노래하는 시도 여러 편 보인다. 그들에 대한 그리움 또는 귀감이 될 만한 점들을 표출하고 있다. 먼저 임강빈과 떼놓을 수 없는 시인이 박용래이다. 임강빈 시인이 중심이 되어 박용래의 시비를 세우고, 마지막까지 박용래 문학상을 운영할 정도로 막역한 사이였다는 사실은 이미 잘 알려져 있다. 두 시인과 친분이 두터운 이문구는 소설집 『관촌수필』에서 "어엿한 인연이랄 것이 없는 두 시인이지만, 실례를 무릅쓰고 과실에 빗대어 일컫기를 마치 홍시감과 같다고 하면 어떨는지 모르겠다. 홍시는 겉과 속이 한 가지 색깔이며, 어루만지기 더없이 부드러운 피부를 가졌으되, 외부의 강압적인 폭력만 작용하지 않는다면 스스로 물러 터지거나 깨어짐이 없음에서이다."라고 쓴 바 있다. 이문구는 박용래와 임강빈을 겉과 속이 같고, 부드럽고 늘 한결같은 시인으로 보고 있는 것이다. 임강빈은 이미 「당신의 적막 - 박용래 형 생각」(『등나무 아래에서』, 1985), 「쓸쓸한 뜨락을 가득 채우며 - 박용래 형 영전에」(『등나무 아래에서』, 1985) 등을 통해 그에 대한 안타까운 죽음과 그리움을 표출한 바 있다. 2002-2004년에 지은 미발표시인 「박용래 시비에서」에서도 박용래를 추억하고 있다.

더러는 절필(絶筆)을 선언했다가
살그머니 다시 펜을 들기도 하더니

가을이라
좀이 쑤실 터이지만

여전히 침묵
기를 쓰고 자제 중이구나

술 하나는 실컷 하더니
왜 오늘은 이리 째째한 거냐

어깨 너머로
적단풍이 들썩들썩하는데

까칠한 턱수염
말끔히 면도하고

허리 펴고 서서
그 흔한 눈물 흔적은 왜 안 보이냐

- 「박용래 시비(詩碑)에서」 전문

　시도 절제하여 쓰고, 술도 잘하고, 눈물도 흔한 막역한 시우(詩友)인 박용래 시인을 그리워 하고 있는 시이다. 그가 떠난 지 오랜 세월이 흘렀어도, 여전히 그를 많이 그리워하고 있다. 그리고 물처럼 겸손하고, 학처럼 깨끗하게 살다간 김대현 시인을 기리는 시를 쓰기도 한다. "한라산에서/ 충청도 물에 발을 담그고/ 사유에 깊이 잠겨 있는/ 이 나라 시인"(「김대현 시인」)이라고 말이다. 또한 김대현 시비 제막식에 가는 중에 지갑을 집에 두고 와 다시 허둥지둥 택시를 타고 가는 모습도 보인다. "여기는 시간

이란 개념이 따로 없고/ 무일푼으로도 통하는 세상이니/ 허둥대지 마오//
카랑카랑한 운장(雲藏)의 목소리가 따뜻했다"(「무일푼」)라는 구절에서는 평
소 군자처럼 살다간 운장 김대현의 따뜻한 육성이 인상적으로 다가온다.
이 외에도 다재다능한 예술인인 최문휘를 노래한 시(「다능한 재인 최문휘(崔
文輝)」), 불의와 타협하지 않고 오직 시만을 위해 살다 간 초정 시인을 기
리는 시(「아무나 쉽게 할 수 없는 길입니다 - 초정(艸丁) 김상옥(金尙沃) 선생」)도 볼
수 있다. 그리고 꿈을 주고 살아가게 하는 힘을 준 찰리 채플린의 무성영
화를 그리워하고 있는 시도 썼다. "당신은 늘 혼자이기 때문에/ 특별히 웃
기는 연습은 없을 것입니다/ 타고난 기교입니다/ 당신의 무성영화는/ 꿈
이 있습니다/ 살아서 파도치게 합니다"(「채플린 선생」)라고 말이다. 시집에
는 발표하지 않았지만, 끊임없이 군자의 삶을 지향하고, 군자와 닮은 삶
을 살아가는 데 귀감이 될 만한 예술인들을 그는 시적 대상으로 끌어온 것
이다. 이러한 작업을 통해 나이가 들어감에 따라 생기는 '노욕(老慾)'을 줄
이고, 자연과의 조화를 꿈꾸고, 균형감각을 유지하는 일에 힘을 쏟은 것
이다. 1997년부터 2016년까지 발간된 시집에 발표되지 않은 미발표시를
중심으로 임강빈의 내면세계와 시세계를 두루 살펴보았다.

유고시집 6부에 해당되는 시는 시인이 마지막 시집 『바람, 만지작거리
다』를 발간한 이후부터 작고 시까지 두 달 여 동안 쓴 시편들이다. 이 시들
의 특징은 생의 마감시간을 아는 듯, '혼자'에 대한 단상 및 공동체 마을에
대한 희망을 노래한다는 점이다. 먼저 '혼자'에 대한 단상을 보기로 한다.

첩첩산에 오릅니다
물론 혼자입니다
희미하게 마을이 보이더니

이내 끊어졌습니다

개짓는 소리도 없습니다

새들도 다른 산으로 옮겼는지

적막이 흐릅니다

꽃은 나무 아래 숨어버렸습니다

바람만 세게 불어댑니다

이 산에는

나 혼자인 것 같습니다

육중한 덩치에 반했고

여간해서는 미동도 하지 않을

그 믿음 때문에

산을 사랑하게 되었습니다

전부 버리기로 했습니다

아직 남아있는 작은 욕심을 말입니다

- 「첩첩산에 오르다」 전문

시적 화자가 혼자 산을 오르는 이유는 육중한 덩치에 대한 믿음 때문이다. 이 믿음으로 시적 화자는 산에 "아직 남아있는 작은 욕심"까지 마저 버리기로 다짐한다. 산을 통해 자연섭리를 배우고, 무소유를 배우고, 계절에 따라 순응하는 모습도 배우고 있다. 많은 사람들을 감싸안는 포용력도 배운다. 시인은 이 산을 닮기 위해, 홀로 산에 오르고 있는 것이다. 이와 유사한 시 「주량」에서도 혼자 술을 마시며 여유를 찾고, 여유를 즐기고 있다. "외압"이 없이 혼자 "생각하며 마"시는 술을 통해 행복을 느끼고 있다. 그리고 시 「시집보낸다」에서는 마지막 시집이라는 의미가 잘 담겨 있다. 시인은 "시집(詩集)을 시집보낸다// 딸 시집보낼 때는/ 섭섭함 반 시원함 반/ 반반이었는데/ 오늘은 좀 다르구나/ 마지막 시집이라는 생각에/

왈칵 섭섭함이 달라붙는다// 짧은 인생/ 길게 살았다/ 시가 한몫 거든 셈이다/ 이제는 서둘 필요가 없다// 오늘 시를 묶어서 시집보낸다"(「시집보낸다」)라고 노래한다. 딸을 시집보낼 때는 섭섭함과 시원함이 반반이었지만, 이번에 시를 묶어 시집보내는 시인의 심정은 여느 때와 다르다. 이 시집이 마지막 시집이라는 생각이 들었기 때문이다. 지금까지 시집 낼 때는 다음을 기약하고, 좀 더 나은 시집을 묶어야지 하는 마음이 들었을 텐데, 이번에 내는 시집이 마지막이라는 생각에 더 신중할 수밖에 없다. 그럼에도 시인은 "이제는 서두를 필요가 없다"라고 하며 여유를 보인다. 시인의 마음이 잘 담겨 있는 시이다.

그리고 유고시집의 백미라 할 수 있는 공동체 마을에 대한 희망을 노래하는 시도 있다.

> 옹기종기
> 노랗게 살아가는 마을이 있다
>
> 기웃거리지 마라
> 곧게 자라라
>
> 가볍게
> 더 가벼워져라
>
> 서로가 다독거리며 사는
> 민들레라는 따스한 마을이 있다
>
> -「마을」 전문

민들레가 옹기종기 모여 사는 것처럼, 기웃거리지 않고 가볍게 살아가고 싶은 심정을 담아내고 있는 시이다. 이렇듯 "서로를 다독거리며 사는" 따스한 마을을 시인은 꿈꾸고 있는 것이다.

3

그의 미발표작과 유고시를 모은, 유고시집 『나는 왜 눈물이 없을까』는 자아성찰의 내용이 주를 이루고 있다. 자아성찰을 통해 욕심을 버리는 법을 배우고, 귀감이 되는 이들의 음성도 듣게 되며, 역발상을 통해 자연의 섭리를 깨닫기도 한다. 그리고 그는 혼자 있는 시간을 즐기는데, 이는 오늘날 공동체적인 삶에서 개인주의적인 삶으로 나아감에 따라 파생되는, 어쩔 수 없는 '혼밥', '혼술'이 아니라 스스로 사색하고 향유하는, 일종의 '혼자'의 놀이라 할 수 있다. 그리고 오랜 기간 시인을 괴롭혀 온 '귀울음' 등 질환을 그대로 받아들이는 모습에서 달관의 경지를 보여주기도 한다.

그는 평생 동안 시를 쓰고, 발표하고, 시집을 낸 것에 대해 고마움을 느낀다. 때로는 "쉽게 시가 쓰여진 날은 불안하다"(「이름짓기」)고 반성하기도 하고, "짧은 인생/ 길게 살았다/ 시가 한몫 거든 셈이다"(「시집보낸다」)라고 하여 시와 동행한 삶을 다행으로 여기기도 한다. "시인이란 자격증이 따로 없다/ 그것을 필요로 한다면/ 나는 벌써 열외로 밀려 있어야 한다"(「단상(斷想)」)라고 하여 시인으로 살아온 삶에 대해 반추하기도 한다.

이처럼 다양한 의미를 담고 있는 유고시집은 임강빈의 삶과 문학을, 그리고 그의 시세계를 살피는 데 매우 소중한 시집이라 할 수 있다. 그의 미발표시를 통해 임강빈의 무의식적 내면 풍경을, 그리고 마지막 시집 이후에 쓰인 유고시를 통해 시인으로서의 마지막 메시지를 볼 수 있기 때문이다. 임강빈의 유고시집에 실린, 그의 아름다운 숨은 꽃의 향기가 멀리 퍼지기를 기대해본다.

-『호서문학』 2019년 여름호

자유와 민주 또는 사랑을 위하여

- 정의홍론

1. 연민의 시선과 지사적 면모

일민 정의홍(1944-1996)은 과작의 시인이다. 20대 초반인 1965년 7월 『현대문학』에 「나의 습작」을 시작으로 「내 손금은」(1966. 11), 「눈의 서곡」 (1967. 2)을 추천받아 정식으로 문단에 데뷔한 그는 문단생활 30여 년 동안 단 두 권의 시집, 『밤의 환상곡』(1976)과 『하루만 허락받은 시인』(1996)을 발간했기 때문이다. 당시 평균 6-7년에 한 권의 시집을 내던 문단의 현실을 고려해 볼 때 이는 평균에 한참 못 미치는 적은 양이라 할 수 있다. 물론 그가 발표한 시작품이 이 시집 두 권이 전부는 아니다. 제2시집의 '책머리에'에서 "첫시집 이후 3권 분량의 작품을 발표해 왔으나 시집 만들기엔 게으름을 피워온 게 사실이다."라고 언급한 것처럼, 두 권의 시집 외에 아직 묶이지 않은 시작품이 두 권 분량 정도 더 있음을 알 수 있다. 그러나 두 번째 시집이 발간된 이듬해에 그가 불의의 사고로 작고함에 따라 더 이상 그의 새로운 시집은 볼 수 없게 되었다. 그리하여 정의홍의 시세계는 대부분 두 권의 시집에 실린 시에 한정되어 다루어졌다. 그것도 정의홍 자신이 "첫시집 『밤의 환상곡』 무렵의 나의 작품 경향은 예리한 감

각의 표출과 이미지 탐구에 주력하였으나 유신독재와 전두환 군사 쿠테
타의 영향으로 나도 모르는 사이 시의 창작방향의 대전환을 이루게 되었
다."(제2시집 '책머리에')라고 언급한 범주에서 크게 벗어나지 못하고 있다.
이 글에서는 정의홍의 시세계를 두 권의 시집뿐만 아니라 시집에 묶이지
않은 시도 함께 살펴 좀 더 다양하게 접근해 보고자 한다.

　　문단 30여년의 경력을 가진 정의홍의 시세계의 근음(根音)은 무엇일
까? 이는 아마도 '연민의식'과 '따뜻한 마음'일 것이다. 그의 시 곳곳에 이
러한 연민의식과 따뜻한 마음이 내포되어 있지 않은 경우는 거의 없다.
이 두 축을 중심으로 시인은 '자유'와 '정의'를 갈구하고, 분단현실과 불합
리한 현실을 노래했으며, 전통의 소중함과 소수자의 진솔한 삶도 그려냈
던 것이다. 먼저 시인이 추구하려는 의미가 함축되어 있는 자화상을 보기
로 한다.

　　　어진 소가 될까 한다
　　　잃어버린 나를 찾기 위해서
　　　잘못된 이력서를 고쳐 써야지
　　　더러는 모난 돌이었다가
　　　봄이면 농부들의 종이나 되어
　　　우직한 울음이라도 토할까 한다
　　　아무리 춥더라도 떨지는 말아야지
　　　매를 맞더라도 생각은 옳아야지
　　　나에겐 지혜란 아무것도 없다
　　　힘과 권력은 더구나 없다
　　　모진 바람이 불어닥칠 때마다
　　　그저 눈만 껌벅이는

그 순하디순한 소가 될까 한다

- 「자화상」 전문(『현대문학』, 1987. 5)

1980년대 중반에 발표된 이 시는 정의홍의 시세계를 관통하고 있는, 그만의 내면세계를 잘 볼 수 있는 작품이다. 아무리 추워도, 매를 맞더라도 "순하디순한 소"처럼 자신의 길을 우직하게 걷고자 하는 선비기질과 닮아있다. "예리한 감각의 표출"과 "이미지 탐구"에 치중하던 초기에도 그의 무의식 속에는 이러한 지사적인 면이 잠재하고 있었던 것이다. 첫 시집에서 자유에 대한 갈망과 근대 문명에 대한 비판의식을 담은 「하루만 허락받은 마을」, 「나의 농부」, 「꼭두각시 놀이 1」, 「꼭두각시 놀이 2」, 「밤의 환상곡」, 「영원한 기도」, 「고속도로」 등에서도 이러한 면을 읽을 수 있다.

2. 자유에 대한 열망과 민주에의 의지

정의홍의 시의 주조 중 하나는 '자유'와 '민주'에 대한 갈망이다. '자유'는 '억압'에서 벗어나는 일이고, '민주'는 '독재'에서 탈피하는 일이다. 이러한 행위는 억압의 주체를 명확히 인식할 때, 부당하게 억압을 당하고 있다는 것을 간파했을 때 나오게 된다. 시인은 고교시절 부정과 불의에 일삼던 이승만 정부의 하야를 목도했고, 이후 장면 정부를 무너뜨리고 5·16 쿠테타에 의해 제3공화국이 들어서는 것도 보았을 것이다. 대학시절에는 많은 대학생들이 반대한 굴욕적인 한일회담도 경험했을 것이다. 이를 통해 시인은 자연스럽게 '자유'의 절실함과 소중함을 깨달았을 것으로 보인다. 그의 두 시집에 등장하는 '하루만 허락받은 마을'과 '하루만 허락받은 시인'도 결국 '하루라도' 자유로운 세상에서 살고 싶은 욕망을 강하게 희구하고 있음을 반증하는 것이라 할 수 있다. 그의 시 중 자유에 대한 갈망을 강렬하게 드러내는 시가 있는데, 그것은 다름 아닌 「자유 1」이다.

> 그것은 항상 간직하고픈
> 여인의 육체다.
> 기름진 네 영토를
> 정복하기 위해
> 밤마다 나는
> 한 마리 짐승이 된다.
>
> 손으로
> 입으로
> 아니, 내 모든 것으로
> 애무하여 드린다면
> 아— 그것은
> 우리의 고독을 풀어 줄 것인가.
>
> -「자유 1」 전문(『하루만 허락받은 시인』)

성적 이미지를 끌어들여 자유를 노래하고 있는 이 시는 시인의 자유에 대한 의지가 얼마나 강한지를 단적으로 보여주고 있는 작품이다. 시적 화자의 자유에 대한 강한 욕망은 즉흥적이고 일회적인 의미를 뛰어넘는다. 시인은 "기름진" "영토"인 자유를 얻기 위해 '대자적 차원'을 내포한 즉자적 차원에서 "한 마리 짐승"이 되어 온몸으로 싸우고 있기 때문이다. 이러한 행위를 통해 "우리의 고독"이 풀어질지는 그 다음 문제이다. 오로지

'자유'를 통해 숨 막히고 억압된 현실에서 탈출하고 싶은 욕망을 드러내고 있는 것이다. '자유'에 대한 욕망은 이후 발표된 「자유 2」, 「자유 3」을 통해 지속적으로 이어지고 있다. 그의 시에 '자유'라는 시어가 32회나 등장하는 것을 통해서도 그가 '자유'에 대해 얼마나 절실하고 소중히 생각하는지를 보여주는 것이라 하겠다. '자유'는 국민이 주인이 되는, 민주주의 사회에서 가능해진다. 따라서 시인은 위정자에 의해 좌지우지되는 독재가 아닌 '민주'를 위해 끊임없이 노력하고 있는 것이다. "유신독재와 전두환 군사 쿠테타 영향으로……. 국가 비상시에 있어서의 시의 사명은 사회 현실에 대한 비판·고발·저항의 목소리를 담아야 한다고"(「책머리에」) 믿은 시인에게 이 길은 어찌보면 당연한 귀결일지도 모른다.

>   사랑이 그리움을 먹고 자라나듯
>   민주라는 이름은
>   고통을 먹으며 자라나는 것
>   기나긴 겨울이 하도 지루해
>   나사 빠진 생활을 털어내 버리고
>   눈 내리는 들판을 방황해 본다
>   싸움처럼 발자국을 내며 걸어가 본다
>   문득 나의 눈앞을 막아 선
>   어머니 마음같이 넓은 하늘, 하늘로
>   어딘지 훨훨 날아가는 새여
>   하늘이 모두 너 혼자 것인 새여
>   나는 하늘을 날고 있는 너보다도
>   비록 자유는 없지만
>   헛된 것에는 눈을 주지 않는다

정의만이 민주임을 굳게 믿는다

추운 겨울이 하도 지루해

하루만의 위안이라도 받고 싶지만

위안이 또 얼마나 절망인가를

이 땅에 살아보지 않은 이는 모르리라

새여

어디론지 자유롭게 날아가는 새여

- 「하루만 허락받은 시인 1」 전문(『하루만 허락받은 시인』)

비상하는 새처럼 '자유'를 꿈꾸는 시인은 "헛된 것"에 눈을 주지 않고, "고통" 속에서 성장하는 '민주'를 염원한다. '자유'가 쉽게 주어지는 것이 아니듯 '민주' 역시 어렵게 얻어지는 것임을 시인은 이미 간파하고 있다. 민주를 위한 삶은 고통스럽게 그지없다. 그 고통이 무척 힘들기도 하고, 그 과정이 많이 지루하기도 하지만, 그럼에도 시인은 "정의만이 민주"임을 알기에 불의와 타협하지 않는다. 불의와 타협하는 그 순간이 "얼마나 절망"적인지를 알기 때문이다. 따라서 시인은 "어디론지 자유롭게 날아가는 새"를 꿈꾸며 모든 고통과 역경을 감내하고 있는 것이다.

3. 근대에 대한 비판과 전통의 재발견

정의홍의 시세계를 이루는 또 하나의 중요한 부분은 근대성에 대한 비판과 전통에 대한 재발견이다. 시인은 자본의 논리에 의해 나타나는 양가적인 의미를 파악한다. 근대화에 의해 우리의 삶이 좀 더 편리해졌다는 긍정적인 면과 우리의 소중한 전통을 잃어가고 있다는 부정적인 면을 발견한 것이다. 시인의 생각은 근대에 대한 긍정적인 면보다는 부정적인 면에 무게중심이 놓인다. 이미지즘을 통해 '새 세대의 지적인 풍모'를 그리던 그의 초기시에도 이러한 모습을 발견할 수 있는데, 이는 "바짝 마른 해골이/ 문명의 이불을 덮고 있다."(「밤의 환상곡」)라고 한 데서 확인된다. 좀 더 구체적으로 근대성에 관해 노래한 「고속도로」를 보기로 한다.

> 굳은 허리에는
> 시곗줄에 목이 졸린 채
> 끊어진 팔목들이
> 길섶으로 나동그라져 비켜 서 있고
> 아직도 맥박이 뛰는 시계만
> 주인의 부러진 목숨을
> 비웃으며 째각거리고 있다.
> 홀로 억울하게 죽어간
> 질투의 혼들이 되살아나서
> 가죽끈만큼이나 질긴 時計의
> 모가지에 칼을 대고 있다.
>
> 운명이다.
> 이미 5분쯤 빠르거나 늦은,
> 그 길위에도
> 아픈 반만년의 역사구절들이
> 다리를 쭉 뻗고 쓰러져 있다.
> 한마리 짐승이
> 근대화의 뼈조각을 물고

또 달아나고 있다.

-「고속도로」 부분(『밤의 환상곡』)

1970년대 우리나라 근대화의 상징인 경부고속도로와 호남고속도로의 개통은 전국을 일일생활권으로 만드는 획기적인 일이었다. 이 고속도로의 등장으로 당시 많은 사람들이 편리하게 서울을 오갈 수 있는 계기가 된 것이다. 그러나 시인은 고속도로의 이러한 순기능적인 측면보다 고속도로의 개통으로 인해 "역사"적 흔적이 훼손되고 생태계가 파괴된 모습을 목도하게 된다. 근대화의 길로 가는 통로이자 근대화의 산물인 '고속도로'가 거대한 "한 마리 짐승"처럼 낯설고 무서운 대상으로 다가온 것이다.

시인의 반근대적인 정서는 오랜 역사를 자랑하는 전통을 자연스럽게 만난다. 전통을 발견하여 현재적으로 재구성하는 힘이 근대를 극복할 수 있는, 어떤 잠재력을 형성할지도 모른다는 생각에 미친 것이다. 1981년에 시 동인지 〈진단시〉를 결성하게 되면서 이러한 전통의 현재적 재구성이 본격화된다.

불고추를 먹은 듯한 더위에도 너는 견디어 왔다. 우리나라 역사만큼 무거운 짐을 지고도 살아 있는 혼으로 남아 있었다. 20세기가 죽어가는 시간, 너는 자존심도 없이 경운기 발구르는 소리에 무릎을 꿇었다. (……) 비록 몸은 죽어가도 이 나라의 키보다 높이 자라날 너의 영혼이여, 너는 조선의 뿌리로 다시 살아나 영롱한 빛깔로 타오를 것이다.

-「조선의 지게」 부분(『하루만 허락받은 시인』)

'조선의' 지게를 통해 전통의식과 민족의식을 고취시키고 있는 시이다. 우리의 서민들과 동고동락해온 지게는 "불고추를 먹은 듯한 더위"에도, "우리나라 역사만큼 무거운 짐을 지고도" 꿋꿋하게 살아남은 농기구이다. 역경과 고난을 견딘 조선의 지게도 근대 문명의 산물인 경운기 앞에 "무릎을" 꿇게 된다. 이러한 슬픈 현실에서도 조선의 지게의 운명을 절망적으로만 노래하지는 않는다. 조선의 지게에 담긴 혼을 엿본 것이다. 이 시를 통해 시인은 우리의 것에 대한 소중함과 민족혼의 중요성을 일깨우고 있는 것이다.

4. 민족과 소수자에 대한 사랑

정의홍의 시세계에서 주목할 점은 '사랑'이다. 시인은 기본적으로 심성이 선하다. 심성이 선하기에 '불의'를 보고 참지 못하며, 자본과 권력에 의해 희생된 대상들을 감싸안을 수 있다. 시인이 가장 안타깝게 생각한 것은 분단 현실의 고착화이다. 1953년에 휴전선이 생긴 이래 분단된 상태가 지속되고 있는 것을 슬프게 목도하고 있는 것이다. 시인은 「휴전선」(시집 미수록)에서 "바람소리 물소리 한 잎으로 나르고/ 피도 숨결도 하나로 통하는데/ 우리는 왜 하나가 되지 못하는가"라고 하여 자유가 허용되지 않고 서로 오갈 수 없는 슬픈 현실을 안타깝게 노래하고 있다. 그렇다고 하여 시인이 이러한 절망적인 지점에만 머무르지 않는다. "물은 흘러야 썩지 않고/ 길을 오가야 길일 수 있"다고 하며, "조국이여 우리에게/ 물을 다오, 길을 다오"(「휴전선」(『하루만 허락받은 시인』))라고 하여 분단 현실을 타개할 수 있는 방안을 모색하고 있다. 나아가 정의홍은 정치적, 이념적 논리를 뛰어넘어 새롭게 시도하고 있는데, 이는 「우리나라」에서 볼 수 있다.

이제 우리도

서로의 마음을 낮춰야 할 때다

물은 건너 봐야 알고

사람은 겪어 봐야 아는데

우리는 왜 만남도 없이

이대로 이대로만

병이 들어야 하는가

서로의 믿음을 세우기 위해

세상을 똑바로 보기 위해

다시는 어둠 속에 갇히지 않기 위해

이제 우리도

서로의 마음을 낮춰야 할 때다

- 「우리나라」 전문(『하루만 허락받은 시인』)

남과 북이 서로 믿고 똑바로 보고 어둠에 빠지지 않기 위해 "서로의 마음을 낮춰야 할 때"라고 나지막하지만 묵직하게 노래하고 있다. 서로 마음을 닫아두어 생긴 분단의 '병'을 치유하기 위해서는 마음을 열어 소통해야 됨을 강조하고 있는 것이다. 이러한 점은 그가 작고한 지 20년이 된 지금에도 여전히 유효하다고 할 수 있다. "이제 우리는 서로의/ 마음과 마음을 이어주는 눈짓"도 하고, "사람과 사람을 이어주는 눈짓"도 하며, "남과 북을 이어주는 눈짓"(「서로 눈짓하기」, 『하루만 허락받은 시인』)해야 한다고 시인은 심정적인 만남을 강조하고 있다. 이처럼 시인은 오랜 반목과 갈등으로 분단된 조국과 민족이 하나가 되기 위해서는 마음을 낮추고 서로 눈짓하는 것이 중요하다는 것을 보여주고 있다.

시인의 우직하고 선량한 심성은 강자에게 약하고, 약자에게 강한 이

중적인 모습이 아닌 강자에게 강하고 약자에게 약한 모습을 지향하게 된다. 따라서 그에게 강자는 비판의 대상이 되지만, 약자는 보살핌과 감싸안음의 대상이 된다. "학교 담벼락에 가득 차 기어오른/ 우리의 서럽고 억센 팔들"(「담쟁이 넝쿨」(『하루만 허락받은 시인』))을 가진 힘없는 존재들을 시인은 사랑한다. 가난한 선비의 표상인 백결 선생을 비롯하여 바른 말을 하여 고초를 겪은 시인도, 뜨내기 품에 안겨 고향을 떠난 고향 친구 복순이도, 사랑을 못다 하고 죽은 여인도, 부정과 불의에 맞서 데모하는 학생도, 오염된 산업환경에서 일하다 병든 노동자도 모두 시인이 사랑하는 대상이다. 권력과 자본과 거리가 먼 소수자를 시적 대상으로 끌어와서 그들의 삶의 애환을 풀어주고 있는 것이다.

> 세상에서 가장 못생겼지만
> 이 나라에선 가장 행복한 시인
> 에이즈 걸린 여자가 유혹할 리 없고
> 귀한 자식 운동권 될까 걱정할 리 없고
> 무서운 소문 바람둥이처럼 나뒹굴던 시절에도
> 막걸리 한 사발에
> 온 세상을 다 마신 듯 좋아하고
> 마음 착한 그의 부인이 오천만 원도 넘는 집을
> 오백으로 살 수 있다고 위로말을 해도
> 그대로, 그대로만 믿는 병신 같은 시인
> 오백도 못 채운 통장을 꺼내들고
> "나도 집을 장만할 수 있다"고 자랑하던
> 그 천진무구한 천상병 시인을 만나면
> 이 나라에 사는 것도 행복하다
> ─「가장 못생긴 천상병 시인」 부분(『현대문학』 1992. 10)

위 시는 「귀천」으로 널리 알려진 천상병의 순진무구함을 노래하고 있는 작품이다. 정의홍은 비록 얼굴이 심하게 일그러지고 현실감각도 떨어지지만, "막걸리 한 사발에/ 온 세상을 마신 듯 좋아하고" 좋은 시를 쓰는 시인을 끌어안는다. 시인은 권력에 의해 몸이 망가지고 마음에 상처를 크게 입었음에도 남을 의식하는 시가 아닌 자신만의 시를 쓰고 있는 천상병에게 다가가고 있는 것이다. 시인은 이러한 "천진무구한" 천상병을 끌어안음으로써 그가 누리는 "행복"에 눈높이를 맞추려 한 것으로 보인다. 이처럼 시인은 주류에서 밀려나고 소외된 이웃들을 아끼고 보듬고 사랑했던 것이다.

- 『미네르바』 2016년 여름호

한밭풍물시의 미학

- 홍희표론

1. 왜 '한밭풍물시'인가?

홍희표의 시적 본질은 '희망'이다. 고교시절 이상과 하이네에 심취한 그가 문우들과 함께 '판도라문학동인회'를 결성하여 '이상(李箱)의 밤'을 연 것도 이와 무관하지 않다. 그들은 '판도라의 상자'에 남아있는 '희망'을 건져내기라도 하듯 동인회 명칭에 '판도라'를 넣은 것부터가 예사롭지 않다. 당시 정훈 시인이 지도하던 '머들령문학동인회'나 김성수 선생이 지도하던 '돌샘문학동인회'에 가입하지 않고 독자적으로 동인회를 꾸린 것이다. 이 지점에서 홍희표의 시세계는 출발한다. 모더니티의 기본 성격이 전통의 단절을 통한 새로움의 추구이듯, 시인은 '이상(李箱)'이라는 모더니스트를 통해 전통을 넘어선 새로움을 갈구하게 된 것이다. "박제(剝製)가 되어버린 천재"를 꿈꾼 것이다. '이상'에 대한 연민과, '이상'이 꿈꾼 일탈을 시적 모티브로 원용하게 된다.

1967년, 스물 두 살이 되던 해 그는 당시 최고의 문학잡지라 할 수 있는 『현대문학』에서 추천을 받는다. 「추천완료소감」에서 "기억의 가지에서 가지로 되살아 오르는 〈판도라〉동인들"이라고 하여 '판도라문학동인회'의 모토인 '희망'을 찾아 시적 항해를 하기 시작한 것이다. 이듬해에 첫 시집 『어군(魚群)의 지름길』을 출간한 그는 1980년대까지 『숙취』, 『마음은 구겨지고』, 『한 방울의 물에도』, 『살풀이』, 『금빛 은빛』, 『모두모두꽃』, 『세상달공 세상달공』 등 8권의 시집을 펴낸다. 모더니즘 계열의 시 추구에서 리얼리즘 계열의 시까지 다양한 시세계를 보여주게 된다. '희망'을 찾아 모더니티와 리얼리티의 경계를 뛰어 넘어 끊임없이 달려온 것이다. '나'라는 개인의 입장에서, '민족'이라는 집단의 입장에서 '희망'을 찾던 시인은 페레스트로이카 정책에 의한 사회주의국가의 몰락을 목도하면서 삶의 고향이자 문학의 고향인 '한밭'으로 눈을 돌리게 된다. 불혹의 나이를 넘겨 지천명의 나이에 가까워오면서 생긴 연륜도 한몫 한 것으로 보인다. '시인'이라는 직함을 가지고 살아가는데 절대적 영향을 준 '한밭'에 대해 시로서 환원하려는 의지도 작용했으리라.

'한밭풍물시' 연작시집은 이러한 행보를 통해 나온 것이다. 1991년에 나온 첫 연작시집 『이스렝이 버드내에서 춤추며』는 제목부터가 색다르다. '이스렝이'는 충청도 방언으로 '이슬비'를 일컫는다. '버드내'도 '유천(柳川)'의 고유어이다. 충청도의 사투리를 차용하여 '한밭'의 풍물을 노래하고 있다. 이듬해에 나온 두 번째 연작시집 『늙은 호박 속에는 뭐시 들어 있을까유우』에서도 '무엇이'라는 말보다 친근한 '뭐시'라는 용어를 사용하고 있고, '-유우'라는 충청도 종결어미를 사용하여 '한밭'의 정체성을 표출하고 있다. 1994년에는 세 번째 연작시집 『보리피리 버들피리 민들레피리를』를 발간하는데, '피리'를 반복하여 리드미컬한 느낌을 주고 있다. 이전에 발간한 시집과는 다른, 제목에서도 충청 방언이나 우리말의 고유성을 살리고 있고, 출판사도 한밭에 소재한 '호서문화사'이다. 이 연작시집에 실린 작품들을 보면, '한밭'의 뿌리와 충청인의 기질, 그리고 한밭의 풍경 등 '한밭'의 풍물에 대해 역동적으로 잘 표출되어 있다. '살아있는' 한밭의 시교과서이다. 단순한 '한밭예찬'이 아니라 한밭의 어제와 오늘의 풍물을 따뜻하게, 또는 연민의 정을 가지고 바라보고 있으며, 나아가 한밭의 미덕이라 할 수 있는 공동체적 삶을 재구성하고 있다.

2. 시원(始原)

'대전'이라는 명칭은 조선시대 성종 때 발간된 『동국여지승람』에서 처음으로 등장한다. 충남 공주의 자연을 설명하는 과정 중 "대전천은 유성 동쪽 25리 지점에 있다."라고 언급한 구절에서 볼 수 있다. 유성을 기점으로 동쪽 방향으로 10km 떨어진 곳에 대전천이 흐르고 있음을 밝히고 있는 것이다. 당시 대전은 유성보다도 작은, 아주 소규모의 지역이었음을 알 수 있다. 이렇듯 작은 지역에 불과한 대전이 신흥도시로 급부상하게 된 것은 1905년 경부선 철도가 개통되고 대전역사(驛舍)가 건립되고 나서부터이다. 이렇듯 대전의 역사는 다른 광역시에 비해 결코 길지 않은 역사를 지니고 있다. 그러나 시인은 이에 대해 다른 시각으로 본다. 근대도시로서의 대전이 아닌, 전통적인 충청의 개념으로서의 대전의 뿌리를 찾고 있다. 그리하여 대전(한밭)의 뿌리가 얕지 않음을, 대전의 역사가 결코 짧지 않음을 피력하고 있다.

할부지, 왜 한밭은 뿌리없는 고장이라고 하지요? 그것은 토박이 적은 탓도 있지만 증말로 역사의 뿌리를 몰라서 그렇다. 성균아! 그 뿌리를 찾는 길은 옛길을 찾아보면 안다. 길은 언제나 있던 곳에 있단다. 그 길에서 사람을 만나고, 전쟁을 하고, 서로의 문물을 주고 받으며 '인간의 길'을 만들었지. 우리 한밭땅에 딱 세갈래의 옛길이 있었단다. 할부지, 그럼 그 옛길은 어디에요? 번갯불에 콩꿔먹을 놈! 으흠, 첫갈래 길은 지금 신신농장 앞길, 온천가와 동학사 그리고 계룡산 공주로 이어지는 그 앞길은 공주에 백제의 수도가 있을 때 중요한 통로였지. 신신농장 위엔 노사지성이란 옛성이 이 길목을 지키고 있었단다. 또 하나 회덕에서 신탄진으로 향한 길이 옛날부터 뚫려있던 길이다. 계족산 아래부터 굴곡이 심하고 언덕이 이어지는데 여기에 백제시대 산성인 우술산성 계족산성이 북쪽으로 향하는 길목을 지키고 있었지. 또하나 중요한 옛길은 세천에서 옥천으로 가는 길, 그 길목엔 식장산 망경대성, 탄현, 삼정산성, 관산성 등 주요 산성이 즐비하지. 우리 조상 백제사람들에겐 이 길들이 숨구멍같은 길이었지. 이 길로 백제사람들과 군사들이 넘나들었고, 또 신라사람들도 괴나리봇짐을 지고 유성까지 와서 문물을 교환했었지. 신라와 혼인동맹을 맺은 동성왕도 성을 쌓기 위해 이 길을 오가고, 사나 이찬 비지의 딸도 동성왕에게 시집가기 위해 가마타고 이 길을 따라왔단다. 성균아! 백제의 위대한 영주 성왕이 신라를 응징하고 고토를 다시 찾겠다고 이 길에서 전투하다 전사하고 말았지. 백제의 원대한 중흥의 꿈은 성왕의 죽음으로 해서 영원히 물거품이 되었고, 또한 6·25전쟁때도 여기에서 미군들이 많은 피를 흘렸단다. 이 옛길들은, 지금은 산업도로가 되거나 국도 또는 관광지로 향하는 길이 됐으며 한밭의 동맥 역할을 하고 있단다. 할부지, 옛백제길이 오늘도 살아있는 우리의 세갈래길로 이어지고 있네요. * 宋亨燮 :「大田의 뿌리」참조

　　　　　　　　　　　　　　　　　-「세 갈래 길」전문(『한밭풍물시 I』)

송형섭의 「대전의 뿌리」를 바탕으로 대전의 시원(始原)을 밝히고 있는

시이다. 문명의 시작은 길로부터 시작되듯, 대전의 뿌리를 시인은 '옛길'에서 찾고 있다. 그 옛길은 백제시대부터 닦여진 세 갈래의 길로, 유성에서 백제의 고도 공주로 이어지는 길과 회덕에서 신탄진으로 이어지는 길, 그리고 세천에서 옥천으로 이어지는 길을 일컫는다. 이 길은 현재에도 대전으로 들어오고 나가는 중요한 통로가 되고 있는 바, 시인은 이 세 갈래의 길이 삼국시대에서 고려시대로, 그리고 조선시대에서 근현대로 이어져오는 과정에서 매우 커다란 역할을 한 것으로 보고 있다. 그러니까 시인은 대전이 오래 전부터 근대도시로 성장할 저력과 동력을 갖추고 있었음을 이 세 길에서 찾고 있는 것이다. 그리고 이 세 갈래의 길 위에는 산성이 위치해 있었는데, 이는 이곳이 전략적으로도 중요한 이동통로였음을 말해주는 것이라 하겠다. 이곳은 백제사람들과 백제 군사뿐만 아니라 신라사람들과 봇짐장수도, 백제의 동성왕과 성왕도 지나간 곳이며, 훗날 한국전쟁 때는 미군이 피를 많이 흘린 역사적 슬픔이 서린 곳이기도 하다. 이처럼 시인은 이 세 갈래의 길을 통해 한밭의 뿌리를 찾고 있으며, 한밭의 '동맥'을 발견한 것이다.

이 세 갈래의 길에서 대전의 시원을 찾은 시인은 각 마을에 있는 오래된 '느티나무'에서 대전의 뿌리를 찾는다.

> 방아뫼 침산동 느티나무
> 임진왜란 때
> 정세운(鄭世雲)이 심어
> 구수정(九樹亭)이라 불렀네
> 쪽바리들 이 나무 베려고 할 때
> 밤새도록 울부짖고.

대사동 102번지에 서있는
5백년된 노거수(老巨樹)
청명일에 제사 지내고
구비구비 금줄에
말을 매어놓으면
네발굽 천리를 달릴 수 있고.

봉산동 894번지 구즉농협앞
높이 26m의 느티나무
목신제(木神祭) 올리자
나뭇잎 일시에 필 때
밑빠진 솥에
풍년 대풍년 들고.

뿌리깊은 나무는
비바람에 쓰러지지 않듯
뿌리깊은 나무는
눈보라에 무너지지 않듯
한밭의 뿌리깊은 나무
돈바람에도 쓰러지지 말자.

- 「뿌리깊은 나무」 전문(『한밭풍물시Ⅱ』)

　　대전의 역사와 오랫동안 함께 한, 생명력이 강한 '느티나무'를 대전의
'수호신'처럼 여기고 있다. 이 노거수(老巨樹)들은 자연 재해뿐만 아니라
역사적 고통과 슬픔 속에서도 꿋꿋이 견뎌낸 대상이다. 일제강점기 우리
의 얼과 혼을 말살하려는 숱한 만행에서도 오롯이 살아남은 정신적 지주

이기도 하다. 그리하여 마을 주민들은 이 신령스런 노거수에 제(祭)를 올린다. 마을을 지켜주는 '수호신'에게 마을의 안녕과 풍년을 기원하고 있는 것이다. 마지막 연에서는 모든 역경과 고난을 꿋꿋하게 견디고 우뚝 서있는 느티나무처럼, 대전도 뿌리가 깊어 비바람이나 눈보라에도 쓰러지지 않기를 염원하고 있다. 여기에서 시인이 우려하는 것은 "돈바람"이다. '자본'에 좌지우지되거나 '자본'이 우선시되는 것을 경계하고 있다. '자본'이 아니라 '사람'을, 그리고 '전통'을 소중히 여기는 그런 도시를 꿈꾸고 있는 것이다.

3. 기질

대전의 역사와 전통이 결코 짧지 않다는 것을 보여준 시인은 대전의 정신(기질)에 대해 피력하기에 이른다. 이는 대전의 정체성은 무엇인가 하는 물음과 자연스럽게 연결된다. 그러나 이에 대한 답을 내리기는 쉽지 않다. '민족'의 개념이 '상상의 공동체'(베네딕트 앤더슨)인 것처럼, '정체성' 또한 어떤 실체가 있는 것이 아니라 상상 속에 존재하는 것일지도 모른다. 그렇기에 정체성을 밝히는 자체가 무모할지 모른다. 그럼에도 우리는 라깡이 무의식을 구조화시켰듯, 정체성을 나름대로 '표상'하는 것도 의미 있다고 할 것이다.

먼저 시인은 대전의 기질을 '박팽년'에게서 찾고 있다.

　　—93년 5월 청와대의 이대변인, '12. 12 사태는 쿠데타적 사건'이
　　라고.

세조 : "만일 네가 앞으로 과인을 섬기고 모의했던 일을 숨긴다면 살려주겠다!?"

취금헌 : 나으리! ㅎㅎㅎ…….

세조 : "네가 이미 이전에 과인에게 臣下라 칭하고, 또 과인으로부터 녹봉을 받고서 어찌하여 배신한단 말이냐!?"

취금헌 : "나는 상왕(단종)이 계시기 때문에 지금까지 벼슬을 하였지만 나으리에게는 한 번도 신하라고 하지 않았으며 녹봉도 먹지 않았으니 조사 해보시오."

세조 : 당대에는 난신(亂臣)이요, 후세에는 충신이로구나. !!??

취금헌 : 아무리 여필종부(女必從夫)라 한들 님마다 쫓을소냐. ㅎㅎㅎ…….

- 「취금헌—박팽년」 전문(『한밭풍물시 Ⅲ』)

93년 청와대 이대변인이 '12. 12 사태는 쿠테타적 사건'이라고 언급한 것을 접한 시인은 박팽년을 연상한다. 5공의 정당성을 부정하는 이 발언을 듣고 문득 세조에게 끝까지 왕으로 인정하지 않고 '신하'로 대한 박팽년을 떠올린 것이다. 박팽년은 누구인가. 그는 세조가 어린 단종의 왕위를 찬탈하여 왕이 되자 이에 분개하여 성삼문 등과 단종복위를 꾀하다가 그 사실이 발각되어 사형 당한 인물이 아니던가. 세조가 "당대는 난신이요, 후세에는 충신"이라고 말한 것처럼, 비록 자신에게 복종하지 않았지만 그는 박팽년의 뛰어난 재능을 아깝게 여겨 여러 번 회유했던 것이다. 그러나 박팽년은 "아무리 여필종부라 한들 님마다 쫓을소냐."라고 하여 자신의 입장을 분명히 한다. 시인은 조선시대의 충신인 박팽년에게서 대전의 기질을 발견하고자 한다. 박팽년의 고향이 '대전'(당시 충청도 회덕현 홍룡촌 왕죽구(忠淸道 懷德縣 興龍村 王竹丘)/ 현재 대전시 동구 가양동 197번지 부근)

이라는 점도 한몫 했을 것이다. 이성과 감성의 조화를 꾀하면서도 불의를 보고 참지 못하는 참된 선비였던 박팽년을 시인은 대전의 멘토로 삼고자 했던 것이다.

불의를 참지 못하는 선비정신을 한밭의 기질로 내세운 그는 '포용(관용)정신'도 내세운다.

> 신라군이 호시탐탐
> 회덕에 자리한 우술군(雨述郡)을
> 사알짝 넘어와도
> 무력과 침략보다는
> 하늘 같은 평화를,
> 신라군이 호시탐탐
> 진잠에 자리한 진현현(眞峴縣)을
> 사알짝 넘어와도
> 무력과 침략보다는
> 따앙 같은 생업을,
> 신라군이 호시탐탐
> 유성에 자리한 노사지현(奴斯只縣)을
> 사알짝 넘어와도
> 무력과 침략보다는
> 구름 같은 천신(天神)을
> 지키리라 지키리라.
>
> - 「계족산성(鷄足山城)」 전문(『한밭풍물시 I』)

포용력은 허물을 감싸안을 수 있는 힘이다. 자신의 잘못을 응징을 통해 가르치는 것이 아니라 자신의 잘못을 스스로 깨닫도록 하는 것이 더 가치있음을 인식할 때 포용력을 가질 수 있다. 이러한 포용정신은 백제의 계백장군에게서 경험한 바 있다. 전장터에 나온 신라의 어린 관창을 놓아준 데서 말이다. 이처럼 포용정신은 충청도의 기질과도 연결되는 바, 시인도 포용정신을 한밭의 기질로 자리매김한다. 신라군이 회덕의 '우술군'과 진잠의 '진현현', 그리고 유성의 '노사지현'을 '사알짝 넘어와도' 곧바로 '무력과 침략' 보다는 우호적으로 해결한다. '평화'와 '생업'과 '천신'의 소중함을 알기에 관용을 베푼다. 이는 무력이 무력을 낳고, 침략이 침략을 부른다는 것을 깨달은, 넓은 그릇을 소유했기 때문에 가능한 것이다. 호전적(好戰的)인 삶보다는 평화로운 삶을 갈구한 한밭의 기질의 발로라 할 수 있다. 시인이 시 「은행동(銀杏洞)」에서 "백제벌 같은 민주"와 "곰나루 같은 평화", 그리고 "계룡산 같은 통일"을 노래한 것도 같은 맥락이라 하겠다.

4. 풍물

'한밭풍물시' 연작시집의 특징 중 하나는 한밭의 뿌리와 기질 등을 긍정적으로만 노래하고 있지 않다는 점이다. 긍정과 장점 위주의 '한밭예찬'이 아니라 긍정/ 부정, 장점/ 단점이 결부된 '한밭의 풍물'을 다양하게 표출하고 있다는 것이다. 이는 '한밭'에서의 오랜 경험과 대상을 측은하게 바라보는 연민의 시선이 곁들여져야만 가능하다. 때문에 '한밭풍물시'가 묵직하게 다가오는 것이다.

먼저 한국전쟁 이후 가난했던 한밭의 풍경을 보기로 한다.

겨울 논두렁에 버린

사잣밥을 주워다
끓여 먹었지유.

뒷간에서 잡아뜯던 까막 고무신……

술지게미 5원 어치
바가지에 받아다
끓여 먹었지유.

저리 휘청 벗겨진 고무신 한 짝…….

앞마당 감나무밑
참새알을 주워다
삶아 먹었지유.

쩍쩍거리며 푸드덕거리던 동무들…….
- 「주린 배의 모퉁이」 전문(『한밭풍물시 Ⅲ』)

1950년대의 궁핍한 삶이 적나라하게 표출된 시이다. 저승사자에게 대접하기 위해 차려놓은 '사잣밥'과 술을 만들고 난 찌꺼기인 '술지게미'를 끓여먹기도 하고, 참새알을 주워 삶아먹기도 한다. 이처럼 한국전쟁 이후에 지독한 가난 체험을 하는 경우가 다반사였다. 주린 배를 채우기 위해 무엇이든 먹어야만 했던 것이다. 시인의 상황도 크게 다르지 않았을 것이다. 그리고 개울가에 버려진 '제웅(除雄)'을 뜯어 돈을 꺼내는 일도 허다했다. "제웅을 만들어 복부에 직성든 사람의 나이만큼 동전과 약간의 밥을 넣어 거리나 개천에 버리지유. 그러면 거지나 가난한 집 아이들은 이 제

응을 던질 때마다 달려들어 인형의 사지를 찢고 돈을 꺼내지유."(「직성풀이」)라고 한 데서 알 수 있다. 평상시에는 '제삿밥', '제웅' 같은 것은 금기나 경계의 대상이지만, 지독한 가난 앞에서는, 굶주림 앞에서는 이러한 모랄의식도 사라지게 된다. 오로지 주린 배를 채우기 위한 치열한 생존경쟁만이 존재할 뿐이다. 1950년대 시인에게 비쳐진 한밭의 풍경은 이처럼 지독하게 가난한 현실의 모습이었다. 게다가 아이들의 위생상태도 말이 아니었다. "옆에 앉은 단발머리 기집애/ 머리카락에 진눈깨비처럼 서캐 앉아있고/ 앞에 앉은 빡빡머리 머시매/ 모가지 위로 밥알처럼 머릿니 기어가고.// 기계총을 인 머리로 박치기 하지요."(「신흥국민학교(新興國民學校)」)라고 한 시 내용을 보면, 가난했던 시절 머리에 이와 서캐가 많이 있는 모습과 머리에 생긴 두부백선의 모습을 엿볼 수 있다. 궁핍한 현실로 인한 위생 상태를 소홀히 할 수밖에 없는 상황이지만, 그럼에도 아이들은 크게 신경쓰지 않는다. 이나 서캐가 있거나 두부백선의 모습이 어느 사람에게 국한된 것이 아니라 보편적인 양상이었기 때문이다. 그렇기에 아이들은 그것에 아랑곳 하지 않고 박치기나 고무줄놀이를 즐긴 것이다.

당시 한밭에는 이러한 가난한 풍경만이 있었던 것은 아니다. 아이들에게 가장 설레고 기다려지는, 가난함을 잠시 잊게 해주는 '원족'의 풍경도 있다.

우리는 원족을 가지요
양주장집 반장이 들고 있는
사이다병 치켜보며
대동다리를 건너지요
대전고녀 앞에 자리한
배골을 뛰어넘으면

동광산(東光山) 아래 동지깽이

백씨(白氏) 전씨(田氏)가 많이 살던

탁곤이 마을을 지나

지금 동아공고가 차지한 안터를

씩씩대며 올라 가지요

입안에는 박하사탕,

눈속에는 사이다병,

홍룡 마을 옆으로 해

남간사(南澗祠)로 기어가면

망초꽃이 싸락눈 되어

이마 비비며 반기지요

　　　　　　　　　－「더퍼리」 부분(『한밭풍물시 I』)

　한국전쟁 이후 초등학생들의 원족 풍경이 잘 그려져 있다. '원족'은 '소풍'의 다른 말이다. 소풍하면 빼놓을 수 없는 것이 '사이다'인데, 가난했던 시절 이는 아무나 먹을 수 없는 음료수였을 것이다. "양주장집 반장이 들고 있는/ 사이다병 치켜보며"라는 구절에서 이를 어렵지 않게 알 수 있다. 그 반장 아이에 대한 '부러움'의 시선이 엿보인다. 이 시의 장점은 아이들의 원족 풍경뿐만 아니라 대전의 옛 풍경과 더불어 더퍼리로 가는 행선지를 엿볼 수 있다는 점이다. 탁곤이 마을에 전씨, 이씨가 많이 산다는 내용이라든지, 동아공고 자리가 안터였다는 사실 등을 알 수 있으며, 당시 신홍동에서 더퍼리로 가는 여정을 쉽게 알 수 있다. 그 행선지는 '대동다리 → 배골→ 탁곤이 마을→ 안터 → 홍룡 → 남간사 → 더퍼리'이다. 그리고 지금은 없어졌지만, 시인이 유년시절 유원지로 각광받은 '소제방죽'에서 즐겁게 뛰어놀았던 추억을 담은 시도 있다. "여름방학 때 우리는 소제(蘇

堤)방죽에 살았지요. 소나무 사이로 갈대숲이 흔들리면 말잠자리 잡기 위해 콩 튀듯 날뛰었지요. 나마리동동 파리동동, 높이높이 날지마라, 거미줄에 얽힐라, 전깃줄에 얽힐라…….// (……)// 노랭이영감같은 양귀비꽃술같은 소제(蘇堤)방죽 소나무 사이로 베틀을 안은 채 뛰어가려는 며느리바위가 있지요. 우리는 그 위에서 뛰어내리면서 나마리동동 파리동동, 방죽너머로 가지마라, 나구나구 놀-자, 이리와서 앉아라, 나구나구 놀-자."라고 한 데서 어렵지 않게 발견할 수 있다. 그곳에는 '말잠자리'를 잡기 위해 뛰어다니는 모습이라든지, 며느리바위에서 놀던 장면이 잘 묘사되어 있다. 시인은 "베틀을 안은 채 뛰어가려는 며느리 바위"에 대해 연민의 정을 보이고 있다. 소제방죽에 얽힌 설화도 '공갈못 전설'과 비슷한데, 시인은 스님의 말을 듣고 베틀을 안고 가면서도 집이 궁금하여 뒤돌아본, 금기를 깨뜨리며 가족을 걱정하는 며느리에게 측은지심을 느끼고 있는 것이다. 이러한 연민의 정은 그의 시 곳곳에서 보인다. 농부의 애환을 잘 표출한 시(「李씨의 흉년」), 참외서리 하다 죽은 소년을 안타깝게 여기는 마음을 담아낸 시(「수박서리」), 추운 겨울 먹을 것이 없어 굶어죽은 다람쥐에게 천도재를 지낸 내용을 담은 시(「그 다람쥐」) 등에서 말이다.

대전의 풍물을 노래한 홍희표의 시에는 긍정적인 요소만 있는 것이 아니다. 현실비판적인 내용이 곳곳에 등장한다. 그의 비판은 비판을 위한 비판이 아니라 좀 더 나은 삶을 영위하기 위한 '애정'이 있는 비판이다. '한밭'의 전통을 위해, 우리의 가치를 지키기 위해 그는 날카롭게, 그러면서도 풍자적으로 에둘러 문제점을 지적한다. 그 중 시선이 많이 가는 시 한 편을 소개하기로 한다.

학덕 높고 인심 좋은 충청도 마을에서 막내로 세상에 나왔다. 나이 여섯에 어머니가 집을 나갔다. 열두살 때 아버지가 농약 먹고 세상을 등졌다. 고사리손으로 초상치고 단신 상경했다. 중국집, 양말공장, 자동차정비공장, 신발공장을 전전했다. 그러나 우리 부모님들! 선천성 근시로 나를 낳아서 삼 미터 앞이 흐릿하게만 보였고, 그래서 가는 곳마다 해고, 해고, 해고… 내 나이 이제 스물 한살, 유서를 쓰고 나서 여의도 광장 남단을 향해 두 눈 질끈 감고 엑셀러레이터를 힘껏 밟았다. "돈만 아는 사람들과 사회가 미웠다!", "어머니만 가출 하지 않았으면 이런 일은 없었을 것을!", "죽기 위해, 사형을 받기 위해 사고를 쳤다!" 다시 엑셀러레이터를 힘껏 밟았다.

　　— 세상이 한 젊은이를 버리자 그는 어린 생명들을 데리고 갔다.
1991년 10월 어느 공휴일.

　　　　　　　　　　　　　－「시상이 지를 버렸지유」 전문(『한밭풍물시 Ⅱ』)

　충청도가 고향인 한 청년의 슬픈 이야기이다. 선천성 근시 때문에 자기 의사와는 상관없이 해고당해야만 하는 현실, 아버지의 자살, 어머니의 가출로 인해 어디에도 의지할 곳 없는 시적 화자가 자살을 택할 수밖에 없는 안타까운 현실을 노래하고 있다. 그 화자 때문에 죄없는 어린 생명까지 앗아간 현실이 더 우울하게 만든다. 이는 그 사람의 자질이나 잠재성보다 스펙을 더 중요시하고, 사람의 가치보다는 돈의 가치가 더 우선시되는 현실이 낳은 필연적인 결과이기도 하다. 시인은 시적 화자에 연민의 정을 느끼며 그러한 현실을 비판하고 있다. 문제는 이러한 우울한 현실이 현재에도 계속 지속되고 있다는 데에 있다. 이를 해결하기 위해서는 겉으로 드러나는 그 사람의 외모나 스펙이 아닌, 잠재된 가치를 발견해야 하며, 모든 생명은 소중하다는 인식이 확산되어야 할 것이다. 그리고 시인은 우리 백제권(충청도/ 전라도)에 대해 홀대하는 것도 비판적인 시선을 보낸다. 이는 "우리 백제권은/ 모래바람만 휘날리는/ 푸대접과 무대접판이라/ 외줄기 철로 위에서/ 흰거품 뿜으며/ 이별의 말도 없이/ 쉬어가던 대전발/ 목포행 완행열차/ 당신은 잊었는가/ 그 대전부르스를……/ 수양버들가지 같은 대전부르스를……"(「0시 50분」)라고 한 데서 발견할 수 있다. '대전부르스'라는 노래를 통해 잘 알려진 목포행 0시 50분 기차의 풍경을 그리고 있다. 이 기차를 통해 이별의 슬픔이나 아픔을 노래하는 것을 넘어서서 백제권의 홀대와 소외에 대해 안타까운 시선으로 바라보고 있다. 또한 시인은 '참교육'에 대한 나름대로의 입장을 밝히고 있다. 자신의 유년시절과는 달리 학원공부에 시달리는 아이들을 안타깝게 노래한 시(「명이와 준이」), 학생들에게 사랑보다는 '폭력'을 알려준 선생님을 비판적으로 목도한 시(「서로 따귀갈기기」), 아이들이 싫어하는 어머니를 유형별로 분류해 놓은 시(「너무 기죽이자마유」) 등에서 참교육의 본질과 아이들의 순수한 욕망을 읽어낼 수 있다.

그리고 홍희표 시의 특징 중 하나가 '한밭'의 모습을 다각적으로 보고 있다는 점이다. 이러한 시선은 자연스럽게 대전의 외양뿐만 아니라 이면을 들여다볼 수 있는 힘을 갖게 된다.

> 목척교 홍등을 끄면
> 술집 네온이 붉고
> 그 제비꽃등을 끄면
> 산동네 전등불이 빌딩처럼 높고
> 그 원추리꽃등을 끄면
> 멀리 공장의 불빛이 보이네
> 야근 줄풀등 아래

보이지 않는 손톱

보이지 않는 발톱

목척교 홍등을 끄면

-「홍등을 끄면」 전문(『한밭풍물시 I』)

대전의 이면을 잘 보여주는 시이다. 목척교 홍등에 가려 보이지 않는 '산동네 전등불'과 '공장의 불빛'을 포착하고 있다. 근대의 이중성, 화려함과 쓸쓸함을 동시에 읽어내고 있는 것이다. 산동네에 살고 있는 가난한 사람들과 공장에서 야근하는 공원(工員)들의 슬픈 내면을 들여다보고 있다. 이러한 점이 홍희표 시의 미덕이라 할 수 있다.

이러한 점은 그가 만나는 작가나 예술가에게서도 드러난다. 시인이 대전에서 제일 좋아하는 시인은 단연 박용래이다. 동일한 잡지로 등단한 선, 후배라는 점도 있지만, 그것보다도 박용래의 순수함에 시인은 더 매료된 듯하다. 문단 권력을 부릴 줄도 모르고 문학 외에 다른 것에 기웃거리지도 않고 오로지 '문학'만을 위해 매진한 것이 시인을 사로잡았는지도 모른다. 대전의 다른 문인보다 '한밭풍물시' 연작시집에 박용래에 관한 내용이 제일 많은 지면을 할애하고 있다.

도연명이 살던 동네

오류동이듯

그 버드내 동네에 박용래

자기집을 청시사(靑柿舍)라 부르고

풀벌레소리 사이로 접시술과

더불어 살았다네.

그 울보시인도 가고

사모님도 가고, 따님들도
시집 가버리고,
그 청시사 이제는
늙은 감나무 혼자 지킨다네.

공룡처럼 들어선 아파트 단지
그 조선의 시인 없어 오류동
땡감동네로 변했다네.

　　　　　　　　-「청시사(靑柿舍)」 전문(『한밭풍물시 I』)

　위 시는 박용래가 작고할 때까지 살던 곳인 '청시사'를 노래하고 있다.
'청시사'는 홍희표 시인과 밀접한 관련이 있다. 푸를 청(靑)이라는 한자
를 좋아한 시인에게 홍희표는 "형님은 홍시는 못 되고 땡감밖에 못 된다."
라고 하면서 '청시사'를 제안했다고 한다. 박용래는 이를 불쾌하게 여기
지 않고 '청시사'를 받아들이게 되는데, 이렇게 해서 '청시사'가 나온 것이
다. 그러나 이제는 "그 울보시인도 가고/ 사모님도 가고, 따님들도/ 시집
가버리고" 그곳에는 커다란 아파트가 들어서 더 이상 운치있는 시인의 집
이 아니라 "땡감동네"로 바뀌었다고 풍자하고 있다. 현재 '청시사'는 허물
어져 남아있지 않고 공영주차장 귀퉁이에 그 흔적을 알리는 표지석만이
덩그러니 남아 있다. 이 외에도 박용래의 흔적이 남아있는 곳에 갔을 때
시인은 그를 위한 시를 썼다. 「눈물점」, 「놀뫼나루」, 「아주 이쁜 것은」, 「막
걸리 한 잔」 등은 모두 그와 관련된 작품들이다. 그리고 박용래와 각별했
던 시인은 이태준 여사가 작고했을 때에도 그를 추모하는 시를 발표한다.
"늙으신 간호부/ 진눈깨비 휘날리는데/ 백수 가장 뒤따라/ 북망산천 찾아
가네/ 어하아 어하아!/ 어허이 어하호!"(「이태준(李泰俊) 여사」)라고 하여 슬

프게 노래하고 있다. 과로사로 숨졌다는 얘기를 들은 시인은 더 안타깝게 여긴다. '백수 가장'을 대신해 가족을 위해 한 평생 힘겹게 살아온 결과이기에 더 가슴이 아팠을 것이다. 이 시는 그러한 모습을 오랜 기간 동안 목도해 온 시인의 헌시라 할 수 있다. 이 외에도 그의 라이벌이자 친한 문우였던 송유하에 대해서도 노래했는가 하면(「오, 주발에다」), 충청의 마지막 선비시인이라 칭한 임강빈을 노래하기도 했다. (「시인 임강빈」) 김수남, 한성기, 최상규, 신동엽, 김수남, 최문휘 등의 이름도 시에 보인다. 그리고 그가 좋아했던 목초스님에 관련된 시도 몇 편 보인다. 시인은 이처럼 문인 중에서도 문인다운 문인, 문단 권력에 사로잡히지 않고 자신의 문학세계를 오롯이 펼치는 순수한 문인을 가까이 한 것이다.

5. 희망

홍희표의 '한밭풍물시'는 대전에서 '희망'을 찾기 위한 프로젝트의 일환으로 쓰여진 시라 할 수 있다. 모더니즘 계열의 시에서, 리얼리즘 계열의 시로, 다시 지역성을 담은 시로 나아가고 있는 시인은 시 곳곳에서 '희망'을 보여주고 있다. '희망'은 현실에 순응하는 긍정적인 시선에 의해서만 생기는 것이 아니고, 불의를 보면 분개할 줄 알고, 꿈을 이룰 수 없는 현실을 비판할 줄도 알고, 불가항력으로 스러져간 이들에 대해 연민의 정을 느낄 수 있을 때 생기는 것이다. 시인은 이러한 점을 잘 알고 있다. 그리하여 시인은 '한밭'의 풍물을 다각적으로 노래한 것이다. 한밭의 고유성과 전통적 가치를 드러내는 시를 쓰기도 하고, 한밭의 옛 풍경을 현미경적으로 표출하기도 하고, 한밭을 지켜온 많은 이들에 대해 연민의 정을 가지고 형상화하기도 한 것이다. 그리고 시인의 미덕은 그러한 한밭의 풍물에 관련된 시를 현재적 관점으로 재구성한다는 점이다. '지금-이곳'을 살아가는 우리들에게 삶에 대한 진지한 고민과 성찰의 계기를 마련하고, '한밭'이라는 지역성의 의미를 곱씹게 만든다. '한밭'에 대해 어느 하나로 구획하고 획일화시키는 것이 아니라 다양하게 펼쳐놓음으로써 스스로 가치 판단의 기회를 제공하고 있다. 한밭에서 "천년만년" 살고 싶은 그의 바람을 담은 시를 인용해본다.

> 해가 떴네 해가 떴네
> 눈 푸른 해가 떴네
> 해가 떴네 해가 떴네
> 해맑은 해가 떴네.
>
> 보문산 까치소리에
> 메아리 덩실춤을 추네.
>
> 기쁜소식 전해주는
> 희망의 노래소리
> 무지개빛 피어내는
> 한밭의 옛바람이어라.
>
> 금강의 도라지꽃빛
> 어여뒤여 상사뒤야
> 천년만년 살고지고
> 한밭에 살고지고.

달이 떴네 달이 떴네
휘영청 달이 떴네
달이 떴네 달이 떴네
향그런 달이 떴네.

식장산 솔가지에
보름달 사뿐이 떠있네.

자다 꿈을 깨어보니
고산사 풍경소리
목련화 피어내는
백제의 옛구름이어라.

기와삼간 집을 짓고
어여뒤여 상사뒤야
천년만년 살고지고
한밭에 살고지고

－「한밭에 살고지고」 전문(『한밭풍물시 I』)

이처럼 시인은 "희망의 노래소리"를 들어가며 오래 오래 살고 싶은 소망을 드러내고 있다. 이 외에도 그의 시 「꽃 피우게 하는 중도일보(中都日報)여」, 「한밭토박이」, 「씨알의 소리」, 「비익조(比翼鳥)」, 「계룡산(1)」 등에서 희망의 메시지를 담아내고 있다. 이렇듯 시인은 '한밭풍물시'를 통해 한밭의 풍물을 드러냄과 동시에 그 풍물에 담긴 고유성과 지역성을 현재적 의미로 재구성하여 '희망'을 만들어 내고 있는 것이다.

홍희표의 연작시집 '한밭풍물시'는 우리에게 다양한 의미를 제공해주고 있다. 잊혀져가는 충청도 방언을 구수하면서도 정갈하게 살려내고 있는 점, 흥에 겨울 때 내는 "어허 상사디야"나 풍자성을 내포한 'ㅎㅎㅎ' 등을 적절하게 배치하고 있는 점, 한밭의 기질과 정서, 그리고 풍물을 생동감있게 구체적으로 표출하고 있는 점, 한밭의 문학, 예술의 지형도를 보여주고 있는 점 등이 그것이다. 앞으로 시인이 한밭의 풍물의 새로운 풍경을 어떻게 시로서 형상화할지 자못 기대되는 것도 이러한 점에서 연유한다.

-『홍희표 시전집』 2012년 9월

동행, 사랑에 이르는 길

- 김강태론

1.

김강태 시인이 작고한 지 1년이 조금 더 지났다. 아이들을 잘 키워줘서 고맙다는 아내의 말에 "우린 함께 동행했을 뿐"이라고 말했던 그는 같은 충청도 출신인 임영조 시인과 '동행'하려 했는지 같은 날에 이 세상을 떠났다. 이 세상에 남아있는 많은 지인들은, 그를 아내와 두 딸을 너무도 사랑했던 시인으로, 빗소리를 무척 좋아하고 이 세상 하직하기 전까지 "生에의 의지"를 절대 포기하지 않았던 시인으로, 그리고 지독히 가난했던 시절에도 "시와 자존심"만큼은 결코 버리지 않았던 시인으로 기억하고 있다.

1978년 『한국문학』으로 등단한 그는 첫 시집 『물의 잠』을 비롯하여 『혼자 흔들리는 그네』, 『숨은 꽃』, 『모르는 거 물어봐』, 『비밀번호』, 『등뼈를 위한 변명』, 『눈빛 영혼』, 『빈 나무 밑을 지나가다』 등 8권의 시집을 발간하게 된다. 이 중 『눈빛 영혼』과 『빈 나무 밑을 지나가다』는 사후에 발간된 유고시집이라 할 수 있다.

김강태 시의 근간을 이루는 것은 '사랑'이다. 기본적으로 그 사랑은 사소하고 하찮은 사물을 꼼꼼히 관찰하고 응시하는 데서 비롯되며, 가족들을 보듬고, 나아가 소외된 이웃들을 감싸안는 바탕이 되며, 우리의 것을 소중히 여기는 토대가 된다. 그리고 사랑은 절망을 일으켜 세우고, 희망을 찾는 일의 주춧돌이 되기도 한다. 그의 이러한 사랑의 실천방법은 다름 아닌 '동행'이다.

2.

혹자는 고통이 때로는 힘이 되기도 한다고 말한다. 이는 고통이 절망에서 벗어날 수 있는 힘을 주고, 자신의 삶을 뒤돌아볼 수 있는 계기를 마련한다는 점에서 나온 말이리라. 김강태도 이런 맥락에서 다가설 수 있는 시인이 아닐까. 그의 삶 또한 유년시절부터 가난으로 인한 고통과 역경을 감내해야만 했기 때문이다. "먹거리 곁, 코 흘리며 서있는 내게, 엄니는/ '옛다!' 우동을 휘휘 말아주신다"(「간이술집에 관한 추억」, 『빈 나무 밑을 지나가다』)[01]라는 시 구절에서 보이듯 그의 유년시절의 삶이 매우 궁핍했음을 알 수 있다. 그리고 "왜 저리도 늦은 밤 가위질일까 어차피/ 째고 찢는 곳은 엄니의 깊이일 것,/ 엄니는 무언가를 파는 듯했다"(「가위-반짇고리」, 『등뼈를 위한 변명』)라고 한 구절에서도 어머니의 바느질로 생계를 유지해야만 하는 절박한 모습이 보인다.

> 내 유년의 기억이 아직은 생생하다는 것
> 결코 내 안을 떠나지 않고 불을 계속 지펴낸다는 것

01　이 글에 인용된 시는 시제목과 시집명을 병기(倂記)하기로 한다.

다만 이런 것들이 기억의 덜미를 사뭇 낚아채네
요즘도 내 어린 자궁은 창문쪽으로 길이 나 있는지?
아직은 쓸쓸하다고 자신있게 말할 수 있겠네
깊은 창이 덜컹대던 헛간이 그토록 무섭고 그리우므로

　　　　　- 「깊은 창-헛간」 부분(『빈 나무 밑을 지나가다』)

'헛간'을 대상으로 노래하고 있는 작품이다. 헛간은 농기구나 잡동사니를 두는 곳으로, 이 시에서는 짚이 깔려있고 깊은 창이 있는 헛간이 형상화되어 있다. 유년시절 화자는 그곳에서 많은 시간을 보냈을 것이고, 그곳에서 화자는 어둠과 친숙해지는 법과 고독을 익혔을 것으로 보인다.[02] 그렇기에 유년시절의 '헛간'은 "아직은 쓸쓸하다"는 표현에서 알 수 있듯 "무섭고 그리"운 공간으로 자리매김된다. 이렇듯 그의 유년시절은 가난과 궁핍한 삶의 연속이었고, 그로 인해 어둠과 고독과 친숙해지게 된다. 이러한 모습은 가족의 풍경에서도 드러난다.

　　엄니가……또 펌프질 하나보다 이상한 일이었다 나는 납득할 수
　없었다 엄니는 항상 컴컴한 방구석에서 울었다 찌익찌익찌익,
　　　형과 나는 읽던 책을 덮고 불을 껐다
　　　속초에서 아버지 편지가 올 때마다 엄니는 울었다

　　(……) 그날 밤은 우리 가족 모두가 펌프였다 그러다가 한꺼번에

---

02 이러한 면은 "구석 짚더미에 몸을 던지면/ 어둠이 고인 짚풀의 따스함/ 호호 지피던 아슴한 유년의 불씨/ 어린 나는 따스한 어둠이 좋았지"(「헛간」,『등뼈를 위한 변명』)라고 한 데서도 엿볼 수 있다. 이 시의 "따스한 어둠"이라고 한 구절에서 어둠이 따뜻할 수도 있음을, 그리고 화자가 그러한 어둠과 아주 친숙했음을 어렵지 않게 짐작할 수 있다.

울음을 몽창 게워냈다
　　어린 시절
　　우리는 펌프울음 가족이었지
　　　　　-「펌프질 하나보다!-엄니」부분(『빈 나무 밑을 지나가다』)

위 시에서 우리는 화자가 외지에 있는 아버지와 떨어져 살고 있다는 점과 아버지에게서 편지가 오는 날이면 어머니가 펌프질을 하면서 눈물을 훔치는 것을 목격할 수 있다. '펌프질'을 통해 울음소리(남편에 대한 그리움의 표현)를 감추려는 어머니의 모습과 펌프질 사이로 흘러나오는 어머니의 울음소리를 듣고 우는 화자의 모습이 중첩되어 나타난다. "어린 시절/ 우리는 펌프울음 가족이었지"라는 표현에서 시인의 가족의 모습이 그리 밝지 않았음을 엿보게 된다. 이러한 일련의 과정을 볼 때 시인이 밝음보다는 어둠에 친숙해졌고, 드러나는 소리보다 감추어진 소리에 집착하게 된 것을 추측하기란 어렵지 않다.

우울하고 힘든 유년시절을 보낸 그의 고향은 충남 부여이다. 그러나 그가 유년시절의 많은 시간을 부여에서 보낸 것 같지않다.[03] 그럼에도 그의 시에는 부여의 흔적과 백제에 관련된 편린들이 알게 모르게 등장하고 있다.

　　이거, 너 글 쓴 거 아녀어 왜 버리냐아

---

03 이용범에 따르면, 김강태는 1950년 10월 21일에 경기도 시흥군 군자면 옥구섬에서 태어났고 아버지의 뜻에 따라 공식 서류 외의 모든 프로필에 고향을 부여로 적게 되었다고 술회하고 있다.(「아름답고도 슬픈, 동행-김강태론」, 『현대시』, 2003.7, 110쪽 참조) 그러나 필자가 보기에는 김강태가 실제 태어난 고향은 그다지 중요하지 않다고 본다. 왜냐하면 부모님이 살고 있는 곳, 그리고 자신의 마음의 고향이 시인에게 더 영향을 주었을 것이기 때문이다.

달의 꼬리만 혼미한 월미도를 돌아 혼잣방에 오며, 부여에서 백제 땅을 이고 오신 엄니는 방구석의 휴지를 하나하나 다림질하고 계셨다 내 글씨가 있는 종이면 어두운 눈으로 마뭇 곱게 구김을 펴서는 따스히 다림질하셨다 매달 엄니는 다녀가셨고 그때마다 나의 서랍에는 반듯한 원고지가 채곡채곡 쌓여 있었다

　　등단 기념 축하연에 참석하려던 그날 저녁 여섯시. 엄니는 '뇌졸중'이라는 아름다운 이름으로 쓰러지셨다……그제서야 나는 알았다 오실 때마다 엄니는 풋풋한 백제어로 못난 아들의 여린 詩의 주름을 펴주신 것임을

　　엄니의 휘인 뼈마디 꺼끌한 주름 겹겹을 내가 다림질할 수 없을까 부여로 갈 때마다 나는 설움에 받쳐 점점 가늘어지는 엄니의 다리와 손목을 손으로 쓸어드렸다 그러나 나의 다림질은 소용히 없었다 (……)

　　……지금 엄니는 흙으로 누어 계신다
　　오늘도 나는 다림질을 한다 원통히 흙이 되신 당신의 굽은 마디마디 뼈가 흙 속에서 곧게 펴질 때까지
　　　　　　　-「다림질을 하며-대학 시절」 부분(『빈 나무 밑을 지나가다』)

　　어머니를 그리워하는 시인의 따뜻한 심성을 엿볼 수 있는 작품이다. 여기에서 화자는 '어머니'가 아니라 '엄니'라고 부르는데, 이러한 면을 통해 '어머니'와 '나'라는 격이 있는 모자(母子)의 관계가 아닌 유년시절의 '상상계적 단계'의 모자관계임을 알 수 있다. 이 시에는 그의 시에 자주 등장하던 유년시절의 우울한 모습보다는 밝은 모습으로, 그리움이 가득찬 모

습으로 다가온다. 여기에서 눈여겨 볼 것은 "부여에서 백제 땅을 이고 오신"이라는 구절과 "풋풋한 백제어"라고 표현한 구절이다. 어머니가 부여, 고향에서 가져온 것이 다름 아닌 '백제 땅'과 '백제어'라는 것이다. 이 둘의 공통분모는 '백제'인데, 이를 보더라도 그가 어머니 뿐만 아니라 그의 고향, 부여가 백제의 옛도읍이라는 것에 대한 자긍심이 대단하였음을 알 수 있다.[04] 그리고 어머니가 자신의 "여린 詩의 주름"을 "풋풋한 백제어"로 펴 주신다는 대목은 오래 전부터 이어 온 충청도의 넉넉함과 풋풋함을 느끼게 해준다. 이러한 충청도의 정신을 바탕으로 시인이 문단에 등단하게 되자, 어머니는 자신의 소임을 다한 듯 '뇌졸중'으로 쓰러지게 된다. 이 '뇌졸중'을 '아름다운 이름'이라고 표현한 데서 시인의 어머니에 대한 강렬한 사랑을 엿보게 된다. 그리고 "원통히 흙이 되신 당신의 굽은 마디마디 뼈가 흙 속에서라도 곧게 펴질 때까지" 다림질을 하겠다는 구절에서 시인의 사모곡(思母曲)은 극에 달한다. 이러한 어머니에 대한 그리움은 "불티 가까이 볼을 대노라면/ 어머니, 듬성 듬성듬성/ 당신 음성이 묻어 나는 걸 느"(「노을에게-어머니」, 『등뼈를 위한 변명』)낀다고 한 구절에서도, "상추를 하얗게 부비던 엄니 손의/ 푸른 물방귀"(「물 속 방귀」, 『빈 나무 밑을 지나가다』)라고 한 데도 진하게 묻어난다. 그리고 그는 어머니 뿐만 아니라 아버지에게도 많은 사랑을 보여주기도 한다.(「문이 이상해요-아버지」, 『등뼈를 위한 변명』 등) 그리고 시집 서문에 "이 시집을 나의 어머님과 나의 아버님께 바친다."(『혼자 흔들리는 그네』 후기)라고 한 것과 "이 다섯 번째 시집을 아버지께 공손히 바친다."(『비밀번호』 자서)라고 한 것에서도 부모님에 대한 사랑이 지극했음을

---

04 이를 통해 볼 때, 앞에서 이용범이 언급한 부분, 즉 아버지의 뜻에 따라 충남 부여를 고향으로 했다는 그의 진술은 설득력이 좀 떨어진다. 설사 시인이 그렇게 언급했다손 치더라도 그것은 시인의 무의식적 측면에 있는 고향을 언급한 것이 아닌 것으로 보이기 때문이다.

알 수 있다.

　그의 부모에 대한 지극한 사랑은 가족사랑과 직접적으로 결부된다. 시인은 부모에 대한 사랑 못지않게 아내와 자녀에 대한 사랑이 지극하였다.

　　　그렇구나 거품이 저리 큰 방울이 되다니
　　　믿음아 보름아
　　　늬들 맘껏 불어라
　　　오만하고 조밀한 늬들 방 창을 맴돌다
　　　알미늄 새시 숨막힌 틀을 떠나
　　　뭉게구름 양털구름의 하늘로
　　　두둥실 날아오르게

　　　(……)

　　　영롱하다 흐느적
　　　소리없이 그림자 끌고 가는 비눗방울 보아라
　　　둥글게 나도 몰려간다 엄마 손 잡고
　　　처음 울음의 울음 속 울음 안으로 가자
　　　우리 가끔
　　　작고 네모난 집을 떠나서

　　　　　　　　　　　－「비눗방울가족」 부분(『빈 나무 밑을 지나가다』)

　이 시는 그의 가족사랑을 단적으로 보여주는 작품이다. 이 시는 "작고 네모난 아파트의 비좁은 공간을 벗어나 아이들의 자유로운 상상력을 키우면서도 사물의 본질을 깊이 천착하는 눈과 마음을 갖기를 소망하는 아버지의 마음이 배어있는 작품"[05]이라 할 수 있다. 이 시의 핵심은 "처음 울음의 울음 속 울음 안으로 가자"라는 구절이다. 여기에는 가끔씩 '지금-이곳'의 각박한 현실에서 벗어나 자궁의 공간, 태초의 공간 속으로 회귀하고자 하는 욕망이 담겨져 있다. 그리고 시를 처음 쓰던 시절, 왜 시를 쓰려고 했고, 왜 시를 써야만 했는지를 되돌아보는 초심(初心)을 느끼게 해준다. 그의 가족에 대한 사랑은 "출근 때 보름이랑은 입구에서 입을 맞춘다"(「것 두 모르고 차암!-중2 김보름」, 『빈 나무 밑을 지나가다』)에서도 어렵지 않게 확인된다. 이러한 그의 가족사랑은 아내에 대한 사랑을 보여주는 데서 절정을 이룬다.

> 그새 잠에 깊이 빠진 그녀의 볼 밑으로
> 그런데 마알간 은하(銀河)의 물 같은거,
> 놀란 남자는 여자 머리맡서 휴지를 가만 뜯는다
> 서너 겹으로 여남은 개쯤 만들고
> 너덧개를 더해 머리맡에 채곡채곡
> 그래, 지금까지 한 번도 아파보지 않던 그녀
> ― 「코닦개 종이」 전문(『빈 나무 밑을 지나가다』)

독감 걸려 흘리는 아내의 콧물을 '은하'의 물로 비유하는 면에서, 그리고 "지금까지 한 번도 아파보지 않던" 아내를 위해 서너 겹으로 접은 휴지를 아내의 머리맡에 두는 모습에서 아내에 대한 지극한 사랑을 엿볼 수 있다. 이러한 면은 그가 병원에서 치료받던 과정에서도 보인다. "몇 달 째 계속되는 간호에 지친 아내가 잠깐 눈이라도 붙이면 자신은 파도처럼 밀려

---

05 장영우, 「겨울, 빈 나무 밑을 걸어간 사람을 위하여-김강태론(論)」, 『다층』, 2003년 가을, 251쪽.

오는 통증을 참으면서도 간병인을 시켜 아내에게 이불을 덮어주던 사내가 바로 그였다."⁰⁶라고 한 대목에서 말이다. 그리고 아이들을 잘 키워주어서 고맙다는 아내의 말에 "우린 함께 동행했을 뿐이야"⁰⁷라고 한 데서 그의 가족사랑 뿐만 아니라 사랑이 한층 승화된 '동행' 의미까지도 엿보게 한다.

그렇다고 그의 사랑이 부모님과 가족에 국한된 것만은 아니다. 그의 사랑은 확장되어 소수자에 대한 사랑을 보이기도 한다. "새벽비 오면 긋는 비를 피해 또 다른 저들과 어깨를 겯는다……// 우린 안는다 업으며 또 다른 그와 동행한다 '자코메티-'"(「나는 그를 '자코메티'라 부른다-노숙자를 위하여」, 『빈 나무 밑을 지나가다』)라고 하여 노숙자를 사랑하고 위하는 것에 그치지 않고 '동행'해야함을 역설하고 있는 시가 있는가 하면, "공치는 날은 웬걸, 모두들 쉰 목소리로/ 악다구니를 저질러댄다"(「나나놋집」, 『빈 나무 밑을 지나가다』)에서처럼 막노동꾼의 애환이 담겨 있는 시도 있다.

3.

김강태의 삶과 시에 등장하는 모든 사랑은 기본적으로 사소하고 일상적인 소재를 감싸안는 과정을 통해 형성된 것이라 할 수 있다. 때문에 아무리 하찮은 대상일지라도 그의 감관(感官)을 통하면 생기 있고 윤기 나는 대상으로 뒤바뀐다. 이렇듯 그는 공기, 초(촛불), 달걀, 가위 등 우리 주위에서 쉽게 만나고 볼 수 있는 대상들을 그의 독특한 상상력과 조어력으로

---

06   장영우, 위의 글, 250쪽.

07   김보름, 「사랑하는 아빠께」, 『다층』, 2003년 가을, 272쪽 참조.

새롭게 자신만의 시를 생산해 낸다.

> 한 치도 틀림없는
> 정밀한 동그라미보다
> 타원형 네가 좋아
> 눌린 동그라미
> 한쪽으로 쏠린 힘이 휘잉,
> 공기 띠를 꽈놓았다
>
> — 「타원형에 관하여-달걀 6」 부분(『비밀번호』)

> 그곳 어딘가 누군가 살고 있음의
> 막연한 희망
> 희망이라는 빵을 씹고 있는
> 그, 누구를 위해
> 누군가 가위 입을 쫙 벌리고 있다.
>
> — 「가위-입」 부분(『등뼈를 위한 변명』)

위 시에서 일상적인 대상인 '달걀'과 '가위'는 각기 다른 모습으로 탈바꿈된다. '달걀'의 질적 측면보다는 '타원형'인 달걀의 모양에 시선을 집중하는가 하면, 어떤 대상을 분리하는 역할을 담당하는 '가위'가 궁핍한 시절 생계의 수단이 될 수 있는 희망의 대상이 되기도 한다. 얼핏 보면 두 시가 서로 상반된 것 같은 느낌, 즉 전자는 형식을 강조하고, 후자는 내용을 강조하는 듯한 느낌을 받을 수 있다. 그러나 엄밀히 보면 두 시가 지향하는 바는 거의 일치하고 있다. 전자 또한 후자와 마찬가지로 시적 화자가 "한 치도 틀림없는/ 정밀한 동그라미"가 아니라 "타원형"의 달걀을 좋아하는 것은 빈틈없는 각박한 삶보다는 여유가 있고 인간적인 삶을 희망하고 있는 것이기 때문이다. 이렇듯 시인은 사소하고 하찮은 대상들을 그만의 독특한 상상력과 언어적 질감을 통해 '살아있는 시'로 탈바꿈한다. 나아가 그가 말년에 쓴 것으로 보이는 시 「귀지를 흘리며-병상일지」에서는 '귀지'까지도 끌어안는다.

> 귓속을 한없이 파고픈 듯,
> 어느새 가슴을 찌른다
> 그도 숨을 쉬는 걸까
> 그동안 정체된 것들의
> 여린 호흡
> 귀지란 내 몸의 새살이다
> 여린 살을 송송 돋게 하는
> 그 무엇,
> 이 엄청난 밀어내기로
> 윤기나는 귀지,
> 싱그러운 생명의 힘
>
>   - 「귀지를 흘리며-병상일지」 부분(『빈 나무 밑을 지나가다』)

'귀지'는 무엇인가. 우리 귀 속에 들어온 먼지가 뭉쳐진 오물덩어리가 아닌가. 그런데 시적 화자(시인)의 생각은 다르다. 그의 시선에 들어온 '귀지'는 우리 몸에서 제거되어야만 하는 대상이 아닌 내 몸의 일부가 된다. 그래서 '귀지'는 자신의 '새살'이 되고, "싱그러운 생명의 힘"을 지닌 대상으로 변모된다. 화자 자신의 몸의 균형감각을 맞추기 위해, 올곧은 소리를 듣도록 도와주는 '귀지'가 결코 먼지 덩어리로만 보이지 않았던 것이다. 오히려 그에게는 그것이 하나의 생명체로 보였던 것이다. 이는 시인 자신의 '병(病)'과 '귀지'라는 서로 이질적인 대상이 만나 새로운 의미를 창출한, 들뢰즈가 말한 '이질적(異質的) 종합'의 결과라 하겠다. 자신이 건강할 때 느끼지 못했던 '귀지'에 대한 생각이 '병'을 만나 새로운 의미로 생성된 것이다. 이처럼 작고 하찮은 일상적인 대상이 그의 시선에 포착되면 의미 있는 대상으로 탈바꿈된다. 결국 이러한 시적 양상은 그 이면에 내재한 시인의 따스하고 인간적인 심성에서 비롯된 것이라 하겠다.

시인의 이같은 사소하고 하찮은 대상들에 대한 관심은 '소리'에로 이어진다. '소리'는 들을 수는 있어도 볼 수는 없는 대상이다. 때문에 소리를 그린다는 것은 불가능하다. 그러나 시인은 이러한 소리에 대해 생명력을 불어넣는다. 이를 통해 소리는 깨어나게 되고, 따라서 소리에도 우리가 선/악으로 구분할 수 있는 소리 외에 또 다른 소외된 소리가 있음을 발견하게 된다.

소리에도 혀가 있다
소리에도 감촉이 있다
하다 만 몸짓의 혼,
소리의 잔혼일게다
때로는 그것이
징징징 우는 빛일 때가 있다
은밀비밀
서로의 몸을 닦으며
울음 몰래 날던 소리혼
어둠의 등뼈(骨)를 갈라
바늘처럼 남몰래 튕겨나곤 한다

어느 달빛 사이

흰 가슴을 내보이는 어둠에

귀 기울여 보라

소리의 혼이 종종 일어나고 있다

-「소리혼」 부분(『빈 나무 밑을 지나가다』)

소리에는 여러 가지가 있다. '좋음/ 나쁨'의 소리, '기쁨/ 슬픔'의 소리, '행/ 불행'의 소리 등. 그런데 시인은 이러한 이분법적인 구도로 짜여진, 정형화된 소리 자체가 많은 사람들을 얼마나 구속하고 억압하는지를 감지한다. 그래서 시인은 이러한 정형화된 소리를 해체하기 위해 소리의 '이면'에 귀기울인다. 이는 소리 자체를 가지고 소리를 감지해내는 단순한 느낌에 대해 반기를 드는 행위이기도 하다. 그리고 그는 '밝음'을 뚫고 나오는 소리보다 '어둠'을 통해 나오는 소리에 대한 애착을 보여주는데, 그것은 온전하고 완전한 것이 아닌 결여되고 덜 생긴 소리들을 원상대로 회복시켜 주려는 그의 강한 의지에서 나온 것이라 하겠다. 이러한 면은 그가 이 시 말미에 "흠짓난 빗방울만 등빛에 영롱하"다고 한 것처럼, 소리 또한 흠짓난 소리가 혼이 영롱할 수 있다는 것과 맥을 같이 하고 있다. 그리고 이러한 모습은 "너는 소리다/ 볼 수 있는 소리다/ 말끔히 씻어 안을 비우는 너/ 소리로 죽어/ 소리로 태어나는 너// …… 비어 있음 안에서/ 울음이 본디의 소릴 켜낸다"(「통」, 『빈 나무 밑을 지나가다』)에서도 엿볼 수 있다. "소리로 죽어/ 소리로 태어나는" 소리의 '윤회설'과 비어 있는 상태에서의 울음이 "본디의 소릴 켜"낸다는 '공명(空鳴)'의 힘을 느낄 수 있다. 또한 시인은 소리 자체가 개별적인 것이 아님을 역설하고 있다. 이는 소리는 어떤 관계 속에서 이루어지는 것이고, 그 관계를 파악하는 것이 중요한 것임을 말하고 있는 것이다. "내 안의 소리가 소리를 부르고 있다"(「촛농-촛불생각 24)라고 한 것처럼 한 소리가 다른 소리를 부르고, 한 소리가 다른 소리를 부를 때 겹치는 소리는 또 다른 소리로 나오는 것이다. 여기에서 소리의 '복수성(複數性)'을 엿볼 수 있다. 그는 소리의 다양성을 본 것이 아니라 소리의 차이와 겹침을 보고 있는 것이다. 이러한 소리의 복수성을 확인한 시인은 나아가 소리의 혼을 찾는 일에 골몰한다. 그래서 그는 소리에 '혀'를 붙이고, '감촉'을 부여한다. 이를 통해 어둠 속에서 "소리의 혼이 종종 일어나"는 것을 느낀다. 여기에서 우리는 시인의 소리에 대한 깊은 성찰과 예리함을 엿볼 수 있다.

그가 불완전하고 결여된 소리를 통해 소리혼을 탐색하려는 모습은 '등뼈'를 세우려는 몸짓과 무관하지 않다. 그의 시의 키워드 중 하나인 '등뼈'는 시의 '틀'과 결부된다. 혼이 정신적 범주에 드는 것이라면, '등뼈'는 어떤 몸체를 구성하는 골격이라 할 수 있다. 그는 뼈대를 올곧게 구축해야만, 살을 붙일 수 있고, 나아가 혼을 불어넣을 수 있다고 피력한다.

> 논개 그대의 손마디 뼈부스러기 몇 알
> 지금도 강줄기 속빛이 허옇게
> 출렁인다지
> 요추 흉추 늑골 두개골
> 지금도 길다라이 우는 흐름으로
> 생살 키워 흐른다지, 부인
>
> - 「논개」 부분(『빈 나무 밑을 지나가다』)

주지하다시피 논개는 왜장을 안고 진주 남강에 뛰어든 의녀로, 오늘날까지 그녀의 의로운 행동은 현재를 살아가는 이들에게 많은 귀감이 되고 있다. 시인은 이러한 논개의 '잔해(殘骸)'을 찾아 헤맨다. 지금도 진주 남강에는 그녀의 "손마디 뼈부스러기"와 "요추 흉추 늑골 두개골" 등이 남아 있음을 간접화법으로 말하고 있다. 또한 그 뼈는 "생살 키"우는 매개물이 되기도 한다. 이는 무엇을 말하는가. 시인이, 인정이 메마른 각박한 현실과 우리의 정신(혼)을 잃어가는 현실 속에서 우리의 뼈대를 만들고 살을 붙여 혼을 불어넣고자 하는 욕망에서 논개를 환타지화한 것으로 보인다. 결국 이 시에서 살을 붙이는 대상과 생살을 키워내는 대상으로 '뼈'를 차용하고 있음을 알 수 있다. 이 뼈가 존재해야 다른 것도 가능할 수 있음을 보여주고 있는 것이다. 그리고 그의 시에 등장하는 뼈는 여기에 국한되지 않는다. 그가 "말씀의 뼈를 만나기란 쉽지 않다"(「말의 뼈」,『등뼈를 위한 변명』) 고 말한 것처럼, 어떤 사물의 핵심을 의미하기도 한다. 개인적인 삶에 치중하고, 이기적인 삶이 지배적인 현실 속에서 이타적인, 남을 위한 말을 하기란 쉽지 않다. 그래서 시인은 '뼈있는 말'이 그리운 것이다. 이는 올곧은 선비정신과 무관하지 않을 터, 그리하여 시인은 '골절'되고 '탈골'된 말의 뼈를 온전하게 바로잡고자 역사적으로 귀감이 될 만한 인물들의 언행을 차용한다.

이렇듯 김강태 시인은 일상에서 볼 수 있는 작고 하찮은 대상, 그리고 소외된 대상에 남다른 애착을 가지고 죽어있는 것을 살아나게 하고, 잃어 버린 것을 되찾고자 하며, 억압된 것을 원상태로 복원시키려 한다. 그 작업은 허물어진 '뼈'를 바로 세우려 하고, 거기에 살을 붙여 혼을 불어넣는 과정으로 이어진 것이라 할 수 있다.

그리고 김강태의 시적 여정을 통해 우리가 느낄 수 있는 것은 자기를 사랑하는 생에의 강력한 의지와 무엇이든 포기하지 않는 희망의지가 강렬하다는 점이다. 때문에 그의 시에 등장하는 절망은 희망이 내포된 절망이고, 그의 어둠은 '따스한' 어둠이듯, 그에겐 완전한 절망과 좌절이란 없다. 그래서 그의 시는 따뜻하고, 희망적이며, 혼이 묻어난다.

> 춥지만, 우리
> 이제
> 절망을 희망으로 색칠하기
> 한참을 돌아오는 길에는
> 채소파는 아줌마에게
> 이렇게 물어보기
>
> 희망 한 단에 얼마예요?
>
> ─「돌아오는 길-序詩」 부분(『등뼈를 위한 변명』)

시인은 이 세상이 희망이 없는 세상이라고 문득 느끼게 될 때 이렇게 희망 찾기의 의미를 일상적인 작은 삶 속에서 찾고자 하였다.[08] 이러한 일련의 작업으로 그는 "절망을 희망으로 색칠하기" 시작한 것이다.

4.

시인이 예전에 "모든 것과의 완전한 만남을 위해서는 우선 온전한 헤어짐이 전제되어야 한다. 일단 헤어져야 하며 떠나 있어야 한다. 분명한 거리감이 우리들 삶에서 필요한 것 같다."(『혼자 흔들리는 그네』 후기 「조용한 反間」에서)라고 두 번째 시집 후기에서 언급했듯, 그는 어쩌면 "모든 것과의

---

08 송희복, 「학처럼 왔다간 시인의 혼이여」, 『현대시』, 2003. 7, 182쪽 참조.

완전한 만남을 위해" '이승'에서의 삶과 헤어져 있는지도 모르겠다. 그 헤어짐은 분명 김강태가 아닌 '시인'과 '시'와의 완전한 만남을 이루는데 도움이 되리라 본다. 그렇기에 그와의 이별은 안타깝지만, 이를 통해 '시인'과 '시'가 만나게 되는 계기를 마련해 준 것은 어찌보면 다행한 일일지도 모른다.

그의 삶과 시를 통해 볼 때 그는 '동행'하는 것을 참으로 좋아했던 것 같다. 백제의 혼이 담긴 충청도의 기질과도 동행했고, 부모님과 가족, 그리고 소외된 자와도 동행했으며, 그리고 작고 하찮은 것들과 뼈대(정신, 혼)와도 동행했고, 희망과도 동행했다. 이러한 '동행'은 누군가와 함께 가는 것이기에 결코 외롭지도 않고 쓸쓸하지도 않다. 이렇듯 그는 이 세상에 남은 이들에게 '홀로'가 아닌 '동행'의 소중함을 일러주고 깨우쳐준 시인이었던 것이다.

- 『작가마당』 제7호, 2004년

고향 그리고 금강, '삶의 문학'의 시원(始原)

- 윤중호론

1. '금강'의 '작은' 시인, 윤중호

윤중호(1956-2004)는 1984년 『실천문학』을 통해 문단에 등장한 이래, 『본동에 내리는 비』(문학과지성사, 1988), 『금강에서』(문학과지성사, 1993), 『청산을 부른다』(실천문학사, 1998), 『고향 길』(문학과지성사, 2005) 등 4권의 시집을 발간한 시인이다.[01] 이 중 『고향 길』은 그가 작고한 지 1년 만에 발간된 유고시집이다. 윤중호는 작고하기 전까지, 그의 삶과 작품 속에 한 번도 '고향'과 그 곳을 에둘러 흐르는 '금강'을 떠나본 적이 없었다.[02] 그곳은 시인의 삶을 키워주고 지탱해주고 감싸준 그의 삶의 '원형적(原型的) 공간'이었고, 타자의 삶을 이해하고 더불어 같이 살아가는 공동체적인 삶을 가르쳐 준 시원적 공간이었던 것이다. 때문에 그의 시에는 공동체의식의 공간인 '고향'과 모든 것을 함께 끌어안고 흘러가는 '금강'이 자주 등장한다. 그의 시에 자주 보이는 '본동', '안면도', '이주단지' 등도 그곳의 또 다른 공간

---

01 이 4권의 시집 외에도 산문집 『느리게 사는 사람들』(문학동네, 2000)과 동화 『지각대장 쌍코피 터진 날』(온누리, 2002), 『두레는 지각대장』(온누리, 2004), 『감꽃마을 아이들』(온누리, 2004) 등이 있다.

02 윤중호의 고향은 충북 영동군 심천으로, 금강 상류에 위치해 있다.

이라 할 수 있다.

'고향'과 '금강'은 시인에게 '삶의 문학'의 시원으로 자리 잡는다. 그가 가담한, 80년대 민중문학을 표방한 대전 지역의 대표적인 문학무크지의 제호이기도 한 '삶의 문학'[03]은 '진실한 삶을 담아내는 문학'이라는 의미를 지닌 것으로, 그는 차안(此岸)의 삶에 종지부를 찍을 때까지 이러한 문학적 세계관을 견지하게 된다. 그의 이러한 세계관은 불의의 시대와 타협하지 않으려는 올곧은 성품에서 비롯된 것이라 할 수 있다. 그가, 어머니가 원했던 '성공'과는 거리가 먼 삶을 살고, 어머니가 그토록 타일렀던 '성깔'을 잠재우지 못한 삶을 영위하게 된 것도 이와 무관하지 않다. 이처럼 그는 자신의 강직한 성품대로, 자신이 가야할 문학의 길로 매진한 것이다. 그 길은 '삶의 문학'을 위한 것이었고, '문학적 삶'을 사는 것이었다.

이러한 그의 '삶의 문학'적 태도는 '청산(靑山)'을 접하게 되면서 '현실'과 '청산'이 공유하는 삶의 방향으로 전환하게 하고, 이후 '우리가 모두 돌아가야 할 길'인 '고향 길', 즉 근대에 의해 훼손되기 이전 상태인 고향의 길로 나아가게 만든다. 윤중호 시인의 이같은 시적 여정의 추동적 힘은 현대인들의 본래적 삶의 원형적 공간이자 '이름 없는' 수많은 민중들의 삶의 시원적 공간인 '고향'과 '금강'에서 비롯된 것이다.

---

03 『삶의문학』은 1983년 4월에 창간된 대전지역의 진보적인 문학무크지로, 이은봉을 비롯하여 백남천, 김흥수, 윤중호, 이재무, 강병철, 임우기, 전무용, 이강산······ 등의 동인이 적극적으로 활동하였다.

2. 삶의 문학, 문학적 삶

'삶의 문학'을 지향하는 그의 문학적 세계관은 첫 시집 『본동에 내리는 비』에서 표출되기 시작한다. 이 시집에는 무허가 판자촌이 즐비한 '본동'에 살고 있는 소시민들의 애환을 노래한 내용이 주를 이룬다.

> 흑석동 산 날맹이, 내가 세든
> 무허가 판자집 너머
> 헐리운 집 담장 근처에, 샛노란
> 돼지감자꽃이 피었읍니다.
> 바람이 불면 흔들릴 줄도 알아서
> 한강 대신 흐르던 저녁안개가
> 무허가로 밀려와도
> 손뼉치며 깔깔댑니다.
> 오랜 행상에 지친 우리 엄니는
> 삭월세 보증금 걱정을 하시고
> 판자집과 함께 언제 뜯길지 모르는, 내 건강을
> 걱정하시지만
> "근디 엄마"
> 저는 딴전을 피우며 말했읍니다.
> "글씨 두고 봐유, 내년에도 다시 돼지감자꽃이 필 텡께유"
> ─ 「본동일기·하나」 전문(『본동에 내리는 비』)

시집 첫머리에 나오는 위 시는 소시민의 삶의 고단함을 리얼하게 보여준다. '삭월세 보증금' 걱정과 '판자집과 함께 언제 뜯길지 모르는' 불안한 현실이 노정되고 있기 때문이다. 그러나 이같은 불안한 상황이 비관적이지만은 않은데, 그것은, '오랜 행상에 지친' 어머니의 불안함과는 달리 시적 화자가 유년시절 보았던 '돼지감자꽃'을 보며 '능청'을 부리고 있기 때문이다. 그리고 이 돼지감자꽃이 '내년에도 다시' 필 것이라고 한 데서 희망을 내포한 낙관적인 태도를 발견하게 된다.[04] 이처럼 우울하고 비관적인 현실 속에서도 결코 희망을 잃지 않는 시인의 태도를 엿볼 수 있다.

그러나 본동에 살고 있는 민중들의 모습에는 시인의 '능청'으로만 감당해 내기 힘든 면이 적지 않다. 그 곳에는 "삼 년도 넘게 일자리를 못 얻게 하는/ 그 아저씨의 모진 죄가 무엇인지를 모르고……"(「본동일기·둘」)에서 볼 수 있듯 오랫동안 실직한 아저씨도 있고, "소주 한 병만 더 먹겠다는 아저씨와/ 돈도 못 버는 주제에 무슨 술이냐는 아줌니가/ 욕지거리로 맞대꾸하"(「본동일기·셋」)는 장면에서처럼 가난 때문에 부부싸움하는 광경도 목격되며, 심지어는 "옆집 김씨아저씨가 죽었다./ 사우디도 갔다오고, 그 사이에/ 부인이 바람을 핀 것도 아닌데/ 빚만 지고/ 눈꽃 핀 앙상한 가지에/ 목을 매어 죽었다."(「본동일기·일곱」)에서처럼 빚 때문에 자살한 아저씨도 존재한다. 이 모두 가난 때문에 불행한 삶을 영위할 수밖에 없는 '이름 없는' 존재들의 자화상이다. 시인은 이러한 외롭고 쓸쓸한, 소외된 '이름 없는' 민중들을 외면하지 않고, '지친' 어머니를 달래듯, 그들의 아픔을 함께 나누고자 하고, 그 아픔을 함께 치유하고자 한다. 이같은 모습은 감추어 놓은 삭월세로 아저씨에게 소주를 사 준 장면(「본동일기·셋」)과 실직한 아저씨를 위로하는 장면(「본동일기·다섯」) 등에서 엿볼 수 있다. 그렇기에 본동에 사는 소시민들은 비록 '비탈'에 살고 있으면서도, '살맛'나는 세상에

---

04 이러한 낙관적인 모습은 "엄니의 병환과 삭월세 걱정을 하고, 또 한편으로는 라면상자에 슬그머니 손을 넣어보니 어혜라 열 개도 더 남았구나 신명이 나서 발장단도 쳐보고……"(「본동일기·넷」)라고 한 대목에서도 보인다.

대한 희망을 포기하지 않는다. 비탈에서도 나무가 "하늘로 곧게 자라고/ 푸짐한 이파리를 피워/ 시원한 그늘도 만들 줄"(「본동일기·열」)을 아는 것처럼 '이름 없는' 민중들도 그런 희망을 품는다.

본동에 사는 소시민들의 삶을 노래한 그의 '삶의 문학', '문학적 삶'의 태도는 그의 고향과 고향사람들에 대한 한없는 애정과 '어머니'에 대한 그리움을 바탕으로 형성된 것이다.

> 20년 전, 무서운 아버지를 피해
> 저녁차를 타고 외가에 사시던 엄니한테
> 도망쳤던 날 밤
> 회초리로 종아리를 때리며
> 엄니는 우셨다.
> 외할머님이 쫓아나오며 말렸지만, 엄니는
> 맨손으로 땅바닥을 치시며 우셨다.
> 별이 아득하게 보이던 밤을 뜬눈으로 지새고, 나는
> 다음날 새벽기차에 다시 몸을 실었다.
> 공부해서 성공을 해야 한다고
> 눈물 바람으로 쥐어주시던 천 원은
> 오랫동안 내 호주머니에 구겨진 채 있었다.
> 엄니의 성공은 아마
> 판검사나 의사 또는
> 돈 많이 버는 직업을 갖는 것이었겠지만
> 다니던 잡지사도 그만두고
> 다시 터벅거리며 돌아가던 날,
> 엄니는 내 성깔 탓을 하셨다.
> 성깔 탓이 아니라고 생각하던

그 자식놈은
입조심, 몸조심하라고 몇 번이나 타이르시는
엄니 말씀에 대답도 않고
묵묵히, 밥만 퍼넣고 있었다.
그날도 별은 아득했었고, 나는
다음날 아침 다시 새벽기차에 몸을 실었다.
　　　　　　　　　-「새벽기차를 타며」 전문(『본동에 내리는 비』)

　　이 시에서는 가족의 불화의 장면을 엿볼 수 있다. 그의 연보에 따르면, 시인이 아버지의 두 집 살림으로 고생했고, 1974년부터 대전에 살고 있는 아버지 집에서 생활했다는 내용이 나와 있다. 그리고 김종철이 유고시집 발문에서 "어렸을 때부터 아버지에게서 버림받은 자신의 어머니와 떨어져서 살며 지내야 했던 그의 성장기의 쓰라린 경험"[05]을 적고 있다. 이를 통해 윤중호의 불행한 가족사를 어렵지 않게 짐작할 수 있다. 시적 화자는 두 번에 걸쳐 어머니를 찾아간다. 한번은 유년시절 외가집에 계신 어머니를, 또 한번은 직장을 그만둔 후 고향에 계신 어머니를 찾아간 것이다. 시적 화자는 두 차례 모두 다음날 아침 다시 새벽기차를 타고 돌아오게 된다. 유년시절에는 '성공'해야 된다는 말을 듣고, 성년이 되서는 '성깔'을 탓하면서 '입조심', '몸조심'하라는 말을 듣고서 말이다. 이같은 어머니의 말은 모든 어머니의 바람이고 당부일 것이다. 그는 어머니의 바람과 당부에 대해 의식적으로 거부하지는 않지만, 그의 내면에서는 이에 대해 거부하게 된다. 이와 같은 태도는 아이러니하게도 시인이 '오랜 행상에 지친' 어머니를 끌어안을 수 있는 '삶의 문학'의 바탕이 되고 '문학적 삶'을 살

05　김종철, 「우리가 모두 돌아가야 할 길」, 윤중호, 『고향 길』, 문학과지성사, 2005, 88쪽.

수 있는 토대가 된다. 이는 '성공'한 삶보다 '성공하지 못한' 민중들의 삶을
더 포용하고, '성깔' 죽여 시대와 사회에 타협하는 삶보다 '성깔'을 내세워
권력있는, 지배이데올로기에 균열을 내게 하기 때문이다. 그리하여 시인
은 어머니를 버린 아버지의 이중적인 삶보다는 "오랜 행상으로, 팔과 다
리에/ 신경통이, 늘/ 그림자처럼 붙어다니는"(「수산시장에서」) 어머니의 민
중적인 삶을 더 소중하고 간절하게 여긴다.[06] 이렇듯 시인은 어머니의 보
편적인 욕망을 실현하지 않음으로써 어머니로 대변되는 민중적인 삶에
더 다가서게 된다.

'본동'에서 시작된 소시민적인 삶의 모습은 두 번째 시집 『금강에서』의
연작시 '질경이'에서도 보인다.

> 이 땅에서 밟혀본 사람들은 알리라
> 꽉꽉 밟히고 또 밟혀
> 질경질경 밟혀
> 납작납작 엎드린 채
> 짓밟히며 키우는 것들을,
> 허리굽혀 뿌리내리며
> 떼로 엉켜 크는 질경이들.
>
> - 「질경이 1」 전문(『금강에서』)

위 시는 강한 생명력을 지닌 '질경이'의 속성을 잘 드러내고 있는 작품
이다. 밟히고 또 밟히면서도 그 고통을 참고 견디며 뿌리내리는, "떼로 엉

---

06 이 때문인지 그의 시집에서 아버지나 아버지에 대한 그리움을 표출한 시를 발견하기란 쉽
지 않다.

켜 크는 질경이"의 모습을 통해 질기고도 강한 생명력을 느끼게 된다. 시인은 이러한 '질경이'의 속성을 통해 짓밟혀도 꿋꿋이 일어서는, 짓밟히면서 '집단의 힘'을 배워가는 소시민들의 강한 생명력과 정신력을 드러내고 있다. "세월의 때를 파내며" 한 평생을 농사지은 '농사꾼 할아버지'(『질경이 2-엎드려 절하며 쓰는 글』), "구식 농사꾼에게 시집간" 인정많은 '미쓰고 우리 이모'(『질경이 3-미쓰고 우리 이모』), 석탄 광부인 '전임 선산부 김씨'(『질경이 9-전임 선산부 김씨』), 고향을 지키고 있는 '내 친구 최월용'(『질경이 8-내 친구 최월용』), "눈길만 마주치면 정월 초하루"인 '버버리 강씨'(『질경이 4-버버리 강씨』), 사과값 폭락으로 상심해 있는 '경운이 성님'(『질경이 5-경운이 성님』) 등 권력 없고, '이름 없는' 민중들의 삶의 애환이 절절이 묻어난다. 이들은 하나같이 어머니가 말한 '성공'과는 거리가 먼 사람들이다. 그럼에도 불구하고 그들은 서로 배타적이지 않고 끌어안는다. 이는 세상에 '짓밟히면서도' 굴하지 않고 자신의 생업을 천직으로 알고 살아온 삶 속에서 터득된 것이라 할 수 있다. "세상이 사람을 버리고, 버림받은 사람들이/ 세상을 적"시(『질경이 10-현리, 제2꽃마을에서』)는 것처럼 그들의 삶은 세상에서 밀려나고 버림받은 존재나 다름없는 삶이지만, 그들은 그 세상을 감싸안고 적신다. '허리굽혀 뿌리내리'는 법을 그들은 인지했던 것이다. 시인은 이처럼 외롭고 쓸쓸한, 소외된 민중들의 삶을 끊임없이 들춰내는데, 그것의 근저에는 민중들의 삶을 통해 세상이 더 따뜻해지리라는 믿음이 자리하고 있다. "거지 구름들이 모여 비를 내린다."(『질경이 10-현리, 제2꽃마을에서』)라고 한 것처럼, 민중들의 작은 힘이 모이면 큰 힘이 될 수 있음을 그들은 믿고 있었던 것이다. 이처럼 그의 시에는 '희망'이 담겨져 있다. 이 희망은 모순과 부조리로 가득 찬 현실을 '살맛나는 세상'으로 바꿀 수 있는 힘을 형성하게 된다.

3. 현실과 청산(靑山) 사이

'비탈'에 사는 소시민들의 애환을 자신의 체험을 통해 리얼하게 묘사하던 윤중호는 '청산(靑山)'을 접하면서 변화된 모습을 보여준다. 그의 세번째 시집 『청산을 부른다』에 실린 연작시 '청산을 부른다'는 윤중호의 기존의 투철하고 견고한 '삶의 문학'적 태도를 유연하게 만든다. 소시민들의 삶에 모든 것을 쏟아붓다시피 한 그에게 다른 세상을, 다른 삶을 보도록 시선을 확장시킨 것이다. 그런데 여기에서 '청산'은 어떤 의미일까? 그의 시 "나는 거두려 온 사람이 아니다. 나는 그저 비 뿌리듯 법을 펼치려 온 사람이다. 내 뒤에 거두는 사람이 올 것이다."(「청산이 부른다 18」)에서처럼 국선도의 창시자인 '청산선사'를 일컫는다고 할 수 있다. 그리고 시 「청산이 부른다 17」에서도 "하늘은 작은 떨림이 거친 숨이 되고, 거친 숨이 자라서 한 소리가 되고 소리가 자라서 온갖 것을 길러 수없이 많은 청산이 되었나니……"라고 하여 국선도의 오래된 역사(구천년)를 암시하고 있다. 이를 통해 볼 때 청산은 윤중호 시인이 '국선도'라는 말을 쓰지 않았지만, "청산선사이며 청산선사로 대표되는 신인들(복수)이며 그 세계 곧 국선도를 가리키는 말"[07]로 보는 것이 타당할 것이다. 그리고 윤중호의 연보에 따르면, 1992년부터 소설가 송기원의 소개로 국선도 책 『국선도』(전3권)의 편집을 맡았고, 이때부터 국선도 수련과 인연이 시작되어 훗날 시집 『청산을 부른다』를 펴낸 것으로 나와 있다.[08] 이러한 사실로 보아 윤중호가 국선도에 직·간접적으로 연관되어 있음을 알 수 있다. 그러나 윤중호의 산문집 『느리게 사는 사람들』에 실린 '송기원'편을 보면 윤중호가 '국선

---

07 윤재철, 「자기 성찰로서의 청산」, 윤중호, 『청산을 부른다』, 실천문학사, 1998, 85쪽.

08 윤중호, 『고향 길』, 창작과비평사, 2005, 102쪽.

도'에 심취한 송기원과는 달리 국선도에 별다른 관심이 없었던 것으로 나와 있다.[09] 위에서 언급한 여러 정황을 종합적으로 검토해 볼 때 윤중호가 '국선도' 수련과 관련된 일에 종사했지만, 거기에 깊이 관여하지는 않았던 것으로 추측된다.

그렇다면 연작시 '청산을 부른다'에서 그가 노래하고자 했던 것은 무엇일까. 이에 대한 단초를 시집 『청산을 부른다』의 후기에서 발견할 수 있다.

> 그곳(고향)에서 청산이 키우던 뭇 짐승의 하나로 자랐던 나는 내가 살던 청산이나 금강에 대한 고마움도 모르고 뿔난 송아지처럼 나부대면서 '싸전 병아리처럼' 바쁘게만 떠돌다가 겨우 몇 해 전에 우연찮게도 청산에 대해서, 청산이 키우는 강이나 생명의 소중함에 대해서 다시 만나게 되었습니다.
>
> 소나무는 소나무대로, 또 참나무 오리나무 싸리나무……멧돼지 노루 살쾡이 고라니……들쥐새끼나 개똥까지, 제 본디 모습대로 제 깜냥껏 자라면서 청산을 이루고, 또 청산이 그것들을 감싸안아서 제 본래 모습대로 키우는 그런 세상이 우리가 살아가야 할 우리가 만들어가야 할 그런 세상이 아니겠냐는 주제넘은 생각도 해보았습니다.[10]

위 인용문의 핵심은 지금까지 살아오면서 느끼지 못한 고향의 청산이나 금강에 대한 고마움과 "청산이 키우는 강이나 생명의 소중함"을 다시 느끼게 된 점, 그리고 청산이 그곳에 살고 있는 모든 생명체를 감싸안고 '제 본래 모습대로' 키우는 그런 세상을 만들어야 한다는 점 등이다. 여기에서 '제 본래 모습대로'가 함축하는 의미는 자본의 논리와 인간중심주

09 윤중호, 『느리게 사는 사람들』, 문학동네, 2000, 127-141쪽.

10 윤중호, 『청산을 부른다』, 실천문학사, 1998, 93-94쪽.

의적인 사고방식이 아닌, 자연의 법칙과 인간과 자연이 공존하는 사고방식이라 할 수 있다. 시인이 욕망하는 삶은 결국 이처럼 자본의 논리에 맞서고, 인간중심주의적인 사고방식에 맞서는 '있는 그대로'의 삶이다. "청산이 숲을 이룬 곳에는/ 뭇 생명이 자란다. 숨을 헐떡이며/ 개울이 자라고 나무가 자라고, 하찮은 풀잎이나 못쓰는 돌멩이도 자라서/ 계곡을 심고, 그곳에 뭇 짐승을 키운다."(『청산을 부른다 3』)라고 한 데서 볼 수 있듯, 시인은 청산이 모든 것을 키우고 있음을 밝히고 있다. 심지어는 '하찮은 풀잎이나 못쓰는 돌멩이'까지도 청산은 감싸안는다. 어찌보면 청산은 인간이 규정지은 선/ 악, 미/ 추, 호(好)/ 불호(不好) 등의 이분법적 구분을 부정하고 있는지도 모른다. 그리고 "청산, 들꽃에 맺힌 아침 이슬방울이/ 풀뿌리를 적시고 흘러서 바다가 된다. / 세상의 온갖 더러운 소문들이/ 산바람에 귀를 말리다가, 드디어 산바람이 되어/ 들꽃 향기를 사방에 뿌린다."(『청산을 부른다 19』)에서는 '이슬방울'이 '바다'가 되고, '더러운 소문'이 '들꽃 향기'가 되고 있음을 보여준다. '이슬방울'도 '바다'가 될 수 있는 잠재성과 '더러운 소문'도 '들꽃 향기'로 변할 수 있는 잠재성을 드러낸 것이다. 이는 인간의 이성중심주의적 사고에 의해 모든 사물이 규정되고 고정화되는 것을 경계하는 동시에 모든 사물이 개별적으로 존재하는 것이 아닌 서로 유기체적으로 연결된 존재임을 시사하는 것이다. 청산에 대한 시인의 생각은 "새벽마다 안개 산마을로 피어나는 것은/ 낮은 사람들의 아침이 그립기 때문이다. / 청산이 밤마다 강만큼 낮아지는 것은/ 스스로 푸른 세상의 숨결이 그립기 때문이다."(『청산을 부른다 20』)라고 한 데서 절정에 이르게 된다. 이 지점에서 '낮은 사람들의 아침'(현실)과 '스스로 푸른 세상의 숨결'(청산)이 조우하게 된다.

(……) 지난 어둠과 함께 서러운 약속들, 가난한 사랑노래, 그리운 사람들의 정다운 숨결, 가슴 저리던 맹세 모두 떠나고 그 자리로 가을 비 내려 둥글게 둥글게 강을 얼싸안고 흐릅니다.

　　　　　　　　　　　　-「가을, 금강에서」 부분(『청산을 부른다』)

　　청산의 일부인 '강'은 모든 것을 감싸안은 매개물이다. 그 강은 '서러운 약속들', '가난한 사랑노래', '그리운 사람들의 숨결' 등을 모두 포용한 채 '둥글게 둥글게' 흐른다. 시인이 줄곧 내세웠던 소시민들에 대한 진실된 삶의 노래가 '청산'을 만나 한 차원 승화된 것이다. 강물이 '비'와 '눈'과 어울려 한 몸이 되고, 불순한 것도 다 감싸안는 것처럼, 시인도 모든 경계, 즉 인간/ 자연, 인간/ 인간의 경계를 지우고 포용하려고 한다. 이러한 삶의 과정은 시인에게 고뇌와 고통을 줄지 모르지만, 시인의 내면에 있는 심정적 공간이 더욱 확대되어 큰 울림이 있는 시를 낳게 한다. 이를 대변해 주는 시 한 편이 있다.

　　함부로 흐르는 물에 쓸린 돌만이
　　고운 결을 만든다.
　　서러운 눈물로 밤을 지새워
　　가슴속에 외로운 얼룩을 새긴 아이들이
　　마른 가슴을 적셔 하늘을 섬긴다.
　　세상 모든 것들이 너희들을 험하게 내치고 그래서
　　너희들만이 세상의 험한 숨결을 고를 수 있으니.

　　　　　　　　　　　-「평화의 마을"에서」 전문(『청산을 부른다』)

11　대전에 있는 보육원을 말한다.

위 시는 보육원에 있는 아이들에게 희망을 주는 작품이다. 시인은 보통 아이들보다 부모님의 '사랑'이 부족하고, 정신외상도 더 있을 보육원의 아이들을 '결핍'으로 보지 않는다. 그는 그 아이들을 결핍의 시선으로, 불쌍한 시선으로 보지 않고 긍정의 시선으로, 희망의 시선으로 바라보고 있는 것이다. 보통 사람들의 고정관념을 깨는 이러한 시선은 기존의 생각을 전복시킨다. 그래서 시인은 "함부로 흐르는 물에 쓸린 돌"의 무늬를 '흠집'으로 보지 않고 '고운 결'로 보고, "서러운 눈물로 밤을 지새워/ 가슴속에 외로운 얼룩을 새긴 아이들"이 '마른 가슴'을 적셔 하늘을 섬긴다고 보고 있다. 자본의 논리가 팽배한 현실세계가 아이들을 내쳤지만, 그 아이들만이 '세상의 험한 숨결'을 고를 수 있다고 한다. 여기에는 세상 사람들에 의해 생긴 정신적 '생채기'가 결국 그 세상을 정화(淨化)시킬 수 있는 힘이 된다는 논리가 견고하게 자리잡는다. 이처럼 세상을 따뜻하고 긍정적으로 바라보는 시인의 시선은 소외된 이웃들의 '결핍'도 결핍이 아니라 무언가 다른 것으로 채울 수 있는 용기(그릇)임을 시사한다. 그의 시선에 의하면 오히려 '결핍된' 사람은 아이들을 내버린 지극히 정상적인 사람들이라는 논리가 성립된다. 그들은 자신을 사랑하고 외롭고 쓸쓸한, 소외된 이웃을 사랑하는 감정이 부족하기 때문이다. 그래서 시인은 "너희들만이 세상의 험한 숨결을 고를 수 있"다고 했는지도 모른다.

이러한 시적 태도는 시인을 '고향'과 '금강' 곁으로 이동하게 만든다. 그곳에서 시인은 자신을 뒤돌아보게 된다. 이는 지금까지의 시적 여정이 '권력없고' '이름없는' 민중들에 대한 따뜻한 시선과 긍정적인 믿음을 바탕으로 한 것이었는데, 그 힘이 바로 자신을 있게 한 '고향'과 '금강'에서 생겨난 것임을 자각한 데서 나온 것이다. 이렇듯 그는 자신이 걸어온 시인의 길을 진지하게 성찰하면서 앞으로의 삶의 방향을 그려본다.

1)

곰삭은 흙벽에 매달려

찬바람에 물기 죄다 지우고

배배 말라가면서

그저, 한겨울 따뜻한 죽 한 그릇 될 수 있다면…….

　　　　　　　　-「시래기」 전문(『청산을 부른다』)

2)

낭창낭창한 밑동부터 잘리어, 같잖은

한 묶음으로

사립문을 열고, 새벽을 쓰는

몽당빗자루

겨울, 싸리나무처럼 살고 싶다.

　　　　　　　　-「겨울날」 전문(『청산을 부른다』)

　　두 편 모두 시인 자신의 자화상을 보여주는 작품이다. 1)은 가난한 세상 사람들에게 "한겨울 따뜻한 죽 한 그릇"이 되길 소망하는 시이고, 2)는 세상 사람들에게 새벽 길을 쓰는 '몽당비'의 재료인 '싸리나무'가 되길 욕망하는 시이다. 전자에서는 인간들에 대한 따뜻한 인정미를 느낄 수 있고, 후자에서는 새벽길을 여는 힘찬 포부를 엿볼 수 있다. 여기에서 눈여겨봐야 될 것은 두 시에 나오는 '죽'과 '비'의 재료가 토속적이라는 점이다. 1)의 '죽'은 시 제목에서 알 수 있듯 '전복죽'이나 '잣죽'처럼 귀한 '죽'이 아닌 고향 어디에서나 흔히 구할 수 있는 '시래기'로 만든 '시래기죽'이고, 2)의 '비' 또한 '플라스틱비'나 '인조털비'가 아닌 고향의 산에서 흔히 볼 수 있는 싸리나무로 엮은 '싸리나무비'이다. 이처럼 시인은 고향과 금강에 커다란 의미를 두는데, 이는 '우리가 돌아가야 할 길'이 결국 그 길이라는 필연적인 인식에서 비롯된 것이라 할 수 있다. 따라서 그는 자신을 낳아주고, 길러준, 시심을 가져다 준 '고향'과 '금강'으로 회귀한다.

4. 고향 길, 공동체적 삶의 원형 찾기

시인은 "지게 작대기 장단이 그리운 이 나이가 되어서야, 고향은 너무 멀고 그리운 사람들 하나 둘 비탈에 묻힌 이 나이가 되어서야"(『영목에서』) 고향으로 돌아오게 된다. 그는 "아무것도 이룬 바 없으나, 흔적 없어 아름다운 사람의 길"을 찾아온 것이다. 많은 사람들이 '입신양명'을 꿈꾸고, 명예욕에 사로잡혀 있기 때문에 그들은 자신이 살아온 흔적을 남기기 위해 갖은 수단과 방법을 이용한다. 이는 '흔적 있는' 삶을 원하는 현실의 보편적인 가치에 치중한 결과라 할 수 있다. 그러나 윤중호는 소외된 이웃을 외면한 '흔적 있는' 삶 보다는 외롭고 쓸쓸한 소시민들과 공동체적인 삶을 누린 '흔적 없는' 삶에 가치를 부여한다. 후자의 삶을 사는 민중들의 삶이 이룬 바는 별로 없어도 '아름다운 길'이었음을 시인은 알기 때문이다. 소외된 이웃들과 더불어 사는 삶 자체에는 세상사람들이 욕망하는 '흔적(명예)'은 없을지라도 하층민들이 욕망하는 '흔적(사랑)'은 고스란히 남아있다. 후자의 흔적은 밝을 때는 드러나지 않다가도 "어두워질수록 더욱 또렷해"(『영목에서』)지는 그러한 삶의 무늬이다. 이처럼 윤중호는 일관되게 소외된 이웃의 흔적에 아름다움을 부여하고, 그곳에서 '지금-이곳'의 현실적 모순을 극복할 '희망'을 찾는다.

시적 여정의 끝지점에 다달은 시인은 그동안 규정짓기를 유보했던 '시'

에 대해 말문을 연다.

> 외갓집이 있는 구 장터에서 오 리쯤 떨어진 구미(九美) 집 행랑채
> 에서 어린 아우와 겹방살이를 하시던 엄니가, 아플 틈도 없이 한 달에
> 한 켤레씩 신발이 다 해지게 걸어다녔다는 그 막막한 행상길.
> 입술이 바짝 탄 하루가 터덜터덜 돌아와 잠드는 낮은 집 지붕에는
> 어정스럽게도 수세미꽃이 노랗게 피었습니다.
> 강 안개 뒹구는 이른 봄 새벽부터, 그림자도 길도 얼어버린 겨울 그
> 믐밤까지, 끝없이 내빼는 신작로를, 무슨 신명으로 질수심이 걸어서,
> 이제는 겨울바람에, 홀로 센 머리를 날리는 우리 엄니의 모진 세월.
>
> 덧없어, 참 덧없어서 눈물겹게 아름다운 지친 행상길.
>
> ─「시」 전문(『고향 길』)

위 시에서 시인은 '시'를 "덧없어, 참 덧없어서 눈물겹게 아름다운 지친
행상길"로 보고 있다. 그 '행상길'은 막막한 '엄니의 모진세월'의 길이고,
어머니의 눈물의 길이기도 하다. 윤중호가 이 길을 '시'라고 한 것은 어머
니의 모진 삶이 시가 무엇인지를 알게 해주었고, 그의 시에 '삶의 문학'과
'문학적 삶'을 일관되게 담아내도록 만든 자양분으로 작용했기 때문이다.
어머니의 '눈물겹게 아름다운 지친 행상길'을 통해 어머니의 삶을 엿보게
되었고, 고향에 있는 이웃들의 삶을 보았고, 나아가 '본동', '이주단지', '안
면도'에 사는 소외된 사람들의 삶을 '따뜻하게' 볼 수 있었던 것이다. 아버
지의 이중적인 삶에 의해 모든 희생을 감내해야 했던 어머니는 시인에게
외롭고 쓸쓸한, 소외된 이웃의 '전형(典型)'이 되었던 것이다. 그래서 윤중
호의 시집 곳곳에 '어머니'는 보일 듯 말 듯 항상 등장하게 된 것이다. 시

인은 이 '어머니의 삶'을 통해 소외된 이웃들의 삶을 근거리, 원거리에서 관찰하고 더불어 함께 노래할 수 있었던 것이다.

'어머니'와 같은 억척스럽고 강인한 삶은 동시대를 살다간 다른 이웃의 삶에서도 엿볼 수 있다. "세상 거칠 게 없는 무자식 상팔자라며 '휴우' 숨을 몰아쉬던 전댕이 할머니/ 그래두 소문난 전댕이 상일꾼에다 40년 병수발을 해온 할아버지를, 매일 새벽 치성을 올리며 새신랑처럼 모셨다는 전댕이 할머니"(「전댕이 할머니」)에서처럼 '상일꾼'으로 평생을 병든 남편을 모신 '전댕이 할머니'의 삶에서도, "영변 부모님, 진달래 고향도 버"(「원동리(遠同里) 독거노인 박씨 어르신」)리고 홀애비로 늙어가는 실향민 '박씨 어르신'의 삶에서도 엿볼 수 있다. 시인은 일 잘하는 '상일꾼'의 억척스런 삶뿐만 아니라 '굼뜬 일꾼'의 삶까지도 끌어안는다. "누루목 김형, 너무 굼떠서/ 상일꾼은 염두 못 내지만, 그래두/ 엇송아지 비탈밭 갈듯기,/ 이랴 쩟쩟/ 어설프지만/ 맛없는 세상을 지성으루, 새김질허는/ 우리 김형두 너무 좋아."(「누루목 우리 김형」)라고 한 데서 확인되듯 '맛없는 세상을 지성으루, 새김질허는' 굼뜬 김형의 삶도 소중한 것임을 보여준다. 여기에서 '지금-이곳'을 사는 '이름 없는' 소시민들의 삶을 차별없이 포용하려는 시인의 의지를 확인할 수 있다. 이는 '금강'이 '눈', '비' 등과 어울려 흐르고, 윗물과 아랫물이 서로 뒹굴 듯, 고향에 있는 모든 것들이 본래의 모습대로 배치되어 조화를 이루듯, 그곳에 사는 모든 사람들의 삶도 하나의 공동체를 이루고 살아가기 때문에 나름대로 의미가 있음을 보여주고 있는 것이다. 이같은 시인의 태도는 인간과 자연에 대한 따뜻한 시선과 긍정적인 믿음 속에서 형성된 것이다.

'지금-이곳'에는 자본의 논리가 팽배해 있고, 불합리한 모순으로 가득 차 있다. 그렇기에 시인은 '고향'으로 돌아가고자 한다. 근대에 의해 훼손

되기 이전의 고향, 즉 인간과 자연이 공생하고 따뜻한 시선과 공동체의
식이 스며있는 원형적 공간으로 회귀하고자 욕망한다. 이미 고향 그곳에
는 유년시절에 경험했던 옛고향의 풍경이 사라진지 오래이고, 시인이 찾
고자 하는 고향의 원형적 모습은 부재하지만, 그렇기에 기억에 의해 재생
될 수밖에 없는 곳이지만, 시인은 아직도 그곳에 숨쉬고 있는 따뜻한 인간
애와 공동체의식을 발견하여 '지금-이곳'의 문제를 해결할 방도를 찾고자
한다. 이렇듯 고향의 원형적 공간에서 발견한 따뜻한 인간애와 공동체의
식으로 현실적 모순을 타개하려는 시인의 관점에서는 고향 '흉내'를 내는
주말 농장이 부정적으로 다가오게 된다.

일산시민모임에서 땅을 빌려 만들었다는 주말 텃밭
쇠비름만 자라는 다섯 평짜리 박토지만
이름은 어엿한 주말 농장
글쎄 그런 걸 해도 괜찮을까?
무공해 채소가 어떠니, 흙을 밟는 마음이 어떠니
이런 막돼먹은 생각을 해도 괜찮을까?
상추, 쑥갓, 고추, 가지, 열무, 하지 감자 등속을 심어서
위충 아래충 두루두루 나눠 먹은 재미는 있을 거야
뻔뻔하게 끄덕이면서
알 만한 얼굴도 부러 외면하면서
그렇게 지겹던 호미질도 황송하게 하면서
방울토마토의 진딧물까지 반가운
이게 무슨 짓일까
이땅에 살면서, 이 땅에서도 신도시 아파트에 살면서
불쌍해라, 환호성치며 여치 소금쟁이 고추잠자리를 좇는 아이들
을 보면서

빠꿈살이 같은 주말 농장의 김을 맨다.

- 「일산에서-주말 농장」 부분(『고향 길』)

　요즘 인기있는 주말 농장에 대한 풍경과 단상을 엿볼 수 있는 작품이다. 시적 화자도 다른 사람들과 마찬가지로 다섯평 짜리 텃밭을 얻어 '가슴이 설렌다'. 그 텃밭에 고향에서 먹었던 '상추', '쑥갓', '하지 감자' 등을 심을 수도 있고, 수확할 수도 있기 때문이다. 그러나 시적 화자는 이러한 주말 텃밭에 농사짓는 자체에 대해 갈등양상을 보인다. '글쎄 그런 걸 해도 괜찮을까?', '이게 무슨 짓일까'라는 그의 반응에서 이러한 양상을 볼 수 있다. "무공해 채소가 어떠니, 흙을 밟는 마음이 어떠니/ 이런 막돼먹은 생각을 해도 괜찮을까?"라는 구절에서는 지금까지 살아온, 소외된 이웃들의 삶의 건강성을 추구해 온 삶과 배치되는 삶에 대해 부정적으로 표출되고 있다. 화자는 무공해 채소를 가꾸고, 흉내만 내는 흙을 밟는 행위가 농사의 근본을 망각한, 근본을 훼손한 '막돼먹은 생각'에서 비롯된 것이라고 보고 있다. 때문에 주말 농장에 갈 때도, 가서도 '알 만한 얼굴도 부러 외면'하게 된다. 자신의 생리에 맞지 않는, 떳떳하지 못한 일을 할 때 나타나는 현상이다. 그리고 시적 화자는 그곳에서 "환호성치며 여치 소금쟁이 고추잠자리를 좇는 아이들"도 '불쌍'하게 바라본다. 고향에서 자연스럽게 접했던 여치, 소금쟁이, 고추잠자리가 아닌 인위적으로 만든 농장에 필요에 의해 만들어진 여치, 소금쟁이, 고추잠자리를 보는 아이들이 측은하게 보였던 것이다. 이렇듯 시인은 '본래의 모습'을 간직하고 있는 자연이 있고 따뜻한 인간미가 있는 고향의 모습을 인위적으로 재현한 주말 농장에 대해 부정적으로 표출하고 있다. 그 주말 농장은 외형적으로 고향과 흡사하지만, 고향에서 느낄 수 있는 더불어 사는 공동체의식도 부재하고, 평생 흙을 만지며 정직하게 살아온 농사꾼의 마음도 부재하기 때문이다. 이같은 시인의 주말 농장에 대한 회의적이고 부정적인 생각의 표출은 '지금-이곳'을 살아가는 사람에게 근대 이전의, 훼손되기 이전의 고향의 원형적 의미를 깨닫게 해주고, 그곳의 긍정적인 의미를 되새기게 하는 데에 도움을 줄 것으로 보인다.

5. '돌아갈 길'로 먼저 떠난 '이름 없는' 사람들 곁으로

시인 윤중호의 미덕은 힘없고 고통받는 소시민들에 대해 끊임없는 애정을 보낸다는 것이다. 이는 그의 시에 자주 등장하는 '비탈'에 사는 사람들의 소리에 귀를 기울이는 과정을 통해, 그들과 대화를 통해 가능한 것이었다. 또한 그들의 삶이 비록 세상에 커다랗고 깊은 흔적은 없었어도 '아름다운 사람의 길'이었다는 인식 아래에서 가능한 것이었다. 이처럼 시인은 소시민의 다양한 삶의 모습을 통해 그들의 긍정성을 발견해 내어 '희망'으로 연결시킨 것이다. 그리고 그의 시의 바탕에는 '고향' 그리고 '금강'에서 터득한 더불어 사는 공동체의식의 원형적 의미와 '어머니'와 자신, 그리고 이웃들의 외롭고 쓸쓸한 삶을 감싸안는 시인의 따뜻한 시선이 자리잡고 있었다. 이러한 시적 자양분은 그를 '삶의 문학', '문학적 삶'을 일관되게 유지하게 하는 큰 힘이 된다.

윤중호는 "늙은 감나무 가지에 매달려/ 거미가 내려온다./ 까맣게 타버린 사지를 부비며/ 한 줄, 불같은 그리움으로/ 마른 몸뚱이를 던져놓고/ 필사적으로 가늠한다,/ 마지막 길의 길."(『거미는 평생 길을 만든다』)에서 '거미'처럼 평생 길을 만든 시인이라 할 수 있다. 그의 시의 길은 '고향' 그리고 '금강'을 근간으로 하여 본동, 안면도, 이주단지에 있는 소시민들의 삶을 들추어내고 끌어안는 시에서 출발하여, '청산'과 만나 '현실'과 '청산'이 공유하는 시세계로 나아가며, 이후 '우리 모두가 돌아가야 할 길'인 '고향길'로 나아가게 된다. 시인 윤중호는 이같은 시적 여정을 두루 거친 뒤 1년 전 "덧없어, 참 덧없어서 눈물겹게 아름다운" 길로 돌아간 것이다.

- 『작가마당』 제8호, 2005년

간결직절한 삶과 문학, 긴 여운
- 박문성론

1.

박문성 시인이 이 세상을 떠난 지 두 달이 넘었다. 불가(佛家)에서 말하는, 차안(此岸)의 세계에서 피안(彼岸)의 세계로 진입한다는 49일을 넘긴 것이다. 어쩌면 그는 자신이 꿈꾸던 또 다른 세계에서 시밭을 일구고 있을지도 모르겠다. 시인이 부재하는 지금, 나는 그가 남긴 시를 통해 삶의 체취와 시의 향기를 맡으려 한다. 한 권의 시집도 낸 바 없지만 오래 전부터 시집을 내려고 정성스레 묶어놓은 그의 가(假)시집에는 필자가 그동안 보아왔던 시 외에 처음 접하는 작품이 많이 수록되어 있었다. 거기에는 그의 진솔한 삶의 모습과 그 삶 이면에 자리잡은 고독 내지 그리움, 그리고 그가 추구한 '사랑'의 실체가 담겨져 있었다. 시인은 이를 구체적인 재현의 방식과 무의식적 징후들을 통해 끊임없이 보여주고 있었다.

그렇다면 이러한 삶과 문학으로 일관했던 그를 어떻게 규정지을 수 있을까. 이것이 필자의 무리한 욕심이라는 것을 알면서도 굳이 말한다면, 나는 그를 "간결직절(簡潔直截)한 삶을 살다간 시인"이라 부르고 싶다. '간결직절'이라는 단어의 사전적 의미를 보면, '간결'은 "간단하고 깔끔한 것"

이고, '직절'은 "거추장스럽지 아니하고 간략한 것"이라고 나와 있다. 이렇 듯 그는 "간단하고 깔끔한, 거추장스럽지 아니하고 간략한" 삶과 문학을 향유한 그런 사람이었다.

이 글에서는 그의 시적 변모과정을 살펴보기보다는 그의 시에 나타난 정신사적 맥락, 그리고 그의 시적 여정을 중심으로 살펴보기로 한다. 그 가 시집을 여러 권 상자하여 시집마다 독특한 성격을 담아낸 것도 아니고, 그의 삶과 문학적 시간이 시세계를 나눌 만큼 길지도 않기 때문이다. 20 년 가까운 시작(詩作)과정을 통해 시인이 '출발점'으로 삼은 것은 무엇이고 이것이 어디로 확장되어 나갔는지를, 그리고 궁극적으로 그가 추구하고 자 했던 것이 무엇인지를 더듬어 보고자 한다.

2.

박문성의 시에서 자주 볼 수 있는 것은 '가족'과 관련된 내용이다. 실향 민인 아버지를 비롯하여 어머니와 아내, 그리고 아들인 무현이에 대해 많 은 지면을 할애하고 있다. 시인의 이러한 가족사를 다룬 시편들은 실향민 인 아버지로부터 비롯된다.

이런 점으로 볼 때 박문성 시의 원점은 '실향(失鄕)'이라 할 수 있다. 보 통 시인의 원점이 '고향'임을 감안한다면, 독특한 시적 이력이 아닐 수 없 다. 그런데 이 '실향'의 주체는 '시인 자신'이 아니라 바로 '아버지'이다. 그 의 아버지는 이북에서 월남하신 실향민이다. 시인은 유년시절부터 실향 민인 아버지의 삶과 그 이면에 그늘져 있는 진한 그리움과 외로움을 느끼 기 시작한다.

아버지를 생각한다
추석이면 으레 가곤 하던 낚시
추석 전, 금방 터져 나온 밤처럼 잘 익은
들뜬 마음으로 돌아온 고향집
아버진 눈으로만 TV를 보고 계셨다

지난 전쟁 홀로 南으로 내려와
외롭지만 악착스럽게 사시다가
나이가 들면서 힘들어 하시는 아버지
아버지 도움으로 자꾸만 무기력해지는 나
무슨 운명처럼 눈앞에 다가서는 명절이면
새 옷 입지 못한 아이처럼 주눅들어
설익은 밥이듯이 푸석푸석한 우리식구

어릴 적
추석이면 멋모르고 따라갔던 그 강가
온통 전쟁에 떠밀려 온 사람들로 가득
돌아오는 버스엔 생각 없는 고기비늘만 빛났는데……

유난히 달이 동그랗던 올 추석
소낙비 맞듯 젖어드는 달빛에
침묵을 지키던 아버진 벌써
그리움의 강으로 가고 있었다.

- 「추석이 지난 오늘」 전문

이 시는 명절 때의 실향민인 아버지와 그 가족의 내면풍경을 구체적으로 볼 수 있는 작품이다. '고향'은 많은 사람들의 그리움의 대상이자 포근함과 따뜻함의 공간이다. 따라서 고향은 많은 사람들에게 안식처가 된다. 그러나 고향을 상실한 '실향민'에게는 사정이 다르다. 고향에 가고 싶은 강한 욕망이 있어도 갈 수가 없기 때문이다. 그곳이 수몰되었거나 폐허가 되어서가 아니라(그곳은 가까운 지점에라도 갈 수 있음) 이북이라 갈 수 없기에 상심은 더욱 클 것이다. 실향민인 시인의 아버지도 마찬가지이다. 그리고 고향의 소식조차 알 수 없다는 점이 그를 고향에 대한 진한 그리움과 외로움에 휩싸이게 만든다. 이러한 느낌은 비단 아버지만이 아닌 그 가족 모두에게 전이되는데, 그래서 시인은 "설익은 밥이듯이 푸석푸석한 우리 식구"라고, 그리고 "명절이면 새 옷 입지 못한 아이처럼 주눅"든다고 표출한 것이다. 시인은, 실향민인 아버지에게 당시의 가난과 고통보다 더 참기 힘들게 한 것이 고향에 대한 그리움(향수)과 고독이라는 사실을 인식한다. 그리고 그는 아버지가 이 고독과 그리움을 달래기 위해 고향과 가까운 "임진강"에 다녀오곤 했다는 사실도 알게 된다. 이렇듯 시인은 유년시절부터 한 켠에 자리잡은 아버지의 진한 향수와 외로움을 엿보았던 것이다. 이 과정을 통해 자신도 모르게 아버지의 그리움과 외로움을 물려받게 되고, 그때부터 아버지를 더 닮아가게 된 것이다.

3.

　그러나 시인은 언제부터인가 아버지의 삶 속에 투영된 그리움과 고독에 대한 중압감을 느끼기 시작한다. 실향민이기에 느낄 수밖에 없는 아버지의 심적 고통이 시인에게 한편으로 큰 부담으로 다가온 것이다. 그는 실향민인 아버지가 아닌, 다른 사람들처럼 평범한 아버지의 상(像)을 무의식적으로 원했는지도 모른다. 그의 내면에 무의식적으로 형성된 또 다른 아버지의 상이 실제의 아버지의 상을 포개놓은 것일지도 모른다. 그는 이러한 실향민인 아버지에게서 벗어나려는 '탈주욕망'을 보여준다. 그래서 잃어버린 고향을 찾는 아버지와는 달리 시인은 현실 속에서 가능한 '고향'을 찾아 나선다.

　　가고 싶은 곳 있어
　　어릴 적 엄마 죽으면
　　이모 모시고 산다는 곳
　　경기도 가평군 하면 현리

　　(……)

　　잊을 수 없어
　　방학이면 달려가 힘찬 입질로 상류로 향하는
　　피라미떼 극성부리던 개울가
　　이모가 부쳐주던 부침개처럼 구수하게
　　다가오는 어린 시절
　　추억을

　　　　　　　　　　　　　　　　　-「추억 찾기」부분

　　시인이 실향민인 아버지에게서 탈피하여 진정으로 찾고자 했던 '고향'의 모습이라 할 수 있다. 그곳은 "피라미떼 극성부리던 개울"이 있고, '엄마'와 동격을 이루는 "이모"가 구수한 "부침개"를 부쳐주는 공간으로 등장한다. 유년시절 아버지를 따라갔던 슬픈 '임진강'과는 다른, 정이 듬뿍 담겨 있고 기쁨이 넘치는 그런 곳이다. 그래서 그는 무의식적으로 자신의 '고향', 마음의 고향으로 인식하게 된다. 그러나 이곳도 시인이 오랫동안 머무를 수 있는 곳이 아닌 일시적인 공간이며, "추억"의 공간임을 시인은 깨닫는다. 그래서 그는 다시 '고향'을 찾아 떠나는데, 그곳은 다름 아닌 '강 (호수)'이다.

> 이른 새벽
> 낚시꾼들 꿈틀대는
> 630번 어부동행 버스에는
> 졸음보다 더 행복한 향어들이 잠을 잔다
>
> 잠에 깨어 긴밀한 약속 같은 깻묵 속에
> 아픔과 희망을 반죽하여 동심 같은 강물로 던진다
> ─「대청댐 戀歌」 부분

> 추동리는 마음의 고향이다
> 물 있어 달빛 비추며 흔드는 고기떼 있다
> ─「추동리」 전문

위의 시들에서 볼 수 있듯, 시인은 금강 상류가 모이는 대청호에서 삶의 생기와 희열을 느끼고 있다. 그는 그곳에 가서 "동심 같은 강물"에 낚시를 던지기도 하고, "달빛 비추며 흔드는 고기떼"를 보며 "마음의 고향"을 느끼기도 한다. 이처럼 그는 현실적으로 찾지 못하는 고향을 찾고자 '역마살'이 낀 것처럼 '강'을 찾아 유랑했던 것이다. 그리고 그곳에서 고독을 달래주는 '낚시'를 하고, '지금-이곳'의 현실을 잊게 해주는 '술'을 마셨던 것이다.

그가 '강'에서 외로움을 달래기 위해 던지는 '낚시'를 통해 얻는 느낌은 남다르다. "겨울 얼음낚시를 해 본 사람은 안다// 쫘아아악/ 갈라지는 소리가/ 얼마나 흥분을 가져다 주는지// (……)// 참 묘하다/ 쫘/ 아/ 아/ 악/ 소름/ 갈라질수록/ 튼튼해지는 얼음."(『얼음낚시』)에서 알 수 있듯, 그는 낚시를 통해 삶의 활력을 얻고, "갈라질수록/ 튼튼해"진다는 역설적인 진리를 깨닫는다. 그리고 시인은 "수심이 5미터 이상이나 되는 얼음"을 끌로 팠을 때, "차가"움 뿐만 아니라 "햇볕에 녹아오르는 아지랑이처럼/ 열기를 뿜어대며 꿈틀꿈틀 토해내는 물"(『소리』)도 동시에 감지한다. 시인은 이처럼 '차가움'과 '절망' 이면에 있는 '열기'와 '희망'을 찾아내기도 한다.

그리고 '두주불사(斗酒不辭)'라는 말이 그를 위해 나온 것처럼 시인은 술을 좋아했다. 그는 '지금-이곳'의 현실을 망각하기 위해 "버릇처럼 피터지게"(『목소리 8』) 술을 마셨고, 그 뒤에 "환상의 세계로 미끄"(『새벽기도』)러져 즐겼던 것이다. 시인이 술을 그토록 마신 이유는 무엇일까. "술은 술로써/ 인생을 말한다"(『술』)라는 시인의 말처럼 술을 통해 인생을 알고자 했던 것으로 보인다. 그리고 "낮부터 마신 술이, 겁도 없이 술기운이 나를 자극했다/ 모든 것 다 버리고 솔직해지라고" 한 것처럼, 또 다른 자아를 발견하기 위한 수단으로 그는 술을 가까이 한 것으로 볼 수 있다.

이렇듯 현실적인 삶에서 탈출하기 위해 '강'으로 떠났고, 그곳에서 '낚시'와 '술'을 즐겼던 그는 그 과정에서 현실 이면의 새로운 세계를 발견하게 된다.

4.

　‘마음의 고향’을 찾아 유랑했던 그는 이제 ‘지금-이곳’의 현실에 귀를 기울이고 관심을 갖기 시작한다. 이러한 계기를 만든 것은 다름 아닌 자식에 대한 ‘사랑’이다. 그는 자신을 닮아가는 아들(무현)을 보면서 강밀한 ‘사랑’을 느끼게 된다.

> 부모들의 사랑은 내리사랑이다
> 자식이 자신을 닮아가는 건
> 한 없는 기쁨이다
>
> 싫지만 날 닮아가는 무현이
> 싫지만 안 싫은 게 내리사랑일까
>
> 　　　　　　　　　　　　-「육아일기 8」부분

> 내 새끼가 먹는 밥은
> 이유 없이 맛있다
> 정말 맛있다
>
> 　　　　　　　　　　　　-「육아일기 16」부분

> 아빠가 너무 좋다는 무현이에게
> 왜 아빠가 좋아 물어 보면
> "그냥요 좋아서요" 한다
> 담부터는 "피붙이라서요" 말하게 가르친다
>
> (……)

난 항상 그를 홀대하는데
그는 날 좋아한다 바보처럼
피붙이라서 그런가 보다.

-「육아일기 18」 부분

무현이가 남한테 언어맞고 온 날은
난데없이 눈물이 나 슬프다
말대로 닭똥처럼 눈물
흐른다.

-「육아일기 19」 전문

위의 시들은 '아들'과 눈높이를 맞춘 탓인지 쉽게 이해된다. 쉽게 이해되는 시들이 종종 치기 어린 작품이나 가벼운 작품으로 전락하기도 하는데, 박문성의 시는 결코 그렇지 않다. 이는 시인의 구체적인 현실경험을 바탕으로 한 것이기 때문이라 할 수 있다. 시인은 자신을 "닮아가는 무현"이가 부담스럽기도 하고 기쁘기도 하다. 무기력한 자신을 닮지나 않을까 하는 불안과 "피붙이"를 느끼게 해주는 기쁨이 교차하고 있기 때문이다. 이 중 후자 쪽에 시인의 심정이 기울어져 있음을 "내 새끼가 먹는 밥은/ 이유없이 맛있다/ 정말 맛있다"라고 한 구절과 "무현이가 남한테 언어맞고 온 날은/ (……)/ 말대로 닭똥처럼 눈물/ 흐른다"라고 한 구절에서 확인할 수 있다. 여기에서 그는 자신을 닮은 '아들'의 모습을 통해 '자신'을 성찰하게 되고, '자신'의 또 다른 자아의 발견을 통해 자신이 비껴서고자 했던 '아버지'의 사랑을 엿보게 된다.

이를 계기로 시인의 자식에 대한 사랑은 부모의 사랑으로 확장된다. 실향민인 아버지를 닮는 것을 불안해 하고, 그래서 그 곁을 떠나 '강'으로 유랑하던 그는 이제 아버지 곁으로 다가선다.

추운 겨울날 낚시대회에 가서서 그 흔한 따르릉시계 없이 우리들
을 새벽에 학교 보내기 위해 잠 못 이루시던, 시계도 없이 사시던 어
머니를 위해 "시계"를 따기 위해 그 추운 한나절을 얼음판 위에서 떨
면서 보내셨던 아버지.

-「思父曲」부분

이 시는 아버지의 가족애를 단적으로 보여준다. 시인은 "시계"를 타기
위해 "추운 한나절을 얼음판 위에서 떨면서 보내"신 아버지의 내면을 간파
하게 된다. 예전에는 미처 몰랐던 아버지의 가족에 대한 사랑을 목도한 것
이다. 나아가 시인은 어머니에 대한 사랑도 발견한다. 시인은 실향민인 아
버지와 아버지를 닮아가는 아들 때문에 심적 고통을 많이 느꼈던 어머니
의 내면세계를 엿보게 된 것이다. "새끼 무현이는/ 금방 만든 흰 쌀밥만 먹
는다/ 한나절이라도 지난 밥을 입에 넣어주면/ 귀신인 양 씨익 뱉어낸다//
내 엄만/ 평생 찬밥을 좋은 척 먹다가/ 이젠 당뇨병 때문에 보리밥만 드시
는데……"(「육아일기 5」)라고 한 구절을 통해 어머니의 사랑을 깨닫는다.

대전에 오신 어머니
바쁘다는 핑계로 제대로
어머니 곁에 있지 못했다
가시는 날 점심을 사드렸다
난 6,000원짜리, 어머닌 15,000짜리 설렁탕인가 곰탕인가
가격을 모르시는 어머닌 맛있다고 드셨다
어떻게 가격을 아신 어머닌 울상이셨다

-「어머니」부분

이 시는 함민복의 시 「눈물은 왜 짠가」를 연상시키는 작품으로, 평생 동안 검소한 삶으로 일관해온 어머니의 모습을 느낄 수 있다. 자신보다도 남편과 자식들을 위해 헌신적으로 살아온 어머니의 삶을 엿볼 수 있다. 이렇듯 그는 '아들'을 통해 '사랑'을 알게 되고, 부모의 사랑까지도 확인하게 된다. 그리고 아내의 사랑도 다시금 느낀다. "교통체증이 데리고 온 저녁 무렵/ 아내와 다투고 난 뒤/ 찾아간 술집 '티파니'/ 그가 좋아하는 후라이드 치킨과 오뎅 한 사발 시킨다/ 아! 앙상하지만 우리싸움처럼 질긴/ 살 한 점/ 질긴 건 고기만이 아니다/ 내 삶이 그렇고/ 내 고집이 그렇고/ 우리 사랑이 질기다"(「목소리 8」)라고 표출한 구절에서 알 수 있듯, 시인은 부부싸움(갈등) 이면에 숨겨진 "질긴" 사랑을 확인한다.

5.

시인은 아버지의 삶의 이면에 깔린 그리움과 외로움을 엿보았고, 이러한 아버지의 삶에서 '강'으로 탈피하고자 떠났으며, '자식'을 통해 다시 아버지(가족)에게로 온 것이다. '실향'이라는 원점에서 출발하여 '고향'을 찾아 헤매던 그는 결국 '실향' 자체가 고향임을 깨닫게 된다. '잃어버린 고향'이 곧 '고향'임을 알게 된 것이다. 자신의 고향이 다른 곳에 존재하는 것으로 알았던 그가 고향이 마음 속에 있음을 인식하게 된 것이다.

그래서 그는 '지금-이곳'의 현실에서의 사랑이 배태된 삶을 꿈꾸게 된다. 그동안 가족들과 이웃들에 대한 사랑이 부족했음을, 그 사랑이 멀리 있지 않음을 알게 된 것이다. 그러나 이러한 사람에 대한 그의 사랑과 배려는 지속적으로 부대껴야만 하는 냉혹한 현실의 벽을 넘어서기에 많은 어려움이 노정되어 있었다. 그리고 "20대 중반에 나는 병이 들었다/ 술병을 많이 들기도 했지만/ 사실은 당뇨라는 것과 살고 있었다."(「30대 중반에서 1」)라고 한 구절에서 알 수 있듯이 오랫동안 지속된 병마도 그의 사랑 욕망의 발목을 잡았다. 그래서 현실을 부대끼며 가족과 이웃, 그리고 모든 것들을 사랑하려던 시인의 의지는 꺾이게 된다. 냉혹한 현실과 오랫동안 몸 속에 자라온 병마(당뇨)로 인해 그는 결국 다시 세상 밖으로 밀려난 것이다.

실향민인 아버지의 삶의 그늘 속에 숨겨진 그리움과 외로움을 너무 일찍 간파해 버렸고, 그 그리움과 외로움을 묵묵히 견뎌내는 아버지에게서 벗어나기 위해 '강'으로 떠났으며, 그 과정에서 '사랑'과 '인생'을 깨달아 다시 현실 세계로 돌아와 모든 것을 감싸안으려고 했던 시인, 그리하여 '삶'과 '죽음'이 상반된 것이 아니라 공존한다는 사실을 깨달은 시인은 자신의 죽음을 마치 예견이라도 하듯 삶 속에서 죽음을 준비하고 있었던 것으로 보인다. 그래서 그는 아주 멀리, 다시는 돌아올 수 없는 곳으로 떠난 것이다. 시만 남긴 채.

-『박문성 시전집』 2003년 12월

3부

'지금-여기'의 시문(詩紋)

시적인 삶과 진실의 문학
- 조재훈의 시세계

1. '문학선집'의 의미

조재훈(1937 -)은 충청권의 대표적인 원로시인이다. 그는 1974년 김현승 시인의 추천을 받아 『한국문학』으로 등단한 후 시집 4권을 발간하였다. 그는 '고도로 절제된 언어와 인간에 대한 철학적 사유, 그리고 동시대의 현실에 대한 시적 개진으로 높은 평가'를 받아왔다. 평소 그의 과작을 아쉬워하던 터에, 최근에 4권으로 된 『조재훈 문학선집』이 출간되어 주목을 끌고 있다. 기존의 4권의 시집에 수록되지 않은 시를 모은 『시선 I 』과 그의 4권의 시집을 묶은 『시선 II 』, 그리고 동학가요에 대한 연구서를 묶은 『동학가요연구』와 백제에 관한 연구서를 모은 『백제가요연구』가 발간된 것이다. 기존의 4권의 시집과 미수록 시를 묶은 6권의 시집을 통해 그의 전반적인 시세계를 조망할 수 있다는 점에서, 시인이 오랜 기간 공들인 동학가요와 백제가요에 관한 연구의 진면목을 볼 수 있다는 점에서 『조재훈 문학선집』이 갖는 의미는 매우 크다고 할 수 있다. 조동길 소설가는 이미 오래 전에 그의 백제가요 연구의 탁월함에 대해 언급한 바 있다. 『작가마당』 4호(대전충남작가회의)에 실린 「부처님 손바닥 위의 날들」에서 "패망한 나라, 백제의 영성한 자료를 바탕으로 이만한 결실을 이룩하신 그 업적은 앞으로도 오랜 기간 동안 불멸의 업적으로 남을 것을 확신한다"라고 말이다. 이번 『문학선집』의 발간을 계기로 시인이 걸어온 웅숭깊은 그의 시세계와 문학세계, 그리고 학문세계까지 두루 살필 수 있는 장이 마련될 것으로 사료된다.

이 글에서는 동학가요와 백제가요에 대한 평가는 다음 기회로 미루고, 『문학선집』 1권과 2권에 실린 조재훈의 시를 중심으로 다루고자 한다. 두 권의 책으로 묶은 시집 10권을 관통하고 있는 것은 '연민'이라 할 수 있다. '낮달'로 표상되는 어머니와 고향, 천년만년 흐르는 금강, 역사적 아픔을 노래한 동학농민전쟁, 패망한 백제의 땅 부여 등을 노래하는 근저에 연민 의식이 깔려 있다. 신동엽의 시와도 맞물리는 이 '연민'을 통해 그의 시세계를 살피기로 한다.

2. 어머니, 희미한 생(生)의 그림자

시인은 시집 후기에서 시의 소망을 밝힌 적이 있다. 첫 시집 『겨울의 꿈』 후기에 나의 시가 "그늘에서 시달려온 이웃들에게 한 사발의 막걸리"가 되고, "유명을 거부하는 생각하는 사람들에게 이름 없는 풀꽃이 되"기를 소망한다고 적고 있다. 또한 제2시집 『저문날 빈들의 노래』 후기에서도 "시 편편마다 은은한 향내음이 배어났으면 하고 바"라고, "평이한 듯하면서도 삶을 투시하는 예지의 빛"으로 충만하길 바라는 마음을 담아내고 있다. 시를 통해 이웃들에게 '한 사발의 막걸리', '이름없는 풀꽃', '행간의 향내음', '삶의 예지의 빛'을 전하고자 한 시적 소망을 읽을 수 있다. 이러한 권력이 없는, 이름없는 이웃들에게 다가가고, 포용하고, 동행하고자 하는 마음은 '어머니'로부터 비롯된다고 할 수 있다.

시집 곳곳에서 어머니를 어렵지 않게 만날 수 있다. 보름달도 아니고, 초승달도 아닌 '낮달'로 표상된다. 어둠을 비춰주는 달이 아니라 밝음 속에 있는 듯 없는 듯, 희미하게 파란 하늘에 떠 있는 달이다.

이승에 놓아 둔
무거운 빚을
아직 머리에 이고 계신가요
수척한 산등성이에
숨어 오셔서, 쩔룩쩔룩 숨어 오셔서
핏덩이로 남긴 막내가
배 다른 형제들 틈에 끼어
어떻게 섞여 크는가
수수깡 울타리 속에서
배곯지 않는가 보려고
핏기 없는 얼굴로
서성거리고 계시는군요

- 「겨울 낮달」 부분(『겨울의 꿈』)

피안의 세계로 떠난 어머니를 시인은 끊임없이 호명한다. 수(壽)를 다 누리지도 못하고 고생만 하다 세상을 떠난 어머니를 불러 위무하려는 것이다. 생명의 끈을 놓기 전까지 불안해했을 '핏덩이 막내'에 대한 어머니의 걱정을 시인은 잘 알고 있다. 그리하여 시인은 '낮달'로 표상되는, "핏기 없는 얼굴"을 하고 서성거리는 어머니에 대한 연민을 보여주고 있다.

그리고 시인은 어머니의 삶이 '겨울'처럼, 늘 냉기가 서린 쓸쓸한 삶이었고 '낮달'처럼 집에서 있는 듯 없는 듯한 존재였다는 것도 간파하고 있다. "미역국에/ 하얀 이밥 한 그릇 먹기"(「진달래」)가 소원일 정도로 궁핍한 삶의 연속이었고, "불 끄고 한밤중/ 홀로 눈물 삭히던" 날도 많았으며, "겨우내 가슴앓이"(「낮달」)를 많이 한 사실도 인지하고 있다. 그리고 "병든 어머니가 일어나서/ 싸주신 주먹밥"(「새벽길」)도 또렷이 기억하고 있다. 그리하여 시인은 "사십 한평생/ 울다"(「겨울산」) 저승으로 간 어머니를 연민의 시선으로 보고 있는 것이다. 이를 드러내주는 방식은 '낮달'을 측은하게 바라보거나 '낮달'을 통해 등장하는 어머니를, 살아있는 어머니를 대하듯 대화를 하는 것이다. "울음 끝에 숨죽인/ 울엄니 낮달"(「낮달」)이 떠있다고 하거나 "노자도 없으신데/ 여기 다른 나라/ 인심 사나운 땅까지/ 물어물어 오셨군요./ 말없이 내려다보시는/ 여윈 얼굴에/ 그렁그렁 눈물이/ 맺혀 있군요."(「베이징 낮달」)라고 한 데서 볼 수 있는 것처럼 어머니를 측은한 시선으로 보며 대화를 한다. 이는 불쌍하게 돌아가신 어머니에게 시로서 '굿'을 하는 장치이기도 하고, 이승에서의 어머니와의 짧은 인연을 연장하려는 시적 장치이기도 하다. 이렇듯 시인은 어머니를 위무하고 지속적으로 만나기 위해 맑은 날이면 언제든 만날 수 있는, 창백한 어머니를 닮은 '낮달'을 끌어들여 노래하고 있는 것이다.

3. 동학, 이름 없이 숨져간 슬픈 영혼의 아우성

어머니를 연민의 시선으로 바라보던 시인은 동학혁명의 실패로 인한 슬픈 역사를 목도하게 된다. 그가 거주하는 공주는 우금티 전투 등 동학혁명의 격전장이기도 하다. 역사적 진실, 문학적 진실을 추구하는 시인에게 '동학혁명'은 남다른 모습으로 다가왔을 것이다. '사람이 곧 하늘이다'라는 인내천사상을 굳이 끌어들이지 않아도, 인간이 존중받는 세상을 꿈꾸며 무기력한 정부와 외세에 저항했던 동학혁명군의 처절한 모습이 연민으로 다가왔을 것이다. 그리하여 시인은 '지금-여기'를 살아가는 이들에게 그들의 절규와 처절한 몸부림을 연민의 시선으로 표상하기에 이른다. 시 「진달래」, 「누런 보리밭」, 「아리랑」, 「海月」, 「삿대울 굴참나무」, 「흰옷 입은 사람들」 등에서 이러한 모습을 볼 수 있다.

> 삿대울 굴참나무 허리에
> 말이 매었네.
> 녹두장군님 곰방대 불 붙이고
> 한숨 돌리는 동안
> 희뜩희뜩 저승 소식처럼
> 눈발 날리네.
> 장마루꺼정 서너 마장
> 하마루꺼정 너댓 마장
> 이인역꺼정 십 리
> 걸어서 한 시간.
> 경천 성재 밑에 진치고
> 황토재, 비사벌 휘몰아
> 와와 몰려온 진달래 함성
> 하늘 땅 흔들어
> 예꺼정 달려서 왔네.
> 한 패는 복룡으로 해서 이인으로 빠져나가고
> 한 패는 주미로 해서 우금티로 치달아 가고

산자락 감돌아 돌아가는 샛길 따라
궁궁을을 시호시호 부재래지 시호로다
죽창 들고 조선낫 들고
꿈틀꿈틀 기치창검 하늘 찌르네.
얼어 죽고, 굶어 죽고
죄 없는 처자식 맞아 죽고
살 길은 일자무식 오직 죽는 수밖에 없는
핏빛 샛길,
(……)
곰배팔이도, 청맹과니도
대대로 땅만 파먹던 농투사니도
밥의 평등과 밥의 자유와
땀의 미래를 믿으며
우르릉 우르릉 천둥 되어 달려서 왔네.
　　　　　-「삿대울 굴참나무」부분(『오두막 황제』)

　　시 말미에 "삿대울은 공주 하마루에서 이인으로 가는 길목의 마을 이
름이다. 이 마을에는 지금도 시누대 대밭이 있는데 갑오년 우금티에서 싸
울 적에 그 시누대로 활살을 만들었기에 그런 이름이 생겨났다고 한다."
라고 나와 있다. 삿대울은 갑오년 우금티 전투와 관련이 있는 마을로, 동
학혁명군의 화살을 공급한 곳이기도 하다. 얼어죽고, 굶어죽고, 죄없는
처자식 맞아 죽는 상황에서 힘없고, 권력없는 곰배팔이, 청맹과니, 농투
사니 등이 "밥의 평등과 밥의 자유와/ 땀의 미래"를 위해 삼례, 정읍, 줄포
에서 샛길 따라 공주 우금티전투를 하러 모인 것이다. "법 없는 세상에 법
이 되어/ 한오백년 살아"보려는 희망을 품고 "녹두장군님 활활 타는/ 푸
른 눈빛"을 믿고 여기에 온 것이다. 공주 우금티전투에 앞서 전운과 희망

이 공존하는 모습을 볼 수 있다. 시인은 동학혁명군으로 참여한, 힘없고 권력없는 민중들을 연민의 시선으로 따뜻하게 위무하고 있다. 그리고 봄에 피어나는 진달래를 보며 "갑오년이던가/ 쇠스랑 메고 조선낫 들고/ 황토 벼랑 기어오르던/ 남정네 콸콸 솟던/ 피, 지금도 우렁우렁 살아 우는 피로/ 삼천리 산하에 피었다"(「진달래」)라고 하여 그들의 숭고한 뜻을 달래고 있다. 시인은 이처럼 모든 인간이 존중받는 평등 사회를 위해, 자유가 보장되는 사회를 위해 산화한 이들을 끊임없이 달래고자 시로서 '굿'을 하고 있는 것이다. 이 외에도 그는 시 「바다막기」, 「서울 쓰레기 - 경에게」, 「못 배운 죄 - 어느 늙은 농투사니의 혼잣말」, 「늙은 어느 농투사니의 혼잣말·2」 등에서 비주류인 민중들의 애환을 표출하고 있다.

4. 백제, 미완의 꿈의 실현을 위한 미래의 공간

시인은 백제에 대한 남다른 의미를 부여한다. 찬란한 문화가 숨 쉬는 백제의 혼을 되살리고자 한다. "눈물이 뜨거운 자만// 금강이 보인다// 백제가 보인다// 백제가 가슴에/ 사는 자만// 들풀의 숨소리를/ 듣는다// 마당마다 타오르는/ 들불소리를 듣는다// 백제여/ 낮은 땅의 숨결이여/ 꾸준히 기어가는 힘이/ 집을 세운다// 초가삼간/ 붉은 언덕 위// 하이얀 찔레꽃 피는 집"(「백제의 혼」)이라고 하여 백제의 혼에 대해 노래한다. 그는 백제의 왕권안정시기에 해당되는, 무령왕이 다스리던 공주보다는 찬란했던 백제가 함락한 부여에 더 초점을 맞춘다. 부여에 관해 노래한 시 「부여행1」, 「부여행 2」, 「부여행 4」, 「또 부여에 와서·1」, 「또 부여에 와서·2」, 「또 부여에 와서·3」, 「또 부여에 가서 - 궁남지」, 「눈발 흩날리는 날엔」 등에서 이를 볼 수 있다.

> 잠든 부여에 와서
> 잠들다 깨어보면
> 바람이 유난히 많다.
> 쓰러진 풀잎
> 묻힌 함성들이
> 수런수런 일어난다.
> 일렁이는 들판에
> 피가 돌고
> 산줄기마다 함마처럼
> 팔뚝이 뛴다.
> 물 건너서 밤을 타고
> 백강의 용을 낚았어도
> 가슴 가슴 진한 가슴
> 붉게 샘솟는 산유화가
> 이 언덕 저 언덕에서 피어난다.
> 얼어붙은 부여에 와서
> 구드렛나루 널린 모랫벌을 밟으면
> 온몸에 홍얼홍얼
> 봄의 피가 돌아다닌다.
>
> - 「부여행 2」 전문(『겨울의 꿈』)

시인이 이처럼 '부여'를 자주 노래한 이유는 무엇일까? 백제의 부흥을
꿈꾸기 위한 것이리라. 시인은 부여에서 "바람이 유난히 많"은 것을 느끼
고, "쓰러진 풀잎/ 묻힌 함성들"을 듣는다. 그리고 "일렁이는 들판"에 피가

도는 것을 느끼고, "산줄기마다" 팔뚝이 뛰는 것을 감지한다. 살아있음을 보여주는 증거들이다. 잠들어 있는 백제의 혼이 생동하는 모습들이다. 그리하여 시인은 "굳게 닫힌 무덤들" 속에 잠든 백제의 혼을 일깨워 융성했던 백제의 찬란한 문화를 되살리고자 한다. "뒤채이는 성충(成忠)의 카랑카랑한 기침소리"(「부여행 1」)를 통해, 또 다른 백제의 충신인 홍수, 계백의 혼을 통해 백제의 부흥을 꿈꾼다. "가슴 가슴 진한 가슴/ 붉게 샘솟는 산유화"가 피어나듯이 꽃 피우기를 희망한다. "흙에서 일어난 땀들이/ 불을 뚫고 어울려/ 노래하"고, "손을 잡고 둥글게/ 춤을 추는 곳", 이곳 부여에서 시인은 백제의 혼을 느끼고 있는 것이다.

5. 금강, 다시 흩어졌다가 모이는 공간

시인은 '낮달'로 표상되는 '창백한' 어머니를 시작으로 평등 사회를 꿈꾼 이름 없는 동학혁명군들, 백제의 멸망으로 터전을 잃은 유민들까지 연민의 정으로 끌어안는다. 이들을 포용하는 원동력은 다름 아닌 '금강'이다. 신동엽 시인이 「금강」에서 "금강,/ 옛부터 이곳은 모여/ 썩는 곳,/ 망하고, 대신/ 정신을 남기는 곳"이라고 노래한 것처럼, 금강은 모든 것을 다 흘려보내고 오롯이 '거름'과 '정신'을 남기는 대상이다. 금강을 통해 백제의 혼과 동학혁명의 정신이 연계되고, 이 땅의 힘없고 이름 없는 유민의식과 이어지게 되는 것이다. 시인은 이러한 금강을 늘 새로운 마음으로 맞이한다.

둥둥 북을 울리며,

새벽을 향하여 힘차게
능금빛 깃발 날리며,
앞으로 앞으로 달려가는
금강, 넌 우리의 강이다.

산맥을 치달리던 마한의 말발굽 소리,
흙을 목숨처럼 아끼던 백제의 손,
아스라히 머언 숨결이
달빛에 풀리듯 굽이쳐 흐른다.

목수건 질끈 두른 흰옷의 설움과
가난한 골짜기마다 흘리는 땀방울들이
모이고 모여 고난의 땅을
부드럽게, 부드럽게 적시며 흐른다.

흐르는 물이 마을의 초롱을 켜게 하고
모닥불과 두레가 또한 물을 흐르게 하는
하늘 아래 크낙한 어머니 핏줄
금강, 넌 우리의 강이다

- 「금강에게」 부분(『저문날 빈들의 노래』)

금강은 강물의 속성이 그러하듯 "앞으로 앞으로 달려"간다. 그리하여 그 금강은 백제의 멸망에도, 동학혁명의 패배에도, 일제강점기에도 꿋꿋하게 살아남아 "우리의 강"이 된 것이다. 저수지나 호수처럼 가두어져 있는 것이 아니라 뒷물에 의해 앞으로 끊임없이 나아갔기 때문에 가능했던 것이다. 이 강에는 "흙을 목숨처럼 아끼던 백제의 손, / 아스라히 머언 숨결"이 숨쉬고, "목수건 질끈 두른 흰옷의 설움과/ 가난한 골짜기마다 흘리는 땀방울"이 모여 있다. 그리고 금강은 "흐르는 물이 마을의 초롱을 켜게 하고/ 모닥불과 두레가 또한 물을 흐르게 하는" "하늘 아래 크낙한 어머니 핏줄"과 같은 것이다. 이렇듯 금강은 생명이 살아 숨쉬고, 역사와 문화가 흐르며, 과거와 현재와 미래가 공존하는 대상이다.

시인은 이처럼 금강을 통해 많은 의미를 부여하고 있다. 이는 공주와 부여를 잇는 금강을 통해 고유한 백제의 혼과 동학정신을 되살려 '지금-여기'를 살아가는 이들에게 평등과 자유와 생명의 소중함을 일깨우고자 한 것으로 볼 수 있다.

- 『문학의 오늘』 2018년 겨울호

맑은 영혼 혹은 자유를 위한 고뇌

- 김윤배의 신작시

　　김윤배의 신작시는 문제적이다. 한 편 한 편 모두 크고 묵직한 주제의
식을 지니고 있기 때문이다. 그의 시를 처음 읽을 때는 그것이 쉽게 와 닿
지 않으나 다시 읽어 곱씹어보면 시가 거느리고 있는 다양하고 새로운 시
세계를 접하게 된다. 유명한 화가의 화폭에 담긴 파버카스텔의 이면을 통
해 자신의 파버카스텔의 의미를 추출하고 있는 시와 끊임없는 실험과 도
전정신으로 우리에게 꿈과 희망을 안겨준 가수의 삶을 통해 '지금-여기'
에서의 삶의 의미를 모색하고 있는 시, 그리고 조용하던 카스피해의 시추
현장에서 벌어지고 있는 "검은 욕망"을 형상화한 시도 보인다. 또한 그루
터기에 붙어있는 마지막 찻잎을 통해 '비전향'의 이면을 엿보고 있는 시와
어느 시인의 묘비명에 새겨진 문구를 보며 자유의 소중함을 드러내고 있
는 시도 있다. 이처럼 그의 시에는 맑은 영혼을 그리워하고 자유를 갈구
하는 이 시대의 자화상이 잘 그려져 있다.

　　그의 낡은 구두를 네가 기억한다면 그는 어떤 어둠으로 너를 데리
고 갔을까

네가 지나간 자리마다 실핏줄처럼 살아나는 고뇌의 흔적이 대지거나 바람이거나 늪지인 것을 알았다면 그는 어느 가슴에 낡은 구두를 걸어두고 싶었을까 그의 퀭한 눈빛과 솟아오른 광대뼈와 날카로운 턱선을 더듬어 나가다 잠시 멈추고 생각 깊던 네가, 흔들리는 불빛 너머 먼 산맥을 짚다 툭 부러지는 죽음을 알았다면, 너는 그의 영혼을 울어준 파버카스텔*이겠다

내 파버카스텔은 나의 흰 뼈다 흰 뼈가 내 낡아가는 시간을 읽고 구릉의 침묵을 읽고 여름 햇살 쟁쟁한 묘역을 읽었을 것이다 묘역에 남아 있는 노래는 슬프지 않았을 것이다

흰 뼈는 호수의 물결이 바람을 닮아가는 걸 보았다 흰 뼈는 산맥을 태운 오래 된 재였거나 무수한 산줄기를 몸 속에 세워준 파버카스텔이겠다

몽환의 파버카스텔

미지의 심연이여

* 고흐가 즐겨 사용하던 연필

- 「몽환의 파버카스텔」 전문

이 시는 화가의 의지에 따라 움직이는 파버카스텔의 운명을 보여주고 있다. 고흐의 작품에 등장하는 "낡은 구두"를 볼 때 우리는 단지 그 낡은 구두만을 보는 것이 아니라 그 구두의 주인까지 떠올리게 된다. 윤기와 탄력이 있는 신발이 아닌, 오랜 기간 신은 것으로 보이는 주름지고 꺾

인 풀죽은 모습을 통해 고단한 주인의 모습까지 읽게 된다. 또한 고흐의 그림에 등장하는 인물을 보면 "퀭한 눈빛과 솟아오른 광대뼈와 날카로운 턱선"의 모습이 자주 등장한다. 시인은 고흐의 작품을 보며 그의 화폭을 스쳐갔을 파버카스텔의 이면을 들여다보고 있는 것이다. 화폭에 등장하는 대상을 가장 먼저 본 고흐의 고뇌도 보지만, 그 화가의 고뇌에 따라 움직였을 파버카스텔의 고뇌도 읽는다. 즉, 시인은 "낡은 구두"를 리얼하게 묘사하기 위해 그의 내면 깊게 잡은 짙은 "어둠"과 고뇌의 모습, 그리고 고뇌 가득한 인물을 그리기 위한 그의 심연 속에 있는 고뇌의 모습을 읽어내면서 화가의 손에 이끌려 그려졌을 파버카스텔의 고뇌도 투시하고 있다. "흔들리는 불빛 너머 먼 산맥을 짚다 툭 부러지는" 그의 죽음 앞에서 그의 "영혼"을 위로하기에 바빴을 파버카스텔의 고뇌도 읽고 있다. 이 지점에서 시인은 자신의 파버카스텔에 대해 생각해본다. 자신의 파버카스텔이 "흰 뼈"임을 드러낸다. 이 "흰 뼈"가 "내 낡아가는 시간을 읽고 구릉의 침묵을 읽고 여름 햇살 챙챙한 묘역을 읽었을 것"이라고 한다. 고흐의 고뇌를 담은 그림을 그린 파버카스텔의 모습을 통해 시인은 자신의 파버카스텔의 모습을 들여다보고 있다. 시인은 자신의 파버카스텔인 흰 뼈를 "산맥을 태운 오래된 재"거나 "무수한 산줄기를 몸 속에 세워준" 대상으로 보고 있다. 즉 자신의 그림의 자양분이자 에너지로 보고 있는 것이다. 이 파버카스텔은 자신의 갈 길이 정해진, 예측 가능한 것이 아니고 "몽환"적이면서 "미지의 심연"을 찾아나서는, 노마드적인 속성을 지닌다. 이러한 점에서 시인의 파버카스텔은 생성적이라 할 수 있다.

나무들이 뿌리의 노역을 잃어버린 계절은 나이테가 보이지 않았다
호수는 격류를 뿌리치고 오래된 이끼를 보였다

거식증을 앓기 시작하기 전, 숲에서 마지막 부른 노래가 '우리 앞의 생이 끝나갈 때'*였다 나무처럼 서고 싶었던, 나무처럼 강직하고 싶었던, 나무처럼 묵묵하고 싶었던 노래는 지금도 그 숲에 흐르고 있다

호수 같은 눈동자를 갖고 싶었던 너를 위해 백두대간 하나쯤 얻고 싶었다 호수가 마르며 목숨 근처에 사막이 보인다고 울먹이던 너를 기억한다 너의 거식증으로 우리 앞의 생은 언제나 쓸쓸했다

묘원은 산허리를 가까이 부르고 있어 너의 사계가 황량하지는 않겠다고 생각했다 붉은 흙이 잠시 열리고 닫히는 순간이 한 생이라고 말할 수 있겠다 기억은 슬프거나 아득해서 발인의 무거운 아침이 떠오르지 않는다

거식증을 앓는 산맥은 앙상하다

* 무한궤도의 노래

- 「거식증을 앓는 산맥」 전문

가수 신해철에 대한 헌사에 가까운 시라 할 수 있다. 세상을 산맥에 비유하고 있다. 나무들은 뿌리로부터 영양분을 제대로 공급받아야 잘 자라며, 호수도 발원지에서 물이 지속적으로 공급되고 자정작용이 이루어질 때 맑은 상태를 유지할 수 있다. 세상도 마찬가지이다. 그런데 '지금-여기'의 현실은 어떠한가? 정치, 사회, 문화 등의 분야에서 "거식증"에 걸린 것처럼 시스템이 원활하지 않다. 신해철이 노래한 "흐린 창문 사이로 하얗게 별이 뜨던 교실"도 사라졌고, "소년시절에 파랗던 꿈"도 사라진, 삭막

한 현실이 우리 앞에 가로놓여 있다. 이곳에는 거대한 '자본(힘)'의 논리가 자리하고 있을 뿐이다. 신해철은 이러한 현실에서 벗어나기 위해, 청소년들에게 꿈과 희망을 주는 그러한 현실을 만들기 위해 건강한 노래를 불렀다. "거식증을 앓기 시작하기 전, 숲에서 마지막 부른 노래가 '우리 앞의 생이 끝나갈 때'였다."라고 한 데서 알 수 있듯이 그는 "나무처럼 서고 싶었던, 나무처럼 강직하고 싶었던, 나무처럼 묵묵하고 싶었던 노래"를 지속적으로 불렀던 것이다. "호수 같은 눈동자를 갖고 싶었던 너"의 간절한 소망을, 그리고 "호수가 마르며 목숨 근처에 사막이 보인다고 울먹이던" 슬픈 모습을 시인은 기억한다. 또한 그는 너의 "거식증"으로 인한 우리들의 삶은 언제나 쓸쓸했다고 노래한다. 그 가수가 부재한 지금, 지금-여기의 현실은 "거식증을 앓는 산맥"처럼 앙상하기 그지없다. 신해철이 "세상이 변해갈 때 같이 닮아가는 내 모습에/ 때론 실망하며 때론 변명도 해보"고, "우린 그 무엇을 찾아 이 세상에 왔을까/ 그 대답을 찾기 위해 우리는 홀로 걸어가네"(〈우리 앞에 생이 끝나갈 때〉)라고 노래한 대목을 통해 우리는 시인이 무엇을 추구하는지를 짐작할 수 있다. 시인은 자본주의의 현실에서 탈피하여 '우리가 진정으로 소망했던 무의식적 욕망들을 어떻게 실현할 것인가' 하는 문제들, 그리고 '나는 누구이고 무엇을 위해 이곳에 왔는가?' 하는 근본적인 고민들을 시에 투영시키고 있는 것이다.

　　원유의 유혹이 얼마나 달콤한지, 카스피해의 시추 현장은 그녀들을 설레게 하는 미지의 언어였다 시추선은 카스피해의 붉은 수평선을 거느리고 몇 달 째 암석층을 뚫는 드릴작업 중이었다 언제 원유가 솟구쳐 검은 욕망 오색으로 물들일지, 긴박한 호명은 수평선에서 지평선으로 이어졌다 그녀들은 아침 식탁에서 루즈를 꺼내든다 루즈는 소음기가 장착된 피스톨이다 잠시 휘청하는 사이 낮오의 대열에서 쓴 잔을 드는 것이 그녀들의 서바이벌 룰이었다

우랄강은 아트라우*를 술 취하게 만들고 그녀들의 침실을 넘보기도 했다 지류가 침실로 흘러 불안한 도강이 가끔 있었다 그런 날은 식탁이 조지아산 포도주로 물들었다

시추선의 드릴은 그녀들 가슴을 지나치지 않았다 두려운 며칠이 지나고 시추선의 갑판이 익숙해지면서 가슴으로 드릴이 내려오는 것이었다 그녀들 가슴에 뚫려 있는 시추공에서 포도빛깔 절망이 흘러넘치는 날이 잦았다

그녀들 중 누군가는 중앙아시아로 돌아올 것이다 우랄강 붉게 흐르는 언덕에 서서 아침 식탁의 안개웃음을 기억하고 시추의 날들 돌아보게 될 것이지만 신도 그녀가 누군지 모른다

그녀들은 중앙아시아 석유 시추현장에 파견된 인턴사원이었다

*카스피해로 흘러드는 우랄강 하구의 도시로 카자흐스탄 석유 산업의 전진기지다.

ㅡ「시추의 날들」 전문

위 시에서는 카스피해의 석유 시추 현장에서 벌어지고 있는 자본의 욕망의 모습을 드러내고 있다. 카스피해는 아시아와 유럽 사이에 있는 내륙호로, 세계에서 가장 큰 호수이다. 러시아, 아제르바이잔, 이란, 투르크메

니스탄, 카자흐스탄 사이에 있는 이곳은 바다와 호수의 성질을 모두 지니고 있어 분쟁지역이기도 하다. 석유매장량이 많은 카스피해의 시추 현장에는 "원유의 유혹"이 자리하고 있다. 중앙아시아에서 석유 시추현장에 파견된 인터사원인 그녀들은 언제 뿜어져 나올지 모르는 원유에 대한 "검은 욕망"으로 가득차 있다. 그녀들은 자본에 대한 "욕망"을 드러내기라고 하듯 아침 식탁에서 루즈를 바른다. 그 루즈는 "소음기가 장착된 피스톨"이며, 이러한 행위가 그곳의 경쟁에서 살아남기 위한 생존 논리이기도 하다. 우랄강은 우랄강 하구의 도시이자 카자흐스탄 석유 산업의 전진기지인 아트라우를 취하게 만들고, "그녀들의 침실을 넘보기도" 한다. 러시아와 카자흐스탄을 가로지르는, 두 나라의 젖줄이던 이 강은 이제 "원유"에 대한 검은 욕망으로 가득 찬 욕망의 강이 된 것이다. 시추의 드릴은 때로 "그녀들 가슴을" 유혹했고, 또한 그녀들의 가슴에는 "포도빛깔 절망"이 넘치기도 하였다. 여기에서 시인은 우랄강 하구에 있는 카자흐스탄 석유 산업 전진기지에 도사리고 있는 자본의 욕망을 폭로하고 있는 것이다. 자본주의의 욕망의 손길이 순수했던 이곳에까지 미치고 있는 현실을 안타깝게 생각하고 있음을 보여주고 있다고 하겠다.

찻잎이 투명한 색깔을 버리는 계절이 되면 가지들을 베어낸다 베어낸 그루터기에 찻잎 한 장을 남긴다 그루터기는 남아 있는 찻잎 한 장을 위해 혼신으로 햇빛을 모으고 바람을 모으고 물을 모은다 순간순간 고사(枯死)의 유혹으로 흔들리는 그루터기를 깨워 새순을 밀어올린 찻잎 한 장은 새순이 새 가지에 이르기 전, 그루터기를 떠난다 결연한 생명력이다

결연한 생명력은 시와 혁명 사이에도 있다

비전향은 죄였다 사무치는 감동이 있어서 비전향이 아니다 절대
의 가치가 있어서 비전향이 아니다 전향 하고 싶으나 전향 되지 않는
문장으로 비전향이다

젊은 날의 영혼이 한 번 기운 것으로

목숨을 놓고 저울질 할 수 없는 편향으로

꽃인들 마지막 한 잎의 목숨을 버리고 싶을까
                                        -「마지막 한 잎」 전문

사람의 신념은 잘 바뀌지 않는다. 그 신념이 청년시절 자신의 삶의 좌
표를 제시해주었거나 그 신념으로 자신이 조금이라도 원하는 방향으로 나
아갔을 때는 더욱 그러하다. "비전향"도 이러한 맥락에서 접근할 수 있을
것이다. 시인은 베어낸 그루터기에 붙은 찻잎 한 장이 그루터기의 혼신의
힘에 의해 자라는 것을 목도한다. 그러나 찻잎 한 장의 새순이 돋아나기
전 그루터기를 떠나게 되는데, 이 모습을 시인은 "결연한 생명력"으로 표
현하고 있다. 이 결연한 생명력은 "시와 혁명"에도 존재하며, "비전향"과
연결시키는 것이 독특하면서도 참신하다. 그러면서 비전향의 이유를 새로
운 시각으로 도출해낸다. 어떠한 "절대적 가치가 있어서"가 아니라 "전향
하고 싶으나 전향 되지 않는 문장"으로 보고 있는 것이다. "젊은 날의 영혼
이 한 번 기운 것"을 쉽게 고치지 못하고 있다. 시인은 "비전향"을 선악의
개념으로 접근하지 않고, 젊은 날 한 번 기운 '영혼의 이름으로'까지 보고
있는데, 여기에서 시인의 연민의 시선과 균형감각을 읽을 수 있다.

나무십자가 삐걱거리는 소리가 묘비를 일으켜 세운다

- 나는 아무 것도 원하지 않는다. 나는 아무 것도 두렵지 않다. 나
는 자유다*

아무 것도 원하지 않은 세상은, 세상이 그를 원해 삐걱거렸다
두렵지 않은 세상은 두렵지 않아 삐걱거렸다

크레타섬은 죽음 어디 쯤에 있을 것이다

첫 문장의 전율은 시간이 가며 함께 낡아간 것일까
셀비어술은 주점의 나무계단을 흘러내렸다
나무계단이 바다를 향해 무릎을 꺾고 있다

어둠은 바다와 잇닿아 있다
나는 크레타섬의 어둠에 들게 해달라고 기도 한다

밤의 에게해는 부드러운 젖가슴을 드러낸다
아직은 살아 있는 말들이 밤바다로 쏟아져 내린다

죽음은 밤에 피레에스프항을 출항해서 밤에 크레타섬의 이라클리
오항에 닿는다

묘비명 한 행은 너무 멀고 가파르다
 * 니코스 카잔차키스의 묘비명
                                    -「나무십자가」 전문

이 시는 니코스 카잔차키스의 묘비명에 새겨진 "나는 아무 것도 원하지 않는다. 나는 아무 것도 두렵지 않다. 나는 자유다"라는 문구를 통해 '자유'의 소중함을 일깨우고 있다. 그의 소설 『미할리스 대장』과 『최후의 유혹』은 그리스 정교회와 로마 가톨릭으로부터 신성모독을 이유로 파문당할 만큼 커다란 파장을 일으켰다. 그러면서도 그는 평생 자유와 하느님을 사랑한 그리스도인이었다. 여기에서 우리는 그가 얼마나 '자유'를 갈구하고 원했는지를 어렵지 않게 볼 수 있다. 그의 묘비명을 통해 알 수 있는 것은 그가 자유 외에는 아무 것도 원하지 않았고, 자유를 얻기 위해 투쟁을 할 때에도 어떠한 두려움도 갖지 않았다는 것이다. '자유'가 얼마나 간절하고 소중한 것인지를 다시 한번 느낄 수 있다. 이 시의 마지막 행 "묘비명 한 행은 너무 멀고 가파르다"라고 한 데서는 그의 삶이 묘비명처럼 되기 위해 얼마나 힘겹고 고통스럽고 험난했는지를 알 수 있다.

김윤배의 신작시를 통해 '지금-여기'를 살아가는 우리들의 슬픈 자화상을 목도할 수 있다. 자본의 논리에 길들여진 모습들, 즉 고뇌를 모르고 살아가는 무의미한 삶과 거식증을 앓는 쓸쓸한 삶, 그리고 '검은 욕망'으로 순수함을 잃어가는 현실과 자유를 억압하는 현실의 모습이 이에 해당된다. 시인은 이러한 세상을 바꾸기 위해 맑은 영혼을 되찾고자 고뇌하고, 자유를 갈구하기 시작한다. 그리하여 모든 것을 '원래 그대로의', 본연의 모습으로 복원시키려 하고 있는 것이다.

- 『불교문예』 2016년 여름호

자연의 노래, 화엄의 노래

— 구재기의 신작시

1. 화엄(華嚴)의 길, 시의 길

정보화시대가 도래하면서 '개인'이 더 부각되고 있다. '1인 가구'가 증가함에 따라 자연스럽게 '혼밥', '혼술', '혼영'이라는 말이 등장하였고, 이 용어들은 이제 더 이상 낯설지 않게 되었다. '혼자'가 '쓸쓸함', '외로움', '슬픔' 등과 어울리던 개념에서 점차 '즐거움', '행복', '자유' 등과 가까운 개념으로 전이되어 가고 있다. 이는 거스를 수 없는 시대적 조류로, 정치, 사회, 문화 등 다양한 분야에서 이러한 흐름을 엿볼 수 있다. 공동체적인 삶과 문화의 근간을 이룬 사람들과의 어울림의 방식이 아니어도 혼자 '스마트폰'이라는 매개를 통해 얼마든지 '소통'이 가능한 시대가 된 것이다.

올해 초 중국으로부터 시작되어 전 세계적으로 퍼진 코로나19 바이러스는 '개인'의 삶으로 한층 더 나아가게 하는 요인으로 작용한다. 코로나 바이러스의 세계적 대유행(펜데믹)으로 인해 '사회적 거리두기'라는 신조어가 등장하였으며, 여러 국가에서 국경과 지역을 봉쇄하기도 하였다. 사람들이 모이는 것도, 사람끼리 대면하는 일도 감염 우려로 거의 금기시되다시피 하였다. 이처럼 코로나 바이러스로 인해 사람들은 불가피하게 공동체적인 삶보다는 개인적인 삶으로 더 나아가게 된 것이다.

　코로나 바이러스의 전 세계적 확산으로 외부보다는 '가정'에 있는 시간이 많아짐에 따라 새로운 변화의 모습도 감지된다. '사회적 거리두기'의 일환으로 많은 사람들이 바이러스로부터 비교적 안전한 공간인 '가정'으로 복귀하면서 가족 공동체의 소중함을 깨닫게 된 것이다. 그리고 코로나 바이러스는 평범한 '일상'을 소중한 일상으로 바꾸어 놓았고, 찰리 채플린의 〈모던타임즈〉에 나오는 주인공처럼 다람쥐 쳇바퀴 돌 듯 하는 사람들을 성찰하게 만드는 계기를 만들기도 하였다. 또한 계절에 따라 자연의 섭리대로 생성되고 소멸되는 대상들의 아름다운 이면을 들여다보는 기회를 가져다주기도 하였다.

　이처럼 코로나 바이러스의 출현은 기존의 예측 가능한 패러다임을 불확실성으로 바꾸어놓은 엄청난 사건이라 할 수 있다. 인간과 자연의 조화가 아닌 인간 중심주의의 패러다임에 대한 일종의 경종인 셈이다. 다행인 것은 코로나의 영향권이 인간의 삶에 국한한다는 점이다. 자연은 예전처럼 순리에 따라 묵묵히 자신의 임무를 다하고 있을 뿐이다. 자연의 아름다움이 빛을 발하고 있는 것이다.

　구재기의 최근 시들은 이렇듯 자연의 아름다움을 있는 그대로 포착하고 있다는 점에서 관심을 끈다. 인간 중심이 아닌 자연 그 자체, 이면의 아름다움을 담담한 어조로 풀어내고 있는 것이다. 때문에 그의 시에는 인위적인 것들이 배제된다. 그곳에는 자연에 대한 '경의(敬意)', 인간에 대한 경의가 존재한다. 이는 고향(충남 서천)을 대표하는 모시의 아름다움을, 그 모시와 함께 살아온 힘겨운 민초들의 숭고미를 감각적으로 노래하고 있는 그의 최근 시집 『모리올 사이로 바람이』(시와 소금, 2019) 에서도 어렵지 않게 볼 수 있다. 이러한 시적 행보, 시인의 행보가 가능한 것은 대상에 대한 '경의'의 시선으로 나아가게 한 '화엄(華嚴)'의 세계가 시인의 내면에 자리잡고 있기 때문이다. 그의 화엄의 세계에 포착된, 자연에 대한 노래를 보기로 한다.

2. 치열한 삶, 은은한 향기

생의 아름다움은 유한함에서 비롯된다. 끝이 있고, 사라짐이 있다는 시한부의 삶이 생을 더 치열하게 만들기 때문이다. 살아있는 모든 것들은 이에서 자유로울 수 없다. 유한한 삶을 '평균 수명'에 비추어 다양하게 살아가는 인간의 삶도, 끝을 모르는 채 주어진 소임을 다하며 묵묵하게, 치열하게 살아가는 다른 대상들도 말이다. 분명한 것은 치열하게 살아간다는 것은 비슷하지만 그 방식은 서로 다르다는 점이다. 시인은 주변에서 흔히 볼 수 있는 매미, 벌, 굴 등을 통해 그 대상들의 고유성과 특이성을 발견하고자 한다. 기존의 인간 중심의 시선에 의해 포착된 것에서 벗어나 새로운 의미를 찾아 나선다.

> 허물 속에서
> 매미의 울음소리가 흘러나온다
> 맨 처음 벗어버린 그 모습 그대로
> 미동조차 하지 않고
> 철저하게 나무에 매달려 울어대는 울음소리
> 매미는 임종을 모른다
> 아니 매미의 허물에는 임종이 없다

높은 나무에 매달려 울어대는
매미의 울음소리가
허물 속에서 울려 나온다
어둠 속의 7년에 날개를 달고 날아
2주의 목숨은 너무 길다
마음껏 울어보는 거다
살아있는 몸체에서
허물의 울림으로
주어진 시간을
마음껏 울어보는 것이다
매미에게는 울음도
노래가 되는 까닭이다

-「매미의 울음소리」 전문

매미의 울음소리를 새롭게 바라보고 있는 시이다. 매미의 울음소리에 대한 낯설게 바라보기이다. 보통 매미는 7년 동안 어둠 속에서 애벌레로 지낸 뒤 허물을 벗고 매미가 되어 1-3주 지상에 살다가 떠난다. 그리하여 많은 사람들이 매미의 울음소리를 긴 시간을 어둠 속에 보낸 시간에 비해 짧은 생을 살아야 하는, 안타까운 슬픔으로 읽는다. 그러나 시인은 달리 접근한다. 평균 2주밖에 안 되는 매미의 수명을 "어둠 속의 7년에 날개를 달고 날아/ 2주의 목숨은 너무 길다"라고 하여 역으로 길게 보고 있다. 매미에 대한 인간의 편견 또는 고정관념에서 벗어나 새롭게 보고 있는 것이다. 물론 매미가 2주의 시간을 길고 짧음(長短)으로 규정지었을 리는 만무하다. 그럼에도 시인이 2주의 시간을 너무 길게 본 것은 지극히 매미의 시선으로 보고자 한 것이리라. 그리하여 그는 매미가 몸통에 비해 큰 소리로 내어 우는 것을 슬퍼서라기보다는 오히려 기뻐서 "마음껏" 우는 것으로 보고 있다. 7년 동안 어둠 속에서 지내다가 지상으로 나온 것을 '해방'의 의미로 본 것이다. 이는 매미가 "임종"을 모르기 때문에, "매미의 허물에는 임종이 없"기 때문에 가능한 것이다. 그리하여 시인은 "매미에게는 울음도/ 노래가 되는" 것이라고 보고 있다. 그리고 시인은 매미의 울음소리를 뱃속의 울림통에서 공명시켜 나오는 것으로 보지 않고 '허물' 속에서 흘러나오는 것으로 본다. 허물을 벗고 매미가 되지만, 시인은 매미와 '허물'을 분리하지 않는다. 분리되었으되 애벌레로 지나온 시간이 고스란히 내포된 허물과 함께 하고 있는 것으로 보고 있다. 매미의 2주의 시간을 7년의 애벌레의 시간과 결부시켜 연장선상에서 목도하고 있는 것이다. 이는 매미의 2주의 시간을 가능케 한 7년의 어둠 속의 삶에 경의를 표하는 것으로 읽을 수 있다. 따라서 시인에게 매미의 울음소리는 '소음'도, '비명(悲鳴)'도 아닌 마음껏 울어보는 소리인 것이다.

매미뿐만 아니라 벌에 대해서도 다르게 접근한다.

한 마리의 벌이
제 집에서 날아간다
한 마리 또 한 마리……
제 몸의 무게만한 무게로 날아온다
그토록 많은 벌들이 한 집으로
날아가고 날아오는 동안
추돌이라거나 충돌이란 있을 수 없다
일방통행도 역주행도 없다
많은 사람들은 수많은 벌들을 보고
'벌떼처럼'이라면서 걱정들 하지만

이 얼마나 좁고 어리석고
치우쳐 살아온 버르장머리인가
벌들은 길을 오가는데
다른 길을 엿보지도
탐하지도 않는다, 하는 일에
서로 경쟁하거나 다툼하는 일도 없다

벌은 모여 있으되
여럿이라도 떼를 모른다
떼를 이루어 억지를 부리지 않는다
집안에서나 일터에서나
오고 가는 길에 부지런할 뿐
서로가 하는 일, 모두 각자 한 마리로
벌들 사이에는 '떼'라는 말이 없다

　　　　　　　　　　　- 「벌[蜂]들 사이에는」 전문

　　벌은 인간에게 꿀을 제공해주는 유익한 동물이기도 하지만, 다른 한편
으로 벌침을 가지고 있어 공포의 대상이기도 하다. 때문에 우리는 대부분
벌을 멀리 하게 된다. 그러나 시인은 남달리 벌에 대한 특별한 관심을 가
지고 유심히 관찰한다. 이를 통해 수많은 벌들이 함께 모여 있는 것을 의
미하는 '벌떼'라는 말에 대해 새로운 의미를 찾아낸다. '벌떼'는 '벌의 무리'
를 뜻하는 말로, 다른 동물들의 무리보다 훨씬 가공할만한 위력을 지니고
있어 두려움을 내포한 부정적인 의미로 읽히기 쉽다. 그러나 시인은 '벌떼
처럼'이라는 말을 부정적인 의미로 보지 않는다. 관찰을 통해 벌들이 많
이 모여 있어도 추돌이나 충돌도 없으며, 일방통행이나 역주행도 없음을,
그리고 벌들이 "다른 길을 엿보지도 않고/ 탐하지도 않"으며, "서로 경쟁

하거나 다툼하는 일도 없"다는 사실을 간파했기 때문이다. 그리하여 "벌은 모여 있으되/ 여럿이라도 떼를 모"르는, "서로가 하는 일, 모두 각자 한 마리로/ 벌들 사이에는 '떼'라는 말이 없다"라고 역설하고 있다. 이처럼 시인은 어떤 사물에 대한 진지하고 꼼꼼한 성찰을 통해 사물 본래의 의미를 밝히고 있다. 자연을 있는 그대로 복원시키는 일을 소중히 여기고 있는 것을 알 수 있다.

> 느끼는 만큼
> 맛의 세계가 다가오고
> 급히 서두르지 말고
> 천천히 익히면 날마다
> 새로운 맛은 절로 다가오는 것
>
> 향기란 본래의 마음이며
> 본래 가지고 있는
> 밝은 물이다
> 귀를 기울이지 않고
> 목소리를 높일 때에도
> 마음으로도 물려주지 못한 채
> 저절로 흘러버리는 것
>
> 어떻게 내가 있고 네가 있으리오
>
> 천 개의 강물
> 만 개의 냇물을 다 받아들이는
> 바다로부터 오는 것

푸른 빛 다름없는 굴 냄새
짠 맛 또한 고소한 맛
그대로 세상을 품은
분명한 화엄(華嚴)의 향기

*굴[石花]: 굴과에 속한 연체동물을 통틀어 이르는 말. 갓굴, 가시
굴, 토굴 등이 있다

-「굴[石花] 향기」 전문

　　매미와 벌에 대해 새로운 의미를 보여준 시인은 이제 바다에 서식하는
굴(石花)에 대해 새롭게 다가간다. 예로부터 풍부한 영양분을 지닌 굴은
많은 사람들에게 사랑을 받아왔다. 시인은 굴의 향기에 주목한다. 향기를
음미하여 굴을 천천히 익히면 "날마다/ 새로운 맛은 절로 다가오는 것"이
라고 노래한다. 센 불에 짧은 시간 동안 익히는 것이 아니라 은은한 불에
서서히 익히는 것이 중요한 것임을 일러준다. 자극적이고 강렬한 것을 선
호하는 현대인들에게 은은한 향은 밋밋하게 다가올지 모른다. 그러나 시
인의 생각은 다르다. "향기란 본래의 마음"이고, "본래 가지고 있는/ 밝은
물"이라고 하며, 갖은 양념으로 만든 인위적인 강한 향이 아니라 "본래의"
향기를 찾고자 한다. 그 향기는 다름 아닌 굴의 향기인 것이다. 그 향기는
"천 개의 강물/ 만 개의 냇물을 다 받아들이는" 드넓은 바다에서, "짠 맛 또
는 고소한 맛" 모두 간직한 바다에서 만들어진 것이다. "어떻게 내가 있고
네가 있으리오"라고 한 것처럼 나와 너를 구분하지 않고 모든 것을 아우
르는 상태에서만 만들어지는 향기이다. 온갖 세상을 품어야만 되는 "화엄
(華嚴)의 향기"인 것이다. 따라서 굴의 향기는 곧 세상의 향기인 것이다.
이처럼 시인은 굴의 향기를 통해 모든 강물을 품는 바다의 향기를, 바다로

들어오는 세상의 향기를 맡고 있는 것이다. 그 향기는 고정된 것이 아니라 "저절로 흘러버리는 것"처럼 생성의 의미를 내포한다. 바다로 들어오는 강물의 향기도, 세상의 향기도 늘 다르기 때문이다. 이렇듯 시인의 시에는 모든 것을 포용하려는 화엄의 향기와 이질적인 접합으로 인해 생성되는 새로운 것의 향기가 내포되어 있다.

3. 별리(別離)와 흔들림의 아름다움

구재기의 시에 내포한 화엄의 향기는 어떤 한 곳에 국한되지 않는다. 세상과 바다의 향기를 품은 곳이라면 그 향기는 내재해 있다. 매미, 벌, 굴뿐만 아니라 낙화의 자리에도, 바다가 남기고 간 흔적에도 그 향기는 남아 있다.

> 꽃잎 위로
> 바람이 분다
> 한때는 칼날이더니
> 햇솜이더니 후끈, 달아오른다
> 꽃잎이 하나 둘, 질 때마다
> 알알한 그리움
> 꽃잎 진 자리에서
> 향(香)은 손으로 잡을 수조차 없다
> 선물로 받은 상품권 같은
> 쓰리고 아픈 잎이
> 슬그머니 돋아난다

아, 내 집은 내 안에 있다
네가 없어도
사랑하는 법을 가꾸고
북돋우며 살아야겠다
입하의 꽃잎에 일던
바람 한 줄기,
방울방울, 눈물처럼
흔들리며 떨어진다

- 「낙화(落花)를 바라보며」 전문

　　낙화에 대한 단상을 노래한 시이다. '낙화'하면 이형기의 「낙화」가 떠오른다. "가야 할 때가 언제인가를/ 분명히 알고 가는 이의/ 뒷모습은 얼마나 아름다운가."로 시작되는 이 시는 '낙화'의 아름다움을 보여주고 있다. 구재기의 「낙화를 바라보며」는 이형기의 시풍과 사뭇 다르다. 이 시는 '낙화'보다는 '바람'에 더 주목한다. "꽃잎" 위로 부는 바람과 "입하의 꽃잎에 일던/ 바람"을 기억하고 있는 것이다. 꽃잎은 떨어졌어도 꽃잎 위로 불고, 꽃잎에 일던 바람은 소멸되지 않고 어딘가에 남아 있을 것이다. 그렇기에 시인은 "꽃잎 진 자리에서/ 향(香)은 손으로 잡을 수조차 없"어도, "쓰리고 아픈 잎이/ 슬그머니 돋아"나도 절망하지 않는다. 그 바람에 대한 기억의 힘으로 "네가 없어도/ 사랑하는 법을 가꾸고/ 북돋으며 살아야겠다"고 긍정적으로 노래할 수 있기 때문이다. 이 시는 '낙화'에 내포된 향기의 사라짐 또는 소멸이 아니라 '낙화' 이전의 꽃에 일던 향기를 담은 바람을 통해 향기의 지속성, 영속성을 보여준다고 할 수 있다.

　　곰솔밭과 바다 사이

백사장에서 흩어진 마음을 찾을 수 있을까

이른바 참선(參禪) 같은 것

전혀 중단이 없는 물결이

그냥 밀려왔다가 밀려가고 있는

이 지상의 한켠

어디에서 이야기의 말머리를

찾아낼 수 있을까

완전히 하나가 되어 나눌 수 없는

바다는 바람에 날아가기라도 할 듯

자꾸만 몸을 흔들어댄다

누구든 마음에 중요하게 여겨

생각할 거리가 되지 않는다

망상은 죽 끓듯 끓고 있는데

어떻게 말머리를 안다 할 수 있는지

고개를 숙이는데

아, 물결이 지난 자리에

깊숙이 새겨져 있는

물발자국, 이것은 분명한 업(業)이다.

지워지지 않는 말머리의 생명이다

설명하지 않는 데 있는

또 설명될 수도 없고

설명해도 아무 소용이 없는

스스로 눈을 떠서 실제 보게 해주는

영생(營生)의 물발자국을 본다

- 「물발자국」 전문

구재기의 최근 시에서 보이는 화엄의 세계는 시 「물발자국」에서 절정을 이룬다. 끊임없이 "죽 끓듯 끓고 있"는 망상에 사로잡힌 시인은 모든 것을 끌어안고, 세상의 향기를 품고 있는 바다로 향한다. 망상을 잠재우고 싶은 욕망을 담은 채 말이다. "곰솔밭과 바다 사이/ 백사장에서 흩어진 마음"을 찾고 싶은 것이리라. 그러나 시인은 "전혀 중단이 없는 물결이/ 그냥 밀려왔다가 밀려가고", '바람에 날아가기라도 할듯/ 자꾸만 몸을 흔들어"대는 바다를 보며 쉬이 망상을 떨쳐버리지 못한다. 마음의 중심을 잡지 못하고 있는 것이다. 그러다가 시인은 "물결이 지난 자리에/ 깊숙이 새겨져 있는/ 물발자국"을 발견한다. "지워지지 않는 말머리의 생명"을 본 것이다. "설명하지 않는데 있는/ 또 설명될 수도 없고/ 설명해도 아무 소용이 없는" "영생(營生)의 물발자국"을 보며 화엄의 경지에 있는 바다의 이면을 엿본다. 그리하여 그는 파도 속에서, 밀물과 썰물 속에서도 "참선(參禪)"하는, 흔들림 속에서도 중심을 잡고 '물발자국'을 내는 바다에 경의를 표한다. 바다를 통해 화엄의 세계를 보고, 인생의 길을 터득한 것이다.

구재기의 신작시를 이끌고 있는 원동력은 고희를 맞이한 시인 특유의 포용력으로 모든 것을 감싸고 본래의 의미를 되찾고자 하는 화엄의 세계라 할 수 있다. 매미의 울음소리, 벌떼, 굴의 향기, 낙화, 물발자국 등 그의 눈에 포착되는 사물들에는 화엄의 향기가 묻어 있다. 앞으로 그의 시 속에 펼쳐질 자연과 인간의 세계에 어떤 '경의'의 내용이 담길지 궁금해진다.

-『시에』 2020년 여름호

여백의 미, 동행의 미

- 강신용의 신작시

　강신용 시인은 올해로 등단 40년을 맞이한다. 1981년에 『현대시학』
으로 문단에 데뷔한 그는 지금까지 6권의 시집을 상자하였다. 첫 시집 『가
을城』(1985)을 펴낸 뒤 『빈 하늘을 바라보며』(1990), 『복숭아밭은 날 미치게
한다』(1993), 『나무들은 서서 기도를 한다』(2003), 『목이 마르다』(2013), 『어
느 날 여백』(2018)을 내놓은 것이다. 거의 6년 만에 한 권의 시집을 발간하
였으니 과작의 시인이라 할 수 있다.

　그는 감정이나 정서를 군더더기 없이 잘 표출하는 서정 시인이다. 그
는 난해하거나 허무하지 않고, 한결같이 대상을 따뜻한 시선으로 한 폭의
수채화처럼 그려낸다. 그 힘은 끊임없는 자기 갱신에서 나온다. "나를 쳐
다오/ 나를 쳐줘야 나는/ 살아 갈 수 있다/ 치면 칠수록/ 더 큰 소리로 숨
쉴 수 있다/ 실컷 얻어맞아야/ 내 삶이 깊어질 수 있다"(『종』)라고 노래한
것처럼 그는 잠시도 머무르지 않고 뚜벅뚜벅 앞으로 나아간 시인이다. 아
직 경험하지 못한, 다가올 세상을 위해 좀 더 길고 깊은 호흡을 준비한 것
이다. 그의 또 하나의 힘은 자신의 삶의 자양분을 심어준 고향과 어머니
에서 비롯된다. "복사꽃 흩날려/ 기적 소리 아른대는/ 시의 나라"(『조치원』)
인 고향과 "언제 불러 봐도 싫지 않은/ 그렇게 둥글고 따뜻한"(『엄마·3』) 어

머니가 각각의 시집 속에 존재하며, 시집과 시집을 이어주는, 보이지 않는 힘으로 작용하고 있다. 그의 시세계를 이끌고 있는 이 두 힘이 있는 한, 그의 시적 행보는 답습이나 순환이 아닌, 끊임없이 새로운 모습으로 나아갈 것으로 보인다.

그의 최근작 「설움 한 되」, 「홍시 2」, 「귀 울음」, 「석양 5」, 「가을 산책」 등에서도 이러한 모습을 어렵지 않게 볼 수 있다.

> 우리 엄마 장롱 속에는
> 설움 한 되 살고 있었네
> 나 어느 날 그곳에 들어가
> 한바탕 울어 젖히고
> 끝끝내 지워지지 않을
> 엄마의 가슴으로
> 가장 서럽게 살고 싶었네
>
> ― 「설움 한 되」 전문

'엄마'의 연작시에 해당될 만큼 어머니에 대한 그리움이 짙게 배인 시이다. 어머니가 부재한 현실 속에서 어머니에게 다가가기란 쉽지 않다. 그리하여 그는 어머니의 '낡은 사진'(「엄마·4」)을 꺼내 어머니를 자주 호명한다. 어머니를 읊조리면 세상이 환해지고, 어머니를 떠올리면 힘이 솟구치기 때문이다. 그에게 어머니는 상징계로 진입하기 전의 '상상적 어머니'의 상태로 머물러 있다. 상상적 어머니는 그의 영원한 친구이자 연인이다. 어머니의 '장롱'은 어머니에게로 가는 또 하나의 매개가 된다. 장롱은 옷 등을 넣어두는 가구로, 어머니에게는 필수적인 물건이다. 시집올 때 같이 따라 왔을 어머니의 장롱은 어머니의 부재 이후에도 살아남아 어머니의 삶의 고단함과 설움이 그대로 간직되어 있다. 가난했던 시절 장롱 속을 가득 채운 것은 어머니의 한숨이었을 것이다. 경제적 궁핍으로 인한 막막함과 답답함, 서러움 등이 고스란히 담겨 있었을 것이다. 장롱 앞에 서 옷을 넣고 꺼내며 어머니는 무심한 듯 많은 고뇌의 시간을 보냈을 것이다. 시인은 어머니의 장롱을 통해 그녀의 설움을 읽어낸다. 어머니의 손때가 묻은 장롱의 이면, 어머니와 함께 한 서러운 시간들을 엿보고 있는 것이다. 오랜 세월에 걸쳐 켜켜이 쌓인 어머니의 설움을 시인은 "한 되"로 표현한다. 어머니가 겪었을 설움의 시간이 많음을 비유적으로 표현한 것을 어렵지 않게 짐작할 수 있다. 그러나 시인은 어머니의 설움을 발견한 것에 머무르지 않는다. 그는 "끝끝내 지워지지 않을/ 엄마의 가슴"으로 살고 싶은 욕망을 드러낸다. 장롱에 들어가 어머니의 설움을 공감하며 고단하고 힘든 세월을 이겨낸 어머니를 위무해 주고 싶은 욕망을 표출하고 있는 것이다.

장롱 속에 남아 있는 어머니의 설움을 간파한 그는 자신에게 찾아온 '귀울음'에 관심을 기울인다.

소리와 함께 잠을 청합니다
시도 때도 없이 찾아와
윙윙 바람 소리 자아내는 밤

고요가 그리워
묵은 시집을 펼쳐보지만
아무 소용이 없습니다

어디서 왔을까요

내 몸의 평화를 허무는 그 무엇

소리와 함께 어둠을 베고 눕습니다
어릴 때 동생과 함께 하늘 바라보며
별을 세었듯이
하나 둘 셋 숫자를 헤아리며
싸악싸악 파도 소리 빚어내는 밤

－「귀울음」 전문

시인은 고요를 깨뜨리는, "시도 때도 없이 찾아"오는 귀울음 때문에 불편함을 느낀다. 그는 이 귀울음을 잊기 위해 "묵은 시집"을 펼쳐보기도 하지만 음원(音源)이 없는, 외부 자극이 없는 "윙윙 바람 소리"는 쉽게 멈추지 않는다. 이때 그는 "내 몸의 평화를 허무는" 귀울음이 어디에서 왔는지를 성찰하게 된다. 그리고 '귀울음'과 동행한다. "어릴 때 동생과 함께 하늘 바라보며/ 별을 세었듯이/ 하나 둘 셋 숫자를 헤아"린다. 귀울음이 "싸악싸악 파도 소리"로 변하게 된 것이다. 시력(詩歷) 40년이 된 시인에게 '귀울음'은 이제 떨쳐버려야 하는 대상이 아닌 동행해야 되는 대상이 된 것이다. 그리하여 그가 그리워한 고요와 귀울음이 함께 어울리게 된다. 오랫동안 함께 하는 과정에서 나는 몸의 다양한 소리를 삶의 일부로 받아들인다. 인과 관계에 의해 명확하게 인식하던 삶에서 서서히 인과 관계에서 벗어난, 예외적인 상황도 받아들일 수 있는 삶으로 변화한 것이다. 시인의 오래된 내공을 읽을 수 있다.

어머니의 장롱 속에 있는 설움을 보고, 자신의 몸에서 나오는 귀울음을 성찰한 그는 홍시를 목도한다.

허공에 매달려 있다

찬바람 불면

온몸으로 기도를 한다

끝끝내 제 몸 놓아주지 않는

저 고집, 홍시는

홀로 추운 날들을 견뎌야 하는

빈 가지의 외로움을 알고 있다

- 「홍시 2」 전문

위 시는 홍시를 통해 외로움에 대한 새로운 의미를 엿볼 수 있는 작품
이다. 늦가을 감나무에 홍시 몇 개 달린 것을 어렵지 않게 볼 수 있다. 흔
히 까치밥으로 남겨둔 것이라고 생각한다. 그러나 시인의 눈은 외로움에
가닿는다. 홍시의 입장에서 보고 있는 것이다. 감나무 잎이 떨어지고, 홍
시가 떨어져도 외롭게 끝까지 남으려고 하는 것이 "홀로 추운 날들을 견
뎌야 하는/ 빈 가지의 외로움"과 함께 하려는 데에서 비롯된 것임을 알게
된다. 홍시가 홀로 외롭게 달려 있다는 생각에서 한 차원 더 나아가 빈 가
지의 외로움을 간파한 것이다. 귀울음과 동행하고 있는 것처럼, 시인은
홍시를 통해 외로운 빈 가지와의 동행의 의미를 보여주고 있다. 외로운
대상들이 덜 외롭게 하기 위해 동행하게 하려는 시인의 의지를 엿볼 수 있
다. 외로움의 몇 겹을 읽을 수 있는 시인의 혜안도 보인다.

빈 가지와 홍시의 외로움을 읽은 시인은 인생의 석양에 대해 노래한다.

어느 듯

노을이네요

내가 살아온 날들도
촘촘히 멀어져 갔어요

떠난다는 말도 없이
사랑은 가고

그대 없는
세월을 살아요

함께한 날들
사라져 갔는데

다시는
돌아올 수 없는데

바람은 여전히 불어오고요
구름은 여전히 이리저리 떠다니네요

과거는
흘러간 노래처럼 추억으로 떠돌지만

이제는
모든 것 잊을 수 있다지만

그래도
사랑은 사랑으로 남아 있길 바래요

조금은 쓸쓸한 저녁 바람처럼

가만히 남아 있길 바래요

-「석양 5」 전문

　'석양'을 통해 황혼기에 접어든 인생을 쓸쓸하게 관조하는 모습을 보여주는 시이다. 젊은 시절 촘촘했던 삶이 멀어져 가고, 사랑도 떠나고, 함께한 날들도 점점 사라져 가는 것을 목도한다. 세월은 많이 흘렀지만, 그럼에도 바람은 여전히 불어오고 구름이 떠다니는 유동적이며 항상적인 모습을 본다. 그리고 과거의 아름다운 추억은 그대로, "사랑은 사랑으로" 남아 있기를 욕망한다. 모든 것이 사라져 가지만, "조금은 쓸쓸한 저녁 바람처럼/ 가만히 남아 있길" 희망하고 있다. 세월이 흘러 많은 것이 바뀌고 변화해 가는 것을 묵묵히 받아들이면서도 자신을 지탱해준, 치열한 삶 속에서의 결정(結晶)은 일정 정도 남아 있기를 바라고 있다. 이 시의 미덕은 '바람'에 있다. '석양'으로 대변되는 인생의 황혼이 일몰로 인해 사라지는 것이 아니라 유동성을 지닌 '바람'에 의해 이어지고 있기 때문이다. 촘촘하게 온몸으로 부대끼며 살아온 날들의 편린이 "쓸쓸한 저녁 바람"에 머물기를 소망하고 있다. '그래도', '조금은', '가만히'라는 시어에서 볼 수 있듯, 인생의 절정과는 다른 인생의 사양(斜陽)의 모습이라 할 수 있다. 인생의 황혼기에 찾아오는 쓸쓸함이 '바람'과의 동행을 통해 덜 외로워지는 것을 엿볼 수 있다.

　인생의 황혼기에 접어든 시인은 '가을 산책'을 즐긴다.

　햇살 쏟아지는 산길 걷고 있다 낙엽이 하늘 향해 두 팔 벌려 누워 있다 아련한 추억, 추억이라는 질긴 세월의 그늘, 잃어버린 길 위에 출렁이는 날빛, 함께 걷고 있다 구겨진 바람 만지고 있다

-「가을 산책」 전문

낙엽이 있는 햇살 쏟아지는 고즈넉한 산길을 산책하고 있는 풍경을 잘 담아내고 있는 시이다. 단순히 산책이 아닌, "질긴 세월의 그늘"과 "잃어버린 길 위에 출렁이는 날빛"이 동행하는 특별한 산책이다. 삶의 그늘과 그늘로 인해 "잃어버린 길" 위의 햇살이 만나 새로운 인생을 꿈꾼다. 그늘과 날빛의 동행은 "구겨진 바람 만지고 있다"라는 데에서 정점을 이룬다. 그늘로 인한 상처를 담은 "구겨진 바람"을 그늘과 햇살이 치유하는 장면에서 말이다. 음양의 조화를 통한 새로운 인생의 산책을 하고 있는 것이다.

강신용 시인의 최근작에는 삶의 여백이 잘 드러나 있다. 어머니의 장롱 여백을 통해 어머니의 설움을 읽어내고, 갑자기 찾아온, '귀울음'의 여백을 통해 동생과 별빛을 세던 유년시절의 모습과 실재한다. 그리고 홍시의 여백을 통해 감나무의 빈 가지의 외로움을 발견하게 되고, 석양의 여백을 통해 황혼기에 접어든 인생의 쓸쓸함을 엿보기도 한다. 또한 가을의 여백을 통한, 그늘과 햇살의 만남으로 구겨진 바람을 치유하는 것도 볼 수 있다. 그의 시에 보이는 여백은 단순히 덜 채워진 것, 채워진 부분의 나머지의 의미가 아니다. 구획되지 않은, 부분으로 나누어지지 않은 전체 속의 부분, 부분 속의 전체인 것이다. 따라서 그의 시의 여백은 그 자체로 의미를 지니며, 다른 대상들과의 동행을 꿈꾸는, 생성의 의미를 지닌다고 할 수 있다.

- 『시에티카』 2021년 상반기호

불교적 상상력과 유랑의식

- 이창식의 시세계

1. 불심과 어머니, 그리고 유랑의 만남

2011년 봄, 첫 시집 『어머니아리랑』을 발간한 이창식 시인은 6년 만에 두 번째 시집 『눈꽃 사원』을 세상에 내놓는다. 1994년에 등단하여 두 권의 시집을 발간하게 된 것이니 거의 10년에 한 권꼴로 시집을 낸, 과작의 시인이라 할 수 있다. 시인이 그만큼 한편 한편의 시에 공을 들여 발표한 결과라 하겠다. 그의 시에는 국내외 사찰뿐만 아니라 역사, 문화, 인물 등이 다양하게 포진되어 있다. 따라서 그의 시를 제대로 이해하기 위해서는 시적 내용에 대한 충분한 이해가 필요하다. 이는 귀감이 될 만한 다양한 내용을 시로 형상화하는 과정에서 생긴 자연스러운 현상이라 할 수 있다. 그의 시는 서사성을 띤 산문시의 성격이 강한 편이다. 이는 그의 전공인 '민속학'과 밀접하다고 할 수 있다. 민속학은 '민간에 전해 내려오는 풍습, 습관, 신앙을 과학적으로 연구하는 학문'으로, 지속성과 변이성을 내포한다. 이러한 그의 민속학적 사유에 의해 포착된 시적 대상은 자연스럽게 서사성을 띠게 되고, 이를 담아내기 위해서는 다소 긴 형식의 시가 필요했던 것으로 보인다. 그리고 그는 이러한 형식을 소화하기 위한 시적 장치로 민간에 전승되는 민중의 소박한 생활감정을 담은 '아리랑'을 차용한다. 그리하여 이창식 시인만의 독특한 서사성을 띤 '아리랑의 시'가 나오게 된 것이다.

첫 시집에서, 불교와 신화적 상상력을 바탕으로 한 '사모곡'을 노래한 것에서 알 수 있듯이 그의 화두는 '어머니'이다. 모든 것들이 어머니로 시작되어 어머니로 회귀한다. 그는 이 시집에서 "어머니의 화두가 가진 공유의 친근성"을, 그리고 "효심의 보편적 가치와 모자동행(母子同行)의 이치"를 담아낸다. 차안(此岸)의 세계에서 피안(彼岸)의 세계에 이를 때까지 지극정성으로 어머니와 동행하며 어머니와의 또 다른 만남을 이어가고 있다. 첫 시집이 어머니의 49재에 맞춰 발간된 것이라면, 이번 두 번째 시집은 어머니가 떠난 이후 자신의 삶을 돌아보게 되는 이순에 맞춰진 것이라 할 수 있다. 이 시집에서는 첫 시집의 화두인 '어머니'에서 시적 영역이 좀 더 확장된다. 여전히 어머니의 자장에서 완전히 벗어나지 못하고 있지만, 그럼에도 그는 나의 어머니에서 타자의 어머니로 시적 포물선을 넓히고 있다. 그리고 시인은 여행을 통해 귀감(龜鑑)이 되는 대상과 만나 끊임없이 자기 갱신을 도모하고, 나아가 태어날 때의 갑으로 다시 돌아온, 그러나 다른 나로 돌아온 자아를 발견한다.

그의 시적 여정의 근간이 되는 것은 불교적 상상력과 어머니이다. 이를 뒷받침하고 있는 것은 무언가 새로운 것을 계속 찾아나서는 '유랑의식(유목민적 상상력)'과 시적 감성을 돋우는 흥겨운 노래가락인 '아리랑'이다. 때문에 그의 시적 여정은 미로에서 헤매는 유랑이 아닌, 불교적 상상력과 어머니의 자장에 놓여 있는, 신명나는 유랑인 것이다. 이 점이 다른 시인들과 차별되는, 그만의 시세계라 할 수 있다.

2. '어머니의 이름으로'를 넘어

시인처럼 '어머니'에게 지극 정성인 시인이 또 있을까? 첫 시집 『어머니아리랑』에서 "상당 부분 어머니 심상과 모성애 상상력으로 쓴 시"들을 선보인 그는 독자들에게 "어머니의 가치, 어머니의 창조성, 어머니의 손길의 스토리텔링"을 생각할 수 있는 기회를 제공한다. 불교적 색채를 띠면서도 잠언시의 형태로 이 세상의 어머니의 보편적인 따뜻한 보살핌과 몸을 아끼지 않는 헌신과 지속적인 사랑을 표출한다. 자애로운 어머니인 자모(慈母)의 전형을 보여주고 있는 것이다. 6년 전, 95세의 일기로 생을 마감하였지만 여전히 시인에게 어머니는 떠나신 것이 아니라 함께 "살며 가는" 존재인 것이다.

어머니 마음 데리고
늦봄 오늘 백두산 천지 보러 가요.
눈 속 꽃들도 때를 놓칠세라,
온 능선에서 조금씩 수를 놓기 시작해요.
어머니 마음이 먼저 와서
정갈하게 앉아 초록잎과 말해요.
아들아 내 생전에 의림지 함께 걸으며
조선 소나무와 우리 셋이 하나로 어울려
조근조근 나눈 것처럼
의림지 형인 천지를 바라보며
다시 소곤소곤 신화를 말하자구나.
어머니, 행복하지요.
생전에 손잡고 못 왔지만,
늦봄 백두산 천지 눈부신 날에

아들 눈으로 영산(靈山)과 놀아요.

실껏 보세요, 아주 즐겁게 놀아요.

어머니 마음과 함께하는 여행

어머닌 연신 앞서서 아들을 부르지요.

모처럼 마음 속의 여행,

그걸 어머닌 천지 가는 길에 깨닫게 하지요.

어머니, 참말로 고마워요.

마음공부, 늦봄 철잔치하는 백두산에서

제대로 하고 있지요.

천지를 왜 하늘물이라고 하는지 느낄 즈음

어머니 마음, 나비처럼 가볍게

맘대로 오르며 숲, 풀, 꽃 금을 긋고

진한 여름 오는 천지 길로 앞서 가지요.

가면서 백두대간 푸른 신화를 노래처럼

아들에게 꼬박꼬박 챙겨 말해요.

- 「천지 가는 길」 전문

백두산 천지를 보러 가는 시인은 이곳에 가보지 못하고 돌아가신 어머니의 마음과 동행한다. 평소 이곳에 가보고 싶었을 어머니를 뒤늦게나마 보여드리려고 어머니를 호명한 것이라 할 수 있다. 둘은 마치 살아있는 듯 천천히 대화하면서 천지에 오르고 있다. "아들아 아들아 내 생전에 의림지 함께 걸으며/ 조선 소나무와 우리 셋이 하나로 어울려/ 조근조근 나눈 것처럼/ 의림지 형인 천지를 바라보며/ 다시 소곤소곤 신화를 말하자구나."라고 어머니는 말하고 있다. 시인은 "늦봄 철잔치하는 백두산"에서 제대로 '마음공부'를 하고 있는 것이다. 이 시에서 '천지(天池)'는 중의성을 띤다. 즉, 백두산의 정상에 있는 못이라는 의미와 어머니의 마음을 만날 수 있는 천상계(天上界)의 의미를 지니고 있다. 시인이 이처럼 '천지'를 어머니와 동행하는 것은 어머니에 대한 회한과 진한 그리움을 표출하기 위한 것이라 할 수 있다. 어머니를 늘 가슴에 품고 다니며 정성으로 사모곡을 노래하던 시인은 이제 어머니와 서서히 이별하려고 한다. 생명이 잉태되기 이전의 세계인 원래의 세계로 돌아간 어머니를 편안하게 쉴 수 있도록 하려는 것이다.

자신의 어머니를 끊임없이 노래해온 시인은 시적 영역을 넓혀 타자의 어머니를 목도한다. 자신의 어머니에서 우리의 어머니로, 개인의 어머니에서 모두의 어머니로 대상을 확장하고 있는 것이다. 그리하여 그는 우리들의 귀감이 되고 있는 '어머니'를 서서히 호명하기 시작한다. 특정한 시대나 관점에 사로잡히지 않고, 시대를 초월하여 다양한 시선으로 타자의 어머니를 호출하고 있는 것이다.

산수유 무더기 핀 외딴 집
홀어머니와 외아들 서로 나직한 목소리로
떠나거라 아들아, 세 번 권하다
어머니, 떠날 수 없다고 세 번 사양하다.
불사(佛事)에 솥까지 시주하고
어머니에게 솥 대신
기와(瓦盆)로 밥을 지어올리다
어머니 마음을 헤아린 아들 진정(眞定),
결국 태백산 의상대사에게 안기다.
어머니 돌아가시자 아들 가부좌로 선정 들어
어머니의 깊은 데를 깨닫다.
진정의 어머니를 위한 스승 의상대사 사제동행,

소백산 추동 화엄대전(華嚴大典) 강론하다.

끝나자 아들 진정의 꿈에

어머니 나타나서 나직한 목소리로

나는 이미 하늘에 태어났다(我已生天矣)라고.

지금도 소백산 영춘 비마루사지에는

초파일마다 풀등 하나 달고

가부좌 튼 석불, 눈물 흘러내리다.

산수유 꽃등도 함께 골짜기 가득 환하다.

- 「소백산 추동기(錐洞記)」 전문

위 시는 진정(眞定)의 효심과 득도에 대한 강한 집념을 엿볼 수 있는 작품이다. 자신 때문에 의상대사에게 가지 못하는 아들의 마음을 읽은 어머니의 불심과 헌신을 읽을 수 있다. "불사(佛事)에 솥까지 시주하고/ 어머니에게 솥 대신/ 기와(瓦盆)로 밥을 지어올"린 진정은 "어머니의 마음을 헤아린" 후 결국 "태백산 의상대사에게" 떠난다. 이후 진정의 어머니는 돌아가시게 되고, 의상대사는 돌아가신 진정의 어머니를 위해 진정과 함께 "소백산 추동 화엄대전(華嚴大典) 강론"을 펼친다. 그 강론이 끝나자 어머니가 진정의 꿈에 나타나 "나는 이미 하늘에 태어났다(我已生天矣)"라고 하여 진정은 이후 불교에 더욱 심취하여 의상대사의 훌륭한 제자가 된다. 진정의 어머니에 대한 효심과 불교에 대한 강한 실천의지를 엿볼 수 있다. 태국 치앙라이 출신 예술가인 짜럼차이에 대해 노래하고 있는 시도 눈여겨 볼 만하다. 그는 어머니 현몽으로 전재산을 다 바쳐 1997년부터 눈꽃사원을 건립하고 있다. 불교화가이자 건축가인 그는 소년원에 갈 정도로 문제아였는데, 그가 죄를 씻기 위해 무너져 가는 사원을 허물고 전 재산을 바쳐 이 사원을 짓기 시작한 것이다. 사원의 입구에는 구원을 열망하는 수백

개의 손들이 있는데, 지옥을 표현했다고 한다. "백색테러가 눈(雪)을 부셔 꽃절이 되었는데/ 황금색보다 더 순결하다. / 짜럼차이 어머니 죄값이/ 저토록 순백색으로 씻겼구나"라고 표현한 데서, "부처님 뜨락에 하얀 얼굴 어머니,/ 흰 미소 머금고 다시 만날 날 기약하고서/ 돌아서 나오는데 흰코끼리떼 따라 오다"(『눈꽃사원』)라고 한 데서 어머니에 대한 자애로움과 진한 그리움을 볼 수 있다.

진정과 짜럼차이의 어머니를 노래한 시인은 정조의 어머니인 혜경궁 홍씨에게로 다가간다. 시인은 시 「정조의 어머니, 혜경궁 홍씨」를 통해 젊은 시절 남편 사도세자를 잃고 오로지 아들을 온전하게 왕위에 오르게 하기 위해 모든 것을 인내하고 헌신한 혜경궁 홍씨를 기리고 있다. 남편 잃은 슬픔을 「한중록」에 담아두고, 아들을 임금 되게 하기 위해 모든 것을 감내한, 장한 어머니를 추모하고 있는 것이다. 시인은 "무탈하게 아들 용상에 앉게 하려고/ 부처님 전에 수륙재(水陸齋) 올리듯/ 지극하게 챙기"고, "온갖 감언이설에도 오직 아들 지키고자/ 안으로 울음 삼"킨 혜경궁 홍씨를 통해 진정의 어머니 못지않은 자모(慈母)의 전형을 발견한다. 그리고 자신을 위해 헌신하고 사랑을 아끼지 않은 어머니에 대한 정조의 지극한 효심도 읽는다. 그는 "당신이 쓴 비망록엔 핏물이 흐르지만,/ 이 아들, 용주사 부처님 자비로 용서하지요"라고 노래하며 아버지(사도세자)를 뒤주에 가두게 하고, 죽음으로 몰고 간 신하들을 응징하려는 마음을 부처님의 자비로 다스린 정조에 대해서도 감탄한다. 이렇듯 시인은 불심이 함축된 혜경궁 홍씨의 자애로움과 헌신, 그리고 정조의 효심을 읽어내고 있는 것이다. 그리고 조선시대 뛰어난 서예가로 이름을 떨치게 한 한석봉의 어머니의 지혜를 읽을 수 있는 시 「한석봉 어머니」와 조부 김익순을 비판하는 내용으로 과거에 급제했으나 조부인 것을 알고 평생 삿갓을 쓰고 다닌 김병연의 어머니의 안타까운 심정을 드러낸 시「김삿갓어머니 이씨」에서도 타자의 어머니를 호명하고 있는 것을 볼 수 있다. 또한 우리나라를 일본의 식민지로 만드는 핵심적인 역할을 한 이토 히로부미를 암살한 안중근 의사의 어머니를 추모하는 시「그때 그 자리 아리랑」과 김구를 훌륭한 독립운동가로 키운 어머니이자 여류독립운동가인 곽낙원을 기리는 시「김구 어머니」도 같은 맥락으로 읽을 수 있다. 이처럼 시인은 끊임없이 시인의 어머니를 넘어 본보기가 될 만한, 훌륭한 타자의 어머니를 지속적으로 호명하고 있다. 자신의 어머니를 넘어 타자의 어머니를 통해 시공을 초월한 어머니들의 삶의 지혜를 얻으려는 시인의 적극적인 의지를 보여준 것이라 할 수 있다.

3. 귀감(龜鑑)에서 귀감(歸感)으로

타자의 어머니를 끊임없이 호명한 시인은 이제 자신의 삶에, 그리고 '지금-여기'를 살아가는 사람들의 삶에 귀감이 될 만한 대상을 끌어온다. 세상의 거울이 되고, 인생의 거울이 된 다양한 대상을 말이다. 시인뿐만 아니라 화가, 민속학자, 승려 등 각양각색의 대상들을 시로 형상화한 것이다. 여기에는 귀감의 내용을 통해 많은 이들에게 그들의 지혜를 제공하기 위한 의도와 자신 또한 그들처럼 귀감의 대상이 되었으면 하는 욕망이 함축되어 있다고 할 수 있다. 먼저 두보의 고향을 다녀온 후 쓴 시를 보기로 한다.

두보, 당신의 이름으로

당신의 시를 잔잔히 때론 느리게 읽었는데
불심가피처럼 여름 길 위 내 마음 안으로
시신(詩神)을 깊게도 영접하였네.

두보, 당신의 이름으로
당신이 태어난 고리(故里)를 걸었는데
무애무념처럼 뜨락 석류 몇 알
시가 되어 나에게 아리랑으로 들렸네.

두보, 당신의 이름으로
당신의 어릴 적 모습과 회후(廻後)하는데
이심전심처럼 떼구르 굴러온 시 한 장
그 속으로 들어가 당신과 하나 되었네.

-「두보아리랑」 전문

두보의 고향을 방문한 뒤 두보와 그의 시에 대해 더 심취하게 된 내용이 잘 담겨있는 시이다. 시인은 두보의 시가 자신의 품에 들어온 과정을 표출한다. 예전에는 두보의 시를 꼼꼼히 읽어 시신(詩神)으로 대했고, 그의 고향에 방문했을 때는 "무애무념처럼 뜨락 석류 몇 알/ 시가 되"었으며, 그리고 "당신의 어릴 적 모습과 회후(廻後)"했을 때에는 "이심전심처럼 떼구르 굴러온 시 한 장/ 그 속으로 들어가 당신과 하나"가 된다. 시인이 두보의 삶과 문학에 완전히 동화되었음을 보여주고 있다. 그리고 그는 "가을술 백취옹께/ 올리는 예술잔치,/ 청풍강 굽이굽이/ 옥소산 뭉게뭉게/ 간곡히/ 잔 올리는 뜻 감응으로 통하소서."(「옥소(玉所)를 위한 풍류시조」)라고 노래하여 관직보다는 문학쪽을 선택하여 일생을 탐승(探勝) 여행과 문필 활동으로 보내며 많은 문학작품을 남긴 권섭을 기리는 시를 발표하기도 한다. 이처럼 귀감이 될 만한 시인을 찾아 시로 형상화하고 있다.

그리고 시인은 운보 김기창 화백을 모셔놓은 운보미술관을 다녀온 느낌을 적기도 한다. 어릴 적 청력을 잃은 운보는 '바보'처럼 하늘과 대화하며, 어린 아이들의 세계를 그리는 작품을 남긴다. "아뿔사 방귀소리 전혀 듣지 못하고/ 더구나 천둥소리 눈치채지 못하고/ 때론 덩달아 마음으로 느끼는구나."(「바보그림」)라고 노래하여 운보의 깊은 뜻을 헤아린다. 그는 "마음으로 느끼는" 것의 중요성을 깨닫는다. 이를 통해 자신의 학문과 창작에 대한 자아성찰의 계기를 마련하기도 한다.

또한 시인은 민속학(민요)의 개척자이자 권위자인 임동권 박사를 추모하는 시를 발표한다.

> 민요에 일생을 묻은 당신,
> 일제강점기의 참된 민족시를 찾아서
> 먼 민속 뒤란길로 나선 당신,
> 소설 쓰고 싶은 초심도 버리고
> 겨레의 소리, 아리랑에 빠진 당신,
> 그 고단한 발품 모아
> 지금, 당찬 민요박물관 한 채 지어놓고서
> 홀홀 떠나신 당신,
> 영원히 살 민요학 길 만든 것처럼
> 그 길로
> 월산(月山) 그늘, 뭇산들이 따르고 있다.
> 온 듯이 다시 간 듯이 무수히
> 강릉단오굿판의 영산홍,
> 섬 아낙의 산다이, 해녀소리

부여 산유화, 상주 모노래

그 흐드러진 소리 뒤로 잔뜩 남겨놓은 당신,

민속학의 큰 스승,

삼가 경배하는 앞에

상여소리가 만장처럼 펄럭이고 있다.

옷깃 여미고서 큰달뫼 바라보며

극락왕생 축원가와 같은

월산아리랑을 다같이 부르고 있다.

-「월산민요박물관 - 임동권 박사 영전에」 전문

　　위 시는 평생을 민요에 몸담은 민속학자인 임동권 박사에 대한 헌사라 할 수 있다. 시인은 일제강점기 참된 민족시를 찾아 먼 민속 뒤란길로 떠난 당신을, "겨레의 소리, 아리랑에 빠진 당신"을 무척 그리워한다. "강릉단오굿판의 영산홍,/ 섬 아낙의 산다이, 해녀소리/ 부여 산유화, 상주 모노래" 등을 오롯이 되살려놓은 데서 그의 진가를 발견할 수 있다. 그리하여 그는 "극락왕생 축원가와 같은/ 월산아리랑"을 부르고 있다. 그리고 시인은 같은 민속학의 길을 걸어온, 비교민속학의 기틀과 대들보를 마련한 최인학 박사의 팔순을 기리는 시를 발표하기도 한다. "동심동화의 집 문살에서 마당까지/ 손수 넓힌 게 보"이는 집, "달을 먹어 환하게 정갈한 집"(「공부집」)을 지은 학자의 삶과 학문적 성과를 높이 평가하기도 한다.

　　불심이 깊은 시인은 승려들의 삶을 통해 많은 깨달음을 얻는다. 그는 이차돈의 순교비를 보며 불교의 정착을 위해 목숨을 바친 이차돈의 숭고한 뜻을 본다. "목을 버려 오히려 영생을 얻은" 이차돈을 보며, 그를 통해 "때로는 소중한 걸 버릴 때/ 더 나은 세계를 밝히는 길이 되는 법"임을 깨닫는다. "꽃나운 나이에 꽃보다 더 아름다운 사람"의 길과 "장엄한 소멸도 거듭 생명나무로 사는 법"(「이차돈순교비」)의 소중함을 느끼게 된다. 그리고 제천의 송화사 주지인 경암 스님을 칭송하는 시를 쓰기도 한다. 현재 제천문학의 한 축을 담당하고 있는 제천문학회의 결성과 『제천문학』의 창간에 많은 기여를 한 스님의 숭고한 정신을 배우려 하고 있다. 경암 스님은 1973년에 제천시 봉양읍 팔송리에 송화사를 짓고 포교를 시작하여 1993년에 노목계곡 옆으로 이전하여 중창불사(重創佛事)하였다. 이 절은 2006년에 대한불교 불입종(佛入宗) 총본산으로 승격되기도 하였다. 오로지 불심으로 송화사를 지키고 있는 경암 스님을 통해 깨달음을 얻는다. "당신이 있었기에 올곧게 꽉찬 골안절"이라고 하고 "산문 밖 문이 없는 곳에도 당신"(「송화사아리랑」)이 존재한다고 노래한다. 이처럼 시인은 이차돈과 경암 스님 등을 통해 그들의 숭고함을 읽고 있는 것이다.

이처럼 '지금-여기'에 귀감(龜鑑)이 될 만한 시인, 화가, 민속학자, 승려 등의 숭고함과 치열함을 발견한 시인은 귀감(歸感)으로 나아간다.

겨울 깊은 시간에 드디어 가우디 당신을 보았다.
비스듬한 쌓기, 기둥의 물구나무서기
하늘빛과 파도자락 동시에 때렸다.
동화 속 도마뱀처럼 놀고 있는 당신,
구엘성채마다 꿈을 품은 당신 생각을 찍었다.
예전 몬세라트 바위산에서 얻은 기도영감,
스페인의 얼굴인 성가족성당으로 그려내었다.
잠시 당신의 상상학교에서 넋을 놓으며
구엘의 돈과 당신의 치명적인 마음을 읽었다.
카사바트요에 흐르는 바다
산이 춤추는 카사밀라
성가족성당 안에서 갇혀 길을 잃었다.

순간 신비체험이 끝나자 벅찬 빛이 차오르고
내 심연에는 몬세라트 마리아 어머니
관음보살 어머니 겹쳐 들어왔다.
오, 당신의 발칙한 미래를 장엄하게 잡았다.

－「상상학교」 전문

　위 시는 스페인 최고의 건축가 가우디가 지은 건축물이 있는 곳을 "상
상학교"라고 노래하고 있는 작품이다. 시인은 신비하고 경이로운 건축 풍
경에 넋을 잃는다. 대부분의 건축물에서 볼 수 있는 직선이 아닌 곡선의
미를 잘 살리고 있는 가우디의 건축물을 통해 '상상학교'를 꿈꾼다. "비스
듬한 쌓기, 기둥의 물구나무서기/ 하늘빛과 파도자락 동시에 때"리는 모
습과 "동화 속 도마뱀처럼 놀고 있는 당신"의 모습을 보며 초월적 상상을
경험한다. 가우디가 만든 상상학교의 신비체험이 끝나자 시인은 "몬세라
트 마리아 어머니"와 "관음보살 어머니"가 시인의 내면 깊숙이 들어오는
것을 보게 된다. 동서양의 종교가 하나가 되는 것을 시인은 느낀 것이다.
또한 시인 자신과도 일체가 된다. 가우디의 신비한 건축물을 통해 "하나"
의 의미를 깨달은 것이다.
　그리고 덴동어미의 인생유전의 삶을 "화전놀이"의 흥겨운 삶으로 노
래하고 있는 시 「덴동어미아리랑」도 감성을 자극한다고 할 수 있다. 덴동
어미의 파란만장한 삶을 통해 '지금-여기'에서의 불행을 이겨내려는 의
지를 보이고 있는 작품이다. 첫 남편이 그네를 타다 떨어져 죽게 되는 슬
픔을 겪게 된 덴동어미는 이후 세 번에 걸쳐 재혼했으나 결국 일이 풀리
지 않아 실패로 돌아간다. 남편이 죽을 때마다 따라 죽으려 했으나 많은
여성들의 위로와 도움으로 생을 이어가게 된다. 고향인 순흥으로 "연어
처럼" 회귀한 그녀는 고향사람들의 따뜻한 보살핌으로 삶의 의욕을 되찾

는다. "흔들리지 않고 피는 꽃이 없"듯, 시적 화자는 파란만장한 삶으로 생긴 상처를 "화전놀이"를 통해 상처받기 이전의 삶으로 피어나기 시작한 것이다. 그녀는 '지금-여기'에서의 불행은 불행도 아니라는 듯, 화전놀이에서 자신의 슬픔을 주체하지 못하고 눈물을 흘리고 집으로 돌아가려는 청상과부에게 자신의 역경을 들려주며 위로하듯, 그렇게 불행을 극복하고 있는 것이다. 덴동어미 설화를 통해 '지금-여기'에서의 슬픔과 절망을 이겨내기 위한 감성적인 접근을 볼 수 있다. 제주도를 창조했다고 전해 내려오는 여신인 설문대할망에 대해 노래한 시인 「설문대할망 아리랑」도 같은 맥락에서 읽을 수 있다. 설문대할망은 제주도의 지형과 연관되어 전해 내려오는 신화 속 여신으로, 우리나라 대표적인 창조신에 해당된다. 이 여신의 이름에는 "한라산의 높이와 제주 바다의 깊이"가 있다. "천둥과 번개도 잠재우고/ 엄청난 파도와 홍수"도 잠재우는 전지전능한 힘을 지니고 있다. 설문대할망을 통해 "누구나의 어머니"의 넉넉한 품성과 따뜻한 온기를 느낄 수 있다. 그는 과거와 현재뿐만 아니라 앞으로 다가올 제주도의 "오래된 미래"와 함께 하고 있는 것이다.

4. 회귀에서 생성으로

이순을 맞이하는 시인은 삼척 고향에서 서울로, 서울에서 제천으로 살아온 삶들을 반추한다. 고향에서 유년시절을 보내고 서울에서 학창시절을 지낸 그는 제천에 내려온 지도 벌써 20년을 훌쩍 넘기게 된다. (제천에 관련된 시로는 「하얼빈아리랑」, 「큰소나무」, 「사뇌가-전인혁군과 그의 어머니」, 「의병의 날 노래」, 「순교행」, 「박달재 아리랑」 등이 있다.) 제천에 거주하며 학자의 길과 시인의 길을 걸어온 시인은 이순이 되자 자신의 심상지리인 삼척을 배경으로 한 시들을 표출하기 시작한다. 어쩌면 이순을 맞이하는 시인이 처음에 시작한 삼척에서 다시 새롭게 시작하려는 의지를 보이는 것인지도 모른다.

> 두타산은 백두대간의 장손이다.
> 두타산은 절집 한 채 알부도처럼 품고 있다.
> 절집 극락보전 마음 속 님 뵈러
> 제왕운기 지고 천은사(天恩寺)로 간다.
> 눈부신 절숲 오르는 길에 고려 돌절구,
> 밑바닥 뚫여 용안당 대장경이 보인다.
> 다람쥐 두 마리 돌절구 모서리를 깎고 있다.
> 깎아진 책갈피, 나뭇잎으로 날리고 있다.
> 고려 하늘이 뚫린 구멍 사이로 다시 보인다.
> 제왕운기 읽으며 천은사 돌계단을 오르자
> 나무물길이 물레방아를 돌리라고 한다.
> 산멕이하던 고려 사람들 풀이 되고
> 약초 캐던 삼척 사람들 쉬움산 돌이 되어
> 때론 물이 되어 천은사 고려정원에서 놀고 있다.
> 제왕운기 붓날이 천은사 깊은 마당을 쓸고 있다.
>
> ─「천은사 가는 길」 전문

천은사는 이승휴가 7언시와 5언시로 된 『제왕운기』를 지은 절로 유명하다. 『제왕운기』는 당시 대내외적으로 정치적, 사회적 현실에 대한 회의와 함께 새로운 사회의 희원(希願)을 시로 적은 것으로, 정치, 사회의 윤리를 역사를 통해 바로잡으려는 저자의 의지가 담겨 있는 책이다. 이곳에서 시인은 시공을 초월하여 "고려 하늘"을 보고, 그곳의 풀과 쉬움산 돌을 통해 이전의 사람들, "산멕이하던 고려 사람들"과 "약초 캐던 삼척 사람들"을 떠올린다. 시인은 이승휴가 다른 곳이 아닌 천은사에서 당시 정치, 사회의 미래상을 담은 『제왕운기』의 새로운 역사의식을 보고, 이를 고향인 삼척사람들의 미래상과 연결시키고 있다. 천은사가 품은 과거와 현재, 미래의 모습을 통해 삼척의, 삼척사람들의 희망찬 미래를 선취하려는 시인의 욕망을 읽을 수 있다.

그리고 일제강점기 삼척 원덕읍 임원에서 일어난 농민항쟁사건을 통해 역사적 아픔과 슬픔, 그리고 역사적 자부심을 느끼기도 한다.

> 동해 인연 꽃으로 오소서.
> 1914년 11월 그 날의 함성에는 해당화가 핀다.
> 마을마다 집집마다 끝 없는 울음소리
> 누구나 할 것 없이 조선낫과 갈구리를 들고
> 새날의 남화산 아침을 위하여
> 징을 두드린 소리가 들린다.
> 그대들의 용솟음 쳤던 외침
> 그대들의 핏발선 분노의 눈동자
> 임원리의 서슬퍼런 꽃이고 거센 파도였다.
> 그 날 민족사의 불꽃
> 삼척 사람답게 거세게 지폈다.
> 일제 부당측량에 맞서 승리깃발 드날리며
> 동해 임원항 희망의 닻줄 올렸다.
> 그 날 그 절체절명의 순간에도
> 막연한 안일보다 질풍의 대동정신으로
> 주먹 붉게붉게 움켜 쥐었다.
>
> -「임원리」 일부

일제의 부당한 측량에 저항하여 일어난 임원의 농민봉기는 "절체절명의 순간에도/ 막연한 안일보다 질풍의 대동정신으로/ 주먹 붉게붉게 움켜쥔" 사건이었다. 시인은 일제의 극심한 탄압 속에서도 "전의로 이글거리는 가슴 불심으로 다독이면서/ 항거의 깃발 아래 임원아리랑"을 부른 농민들의 숭고한 넋을 기리고 있다. 지금까지 제대로 그들의 넋을 위무하지 못한 것을 반성하며 "영원히 불성(佛性)으로 사는 그대들"과 지금 여기를 살아가는 이들과 "하나"가 되길 희망한다. "수륙재아리랑"을 통해 그들의 숭고한 영혼을 영원토록 기리고자 하는 마음을 담아내고 있는 것이다. 그는 남화산 길 "해당화"처럼 붉고도 강렬한 선조들의 저항정신을 숭고하고 아름답게 "환생"시키고 있는 것이다.

역사적 현장을 소개한 그는 동안거사 이승휴가 『제왕운기』를 집필한 '삼화사'로 들어간다. 그는 삼화사에서 어머니와 자신이 힐링이 되고 마음의 힘을 얻게 된 것을 노래한 시 「삼화사 친견기」를 발표한다. 이곳의 국행수륙대재가 중요무형문화재로 지정되고, 의례집인 『천지명양수륙재의 찬요』덕주사본(1579)과 갑사본(1607)은 2011년 6월에 강원도 유형문화재와 문화재자료로 지정되기도 하였다. 중요 문화유산이 있는 절 삼화사를 통해 삼척의 고유성과 중요성을 드러내고 있다. 이외에도 삼척을 예찬하고 있는 시 「삼척아리랑」과 죽서루에서의 첫사랑을 떠올리는 「첫사랑 죽서루」, 그리고 삼척에 있는 수로부인공원에 대해 노래하는 「수로부인공원」 등이 있다. 또한 고향 친구들과 격의 없이 지내는 풍경을 노래하기도 한다.

보름달이 강남스타일로 춤추다.
죽마고우, 아, 씨동무

동무 동무 씨동무 보리가 나도록 씨동무

씨알아리랑 부르며

쉰세대도 80년대 넥타이를 이마에 매고

말뚝박기 하듯이 말춤을 추다.

신나게 하나가 되다.

실컷 웃다가 바보처럼 보름달이 되다.

우리들도 싸이처럼 삼척스타일로 춤추다.

오징어 불 위에서 구워지듯이

촌티 풀풀 날리며 달, 보름달을 먹다.

노가리 먹듯이 질근질근 씹으며

환하게 마음을 비우는 추석날,

생기발랄, 자체발광 세상을 밝히다.

- 「추석 귀향」 일부

추석 명절을 맞아 고향에 돌아와 모처럼 친구들과 편안하게 즐기고 있는 시이다. 나이를 먹어감에 따라 고향친구들은 '원래의 상태'로 회귀하려한다. "동무 동무 씨동무"들이 모여 싸이의 "강남스타일"의 가락에 맞춰 "삼척스타일"로 춤을 춘다. 이로 인해 "생기발랄"해지고, 친구들의 모습이 모여 "자체발광 세상을 밝히"고 있는 것이다. 고향 친구들과의 만남이 소중한 것은 가식과 체면과 권위가 무화된다는 점이다. 시인은 '지금-여기'의 현실에서 요구되는 경쟁도 보이지 않는다. 유년시절에 익숙한 "삼척스타일"의 내용과 형식이 존재하는 그곳으로 회귀하고 있는 것이다.

시인은 단순히 고향으로의 회귀를 꿈꾸지 않는다. 이순을 맞이해 고향으로 회귀하려는 그는 그곳에서 새로운 전환점을 마련하려고 한다. 시인은 그곳에서 지금까지 살아온 삶이 '지천명'이나 '이순'과 다른 삶은 아니었는지, 과도하게 집착은 하지 않았는지, '자신'만을 위한 삶을 영위한 것은 아니었는지를 반추한다. 그리고 그는 "눈발에도 눈 뜨고 가라고/ 어둠에도 눈 뜨고 살라"(「목어루」)는 목어의 가르침대로, "진정 마음의 눈 뜨기"를 간절하게 욕망한다. 이렇듯 귀감의 대상을 찾고 회귀를 넘어 '생성'을 도모하려는, 시인의 유쾌한 유랑의식이 그만의 아름다운 시인의, 시의 길을 만들고 있는 것이다. 앞으로의 그의 시적 여정이 궁금해지고 기대되는 것은 이 때문이다.

- 『눈꽃사원』 해설, 2017년

연민의 시학

조민정의 시세계

1. 아웃사이더와 연민의식

조민정의 첫 시집『어디로 가나요, 샬리』의 키워드는 '연민'이다. 몇 편의 시에 연민의식을 보이는 다른 시인의 시집과는 달리 조민정의 시집에는 전반에 걸쳐 연민의식이 기저를 이루고 있다. 이렇듯 시인이 연민의 시선을 보내고 있는 이유는 무엇일까? 그것은 연민의식이 부재한 '지금-여기'의 현실에서 '연민의식'만이 아웃사이더로 밀려난 소외된 이들을 어루만지고 감싸안을 수 있다고 판단했기 때문일 것이다.

그의 시집에 등장하는 시적 대상은 다문화가정을 이루고 있는 이주여성, 노년을 힘겹게 보내고 있는 노인, 몸이 불편한 장애인 등으로, 이들은 대부분 결핍을 지니고 있다. 시인은 이렇듯 세상의 중심과는 거리가 먼 변방에 있는 이들의 생채기와 슬픔을 시로 형상화한다. 그의 시가 추상적이거나 관념적이지 않고 구체성을 확보하고 있는 것은 시인의 직·간접적인 경험을 통해 시가 쓰이고 있다는 점 때문이다. 한국어를 가르치는 과정에서, 봉사를 하는 과정에서 이주여성과 노인들을 만나고 대화하고 부대끼며 온몸으로 소통을 한 결과라 하겠다. 소외된 이들에게 다가가고 그들과 소통하는 일처럼 힘든 일이 또 있을까? 오랜 기간 힘든 세상을 살아오면서 쌓인 '불만'의 감정이 크고, '불신'의 상처가 깊게 남아있는 이들과 소통해야 되기 때문이다. 그들은 빗장 건 마음의 문을 쉽게 열려고 하지 않는다. 그러나 조민정은 영화 〈언터처블〉에서 신분이 다른 필립과 드리스가 '있는 그대로' 서로를 끌어안아주듯 소외된 이들과 '있는 그대로' 인간적으로 만난다. 운전사가 "넉살 좋은 충청도 사투리 인사"로 승객의 "불편하고 낯설어 딱딱해진 몸"이 "이내 흐물흐물해지"(「직선도 때로는 둥글다」)도록 하는 것처럼 시인도 그렇게 그들에게 다가가고 있는 것이다.

그의 시집의 내용을 크게 나누어보면 이주여성의 애환을 담아낸 시, 외롭고 쓸쓸한 노인에 관한 시, 소외된 이들을 노래한 시 등이다.

2. 이주여성의 그늘과 빛

다문화가정은 '서로 다른 국적, 인종, 문화를 가진 사람들이 포함된 가정'을 일컫는다. 일반 가정과는 달리 '서로 다른'에 방점이 놓인 가정이다. 즉, 다문화가정은 '같은' 국적, 인종, 문화를 가진 일반 가정보다 훨씬 '조율'의 묘(妙)가 필요하다는 것을 함의하고 있다. 그러나 실제로 대부분의 다문화가정은 그러하지 못하다. 언어와 문화의 이질감이 다문화가정에 커다란 장벽으로 다가오기 때문이다. 이러한 장벽을 서로에 대한 이해와 배려로, '있는 그대로' 인정해주어야 하는데, 다문화가정의 현실 상황은 많이 다르다. 많은 다문화가정에서 이러한 장벽을 견디지 못해 '폭력'이 자행되기 때문이다. 그러나 이러한 폭력은 일시적인 소통은 이룰 수 있을지 몰라도 지속적인 소통은 거의 불가능하다. 왜냐하면 기본적으로 폭력은 공포감과 경계심을 유발하기 때문이다. 시인은 이렇듯 다문화가정에서 발생하는 이주여성의 고통과 슬픔의 그림자를 본다. 이번 시집의 표제작이기도 한「어디로 가나요, 샬리」에 이러한 모습이 잘 반영되어 있다.

타클라마칸의 별은
더 이상 길이 되지 못합니다

늑골까지 침입한 모래바람은
종종 사정거리를 놓치게 만들곤 했습니다

어미를 닮아 피부가 까무잡잡한 아이는 오늘도 보육실 한 귀퉁이에서 보이지 않는 아빠의 얼굴을 그립니다 미간을 잔뜩 찌푸리며 크레파스 쥔 손목에 힘을 줍니다 얼굴이 온통 까만 아빠가 도화지 속에서 눈을 반짝입니다 아빠의 콧등으로 조악한 꽃잎 하나 서럽게 떨어집니다

그녀는 자주 우악스런 손아귀에 휘둘려 시들은 한포기 배추로 부려지곤 합니다 얼굴이며 목덜미에 검붉은 꽃들이 피어나기도 합니다 그럴 때마다 낙타의 등을 타고 타박타박 아스팔트 위를 걷습니다 더러는 혹 위에 아이를 싣고 전속력으로 내달리기도 합니다 날선 바람 속에서 도화지에 박힌 아빠가 펄럭입니다

푸석한 머리칼 사이로
짭조름한 두리안 향기가 실려옵니다
그 턱없는 그리움이 여전히
심장 주변에서 서걱거리지만 오늘도 그녀는

낙타의 혹에 감춰진 등불 하나 꺼내 들고
더는 빛나지 않는 타클라마칸의 별을 향해 갑니다

　다문화가정의 슬픈 자화상을 잘 보여주는 시이다. 위구르에서 시집 온 샬리는 자신이 꿈꾸었던 유토피아적 삶과는 달리 불행한 삶을 살아가고 있다. 서로 다른, 이질적인 언어와 문화의 벽에 가로막혀 남편의 폭력에 시달려야 하기 때문이다. "자주 우악스런 손아귀에 휘둘려 한포기 배추로 부려"지는가 하면, 그로 인해 "얼굴이며 목덜미에 검붉은 꽃들이 피어나기도" 한다. 남편의 폭력으로 인해 그녀의 행복을 꿈꾸던 삶은 깨어지게 되고, 대신 그 자리에 공포심과 증오감이 들어서게 된다. 다문화가정의 불행은 부부에게 한정되지 않는다는 점이다. 그녀의 딸에게도 그 불행이 그대로 전이된다. "아빠의 콧등으로 조악한 꽃잎 하나 서럽게 떨어"진다는 구절에서 아빠에 대한 미움을 은유적으로 표현한 아이의 안타까운 심정을 목도할 수 있다. 샬리는 이러한 '폭력'의 세상에서 탈출을 감행하려 한다. 그리하여 그리운 고향인 타클라마칸의 별을 떠올린다. 물론 "타클라마칸의 별은/ 더 이상 길이 되지 못"하는 것을 알면서도 그녀는 떠나려 하고 있다. "낙타의 혹에 감춰진 등불 하나 꺼내 들고/ 더는 빛나지 않는 타클라마칸의 별을 향해" 말이다. 이처럼 시인은 샬리의 고통스런 삶을 통해 다문화가정의 실상을 드러냄과 동시에 그녀들이 꿈꾸는 세상이 어떤 곳인지를 보여주고 있다.

마음이 붉은 여자가
고추장 양념 듬뿍 바른 닭을
꼬챙이에 뀁니다
한층 창백해진 하루가

슬며시 문을 닫으려 할 때쯤

라라 바비큐 치킨 집은

징검다리를 건너온 소식들이

비로소 등을 밝힙니다

때로는 와자하게 때로는 고요하게

갖가지 소식들은 베트남 소스 꾹꾹 묻혀

허겁지겁 시간을 삼키고

한쪽 구석에선 친정 엄마가

오로지 눈빛으로만 손자를 재웁니다

오늘은 아오자이를 입은 특별한 날

아침에 여자는 거꾸로 매달리는

꿈을 꾸었습니다

가끔씩 악몽이 걸어 나와

손목을 잡아챌 때마다 아오자이를 입고

통닭을 굽고 생맥주를 나르는 사이

이제는 낡고 칙칙해진 옷처럼

여자도 자꾸만 닳아갑니다

－「하현달」 부분

위 시는 베트남에서 시집 온 이주여성의 힘겨운 삶을 엿볼 수 있는 작품이다. 다문화가정의 대부분의 주부는 이중고에 시달리게 된다. 하나는 언어·문화적 차이에서 오는 소통의 어려움이고, 다른 하나는 고국에 대한 향수이다. 이 시에 나오는 시적 화자 또한 이러한 이중고를 겪고 있다. 특히 감내하기 어려운 것은 고국(고향)에 대한 그리움이다. 그러나 그 그리움은 '악몽'으로 표출되기 일쑤이다. 그리하여 그녀는 "거꾸로 매달리는/ 꿈"을 꿀 때마다, 그리고 "가끔씩 악몽이 걸어 나와/ 손목을 잡아챌 때마다" 베트남의 민속의상인 '아오자이'를 입는다. 고향에 대한 그리움을 떨쳐버리기 위한 그녀만의 특별한 방식을 채택하고 있는 것이다. 시인은 이렇듯 고단하게 살아가는 베트남 여인을 마치 자신의 일인 것처럼 연민의 시선으로 보고 있다. 이 외에 시 「검은 바나나」에서는 '검은 바나나'로 상징되는 필리핀 남성의 죽음을 안타까워하는 심정을 노래하고 있다. 공사장에서 불의의 사고로 죽은 남자를 맞이한 그녀의 슬픔은 이루 말할 수 없다. 한때 "그녀의 중심에서 빛나던 별"이기도 했던 남자의 죽음을 받아들이지 못하고 있다. 그리하여 그녀는 "벽에 단단히 못을 박고 분홍빛 아오자이와 해진 장갑을 나란히 걸어"두기에 이른다. 싱싱한 '바나나'가 아니라 검은 바나나는 희망이 사라진 절망을 함축한다고 할 수 있다.

그렇다고 하여 다문화가정의 이주여성이나 이주여성을 노래한 시가 모두 고통과 슬픔을 담아내고 있는 것은 아니다. 그의 시 「그녀가 타전하다」, 「안녕 사이토」, 「나우의 이팝나무」 등에서 이주여성의 밝은 이미지가 보이기 때문이다. 먼저 「나우의 이팝나무」에서는 베트남 출신의 이주여성이 '이팝나무'를 통해 고향의 '알람미'를 생각하고, "따끈한 한 그릇 밥"을 떠올리는 모습을 그리고 있다. 그리고 시 「그녀가 타전하다」에서는 '나비잠자리'와 같은 외국인 여성의 삶의 이야기를 풀어내고 있다. 현실에 맞추어 살아가는 '보호색'도 없고, 자신을 위해 보금자리도 제대로 만들지 못하는 나비잠자리와 같은 그녀를 본다. 그리고 "몸 안 가득 생명을 품고서/ 논가 아무데서나 혼곤한/ 잠에 빠지기도 하"는 조금은 태평스러운 그녀의 모습과 "사랑이라는 미명으로" 유혹에 잘 넘어가기도 하지만, 그럼에도 열심히 살아가는 그녀의 힘찬 모습을 볼 수도 있다. 그녀의 긍정적인 삶의 크라이막스는 "아코 아이 마사야나온"(나는 오늘도 행복합니다)라고 하는 데서 찾을 수 있다. 힘겹지만 하루하루 긍정적으로 밝게 살아가는 모습은 독자들에게 상큼함을 전해준다.

　　지금 막 운동을 마친 발그레한 그녀
　　나선형 계단을 올라오네요
　　찰랑찰랑 젖가슴이 열리네요

　　먼 바다의 기슭을 한 발 한 발
　　건너며 가져온 것은
　　푸르게 일어서던 하모니카 소리였나요
　　보송보송한 젖이랑에서 음표들이 튀어나와
　　한순간에 수많은 동심원을 그리네요

　　-하이, 안녕으루 하세요
　　사파이어 반짝이는 목소리로 날마다
　　축축한 공기를 밀고 들어오는 새순 같은 여자

　　그녀가 나타날 때마다
　　한국어 교실은 현기증으로 울렁거리네요
　　어디 그뿐인가요
　　저마다 명치끝에 매달린 그리운 얼굴들이
　　동심원 안에서 가갸거겨로 흩어지네요
　　아침에 빨아 널은 시누이 브래지어까지도 팽팽해지네요

　　사소한 기울기로 흔들리는 것들에
　　가만히 돌을 올려놓으며
　　한낮의 땡볕을 조율하는

그녀, 챙 넓은 모자네요

-「안녕, 사이토」전문

위 시는 한국어교실에 생기를 불어넣는 '새순'같은 사이토의 삶을 예찬하고 있는 작품이다. 한국어교실에 펼쳐지는 다양한 모습이 '동심원(同心圓)'을 중심으로 펼쳐지고 있다. "나선형 계단"도 결국 동심원의 다른 모양이고, 모든 사람이 한국어를 배우는 열기로 동심원으로 모이고 있다. "명치 끝에 매달린 그리운 얼굴들이/ 동심원 안에서 가갸거겨로 흩어지"고 있는 것이다. 그리고 "사소한 기울기로 흔들리는 것들에/ 가만히 돌을 올려놓"는 장면에서는 시인의 균형감각을 엿볼 수 있다.

시인은 이처럼 외국에서 온 이주여성들의 삶을 연민의 시선으로 목도하여 그들의 고통과 슬픔 등 그늘진 모습을 보여주고 있다. 또한 힘겹고 고단한 삶을 견디며 열심히 살아가는 긍정적인 모습도 포착해내고 있다.

3. 외롭고 쓸쓸한 노인의 풍경과 연민

이주여성의 삶을 연민의 시선으로 포착한 시인은 외롭고 쓸쓸한 노인의 삶과 몸이 불편한 장애인들의 삶에 대해서도 연민의 정으로 다가간다. 그들의 삶을 있는 그대로 지금까지 열심히 살아온 삶의 이력을 들여다본다. 세상의 중심이 아닌 주변부에서 살아온 이들의 궁핍한 삶을, 권력과는 무관한 삶을 살아온 소시민들의 애환을 포착하고 있는 것이다. 소외된 이들의 삶이 결코 무능해서가 아니라 오히려 정직한 삶이었기에 그곳에 머무를 수밖에 없었던 점을 보여주고 있는 것이다.

그는 UFO를 타고 지구의 저편으로 날아갔을까

텅 빈 유리문 안으로 그의 실루엣이 어른거린다. 어느 한쪽으로도
선뜻 마음을 기울이지 못한 채 불협화음으로 울리던 노래들.

그의 등 뒤로 시간은 늘 삼십 년 전에서 멈추어 서 있곤 했다. 켜켜
이 쌓인 먼지를 채 털어내기도 전에 한숨처럼 어느 결에 또 다시 구멍
가게 곳곳을 떠돌던 미세한 세포들. 그는 늘 허기가 졌다. 차가운 생
수 한 컵이 간절하게 그리운 날은 더 단단히 군화의 끈을 조여 맸다.
조이면 조일수록 헐렁해지는 발가락 사이의 틈, 마주 보고 있는 건너
편 영창유통의 반짝반짝 빛나는 유리만큼이나 깊었다. 그의 삶은 조
악하게 펼쳐 놓은 물건들처럼 언제나 유통기한이 지나 있었음으로 벼
룩시장에서 사온 군화로 치밀하게 무장을 해도 방어할 기회를 잃곤
했다.

노을이 길게 허리를 눕힐 때쯤이면 하루에 네댓 번도 열리지 않는
유리문을 밀고 나와 무뚝뚝하게 붉은 하늘을 바라보는 날이 잦아졌
다. 납작하고 챙 넓은 모자를 꾹꾹 눌러 쓰고, 굵은 허리띠의 감청색
작업복을 입고 고개를 들 때마다 그의 몸은 서서히 부풀어 올랐다. 무
중력 상태로 이리저리 흔들렸다. 그런 어느 날부터인가 일찍 셔터가
내려지기 시작했다. 그는 부재중이었다. 〈가게 세놓음 보증금 500만
원 월세 20만원〉 삐뚤삐뚤한 글씨가 알려주었다.

한 번도 중심을 향해 다가선 적 없는 그의 발을 누군가 사뿐히 들
어 올려 심장과도 같은 녹슨 자전거 페달을 밟고 또 밟게 했을까. 하
염없이 낡아가는 바퀴살 사이로 들여다 본 환하게 둥근 세상을 기억
하라고

그는 대체 어디로 간 걸까.

-「슬픈 정물」전문

　구멍가게를 하는 소시민의 애환을 엿볼 수 있다. "한 번도 중심을 향해 다가선 적 없는" 노인을 따뜻하게 바라보는 시선이 느껴지는 시이다. 이 시에서 왜 시적 화자의 삶이 30년 전에 머문다고 했는지는 알 수 없다. 그리고 "어느 한쪽으로도 선뜻 마음을 기울이지 못한 채 불협화음으로 울리던 노래들"이라고 한 구절에서도 어느 한쪽으로 마음이 기울어지지 못했다는 것의 정확한 의미를 알기가 쉽지 않다. 다만 유추해 볼 수 있는 것은 그의 삶이 30여년 전에 머물러 있다는 것과 차가운 생수가 그리운 날은 군화의 끈을 조여맨다는 내용으로 보아 5·18 광주민주화항쟁을 의미하는 것으로 보인다. 이 상황에서 어느 한쪽으로 기울어지지 못했기에 그는 더 마음 고생을 많이 했을 것이다. 이는 남들처럼 자신에게 편안한 길, 편리한 길을 선택하지 않고 자신만의 길을 선택한 결과라 할 수 있다. '중심'을 향해 다가서는 삶이 아니라 아웃사이더의 삶일지라도 자신만의 철학과 가치관을 가지고 살아가는 삶을 그는 영위한 것이다. 그가 "하염없이 낡아가는 바퀴살 사이로 들여다 본 환하게 둥근 세상"을 보았기 때문일 것이다. 이 시에서 조민정 시의 특징이 잘 드러난다. 연민의 정을 가지고 세상의 구석구석에 있는 쓸쓸하고 외로운 삶의 여정을 담아내되 그것을 간격이 넓은 징검다리방식으로 구성해 놓는다는 점이다. 때문에 그의 시를 이해하려면 고민을 좀 더 해야 하고 여러번 곱씹어야 하는 경우가 많다. 이 과정을 통해 시의 의미는 더 깊이있게 다가온다.

그곳엔 배롱나무가 산다

제 속의 울음 삼키느라 사지가 뒤틀리고
온몸의 살갗 들떠버린
늙은 배롱나무가 산다

햇살을 등지고 앉은 그의 옆구리에서 분홍빛 꽃들이 무더기무더기 피어난다. 나른하게 부풀어 오른 꽃들이 바람의 어깨에 내려앉는다. 더러는 302호 남쪽으로 열린 유리창에 기대기도 한다. 한때는 꽃들의 향기에 취한 초록의 대지가 무시로 들락거리기도 했던 곳. 지금은 갈수록 작아지는 그의 몸피만큼 척박한 영토가 되었다. 뒤통수에 까치집 세운 그가 문턱을 향해 꼼지락거리며 깃털 같은 발을 디밀어 본다. 이내 성긴 마대가 되어 맨땅에 부려지고 만다. 가슴 한켠으로 오랫동안 키워온 믿음의 씨앗이 빠져나간다. 유리창에 기대고 있던 꽃잎들도 풀썩 허물어진다.

요양원 앞을 걸어가는 젊은 남녀의 웃음소리가 벌레들이 알 슬어 놓은 이파리들 사이로 낭자하게 번진다. 파르스름한 박하 향 한 줄기 302호 남쪽 창을 향해 성큼성큼 건너간다.

- 「대전노인요양원」 전문

노인요양원의 쓸쓸한 풍경을 노래하고 있다. 노인요양원에 있는 노인의 풍경을 상징적으로 잘 보여주고 있는 대상은 '배롱나무'이다. 시인은 "제 속의 울음 삼키느라 사지가 뒤틀리고/ 온몸의 살갗 들떠버린/ 늙은 배롱나무"라고 표현하여 배롱나무와 시적 화자를 등치시킨다. 튼튼한 배롱나무는 해마다 여름만 되면 "분홍빛 꽃"들이 무더기로 피지만, 늙은 배롱나무의 모습은 노인요양원에 있는 노인의 모습처럼 초췌하다. 몸피는 갈수록 작아지고, 기름진 몸은 점차 척박해지며, 꼿꼿하던 몸은 점점 "성긴 마대"가 되어 거동이 불편하다. "젊은 남녀의 웃음소리"가, "파르스름한 박하 향"이 외롭고 쓸쓸한 노인요양원에 생기를 불어넣는다. 노인요양원에 대한 내용은 시 「햇빛 증후군」에서도 볼 수 있다. 햇빛의 소중함을 보여주고 있다. 노인요양원에 있는 노인에게 하루에 한번 들어오는 햇빛은 참으로 몸이 불편한 노인에게 삶의 생기를 불어넣는 대상으로 다가온다. 커다란, 그리고 촘촘한 나무에 가린 식물이 광합성을 하기 위해 '햇빛'은 광합성을 할 수 있게 해주는 대상이다. 따라서 햇빛은 사람에게든, 식물에게든 늘 비춰주는 것으로 참으로 소중한 대상이다. 파지를 팔아 생계를 유지하는 노파의 애환을 노래한 시도 있는데, 그것은 「파지 위를 날다」이다. "날개를 펴 마천루 사이를 세련되게 날아다니는 상상"을 하는 그녀에게는, 겨울 새벽, 폭설에 갇힌 골목을 누비며 파지를 모으는 그녀에게는 골목이 희망이다. 이 골목에서 신문지와 전단지 등을 모을 수 있기 때문이다. 이미 신문의 기능을 다한 신문도, 광고의 기능을 거의 상실한 전단지도 그녀를 만나면 '쓸모 있는' 대상으로 되살아난다. 다롄에 두고 온 아들에게 갈 희망을 품은 그녀는 열심히 골목 골목을 누비고 있다.

뽀글뽀글 거품 일어나는 물속에
몸을 잠그고 앉은 노인의 앙상한 늑골 사이로
하나의 길이 보입니다
몸속에도 길이 있다는 걸
노인은 눈빛으로 알려 주었습니다
여기저기 부황 뜬 흔적이
붉은 꽃잎으로 각인된
삭정이 같은 삭신에
오랜 겨울을 견딘 길이 나 있습니다

슬퍼서 경이로운 그곳으로 한때는
이월의 시린 매화 향기도 드나들었을 것입니다
밤마다 두근두근 연초록 새순으로 돋아나던
젊은 날의 사랑도 다녀갔을 것입니다
그러면서 다져진 길
노인의 생애처럼 습기로 가득 찬
온천탕 한 귀퉁이에서 온몸을 씻겨드리며
오소소 소름이 돋는
노인의 길에 입맞춤합니다
봄이 되면 서슬 푸른 바람을 가르고
나무들이 저마다 오체투지로 걸어오듯이
남아 있는 날들이
초승달 뜨는 정갈한 풍경화이길
눈을 감고 그려 봅니다

내 몸 깊은 곳에도
노인이 닦아놓은 길 하나 나 있습니다

-「몸 속의 길」 전문

　노인이 걸어온 길을 따뜻한 시선으로 바라보고 있는 시이다. 시적 화자의 늑골을 보고 인생의 길을 생각한다. "오랜 겨울을 견딘 길"도 목도한다. 그 길로 "이월의 시린 매화 향기"가 드나들고, "밤마다 두근두근 연초록 새순으로 돋아나던/ 젊은 날의 사랑"도 다녀갔을 것을 떠올린다. 노인의 늑골에 그녀의 희노애락의 모습도 읽는다. 그녀의 "부황 뜬 흔적"도 "붉은 꽃잎"으로 보고, "오소소 소름이 돋는/ 노인의 길"에 입맞춤하는 시적 화자의 모습을 보며 소외된 이들에게 다가가는 법을 터득한다. 그녀의 남은 인생길이 "초승달 뜨는 정갈한 풍경화"이길 바라는 화자의 욕망이 아름답다. 그녀의 늑골에 난 인생의 길을 통해 시인도 미래에 다가올 인생의 길을 그리고 있다. 소외된 이들에게 다가가는 법을 몸소 보여준 시라고 할 수 있다. 이 외에도 시「노인의 집」은 노인의 쓸쓸한 일상을 '노인의 집'을 짓고 있는 것으로 보고 있는 시이다. 노인이 도서관을 찾는 이유가 여느 사람들이 필요한 정보를 얻기 위해서라기보다는 쓸쓸함과 무료함을 달래서이다. 이를 대변해 주는 시구는 "초점 잃은 눈"이다. 책을 통해 자신의 지적 욕구를 채우려는 이들의 눈빛은 살아있는데, 노인의 눈은 그렇지 못하다. 노인의 이러한 모습을 시인은 따뜻한 시선으로 그만의 '노인의 집'을 짓는다. "창밖 배롱나무 분홍 꽃"도 피어 있고, 햇살도 들어오는 이곳에 '몽환의 집'을 짓고 있는 것이다. "누렇게 들뜬 종이로는 푹신한 침대를 만들고 공중을 배회하는 활자들을 끌어당겨 격자무늬 창도" 내서 만들고 있는 것이다. 또한 교통사고로 비명횡사한 노인에 대한 슬픔을 담아낸 시도 있다. "애호박 세 개/ 갈치 두 마리/ 열무 두 단"(「조문하다」)을 남기고 떠난 그녀에 대해 애도의 뜻을 표한다. 이를 "황망한 초상을 치러내느라 한층 헐거워졌을/ 딸의 가계를 위해/ 그녀가 차려낸 조촐하고 위대한 밥상"이라고 한 장면이 우리를 더 슬프게 한다.

이렇듯 시인은 노인들의 힘겹고 무료하고 쓸쓸한 삶의 모습을 아주 천천히, 유심히 관찰하여 있는 그대로 받아들이고 그들과 소통하는 법을 하루하루 깨우쳐나간다. 모든 생의 소중함의 가치를 알지 않고서는 나올 수 없는 그런 모습이다.

4. 소외된 대상에 대한 사랑과 연민

힘없고 고단한 노인들에 대한 연민과 따뜻한 시선을 보여준 시인은 이제 영역을 넓혀 소외된 대상에 말을 건다. 생명을 가진 것뿐만 아니라 생명이 없는 무생물까지 그것의 무의식적 욕망을 읽어낸다. 중심에서 빗겨선, 밀려난 대상들의 풍부한 이면을 들춰내고 있는 것이다. 이는 소외된 대상의 욕망을 읽어내는 작업을 통해 세상의 중심과 주변의 거리를 좁히려는 시인의 의지를 반영하는 것이라 하겠다.

시인은 몸이 불편한 장애를 가진 이에 대해 따뜻한 시선으로 목도한다.

> 뒤틀린 한 그루 배롱나무가 된
> 목발의 사내
> 빛바랜 야전침대 펼쳐놓고
> 대학병원 앞 대로변에 만물상을 차렸다
>
> 햇살이 정오를 향해
> 묵묵히 깊어지는 사이
> 젊은 여자 다가와
> 별로 소용 있을 것 같지 않은
> 파리채와 수세미를 샀다
>
> 한 쪽 목발에 의지한 채
> 개시 인사를 건네는 사내의 얼굴에서
> 진분홍 꽃이 나풀나풀 피어난다
>
> 셈을 끝내자 몽당 빗자루 바투 쥐고

일찍 생의 끈 놓아버린 나뭇잎들을
마흔 개의 가파른 계단에
휘청거리며 꽃물을 들였듯,
그렇게 온몸으로 쓸어낸다

가지각색 병명을 품에 안고
병원 문을 나서는 사람들 그에게 와서
꽃 처방전 하나씩 받아간다

스스로 깊어지던 햇살도
둥둥으로 흔들리는 공중에
환한 꽃비를 뿌려준다

                              -「배롱나무 처방전」 전문

　　대학병원 앞에서 만물상을 하고 있는, 몸이 불편한 한 사내의 삶을 노
래하고 있다. 시적 화자를 "뒤틀린 한 그루 배롱나무"로 묘사하고 있는 대
목에서, "빛바랜 야전침대"에 만물을 펼쳐놓은 장면에서 화자의 고단한
삶을 유추할 수 있다. 이 목발 사내에게 "젊은 여자 다가와/ 별로 소용 있
을 것 같지 않은/ 파리채와 수세미"를 사가는 모습을 통해, 그리고 그 사
내의 해맑은 웃음을 통해 시인은 '희망'을 엿본다. "가지각색 병명을 품에
안고/ 병원 문을 나서는 사람들 그에게 와서/ 꽃 처방전 하나씩 받아간다"
라고 한 장면에서도 마찬가지이다. 이를 통해 우리는 세상의 긍정성을 읽
을 수 있다. 시인은 뒤틀린 배롱나무에서 화려한 분홍빛 꽃이 피듯이 몸
이 불편한 사내에게도 희망이 다가올 것임을 시사하고 있는 것이다. 그리
고 외국인 노동자의 애환을 담아낸 시는 「그녀 안의 바람」이다. 이 시의
앞부분에서는 고단한 삶의 풍경이, 뒷부분에서는 고국을 그리워하는 풍

경이 등장한다. 카키색 작업복을 만드는 그녀의 손이 "점점 누더기"가 되어가고, "시급 사천 원짜리 몸이 갱도의 분진"처럼 떠다니는 장면은 외국인 노동자의 힘들고 고단한 삶의 모습을 적나라하게 보여준다. 시적 화자는 그때마다 꿈을 꾼다. "오랫동안 빗장으로 가두어 두었던/ 디엔비에프 공항의 새 떼들을 불러 모"으고, "야자수 푸른 실로/ 또 한 벌의 작업복을 지어"내는 풍경을 통해 향수를 불러일으키고 있다.

그런가 하면 병마와 힘겹게 싸우는 환자에게도 연민의 정을 보낸다.

그녀가 오이비누로 손을 씻는다

풋풋한 오이 냄새가

머리에 이고 있는 그녀의

육중한 짐을 벗겨버린다

포르스름한 민머리

반짝 빛난다

맨살에 돋아난 가시쯤은

날리는 깃털 같다는 듯

두려움 없이 반짝

- 「달팽이가 돌아오는 저녁 2」 전문

시인은 항암 치료하는 사람까지도 감싸안는다. "포르스름한 민머리/ 반짝 빛난다"고 한 장면에서나 "맨살에 돋아난 가시쯤은/ 날리는 깃털 같 다는 듯/ 두려움 없이 반짝"이라고 한 모습에서 다른 사람과 차별된다. 암 환자들의 가장 큰 두려움은 세상과의 격리, 사람들과의 격리 일 것이고, 다른 하나는 자신을 너무 측은하게 보거나 경계하는 눈빛일 것이다. 그러 나 시인은 항암치료 받은 시적 화자를 보통 사람 만나듯 똑같이 대한다. 이것은 환자가 환자이지 않게, 격리나 경계로 인한 두려움을 갖지 않게 하 기 위한 것에 다름 아니다. 시「耳鳴」에서는 나이가 먹어감에 따라 생기는 새로운 질환에 대해 숙명적으로 받아들이는 모습을 볼 수 있다. 그러면서 도 "깊은 겨울 바라지창을 때리는 바람"소리로, "한 마리 휘파람새"의 소 리로 다가오는 이명에 대해 "얼마만큼을 더 견뎌야/ 일시에 분출된 저항 의 신호 앞에서/ 담담해질 수 있을까"라고 하여 새롭게 생기는 질환에 대 해 순리적으로 받아들이려면 아직 멀었음을 반성하고 있다.

조민정은 '지금-여기'를 살아가는 이들에게만 연민의 시선을 보내지 않는다. 맨드라미와 우체통 같은 무생물에 대해 노래한 시에서도 연민의 정을 느낄 수 있다.

어젯밤 수탉이 끝내
붉은 피를 방울방울 흘리며
철망을 뚫고 사라진 뒤부터
당신 눈동자가 텅 비었네요
근육질의 시선은 늘
밖을 향해 있었는데 눈치도 없이
올가미를 씌워 두다니요
화려한 모자를 쓰고

날개를 퍼덕거릴 때마다 번뜩이던

섬뜩한 야망을 보지 못했나요

색색의 꽃을 키운 건 고도의 계략이었죠

당신의 눈과 귀 심지어 코까지

교란시키기 위한 치밀한 계산법이죠

날이면 날마다 초록 들판인

조촐한 밥상 따위를

뒷발로 가볍게 차버리는 그만의 낙법

이젠 허리춤에 숨겨 봐요

배반의 이슬이 걷힐 때까지

형형하게 핀 꽃잎이나 따면서 말이에요

-「맨드라미 사랑법」 전문

위 시는 맨드라미의 욕망을 읽어내고 있는 작품이다. 맨드라미는 닭의 벼슬이라는 의미를 지녀 계관, 계두라는 이름을 지니고 있다. 시인은 상상력을 발휘하여 맨드라미를 살아있는 매개물로 치환한다. "밖으로 향"하고 있는, 맨드라미의 "번뜩이는/ 섬뜩한 야망"을 엿본다. "날이면 날마다 초록 들판인/ 조촐한 밥상 따위를/ 뒷발로 가볍게 차버리는 그만의 낙법"이라고 표현하여 초록들판에 갇혀 자신의 꿈과 이상을 펼치지 못하는 맨드라미의 욕망을 읽어낸다. 어찌보면 사람도 그렇지 않을까? 굴레에 갇혀 자신의 꿈과 이상을 펼치지 못한 이들을 대변해주는 시라 할 수 있다. 그런가 하면 시 「송년우체통」은 외로운 섬에 남아있는 우체통의 쓸쓸함에 대해 노래하고 있다. 편지 쓰는 일이 거의 없는 요즘, 섬에 홀로 남아있는 우체통은 더 외로울 수밖에 없다. "모진 바람 견디며/ 항리마을을 지키고 있"는 우체통은 때로는 "육지로 떠난 사람들"을 원망할지도 모른다. 그러나 시인은 오히려 "너로 인해 외로움을 잊는 이/ 어디 한둘이겠는가"라고 노래하고 있다. 민박집 강아지도 지치면 네 어깨에 기대기도 하고, 파도도 때로는 "새로운 가족을 탄생"시키기도 할 테니까 말이다. 시인은 이처럼 외로운 대상을 찾아 위무하고 달랜다. 그러면서도 그 외로운 대상이 다른 대상의 벗이기도 하다고 노래한다. 이처럼 시인은 생명이 없는 대상에 이르기까지 연민의 시선을 보내고 있다.

그의 첫 시집 『어디로 가나요, 샬리』에는 '연민'을 통해 건져 올린 다양한 삶의 모습들로 가득 채워져 있다. 이들의 양태가 중심이 아닌 변방, 즉 많은 사람들에게 주목을 받는 크고 화려한 모습이 아니라 '권력'과는 무관한, 쓸쓸하고 외로운 모습이기에 더 소중하게 다가온다. 조민정은 신동엽의 시의 근간이 '연민'인 것을 잘 알고 있다는 듯, '지금-여기'의 현실에 존재하는 많은 모순과 문제점을 소외된 이들의 삶을 통해 '연민'의 시선으로 묘파하고 있다. 이는 '지금-여기'의 현실에서도 여전히 '연민의식'이 소외된 이들을 어루만지고 감싸안을 수 있는 소중한 것임을 보여주는 것이라 하겠다.

- 『어디로 가나요, 샬리』 해설, 2015년

천변풍경과 모정(母情)의 그늘

김우식의 시세계

1. 이순(二筍)을 위한 이순(耳順)

나이를 먹어간다는 것은 행복한 일이다. 나이가 먹을수록 내공의 나이테가 더 커지고, 세상을 보는 눈이 더 순해지고 지혜롭게 되기 때문이다. 젊었을 때 지닌 세상에 대한 날카로운 시각도, 인간에 대한 예민한 시선도 서서히 세월이 가르쳐준 '사랑'으로 점점 부드러운 모습으로 바뀌게 된다. 내적인 부드러움이 있어야 세상을 정확하게 보는 혜안이 생길 수 있다. '지천명(知天命)'이 세상의 이치를 어느 정도 알게 해주는 나이라면, 그 다음에 오는 단계인 '이순(耳順)'은 그 세상의 이치를 어떻게 순리대로 받아들일 것인지에 대해 아는 나이라 할 수 있다. 그리하여 '지천명'에서 '이순'으로 오는 나이에 접어들었을 때 비로소 우리는 세상의 이치를 조금씩 깨닫게 된다. 그 과정을 통해 우리는 '처음 난 것을 따낸 뒤에 다시 돋은 잎사귀'(이순(二筍))와 같은 삶으로 살아갈 수 있는 것이다.

김우식 시인의 두 번째 시집 『아침 숲에 들다』는 지천명에서 이순으로 오는, 다시 태어나기 위한 아름다운 삶의 모습을 고스란히 담아내고 있다. '감성의 아름다운 선율'을 보여준 첫 시집 『이팝나무 아래 서다』(2011)

를 발간한 후 7년 만에 발간하는 두 번째 시집에는 첫 시집보다 대전을 관류하는 '천변 풍경'을 비롯하여 어머니를 하늘나라로 보낸 이후 더 진한 그리움으로 다가오는 '모정'의 그늘과 '지금-여기'의 현실을 살아가는 고단한 삶의 모습이 좀 더 다채롭게 펼쳐져 있다. 두 시집은 제재면에서 유사한 면이 많으나 첫 번째 시집보다 두 번째 시집이 대상을 좀 더 깊이 들여다보고 넓게 포용하는 혜안을 보여주고 있다고 할 수 있다. 이는 세월의 무게감을 견디고 난 뒤에 터득된, 다시 새로운 삶을 꿈꾸는 삶에서 생성된 것이라 할 수 있다. 시집의 둘레길을 따라 천천히 시인이 세상에서 건져낸 살아있는 풍경들을 보기로 한다.

2. 흐름과 무위(無爲)의 미

김우식의 시집 『아침 숲에 들다』에는 대전을 관류하거나 에둘러 흐르는 '천변'이 여러 차례 등장한다. '흐름'의 속성을 강조하는 시인으로서는 천변만큼 흐름의 의미를 감지할 수 있는 곳도 별로 없다. 그곳에는 냇물이 흐르고, 물고기도 살고, 냇물 가장자리에 수많은 생명체들이 공존하고 있다. 시인은 냇물을 통해 흐름을, 생명체들을 통해 살아있음을 느끼려 하고 있다.

식장산을 넘어오던 노을이
돌계단 위에 앉아있던
태양을 밀어낼 때
계절이 오가는 다리 밑엔

막바지 윷판이 벌어지고
노을에 취한 김 씨의 어깨 위로
피어나는 저녁안개

성글고 여문별들 사이로
아기 손톱 같은 초승달이 떠오르고
식장산을 통째로 삼켜버린
가오천도 잉태의 진통을 위하여
잠자리에 든다

흔들릴수록
깊은 뿌리를 내리는
저 여린 생명체들
노숙자 김씨도
풀숲으로 드러눕고
또 한 밤이 천변에서 흘러간다

-「천변 풍경」전문

　가오천의 풍경의 다양한 모습을 잘 보여주고 있는 시이다. 천변에 어둠이 내리면 모든 것들은 잠들기 시작한다. 어둠은 "잉태의 진통"을 위해, "흔들릴수록/ 깊은 뿌리를 내리는/ 저 여린 생명체들"을 위해 모든 대상들을 감싸안는다. 그리고 대상을 구별하지도 않는다. 심지어 노숙자까지도 말이다. 그리하여 "노숙자 김씨"도 같이 어우러져 잠든다. 사람과 자연이 어둠 속에서 하나가 되는 풍경을 볼 수 있다. 천변의 풍경을 통해 모든 것이 순조롭게 흘러가고, 서로 공생하는 공동체적인 삶의 풍경을 목도하게 된다. 이러한 천변의 풍경은 시 「새벽 갑천에 서다」에서도 볼 수 있다. 강물은 갈대 속에 원앙새 가족이 머물고 있는 사이에도, "아늑한 곡선"으로 흘러간다. 그에 따라 "내 삶의 저물녘 한 자락"도 흘러가고 있다고 말하고 있다. 그러나 한편으로 시인은 자신의 삶이 "강물처럼 흐르지 못한다"고 탄식한다. "퇴행성 무릎관절"로 인해 강물처럼 삶의 흐름이 원활하게 흐르지 못함을 안타까워하고 있는 것이다. 그럼에도 시인은 좌절하거나 절망하지 않는다. 강물이 잉태를 꿈꾸며 흐르듯 자신도 꿈과 희망을 가지고 살아갈 것이라는 긍정적인 마인드를 지니고 있기 때문이다. 흘러가는 강물처럼 자신의 삶도 순리에 따라 원만하게 흘러갈 것이라는 것을 기대하고 있다. 그리고 또 다른 시 「지금 천변에선」에서는 "모든 것은 흘러가는 것"이라는 진리를 잘 드러내주고 있다. 강물은 물론이거니와 달도, 사랑도 그렇고 심지어는 내 한숨까지도 그러하다고 말한다. "지키려는 것들과/ 빼앗으려는 것들의/ 저 찬란한 실랑이"하는 천변의 풍경조차도 흘러가는 과정 중의 하나라는 사실을 보여주고 있는 것이다. 이는 인생의 기쁜 것과 슬픈 것, 행복한 것과 불행한 것 모두 결국 '이 또한 지나가리라'라는 믿음 속에서 발출된 것이라 할 수 있다. 이보다 좀 더 긍정적인 의미로 다가오는 시도 있다.

> 가오동 천변 가는 날은
> 분만하는 강물을 만난다
> 잉태의 소리로 핀 토끼풀 들
> 가오동 천변에 다녀온 날은
> 누구든지 아버지가 되고 시인이 된다
> 자궁처럼 아늑한 곡선으로
> 넉넉하게 흐르는 저 세월
> 갈대밭 속에서 솟구쳐 올라

하늘에 뿌려진 저 별들
입덧으로 더는
머무를 수 없는 저 강물이
별들을 품고 숙성시키며
흘러간다
가오동 천변에서는
밤마다 연인들의 언어들이
새벽까지 피어오른다

-「가오동 천변에서」 전문

    이 시는 '무위자연'과 '천변풍경'을 노래하기 보다는 천변에서 만나는 것들의 생산성을 노래한다. "분만하는 강물", "잉태의 소리로 핀 토끼풀", "머무를 수 없는 저 강물"이 품고 숙성시키는 "별들", 새벽까지 피어오르는 "연인들의 언어" 등 이 모든 것들이 어우러져 가오동 천변을 살아있는 장으로 만든다. 무언가를 생산하고 생성하는 과정을 통해 '희망'을 가질 수 있기 때문이다. 천변의 미학이라고 할 수 있을 만큼 풍성하고 아름다운 시라 할 수 있다. "부활을 시작하는 어린 활어들이/ 가느다란 몸매 흔들며 귀가를 서두르고"로 시작하는 시 「추동리 풍경」에서도 생성의 의미를 볼 수 있다. 장소가 '가오동'에서 '추동'으로 바뀌었지만, 이 시에서도 '생성', '생산'의 모습을 확인할 수 있다. "부활을 시작하는 어린 활어"들의 힘찬 모습을 볼 수 있고, 갈대밭에서 호흡을 가다듬는 "새들"의 모습도 보인다. "강물이 꿈틀"대고, "하늘이 흔들"거리는 역동적인 모습도 대청호를 통해 다가온다. 그리하여 시인은 강물을 아름답게 노래한다. 시 「갑천 풍경 2」는 강물에 대한 예의, 강물에 대한 경의를 엿볼 수 있는 작품이다. 강물을 이렇듯 예찬하는 데는 강물이 들어오고 흘러가는 막연한 공간이기보다는 생명을 '잉태'하는 중요한 곳으로 보기 때문이다. 침을 뱉거나 노래를 부르는 것을 조심하고, 낮게 낮게 흐르는 겸손함도 갖추고 있다. 끓어오르는 정열로 계족산을 감싸기도 한다. 이처럼 시인은 가오동 천변을 비롯하여 갑천, 추동리 등을 돌며 생명의 잉태소리를 듣고, 생명의 소중함을 감지하고 있는 것이다.

흐름과 생명의 소중함을 깨달은 시인은 이제 물아일체를 꿈꾸는 단계로 나아간다.

어둠에 익숙해 질 법도 한
숨죽인 배롱나무 숲 사이로
가로등 하나씩 존재감을 나타내고

난
선사터에 잠든 오래된 사람들을 회상한다
살아있는 죽은 사람들이
가까이 오라한다
오랜 기다림 뒤로 배롱나무 흰 꽃들
무더기로 피어날 것이고
나는 헐벗은 자아를 내려놓고
또다시 바람은 불어 올 테고

물아일체(物我一體)

눈감고 살라하네
오래된 기억들이 배롱나무
가지 사이로 흘러가고

정제된 나무 한 그루
서 있다

- 「선사터에서」 전문

선사시대의 사람들과 물아일체를 꿈꾸는 시이다. 선사(先史)는 흔히 '역사시대 이전의 역사'를 의미한다. 인간에 의해 쓰인, 그 이전의 역사인 선사는 승패의 역사도, 우열의 역사도 아니다. 지극히 인간의 본성에 충실한, 자연의 이치와 섭리를 따르는 삶으로 채워진 역사라 할 수 있다. 시인은 오래 전, '선사터'에 머물렀을 그 시대의 사람들을 만난다. "살아있는 죽은 사람들"과의 만남을 통해 시인은 '지금-여기'를 치열하게 살고 있는, 물아이체(物我二体)로 살아가는 자신을 엿본다. "헐벗은 자아"의 모습을 본 그는 그 자아 이면에 있는 '무의식적 자아'를 만난 것이다. 내 안의 나와 "오래된 기억"을 기억하는, 언제나 그 자리에 머무는 배롱나무와 물아일체가 된다. 선사터에서 이루어지는, 아주 오래된 선사시대 사람들과의 조우를 통해 시인은 '지금-여기'에서 벗어나 '원래의 상태'로 돌아가고 있는 것이다. 이를 통해 시인은 자연에 대해 좀 더 깊은 성찰을 하게 된다. 그리고 시 「달팽이」를 통해 사랑을 배우기도 한다. "오르기도 내려가기도/ 어려운 행보(行步)"를 하는 달팽이지만, 달팽이는 "여린 가슴 단단한/ 껍질에 품고" 사랑을 끌고 간다. 느리지만, 여린 가슴을 단단한 껍질 속에 품고 음미하듯 가는 달팽이를 통해 느림의 미학을, 사랑의 미학을 엿볼 수 있다.

나는
담쟁이 넝쿨

굽은

어미 등 없이는

하늘로

오를 수 없는

- 「담쟁이」 전문

위 시에서는 담쟁이가 하늘로 오를 수 있는 것은 "굽은/ 어미 등"이 있기 때문이라는 사실을 보여주고 있는 작품이다. 우리는 보통 담쟁이하면 벽을 잡고 끊임없이 올라가는, 비바람에도 쓰러지지 않고 꿋꿋이 버티는 강한 생명력에서 긍정의 의미를 찾는다. 이러한 강한 생명력을 앞으로 전진하는 모습에서만 찾는 경우가 많다. 그러나 우리는 그 멈추지 않는 전진이 가능한 것이 밑에서 받쳐주는 "굽은 어미 등" 때문이라는 사실을 종종 간과하는 경우가 있다. 이 시는 이러한 어미의 커다란, 보이지 않는 헌신이 있기에 전진이 가능하다는 사실을 일깨워주고 있다. 분량은 짧아도 시사하는 바가 많다고 할 수 있다. 「삶」이라는 시도 비슷한 맥락에서 읽을 수 있다. 도종환의 「흔들리며 피는 꽃」에서 흔들리지 않고, 젖지 않고 피는 꽃이 없다고 한 것처럼, 김우식도 「삶」이라는 시를 통해 "저절로 피는 꽃"이 없음을 시사하고 있다. "키 작고 등 굽은" 외할머니가 꽃모종을 정성스럽게 하고, 무릎을 꿇은 채 물도 주시고 하는 모습을 보며 꽃이 꽃을 피우기 위해 얼마나 많은 정성을 드려야 하는지를 보여주고 있다. 나아가 인생이 꽃을 피우기까지 많은 정성과 노력이 있어야 됨을 은연중에 표출하고 있다고 하겠다.

이처럼 시인이 흐름의 참 의미를 알고 인위가 아닌 자연적인 것의 아름다움을 표출할 수 있는 힘은 다름 아닌 긍정적인 생각이다. 시인은 세상에 존재하는 모든 대상은 나름대로 존재의 이유가 있다고 보고 있다.

그는 시 「존재의 이유」에서 그 근거를 찾는다. "눈 속의 여린 새들"이 추운 겨울을 견딜 수 있는 힘은 "눈구덩이 속에서도 나눌 수 있는/ 체온"이 있는 데서, 그리고 "너와 내가 가슴 아리며/ 살아갈 수 있"는 것도 "때때로 한 방향을 향해 바라볼 수 있는/ 사랑의 눈빛 때문"이라는 데서 찾고 있다. 이는 그 자체의 힘으로 되는 것이 아니라 공동체적인 사랑을 통해, 서로 보듬고 감싸주는 사랑에 의해 가능하다는 것도 보여준다. 이 시는 사랑은 서로 마주보는 것이 아니라 같은 방향을 쳐다보는 것이라는 생떽쥐뻬리의 사랑관과 많이 닮아 있다.

3. 모정(母情)의 힘과 연민의 시선

김우식 시인에게 '어머니'는 아주 특별한 존재이다. 첫 시집에서 두 번째 시집까지 줄곧 어머니에 대한 그리움을 담은 시를 노래하고 있기 때문이다. 젊은 나이에 홀로 되어 한 평생 헌신적으로 시인을 키워주신 어머니를, 시인은 차안(此岸)의 세계에 머무르실 때는 물론 피안(彼岸)의 세계에 들어가신 뒤에도 지극 정성으로 호명한다. '마늘고동'(마늘종), '탱자나무 울타리', '칼국수', '요양병원' 등은 어머니를 부르는 매개로, 시인은 그리운 어머니를 자주 호명한다. 어머니를 통해 '동행'을 배우고, '그리움'을 알게 되고, 시의 길을 배우기도 한다. 이처럼 시인에게 어머니는 '천변 풍경'과 더불어 그의 시세계의 한 축이라 할 수 있다. 두 번째 시집에 발표된 어머니를 만나기 전, 첫 시집에 발표된 어머니를 노래한 시부터 보는 것이 순서일 것 같다.

20살 장미꽃 같은

나이에 홀로 되어

철없는 자식하나 바라보며

한평생을 살아오신 어머니

남편 없는 처연함과

외로운 삶의 여정 속

흘린 눈물 강이 되어 흐릅니다

남의 집일, 동네 울력,

힘든 일 다 하면서도

희망으로 헌신하신 나의 엄니

우리 시대의 어머니

-「우리엄마」 부분

　　이 시를 통해 알 수 있는 것은 장미꽃 같은 스무 살에 홀로 되었다는 점, 남의 집일과 동네 울력 등 궂을 일을 하여 힘겹게 생계를 꾸렸다는 점, '희망'을 잃지 않고 헌신적으로 시인을 키웠다는 점 등이다. "남편 없는 처연함과/ 외로운 삶의 여정 속"에서도 아랑 곳 하지 않고 꿋꿋하게 살아온 어머니를 평생 보듬는다. 유년시절, 지치고 고단한 삶을 영위하는 어머니를 통해 '동행'의 의미를 알게 된다. "마늘고동 팔러갔던/ 엄마가/ 달빛만 소쿠리에/ 담아 돌아온 날// 밤새/ 심하게/ 코를 골며 잤다// 나는/ 모로 누워/ 밤을 지새웠다// 동이 텄다"(「同行」)라고 한 데서 말이다. '마늘고동'을 팔아 가족의 생계를 꾸리던 어머니의 힘겨운 삶을 엿볼 수 있는 시이다. 고단한 삶을 못이겨 곤히 주무시는 어머니 옆에 시인은 "모로 누워/ 밤"을 지새운다. 사랑은 마주보는 것이 아니라 같은 방향을 바라보는 것이라는 생떽쥐뻬리의 말이 생각나는 대목이다. 어머니와 함께 하는 삶,

고단한 삶을 같이 이어가려는 시적 화자의 깊은 마음을 읽을 수 있다.

> 입동 날 아침 출근하려고
> 로션을 바르는데 서재 위에서 어머니가 웃고 있다
> 간밤의 숙취로 얼굴 꼴이 말이 아닌데
> 환하게 웃고 있다
>
> 요양병원에서도 온몸에 주사바늘 꽂고 있으면서도
> 외아들 자랑에 하루해가 짧았던
> 어머니가 웃고 계신다
> 지금은 누구에게 그 많은 자랑을 하고 계실까?
>
> 마늘 고동 머리에 이고 읍내에 나가실 때 찍었나보다
> 고단한 하루의 노동을 팔고 탱자나무 울타리 안
> 외아들 기다리는 조금은 젊은 그 어느 날
> 사진을 찍으셨나보다
>
> 나의 하루가 먹먹해진다
>
> > —「사진」 전문

위 시는 기형도의 시 「엄마걱정」을 연상케 하는 작품이다. 외아들을 혼자 어렵게 키우신 어머니에게 외아들은 커다란 자랑거리이다. 시인은 어머니의 그러한 마음을 알기에 언제나 자신의 내면에 '어머니'를 항상 담고 있었을 것이다. 시인 자신이 어머니의 희망이고, 삶의 존재 이유인 것도 알았을 것이기에 시인은 어긋나지 않은 삶, 어머니의 기대에 부응하는 삶을 영위했을 것이다. 마늘고동을 머리에 이고 나가실 때도, 고단한 하

루를 보내고 난 뒤에도 어머니는 늘 힘이 되는 '아들'의 그림자와 동행했을 것이다. 시인의 삶이 어머니의 삶이고, 어머니의 삶이 자신의 삶이었던, 지난날의 추억을 시인은 사진을 통해 떠올린다. 어머니의 헌신이 젊은 날의 시인을 키운 것이라면, 어머니에 대한 그리움은 중년 이후 시인의 삶을 가능하게 하는 요소라 할 수 있다. 어머니를 노래한 또 다른 시는「독거미」이다. 거미줄에 걸린 잠자리를 통째로 먹는 독거미를 보며 어머니를 떠올린다. 자신을 "어머 살을 파먹고 자란" 독거미에 비유하고 있다. "새끼에게 뜯어 먹혀/ 홑이불처럼 얇아진/ 몸으로 날 감싸주셨던 어머니"를 상기하고 있다. 시인은 자신을 위해 기꺼이 어머니의 삶을 통째로 내주신, 어머니의 헌신에 대한 감사와 그러한 어머니에 대한 그리움을 잘 표출하고 있다.

요양병원 126호
마른 면발처럼 가느다란 어머니가
칼국수 먹고 싶다 했다

못들은 척 모임에 참석하여
칼국수에 수육까지
곁들여 배불리 먹었다

요양병원 창문 너머로
벚꽃 흐드러지게 피어 있고
엄마의 하얀 눈물이
꽃잎 되어 날리고

불어 터진 칼국수 가닥에 엄마의 한생이

무너지듯 내려앉는다

- 「가슴이 아리다」 부분

어머니에 대한 그리움을 잘 표현한 작품이다. 요양병원에 가신 어머니를 한시라도 잊은 적이 없었을 시인은 여전히 어머니에 대해 불효하고 있는 것은 아닌지 생각해본다. 시인이 평소 먹고 싶다는 것을 다 해주셨을 어머니의 작은 소원인 칼국수를 먹고 싶다는 것도 해드리지 못하는 시인은 가슴 아파한다. 그리고 그러한 어머니를 뒤로 한 채 모임에 나가 칼국수와 수육을 배불리 먹고 있는 자신을 보며 반성하기도 한다. 그리고 시인은 "요양병원 창문 너머로" 흐드러지게 핀 벚꽃이 날리는 모습을 어머니의 눈물로 보고 있다. 어머니에 대한 사랑이 듬뿍 담긴 시라 할 수 있다.

모정의 자장 속에 살아가는 시인은 어머니의 바람도 잊지 않는다. 그것은 어머니가 매미를 통해 전하는, 즉 "먼 길 떠난 노모의 모습이 푸른 나무 잎 속에 걸려 있고/ 빈 가슴 열어 이 땅에 자줏빛 세상을 만들"(「매미들 울다」)라는 내용 말이다. 그 세상은 소통을 통해 민초들이 살맛나게 사는 세상일 것이다. 바다 바람에도, 바위 틈에서도 꿋꿋이 자라는, 민초들을 닮은 '해국(海菊)'을 노래한 시(「해국」)에서 이러한 면을 발견할 수 있다. 해국(海菊)은 이름에서 엿볼 수 있듯이 '바다의 국화'이다. 이 꽃은 바닷가 바위에서 흔히 볼 수 있다. 원래 국화는 척박한 땅에서도 잘 자라는, 오랜 고난과 역경을 견뎌내고 핀 꽃이다. 때문에 우리에게 더 친숙하게 다가온다. 가을꽃은 "오랜 인내 끝에 피어나는 꽃들"이라고 하지만, 특히 해국은 바다에서 강한 바람과 햇살을 견디고 피어나는 꽃이기에 더 "각별"하게 다가온다. "바위틈"에서도 잘 자라는 해국은 척박한 현실에서도 꿋꿋이 견디는 민초들의 모습, 중심에서 밀려난 외롭고 쓸쓸한 이들의 모습을 많이 닮아 있다. 그리하여 마지막 연에서 시인은 "고요한 해국화가 맹렬하다"라고 노래했는지도 모른다.

그리고 시인은 '지금 여기'의 현실로 돌아와 4년 전에 발생한 세월호의 침몰사고에 대해서도 슬프게 노래한다.

> I
> 하얀 파도 거품이 일렁이는 맹골수도
> 팽목항에서 검은 바람이 불어온다
>
> 하늘이 푸르게 열린 날
> 그 바람이 내게도 온다
> 만약 물처럼 흘러가서
> 지리산 철쭉꽃을 흩날릴 수 있다면
>
> 먼 길을 갔다 다시 오려는가
> 눈부시게 시린 해풍에 날리는
> 저 여린 꽃잎 꽃잎들
>
> 지금 고창엔 청보리 축제가 한창이라는데…….
>
> II
> 흘러서 어느 순간
> 등 굽은 어미의 심장에 닿는다면
> 그것은
> 세월의 흔적일 거야

가끔씩 바람 부는 날
검은 물속에 던져진 노란리본을 기억하겠지
우리의 재회는 그렇게 다가올 거야

예상치 못한 이별의 후유증이
난무(亂舞)한다

Ⅲ
정제되지 못한 철부지 어른들의 늪 속에서
저 꽃잎들의 순수가 빛을 잃지 않도록 하소서
푸르디푸른 영혼들이
보리싹 같은 싱그러움으로
새 생명의 소망을 두게 하소서

- 「팽목항에서」 전문

세월호 침몰사고가 우리를 더 슬프게 한 것은 희생자 대부분이 나이 어린 고등학생이라는 점 때문일 것이다. 생명의 가치는 평등하고 그것을 나이로 셈할 수는 없지만, 그럼에도 꿈 많은 고교생이라는 사실은, 더군다나 입시경쟁과 학교규율 속에서 모처럼 해방되어 수학여행을 가다가 난 사고라는 사실은 우리를 더 가슴 아프게 한다. 그리고 배가 침몰하는 과정에서도 "선내에서 계신 위치에서 움직이지 마시고, 잡을 수 있는 봉이나 물건을 잡고 대기해주시기 바랍니다"라는 방송만 믿고 탈출하지 않아 죽은 학생들의 순수함이 어른들에게 더 죄책감을 느끼게 한다. 시인은 "여린 꽃잎 꽃잎들"에 대한 간절한 기도를 올리고 있다. "철부지 어른들의 늪속에서" 어린 꽃잎들이 "순수한 빛을 잃지 않도록" 하고, "푸르디푸른 영혼들"이 다시 "보리싹 같은 싱그러움으로" 태어나길 진정으로 바라고 있다. 어른들의 잘못으로 "여린 꽃잎"이 상처받고 "예상치 못한 이별"을 맞이하게 된 것에 대해 시인은 어른의 한 사람으로써 강한 죄책감을 느낀다. 그리고 시 「곡성역」에서도 힘겹게 살아가는 민초들의 삶을 묘사하고 있다. 군복무 시절에 듣던 기차소리를 떠올리며 곡성역의 풍경을 그리고 있다. 시인의 눈을 통해 그려진 곡성의 풍경은 우울하다. 세상의 모든 소리가 있는 곳인 '곡성역'에는 지친 삶을 이끌고 고향으로 돌아오는 사람들, 공장에서 힘겹게 일하고 오는 사람들, 그 공장에서 상해를 입고 오는 사람들의 안타까운 사연들의 소리로 가득하다. 닭울음소리에 잠깬 팔순의 노모와 흐느끼는 아들의 모습, 꿈을 찾아 떠나는 사람들과 지친 삶을 끌고 오는 사람들을 감싸안는 곡성역의 풍경이 그려져 있다.

그리고 시인은 코리안 드림을 꿈꾸며 이곳에서 힘겹게 현실을 살아가는 외국인들의 그늘을 노래하기도 한다. ""골무, 무좀약 팔아요"/ 는개 내리는 유성시장 후미진 구석/ 와룡설산 중턱이 고향인/ 검은 여인의 어눌한 외침"(「쿤밍 이모 1」)이 우리를 슬프게 한다. 이 시는 중국 윈난성의 성도인 쿤밍에서 온 여인의 쓸쓸한 삶을 노래하고 있다. 쿤밍 이모가 한국에 올 때에는 "코리안 드림"으로 가득 찼을 것이다. 그러나 이 꿈은 현실에서 "내동댕이 처진"지 오래이다. 그렇다고 코리안 드림을 포기할 수도 없었을 그녀는 오늘도 "코리안 드림"이 아니라 인간다운 삶을 영위하기 위해 시장의 후미진 곳에서 물건을 판다. "검은 여인의 어눌한 외침"이라는 말 속에는 디아스포라의 삶을 살아가는 고단함이 묻어 있다. "검은 여인"도, "어눌한 외침"도 우리와 동화되기 쉽지 않은, 불편한 요소이다. 시인은 이러한 겉도는 시어들을 감싸안는다. 이 외에도 디아스포라의 슬픈 삶을 노래한 시로는 「쿤밍 이모 2」, 「필리핀 이모」 등이 있다.

4. 사랑과 긍정의 힘

천변 풍경을 통해 잉태와 생성의 의미를 발견하고, 인위보다 무위의 소중함을 깨닫고, 모정의 자장 속에서 사는 추억의 힘을 간파하고, '지금-여기'의 고단한 현실 속에서 연민을 느낀 시인은 이제 다시 태어날 '이순(二筍)'의 기로에 서 있다. 시인이 이 길을 걸어오는 데 근음(根音)으로 작용한 것은 다름 아닌 '사랑'이다. 힘겹고 고단한 현실 속에서도 희망을 잃지 않는 '긍정적인 사랑'을 말이다. 모정에서 발원한, 이 긍정적인 사랑을 통해 시인은 '그리움'을 느끼는 것도 남다르다.

볕을 향해
제 몸 뒤트는 저
꽃잎들의
처연한 몸부림

내 안의
그리움도 그렇다
내 맘이
자꾸만 너에게로
간다

-「그리움」 전문

그리워하는 마음을 잘 표현한 시이다. 햇빛을 향해 몸을 뒤트는 것은 자연스러운 현상인데, 이 모습을 그리움으로 표현한 것이 참신하다. 햇빛을 좀 더 받기 위한 식물들의 자연스러운 모습은 사람들의 눈에 잘 띄지 않는다. 처음부터 그 모습으로 햇빛을 받아내는 모습으로 생각하기 쉽다. 그러나 이를 자세히 보면, 햇빛을 좀 더 받기 위해 보이지 않는, 내적인 치열함을 '그리움'으로 표현한 것이다. 보이지 않게, 조금씩 그리운 너에게로 향하는 모습이 아름답다. 시 「춘설」도 발상의 전환을 보여주는 작품이다. "안간힘을 다해／ 얼어붙은 대지의／ 물줄기를 찾아／ 한껏 피어오르던／ 목련위로 춘설이 내리고…／ 머리를 풀어헤친／ 무당의 승무춤처럼／ 우주 혼돈의 상태를 연출했습니다／ 덩달아 춤의 향연에／ 가담한 죄를 짓고 있습니다／ 내 방황의 끝이 보이지 않습니다"(「춘설」)라고 노래한 데서 이를 발견할 수 있다. 겨울이 가고 봄이 오는 것은 자연의 순리인데, '춘설'은 자연의 순리에 일종의 제동을 거는 것이다. "안간힘을 다해／ 얼어붙은 대지의／ 물줄기를 찾아／ 한껏 피어오르던／ 목련"에게 '춘설'은 모든 것을 일시 중지시키고 있는데, 이는 '혼돈'을 불러일으킬 만큼 충격적인 것이다. 시인은 이 춘설의 향연에 가담한다. "무당의 승무처럼／ 우주 혼돈의 상태"를 연출하는 데 동참한 것이다. 봄에 눈이 내리는, 절기를 거스르는 이 흐름을 좋아한 시인은 '방황'을 한다. 분명 이 방황은 혼돈만을 내재하지 않는다. 코스모스를 내재한 혼돈이다. 이처럼 시인은 코스모스와 카오스, 질서와 혼돈의 경계에서 시를 건져내고 있는 것이다. 시인에게 '방황'처럼 아름다운 무기가 또 있을까? 시 「아침 숲에 들다」에서도 이러한 면을 발견할 수 있다.

> 내가 쏘아붙였던 독설들이
> 빛바랜 맹감나무 가지마다에 붙어있는 아침
> 잠에서 막 깨어난 길들이 구불구불
> 산허리를 걸어 올라온다

아버지의 하지 정맥류 같은
불끈 불끈한 힘줄들이 오솔길을 움켜쥐고
한 치 비켜설 수 없는
고사목들의 질긴 생애가 아리다
하늘을 향해 푸른 잎들을 쏘아 올리던 청춘의 시절
구멍 숭숭 앙상한 줄기가 눈부시다

단 한 번의 비상을 위하여 푸른 잎들 솟아오르다
햇살이 어둠을 걷어내는 어스름 새벽
내 인생의 기관차가 쉴 수 있는 유일한 일요일
숲길을 오르다 지친 숨 가쁜 일상을
벗어나는 시간
희뿌연 안개 속에 지나쳐왔던 인연들

직립보행(直立步行)
열병한 겨울나무 사이로
끝없이 추락하는 계절의 끝자락을 잡고
울며 걷는다

빈숲에 들면 누구나
시인이 된다

-「아침 숲에 들다」 전문

    표제작이기도 한 이 시는 겨울 아침 숲 속에서 만난 나무들을 통해 강한 생명력과 불굴의 의지를 배운다. "내가 쏘아붙였던 독설"들도 숲 속에 이르면서 이내 정화되기 시작한다. 숲속에서 만난 "고사목"들의 구멍 뚫린 "앙상한 줄기"를 통해 "질긴 생애"를 엿본다. 나아가 그 고사목의 청춘, "하늘을 향해 푸른 잎들을 쏘아 올리던" 시절을 떠올린다. 생명이 다 하는 날까지 자신의 위치에서 "푸르름"을 잃지 않았을 고사목을 통해 경이로움을 읽는다. "단 한번의 비상을 위해 푸른 잎들 솟아오르"는 나뭇잎들을 보며 시인은 힘을 얻는다. 겨울을 통해 '봄'의 향연을 읽어내고, 시인을 지탱해준 인생의 힘줄을 읽어낸다. '빈숲'에 내재한 '풍성한 봄'을 읽어낸다.

이렇듯 시인은 끊임없이 '희망'을 내포한, 긍정적인 사랑을 담아내고 있다. 그리하여 그가 노래하는 고단하고 힘겨운 슬픈 자화상과 자연의 삶을 닮으려는 무위의 삶, 그리고 어머니에 대한 간절한 그리움도 이 긍정적인 사랑에 의해 나락에 빠지지 않고 균형감각을 유지하게 되는 것이다. 이것이 시인의 미덕이라 할 수 있다. 이순(二荀)을 넘어 새롭게 시작하는 그의 시적 여정이 궁금해지는 것은 이 때문이다.

-『아침에 숲을 들다』해설, 2018년

진정(眞情)의 삶, 진정(眞正)의 문학

김규성의 시세계

1

　김규성 시인의 『뜻밖이다』는 『막춤』이 출간된 지 5년 만에 나온 세 번째 시집이다. 그의 두번째 시집 『막춤』이 첫 시집 『날짜인을 갈면서』(2004) 발간 이후 11년 만에 나온 것을 감안하면, 시집 발간 기간이 많이 짧아졌음을 알 수 있다. 지천명을 지나면서 시인 특유의 맑고 따뜻한 시선에 포착된, 그리고 고단하고 굴곡진 인생에서 생성된 시적 자산이 그만큼 많아졌다는 것을 의미하는 것이리라. 『막춤』에서 '지금 여기'를 살아가는 민초들의 다양한 모습을 따뜻한 시선과 간절한 마음으로 형상화한 것처럼 시인은 이번 시집에서도 세상의 그늘진 곳에서 살아가는 다양한 군상들의 모습을 여전히 보여주고 있다.

　다른 점이 있다면, 타자의 삶을 응시하던 시선에서 시인 자신의 삶을 투시하는 방향으로 일부 옮겨온 점이다. 원거리에서 타자의 삶을 포착하는 것이 아니라 자신의 삶의 반경에서, 근거리에서 시적 대상을 포착하고 있다. 시 「실크로드」, 「황룡재」 등에서 두드러지게 보인다. 그리고 '뜻밖이다'라는 제목이 수록된 시의 제목에서가 아닌 시의 구절에서 가져온 점도 앞의 시집과 다른 점이라 할 수 있다. 시인은 생명이 없는 사막에서 시집의 제목을 찾는다. 일 년에 한두 번 찾아오는 습기와 추위, 돌풍으로 인한 돌의 움직임을 통해 "막막한 돌이 끌고 다닌 삶의 긴 흔적"을 발견하게 된다. 그리하여 그는 "생명은 뜻밖이다"(「힘-살아 있는 돌」)라는 것을 알게 되고, 나아가 모든 것들이 운명론적인 것이 아니라 '생각이나 예상을 하지 못하는' 뜻밖의 것임을 깨닫게 된다.

'뜻밖이다'라는 시선으로 보면 세상은 많이 다르게 보인다. 이순 가까이 살아오면서 시인은 세상에 녹록한 것이 별로 없음을, 인과관계에 의해 필연적으로 다가오는 당연한 결과가 거의 없음을 터득하게 된다. 아이러니하게도 세상을 알면 알아갈수록 알 수 없는, 미지의 세계가 더 넓고 깊어짐을 느끼게 된 것이다. 그리하여 시인은 '뜻밖의' 시선으로 세상을 관찰하기 시작한 것이다. 그러다 보니 뜻밖의 시선이 자연스럽게 '뜻 안'의 시선으로 바뀌게 된 것이다. 이러한 역발상을 통해 시인은 '뜻밖의' 모든 일들을 감싸게 된다. 우리가 모르는, 경험하지 못했던 일들을 충격으로 받아들이는 것이 아니라 충분히 그럴 수 있을 법한 것으로 수용하는 것이다. 생명이 있는 것들뿐만 아니라 무생물까지도 말이다. 이러한 인식의 변화는 다름 아닌 모든 사물을 '왜곡되지 않은 참되고 애틋한 마음'으로 보려는 진정(眞情)의 삶과 이를 '참되고 올바'르게 보려는 진정(眞正)의 문학을 추구하였기에 가능할 수 있었던 것이다. 그의 세 번째 시집 『뜻밖이다』에 시인이 포착한 고단한 현실을 살아가는 민초들의 삶과 그들을 감싸는 수많은 대상들에 대한 풍경이 고스란히 담겨 있다.

2

요즘 민초들의 삶은 고단하기 그지없다. 경제가 어려울수록, 코로나 19같은 감염질병이 확산될수록 그들의 삶은 더 팍팍하다. 사회적, 개인적 위험 부담의 가중으로 인해 일자리가 줄어들게 되고, 수주를 받은 일마저도 형편이 어려운 이웃일수록 부대끼며 서로의 힘을 모아야 하는데 거리를 두어야 하는 어려움에 봉착하게 된다. 이중의 고통에 시달리고 있는 것이다. 시인은 이러한 고통 속에서 일하는 민초들의 고통을 애틋하고 따뜻한 시선으로 맞이한다.

중국 중원에서 타클라마칸 사막 파미르고원
중앙아시아 초원과 이란고원 지중해까지

실크로드 장구한 길에 금은보화와 인물들 알지 못하지만
길 위의 사람들은
남루한 옷에 거망이 묻고 누런 이빨 씻지 못한 얼굴에
신발은 닳고 흙이 묻었을 것이다

전장 6,400킬로미터
그보다 더 긴 삶의 여정
어디에서 노구를 풀고 한 끼 식사 중인지
겨울 연산식당
오전 내내 허허벌판 현장에서 떨기만 했다고
허허벌판 현장에서 떨기만 했다고
시퍼렇게 언 사람들이
밥보다 먼저

뜨거운 콩나물국부터 마셨다

-「실크로드」전문

　실크로드를 걷는 사람들의 고단함과 겨울 현장에서 추위에 떨며 일하는 노동자의 고단함을 보여주고 있는 시이다. 6,400킬로미터 실크로드 위에서 제대로 씻지도 못하고 흙이 묻은, 닳은 신발을 신고 식사도 제대로 못하는 그들의 삶과 추운 겨울 현장에서 추위를 감내하며 일하는 노동자의 삶을 감싸안고 있는 것이다. 추위에 떨며 일한 사람들이 "밥보다 먼저/ 뜨거운 콩나물국"부터 마시는 장면을 통해 그들의 고단함을 실감할 수 있다. 시인의 시선이 추위에 떨고 지친 민초들의 삶에 깊숙이 파고들어 보듬고 있음을 엿볼 수 있다. 또한 시「황룡재」도 같은 맥락에서 볼 수 있는 작품이다.

이 산 계절색은 어디서 왔나

나이 마흔여섯에 어릴 적 엉덩이 푸른 반점이 같다는
늦깎이 색시 얻어 초봄 연두연두 뿜으며
괜스레 혼자 웃는 덤프트럭 뒤따른 적 있다

일찍이 부모가 이혼한 바람에 혼자 노는 맛을 알아버린
숨은 고갯길에는 진초록 바위틈에 앉아 듣는 빗소리
구부정히 얼굴 괸 허름한 뱃속
짐승의 색

막 굴러먹기 좋아 배웠다는 천직

들어앉지 못하는 성격에 바람처럼
애초부터 배움이 없는 터라 말이 거칠어 현장이 펄떡이는 몸부림
타히티를 그린 화가보다
색감은 원색이다

주저하거나 앞뒤 가리지 않고
적당히 가리는 체면 따윈 벗겨버리는 매운 뒤끝
그 꽁무니 따라다니면
본능이 숨 쉬는 밤이 있고
유쾌한 노래가 있다
오르고도 끝나지 않는 길 위의 고개
만나는 길마다 내겐 초행이다

-「황룡재」 전문

　황룡재에서 만난 고단한 삶을 살아가는 사람에 대한 연민을 노래하고 있다. "일찍이 부모가 이혼한 바람에 혼자 노는 맛을 알아버린/ 숨은 고갯길에는 진초록 바위틈에 앉아 듣는 빗소리/ 구부정히 얼굴 괸 허름한 배 속/ 짐승의 색"에서 시적 화자의 쓸쓸함, 외로움을 읽을 수 있다. "막 굴러 먹기 좋아 배웠다는 천직/ 들어앉지 못하는 성격에 바람처럼/ 애초부터 배움이 없는 터라 말이 거칠어 현장이 펄떡이는 몸부림/ 타히티를 그린 화가보다/ 색감은 원색이다"이라고 한 데서 비록 많이 배우지 못했지만, 건강미 넘치는 삶을 엿볼 수 있고, 고갱의 타히티의 그림에서 볼 수 있는 원색의 순수함이 살아 있다. 체면보다는 본능에 가까운 아름다운 삶이 있고, 본능에 충실하는 유쾌한 노래가 있다. 그를 따라 황룡재에 이르는 길이 그와는 달리 시인에게는 "오르고도 끝나지 않는 길 위의 고개/ 만나는

길"이 모두 "초행"이다. 길들여진 길을 걸어온 시인은 황룡재에서 만나는 건강미 넘치는 사람들이 걷는 길을 통해 그들의 고단함과 겉치레보다 본능에 충실한 삶을 살아가는 민초들의 활력을 엿보게 된다. 이러한 민초들의 건강한 모습은 시 「공장」에서도 발견할 수 있다.

아무도 출근하지 않아 육중한 철문입니다
건너편이 잠잠합니다
깊이 외로웠는지 지문이 찬 서리 찰싹 달라붙습니다
열쇠 부딪히자
앵두나무
참새 폭죽

주머니에 손 넣고
뒷짐에 여기저기 눈길 주며
하나 둘
허겁지겁 따라 들어옵니다

와 쏟아지는 명랑한 인연이 좋습니다

-「공장」전문

위 시는 건강하고 힘찬 노동의 현실을 보여주고 있다. 다른 사람이 출근하기 전에 먼저 나온 시적 화자는 외롭기도 하고 쓸쓸하기도 하지만, 함께 일 할 동료들과의 "명랑한 인연"으로 활기를 얻고 있다. 시에서 무거움을 거느리고 있는, '육중한 철문', "찬 서리 찰싹 달라붙"는 차가운 이미지가 마지막 연이자 마지막 행인 "와 쏟아지는 명랑한 인연이 좋습니다"라는 데에 이르러 가볍고 따뜻한 이미지로 승화하는 것을 볼 수 있다. 노동을 통해 '살아있음'을 느끼게 되고, '생기'를 얻고 있음을 볼 수 있다. 시인은 지금까지 "못 해 본 것은 많아도 안 해 본 것 없이 떠"(『막춤』 권덕하 해설) 돌아 다닌, 뜻을 이루려 했으나 뜻밖의 일들을 많이 경험한 자신의 고단했던 삶을 성찰하기도 한다.

이름을 부른다

옹알이하고 몸 뒤집을 때
길거리에서 이유 없이 떼를 쓰고 울고 있을
화내고 고집부리던 당신

도무지 풀지 못할 방정식을 풀어보라는
그대의 이름
방문 닫고 움직이지 않는 그대를 부른다

친구가 부를 때의 목소리로
좋아하는 사람이 부를 때의 목소리로

우두커니 홀로 있을 때의 이름
밥상머리에 둘러앉아 있을 때의 이름
새벽에 나가서 여태껏 집으로 가지 못하는 그대 이름

부르니 또한 내 이름이라
그림자 지우니 어둡다
희미하게 고독하게 무표정한

자화상이다

여보게, 밥은 잘 먹고 있는지
용기 잃지 마시게
잘 견디시게
-「자화상」 전문

　힘겹고 고단한 삶을 살아오는 자신에게 용기를 불어넣고 있는 시이다. 시적인 자아의 상황은 현실 속에서 "도무지 풀지 못할 방정식을 풀"고 있는 상태에 놓여 있다. 그 문제를 풀기 위해 "방문 닫고 움직이지 않는" 자신을 불러본다. 격이 없는 "친구가 부를 때의 목소리"로, 때로는 "좋아하는 사람이 부를 때의 목소리"로 나지막이 불러본다. "우두커니 홀로 있을 때의 이름"과 "밥상머리에 둘러앉아 있을 때의 이름"을 소급하여 부르기도 하고, "새벽에 나가서 여태껏 집으로 가"고 있는 못하는 때의 이름도 불러본다. 그대의 이름은 다름 아닌 "희미하게 고독하게 무표정한" '나'이다. 호명하고 보니 "자화상"인 것이다. "밥은 잘 먹고 있는지"라고 하며, "용기 잃지" 말고 "잘 견디"라고 당부한다. 시인이 무의식적 자아에게 힘을 북돋아주고 있는 것이다. 현재 힘겹고 어려운 현실을 잘 살아왔고 앞으로도 잘 극복할 것이라는 소망이 담겨 있다. 자신을 성찰한 시인은 '시인'으로서, '시 쓰는 일'에 대해 고민하게 된다.

좀처럼
들리지 않는다

손으로 흔들어 보고

허릿심으로 들고
어깨로 밀어본다
힘이 부족한지
고집이 센지
다음 사람이 이어받아 안간힘이다

그들을 동료라 부른다

몸이 아픈 곳도 같아 쉬는 시간 서로 돌려 잘 읽는다

시 쓰는 일
우선순위에서 밀렸다

점심 식당 동료들 앞에
공손하게
숟가락 젓가락 놓아 준다

                            -「하루에 시 한 편」 전문

　시인에게 시 쓰는 일보다 더 중요한 것이 있을까. 하지만 '생계'를 위해
동료들과 힘을 모아 어렵게 함께 걸어가는 길, 이것이 시의 길임을 시인
은 깨닫게 된다. "몸이 아픈 곳도 같아 쉬는 시간 서로 돌려 잘 읽는다"라
고 한 데서 삶의 고단함을 읽을 수 있다. "시 쓰는 일/ 우선순위에서 밀렸
다"에서는 치열하고 힘겹게 살아가는 현실 속에서 시 쓰는 일이 사치일지
모른다는 시인의 생각을 발견할 수 있다. 순간순간 고단한 삶을 살아가는
이들에게 "공손하게/ 숟가락 젓가락 놓아"주는 일이 시보다 더 큰 의미의
시쓰기임을 그는 보여주고 있는 것이다. 윤동주의 「쉽게 쓰여진 시」를 연

상하게 하는 시이다. 시인은 이 시를 통해 시에 민초들에 대한 삶을 애틋
하고 따뜻하게, 그리고 참되고 올바른 길을 담아낼 것을 다짐하고 있는 것
이다.

3

민초들의 삶에서 '뜻밖의' 진리를 터득한 시인은 이제 자신의 주위를
살핀다. 지금껏 무심코 지나쳤던 수많은 대상들에 눈길을 준다. 그 눈길
에 의해 모든 것들이 모두 소중한 것임을 깨닫게 된다. 잣나무, 고목, 풀
등이 새롭게 다가온 것이다. 이 중 익살스럽게 충청도 기질을 보여주고
있는 '고목'을 노래한 시를 보기로 한다.

> 뭐 볼게 있다구 자꾸 보는 겨?
>
> 가슴은 처지고 삐진 옆구리 살
> 말이나 말아먹지 말지
> 거추장스러움은 곧잘 벗어던진다
> 팔뚝은 굵어 어지간한 살림
> 부탁하지 않는다
> 고운 데라고는 하나 없는데
> 자꾸 본다
>
> 이따금
> 새 달 구름 푸른 이파리

머리핀 꼽는다
부조화가 파격이자 매력이다

무심한 척 골똘하다

-「고목」 전문

　치열하게 살다가 고목이 된 나무의 이면을 노래한 시이다. 자태를 뽐
내던 나무껍질은 벗겨져 "가슴은 처지고 삐진 옆구리 살"만 남게 된다. 시
적 화자는 "고운 데라고는 하나 없는데"라며 고목을 자꾸 바라본다. 이따
금 새 이파리 피어나지만, 이전의 무성한 새 잎을 보며 그는 "부조화가 파
격이자 매력"이라고 치켜세우기도 한다. "무심한 척 골똘"한 고목의 자태
를 또 본다. 연륜이 쌓인 인생을 보는 듯한 느낌을 지울 수 없었기 때문이
리라. 즉, 혈기 왕성하고 패기 있고 열정이 가득한 청춘을 지나 연로한 이
들의 기품을 본 것일게다. 세월이 흘러 젊은이들처럼 균형과 조화를 갖춘
모습은 아닐지라도 필요 없는 것을 다 버리고 부조화인 듯 조화를 이루는,
오랜 세월 속에서 빚어진 가뿐한 노년의 모습을 말이다. 이는 시인이 꿈
꾸는 노년의 삶일지도 모른다. 고목을 예찬한 시인은 이번에는 공장 틈새
에 핀 풀에 대한 애정을 드러내고 있다.

공장 마당 깨진 틈새 풀
뙤약볕에 모질다
바닥 움켜쥐어 뽑히지 않고 끊어지는
악다구니
벌렁 누운 휴식시간
휴대폰 사진 몇 장 넘기다 말한다

괜한데 힘쓰지 말자구
그도 이 바닥에 터 잡은 식구
다 틈바구니에 굴러먹어
잔뿌리가 깊어

앞뒤 살펴 긴장하게
정신줄 놓으면 일은 한순간
틈새 움켜쥐는 손바닥

현장은
잔뼈가 굵다

- 「잔뼈」 전문

공장 마당 틈새에 핀 잡초를 보며 현장에서 잔뼈가 굵어진 이들을 생각하는 시이다. "공장 마당 깨진 틈새" 사이로 핀 풀의 강하고 질긴 생명력을 엿본다. 강한 뙤약볕에도 견디고 모진 바람에도 견딜 잔뿌리가 깊은 풀을 보며, 공장 현장에서 잔뼈가 굵은 건강미 넘치는 노동자들의 삶을 떠올린다. 공장 현장에서 힘든 일을 하면서 살아가는 억센 노동자들의 삶을 긍정적인 시선으로 바라보고 있다. 시인의 눈에는 공장 현장에서 일을 하는 민초들의 삶도, 공장 틈새에 난 풀도 모두 소중하게 여기고 있다.

시인은 고목과 잡풀을 통해 무소유와 강한 생명력을 보여주는 데에서 무생물을 통해서도 삶의 지혜를 깨닫는 데로 나아간다. 그는 「힘 - 살아 있는 돌 -」에서 습기와 추위와 바람을 다 견디고 다가온 돌의 내력을, 이면을 보고 있다. 돌의 생명력을 발견한 것이다. 또한 시인은 연못 위에 떠 있는 '공'을 통해 무소유의 소중함을 느끼기도 한다.

연못 위에 떠 있는 저 공은
한때

걷어차거나 헛발질에 빗나가는
땀 흘려 질주하는 본능이었으나
지금은 섞이지 않고
투명하고 차갑고 목직하게 잠긴 경계

떠 있는 달이라 해야 하나
근심이라 해야 하나
이파리는 낙엽이 되고
떠내려와 켜켜이 잠겼다

시간은 조용하게 거기
모였다 흩어지는 흔적

지나간 무엇이 남았을까
빈 주머니에 손을 넣자 소리가 한 움큼

아프다고만 말 할 수 없어
공이라 하겠다

- 「비었거나 둥근」 전문

위 시는 연못 위에 떠 있는 공을 보며 삶의 공(空, 비어 있음)의 의미를 드러내주는 작품이다. 연못 위에 떠 있는 공의 내력을 읽는다. 한 때는 팽팽하여 "걷어차거나 헛발질에 빗나가는/ 땀 흘려 질주하는 본능"을 지닌

공이었음을 떠올린다. 질주 본능이 "투명하고 차갑고 목직하게 잠긴 경계"에 머물고 있는 것이다. 시인의 시선은 여기에 머물지 않는다. 자신의 빈 호주머니를 떠올린다. 한 때 그 주머니에 남부럽지 않은 만큼의 열정과 패기가 담겨 있었을 시절을 말이다. 그리고 그 주머니에 커다란 아픔도 내재했을 때도 있었을 것이다. 시인은 이제 그 모든 것, 즉 열정과 패기, 상처를 '공(空)'이라 명명한다. 모든 것을 편안하게 받아들일 만한 연륜을 갖게 된 것이다. 팽창과 수축, 가득참과 텅빔을 '공'으로 읽는 내공을 갖게 된 것이다. 이러한 시선에서 보면 '항구'도 달리 보인다.

앞에는 바다다

진영 제우스 미자 만선 연화 용신 대한 해성호가 매여 있다

뒤에는
뱃살 두둑하고
앞치마 두르고
턱수염 주름 깊고
술 잘 먹고 욕 잘하고
욕심 많고
죽을 때쯤 잘 해줄 걸 후회하고
사랑스럽고
이젠 뒈지지도 않는다고

믿는 구석이라곤 무작정
별거 없는 뱃장
그거 없으면 세상마저

끝

매여 있어도 일렁이는 이름들이 모여 이루는
테두리다

-「항구」 전문

위 시는 바다가 보이는 항구보다는 바닷사람들이 생기있게 살아가는 항구의 이면을 노래하고 있다. "뱃살 두둑하고/ 앞치마 두르고/ 턱수염 주름 깊고/ 술 잘 먹고 욕 잘하고/ 욕심 많고/ 죽을 때쯤 잘해줄 걸 후회하고/ 사랑스럽고/ 이젠 돼지지도 않는다고// 믿는 구석이라곤 무작정/ 별거 없는 배짱/ 그거 없으면 세상마저 끝"이라고 말하며 항구를 지키는 사람들이 있다. 시인은 정제되고 체면을 중시하는 사람보다 삶의 현장에서 본능에 충실하고 날 언어(육두문자)를 스스럼없이 구사하는 인물에게 더 애정을 보낸다. 그러기에 시인의 눈에는 항구는 "매여 있어도 일렁이는 이름들이 모여 이루는 테두리"인 것이다. 항구에 묶여 있는 배를 가로지르는 건강한 뱃사람들의 건강미와 진취성을 읽어내고 있다.

노동의 현장과 우리 주위의 많은 대상들을 통해 건강함과 생명력, 무소유의 가치를 발견하게 된 '진정(眞情)'의 의미를 보여주기에 이른다.

열린 창으로 새가 들어왔다

떨어지듯 주저앉길 몇 번

산 하늘 바람이 보이질 않았다

오직 너만 존재다

네가 나갈 동안

눈은 붉어지고

가슴이 탔다

너와 나

열어두고 갇히는 관계

갔다 하여 끝나지 않는 마음이다

-「진정(眞情)」 전문

　시적 대상에 대한 시인의 참된 사랑을 보여주는 시이다. 창문을 통해
방으로 들어온 새를 보며 시인은 노심초사한다. 행여 새가 다칠까, 방 밖
으로 나가지 못할까하는 마음에서이다. 새가 나갈 동안 "눈은 붉어지고/
가슴이 탔다"라고 언급한 데서 그 순수한 마음을 읽을 수 있다. 시적 화자
뿐만 아니라 새 또한 그랬을 것이라는 데까지 읽는다. 새와 시인의 관계
는 서로 "열어두고 갇히는 관계"에 놓여 있다. 새가 방에서 떠났어도 시인
은 마음이 진정이 되지 않는다. 새를 통해 '참되고 애틋한 정'(眞情)을 느끼
고 있는 것이다. 경의의 마음으로 사물을 대하는 시인의 진정을 엿볼 수
있다. 그는 이제 진정(眞情)의 시선으로 가족들의 모습을 살핀다.

백제 성왕이 정벌에 나선
최후의 길이었다

우리 엄마는 아무리 애써도 살 길이 안 보인다고
다 버리고 나온 길이었으나 스스로 발길 접은
처음이자 마지막 영토 확장의 길이었다

이 길이 아내에게는 고향이자 시댁 가는
여자의 길이라 싫다 한다

어둡고 아득하여 애써 외면하는
왕의 길

은밀하고 예측 불가능함에도
표지판과 과속 방지턱이 있고

그 길에는
꽃이 만발하고 부드럽게 구비지고
완만하게 계절이 온다

오랫동안 넘고
너머에 볼 수 없는 도착지가 있다

─「성왕길」 전문

대전에서 보은으로 가는 길 중간 쯤 옥천 구간에 있는 '성왕길'에 대한
단상을 보여주는 시이다. 시인은 "백제 성왕이 정벌에 나선" 최후의 길을

떠올리며 "아무리 애써도 살 길이 안 보"여 고향에서 떠나와야만 했던 가족사를 회고한다. "고향이자 시댁 가는/ 여자의 길"이라 싫다고 한 아내의 말도 상기한다. 그리하여 "어둡고 아득하여 애써 외면하는/ 왕의 길"이기도 하다. 그러나 시인에게는 이 길이 "꽃이 만발하고 부드럽게 굽이지고/ 완만하게 계절이 오는 곳"이기에 더 가고 싶은 길이다. "오랫동안 넘"어온 곳이지만 그곳은 다시 가야할 "도착지"이기도 한 곳이다. 이 길은 살기 위해 떠나온 길이지만, 인생을 잘 마무리하기 위해 다시 돌아갈 곳이기도 하다. 삶의 근원이, 시의 원형이 기억 속에 그대로 남아 있는 곳이기 때문이다.

"오늘은 무얼 끓여 먹나/ 바람 든 무 구덩 앞/ 조바심하는 엄니 같다"(「산달, 2월」)라고 노래한 데서는 지독한 가난으로 끼니 걱정을 해야 하는 어머니의 그늘도 보인다. 또한 시인은 누이도 떠올린다. 마마 열꽃 세 개가 피고, 동백머리를 한 누이를, "살갗이 트고 눈꺼풀은 내려앉"은, "등짝에 검불이 달려있"는 모습을 상기한다.(「누이」) 고생만 한 누이에 대한 그리움을 '달'을 통해 형상화하고 있다. 그리고 고단하고 힘겨운 삶을 살다간 막내 고모에 대한 추억도 떠올린다. "가축시장 난전 차일치고 국수 팔던 고모"를 상기하며, 추운 날 저승 가는 길로 떠나는 고모 걱정을 하는 시인의 선한 심성을 엿볼 수 있다. "마른 솔가비라도 한 지게 지고/ 궁실궁실 매운 연기라도 피워/ 이 추위에 몸 녹여 가시라고 해야 할 텐데/ 죽전 봇도랑 잘 건너셔야 할 텐데"(「고모」)라고 하여 고모가 따뜻하고 안전하게 피안의 세계로 가길 기원하고 있다. 그런가 하면 "고른 치열 오똑한 코 쌍꺼풀한" 매혹적인 모습과 견주어 최종 면접에서 떨어진 착한 딸의 안타까운 심정을 표출하기도 한다. 이 시는 외모지상주의의 현실을 비판하는 동시에 개성의 소중함을 보여주고 있다. 아침 버스정류장에서 만난 꽃들의 "광대뼈 깊은 주름 세상모를 것 없는 굴곡의 지혜"가 흐르고 있는 데서 긍정적인 시선을 보이고 있는 것이다. 이정록의 「풋사과의 주름살」, 이준관의 「구부러진 길」 등을 연상하게 하기도 한다. 이 시에서 시인의 미덕 중 하나인 현실의 슬픔을 그대로 두지 않고 긍정적으로 승화한다는 점을 발견할 수 있다.

4

시인이 꿈꾸는 세상은 어떤 세상일까. 슬픔이 없는 세상이지 않을까. 2019년 4월 16일 세월호 5주기에 쓴 것으로 보이는 시 「한 배」에서 시인은 세월호 침몰사고로 숨진 이들을 애도하며 꿈에서라도 '한 배' 타기를 소망하고, "좋을 때나 나쁠 때나/ 한 몸으로 타야지"라고 노래한 데서 이를 엿볼 수 있다. 그리고 그는 군자의 삶을 꿈꾸기도 한다. "아침에 작고 반짝이는 검은 눈을 가진 새는 그 곳에서/ 맑고 따뜻한 자세다// 나는 다짐했다// 당분간/ 자리는 가려 앉고/ 자세 바르게 하며/ 좋지 않음은 듣지도 보지도 말며/ 마음은 덕으로 다스려/ 진중함에 애써야겠다"(「아침」)라고 노래한 것처럼, 시인은 아침에 작고 반짝이는 눈을 가진 새의 맑고 따뜻한 자세를 보며 마음가짐을 다잡고 있다. 새를 통해 군자의 길을 배우게 된 것이다. 또한 시인은 태국 아유타야 사원에 나무 뿌리가 일으켜 세운 불두(佛頭)를 보며 새로운 세상을 꿈꾸기도 한다. 나무 뿌리 속에 있는 불두를 보며 시인은 애잔한 느낌보다는 긍정적인 메시지를 얻는다. 비록 "몸은 떨어지고/ 내동댕이쳐진 고통"이 가득하지만, "막막한 상처 꺼내 놓고/ 스스럼없"이 웃고 있는 불두의 모습을 보며 자신의 삶을 되돌아보고 있다. "믿음이란/ 떨어져 깨진 머리가 아니라/ 다시 일으켜 세우는 손길/

웃음의 뿌리"(「불두(佛頭)」)라는 것을 깨닫고 있는 것이다. 그리하여 시인은 이전의 수많은 기도에 대해 '무효'라고 하며, 고단하고 힘겨운 삶이지만 다시 힘을 내야겠다고 다짐한다. 시인이 진심으로 꿈꾸는 세상은 시 「마음의 서쪽」에 그려진 세상이지 않을까.

> 추위와 가축과 도랑물 바람과 모닥불과 연기
> 삭은 젖 썩어가는 감자와 현이 두개인 악기
> 그 속에 세상 모든 것이 다 들어 있고
> 다 가진 것이어서
> 어디에도 속하지 않는 흐름이어서
> 울림은 현에서 별 많은 밤으로
> 존재였던 것은 전설로 이어지고
> 이방인이 찾아왔을 때
> 스스럼없이 방으로 들이고 반가워
> 춤도 추고 노래하는
> 번성한 마을도 국가도 없이 다만 살다가 가고픈
> 가난이 있다
>
>   -「마음의 서쪽」 전문

가난하지만, 평화로운 곳, 반가워 춤추고 노래할 수 있는 '마음의 서쪽'을 지향하는 시이다. "추위와 가축과 도랑물 바람과 모닥불과 연기"가 있고, "삭은 젖 썩어가는 감자"와 "현이 두 개인 악기"가 있는 곳, "번성한 마을도 국가도 없"는 그곳에서 가난한 사람들과 마음껏 향유하고 싶은 내용이 담겨 있다. 그가 꿈꾸는 가난한 시인의 마을, 가난한 시인들과 더불어 함께 사는 곳, 그곳에서 오래 오래 살고 싶은 욕망을 드러내고 있는 것이

다. 시인이 꿈꾸는 세상을 이루기 위해 시인은 오늘도 진정(眞情)의 삶을 바탕으로 진정(眞正)의 문학을 향해 나아가고 있는지도 모른다.

- 『뜻밖이다』 해설, 2020년

치유를 넘어 소통으로

박권수의 시세계

1. 의(醫)와 시(詩)의 만남

굿의 기능 중 하나는 치유이다. 병이나 상처를 잘 다스려 낫게 하는 치료와는 달리 치유는 질병의 원인이 몸에서 완전히 사라져 병으로부터 해방되는 것을 의미한다. 인생을 살아가면서 우리는 예기치 않은 많은 일을 접하게 되고, 그 과정에서 적잖은 충격과 마음의 상처를 받게 된다. 혼자서 감당하기 어려운 충격과 상처는 온전한 삶을 영위할 수 없을 만큼 커다란 트라우마로 남게 된다. 아주 오래전부터 정신적인 충격과 상처받은 영혼의 치유를 담당해온 이는 다름 아닌 무속인이었다. 서양의학이 들어오기 전 그들은 수많은 사람들의 상처받은 영혼을 온전하게 복원시키는 데 주력했다. 그들은 살아있는 사람의 상처받은 영혼뿐만 아니라 죽은 사람들의 넋까지 달래고 위로했던 것이다. 자신이 혼자 감당하기 어려운 충격을 받아 생긴 미친 사람을 다스리는 '미친굿'이나 억울하게 죽었거나 이승에 미련을 두고 떠난 죽은 이의 넋을 달래고 위로해주는 '진혼굿' 등을 통해 우리는 어렵지 않게 이를 목도할 수 있다. 이러한 굿을 통한 치유의 이면에는 살아남은, 앞으로 살아갈 사람들이 좀 더 편안하고 행복하게 살아가기 위한 욕망이 내재해 있다. 살아있는 사람들끼리 소통을 꾀하고, 죽은 사람과 살아있는 사람과의 교통(交通)을 통해 행복한 삶을 누리고자 했던 것이다. 죽은 혼을 불러 위로하고 달래고 있는, 김소월의 시 「초혼」과 고은의 시 「초혼」도 같은 맥락이라 할 수 있다.

그러나 현대사회로 접어듦에 따라 예전부터 상처받은 영혼을 달래주던 일을 담당했던 무속인의 역할은 점점 축소되기 시작했다. 그들의 역할을 서양의학이 담당하기 시작한 것이다. 정신적인 충격을 받거나 영혼의 상처를 입은 현대인들이 날로 증가하는 현실에서 점점 그들의 역할은 더욱 중요하게 부각되고 있는 것이다. 이렇듯 현대인들의 상처를 어루만지고 트라우마를 위무하는 시인이 있는데, 그는 다름 아닌 박권수이다. 그러니까 그는 '지금-이곳'을 살아가는 이들의 정신적 아픔과 상처를 의학적으로 위로하고 보듬는 '의사'이자 이러한 상처와 결핍을 시로 승화시키는 '시인'인 것이다. 또한 그는 시인의 마음으로 환자들을 치유하는 '시인의사'이고, 환자들의 편안함을 먼저 생각하는 마음으로 시를 쓰는 '의사시인'이다. 그렇기에 그는 의사와 시인의 경계를 두지 않고 넘나들며 상처와 결핍을 감싸안고 사랑한다. 이러한 면은 그의 시집 『엉겅퀴마을』에 고스란히 담겨져 있다.

2. 그늘 속의 밝음, 밝음 속의 그늘

박권수 시의 특징 중 하나는 차이, 경계, 구분을 두지 않는다는 점이다. 그것은 환자들에게 선입견을 두지 않고 다가가야만 하는, 백지에서 시작해야만 하는 직업 본능에서 나온 것일 수도 있고, 타고난 선한 천성에 바탕한 시인의 마음에서 비롯될 수도 있다. 이보다 더 중요한 것은 그가 본디 생명의 소중함과 인간에 대한 경의가 깔려 있지 않으면 얻을 수 없는, 불가능한 경지에 다다르고 있다는 사실일 것이다. 이는 불교에서 말하는 '색즉시공(色卽是空) 공즉시색(空卽是色)'과 많은 연관이 있다. 즉 그는 색과 공을 같은 범주에 두고 색이 곧 공이고 공은 곧 색이라는 본의를 잘 꿰뚫고 있다고 할 수 있다. 병원과 병원 밖의 풍경뿐만 아니라 환자와 비(非)환자의 경계를 두지 않고 모든 것을 하나의 우주로 보고 있는 것이다.

비
온다

비 오지 않는 곳으로만 걸으려다
웅덩이에 빠졌다

발 젖자 온몸이 젖었고
젖은 것이 무겁게 내려앉았다

어딘가에
스며들거나 배어드는 것

젖은 뒤에야
젖은 모든 것이 다가왔다

-「젖은 뒤에야」 전문

위의 시는 젖는다는 것의 새로운 의미를 보여주고 있는 작품이다. 비가 오게 되면 우산을 찾게 된다. 우산을 쓰고 거닐 때도 빗물이 고인 웅덩이를 피해 높은 지면을 밟고 가게 된다. 그러나 실수로 웅덩이를 밟아 발이 젖으면 체념하게 된다. 시인 또한 마찬가지이다. 발이 젖기 시작하여 온몸이 젖어들어 점점 몸이 무거워지는 것을 감지한다. 젖은 이후에야 몸이 젖은 것과 하나가 되고, "젖은 모든 것이 다가"오는 것을 깨닫게 된다. 젖는다는 것은 중의적인 의미를 내포하고 있다. 시인의 그늘도, 타자의 그늘도 모두 아우르고 있다. 시인이 일상적으로 만나는 환자는 비에 젖어들고 있거나 젖은 사람들인 경우가 많다. 원래부터 그들이 젖은 상태는 아니었다. 인생을 살아가는 과정에서 상처를 입고 정신적 충격을 받으면서 조금씩 젖어들기 시작한 것이다. 시인이 이처럼 젖은 것을 포착할 수 있었던 데에는 시인의 체험과 무관하지 않은 듯하다. 유년시절 그는 심사가 뒤틀린 아버지에 의해 엎어진 밥상을 다시 원래대로 하고, 나뒹굴어진 그릇들을 주어담으며 아까운 음식들을 처리하는 어머니의 모습을 떠올린다. 오죽 했으면 밥상을 엎을까 하는 아버지의 그늘보다는 어머니의 속이 검게 타들어가는 어머니의 그늘을 보았을 것이다. "흩어진 길 주섬주섬/ 눈물에 감추고/ 깊은 두레박에 내려앉은"(「자작나무의 속은 검다」) 어머니의 모습을 보며 그녀의 짙은 그늘을 읽어내고 있다. 이처럼 시인은 타자의 젖은 모습을 통해, 그늘을 통해 환자에게 더 다가서고 있다. 그렇다고 젖은 모습이라든지 그늘만을 찾아다니는 것은 아니다. 밝음과 그늘이 늘 공존한다는 것을 알기에 그는 굳이 밝음과 그늘을 구분하려 하지 않는다. 그리고 그는 무리하거나 서두르지 않는다. "젖은 뒤에야/ 젖은 모든 것이 다가"오는 것처럼 순리를 따를 뿐이다.

　　사람에게서 풀 냄새가 난다
　　서로 엉겨붙어서

바람에도 견디며

서로 종알거리며 웅성거리며

밟고 지나가는 사람의 발자국도 감싸며

서로 기대라고 서로 슬퍼하지 말라고

토닥이며 둘러앉은 하루

그들만의 세상에

조금씩 자라는 이파리에

외롭지 않아서 좋은

기대고 따스해서 엉겨붙은 사람들

외롭지 않게 비켜서지 않게

같이 해서 좋은

"제 20조 2항, 여기부터는 철거대상입니다"

- 「엉경퀴마을」 전문

　　엉경퀴마을은 시인이 꿈꾸는, 따뜻하고 정겨운 공간이다. 이렇듯 아름다운 공동체의 공간이 철거대상이 된 것에 대해 안타까움을 표출하고 있다. 도시에서 철거되는 곳은 대부분 서민들의 공간이다. 그곳에는 지형에 따라 최대한 공간을 활용하여 지은 집들이 모여 있다. 집으로 가는 길도 비좁은 골목길이다. 그럼에도 그곳에는 따뜻한 정이 있다. 오밀조밀하게 모여 있는 집과 집, 집과 골목 사이에 사람 사는 향기가 가득하다. 비록 가난하지만 "외롭지 않아서 좋은/ 기대고 따스해서 엉겨 붙은 사람들"이 있는 곳이다. 시인은 사람 사는 냄새가 나고 인간의 정이 느껴지는 이러한 공간이 '새로운 도시계획'에 의해 철거되는 것을 안타깝게 바라보고 있다. 이 공간을 엉경퀴처럼 더불어 살아가는 모습을 연상하여 '엉경퀴마을'

이라고 한 것에서도 그의 배려가 숨어 있다. 그러나 우리는 이 시에서 철거민들의 그늘을 어렵지 않게 발견할 수 있다. 공동체적인 삶을 영위하는 밝은 면을 보여줌과 동시에 "제 20조 2항, 여기부터는 철거대상입니다."라는 구절을 통해 그 이면에 있는 다가올 그늘을 보여주고 있다.

서울역 지하통로
세상에서 흘러내린 사람들이 고여 있다

막힌 허파, 허름한 얼룩무늬
어두운 통로 곳곳에 앉아
서로의 눈빛조차 거부하는

누군가에게 차인 깡통
습한 그림자도 함께 굴러
고난은 누구에게나 균등한가

힘들게 하는 능력의 하나님

힘겹게 벽에 달라붙은 빗방울
십자가 거꾸로 매달고 떨어지고 있다

-「그을린 사람들」 전문

시인의 시선은 엉겅퀴마을의 그늘에서 서울역 지하도에 있는 노숙자들의 그늘로 향한다. 하루하루 '길'에서 연명해가야만 하는 노숙자의 그늘, 그러한 고통을 낳게 하는 '지금·이곳'의 그늘을 보여주고 있는 것이다. 노숙자들의 표정에는 그늘이 묻어 있다. 예전에는 집과 일터가 있었을 그들이 원하여 노숙자가 된 경우는 없을 것이다. 그들 나름대로 노숙자로 밀려날 수밖에 없는 절박한 사연이 있을 것이다. 시인은 그 점을 포착하고 있다. 어쩔 수 없는 절박한 사연으로 거리에서 잘 수밖에 없는 그들의 슬픔을 건져내고 있다. "고난은 누구에게나 균등한가"라고 하며 힘든 이들을 구제하지 못하는 '십자가'에 대해서도 안타깝게 바라보고 있다. 이처럼 시인은 삶의 그늘, 어두운 면을 포착하여 시로 형상화한다. 마지막 구절인 "힘겹게 벽에 달라붙은 빗방울/ 십자가 거꾸로 매달고 떨어지고 있다"에서는 노숙자의 절망이, 그리고 사라져가는 희망이 표출되고 있다. 그러나 시인은 여기에서 희망의 끈을 놓지 않는다. 언젠가는 노숙자되기 이전으로 회귀할 것이라는 것을 믿기 때문이다.

3. 결핍과의 동행, 소통으로 가는 길

박권수 시의 또 하나의 특징은 결핍과 동행하고 이를 통해 소통을 꾀한다는 점이다. 엉겅퀴마을과 서울역의 그늘을 노래한 시인은 소외되고 결핍 있는 이들의 삶을 투시한다. 그들의 삶을 자세히 관찰하되 결코 시인은 그들의 삶에 깊이 개입하지 않는다. 일정한 거리를 두고 동행할 뿐이다. 동행하며 그들의 슬프고 아픈 얘기를 은은하게 전하고 있다. 때문에 그의 시는 절절하거나 호소력 짙은 목소리보다는 덤덤하면서도 애틋한 목소리로 다가온다. 많은 환자를 만나면서 익숙해진 감정 절제의 모습이 그의 시에 그대로 반영된 것으로 보인다. 동향의 시인인 정지용의 시 「유리창」에서 보여준 아들을 잃은 슬픔을 절제하는 모습과 닮아 있다. 내적으로 그들의 결핍을 끌어안으면서도 외적으로 그들과 묵묵히 동행하는 시인의 모습을 통해 타자와 소통하고 세상과 소통하는 길을 터득하게 된다.

오래되면 모두 소리가 나는 걸까

수액실 침대가 삐걱거린다
주사바늘이 각질의 두께를 잰다
한숨 푹 자고 나면 나아질까
숨소리마저 잊혀질 수 있을까

부스스 일어나는 것이 송장보다 어렵다

날은 뜨겁고 사업도 시원찮은 아들의 부축
대지가 예전만큼 단단하지 못하다

식당에 들러 서성인다
아들 주머니보다 먼저 입을 연 계산서
그냥 저거나 먹자
그냥 저거나,
삶이 그렇게 저거나처럼 흘러가면 좋겠다

배를 채우고 나오는 일상
해는 뜨겁고
나이 든 그림자는 늘어지거나
진하게 그을린다

아들의 손을 구태여 잡지 않는다

아들도 손을 잡지 않는다
잡지 않고도 그 접선의 연결고리에 부딪히는 강도

오후는
움찔하고, 시큰하다

-「오후」 전문

　　나이 든 노인의 외롭고 쓸쓸한 풍경을 노래하고 있는 시이다. 나이가
먹을수록 점점 아픈 데가 많아지는 것은 당연한 일, 노인은 아픔을 견디지
못하고 수액실에서 주사를 맞게 된다. "부스스 일어나는 것이 송장보다
무겁다"라고 한 데서 노인의 삶의 무게가 많이 느껴진다. 사업이 잘 안 되
는 아들의 부축도 무겁고, 식당에 들러 좋아하는, 먹고 싶은 것을 선택하
는 것이 아니라 "저거나"를 선택하여 먹는 풍경도 슬프다. 시인은 이러한
아버지의 슬픈 모습을, 부자지간의 푸석푸석한 풍경을 담담하게 그려놓
고 있다. "삶이 그렇게 저거나처럼 흘러가면 좋겠다"라고 한 데서는 아버
지의 소박한 욕망을 읽을 수 있다. 그리고 "나이 든 그림자는 늘어지거나/
진하게 그을린다"라고 한 대목에서는 그늘진 아버지의 쓸쓸한 풍경이 잘
표출되고 있다. 시인은 "움찔하고, 시큰"한 오후를 끌어들여 아버지와 아
들의 결핍의 모습을 보여주고 있다.

　　노파 셋 멀뚱멀뚱
진료실 창가 기웃거린다
"할맘씨는 왜 왔다요, 나가 누요? 맘씨 곱게 생겼네"
00복지관, 골다공증처럼 구멍 난 글씨들이
할머니 이름표보다 크다

매달리기엔 좁은 창가
할머니 셋이 파랗게 멍든 하늘을 쪼고 있다
"여가 어디여"
순녀할매가 시린 햇살이 지려놓은 눈가 부비자
빼꼼히 마주한 옥순할매
햇살 떨어지는 소매 끝으로 눈가 닦아 준다
"엄써, 암 껏도 음써"

마른 것이 마른 것을 닦고
인공 누액은 목젖 끝에서
그렁거리고
세상에 젖은 모든 것들은 총총거리며
눈물샘으로 떨어지고 있다

- 「안구건조증」 전문

안구건조증은 눈물이 부족하여 눈이 시리거나 이물감이 있는 것처럼
자극을 느끼게 되는 눈의 질환을 일컫는다. 우리나라의 성인 10명 중 2명
이 이 질환으로 고생하고 있다고 한다. 시인 또한 "지금 내가 흘리는 것은
가짜눈물이오니, 저를 보시더라도 위로하려 들거나 달래려고 애쓰지 마
시길"(「인공누액」)라고 노래하여 아버지를 보낸 후 인공눈물로 살고 있다고
토로한 바 있다. 이를 통해 시인이 얼마나 아버지를 그리워하고 있는지를
어렵지 않게 알 수 있다. 위의 시는 안구건조증을 앓고 있는 노파들의 그
늘을 엿볼 수 있는 작품이다. 노파 셋은 "멍든 하늘"을 보며 눈을 부셔한
다. 그때 다른 할머니가 "소매 끝으로 눈가 닦아"주는 모습을 보이기도 한
다. 물론 이미 눈이 말라 건조해진 상태지만 말이다. 서로의 그늘을 감싸
안고 보듬어주는 모습이 있어 훈훈해진다. "세상에 젖은 모든 것들"이 말

라버린 "눈물샘으로 떨어지고 있다"고 노래한 구절에서는 시인의 따뜻한 품성을 발견할 수 있다. 이 시를 보면 세 명의 할머니가 등장하는데, 그의 다른 시 「좋은 자리」에서도 할머니 세 명이 나온다. 노인들의 그늘을 서로 지켜주려면 세 명 정도 되어야 함을 보여주는 듯하다.

> 시합평 하다 말고 순대 얘기가 나왔다
> 순대라는 것이 내장을 털어내고 먹을 것만 넣었단 말시
> 그렇게 찌꺼기 담던 것이 저렇게 변하기도 한단 말여
>
> 근데
> 술을 국에 말아 먹는다고
> 술을 국에 말아 먹는데 쑬국쑬국 소리가 나
> 술국이라는 게 막걸리 한 사발은 옆에 두고
> 다시 막걸리 한 사발을 순대 없는 순대국에 부어, 울컥
> 목이 메인다
> 막걸리 한 사발에 포개어진 사람
> 내가 그 안으로 들어가
> 그의 등을 헤아려 주면
>
> 술이라는 게 그런 거다
> 마주하는 사람 없이도 술잔에 기대 울컥울컥 마시는 거다
> 국에 술을 말아 먹는 사람
> 대전역 중앙데파트 하상으로 쭉 따라가다 보면
> 막걸리보다 더 걸쭉하게 내려앉은
> 농민순대가 기다리고 있다
>
> - 「술국」 전문

순대국밥집에 오는 서민들의 애환과 그늘을 노래하고 있는 시이다. 술국은 '술집에서 안주로 쓰는 국'이지만, 시인은 술국의 의미를 중층적으로 읽어낸다. 술국을 '술을 말아먹는 국'으로 말이다. "막걸리 한 사발을 순대 없는 순대국에 부어" 마시는 이를 보며 그의 그늘을 투시한다. "마주하는 사람 없이도 술잔에 기대 울컥울컥 마시는" 이들의 안타까운 마음을 본 것이다. '농민순대'에 오는 사람들은 대부분 서민들이다. 상호명에서 '농민'이라는 말이 나오듯 농투성이 또는 근로자들이 주로 찾는 곳이다. 시인은 그곳에서 술을 국에 말은 '술국'을 먹는 서민을 보며 그들의 마음을 헤아리려 하고 있다. 술국을 통해 결핍이 많은 그들의 슬픈 내면을 보고 있는 것이다. "막걸리 한 사발에 포개어진 사람/ 내가 그 안으로 들어가/ 그의 등을 헤아려 주"었으면 하는 시적 화자의 간절함을 담아내고 있는 것이다. 시인의 따뜻한 품성을 엿볼 수 있다. '농민순대'에 오는 이들의 그늘과 결핍을 보듬고 감싸안은 시인은 이제 화성 고모에게로 다가간다.

화성, '개박골'이라고도 했다
하루에 버스가 두 번 다니는
고모는
막걸리 냄새나는 부엌이나
먼지 나는 신작로에 멍하니 앉아 있곤 했다

"잘 지냈냐"
말이 움푹 패여 있다

사는 거 다 거기가 거기여
함 놀러 와

할머니마저 돌아가시고 나니 끈이 없드라

그냥 전화한 건께

함 놀러 오고

이제 보면 또 언제 보겠냐

화성을 지날 때면

커다란 신작로 가로수마다

언제 보겠냐, 또 언제 보겠냐

잎새들이 신작로를 툭툭 치고 간다

- 「화성고모」 전문

    화성에 사는 '고모'에 대한 연민의식을 엿볼 수 있는 시이다. 시인은 "막걸리 냄새나는 부엌이나/ 먼지 나는 신작로에 멍하니 앉아 있곤" 하는 고모의 삶의 애환을 읽는다. 고모부의 일탈과 많은 자식 뒷바라지에 무척 고생하였을 고모의 쓸쓸하고 외로운 삶의 이면을 본 것이다. "사는 거 다 거기가 거기여,/ 함 놀러 와/ 할머니마져 돌아가시고 나니 끈이 없드라/ 그냥 전화한 건께/ 함 놀러 오고/ 이제 보면 또 언제 보겠냐"라는 구절에서는 고모의 외로움의 극치를, 힘겨운 삶에서 터득한 인생의 달관적 자세를 목도할 수 있다. 아버지와 남매인 고모는 할머니가 돌아가신 후 의지할 곳을 잃게 된다. 그리하여 조카인 시인에게 전화하여 한번 다녀가라고 한다. "그냥 전화한 건께"라는 고모의 음성에는 조카에 대한 배려와 꼭 다녀갔으면 하는 간절함이 중첩되어 있다. 이처럼 시인은 친척인 고모의 결핍과 그늘을 읽어내어 동행하고 있는 것이다. 그것이 고모뿐만 아니라 결핍이 있는 모든 이들과 소통하는 길임을 시인은 간파하고 있는 것이다.

박권수의 시에는 기본적으로 결핍과 그늘이 있는 민초들을 따뜻하게 바라보는 시선과 그들을 자신의 삶으로 끌어들여 보듬으려는 연민의식이 자리하고 있다. 그렇기에 그의 시를 읽다보면 자연스럽게 인간에 대한 소중함과 경의를 보게 된다. 그리고 민초들의 따뜻함과 연민을 부각시키려 서두르거나 강요하지 않은 것도 그의 시의 미덕이라 할 수 있다. 인위적으로가 아니라 자연스럽게, 당위적으로가 아니라 마음에서 우러나오게 겸허하게 대상에 다가가 오롯이 건져올린다. 때문에 그의 시는 강렬하고 자극적이지 않고 잣맛(栢味)처럼 은은한 향으로 다가온다. 결핍과 그늘을 지닌 대상이 더 생채기를 입지 않도록, 느리지만 경의를 담아 조심스럽게 다가가 동행한다. 그것이 그들과 자연스럽게 소통하는 길임을 시인은 시로서 보여주고 있는 것이다.

-『작가마당』 2016년 상반기호

'그늘'의 시학
- 윤임수의 시세계

윤임수의 시에는 '그늘'이 있다. '그늘'은 일반적으로 햇빛에 의해 가려진 '어두운 부분'과 '의지할 만한 대상의 보호나 혜택', 그리고 '심리적으로 불안하거나 불행한 상태 또는 그로 인하여 나타나는 어두운 표정' 등을 의미한다. 그러나 윤임수의 시에 투영된 '그늘'은 어느 한 의미만이 부각된 것이 아니라 이 세 의미가 중층적으로 그려져 있다는 점에서 독특하다. 즉, 그의 시에는 세상의 이면에 있는 어두운 면도 보이고, 의지할 만한 대상의 보호나 혜택을 뜻하는 그늘이 없는 이들의 애환도 드러나며, 심리적으로 불안하거나 불행한 상태의 징후인 그늘도 다양한 모습으로 형상화되고 있기 때문이다. 그의 첫 시집 『상처의 집』(실천문학사, 2005)에서도 이러한 '그늘'의 다양한 모습을 어렵지 않게 접할 수 있다. '물방울'의 순수함 이면에 자리한 '떨림'을 엿보거나 밤기차의 이면을 통해 자신을 통찰하고 있는 시(「물방울과 같이」, 「밤기차」)와 산동네의 가난한 풍경과 두 노파의 슬픈 자화상을 보여주고 있는 시(「산 7번지」, 「두 할머니」), 그리고 철도 궤도공의 슬픈 그늘과 희망의 표정을 동시에 읽을 수 있는 시(「철도 궤도공의 편지 1」 등) 등에서 말이다. 그는 '그늘'의 대척점에 있는 '밝은 부분'에 위치한, 선명하게 드러난 아름다움보다 '그늘' 속에 담겨진 응어리들을 건져내거나 풀어내고 있는 것이다. 이는 1980년대 리얼리즘 문학의 미학적 특질과 크게 다르지 않다. 그러나 그의 시가 전망을 내포한 힘있는 구호적인 목소리가 아닌 시대의, 삶의 내면적 그늘을 '조근 조근한' 목소리로 조금씩 풀어내고 있다는 점에서 80년대 문학과 차별성을 지닌다. 그는 높은 이상(理想)을 따라 꼿꼿하게 '직립보행'으로 성급히 가는 것이 아니라 그 이상에 의해 가리워지거나 밀쳐진 작은 '꿈'들을 찾아 '여울'처럼 "낮은 몸짓으로 섞이고 섞"(「여울목」)듯 아주 천천히 에둘러 가고 있는 것이다.

그의 최근작에도 이러한 '그늘'의 시적 논리는 자리한다. 대설(大雪)에 의해 선명하던 길이 지워진 눈 위를 걸으며 길밖의 풍경을 그리고 있는 시 「길밖에 들다」(『작가마당』, 2008 하반기호)에서도 볼 수 있다. 여기에서 그는 길 이면에 있는, 길 밖의 길을 "온 몸으로 접하면서" 또 다른 길을 내고 있다. "모든 것이 길이 될 수 있"음을 간파한 것이다. 이러한 '그늘'의 내면 풍경은 「경배」, 「가거도 일박」, 「청산도 초분」, 「노을」, 「약력」 등의 시에서도 확인할 수 있다.

　　　한때는 능숙한 선반공이었다가 철제 빔을 세우던 철근공이었다가 또 한때는 그냥 세월을 놓고 지내던 술꾼이었다가 어디 한 곳 머물 곳 없는 떠돌이였다가 지금은 그저 닥치는 대로 여기저기 기웃거려 밥이나 먹고 산다는 그를 잘 안다고 할 수는 없지만 분명한 것은 그가 김제평야만큼 넓은 사람이라는 것이다 이곳저곳 감싸며 느리게 흘러가는 만경강처럼 부드러운 사람이라는 것이다 내 안에 담겨있는 그 간단한 약력만으로 그와의 술자리는 늘 느리고 길다 이것이 내가 요즘 행복해 하는 이유이다.

- 「약력」 전문

시인의 '행복관'이 담긴 작품이다. 그 행복은 '약력(略曆)'이 지니는 사회적 함의를 빗겨선 데서 발생한다. '약력'은 개인이 살아온 역사를 간략하게 기록한 것이라 할 수 있는데, 대부분의 사람들은 자신의 생애 중 사회적으로 널리 인정받을 수 있거나 선망의 대상이 되는 것들을 기록하게 된다. 자신의 긴 삶의 내력을 상대방에게 신속하고도 간명하게 전달할 수 있기 때문이다. '공인'된 것들로 나열된 '약력'을 통해 우리는 그 사람의 사회적 위치를 가늠하게 된다. 이 시에 등장하는 그의 약력은 보잘 것 없다. '선반공', '철근공', '술꾼', '떠돌이' 등 그리 내세울만한 것이 못된다. 이중 '선반공'과 '철근공'은 직업과 연관된 이름이지만, '술꾼'이나 '떠돌이'는 직업이 없는 무능함을 보여주는 명칭에 지나지 않는다. 그러나 이 약력이 그의 전부가 아님을 시인은 알고 있다. '약력'에 담아내지 못한, '약력'으로 드러낼 수 없는 것들을 포착한 것이다. 그리하여 그가 지금은 비록 "닥치는 대로 여기저기 기웃거려 밥이나 먹고" 살고 있지만, 심성이 "만경강처럼 부드러운 사람"이고, 마음이 "김제평야만큼 넓은 사람"이라는 것을 알게 된다. 그가 마음이 넓고 부드러운 사람이라는 이 같은 사실은 약력에 나오지 않는다. 그것은 그 사람을 만나야만 확인이 가능한 부분이다. 이처럼 시인은 '약력'이 지닌 그늘을 투시한다. 즉, 그는 '떠돌이'로서의 불안함으로 가득찬 눈가의 그늘 외에 '약력' 그 자체의 그늘을 본 것이다. 마음이 넓고 부드러운 사람이라는 그의 내적인 약력을 말이다. 시인은 이 점을 그의 더 중요한 약력으로 보고 있다. 때문에 "그와의 술자리는 늘 느리고 길다". 기표로서의 약력보다 기의로서의 약력을 더 중시하는 만남은 때문에 '행복'할 수밖에 없다. 시인은 사회적 함의를 지닌 표상으로서의 약력보다 내면적 약력이 더 소중한 것임을 은연중에 유포하고 있는 것이다.

상주 낙강시제가 끝나고

들판을 돌아

돌아오는 저녁

나는 속으로 이렇게 썼다

아직도 삶에 미적지근한 나는 여전히

붉다, 라는 말 앞에서

부끄, 럽다

- 「노을」 전문

　　시인 자신의 삶을 반추하는 시이다. 시인은 경북 상주에서 열린 '낙
강시제(洛江詩祭)'에 다녀오게 된다. 낙강시제는 고려 때부터 조선말(1196-
1862)까지 666년 동안 51회에 걸쳐 열린 '낙강시제'를 상주 문인들이
2002년에 재현한 것으로, 이후 매년 개최하여 '옛 선인들의 멋과 풍류, 시
(詩)사랑의 호방한 문학정신을 계승'하고 있다. 이 시제에는 일세를 풍미
했던 이규보, 주세붕, 안축, 유호인, 김종직, 김일손, 권오복, 이황, 권상일,
허전 등의 시혼이 고스란히 남아있기도 하다. 이들 개개인의 문학적 성취
도도 뛰어나지만, 이 시제를 666년간이나 지속, 발전시켜온 시제의 역사
성에 더 큰 의미가 있다고 할 수 있다. '시인' 직함을 갖고 활동을 하는 시
적 화자는 이들의 삶과 문학에 비춰볼 때 '부끄러움'이 없지 않다. 당대를
풍미한 옛 문인들의 경지에 아직 이르지 못했음을 엿본 것이다. 그리고
시인은 하루 종일 세상에 '온 몸으로' 빛을 보낸 뒤 서쪽 하늘을 붉게 물들
이는 '노을'을 보며 "아직도 삶에 미적지근한" 자신을 반성하기도 한다. 여
기에서 '붉다'라는 단어는 '정열'을 의미하기도 하지만, '붉다'라는 뜻을 지
닌 한자 '적(赤)'은 '텅비다'라는 의미를 띠기도 한다. 그렇다면 이 시에서

'붉다, 라는 말 앞에서/ 부끄, 럽다'라고 한 것은 아직도 치열하지 못한 삶을 살아가는 자신을 자책하는 것이기도 하지만, 한 편으로 순수했던 원래의 모습을 잃고 살아가는 자신의 반성이기도 할 것이다. 그리고 시인은 '붉다' 다음에 쉼표를, 그리고 '부끄럽다' 사이에 쉼표를 넣음으로써 '붉다'라는 의미를 지속시키는 동시에 '부끄럽다'라는 의미를 증폭시키고 있다. '노을'이 지는 모습을 시인은 수없이 보았을텐데도 유독 '낙강시제'가 끝난 이후 본 '노을'을 통해 '부끄러움'을 더 느끼고 있는 것은 치열한 삶 속에서도 '멋'과 '여유'를 잃지 않았던 옛 문인들의 '시인다움' 때문이었을 것이다. 그리하여 그는 '붉은 노을'처럼 정열적이고 치열하게 살되 '멋'과 '여유'를 잃지 않는 모습을 갈구해 본다. 이렇듯 '고전' 속에서 현재적 의미를 찾은 시인은 이제 산을 오른다.

> 안성 칠현산 참나무 숲길
> 그 단풍 고운 것 미리 알고
> 노란 듯 불그레한 웃음 한 자락
> 풋풋한 벌레께서 떼어가셨다.
>
> 누가 감히
> 벌레 같은 놈이라고 욕을 하는가
> 사각사각 길게 숨죽이는
> 그 은밀한 사랑도 알지 못하면서,
>
> -「경배」 전문

위 시에는 자연의 섭리와 이치를 깨닫는 장면이 보인다. 시인은 벌레가 나뭇잎을 갉아먹는 것을 '은밀한 사랑'을 나누는 것으로 봄으로써 벌레를 '쓸모없는' 대상으로 간주하는 인간들에게 일침을 가한다. 대부분의 나뭇잎은 봄에 나와 무성하게 자라다가 가을이면 떨어진다. 이것이 자연의 섭리이고 이치인 것이다. 그런데 우리는 숲길을 걸으며 나뭇잎을 나름대로 품평을 하고, 나무에 늦게까지 아름답게 남아있는 잎에 더 애정을 쏟기도 한다. 반면에 나뭇잎을 갉아먹는 벌레에 대해서는 혐오감을 드러낸다. 벌레가 나뭇잎을 갉아먹는 일은 아주 자연스러운 일인데도 말이다. 여기에서 시인은 벌레의 그늘을 엿보게 된다. '혐오의 대상'으로 낙인찍힌 벌레의 이면을 본 것이다. 그리하여 그는 벌레를 부정의 대상이 아닌 긍정의 대상으로 전복시킨다. 나뭇잎을 갉아먹는 벌레의 행위를 "단풍 고운 것 미리 알고/ 노란 듯 불그레한 웃음 한 자락"을 떼어간 것으로 말이다. '풋풋한' 나뭇잎을 '풋풋한' 벌레가 사랑을 한 것으로 보고 있다. 그것은 한 번에 독차지하거나 성급하게 사랑을 이루려는 것과는 분명 다르다. "사각 사각 길게 숨죽이는" 아주 "은밀한 사랑"을 나누고 있기 때문이다. 이러한 사랑을 모르는 사람들은 '벌레'를 '쓸모 없고 해로운' 대상으로 인식할 수밖에 없다. 그리하여 그는 인간의 역할을 제대로 하지 못하는 사람들에게 퍼붓는 '벌레 같은 놈'이라는 말에 내포된 벌레의 부정적인 모습에 대해 반기를 든다. '벌레'는 그런 대상이 아니기 때문이다. 이러한 지점에 이르자 그는 나뭇잎과 은밀한 사랑을 나누는 벌레에게 '경배(敬拜)'한다. 시인이 이처럼 벌레의 그늘을 볼 수 있게 된 것은 그가 줄곧 시적 대상에게 보여주었던 '낮고 겸손한' 모습을 통해서이다. 이러한 작업은 곧 인간에 의해 상처입은 대상들을 껴안는 일이며, 자연의 섭리를 간파하는 길이기도 하다.

산에서 자연의 섭리를 본 그는 바다로 떠난다. 그것도 육지에 맞닿아있는 바다가 아니라 바다 한 가운데에 있는 섬으로 말이다. 그 섬에는 '지금-

이곳'에 사는 이의 외로움을 보듬어줄 또 다른 '외로움'이 존재하고 있다.

> 우리나라 최서남단 가거도에 가거든
> 이러니저러니 쉽게 말하지 말자
> 거기 서쪽으로 길게 다리 뻗은 섬등반도에 앉아
> 지는 해 하염없이 바라보다가
> 마음까지 바다에 빠뜨리지도 말자
> 서울서 시집 온 민박집 젊은 아낙에게
> 전기가 몇 시에 끊기냐고 물어봤다가
> 옛날 얘기 하지 말라고 가볍게 핀잔 들어도
> 그저 소주나 한잔 따라 마시고
> 허허 허허 자꾸만 웃어보도록 하자
> 밤 깊어 갈 길 어디인지 북극성 찾다가
> 독실산 가득 걸린 구름안개 답답하거든
> 망추개 같이 오뚝한 별이나 하나 마음에 담자
> 그렇게 내 마음 내려놓고 거기 마음 담아 와서
> 쓸데없이 외롭다고 말하지 말자
> 절대 쓸쓸하다고 말하지 말자
>
> ―「가거도 일박」 전문

　　우리나라의 최서남단에 위치한 가거도(可居島)는 '가히 살만한 곳'이라고 해서 붙여진 이름이라고 한다. 사람이 기거하기에 최고는 아닐지라도 사람들이 살아가는 데 아무 지장이 없는, 때문에 더 특별한 곳이기도 한 가거도이지만 시인은 여기에 큰 의미를 두지 않는다. 다만, 그곳이 행여 뭍에 사는 인간들의 이기적인 욕망에 의해 훼손되지나 않을까 노심초사한다. 그리하여 그는 청유형인 '-하자'라는 말로 그 '섬'을 찾아가는 이들에게 특별한(?) 주문을 하고 있다. "이러니 저러니 쉽게 말하지 말자", "마음까지 바다에 빠뜨리지도 말자", "허허 허허 자꾸만 웃어보도록 하자", "망추개 같이 오뚝한 별이나 하나 마음에 담자" 등 끊임없이 경계하거나 권유하는 종결어미를 구사한다. 그것도 자주 웃어보자거나 답답하거든 별을 마음에 담자고 하는 긍정적인 청유형과 쉽게 말하지 말고, 마음을 바다에 빠뜨리지 말자는 부정적인(금기시하는) 청유형을 두루 쓰고 있다. 이 모든 것이 결국 '섬'의 순수하고 깨끗한 이미지가 뭍사람들의 물적 욕망에 의해 훼손될 것을 우려하는 것일진대, 이는 곧 뭍사람들에 속한 시인 자신에 대한 경계이기도 할 것이다. 우리가 이 시에서 주목할 점은 처음과 끝에 "말하지 말자"로 배치시켜 놓고 있다는 점이다. 처음에는 "이러니저러니 쉽게 말하지 말자"라고 하여 선입견이나 고정관념에 의해 쉽게 속단하지 말 것을 경계한 뒤, 끝에 가서는 "쓸데없이 외롭다고 말하지 말자/ 절대 쓸쓸하다고 말하지 말자"라고 하여 자신의 고독을 토로하지 말 것을 강조하고 있다. 우리는 여기에서 가거도의 그늘을 엿볼 수 있다. 즉, 외딴 섬으로 살아가야만 하는 가거도의 극도의 외로움을 말이다. 그곳을 찾아가는 이들, 혹은 시인 자신의 참을 수 없는 고독도 오랜 기간 동안 처절하게 싸워온 가거도의 고독에는 비할 수 없음을 간파한 것이리라. 그래서 시인은 그곳을 찾는 이들에게 마음을 가거도에 빠뜨리지 말고 다만, 그곳 밤하늘에 빛나는 별을 마음에 담아보라고 당부한다. 그것이 곧 자신의 외로움을 치유할 수 있는 길임을 제시하고 있는 것이다.

파릇파릇 보리밭 가장자리에
지푸라기 몇 개 덮고 누워
온종일 꼼지락거리다가 돌아가는

고단한 어깨를 가만 바라보다가

먼 길 솔가지에 걸쳐 놓고

지상의 안부를 묻는 별들에게

별일 없어, 속삭여주고

아침이 올 때까지

제 속 뒤집는 파도의 몸부림도 다독이다가

늙은 아비가 이슬 적시며 올라오는

낮은 발자국 소리 돌 위에 깔고

비로소 잠자리에 드는

애절함만 말라 남은 시린 눈 하나,

- 「청산도 초분」 전문

'가거도'에서 외로움을 엿본 시인은 이제 남해에 있는 '산과 물이 푸르
다'는 청산도(靑山島)로 떠난다. 전남 완도에서 얼마 떨어지지 않은 이 섬
은 여느 섬과 큰 차이는 없지만, 장례문화가 독특하다. 위의 시제목에도
나와 있는 '초분(草墳)'이 그 장례형태로, 이는 '시신을 바로 땅에 묻지 않
은 채 돌이나 통나무 위에 관을 얹어 놓고 탈육(脫肉) 될 때까지 짚이나 이
엉 등으로 덮은 초가형태의 임시무덤'을 말한다. 초분은 100년 전 만해도
남서해안의 도서뿐만 아니라 내륙지역에서도 광범위하게 있었다고 하나
지금은 거의 사라졌다고 한다. 시인은 청산도에서 다른 풍경을 제쳐 두
고 이 무덤에 관심을 표명한다. 시인의 청산도의 그늘을 엿보고 있는 것
이다. 이 시에서 초분의 대상이 누구인지는 구체적으로 언급되어 있지 않
다. 그러나 시를 통해 우리는 사연이 많은, '애절함'이 많은 어느 망자임을
짐작할 수 있다. 망자는 "온종일 꼼지락거리다가 돌아가는/ 고단한 어깨"
를 바라보기도 하고 별들에게도 무고함을 속삭여주기도 하고 "제 속 뒤집

는 파도의 몸부림"도 다독인다. 그러다가 새벽이 되어서야 "늙은 아비"의 "낮은 발자국 소리"를 들으며 비로소 잠자리에 든다. 망자는 망자이되 아직도 '이승'에 대한 미련을 버리지 못하고 있는 망자이다. 때문에 그는 '가묘'에 누워 있지만, 그의 눈과 귀는 모두 '세상'으로 향하고 있다. 그만큼 망자의 애환과 한이 응어리진 것이다. 시인은 초분에 누워있는 망자의 그늘을 들여다본다. '늙은 아비'보다 먼저 운명을 달리한 망자의 한을 보듬고 있는 것이다. 어느 곳에서는 망자의 한을 씻어주기 위해 '씻김굿'을 하기도 한다는데, 시인은 시를 통해 그의 한을 씻어주고 있다. 망자의 혼이 '피안'의 세계에 안착할 수 있도록 '영매(靈媒)' 역할을 하고 있는 것이다. 그의 첫 시집에 수록된 시 「아버지의 무덤」과 「숙모 돌아오시다」에서 "가난해서 더 비워"진 아버지와 "우툴두툴 엮어온 새끼줄 같은 날들 뚝 끊"고 떠난 숙모를 영면하게 했듯, 그는 이 한 많은 망자도 편안하게 잠들도록 정성을 다하고 있다.

이렇듯 시인은 세상의 그늘, 모진 삶을 사는 이의 그늘을 낮은 시선으로 겸손하게 포착해낸다. 때문에 그의 시에 담겨진 삶은 생경하고 이념적인 삶이 아닌 친숙하면서도 생기있는 삶으로 다가온다. 그리고 그의 시는 1980년대 민중시학의 진정성을 내포하면서도 '지금-이곳'을 살아가는 이들의 삶의 감각을 잃지 않기 때문에 여전히 문제적이다. 앞으로 어떠한 시적인 삶의 지형도를 그려낼지 더 주목되는 것도 바로 이 때문이다.

- 『시와인식』 9호, 2009년

'생'의 치열함, 참 맑은 고행
- 이정섭의 시세계

1.

노벨문학상을 탄, 칠레의 시인 파블로 네루다의 삶과 문학을 다룬 영화 「일 포스티노」를 보면, 탄광에서 비참하게 일하는 한 광부가 네루다에게 "어딜 가든지 우리의 고통을 알려주십시오. 지옥에 살고 있는 당신의 형제를 기억해 주십시오."라고 말한 장면이 나온다. 상원의원이 된 네루다 시인이 자신을 도와준 사람들을 확인하러 갔다가 땀과 먼지로 범벅이 된, 주름이 깊게 패인 얼굴을 한 노동자에게 들은 말이다. 이를 계기로 네루다는 '인간에 대한 투쟁'을 다룬 시, 즉 '핍박받고 있는 자에 대한 시'를 발표하게 된다. 한 시인이 '지옥'과 같은 삶을 사는 민중들을 보고 시세계가 변모된 것을 볼 수 있다.

영화 속에 나오는 이러한 민중들의 비참한 현실은 지금의 우리 시대에도 얼마든지 볼 수 있다. 대부분 빈부의 격차로 인해 발생하게 되는 이러한 현실은 놀라운 경제성장과 국제적 위상의 향상에도 불구하고 여전히 많이 존재하고 있다. 따라서 네루다 시인이 그랬던 것처럼, 지금의 현실에서 소외되고 억압받는 '권력없는' 이들에 대한 시가 여전히 유의미한 것임을 말해준다.

그런데 1980년대에 이러한 민중들의 삶을 중심으로 그들의 애환을 주로 다루던 비판적 리얼리즘 계열의 문학이 1990년대에 접어들면서 '탈중심', '다양성'을 내세운 다원화된 현실을 반영하는 문학으로 변모하게 된다. 2000년대를 살아가는 지금에도 이러한 흐름은 지속되고 있다. 여기에서 우리가 간과하지 말아야 할 것은 문학의 중요한 기능 중 하나가 작품을 통해 모순된 현실을 제시하고 희망을 담아내는 일이라는 점이다. 즉 시대를 초월하여 소시민들의 가난과 고통의 실상을 알리고, 그들이 살맛나는 세상을 꿈꾸도록 희망을 담아내는 일은 어느 시대이든 중요한 것이라 할 수 있다.

이렇듯 궁핍하고 고통받는 이들의 삶을 보듬고 끊임없이 따뜻한 시선을 보여주고 있는 시인이 있는데, 그는 다름 아닌 이정섭 시인이다. 그는 '지금-이곳'을 살아가는 소외되고 불우한 이웃들을 1980년대 문학방식이 아닌 그만의 독특한 형식으로 표출한다. 다시 말하면 80년대 민중문학이 자본가/ 노동자, 권력/ 비권력의 이분법적 구도 속에서 민중들의 삶의 진정성을 확보해 나가는 데 치중했다면, 이정섭의 시는 이분법적 구도가 아닌, 다양한 구도 속에서 소외된 이웃들의 애환을 드러내고 있다. 그는 가난하고 고통받는 이들의 삶의 당위성을 설파하기 보다는 다양한 삶 속에서 그들의 삶의 진정성을 엿보게 하는 방식을 취하고 있다.

2.

이정섭의 시의 특징은 독특한 상상력을 바탕으로 한 가난하고 불우한 이웃들의 애환을 그리고 있는 점에서 찾을 수 있다. 그는 세상의 중심에서 밀려난, 변두리에서 힘겹게 살아가는 대상, 즉 영구 임대아파트에서 자살한 가난한 부부, 실직한 남편과 과로에 시달리는 재봉사 아내, 폭설을 안고 죽은 세탁소 주인 등의 고통과 슬픔을 포착하여 보여준다.

싸락싸락 담뱃재가 내린다
미처 녹지 못한 꽁초가 담장에 위태하게 쌓인다
사방에 펄럭이는 소리를 그녀는 듣지 못한다
나뭇가지가 땅 쪽으로 한껏 휘어질 때도
라디오 같은 몸뚱이에 귀를 맡길 뿐.
초인종이 울리고 대문의 그림자가 덜컹
열린다, 그 집에는 남자와 여자 그리고 아이 하나
아이스크림을 여자는 좋아하지 않았다
쥐구멍 만한 볕에도 슬금슬금 꼬리를 마는
비굴함이 싫다고 했던가, 생은
조금씩 녹아 내리는 눈사람이라는 것을
사레 들린 목구멍이 먼저 알았다
허리 아픈 남자는 실업자였고
여자는 조그만 봉제공장 재봉사였다
발판에서도 소리는 나풀거렸다
구멍 난 덧버선이 촛농처럼 녹아 굳어도
바늘은 부지런히 왕복 운동을 했고
노루발마다 파라핀과 몸 섞은 실밥이 쏟아졌다
술병을 허리춤에 꽂은 남자가 눈처럼 졸고
아이 홀로 늦은 저녁을 굳게 걸어 잠가도
여자는 돌아오지 않았다, 종아리까지 닳아
석순처럼 발판에 얼어붙은 그녀는

한나절 기워둔 밑단을 뜯어내고 있었다
소복소복 쌓이는 조각난 실밥
꽃샘추위 끝자락 어렵게 줄을 잇댄 고드름이
바람을 못 이겨 후두둑 떨어진다
처마 아래 파닥이는 그 소리를
그녀는 보지 못한다.

- 「창 밖의 정물」 전문

위 시는 조그만 봉제공장 재봉사인 아내가 실직한 가장을 대신해 생계
를 꾸려나가는 고단한 삶을 그려내고 있는 작품이다. 밤늦게까지 야근 때
문에 돌아오지 못하는 아내와 술병에 의지하고 있는 무능력한 남편, 그리
고 문을 굳게 걸어 잠그고 있는 아이 등 모두 고단하고 힘겨운 모습들이
다. "술병을 허리춤에 꽂은 남자가 눈처럼 졸고"라는 구절에서는 허리가
아파 일을 하지 못하기 때문에 '술'에 의지해야만 하는 비참한 현실이, "아
이 홀로 늦은 저녁을 굳게 걸어 잠가도"라는 장면에서는 아이의 짙은 외
로움이 보인다. 그리고 "구멍 난 덧버선이 촛농처럼 녹아 굳어도"라는 구
절과 "석순처럼 발판에 얼어붙은 그녀"라고 한 데서는 생계를 꾸려나가기
위해 혼신의 힘을 다하는 아내의 고달픔을 엿볼 수 있다. 이렇게 힘겹게
살아가는 아내에게 가장 두려운 적은 다름 아닌 생(生)이 꺾이는 '좌절감'
이다. 그래서 그녀는 '아이스크림'을 좋아하지 않는다. "쥐구멍 만한 볕에
도 슬금슬금 꼬리를 마는/ 비굴함"이 생겨나지는 않을지, 생이 "조금씩 녹
아 내리는" 것은 아닐까 해서이다. 이처럼 가족의 생계를 위한 그녀에게
는 창밖의 풍경이 보일 리 없고, 그 곳에서 들려오는 소리도 들릴 리 없다.
즉 "싸락싸락 담뱃재가 내"리고 "미처 녹지 못한 꽁초가 담장에 위태하게
쌓"이는 풍경과 "사방에 펄럭이는 소리", 고드름이 "처마 아래 파닥이는

그 소리"는 그녀와 동떨어진 풍경이고 소리일 뿐이다. 여기에서 가족의 생계 때문에 여유 없는 삶을 보내야만 하는 그녀의 힘겨운 삶을 엿보게 된다. 그리고 우리는 이 시 끝부분에 "꽃샘추위 끝자락 어렵게 줄을 잇댄 고드름이/ 바람을 못 이겨 후두둑 떨어진다/ 처마 아래 파닥이는 그 소리를/ 그녀는 보지 못한다"라고 한 구절에 주목할 필요가 있다. 시인이 왜 고드름이 떨어지는 소리를 '듣지 못한다'고 하지 않고 '보지 못한다'고 했을까 하는 점 때문이다. 소리는 일손을 잠깐이라도 멈추면 들을 수 있지만, 보는 것 자체는 일손을 완전히 멈추어야 볼 수 있기 때문에 그렇게 표현한 것이 아닐까. 이는 그녀가 가족의 생계를 위해 잠시라도 일을 그만둘 수 없음을 반영한 것이라 할 수 있다. '지금-이곳'의 현실이 아무리 각박하고 힘겨울지라도 이에 굴하지 않고 꿋꿋하게 살아가겠다는 화자의 강한 의지를 엿볼 수 있다. 이처럼 그녀는 '생'이 녹아내리지 않게 하기 위해 안간힘을 쓰고 있는 것이다.

이렇듯 생의 끈을 놓지 않기 위해 최선을 다하는 삶이 있는가 하면, 차안(此岸)에서의 삶을 비관해 생의 끈을 놓아버린 경우도 보인다.

> 번데기처럼 웅크린 화면조정 시간을
> 버티지 못한 영구 임대 아파트
> 가난한 부부
> 짧은 활강에 시원해진 한밤
> 무서운 깊이를 가진 아스팔트에
> 피투성이 연꽃이
> 활짝
> 피었다
>
> ─「화면 조정」 부분

영구 임대 아파트에 살고 있는 가난한 부부의 죽음을 형상화하고 있는 작품이다. 이 시에 등장하는 부부는 처음부터 자살하려고 했던 것은 아닐 것이다. 그들에게도 꿈과 희망이 존재했을 터, 그래서 그들은 예전의 반듯한 인생의 화면을 보기 위해, 최악의 상태인 지금 이전에 꾸었던 그 꿈을 찾기 위해 버튼을 열심히 눌렀을 것이다. 그러나 그들은 '지금-이곳'에서의 삶의 실마리를 찾지 못하고 생을 마감하게 된다. 이러한 가난한 부부가 생의 끈을 놓기 전의 좌절된 꿈의 징후들을 우리는 그의 시에서 어렵지 않게 찾을 수 있다. "넘기다 만 책장처럼 파르르 흔들리는 화면", "갓 데워져 구급차에 실려가는 봄", "편성되지 않은 造花를 황급히 터뜨리는 벚나무" 등이 여기에 해당된다. 이러한 일련의 구절에서 이 부부가 꿈을 이루지 못하고 좌절하고 만, 희망을 꿈꾸다가 좌절한 모습을 확인할 수 있다. 시인은 이 가난한 부부의 죽음에 대한 안타까운 심정을 '피투성이 연꽃'으로 비유하는 독특한 상상력을 발휘한다. '연꽃'은 진흙에서 피는 꽃이다. 그렇기에 사람들에게 더 많은 사랑을 받는다. 그리고 이 꽃은 온갖 티끌과 먼지로 뒤덮인 속세에서 피어난 '자비'를 상징하기도 한다. 시인은 이러한 '연꽃'에 전혀 어울릴 것 같지 않은 '피'라는 이질적인 대상을 접합시켜 너무나 세상을 일찍 마감한 그들에 대한 깊은 슬픔을 표출하고 있는 동시에 '피투성이 연꽃'이라는 포용력으로 그들을 감싸안으려고 하고 있다. 차안의 세계에서의 삶은 비극으로 끝났지만, 피안의 세계에서의 삶은 모든 번뇌에서 벗어난 해탈의 삶이길 바라는 마음을 간절히 담아내고 있는 것이다.

시인은 '폭설'에 의해 피안의 세계로 진입한 대상에게도 따뜻한 시선을 보낸다.

골목 입구에 조등이 걸렸다. 투병 중이던 세탁소 주인이 품 안 가득 폭설을 안고 얼어버렸다. 만가처럼 내리는 달빛 사이로 조심조심 이어지는 문상객, 꾹꾹 눌러 찍힌 발자국이 꽃상여보다 붉었다.

막다른 골목에서는 불빛 환한 피냄새가 난다. 물기 말리던 백열등이 비린내를 참지 못하고 상가 밖으로 쏟아져 나온다. 얼굴 가리고 칩거 중인 동태가 검은 비닐봉지 속에서 꿈틀거린다. 겨울보다 투명하게 얼 수 있다면 죽음도 눈부신가. 핏기까지 꽁꽁 얼어버린 동태눈, 어물전 유리창에 흩날리는 눈동자보다 핏발 선 고행이 참 맑았다.

- 「폭설 이후」 부분

위 시는 세탁소 주인의 죽음을 '동태'에 비유하여 '참 맑은 고행'으로 승화시킨 작품이다. 투병 중이던 세탁소 주인은 폭설로 인해 죽게 되는데, 시인은 이 세탁소 주인의 죽음을 이질적인 대상인 '동태'에 비유하고 있다. "겨울보다 투명하게 얼 수 있다면 죽음도 눈부신가. 핏기까지 꽁꽁 얼어버린 동태눈, 어물전 유리창에 흩날리는 눈동자보다 핏발 선 고행이 참 맑았다."라고 한 구절에서는 '어물전 유리창'에 흩날리는 '눈동자'보다 시장 모퉁이, 각진 등뼈마다 가시를 박은 동태의 '핏발 선 눈'이 더 아름다움을 시사하고 있다. "핏발 선 고행이 참 맑았다"라고 한 대목은 시인의 참신한 발상을 보여준다. 그리고 보통 총명하지 못하고 흐릿한 사람의 눈을 '동태눈'에 비유하는 것과 달리 시인은 '견디기 어려운 일들을 통해 수행한' 고행의 눈으로 보는 미적 감각을 내보이고 있다. "만가처럼 내리는 달빛 사이로 조심조심 이어지는 문상객, 꾹꾹 눌러 찍힌 발자국이 꽃상여보다 붉었다."라고 한 대목에서는 문상객들의 발걸음이 결코 무겁고 슬프지만은 않음을 시사해 준다. 그들의 발자국에는 '꽃상여보다 붉'은 '열정'이 담겨져 있기 때문이다. 그 '열정'은 소시민들의 정과 연대의식을 바탕으로 생성된 것이다. 세탁소 주인의 죽음을 '동태'의 '핏발 선 눈동자'에 비유하여 그의 인생이 결코 헛되지 않았음을, '참 맑은 고행'이었음을 보여주고 있는 것이다.

'지금-이곳'을 살아가고 있는 민중들의 삶뿐만 아니라 죽은 이의 흔적까지도 따뜻한 시선으로 바라보고 있는 시인은 인간의 광기, 폭력성, 잔혹성에 대해서는 반기를 든다.

> 지금은 저 뜨건 오줌발에 얼음장같은 목숨
> 녹여야 한다 그 독한 해동을 위해 살점을 씹는다
> 개는 물어뜯기고 나는 살고 이빨 사이 검은 빛
> 벌레처럼 꿈틀거린다 개보다 더 개 같은 지린내가
> 몸 안 가득 진동한다
>
> - 「개보다 더 개 같은」 부분

이 시는 죽어야만 하는 개의 운명과 인간의 광기를 표출하고 있는 작품이다. 이 시의 진행과정을 보면, 개장수의 눈빛, 오감 두려움 → 개의 목 조이는 장면 → 털을 태움 → 끓는 물에 삶음 → 개고기 먹는 장면 등이 나온다. 시인은 인간의 보신용으로 잔인하게 죽어야만 하는 개의 운명을 슬프게 바라보고 있다. "올가미에 묶여 숱하게 교살 당한 선조들"을, "비틀걸음과 체념을 강요하는 (자신의) 유전자"를 개는 원망했을지도 모른다는 부분에서는 개의 체념 섞인 슬픔이 진하게 묻어난다. 이렇듯 시인은 개의 슬픈 운명을 노래하고 있다. 이러한 개에 대한 인간의 폭력성은 현대사회의 인간과 인간 사이에서도 그대로 적용된다. 인간이 인간을 무시하고, '비틀걸음과 체념'을 강요하는 경우를, 그리고 권력을 가진 사람들이 '권력없는' 민중들을 억압하고 멸시하는 것을 어렵지 않게 볼 수 있기 때문이다. 시인은 인간사회에 존재하는 이러한 잔인함, 무자비함, 폭력성, 광기 등을 폭로하고 고발하고 있는 것이다. 그리고 "개는 물어뜯기고/ 나는 살고"라는 부분에서는 내가 살기 위해서 다른 이들을 '물어뜯'어야만 하는, '함께'가 아니라 '내'가 우선인 이기적인 현대인의 모습을 엿볼 수 있다.

그리고 「스텔라 GXL」에서는 최신 유행을 좇는 사람들에게 버려진 스텔라 GXL에 대한 단상이 그려지고 있다. 우리의 기억에서 점점 잊혀져가는, 방치된 스텔라를 보고 시인은 최신 유행을 좇는 사람들에 의해 밀려난, 천덕꾸러기와 같은 면을 발견하게 된다. 그의 모습은 남루하기 그지없다. "칠 벗겨진 몸뚱이", "벌거벗은 가죽시트" 등이 이러한 모습을 보여준다. 그리고 스텔라의 음습한 분위기를 대변해 주는 것은 '그늘', '두꺼운 암흑', '으슥한 응달' 등인데, 이러한 분위기의 절정은 '목덜미'에서 발견된 '삭흔(索痕)'에서 찾을 수 있다. 목덜미에 있는 끈 자국에서 말이다. 시인은 새 차에 밀려나고, 유행에 쫓겨나 주차장에 가지 못하고 방치된 차들을 보면서 방치되기 이전의 '쓸모 있던' 시기를 보여준다. 주인을 위해 헌신적으로 살아온 스텔라의 삶을 되새기고 있는 것이다. 이는 비단 '폐차'에게만 해당되지 않는다. 인간사회에서도 비슷하다. 인간도 결국 오랜 세월이 지나 늙게 되면 사회에서 '쓸모없는' 사람이 되기 마련이다. 그러나 시인은 꼭 그렇게 보지 않는다. 그 세월 속에 그 사람의 연륜이 내포되어 있는 것을 간파하게 된다. 그 연륜은 '그늘', '암흑', '응달'이라는 어두운 이미지를 띤 '쓸모없는' 것이 아니라 '빛'을 내장한 '쓸모 있는' 그늘이라는 점을 발견하게 된 것이다.

이정섭의 시의 주조는 소시민들의 애환을 따뜻하게 그리고 있다는 점이다. 시인의 따뜻한 시선에 의해 영구 임대아파트에서 자살한 가난한 부부, 실직한 남편과 재봉사인 아내의 비참한 삶, 폭설을 안고 죽은 세탁소 주인 등의 '권력없는' 민중들의 삶이 의미있는 삶으로 되살아난다. 그리고 이는 시인의 모순된 현실에 대한 비판적 안목과 소시민에 대한 끊임없는 애정, 그리고 '연꽃', '열정', '고행' 등으로 대변되는 포용력이 있었기에 가능하다. 그렇다고 이정섭의 시가 아주 쉽게 읽히는 것은 아니다. 시의 형식이나 구성면에서 다소 독창적이고, 내용면에서 이질적인 요소들이 자주 등장하기 때문이다. 그러나 그의 시를 천천히 음미하다 보면 그러한 요소들이 또 다른 의미를 생성하는 촉매제가 되고 있음을 발견할 수 있을 것이다.

- 『시와인식』 4집, 2006년

동행의 두 변주

- 이진수와 최은숙의 신작시를 중심으로

1. 동행의 의미

요즘 '혼밥', '혼술', '혼영'이라는 말을 심심치 않게 들을 수 있다. 혼자 밥 먹고, 혼자 술 마시고, 혼자 영화를 본다는 의미를 지닌 이 단어들이 언제부터인가 우리에게 낯익은 단어로 다가온 것이다. 저출산과 더불어 기능이 다양하고 편리한 스마트폰의 등장 등으로 이러한 양상은 이미 예견된 일인지도 모른다. 이렇듯 혼자 살아가는 법에 익숙해지고, 타자와의 소통의 기회가 줄어듦에 따라 '지금-여기'의 현실에서는 점점 외롭고 쓸쓸한 모습이 많이 등장하고 있다.

지금 여기에서의 현실이 소외되고 각박해질수록 더 소중하게 다가오는 것은 '함께', '같이'라는 의미를 지닌 '공동(共同)'일 것이다. 특히 함께 느낀다는 의미를 지닌 '공감(共感)'과 함께 걸어간다는 의미의 '동행(同行)'은 다른 사람과 마음을 공유한다는 점에서 더 중요하게 다가온다. 다른 사람과 같은 곳을 향해 함께 가는 '동행'은 다른 사람의 마음을 헤아려 같이 느끼는 공감을 통해 가능해진다. 그리고 동행은 그 과정에서 서로에게 '귀감(龜鑑)'이 되기도 한다. 서로의 아픔을 감싸안기도 하고, 결핍을 채워주기도 하기 때문이다. 이렇듯 동행은 세상의 외로움과 쓸쓸함, 그리고 각박함을 잊게 해주는 소중한 행위라 할 수 있다.

이진수와 최은숙의 최근 시에는 동행의 긍정성이 내포되어 있다. 이진수는 끊임없이 타자와의 만남을 통해 동행의 아름다운 모습을 보여주고 있다면, 최은숙은 가정과 학교라는 울타리에서 만나는 대상을 통해 동행의 소중한 의미를 담아내고 있다. 또한 이진수가 언어유희를 통해 동행의 참신함을 표출하는 데 주안점을 두고 있다면, 최은숙은 아이-되기를 통해 동행의 간절함을 드러내는 데 공을 들이고 있다. 두 시인 모두 지금까지 시집을 한 권씩 출간한 과작의 시인이지만, 그들의 최근시에는 오랜 시력(詩歷)을 통해 볼 수 있는, 동행에 대한 깊은 성찰이 담겨 있다. 그들의 시와 동행하기로 한다.

2. 결핍과의 동행

이진수의 첫 시집『그늘을 밀어내지 않는다』(시와시학사, 2002)가 출간되었을 때 필자는 서평(『작가마당』, 2003)을 통해 "(이 시집은) 근자에 읽은 시집 중 여러 면에서 독특하다. 충남 청양에서 농사를 짓고 있는 이력도 그러하거니와 그 이력에 걸맞을 것 같지 않은 정제된 언어를 정확하게 구사하고 있는 면도, 그리고 산사의 언저리에서 '선승(禪僧)'과 함께 해맑은 세상을 노래하는 듯한 느낌을 주는 모습도 그러하다. 이를 통해 볼 때 그는 농사를 짓고 있지만 천상 '시인'일 수밖에 없는 '그만의 시적 감각'을 지녔다고 할 수 있다."라고 언급한 바 있다. "농사의 토대가 되는 땅(흙)과 그 땅에서 자라나는 모든 식물에 대한 따뜻한 시선과 이를 바탕한 세밀한 관찰이 그의 시적 디딤돌이 되었"음을 긍정적으로 보았던 것이다. '경계허물기'를 통해 공동체적 삶을 추구하는 양상도 주목할 부분이다.

그의 최근 시에서도 인간에 대한 예의를 표출하고 있는 장면을 자주 볼 수 있는데, 그 이전과 다른 점이라면 동행의 모습이 좀 더 부각되고 있는 점이라 할 수 있다.

시골에 아이들이 많이 뛰어놀고 할 당시에는 '귀농'은 그다지 주목을 받지 못했다. 때로는 그 마을에 사는 토착민들의 텃세의 피로감과 고단함을 맛보아야 하는 경우도 적지 않았다. 그러나 지금은 상황이 많이 다르다. 도시로 젊은이들이 떠나고, 저출산으로 아이 울음소리마저 끊겨 적막함이 감도는 시골에 귀농하는 젊은 부부와 아이의 등장은 일대 그 마을을 생기있게 만든다.

젊은 부부가
네 살짜리 하나 데리고
귀농하자

온 마을이
분주하다

집은 집대로
방을 비우고

나무는 나무대로
그네 자리 내놓고

제일 바쁜
팔순 노인들

아이가 뛰어다닐
길을 내느라

보행보조 유모차를
가장자리로 몬다

- 「점심은 마을회관에서 같이」 전문

 "한 아이를 키우려면 마을 전체가 필요하다"는 아프리카의 속담처럼 마을 전체의 주민이 그 아이를 위해 분주하다. 집과 방을 비우는 일뿐만 아니라 그네 자리도 내놓고, 팔순 노인들의 필수인 보행보조 유모차도 가장자리에 배치한다. 그 아이가 마음 놓고 뛰어놀 수 있도록 최대한 배려를 하고 있는 것이다. 귀농한 젊은 부부와 그 딸을 통해 마을의 활력을 찾고 있다. 젊은 부부가 새로운 삶의 터전을 찾아온 '귀농(歸農)'이 헛되지 않도록 마을 사람들이 정성을 다하고 있는 것이다. 그들은 단순히 농사를 지으러 온 것에 그치는 것이 아니라 그들이 농사를 귀하게 여기는 '귀농(貴農)'으로, 나아가 농사를 본뜨게 하는 귀농(龜農)으로 나아가게 하고자 하는 심정을 담아내고 있다. 이방인의 차원이 아닌, 함께 가야할 동행의 대상으로 여기고 있는 것이다.

 시인의 이러한 참신한 동행의 의미는 재혼의 모습에서도 볼 수 있다. 재혼은 이혼, 사별한 사람이 다시 결혼하는 경우를 일컫는다. 이혼율이 점점 증가하는 요즘의 현실에서 재혼하는 부부 또한 많이 늘어나는 것이 사실이다. 재혼을 바라보는 시선이 곱지 않을 때도 적지 않다. 시 「새혼」

은 이러한 고정관념에서 탈피한다. "근데 엄마 재혼이란 말 맘에 안 들어 차라리 새혼이라고 해 새혼이라니 그게 뭔 말이야 아니 그렇잖아 헤어진 아빠하고 다시 하는 것도 아니고 그분과 결혼은 처음이잖아 그렇기는 하 지 그러니까 말야 새해가 밝는 거지 재해가 밝는 거 아니잖아 언제까지 지 나간 거 기준으로 살 거야 엄마 새혼 축하해"라고 하여 재혼을 새로 결혼 한다는 의미인 '새혼'으로 부르고 있는 것이다. "새해가 밝는 거지"라는 부 분에서 '새혼'의 의미가 더 명확하게 다가온다. "지나간 거 기준"이 아닌 새로운 기준으로 시작하는 새혼의 의미를 부각시킨다. 이 또한 재혼한 사 람을 차별하고, 부정적으로 바라보는 시각에서 탈피하여 함께 가야할 '동 반자'로 끌어안는다. 시인은 이렇듯 '귀농'한 사람도, '재혼'한 사람도 더 나은 세상으로 가기 위해 동행할 대상으로 보고 있는 것이다.

그리고 시인은 동행의 의미를 좀 더 부여하기 위해 그만의 특징이라 할 수 있는 어휘에서 찾기도 한다.

피장파장 파란만장
장자 돌림 형님들
나 동병이오 나 상련이오
수인사만 한 시간째

너보다 낫다는 너스레와
그래 네 똥 굵다는 코웃음이
소주 두 병을 비웠고

옆자리 티격이와 태격이는
부글부글 시끌시끌

아까부터 씨름판이다

어디서 어떻게 왔는지
안 묻는 게 기본인
이 골목 거기서 거기들

오늘 같은 내일이야
안 봐도 비디오고
삼삼오오 사사육육
불콰불콰면 그만이다

-「포장마차」전문

포장마차에는 낯선 이들이 많이 모인다. 그곳에 모인 쓸쓸한 사람들이
서로 마음을 트고 정겨운 고향말을 쏟아내기도 한다. 시인은 어휘를 통해
'포장마차'의 풍경을 보여준다. 포장마차의 군상들을 보면, '피장파장'한
사람들과 '파란만장'한 사람들, 그리고 '동병상련'의 사람들이다. 하나같
이 사회에서는 아웃사이더에 머물고 있는 대상들이다. 그러나 그들은 "어
디서 어떻게 왔는지/ 안 묻는 게 기본인/ 이 골목 거기서 거기들"(「포장마
차」)이기에 서로 동행할 수 있다. '티격태격'해도, '부글부글', '시끌시끌'해
도 "삼삼오오/ 사사육육/ 불콰불콰"면 그만인 것이다. 그렇기 때문에 그
들은 '포장마차'에서 시공간을 초월하여 동행하면서 꽉 막힌 것을 풀기도
하고, 새로운 생기를 얻기도 한다. 이 시 또한 「새혼」과 마찬가지로 '과거'
보다는 현재, 미래를 중시하고 있다.

포장마차가 비슷한 처지에 있는 사람들의 '시끌시끌' 공간이라면, "빗
방울 소리" 사이로 꽃이 피는 곳은 '침묵'의 공간이다. 시인은 비주류가 머

무는 '소음'뿐만 아니라 자연의 섭리를 엿볼 수 있는, 꽃이 피는 '침묵'의 소리에도 귀 기울인다. 그는 침묵을 '침'과 '묵'을 떼내어 동행하는 대상으로 보고 있다. 잠기다는 의미의 '침(沈)'과 묵묵하다는 의미의 '묵(默)'을 분리하여 꽃이 피는 모습을 경건하게 목도하고 있다. 단순히 고요하고 조용한 것이 아니라 모든 것들이 잠기고 묵묵한 상태에서만이 꽃이 피는 소리를 들을 수 있음을 보여주고 있는 것이다. 생명의 경이스러움, 오묘함의 극치는 "빗방울 소리/ 사이로만" 갈 수 있고, 음미할 수 있음을 보여준다. '침'과 '묵'의 동행을 통해 그 세계로 진입하고 있는 것이다.

이진수 시의 절정은 같던 길과 갔던 길(동행)의 조화를 통해 나타난다.

너 만나기 전
혼자 같던 길

너 만나서
같이 같던 길

너와 헤어지고
혼자 같던 길

담양 메타세쿼이아
그 초록

이거 같기도 하고
저거 같기도 하던

그때 그 길

가고 싶다

　　　　　　　　　　　　-「오후 세 시 너무 나른」전문

　시인은 담양 메타세쿼이아 길을 추억하고 있다. 그는 이 길을 '혼자 →
함께 → 혼자' 다녀왔음을 밝히고 있다. 너를 만나기 전에 갔던 길이고, 너
를 만나 갔던 길이고, 너와 헤어진 뒤 간 길이다. 그런데 시인은 '갔던'이
라는 시어 대신에 '같던'이라는 말을 쓴다. 그리하여 가다의 행(行)의 의미
보다 같다(同)의 의미를 강조한다. 오후 세 시 너무 나른한 모습을 절묘하
게 표상하고 있다. 그리고 '갔던'이라는 과거의 의미보다는 '같던'이라는
현재의 의미를 통해 현재와 과거의 넘나듦의 장치로 활용하고 있다. 이
또한 시인이 과거보다는 현재의 의미를 강조하는, 그만의 시적 기제라 할
수 있다. "그때 그 길/ 가고 싶다"라고 하여 '동행'하고 싶은 욕망을 드러내
고 있다.

　이처럼 이진수의 최근 시에는 '동행'의 새로운 의미가 투영되어 있다.
귀농한 젊은 부부의 네 살 아이를 위해 마을 전체의 주민이 정성껏 준비하
는 모습에서, 재혼이 아닌 새혼으로 명명하여 새 출발의 의미를 부각시키
는 장면에서 어렵지 않게 볼 수 있다. 그리고 시인만의 고유성이라 할 수
있는 언어유희를 통해 아웃사이더들이 많이 모이는 '포장마차'의 풍경과
자연의 섭리를 섬세하게 관찰하는 꽃이 피는 풍경에서도, 나아가 '메타세
쿼이아 길'을 거닐던 동행의 풍경에서도 엿볼 수 있다. 그의 시의 미덕은
'동행'을 통해 끊임없이 과거보다는 현재와 미래를 지향하고, 새로운 언어
감각(언어유희)을 통해 삶의 활력을 불어넣고 있는 데 있다.

3. 동심과의 동행

최은숙의 첫 시집 『집 비운 사이』(내일을여는책, 1995)가 출간된 이후 제 2시집이 나오지 않았으니 그 또한 과작의 시인이다. 조재도는 그의 시집 발문에서 "그의 시는 댓돌 위 달랑 놓여 있는 하얀 고무신처럼 정갈하기도 하고, 읽으면서 헤벌심 웃음이 나오게 하기도 하며, 또 타고 나길 그렇게 타고 나고 치뤄 나길 그렇게 치뤄 난 어떤 사람을 떠올리게 한다. 한마디로 추절추절 내리는 여름비에 잠깐 일손을 놓고 밀전병이나 부칠까 하여 강판에 식용유를 두르고 밀가루 반죽을 올려 놓았을 때 나는 그 자글거리는 소리와 냄새 같다고나 할까."(「결 고운 사람의 '이야기 시'」)라고 쓰고 있다. 발문 제목에서처럼 결 고운 시인 최은숙은 나이보다 훨씬 성숙한 모습으로 다양한 민초들의 군상에 담긴 '이야기'를 담백하게 형상화하고 있다.

그의 최근 시는 당시 초보 엄마 때 만난 아이의 시선으로 돌아가 그녀와 동행하고, 사춘기 학생들과 동행하고, 주공에 사는 이웃 할머니와 동행하는 광경이 '동심'의 세계와 함께 그려져 있다. 그의 시적 범주는 크게 '집-학교'에 머물러 있다. 자칫 협소해 보일 이 공간에는 그러나 다양한 내용으로 채워져 있다. '슬픈 가계도'를 지닌 시인은 예전부터 '캔디'와 같은 삶을 강요받았는지 모른다. "외로워도 슬퍼도 나는 안 울어. 참고 또 참지. 울긴 왜 울어"로 시작되는 '캔디' 노래에서 볼 수 있듯, 시인 또한 어떠한 일이 있어도 참고 견디려 노력했을 것이다. 우는 자체를 자존심이 허락하지도 않았을 것이고, 스스로 용납되지도 않았을 것이다.

> 너는 까진 무릎을 들여다보며 울고 또 울었지
> 그날따라 울음 끝이 길어

교회 마당에서 해바라기 하던 할머니들
혀를 찼지 혼자 커서 그려
혼자 키워서 그려, 엄마는 그렇게 알아들었어
엄마는 세상을 노려보고 있었어 독 오른 뱀 같이
눈을 부릅뜨고 살았어 터지려는 장마를 참는 먹구름처럼
너를 때린 그 날을 엄마는 차마 뉘우치지도 못했어

모든 날에는 저녁이 있더구나
증오와 설움을 분간 못하는 날도
남이 미운지 자신이 미운지 모르는 날도
긴 숨을 토하며 똑같이 저물더구나
수많은 아침이 조금씩 다른 눈을 뜨는 동안
놀라서 너를 감싸 안던 할머니들
한 분 두 분 세상 뜨시고
마을엔 꼭대기 할머니와 도두말 할머니 두 분 남았어

　　　　　　　　　　　　　　　　　-「그래도 된다」부분

　시인은 초보 엄마시절 넘어져 까진 무릎을 보며 오래 울고 있는 딸아이를 때린 시절을 떠올린다. "세상을 노려보고" "독 오른 뱀 같이/ 눈을 부릅뜨고 살"아온 화자는 할머니들이 우는 딸아이를 보며 "혼자 커서 그려"라고 한 말을 "혼자 키워서 그려"로 잘못 알아듣고 결국 딸에게 체벌하게 된다. 결핍이 많은 시인은 딸아이의 결핍이 생기는 것을 받아들이지 못했을 것이다. 자신의 유년시절과는 다르게 아이를 결핍없이 반듯하게 키우려는 욕망이 작용했을 것이다. 그러나 화자는 아이를 그렇게 키우는 것이, 강하게 키우는 것이 아이에게 얼마나 커다란 상처가 되는지를 머지않아 깨닫게 된다. "모든 날에는 저녁이 있더구나"라고 하며 자신의 부릅뜨고 세상을 노려보고 산 세월을 반추한다. 그리하여 시인은 이제 캔디와 같은 삶을 강요한 것을 뉘우친다. "엄마는 이제 잘 운다/ 울어야 할 때 거꾸로 웃지 않는다/ 너의 싱그러운 젊음을/ 내 미숙했던 날들에 대한 용서라 읽으며/ 겁 없이 운다"라고 하여 변화된 자신의 모습을 발견한다. "놀라서 너를 감싸 안던 할머니들/ 한 분 두 분 세상 뜨시고" 나서야 깨닫게 된 것이다. 이를 통해 시인은 딸에게 "딸아, 그러니 화가 날 땐 화를 내/ 문도 쾅 닫아/ 우리 이제 그래도 된다"라고 하여 남의 시선을 너무 의식하여 자신의 감정을 너무 절제하지 말라고 말하고 있는 것이다. 자신의 무의식적 욕망을 자연스럽게 표출하라는 메시지가 담겨 있다.

아이의 상처를 보듬은 시인은 딸을 통해 많이 성장했음을 자인한다. "왜 배꼽이 안 떨어지지?/ 왜 열꽃이 피지?/ 왜 토하지?"(「물음표를 붙이려다」)라며 물음표를 많이 붙이는 초보 엄마와는 달리 딸은 오히려 물음표를 붙이지 않는다. 딸을 통해 학생들을 대하던 모습도 많이 달라진다. "왜 숙제를 안 해왔어?" 대신에 "깜빡깜빡 잊는 건 날 닮았구나"라고 하거나 "그 반항적인 눈은 뭐야?" 대신에 "두려워하는구나"라고 말이다. 그리하여 시인은 "네가 세상에 온 뒤, 엄마는 그런 선생님이 되었네"라며 딸에 대한 고마움을 전하고 있다. 자신이 유년시절의 딸을 통해 얼마나 많이 성숙했는지를, 그리고 세상을 알아가게 되었는지를 깨달은 것이다.

시인이 딸의 상처를 보듬고 치유하는 과정을 통해, 그녀의 눈높이로 무의식적 욕망을 읽어내면서 새로운 변화가 시작된다. 아이의 시선으로 사물을 관찰하게 된 것이다.

> 엄마, 엄마, 빨리 와 봐 방에 벌레가 들어왔어
> 파랗고 날개가 있는 거야

으응 여치야 괜찮아
설거지를 마저 하고 갔을 때
여치는 사라지고 없었어

여치는 물지 않아 괜찮아
울먹거리며 넌 말했어
너무 작단 말이야
내가 밟을까봐 걱정 된단 말이야

어린아이 같지 않으면 천국에 갈 수 없다는 건
어린아이 아니면 천국이 천국인줄 모른다는 말 아닐까

걸레질을 하는 무릎 앞으로
어린 거미 한 마리 뽈뽈뽈 지나가네
여전히 엄마는 거미를 만지지 못해
미안한 맘으로 화장지에 싸서 내보내줬어
작고 여린 것들의 세상
모르고 밟는 죄 저지를까봐

-「너무 작은 여치」 전문

　　'여치'를 바라보는 시적 화자와 아이의 시선이 서로 다른 것을 볼 수 있
다. 일반적이고 보편적인 생각을 지닌 시적 화자는 '여치'를 인간에게 해
를 주지 않는 대상으로 인식한 반면, 아이는 몸이 너무 작은 여치가 자신
의 발에 밟힐까 걱정하고 있는 것이다. 그러니까 시적 화자는 '인간'을 중
심에 놓은 반면, 아이는 '여치'를 중심에 둔 것이다. 그에 따른 해석은 커
다란 차이를 보인다. "너무 작단 말이야/ 내가 밟을까봐 걱정 된단 말이

야"라는 아이의 말에서 "어린아이 같지 않으면 천국에 갈 수 없다는 건/ 어린아이 아니면 천국이 천국인 줄 모른다는 말이 아닐까"라는 것을 되새기게 된다. 인간에게 이롭고 해로운 것에 대한 분별심이 '모든 생명은 소중하다'는 아이의 시선에 의해 무화되는 순간이다. 딸의 순수한 시선을 통해 유년시절 자신의 삶을 들여다보고, 대상을 차별하거나 분별하지 않는 시선도 알게 되고, 학생들의 소중한 마음을 읽어내고 있는 것이다. 시 「분류하자면」은 질풍노도시기에 있는 청소년들과의 공감을 보여주고 있는 시이다. "잔뜩 긴장한 얼굴, 입 속으로 중얼거리는 말/ 수겸이는 현재 콘돔을 갖고 있지 않다는 거다/ 가져 오긴 했지만 화장실 쓰레기통에 다 버렸다는 거다/ 수겸이가 산 게 아니고 형아가 샀는데/ 할머니한테 혼날까봐 자기가 학교로 갖고 왔다는 거다/ 친구들한테 나눠준 게 아니고 보여주기만 했는데/ 친구들이 선생님한테 일렀다는 거다/ 선생님 이제 수겸이 강전 당하지요?/ 눈이 동그란 아이들 가운데에서 수겸이는/ 붉어졌다 하얘졌다 노래졌다 한다"는 시의 1연에 해당되는 부분이다. 이를 통해 유추해볼 수 있는 것은 수겸이는 콘돔을 가져와 쓰레기통에 버렸다는 점, 이 사실을 안 선생님의 벌칙을 받을 것이라는 점, 할머니와 함께 사는 결손가정이라는 점 등이다. 시인은 자칫 '강전' 당할지도 모르는 학생들까지도 끌어안는다. "선생님, 이제 수겸이 강전 당하지요?"라고 말하는 아이들보다 자신의 잘못을 인정하여 착실하게 벌칙을 수행하는 아이에게 더 따뜻한 시선을 보낸다. 이 시의 마지막 연인 "징계사유를 알게 된 선생님은/ 얼굴이 빨개지도록 웃으셨다"라는 구절은 그 아이의 벌칙이 용서가 될 것이라는 희망이 내포되어 있다. 이렇듯 시인은 딸과의 동행을 통해 다양한 학생들의 불안한 마음까지 끌어안을 수 있게 된 것이다.

딸과 학생들과 동행한 그는 이제 이웃과도 함께 걷는다.

호박고지 붉은 고추 마르는 주차장이 좋아

현관에서 엘리베이터 까지 열다섯 걸음인 게 좋아

계단을 걸어오를 때 양쪽으로 마주보는 현관문

두 집 사이가 가까워서 좋아

곶감이 마르는 베란다가 좋아

푸른 숲도 멋진 강도 아니고

우리집과 똑같은 집들이 우리집 풍경인 게 좋아

안가봐도 알지

방 두 개, 거실 하나, 화장실 하나

아침은 된장찌개

저녁은 자주 김치찌개

주말엔 삼겹살 굽는 집이 많지

우리 집을 지나간 바람이

앞집으로 불어가고

앞집을 건너 온 바람이 우리집에 오고

혼자 사는 사람들도 덜 외로워서 좋아

- 「주공아파트」 전문

　시인이 머물고 있는 곳은 주공아파트이다. 귀한 것이 많아 문을 꼭꼭 걸어 잠그는 고가의 커다란 아파트가 아닌 "방 두 개, 거실 하나, 화장실 하나"가 놓여 있는 서민아파트이다. 주차장에 "호박고지 붉은 고추"를 말리고, 된장찌개, 김치찌개가 주식단이며, 두 집 사이가 가깝고 베란다에 곶감 말리는 그곳을 시인은 좋아한다. "우리 집을 지나간 바람이/ 앞집으로 불어가고/ 앞집을 건너 온 바람이 우리집에 오"는 그곳은 시골 마을의 풍경과 닮아있다. 그리고 끝행 "혼자 사는 사람들도 덜 외로워서 좋아"라는 한 구절에서는 '지금-여기'를 살아가는 외롭고 쓸쓸한 사람들과 동행할 수 있고 그들과 함께 동고동락할 수 있는 공간임을 시사하고 있다. 시인은 이 시를 통해 작은 평수의 아파트에 모여 사는, 가난하고 결핍이 있는 민초들의 삶을 보듬고 있는 것이다.

최은숙의 최근 시를 통해 '동심'에 바탕한 동행의 아름다운 모습을 보았다. 슬픈 가계도를 지닌 시인은 딸을 반듯하게 키워야 된다는 강박관념에 시달리게 되면서 딸에게 상처를 주게 되고, 이후 딸의 생채기를 보듬은 시인은 딸을 통해 아이의 소중한 시선을 발견한다. 이를 통해 딸과 동행하게 된 그는 자신이 가르치는 학생과도 동행하게 되고, 나아가 동고동락하며 사는 주공아파트 이웃까지도 끌어안게 된다. '동심'에 바탕한 동행의 행로가 앞으로 어떻게 펼쳐질지 주목이 된다.

-『작가마루』 2018년 하반기호

4부

'시집'의
이름들

길과 경계, 그리고 자아성찰

- 이수익,『처음으로 사랑을 들었다』/나태주,『시인들 나라』
/허영숙,『바코드』/고완수,『누군가 나를 두드렸다』

1. 길, 그리고 자유

이수익의 최근 시집『처음으로 사랑을 들었다』에는 '길'의 이미지가 부각되어 있다. 우리들이 다니는 길에서부터 동물들의 길, 그리고 인생의 길에 이르기까지 다양하게 형상화되어 있다. 길은 유동적이며 변화무쌍하다. 처음부터 만들어진 길은 없으며, 설사 만들어진 길이라고 해도 그것은 언제 바뀔지 모르기 때문이다. 그리고 인생의 길도 사람마다 다르며, 그 길의 흔적은 기록이나 기억 속에 존재하게 된다. 이렇듯 시인은 다양한 길의 속성을 들여다봄으로써 시의 길을 모색하고 있다.

길은 처음 산에서
있는 듯 없는 듯 스며 있었을 것이다
있는 듯 없는 듯한 그 길을
따라 짐승들이 지나고 드문드문
유령 같은 인적이 밟았을 것이다
그러다가 마침내 길은 살며시

들판으로 내려와 마을 오솔길이 되고
꼬불꼬불 논둑길이 되고 장터로 향해 가는
달구지 길이 되었을 것이다 조금씩 그리로
사람들 그림자도 붐비기 시작했을 것이다

지금은 산에서 산으로, 들에서 들로,
터널에서 터널로 이어진 사통팔달 길에는
속력의 쾌감을 마시며 차들이 질주한다
모든 길은 정면과 측면으로 가없이 뻗어 있고
가속 페달은 제한속도를 거부하고 있다
길은 이제
죽음에 도전하는 폭력의 코스가 되어 있다

길에 길들면서 사람들 또한
욕망한다
브레이크 없는 질주에 몸을 내던지고 싶다고
마침내 저의 길을 끝내고 싶다고
끝없이 끝없이 사라지고 싶다고

－「길은 죽음을 욕망한다」 전문

위의 시는 현대인들의 필요에 의해 만들어진 '길'의 일방성과 폭력성을 표출하고 있다. 사람과 사람, 마을과 마을을 이어주는, 소통의 역할을 하는 길은 오늘날 '죽음을 욕망하는' 대상으로 전락하게 된다. "브레이크 없는 질주에 몸을 내던"져 자신의 길을 끝내려 하고 있는 것이다. 자신의 임무에 충실했던 길이 이제 더 이상 누적된 피로를 감당하기 어려운, 과부하 상태에 놓인 것이다. "죽음에 도전하는 폭력의 코스"가 되어버린 길은 더 이상 순기능이 발휘될 수 없는 지경에 놓이게 된다. 여기에서 시인은 현대인의 끝없는 욕망에 의해 파생된 '길'의 역기능을 엿본다. 그래서 그는 길의 연원을 파헤치기 위해 길이 걸어온 역사를 거슬러 올라간다. 산의 '있는 듯 없는 듯'한 길에서 발원하여 '오솔길', '논둑길', '달구지길'로, 다시 '사통팔달 길'로 이어져 온 '길'의 과정을 말이다. 이처럼 시인은 자본주의의 발달이 가져온 '길'을 따라 파생된, 인간의 끝없는 욕망을 '사통팔달 길' 이전의 상태로 회귀하고 싶은 욕망과 대비시켜 '길' 본래의 의미를 되새기고 있다. 이는 '옛길'의 미덕인 느리게 함께 걷는 '동행'의 의미를 부각하여 현대인들의 빠름을 미덕으로 하는 일방적인 길의 부정적인 의미를 상쇄시키기 위한 의도에서 나온 것이라 할 수 있다.

또한 시인은 '쇠재두루미떼'의 길을 유심히 바라본다.

> 쇠재두루미떼가 히말라야산맥 가파른
> 직립의 고도를 넘어가고 있다
>
> (……)
>
> 따뜻한 상승기류를 타고 쇠재두루미떼가 날아오르는 동안에도
> 어느 순간 폭풍과 난기류가 유령처럼 와락 나타날 수 있으므로
> 검독수리의 날카로운 주둥이와 발톱이 그들을 덮칠 수도 있으므로
> 날갯짓 하나하나는 운명을 건 약속, 물러설 수 없는 길을
> 바로 지금, 시간의 바퀴에 굴리며 가야한다
>
> (……)

새들과 산맥 사이의 공간에, 생사를 건 팽팽한 대치가
서로를 긴밀하게 빨아들이고 있다, 아니, 밀어내고 있다
가깝게, 때로는 멀리 파도치는 그들의 윤무가, 바로 생이다!

50인치 모니터 화면을 덮고 있는 장대한 백색 풍경
속에서 나는, 멀어져가는 쇠재두루미떼의 날개짓을 떠받치고 싶어
기를 쓴다
탁자 위 유리컵이 굴러 떨어지며 소리친다
                                                       -「쇠재두루미떼를 따라 날다」부분

시인은 철새들의 이동경로를 통해 '길'을 발견하고자 노력한다. 쇠재
두루미떼는 하늘에 길의 흔적이 없어도 잘 찾아간다. "어느 순간 폭풍과
난기류가 유령처럼 와락 나타날 수"도 있고, "검독수리의 날카로운 주둥
이와 발톱이 그들을 덮칠 수도 있"는 상황 속에서 그들의 "날개짓 하나 하
나는 운명을 건 약속"이다. 더 이상 "물러설 수 없는 길을/ 바로 지금" 가
고 있는 것이다. 선택의 여지가 없는 길을 쇠재두루미떼는 쉬지 않고 날
아간다. 그들이 진정으로 두려워하는 것은 '독수리'나 다른 장애물이 아니
라 자기 자신과의 싸움에서 지는 것이다. 때문에 그들은 대열에서 낙오되
지 않기 위해 힘차게 날개짓을 한다. 그리고 그들이 어떤 두려움을 잊고
매진할 수 있는 힘은 함께 이동한다는 점에서 나온다. 같이 있다는 사실
자체만으로도 그들의 두려움과 위험은 상당히 감소된다. 이렇듯 집단 이
동은 공동체적인 삶의 긍정성을 마련해주는 동시에 '옛길'에서 보이는 동
행의 긍정적 의미를 드러내준다. 쇠재두루미떼의 집단 이동에 나타나는
이러한 공동체적인 삶과 동행의 긍정성은 자연의 위대함과 밀접하게 결
부된다. 그러나 이러한 자연의 긍정성은 자연 자체 속에서 가능하다. 시

인이 현대문명(TV 모니터)을 통해 그들의 세계에 개입하려는 순간 커다란 벽에 부딪치게 된다. 위 시의 마지막 장면에서 이러한 면을 극명하게 보여준다. 특히 "탁자 위 유리컵이 굴러 떨어지며 소리"치는 모습은 쇠재두루미떼와 시적 화자가 서로 소통되지 못하고 격리되는 양상을 시사하고 있다. 자연과 인간의 향(香)이 없는 TV 모니터는 '지금-이곳'의 실제적인 삶과 유리된 허상일 뿐이다. 따라서 인간과 자연이 소통하는 '길'은 인위적으로 만들어진 길이 아니라 자연스럽게 만들어진 길을 통해 가능하다고 하겠다.

그리고 「로드 킬(road kill)」에서는 근대화의 상징이라 할 수 있는 '고속도로'에서 질주하는 차들에 의해 죽게 되는, 야생동물들의 참상을 보여주고 있다. 근대 문명의 발달에 의해 '길'이 소통보다는 죽음을 욕망하는 길로 전락해버린 오늘날의 현실을 비판적으로 노래하고 있는 것이다.

시인은 근대문명에 대한 비판적인 시선에만 머무르지 않는다. 진정한 평화의 길이 무엇인지(「평화」), 또한 사랑의 길이 무엇인지도 함께 모색한다.(「발다로의 연인」) 그는 청력의 기능이 예전만 못하고(「귀가 간다」) '투병생활'을 통해 그의 신체적 감각은 분명 떨어져가고 있는 것은 부인할 수 없는 사실이다. 그러나 그의 시의 길, 시인의 길을 찾아가는 촉수는 여전히 감각적이고 정열적이다. "가자, 더 힘껏,/ 더 멀리까지!"(「시인의 말」)라고 힘차게 외치는 것처럼 역동적이다. 그렇기에 그의 시는 여전히 희망적이다.

2. 자아 성찰과 인생의 참 의미

주지하다시피 나태주 시인은 30권의 시집을 낼 정도로 왕성한 시작활

동을 보여주는 중견 원로시인이다. 그의 이번 시집에는 투병생활 이후의
자아 성찰의 과정과 생/ 사에 대한 초탈의지의 모습이 주를 이루고 있다.
자신을 돌아보는 일은 흔한 일이지만, 나태주 시인에게는 아주 특별한 의
미로 다가온다. 그것은 생사를 넘나드는, 아주 절박한 과정을 경험한 이
후의 성찰이기 때문이다. 이순을 넘기기까지의 인생과 40여년의 시력(詩
歷)을 그는 더 낮고 깊게, 그리고 촘촘하게 되돌아보고 있다.
　　당시 생사의 기로에서 벗어난 시인의 심정을 짙게 보여주는 시가 있다.

　　　　그때 그는 거기서 죽었어야만 했다
　　　　조금 이른 나이긴 하지만
　　　　인생의 정점이라고들 말하는 그곳에서
　　　　사라졌어야만 했다

　　　　화려한 실종

　　　　사람들은 더러 코끝이
　　　　빨개지기도 했을 것이고
　　　　두 눈에 눈물 머금고 그가 사라졌을 것이라고
　　　　믿는 하늘을 우러러보았을 것이다

　　　　그러나 그는 그 기회를 단호히 거부하고
　　　　하산을 도모했다
　　　　천천히 아주 천천히

　　　　사람들의 기대는 무너지고
　　　　박수갈채는 잠잠해지고

그는 한걸음 한걸음씩
세상 사람들 기억 속에서 잊혀져 갔다

또 다른 삶이 시작되었다
눈부신 실종

-「실종」전문

생사의 고비에서 죽음을 맞이했다면 어땠을까 하는 시인의 심정을 대변하고 있는 시이다. "인생의 정점"에서 생을 마무리하는 것도 좋았겠다는 소회를 낮은 음성으로 피력하고 있다. 아쉬움과 서운함이 가장 증폭될 그 시점에서, 나아가 그리움의 깊이도 더 깊어질 그 지점에서 생이 마감되었으면 하는 바람을 담아낸 것이다. 그러나 생사가 어디 마음대로 되는 것인가? 시인이 생사의 기로에서 투병생활을 끝내고 원래의 자리로 돌아왔을 때 "사람들의 기대"가 무너지고 "박수갈채"는 잠잠해지고, "세상 사람들 기억" 속에서 잊혀져가는 사람이 되었다고 토로하고 있다. 사실 시인이 원래의 위치로 회귀했을 때 많은 사람들이 축하의 메시지를 보냈을 것이다. 그럼에도 시인이 이처럼 생각한 것은 자신에게 주어진 새로운 생을, 이전의 삶보다 더 열심히 살고자 하는 의지를 다지기 위한 장치로 보인다. 그리고 시인이 이전의 삶을 "눈부신 실종"으로 본 것에는 이전의 삶과 절연하고자 하는 심정과 "눈부신" 새로운 삶을 가꾸겠다는 의지가 함축되었다고 할 수 있다.

이러한 시인의 간절함은 "만회할 수 있는 기회를 주시니 감사합니다/ 무엇보다도 먼저 세상과 화해하고 싶었고/ 세상을 용서하고 싶었습니다/ 나 또한 세상으로부터 용서받고 싶었습니다"(「패자부활전」)라고 한 데서 어렵지 않게 확인할 수 있다. 세상과 화해하고 싶은 마음과 세상을 용서하고 싶은 마음, 그리고 세상으로부터 용서받고 싶은 마음이 죽을 고비를 넘기면서 더 간절해진 것이다. 생과 사, 희망과 절망의 경계를 넘나들던 시인의 이러한 양가감정은 여행을 떠나서는 집을 생각하고, 집에 있을 때는 떠나온 곳을 그리워하는 시 「여행」에서도 엿볼 수 있다.

> 서울 같은 데는 올라와 살 생각 말 것,
> 이것은 신춘문예 당선 인사 차
> 원효로 좁은 골목길 돌아서갔을 때
> 박목월 선생이 들려준 잔소리
>
> 앞으로 산문 같은 것은 쓰지 말 것,
> 이것은 서대문구 충정로 삐걱대는
> 나무 계단 올라 이층 현대시학사 찾았을 때
> 전봉건 선생이 들려준 잔소리
>
> 가능한 대로 유명한 사람이 되지 말 것
> 이것은 또 설날을 맞아 어쩌다가
> 동선동 한옥집의 거리 세배하러 갔을 때
> 김구용 선생이 들려준 잔소리
>
> 너는 말야 머리가 좋은 게 아닌데
> 노력해서 그만큼이나마 하는겨
> 이것은 어려서부터 나한테 제일 많이
> 잔소리를 들려준 외할머니의 말씀
>
> 그 잔소리들이

참말이었다는 걸 알게 된 것은
잔소리의 주인공들보다도
내가 더 나이를 많이 먹고 난 뒤였지

대부분의 잔소리들 내용대로
살지 못했다는 걸 알고 난 다음이었지
아이들의 바람개비 하루 종일
저 혼자 돌아가듯이 말야.

-「시인들 나라·3」 전문

　위 시는 '잔소리'의 중요성과 잔소리대로 살지 못한 화자의 모습이 그려지고 있다. "잔소리"는 흔히 자신이 해야 할 일을 하지 않거나 게을리할 때 듣는 소리이다. 시인이 기억하는 시인들과 외할머니의 잔소리는 단순한 잔소리를 넘어 일종의 '경구(警句)'로 다가온다. 시인은 나름대로 그 경구같은 잔소리대로 살려고 했지만, 그럼에도 그렇지 못한, 비껴간 삶을 아쉬워하고 있다. 그리하여 그분들의 '잔소리'를 되뇌어 이순을 넘긴 삶에서 미끄러진, 경구같은 삶을 끌어 올리고 있다. 그리고 그는 시인으로서 아직도 "옛날의 솜씨 좋은 시인"의 경지에 오르지 못했음을 반성하기도 한다. 옛 시인들은 시를 꽃가지와 개울물, 새들에게 맡기거나 달빛과 소, 강아지 밥그릇에 주기도 했는데, "솜씨가 떨어져도/ 한참은 떨어지는 나는/ 겨우 종이에 시를 쓰며 이렇게/ 한평생 살아갈 수밖에는 없"(「시인·1」)다고 겸손하게 노래하고 있다. 시인의 자아성찰의 클라이막스는 시 「참회록」에서 발견된다. "나이 들어 늙은 사람이 되어서도/ 딱히 내세울 게 별로 없습니다/ 이냥 이대로 조그맣고 보잘것없고/ 힘없는 늙은이로 보아주시면 고맙겠습니다/ 미안합니다."라고 하여 자신을 한껏 낮추고 있다. 그런데 "딱히 내세울 게 없"다고 말하는 시인들의 시력(詩歷)을 보면 자신의 목소리를 내고 있는 경우가 적지 않다. 나태주 시인도 예외는 아니다. 그도 30권의 시집이 말해주듯 방대한 시집을 통해 전통적인 서정시의 맥을 이어가고 있기 때문이다. 그럼에도 이처럼 말한 것은 앞으로 주어진 (시적) 인생을 좀 더 치열하면서도 아름답게 살고자 하는 시인의 간절한 욕망을 역설적으로 표현한 것이라 할 수 있다.

3. 희망이 내포된 그늘의 힘

허영숙 시집 『바코드』의 키워드는 '그늘'이다. 대상이 있어야만 존재하는 그늘, 그 그늘은 늘 보잘 것 없는 것으로 존재한다. 사람들의 시선이 언제나 그늘을 만드는 원래의 대상에 집중하기 때문이다. 그러나 시인은 그 대상의 형상을 그대로 닮은 그늘의 내면을 목도한다. 이렇듯 그녀는 현상과 본질 중 어느 한 곳에 치중하지 않는다. 사실 현상과 실체를 두루 아우른다는 것은 말처럼 그리 쉬운 것은 아니다. 지극히 균형감각을 견지하고 있을 때만이 가능한 것이다. 그리하여 시인은 '바코드'의 정확한 의미뿐만 아니라 바코드 막대선 사이를 읽어낼 줄 알며, '자기소개서'에 담긴 내용뿐만 아니라 자기소개서의 행간의 의미를 독해해 낼 줄 안다. 때문에 그의 시에는 따뜻한 온기가 존재한다.

해가 넘어갈 무렵의 그림자를 형상화한 시부터 보기로 한다.

해가 서쪽으로 넘어갈 때
나무의 그림자는 가장 길어진다

침엽과 활엽의 경계를 허물고

속을 들여다 볼 수 없는 내부를 가진

하나의 종(種)이 된다

늦은 오후의 길을 메우고 있는 것은

새로 돋아나는 나무의 또 다른 얼굴

잎맥의 실금을 지우고

거친 등피를 가졌던 흔적을 숨겼다

햇살의 방향에 따라

제 몸을 줄였다가 늘이는 그림자는

검은 베일을 쓴 무슬림의 여자처럼

맨 얼굴을 보여주지 않는다

윤곽만 있는 그림자에는 나무가 없다

새를 품었던 적은 있었을까

만져질 듯 말 듯 농묵으로만 그리고 있는

나무의 뒷면을 읽기 위해

바람이 그림자를 몇 번이나 뒤집어 보고 있다

- 「그림자극」 전문

일몰에 펼쳐지는 풍경 중 시인은 시시각각 달라지는 그림자 풍경에 집중한다. 시인은 하루 중에서도 해가 서산으로 넘어갈 즈음, 나무의 그림자가 가장 길게 보이는 시점에 주목한다. 그림자의 길이가 가장 긴 이 시점이 나무의 윤곽과 경계가 더 흐릿해지기 때문이다. 그리하여 "침엽과 활엽"의 경계도 허물어지고, 나무의 표피에 있는 윤곽도 사라지게 된다. 이처럼 시인이 나무의 경계와 윤곽이 잘 드러나지 않는 그림자에 주목하는 것은 모든 것을 융합하여 감싸안으려는 그림자의 속성 때문이다. 나무에 관련된 좋고 나쁨의 판단 기준을 무화시키고, 모든 것을 "농묵"으로 채색하는 그림자의 모습에서 모든 우열은 사라진다. 짙고 옅음의 차이도 없고 오직 나무의 형상에 따라 표상된다. 이 시에서 우리가 주목해야 할 점은 그림자를 씨(종자)로 보고 있다는 것이다. 속을 들여다 볼 수 없지만, 어떤 내면을 지닌 씨로 인식한다. 그림자에 생명을 불어넣고 있는 것이다. 이러한 그림자의 내면을 보기 위해, "나무의 뒷면을 읽기 위해/ 바람이 그림자를 몇 번이나 뒤집어 보"는 풍경도 재치 있다. 이처럼 시인은 어떤 대상에만 시선을 집중시키지 않고 햇살에 따라 그 대상이 달라지는 그림자(그늘)에도 긍정적인 시선을 보내 내면을 독해하고 있다.

그리고 그림자도 씨로 보고 있는 시인은 실제의 씨(종자)를 통해 그것에 담긴 우주까지 엿보기도 한다. 씨앗을 그는 "봉지 속의 단단한 행성들/ 질량이 다른 햇살과 바람이 이룬 또 하나의 조용한 우주"(「씨앗을 파는 상점」)라고 표현한다. 씨앗을 보며 씨의 미래를 선취해서 바라보고 있는 시이다. 씨를 하나의 "우주"로 보고 있는 시인은 상상력을 통해 거기에서 "촉"과 "꽃대", 그리고 "나비를 앉은 꽃"과 "나비를 품은 봄"을 그려낸다. 이처럼 시인은 작고 사소한, 하찮은 씨앗에 생명력을 불어넣는다. 그리하여 씨앗에서 희망을 건져내고 있는 것이다.

다음 시에서는 그의 표제작이기도 한 '바코드'에 대해 노래하고 있다.

> A4 용지 한 장의 분량으로
> 간단한 자기소개서를 제출하라 한다
> 나무 한 그루 다 갈아엎어도 쓸 수 없는 낮과 밤을,
> 그 안에서 생겨난 만 갈래의 길을
> 접고 또 접어서 써라 하니 난감하다
>
> 왔던 길을 다시 돌아간다

어느 길 위에 이른 내 몸에서는 새 잎이 돋고
또 다른 모퉁이에서는 다시 그날의 눈이 쏟아진다
길은 더 나아가지 못하고
새우깡 겉봉에 찍힌 바코드를 본다
저 굵고 가느다란 세로 줄에 기록된 것은
출고일자 혹은
여기로 오기까지의 경로 표시에 불과할 뿐
분말로 든 새우의 길에 대해
기억 안에 있거나 기억 밖으로 밀어 낸
파랑의 날들에 대해 모두 기록할 수 없다
찬물에 돌미나리를 씻으며 울고 싶었던 이유가
시린 손 때문이라고만 쓸 수 없다

밟아온 길을 다시 일으켜 세워 바코드를 만든다
고음으로 내질렀던 푸른 날의 한때를
굵게 긋다가 올려다 본 하늘
정오의 햇살이 내 몸의 바코드를 환하게 찍고 간다

- 「바코드」 전문

　　이 시는 '바코드'가 그 제품의 모든 것을 드러내줄 수 없듯, 자기소개서에
도 자신의 모든 것을 드러내 줄 수 없음을 보여주고 있는 작품이다. 시인
은 자기소개서를 작성하기 위해 자신을 반추하게 된다. "왔던 길을 다시
돌아"가 자신이 살아온 이력을 살피던 시적 화자는 자기소개서에 무엇을
기록해야 할지 고민하게 된다. 살아온 날들이 모두 소중하게 여겨져 삶
의 일부를 떼내 기록하기가 쉽지 않았던 것이다. 화자는 "출고일자 혹은/
여기로 오기까지의 경로 표시"를 선명히 드러내주는 '새우깡'의 바코드에

"새우의 길"에 대해 기록할 수 없음을 인식하듯, "찬물에 돌미나리를 씻으며 울고 싶었던 이유가/ 시린 손 때문"만이 아님을 화자는 알고 있다. 시인은 '바코드'를 통해 알 수 있는 정보 외에 바코드에서 빗겨난, 그리고 누락된 것에 눈길을 보내 제대로 된 바코드를 만들고자 한다. 이는 자신의 바코드(자기소개서)에 모든 것이 담겨있을 것이라고 믿는 현대인들의 맹목적인 시선을 비판적으로 바라보는 동시에 자신의 바코드를 새롭게 만들어가야 한다는 의지를 표명하고 있음에 다름 아니다. 이처럼 시인은 작고 사소한, 현실에서 빗겨선 대상들에 끊임없이 생명력을 불어넣어 온전한 다른 대상들과 공존하게 만든다.

4. 경계를 넘어선 풍경

고완수 시인의 미덕은 끊임없이 경계를 허물고자 하는 데에 있다. 아니, 경계를 허물고자 한다라기 보다는 경계 이전의 모습에 더 애정어린 시선을 보내고 있다고 하는 것이 맞을지 모르겠다. 대부분 경계를 둔 것은 사람의 손길이 많이 닿은 경우이고, 경계가 없는 경우는 사람의 손길이 덜 닿거나 닿지 않는 경우이다. '폐가'를 바라보는 시인의 시선에서 이러한 점을 발견할 수 있다.

폐가를 보면 마음이 편안해진다
사람 목소리 들려올 때는
풀 한 포기 마당을 지날 수 없었다
꽃들도 화단을 나올 수 없었다

눈치 없이 마당에 뿌리내린

풀들은 눈에 밟히는 족족 뽑혔다

그러던 집에서 사람이 떠나자

집은 자연스러워졌다

마당을 지난 풀들 더러 주인처럼

방에서도 뿌리 내리고 꽃 피웠다

오동나무도 천장 열고 하늘과 내통했다

덩굴손들이 지붕에 푸른 기와를 얹자

집은 스스로를 허물었다

떠난 것들 모두 불러들였다

사람 냄새 지우자 자연으로 돌아가는 길,

그 좁은 길이 환하게 보였다

-「폐가를 보면」 전문

보통 폐가를 보면 처연한 생각이 많이 들게 마련이다. 그 집을 채우던 훈훈한 기운이 사라져 냉기가 흐르는, 쓸쓸한 모습으로 다가오기 때문이다. 그러나 고완수 시인은 역발상의 모습을 보여준다. 폐가를 보며 편안함을 느끼고 있기 때문이다. 그는 인간 중심이 아닌 자연의 섭리대로 폐가를 목도한다. 그러다 보니 폐가에 생기가 돌게 된다. 뿌리뽑히고 배제되었던 잡초와 꽃의 본성이 그대로 살아나 마당 가득히 채운다. 구획과 경계를 넘어 마음껏 향유하고 있다. 그는 여기에서 인공미가 아닌 자연미를 엿본다. "사람 냄새"가 없어지자 "자연으로 돌아가는 길"이 "환하게" 비춰진 것이다. 이러한 시선이 시인의 시적 본능에서 자연스럽게 생성된 것이기에 더 소중하게 다가온다.

그런가 하면 중앙박물관 특별전시관에 갔다가 부처 잃은 광배(光背)를 보고 쓴 시 「광배」에서도 이러한 면을 볼 수 있다. 여기에서도 「폐가」와 마찬가지로 시인의 역발상을 발견할 수 있다. "늘 배경으로만 놓여 있는 것이 안타까워/ 한 번쯤 주인공 역을 맡긴 것"이라고 생각을 전환한 것이다. 사실 언제 어디서든 주류는 있다. 그러나 그 주류는 결국 사람이 만드는 것. 시인은 박물관에 전시된 '광배'를 보며 '주인 잃은' 광배가 아닌, '주인이 된' 광배의 모습을 발견한다. 이러한 시선은 "늘 나의 중심에서 빛났던 네가 떠난 것도/ 나를 버린 것이 아니라/ 나를 주인공으로 세우기 위"한 것이라는 데까지 나아간다. 여기에서 주목할 점은 그가 나를 중심에 두기 위해 떠난 것이라는 생각의 이면에는 중심이 고정되고 불변된 것이 아니라 유동적이고 가변적이라는 시인의 심리가 자리하고 있다는 것이다.

간을 출입했던 문이라선가
토끼풀은 오늘도 할금할금
낮은 포복으로 잔디 먹는 중이다
토끼풀과 잔디의 짙푸름이
한없이 평화스런 풍경이라지만
피 냄새 없는 공존 어디 있던가
눈물 없는 악수 어디 있던가
한 뼘 땅이라도 더 차지하기 위해
사방으로 단단히 스크럼 짜는,
밀고 밀리는 팽팽한 싸움
삶은 얼마나 표독한 것인가
지면 죽음뿐이라는 생각에
토끼풀 하얗게 거품 물었다
잔디마다 푸른 검기 꼿꼿했다

그 독기 제법 향기롭다 해도
목숨 건 경계일수록 삶은
축축한 그늘마저 끌어야 덮었다

- 「경계에서는」 전문

이 시는 토끼풀과 잔디 간 생존경쟁의 치열함을 보여주는 작품이다. "지면 죽음뿐이라는 생각에/ 토끼풀 하얗게 거품 물었다/ 잔디마다 푸른 검기 꼿꼿했다"라고 한 구절에서는 비장미 넘치는 결전의 모습도 엿볼 수 있다. 잔디와 토끼풀은 사실 같은 식물에 속한다. 그런데 우리는 잔디는 대부분 인간에게 유용한 풀로, 토끼풀은 동물에게나 적합한, 우리 인간에게 그다지 소중하지 않은 것으로 인식한다. 그리하여 잔디밭에 토끼풀이 있으면 제거되기 십상이다. 특히 '국립'과 관계된 공원이나 유적지에서는 더욱 그러하다. 그러나 시인은 단순히 그렇게 보지 않는다. 토끼풀과 잔디를 우열에 두지 않고 토끼풀과 잔디 간 혈전을 벌이고 있는 모습을 해학적으로 들여다보고 있다.

시 「수화」에서는 수화자와 시적 화자인 '나'의 교감을 통해 장애인과 비장애인의 경계를 넘어서고 있다. 수화하는 이의 내면을 보여주고 있는 시이다. 누구든 결핍 한 가지 이상을 안고 살아간다. 수화는 곧 의사소통에 있어 절대적인, 말의 기능을 상실한 것이다. 수화는 곧 말의 결핍이라 할 수 있다. 그러나 한편으로는 보통 사람이 입으로 말을 하는 대신, 손으로 말을 하는 것이기 때문에 꼭 결핍으로 볼 것은 아니다. 다만 입으로 할 수 있는 기능을 손으로 옮겨갔을 뿐이다. 문제는 그러한 수화를 받아들이지 못하는 '나'에게 있다. "내 마음의 귀"가 응달이어서 "한 마디도 해독"하지 못하는 나말이다. 소통이 제대로 되지 않자 그녀는 "면장갑"을 집어던지고, "온몸"으로 표현한다. 이때 시적 화자는 수화의 파롤이라 할 수 있는 장갑의 이면을 읽게 된다. 그리고 그는 '정신지체자'들의 삶을 오롯이 들여다보기도 한다. (「등꽃-다솜공동체에서」) 등꽃과 같은 그들의 모습을 보며 자신의 삶을 들여다본다. 얼굴을 쥐어짜고, 사지를 비틀어야만 말 한 마디 건네고 손 한번 잡을 수 있는 그들. "온몸 배배 꼬아 얼굴로/ 웃음꽃 밀어 올리면" "자줏빛 향소리"가 날 것 같은 그대들을 목도한다. 이렇듯 고완수 시인은 사물들의 경계, 인간들의 경계를 지워내 경계없는 원형(原型)을 형상화하는 데 공력을 들이고 있다.

- 『시와정신』 2010년 가을호

흐름 혹은 어우러짐의 미학

— 박만진 시선집『개울과 강과 바다』

1. 서산의 시인

올해 고희를 맞은 박만진은 시「나비」로 널리 알려진 윤곤강 시인이 태어난 곳이기도 한 '서산(瑞山)의 시인'이다. 그는 서산에서 태어나 줄곧 그곳에서 지냈으며, 서산을 배경으로 오랫동안 시작활동을 해오고 있기 때문이다. '서산'은 '상서로운 고장'이라는 의미를 지니지만, 그에게 서산은 이제 다양한 의미로 다가오게 된다. 해를 품고 새벽을 여는 서산(曙山)과 저녁노을 붉게 물들이는 서산(西山)의 의미로도, 그리고 겨울 철새들이 'ㅅ'자 모양으로 날아와 머물다가는 서산(棲山)과 아름다움을 듬뿍 간직한 서산(黄山)의 의미로도, 슬기가 많은 서산(惛山)과 서로 용서를 잘하는 서산(恕山)의 의미로도 다가온 것이다. 이렇듯 서산의 의미가 확장된 것은 시인이 서산에 오래 머물면서 '마애삼존불'의 백제의 미소를 읽게 되고, 개심사를 통해 마음을 여는 법을 알게 되었으며, 그리고 산과 바다, 하늘의 모습을 통해 흐름과 어우러짐의 의미를 깨닫는 과정을 통해서이다.

최근에 박만진의 시선집『개울과 강과 바다』가 출간되었다. 지금까지 그가 출간한 8권의 시집에 수록된 시 중 선별하여 4부로 묶은 것이다. 이 시선집에는 앞에서 언급한 서산의 다양한 의미뿐만 아니라 하늘과 바다와 산의 의미, 깨달음과 자아성찰의 의미까지 두루 내포되어 있다. 그는 이러한 내용을 화려하지 않지만 담백하게, 군더더기 없이 담담한 어조로 보여주고 있다. 이 글에서는 그의 시선집을 시기별로 나누어 보기보다는 주제별로 나누어 살피기로 한다.

2. 한국의 서정과 백제의 미소

박만진의 시에는 군살이 없다. 소박하고 진술한 느낌을 그만의 특유의 어조로 표출하고 있다. 그의 시의 특징 중 하나는 한국인의 정서, 충청인의 미소를 은은하게 보여주고 있다는 점이다. 소박하고 담담한 기표에 한국인의 자긍심, 백제의 후예로서의 긍지라는 기의를 함의하고 있다.

> 가톨릭과 함께 건너온 쑥쑥 큰 이태리포플러 곁에는요
> 축 늘어진 게으른 버드나무 한 그루 보이지요
> 춤을 추는 바람, 깍깍 까치가 짖는 세월이 흐르고요
> 며느리가 만든 한산 모시 적삼 입고 곱게 늙으신 할아버지는 흐르는 물 냇가에 앉아 퉁소를 불고요
> 초록 풀을 뜯던 검정 염소가 매— 하고 울고요
> 산 밑 오두막집 굴뚝에서는 아침저녁으로 하느님께 문안을 드리는 연기를 올립니다
>
> -「한국화」전문

'한국화'라는 제목에 걸맞게 편안하고 따뜻하고 여유로운 시골의 풍경

이 잘 드러나고 있는 시이다. 화폭에는 이태리포플러나무와 춤추는 버드나무가 있고, 길조인 까치와 풀을 뜯는 염소도 있으며, 한산모시 차림의 곱게 늙으신 할아버지가 퉁소를 불고 오두막집 굴뚝에 연기가 피어오르는 모습이 조화롭게 어우러져 있다. 이 그림에서 시인은 '가톨릭'과 함께 건너온 이태리포플러나무와 우리의 버드나무를 함께 배치함으로써 다른 문화와의 포용성을 보여주고 있으며, 퉁소 부는 할아버지의 한산 모시 적삼 옷을 며느리가 만들었다고 함으로써 훈훈한 느낌을 전해주고 있다. 이렇듯 박만진의 시의 출발점은 시골의 아름다운 서정적인 풍경을 포착해 내는 데서 비롯된다. 그가 "내 시의 어머니는 김소월"(「티브이를 켠 채로」)이라고 노래한 것도 같은 맥락이라 할 수 있다. 그리고 그의 시에 자주 등장하는 대상이 서산에 있는 '마애삼존불'이다. 시인은 '마애삼존불'을 통해 '백제의 미소'를 발견하게 된다.

> 밀밭에만 가도 술에 취하는 나는
> 노을이 빚는 술 빛깔에 알맞게 즐거움구나
> 계곡을 따라 아래로
> 아래로 흐르는 물에
> 서산 운산면 용현리 마애삼존불 귀를 씻고
> 개심사 청아한 목탁 소리를 듣는구나
>
> ― 「백제의 미소」 부분

마애삼존불이 계곡물에 귀를 씻고 개심사의 목탁소리를 듣는다고 표현한 시인은 자신을 빗대어 말한 것이라는 것을 어렵지 않게 알 수 있다. 그는 자주 '마애삼존불'을 찾아 '백제의 미소'를 보곤 한다. 위 시에서는 노을이 질 무렵 마애삼존불을 찾았으나 "해 뜰 무렵 찾아뵌 서산 마애삼존불 백제의 미소"(「내겐 늘 바다가 부족하네」)라고 한 것에서 볼 수 있는 것처럼 동틀 무렵에도 찾아가기도 한다. 왜 이처럼 시인은 '마애삼존불'을 자주 찾는 것일까? 그만큼 불안하고 마음의 여유가 없기 때문일 것이다. '지금 이곳'에서 살다 보면 일이 순리대로 풀리지 않거나 번뇌에 시달리는 때가 적지 않다. 그때마다 시인은 평화롭고 평안한 마음을 회복하기 위해 항상 미소로 반겨주는 '마애삼존불'을 찾게 된다. 즉, 시인은 자신을 되돌아보고, 자신의 본연의 모습을 발견하기 위해 '마애삼존불'을 찾게 되는 것이다. 이를 통해 마애삼존불의 '백제의 미소'가 시공을 초월하여 '지금 여기에서의 미소'로 이어지고 있는 것이다.

그리고 그의 시에 '마애삼존불'과 함께 자주 등장하는 것은 '개심사'이다. 마애삼존불이 있는 곳에서 멀리 떨어지지 않은 곳에 위치한 개심사는 여러모로 시인과 인연이 깊다.

> 1
> 입을 덜고자 하여
> 어렸을 때에
> 중이 될 번도 했던
> 내 버릇은
> 팔짱을 끼거나
> 뒷짐을 지거나
> 바지춤에 손을 꽂고
> 먼 바다
> 먼 산
> 바라보기를 좋아하고

2
옛날 옛적에
담배 피던 호랑이 죽고
어허, 어하
어허, 어하
상여 올라가다가
참 호젓한 곳에서
절이 되었을

3
하늘이 열리고
덩실 두렷이 해 떠오를 때에
상왕산 품속에
개심사 있노라
깍깍거리는
까치들의 얘기,
귀동냥에
안개가 자욱하고

4
짐짓 산들을 둘러보아
오늘 문득 깨우침이듯
산의 높고 낮음이
사람들의 지위와 같다는
생각의 멀미에
출렁거리는 데
높은 산보다

낮은 산이
금새가 높다고 하는
시중 이치를
깨닫게 하고서는
뻐꾸기 울음소리
뚝 그치고
꿩, 꿩, 날아가고

-「개심사」전문

1연에 나오는 "입을 덜고자 하여/ 어렸을 때에/ 중이 될 번도 했"다는 구절은 보는 이로 하여금 안타깝게 한다. 다른 이유도 아니고 '가난' 때문에, "입을 덜"기 위해 절에 들어가려고 했다는 것이 우리의 마음을 아프게 한다. 다행히 속세를 떠나지 않았지만, 그는 여전히 절을 맴돌고 있다. "팔짱을 끼거나/ 뒷짐을 지거나/ 바지춤에 손을 꽂고/ 먼 바다/ 먼 산/ 바라보기를 좋아하"는 시인은 심심치 않게 개심사로 떠난다. 개심(開心), 즉 지혜를 얻기 위해 그곳에 가는 것이다. 이처럼 시인은 자신을 비우기 위해 '백제의 미소'가 있는 마애삼존불로 떠나고, 지혜를 얻기 위해 개심사로 떠난다.

3. 자아성찰과 소통의 의미

시인은 관조하는 것을 즐긴다. "먼 산"과 "먼 바다"를 보는 것도 좋아하고 하늘을 보는 것도 좋아한다. 시인이 산과 바다와 하늘을 좋아하는 이유는 무엇일까? 그것은 산과 바다와 하늘은 늘 변함없기 때문일 것이다. 시인이 마애삼존불과 개심사를 통해 오래 전부터 면면히 내려온 백제의 모습을 보려 한 것처럼, 산과 바다와 하늘을 통해 불변하는 모습을 보려 한 것이리라. 결국 이 또한 자아성찰을 하기 위한 것이라 할 수 있다.

> 눈을 뜨면 항상 산과 만나네
> 해가 솟는 가야산과 만나고
> 부춘산 옥녀봉과 만나네
>
> 내가 줄곧 살고 있는 서산은
> 바다와 가까이 있음에도
> 내겐 늘 바다가 부족하네
>
> (……)
>
> 이제껏 나의 배설물과
> 이제껏 나의 허섭스레기
>
> 나를 가득 채우리라
> 채워지지 않는 욕심
> 나를 모두 비우리라
> 비워지지 않는 욕심이네
>
> ─「내겐 늘 바다가 부족하네」부분

이 시는 눈을 뜨면 만나는 "산"보다는 "바다"를 더 그리워하고 있는 작품이다. 그가 바다에 가려는 이유는 자신을 비우기 위해서이다. 그는 바다에 가서 "나의 배설물"과 "나의 허섭스레기"를 바다에 버리려고 한다.

그러나 나를 채우려 해도 잘 채워지지 않고, 나를 비우려 해도 잘 비워지지 않는 것을 시인이 모르지 않는다. 그럼에도 시인은 지속적으로 바다를 찾아 비우기를 시도한다. 그리고 시인이 바다에 가는 또 다른 이유는 "바다에 가면 영원히 죽지 않고/ 젊음을 유지하며 사는 비결"(「바다에 가면」)을 알 수 있을 것 같아서이다. 또한 바다에 가면 외딴섬 등대지기도 만나고 싶고, 이름 모를 섬에 도착하여 갈매기를 날리는 소년의 모습도 보고 싶다고 노래하고 있다. 이를 종합해 보면 시인이 바다에 가려는 것은 자신을 비우고, 자신의 본연의 모습을 되찾기 위한 것이라 할 수 있다.

바다는 모든 것을 감싸안는 어머니와 같은 품이기도 하다. 시 「만리포에 가면」은 서해안에 있는 만리포해수욕장을 중심으로 천리포, 백리포, 십리포, 일리포 해수욕장을 바다가 모두 포용하고 있음을 보여주고 있다. 해수욕장의 지명을 통해 '바다'의 드넓은 마음을 표출해내고 있는 것이다.

하늘은 연필로 그리지 않아요
해와 달 그리고 별
혹은 날아가는 새
혹은 전선줄을 그릴 뿐
남는 곳이 모두 하늘이어요

바다를 그릴 때면
조용한 바다이든 사나운 바다이든
제일 먼저 수평선을 그려요
수평선 위에
남는 곳이 모두 하늘이어요

산을 그릴 때면
외로운 산이든 첩첩 산이든
제일 먼저 봉우리를 그려요
봉우리 위에
남는 곳이 모두 하늘이어요

마을을 그릴 때면
초가집이든 기와집이든 함석집이든
제일 먼저 지붕들을 그려요
지붕 아래
애오라지 벽이 세워지고

벽 알맞은 곳에
하늘을 바라볼 수 있는 창문을
눈썰미도 높게 그려보지만
정말 모를 일이예요
하늘은 연필로 그리지 않아요

- 「풍경 터치」 전문

　산과 바다를 포용하는 것이 하늘인데, 그림그리기를 통해 이러한 하늘의 포용력을 보여주고 있다. 해와 달, 별을 그릴 때도 새와 전선줄을 그릴 때도 하늘은 그리지 않고, 바다를 그릴 때도 수평선 밑 바다는 그리지만 하늘을 그리지 않는다. 산도 봉우리까지만 그리고 나머지는 그리지 않는다. 이처럼 '풍경'을 그릴 때 다른 사물은 다 그려도 '하늘'만은 그리지 않는다. 하늘을 그리지 않아도 하늘의 풍경은 남는다. 모든 것을 다 감싸안는 허공인 하늘의 크고 넓은 포용력을 볼 수 있다. 이처럼 시인은 "먼 산"

과 "먼 바다", "먼 하늘"의 변하지 않는 모습과 무한한 포용력을 통해 자신의 내면을 비춰보기도 하고 자신의 삶을 반추해보기도 하며 자신을 비우기도 한다. 오랜 기간 동안 쌓은 시인의 내공을 볼 수 있다.

시인의 이러한 자아성찰, 무소유의 모습은 결국 소통하기 위한 것에 다름 아니다.

귀뚫이 귀뚜리
귀뚫이 귀뚜리가 우네

귀뚫이로 일컫다가
귀뚜리가 되었어라

말귀 어둔 중생들이
알아듣지 못하는구나

모두들 닫힌 귀를
열 생각을 하지 않고

귓불에 구멍을 뚫어
귀걸이만 걸고 있네

맞다, 맞다, 맞어
쇠귀에 경 읽기지

귀뚜리 귀뚫이
귀뚜리 귀뚫이가 우네

－「귀뚫이 귀뚜리」 전문

귀뚜리의 울음소리를 '전언(傳言)'의 의미로 보고 있는 데서 시인의 상상력이 돋보인다. 맹추(孟秋)에 여지없이 찾아오는 귀뚜라미 소리는 쓸쓸함을 더해주는데, 시인은 이 쓸쓸함을 통해 내는 언어를 읽어내고자 하고 있다. 현대인들이 귀에 귀걸이를 할 줄 알았지 소통하기 위해 귀를 열 생각은 하지 않는다고 꼬집고 있다. "쇠구에 경 읽기지"라고 한 대목에서 불통의 극치를 볼 수 있다. '지금-여기'를 살아가는 현대인들이 자연에 귀 기울이고, 사람들의 생각을 들여다보고, 상대방의 말의 뜻을 정확히 간파해야 하는데, 사실은 그렇지 못하다. 따라서 시인은 이를 '귀뚜리'를 차용하여 펀(fun)의 방식으로 소통의 중요성을 시사하고 있다.

다른 대상들과 소통을 잘 하는 일이 매우 중요한 것임을 보여주는 시가 「비빔시를 쓰고 싶다」이다. 그는 이 시에서 "아날로그시, 디지털시, 디카시 하며/ 누구랄 것이 없이 파릇파릇 앞서 나가는 마당에/ 시의 고향은 서정이다, 라는 외고집으로/ 갖가지 나물에 고추장과 참기름 넣곤/ 참 살갑고 참 정겹게 비벼 먹을 수 있는/ 전주비빔밥 같은 비빔시를 쓰고 싶다"라고 하여 자신만의 서정성 짙은 시를 지속적으로 쓸 것을 드러내고 있다. 그렇다고 하여 그가 "시의 고향은 서정"에 국한하는 것은 아니다. 그는 시의 서정성을 담보로 갖가지 다른 소재와 주제를 한 데 섞고 싶은 욕망을 지니고 있는 것이다. '비빔밥'을 보면 어느 형체가 두드러지지 않듯, 시인도 모나지 않고 다른 이질적인 것이나 덜 어울릴 것 같은 대상과 함께 어우러지고 싶은 욕망을 표출하고 있는 것이다.

소통의 중요성을 노래한 시인은 이제 '지금-여기'의 현실로 다시 돌아온다. 지역의 정서와 가치가 보편적이고 표준을 지향하는 중앙 논리에 의해 밀리거나 비주류로 전락하는 아쉬움을 토로하기에 이른다. 표준어의 횡포에 의해 원이름이 그르게 된 것도 이에 해당되는데, 이를 꼼꼼히 보는 것으로 글을 마무리하고자 한다.

뱅어포는 뱅어가 아니네
까놓고 말하자면 거짓인 셈이네
납작납작 붙여 김처럼 만든
직사각형 한 첩이 열 장
건어물 가게에서 값을 물어
선뜻 이천오백 원을 건넸네
주근깨같이 박힌 검은 눈,
그 수효를 헤아려 보면
바다 한 장에 괴도라치 새끼
어림잡아 이삼백 마리는 될 듯싶은
원산지인 충청도 서산에서는
괴도라치 새끼를 실치라 일컫거늘
마땅히 실치포라 해야 옳네
찹쌀고추장을 발라 구운 실치포
학창 시절 도시락 반찬 별맛이었네
내가 본 바닷물고기 가운데
가장 작은 바닷물고기로
곤쟁이젓 곤쟁이도 있기는 하지만
작은 멸치보다 더 작은 실치
혼자들로서는 몸이랄 것도 없겠네
늦은 저녁 한 끼에
무려 오륙백 마리를 잘 먹어치운
어둠의 식욕이 놀랍고도 끔찍스럽네

뱅어포는 뱅어가 아니네
표준어의 텃세가 매우 그릇되었네

- 「뱅어포는 뱅어가 아니네」 전문

- 『시와표현』 2016년 여름호

식물적 상상력과 '생활'의 미

이은봉,『생활』/성배순,『세상의 마루에서』

1. '생활'의 진리와 성찰의 의미

최근에 나온 이은봉의『생활』은 열한 번째 시집이다. 1986년에 첫 시집『좋은 세상』을 발간한 이후 2016년에 열 번째 시집『봄바람, 은여우』를 낸 바 있는 시인은 3년 만에 또 한 권의 시집을 발간한 것이다. 그의 시는 주로 '실사구시의 시학', '사무사(思無邪)의 시학'에서 크게 벗어나지 않는다. '지금 여기'를 바탕에 두고, 끊임없이 생각함에 사특함을 비우려는 그의 시적 행보는 여전히 우리에게 유효하게 다가온다. 이번에 나온 시집『생활』도 같은 맥락에서 읽을 수 있다.

지난해 대학에서 정년(停年)한 그는, 직장에서의 퇴직은 있을지언정 시인으로서의 퇴직은 없다는 것을 몸소 보여주듯 왕성한 시작활동을 이어가고 있다. 마치 정년(停年)이 물러나야 되는 퇴임(退任)의 개념이 아니라 인생의 정류장에 잠시 머무르며 숨고르기를 하는, 정년(停年)의 의미로 받아들이고 있는 듯하다. 그의 시의 원류가 '삶의 문학'에서 비롯되었듯 그는 지금도 '삶', '생활'에 천착하고 있다. 그리하여 '삶의 문학'의 근음(根音)을 시를 통해 들려주고 있는 것이다.

먼저 그의 표제작 「생활」을 보기로 한다.

우리 집 거실 귀퉁이에는 무말랭이가 마르고 있다
얼마 전까지만 해도 감말랭이가 마르던 곳이다 땅콩알이 마르던
곳이다 은행알이 마르던 곳이다 구린내를 풍기며
인삼주도 더덕주도 호박덩이도 함께 마르고 있는
우리 집 거실 귀퉁이
고향을 떠난 지 도대체 얼마인가
농촌을 떠난 지 도대체 얼마인가
대도시 아파트에 살면서도 나와 아내는 여태껏 농촌을 떠나지 못
하고 있다 고향을 오가며 살고 있다
좁아터진 거실 이곳저곳을 오가며 오늘도 아내와 나는 습관처럼
자연에서 준비해온 먹거리들을 다듬고 있다
이것들 다 나날의 목구멍이 시킨 것이지만, 나날의 생활이 시킨
것이지만……
목구멍보다, 생활보다 중요한 것이 어디 있으랴.

고향을 떠났어도 여전히 고향을 그리워하는 마음이 담긴 시이다. 오랜
기간 도시생활을 한 시인이지만, 자신의 삶의 근원이자 무의식적 욕망이
배태된 고향의 삶을 잊지 못한다. 그리하여 그는 고향에서의 기억을 떠올
리며 유년시절 삶을 지탱해준 소중한 '먹거리'를 아파트의 좁은 공간일지
라도 정성스럽게 준비하고 있다. 무말랭이, 감말랭이, 땅콩, 은행 등을 만
들고 있는 것이다. 끝 행에서 "목구멍보다, 생활보다 중요한 것이 어디 있
으랴"라고 하여 삶에 있어 먹고 사는 문제와 떼려야 뗄 수 없음을 강조하
고 있다. 이러한 시선은 생명을 소중히 여기는 마음에서 비롯된다. "달걀

이 운다 제 껍질 속에서/ 나더러 쪼아달라고 운다// 쪼족쪽쪽 저도 제 부리로/ 제 마음 가로막고 있는 껍질/ 쪼아대며 깨부수며 운다"(「달걀이 운다」)라고 노래하는 데서 생명이 탄생하기까지의 고투의 장면을 볼 수 있다. 딱딱한 껍질을 뚫고 나오는 병아리의 이면을 엿볼 수 있는 것이다. 달걀에서 병아리가 되기까지의 과정을 우리는 간과하기 쉽다. 자연스러운 과정의 하나로 치부하기 쉽다. 그러나 하나의 생명이 잉태되어 세상 밖으로 나오기까지는, 그 조건이 형성되어야만 한다. 어미닭이 달걀을 얼마의 기간 동안 품어야만 가능하듯, 모든 생명이 세상 밖으로 나올 때 정성으로 돌봐주어야 한다. 시인은 달걀이 병아리로 부화될 수 있도록 응원의 메시지를 보내고 있다. 하나의 생명이 온전하게 세상 밖으로 나오도록 음양으로 돕고 있는 것이다. 생명의 경이로움은 누군가의 도움에 의해 느낄 수 있는 것이다. 그리고 시 「삶은 달걀이라고」에서는 생명의 중의성을 보여준다. 힘든 삶을 견디게 해주고, 배고픔의 고통을 견디게 해주는, 삶은 달걀의 내면을 읽은 것이다. '깨고 나올 수 없는' 달걀이 누군가에게 장벽을 깨고 나올 수 있는 힘을 준다는 사실을 보여주고 있는 것이다. 삶은 달걀은 '부화'의 꿈이 상실된 대상이다. 새로운 생명을 배태할 수 있는 능력을 잃게 되어 사람들의 간식용으로 전락한 것이다. 그러나 시인은 '삶은 달걀'의 이면을 본다. 삶은 달걀을 통해 새로운 힘을 가져다 주는 삶의 에너지를 보고 있는 것이다.

시인이 한결같이 시적인 삶을 영위하고 시인의 길을 걸어올 수 있었던 데는 치열한 삶과 더불어 마음을 잘 다스릴 수 있기 때문에 가능한 일이었다. 그는 변화무쌍한 현실 속에서도 마음의 중심을 지니고 있었던 것이다.

세상은 마음먹기에 따라 다르다. 성철 스님의 "산은 산이요 물은 물이요"라는 말은 마음을 비우고 평온한 마음으로 그대로 보라는 의미일 것이다. 시인은 슬픔은 슬픔대로, 기쁨은 기쁨대로, 절망은 절망대로, 희망은 희망대로 그대로 보라고 하고 있다. 그래야만 슬픔에서 슬픔이 자라고, 기쁨에서 기쁨이 자라는 것을, 절망에서 절망이 자라고, 희망에서 희망이 자라는 것을 볼 수 있는 것이다.

그리고 시인은 역발상을 꿈꾼다. 그래야만 새로운 면을 보게 되고, 희망을 엿볼 수 있기 때문이다.

애초에 돌을 던지지 말아야 했다
돌에 맞은 호수는 이내 파문을 일으켰다
애써 마음 가다듬고 있는 호수를 향해
돌을 던진 것 자체가 문제였다
파문은 둥근 물결도 품고 있었지만
날카로운 칼도 품고 있었다
세상을 떠돌고 있는 한 자루의 칼
칼을 품고 있는 파문이 문제였다
칼은 어느 것이든 찌르기 마련
아무데서나 상처를 만들기 일쑤였다
상처는 쉽게 아물지 않았다 한바탕
곪아 터지고 난 뒤에나 겨우 아물었다
누군들 칼로 찌르고 싶으랴
누군들 반란을 꿈꾸고 싶으랴
공들여 마음 가라앉히고 있는 호수를 향해
돌을 던진 것 자체가 문제였다
애초에 돌을 던지지 말아야 했다
돌을 맞고 어찌 파문을 일으키지 않으랴.

-「파문」전문

돌을 던져 상처를 받는 파문(波紋)에 대한 단상을 보여주는 시이다. 잔잔한 호수에 돌을 던지면 돌이 떨어진 지점 주위로 여러 겹의 '둥근 물결'이 퍼진다. '첨벙' 소리와 함께 동그랗게 퍼지는 물결, 물의 또아리는 아름답게 다가온다. 그러나 시인은 '파문'의 긍정적인 면만 보지 않는다. 돌에 맞은 호수(물)의 이면에 있는 상처를 들여다보고 있다. 시간이 지나면 호수의 물결은 언제 그랬냐는 듯이 잠잠해지지만, 그 상처는 남아 있는 것, 시인은 그것을 본 것이다. 상처들이 축적되어 커다란 물결(봉기)이 될 수 있음을 간파하고 있다. 이 시는 '파문'의 이면에 잠재된, 역동성을 보여주고 있다는 점에서 눈여겨볼만하다. 호수에 대한 파문에 대한 시인의 상상력은 우리의 삶으로까지 연결된다. 우리의 삶에 던진 돌에 의해 생기는 다양한 상처들을, 물결에 의해 생기는 다양한 생채기를 본 것이다. 날카로운 돌(칼)에 의해 갈기갈기 찢어지는 미세한 상처들까지 본 것이다. 호수 전체에 퍼지는 파문이 결코 작지 않음을 보여주고 있다.

이 시집에서 눈여겨 볼 주제 중 하나는 지금까지 살아온 인생을 반추하고 성찰하는 내용이다.

> 사람들의 마음속 깊숙이 숨겨져 있는 줄로만 알았다, 전국 시인
> 지도…… 오늘 아침에는 한겨레신문 하단 통광고로 펼쳐져 있었다
>
> 지도 속 어디에도 그의 이름은 없었다 평생을 두고 시를 써온 그
> 의 이름은……
>
> 잠시 그는 눈 감았다가 떴다 설움이 울컥, 목젖을 뚫고 올라왔다
> 곧이어 지도에는 없는 아름다운 섬 하나를 생각했다

잠시 그는 눈 떴다가 감았다 몽롱했다 주위를 둘러보니 구겨지고
찢어진 한겨레신문이 어지럽게 쓰레기통 속에 처박혀 있었다

너무 한심해 그는 제 가슴 한번 탁, 쳤다 아직도 이름 따위에 연연
하다니!
- 「지도에는 없는 섬」 전문

시인으로 살아가는 시적 화자는 신문에 실린 '전국 시인 지도'에 자신
의 이름이 없는 것을 보고 분개하는 자신을 엿본다. 쓰레기통에 그 신문
을 버린 것을 통해 아직도 "이름 따위"에 연연하는 자신에 대해 반성하고
있다. 이를 통해 "지도에는 없는 아름다운 섬" 하나를 생각하며 묵묵히 자
신의 길을 걸어가겠다는 의지를 반영하고 있다. 시 「마음은 금방 또」에
서는 몸을 돌보지 않고 치열하게 살아온 삶을 되돌아보고 있다. 여기 저
기 몸의 통증이 생기고, 몸 곳곳에 적신호가 켜지면서 몸을 돌보기 시작
한다. 그러나 시인은 이내 몸의 통증이 사라지면 다시 치열한 삶을 살아
오던 이전의 삶으로 돌아갈 것을 잘 알고 있다. 자신의 몸을 돌보는 일보
다 이웃과 함께 하는 일, 사회에서 필요로 하는 일이 더 소중한 삶이라는
것을 피력하고 있는 것이다. 시 「오늘」에서도 내일을 위해 치열하게 산 오
늘의 삶을 반추하고 있다. 언제부터인가 오늘이 풍족하게 되면서 '내일'이
없는 삶이 되어버린 현실을 안타깝게 여긴다. 희망이 있고, 내일이 있는
삶을 그리워하고 있는 것이다.
시인은 '대나무'와 같은 삶을 꿈꾸고 있다. "서로의 몸 부딪쳐 소리를"
내고, "혈연과 지연, 벌흙처럼 소중히 여기고", "함박눈 내려 바리 눈짐을
지고 나서야 고개를 숙"이고, "앞으로만 밀고 나가"며, "옛날의 대가족 공
동체로 단단하게 뭉쳐 있"(「대나무들」)는 그런 삶을 말이다. 이러한 치열한

삶을 바탕으로 생명을 소중히 여기고, 절망을 넘어 희망으로 나아가는, 그의 시적 여정이 어떻게 전개될지 자못 궁금해진다.

2. 식물적 상상력과 로컬리티

최근에 나온 성배순의 시집 『세상의 마루에서』는 『어미의 붉은 꽃잎을 찢고』(2008), 『아무르 호랑이를 찾아서』(2015)에 이어 나온 세 번째 시집이다. 그의 시에는 모성적인 모티브를 바탕으로 생명의 소중함과 자연의 원초적인 힘을 긍정적으로 표출하려는 에너지가 담겨 있다. 이번 시집에도 이러한 시세계는 지속되고 있는데, 다른 점이 있다면 유년시절의 공간(조치원), '지금-여기'(세종)의 공간이 좀 더 부각되고 있다는 점이다.

그의 시 「조치원 엘레지」를 보기로 한다. '조치원'을 배경으로 사랑의 추억이 담긴 비가(悲歌)를 부르고 있는 시이다.

> 기차가 떠나가네. 어둠속으로 빠르게
> 꼬리를 거두어가네. 밤 11시 3분
> 시계는 멈추고, 도화 꽃 만발한 조치원을 뒤로
> 그대는 깜깜한 세상 속으로 사라지네.
>
> 고복 저수지 한가운데에
> 추억이 잠겨 있다고
> 보이지 않는다고 사라진 것은 아니라며
> 그대는 내게 입을 맞추었지.

철 길 옆 연탄 공장을 지나며
그대가 언뜻 보인 눈물은
내 가슴속 깊은 우물이 되어
작은 빗방울에도 넘쳐흐르네

빗물이 흐르는 동시 상영
왕성극장을 나와 가위바위보
게임을 하며 오르내리던 역전 육교
오늘은 혼자서 오르내리네.

포르르 역 주변을 날던 한 무리의 새들도
날갯짓을 멈춘 지금 기차는 다시 또 떠나가고
네온사인 번쩍이는 조치원 역 광장에서
나는 빙빙 돌며 북극성을 찾아보네.

시인은 오래 전 조치원역을 중심으로 사랑을 나누던 시간들과 조우한다. 떠남과 만남의 속성을 지닌 역의 운명처럼 아쉬움과 기쁨의 과정 속에서 사랑의 결실을 맺은 그 시간 속으로 들어가고 있는 것이다. 둘이 아닌 '혼자서' 쓸쓸하게 남아 있는 그 추억을 더듬고 있는 것이다. "철길 옆 연탄 공장을 지나며" 보았던 언뜻 비친 그대의 눈물도 떠올리고, 역전 육교에서 '가위바위보'하며 오르내린 장면도 반추한다. 비록 오늘은 "혼자서" 역전 육교를 오르내리고, 조치원 역 광장에서 "빙빙 돌며 북극성을 찾"고 있지만, 이는 사랑을 잊고 살아가는 '지금-여기'에서의 팍팍한 삶에 생기를 불어넣고자 하는 소중한 과정이라 할 수 있다.

조치원역에서 삶의 활력소를 찾은 시인은 '어머니'가 있는 유년시절의 공간으로 이동한다. 시 「유년시절」은 동부콩을 가지고 장에 간 어머니를 애타게 기다리는 아이의 심정을 노래하고 있다. 어머니가 장에 간 동안 공기놀이도 하고 양은솥에 준비해 놓은 고구마를 먹기도 하고, 기다리다 지쳐 멍석 위에 잠들기도 한다. 시인의 이러한 무료함을 달래준 것은 엄마의 "땀에 흠뻑 젖은 옷 속에서" 꺼낸 "풀빵"이다. 어머니의 고단함과 아이의 무료함이 '풀빵'으로 인해 풀리고 있는 것이다. 그리고 "빈 집 마루 밑 구석// 하루 종일 굶고 기다리는// 속이 텅 텅 비어 있는// 때 묻은 흰 배 한 척."(「고무신 한 짝」)이라는 시에서는 때 묻은 흰 고무신을 보며 외로움과 쓸쓸함을 느끼기도 한다. 또한 시인은 어머니가 순대를 만들어 이웃 노인들에게 베푸는 광경을 아이의 시선으로 풀어내기도 한다.

  고불고불 돼지창자를 밀가루와 소금으로 바락바락 치대가며 조물조물 씻고 뒤집어 또 씻고, 불린 찹쌀이 익는 동안 숙주를 데치고, 묵은지, 양파, 부추, 대파를 송송 썰어 된장양념을 하고, 찹쌀밥에 선지를 섞고 양념을 또 섞고, 돼지창자 주둥이에 깔때기를 넣고, 소를 꼭꼭 눌러가며 채우고, 양쪽 끝을 무명실로 묶고, 가마솥에 된장을 풀고, 순대곱창, 허파, 염통, 간, 쪼글쪼글 오소리감투를 삶아 접시에 골고루 나눠 담고, 당신은 어린 내게 노인이 있는 집에 심부름을 시키고는 했는데, 산 밑 외딴집 할머니네 집에 갈 때면 피가 두꺼운 막창 흰 순대 몰래 하나 빼먹고, 피가 보드라운 대창순대 소창순대 몰래 하나 또 빼먹고, 허파며 염통이며 간 하나 빼먹고, 개울물 건너다 송사리 떼 구경하다가 다 식은 순대 몇 토막 할머니한테 전달하고 집에 오면 참외며, 수박이며, 토마토며, 사과며, 사탕이며, 떡이, 대청마루에 가득하고, 어머니는 한복 허리에 질끈 묶은 꾸불꾸불 오소리감투 같은 넥타이 허리끈을 흔들거리며 가마솥에 국수를 삶고, 단지에서 술을

떠 내오고, 세숫대야에 빨간 플라스틱 바가지가 엎어지고, 통통통 석
탄백탄 타는데 노래가 시작되고…….

시 「오후 세 시의 순대국밥 집」에 나오는 유년시절의 정겨운 풍경이
다. 순대 만드는 과정을 비교적 상세하게 묘사하고 있는 이 시의 미덕은
이 순대를 이웃 노인들과 함께 나누고, 술과 국수 등을 준비하여 흥겨운
작은 잔치를 벌인 데에 있다. 서로 동고동락하는 이러한 농촌공동체적인
삶은 시인이 꿈꾸던 모습일 것이다. 이웃집에 순대를 갖다드리는 과정에
서 시적 화자가 순대를 하나하나 먹는 장면도 인상적이다. 그리고 시적
화자가 유년시절의 아련한 추억을 떠올리며 혼자 순대국밥을 먹고 있을
때 주인이 터진 순대를 가지고 와서 동석하는 장면은 독자들에게 훈훈함
을 제공한다. 훗날 시인은 유년시절 공동체적인 삶의 아름다움과 소중함
을 몸소 보여준 어머니의 상여가 나가는 모습(「우리 엄니 시집을 가시네」)에서
도 시집가는 것으로 노래한다. 차안의 세계에서 피안의 세계로 가는, 어
머니와의 이별의 슬픔을 승화시키고 있는 것이다.

시인의 시적 행보는 이제 '시인'과 '농부'의 경계로 나아간다. 시적인
삶을 추구하는 시인과 생산성을 염두에 두고 있는 농부와의 조화로운 만
남은 쉽지 않다. 생명 존중과 경제적 이윤을 동시에 추구하기가 어렵기
때문이다.

> 지금 한창 꽃이 이쁘니 보러 가자고 그가 떼를 쓴다.
> 감자를 심기로 한 밭은 개망초가 하얗게 하늘거린다.
> 군데군데 시뻘건 양귀비꽃과 노란 애기똥풀도 냄새를 풍긴다.
> 감자를 심기로 하고서 왜 안 심었냐고 물어보자
> 감자를 심으려고 풀을 뽑으려 했는데 풀이 너무 이쁘더라며

그 풀이 이렇게 꽃을 올렸다고 짜잔, 오히려 자랑을 한다.
모내기를 하려면 논에 물을 대 소독을 해야 하는데
미꾸라지며 우렁이며 꼬물거리는 생명을 못 죽이겠다며
그만 벼농사를 포기하자던 그, 그 논에 객토를 해
밭을 만들자던 그, 감자를 심어 감자를 구워주겠다던 그……,
그와 함께 살면 굶을 수도 있겠구나, 혼자 중얼거리며
꽃송이를 머리에 인 채 거들먹거리는 잡초를 뽑는다.
벌들은 잉잉거리고, 앞산의 뻐꾸기는 뻐꾹 뻐꾹대는데.
-「시인과 농부 I」전문

이 시에 등장하는 '그'는 시인의 남편임을 어렵지 않게 유추할 수 있다. 감자를 심으려는 밭에 예쁘게 핀 개망초를 보며 차마 뽑지 못하고, 모내기 하려는 논에 미꾸라지, 우렁이 등이 죽을까봐 소독을 못하는 '그'는 분명 현실성이 떨어지는 대상이다. 그렇다고 시인은 '그'를 배척하거나 비판하지 않는다. 그의 천성을 받아들인다. '나'는 "그와 함께 살면 굶을 수도 있겠구나"라며 잡초를 뽑으면서도 그를 끌어안는다. 귀가 잘 안 통하는 그가 사표를 낸 이후의 삶의 변화를 통해서도 이러한 모습이 보인다. "그는 투덜거리며 혼잣말을 했고, 나는 그가 듣지 못하는 독백을 했고, 그는 하루 종일 내 붉은 입술만을 읽었고, 나는 자꾸 입 안에 말을 감췄다. // 하루, 이틀, 사흘, 나흘 음성언어가 사라진 우리 집. / 닷새, 엿새, 이레, 여드레 아흐레가 되자/ 조금씩 읽히기 시작하는 눈빛, 손짓, 몸짓의 언어들. / 기가 막히게 순한 짐승이 되어 우리는 내내 흥흥거렸다."(「우리는 순한 짐승이 되어」)라고 한 대목에서 말이다. 두 사람은 '음성언어'로 하던 대화에서 점차 '눈빛, 손짓, 몸짓의 언어들'의 대화로 하게 된 것이다. 이를 통해 둘은 "기가 막히게 순한 짐승"이 되어 흥흥거리게 된다. '시인'과 '농부'의 경계가 자연스럽게 허물어져 동화된 것이다. 이것이 시인의 길이 아닐까? 이러한 관점에서 볼 수 있는 시들이 식물적 상상력을 끊임없이 보여주는, 풀과 꽃에 대한 시라 할 수 있다. (「쑥 타령」, 「바람꽃」 등)

시인은 시인의 길에 대해 성찰하게 되는 기회를 접하게 된다. 일 주일에 한번 가는 k교도소에서 한 사람에게 질문을 받게 된다. "선생님! 선생님은 시인인가요?", "시를 쓰면 다 시인인가요?"라는 질문을 말이다. 시인은 순간 뒤통수를 맞은 듯 충격을 받는다. '시를 쓰면 다 시인인가요?'라는 말 속에는 시를 쓰는 주체가 만족하는 시가 아닌 시를 읽는 독자에게 귀감이 되는 시를 써야 진정한 시인이 아닐까 하는 의미가 내포되어 있다고 할 수 있다. '시인'과 '농부'의 경계를 허물고, 시적인 삶을 추구하는 시인의 시적 행보가 앞으로 어떻게 이어질지 기대된다.

-『세종시마루』 3호, 2019년

'귀꽃'의 이름으로

- 권덕하, 『귀를 꽃이라 부르는 저녁』

　권덕하의 『귀를 꽃이라 부르는 저녁』은 『생강발가락』(2011), 『오래』(2018)에 이어 나온 세 번째 시집이다. 10년 동안 세 권의 시집을 발간하였으니 과작은 아니라 할 수 있다. 첫 시집의 표사에서 김사인 시인이 "이 시인의 귀는 어쩌자고 '무청 데치는 소리'까지 듣는가."라고 한 데서 알 수 있듯, 시인은 청각의 기능을 담당하는 '귀'에 많은 시간을 할애하고 있다. 특히 이번 시집에서는 '귀'에 대해 더 많은 공을 들이고 있다. 입과 눈과는 달리 '귀'는 늘 열려있는 기관으로 '식물성'에 가장 가깝다고 할 수 있다. 입을 다물거나 눈을 감을 수 있는 다른 기관과는 다르게 귀는 세상의 모든 소리를 모두 들어야 하기 때문이다. 시인은 이렇듯 '식물성'을 간직한 채 '지금-여기'의 소리를 듣는 '귀'에, 그리고 그 귀를 은유적으로 표현한 '귀꽃'에 혼신의 힘을 쏟고 있다.

　'귀꽃'은 '석등이나 석탑 등의 귀마루 끝에 새긴 꽃모양의 장식'을 일컫는다. 주로 자비(사랑)와 풍요와 다산을 상징하는 연꽃을 새겨 넣었다. 이 '귀꽃'을 통해 오래 전 탑을 돌며 빈 소원(所願)하는 소리와 사람들의 '속울음소리'를 들었듯, 시인은 자신의 귀(귀꽃)를 통해 '지금-여기'를 살아가는 이들의 다양한 소리를 듣고자 한다. 일상생활의 소리보다는 자연의 소리,

다른 사람에게 말하기 어려운, 기막힌 사연들을 청취하고자 하는 것이다.

내 눈길 닿지 않는 곳에 피어
마음 모서리 품고 있다
들리지 않는 몸 그늘에 물드는 꽃

다른 꽃을 따다 등에 얹어도 속 좋게 웃지만
부끄러울 때 가장 먼저 붉어지는 꽃

외면할 때는 외려 상대와 마주하다
불현듯 먹먹해지는
빈집 같은 꽃

빗소리 바람소리 들이고
혼잣소리 넋두리 다 들어주고 어두워져도
모르는 척하며 말없이 곁에 있다

외로움에 사무친 몸 기울어져
기가 막히면 가장 먼저 우는 꽃

거울 속 아니면 보이지 않으면서
한 번도 눈앞에 나타나지 않으면서
잠들어도 깨어서 머리맡 지키다

숨이 멎고 마음 떠나도
오래 머뭇거리다

요연한 이별 한 번 못한 채
몸에서 가장 늦게 지는 꽃

-「귀꽃1」 전문

이순(耳順)이 되면서 시인은 자신에게 세상의 새로운 통로 역할을 해준 '귀'에 대해 연민의 시선으로 목도한다. 세상의 모든 소리를 가감없이 들려주고, 혼잣말과 넋두리를 들어주며, 부끄러움을 먼저 알게 해준, 그리고 가장 늦게 몸에서 떠나는 '귀'를 '귀꽃'에 비유하여 경의를 표한다. 이는 곧 귀꽃과 같은 역할을 하는 사람들에 대한 경의를 보내는 것이기도 하다. 이순을 넘기며 '지금 여기'의 모든 '소음'을 순하게 다스릴 수 있게 된 것이다. "홀로 있어도 외롭지 않다며, 환청도 난청도 다 꽃의 일이라며, 노루귀 꽃 고요의 바람결이 내 귀를 꽃이라 부르"(「귀를 꽃이라 부르는 저녁」)는 경지에 이르게 되고, "내 귓속 둥지에 말을 넣고/ 시치미 떼는 너"(「탁란」)도 포용할 수 있게 된다.

그리고 "먼 길 다녀와 벗어놓은 양말 한 켤레"처럼, "눕지 못하고 서서 잠든 말"(「시인」)처럼 살아가는 시인은 삶 속의 시, 시적인 삶을 보여주는 잠녜의 촌철살인같은 말에 생기를 얻기도 한다.

들숨과 날숨 사이 무자맥질에
숨넘어갈 듯
까무룩 몸서리치는 순간만으로
하루 다섯 시간

일 년 열 달 꼬박
숨비소리 내쉬며

성산포 바당에서 오십 년 물질했는데
이어도사나 이어도사나
혼잣소리 흥얼거리며
자식들 낳아 길렀는데

스킨스쿠버 장비 사용하면 백 사람이 하는 일을 혼자 할 수 있다
는데 왜 그렇게 하지 않지요,
기자가 묻는 말에

영 사는 아흔아홉은 어떵 살코

- 「잠녀 물질」 전문

이 외에도 시인은 '귀꽃'의 시선으로 외롭고 그늘진 다양한 대상들을 만난다. 꽃이 진 '꽃자리'(「꽃자리」)를 거쳐 먹고 사는 문제인 '밥' 이야기(「밥 이야기」)를, 역사적 아픔과 슬픔이 담긴 산내(「산내에서」)와 미국 이야기(「국 gook」)를, 순수한 동심의 세계(「강릉」)를 만나게 된다. 이처럼 시집 『귀꽃』에는 '귀꽃'이 들은, 사연 많은 세상의 풍경이 오롯이 담겨 있다.

- 『작가마당』 2020년 하반기호

세상을 사랑하는 두 방식

김승희 시집,『도미는 도마 위에서』/ 양문규 시집,『여여하였다』

1. 절망과 희망, 그리고 사랑

김승희의 열 번째 시집『도미는 도마 위에서』의 키워드는 '사랑'이다.
그는 단순한 사랑보다는 막다른 골목에 다다른, 절망 속에서의 사랑을 노
래한다. 생의 끝자락에서 몸부림을 쳐야만 하는 상황 속에서의 사랑을 보
여준다. 그 사랑에는 평온함과 안정감보다는 위기감과 불안감이 내재되
어 있다. 그러나 그는 불안감이 내재한 이러한 사랑을 긍정적으로 목도하
고 있다. 시집의 제목 '도미는 도마 위에서'를 통해서도 이러한 면을 읽을
수 있다. 도마 위에서 생을 마감해야 하는 도미는 불안하기 짝이 없을진
대, 시인은 마지막 순간에 도미가 꿈틀거리는 이 모습을 긍정적으로 포착
해내고 있기 때문이다. 이를 통해 시인은 '지금-여기'를 살아가는 힘없고
가난한, 절망에 빠진 민초들의 삶을 공감하고, 사랑하는 데까지 나아가게
된다.

> 도미가 도마 위에 올랐네
> 도미는 도마 위에서
> 에이, 인생, 다 그런 거지 뭐,

건들거리고 산 적도 있었지,
삭발한 달이 파아랗게 내려다보고 있는 도마 위
도미
물방울이빨랫줄에조롱조롱

도미는 도마 위에서 맵시를 꾸며보려고 하지만
종말에 참고문헌과 각주가 소용이 될까?
비늘을 벗기고 보면 다 피 배인 연분홍 살결
그래도
고종명에 참고문헌과 각주가 소용이 되느니
물방울이빨랫줄에조롱조롱

도마가 도미 위에서
도미가 도마 위에서
몸서리치는 눈부신 몸부림
부질없는 꼬리로
도마를 한번 탕 치고 맥없이 떨어져
보랏빛 향 그윽한 산천
물방울이빨랫줄에조롱조롱

                     - 「도미는 도마 위에서」 전문

    시인은 절망의 끝을 사랑한다. 막다른 절망에서 몸부림치는 모습을 삶다운 삶으로 보고 있다. 어쩌면 그는 절망 속에서 절망하지 않고 마지막으로 안간힘을 쓰는 모습을, 절망 속에서도 주눅들지 않는 모습을 욕망하는지도 모른다. 우리의 삶은 늘 절망과 희망 속에서 줄다리기를 한다고 해도 과언이 아니다. 절망 속에 희망이 있고, 희망 속에 절망이 내재해 있는, 동전의 양면처럼 절망과 희망이 공존한다. 이를 통해 시인은 '색즉시 공 공즉시색(色卽是空 空卽是色)'의 경지를 보여주고 있다. 이러한 면을 보여주고 있는 또 다른 시는 「'이미'와 '아직' 사이」이다. 시인은 '이미'와 '아직'을 분리하여 보지 않는다. '이미'는 '아직'을 내포하고, '아직'은 '이미'를 내포하고 있는 것으로 보고 있는 것이다. 그리하여 '이미'와 '아직'은 서로 반의어임에도 불구하고, 그리고 시간적 선후가 분명함에도 불구하고 서로 공존하는 언어로 보고 있는 것이다. 시인은 이처럼 '이미' 지난 것에서 '아직'이라는 미래를 보고, 절망 속에 숨겨진 희망을 보고 있다.

> 강제철거된 세입자와 나와 또 누구도
> 금방이라도
> 누군가 뒤에서 밀어버릴 것 같은 이 극한의 벼랑에서
> 못난이들은 그렇게 같은 마음일 게다
>
> 새로 출발합시다
> 숨통이 끊어진 저녁에도
> 어디선가 아욱된장국 냄새가 아련히 풍겨오듯
> 절망도 분방, 분방이 있으면 더 좋고
> 내일 아침의 해가
> 새로 출발하듯 의젓하게 떠오른다
> (아욱된장국 같은 깊고 뭉근한 희망이 있다)
>
> ―「아욱된장국」부분

세입자의 애환을 리얼하게 담아낸 시이다. 건물주가 보낸 강제집행 용역들의 철거에 맞서 싸우는 세입자들의 격렬한 몸짓과 울부짖음은 보는

이에게 슬프게 다가온다. 그럼에도 시인은 그들의 좌절과 절망만을 이야기 하지 않는다. "숨통이 끊어진 저녁"에도 어디에선가 풍겨오는 아욱된 장국 냄새를 통해 삶의 '희망'을 찾는다. 고통과 슬픔으로 가득한 현실 속에서도 "내일 아침의 해"가 뜰 것이라는 '희망'을 잃지 않는다. 이렇듯 시인은 절망 속에서도 희망이 담긴 긍정적인 모습을 지속적으로 보여주고 있다.

절망 속의 희망을 노래할 수 있는 시적 에너지는 다름 아닌 균형감각이라 할 수 있다. 좌우를 갈등과 대립으로 보지 않고 서로 꼭 필요한 존재로 보는 그러한 감각 말이다.

시곗바늘은 12시부터 6시까지 우파로 돌다가
6시부터 12시까지는 좌파로 돈다
미친 사람 빼고
시계가 좌파라고 우파라고 말하는 사람은 없다
아무리 바빠도 벽에 걸린 시계 한번 보고 나서 말해라

세수는 두 손바닥으로 우편향 한 번 좌편향 한 번
그렇게
이루어진다
그렇게 해야 낯바닥을 온전히 닦을 수 있는 것이다

시곗바늘도 세수도 구두도 스트레칭도
좌우로 왔다갔다하면서 세상은 돌아간다
필히 구두의 한쪽은 좌파이고 또다른 한쪽은 우파이다
그렇게 좌우는 홀로 가는 게 아니다
게다가 지구는 돈다

좌와 우의 사이에는
청초하고도 서늘한, 다사롭고도 풍성한
평형수가 흐르는 정원이 있다
에덴의 동쪽도 에덴의 서쪽도
다 숨은 샘이 흐르는 인간의 땅
허파도 그곳에서 살아 숨쉰다

- 「좌파/ 우파/ 허파」 전문

시인은 좌파와 우파, 진보와 보수진영이 서로 대립하고 갈등하는 것에 대해 부정적인 시각을 보여주는 동시에 일상생활에서 좌우가 서로 공존하며 살아가는 일이 얼마나 많은지를 보여준다. 시계도 좌우로 돌면서 원을 그리고 있고, 구두도 좌우가 서로 한발씩 디디며 앞으로 나아간다. 또한 세수도 왼손과 오른손이 함께 해야 온전하게 할 수 있고, 스트레칭도 왼쪽과 오른쪽을 같이 해야 원래의 건강한 몸 상태로 되돌릴 수 있다. 이처럼 좌우가 따로 존재하지만, 서로 공존하는 모습을 통해 모든 것이 제 기능을 할 수 있다는 것을 보여주고 있는 것이다. 언제나 좌우의 사이에는 "청초하고도 서늘한, 다사롭고도 풍성한/ 평형수가 흐르는 정원"이 존재하고, 이 사이에 산소를 충분히 공급해주는 "허파"도 존재할 수 있다. 좌우가 서로 공존함으로써 건강한 사회가 형성되고, 서로 제 기능을 다할 때 사회가 원활하게 돌아갈 수 있음을 보여주고 있다. 그리고 시인은 '공동'의 중요성을 강조한다. "죽음의 문제는 죽음 혼자 풀 수 없고/ 삶의 문제도 삶 혼자서 풀 수가 없듯이/ 낮의 문제도 낮 혼자 풀 수 없고/ 밤의 문제도 밤 혼자 풀 수가 없다/ (……)/ 남의 문제를 남 혼자서 풀 수가 없고/ 북의 문제도 북 혼자서 풀 수가 없듯이/ 나의 문제도 나 혼자 풀 수가 없어/ 나의 곁에 더불어 네가 있다."(「아무도 아무것도」)라고 하여 삶과 죽음의 문제, 낮과 밤의 문제, 남과 북의 문제 등 모든 것은 혼자가 아닌 공동으로 풀어야 됨을 역설하고 있다.

열 번째 시집을 낸 김승희는 아직도 시인의 길을 모색하고 있다. 시 쓰는 일이 여전히 현재진행형이기 때문이다. "지나온 세월을 돌이켜보면 구비구비가 고초요, 가난의 흔적이다. 소리의 홍감에만 도취돼 한시도 딴 일에는 눈길 한번 주지 않고…… 힘겹게 노를 저었던 우둔한 사공 같았다."// 그렇게 우둔하게 나의 노를 저어야 한다는 것이다/ 힘겨운 삶, 가난의 흔적,/ 그 위에서 목숨을 다해 호랑이 꼬리를 잡고 있어야 한다는 것이다/ 비로소 희망은 호랑이 꼬리에 있다는 것이다"(『세월호에서 산다는 것』)라고 하여 소리에 취해 우직한 삶을 걸어 온 성우향 명창처럼, 자신도 좀 더 치열하게 시인의 길을 걸어가겠다는 다짐을 보여주고 있다. "힘겹게 노를 저었던 우둔한 사공"처럼 소리의 길을 걸었기 때문에 명창이 되었듯, 우둔하게 묵묵히 시인의 길을 가야겠다는 것을 보여주고 있다.

방값 내고
불값 내고
물값 내고
밥값 내고
남은 게 없어요
모래밭에 앉아 일기도 썼는데요
무심한 파도가 가지고 갔나봐요

허무라니요?
등사지에 글자를 찍을 때는
기름종이에 철필이나 새 깃, 늑대의 다리뼈로 만든 촉으로

꾹꾹 찍어서 써야 해요,
그다음 등사판에 기름을 부어 인쇄를 할 때
석유를 부어야 해요, 휘발유를 부으면 안 된대요,
안 된다니까요!
휘발유는 날아가니까.
그것도 모르고
평생을 휘발유로 쓴 글자,
몸과 몸으로 쓴 글자만 빼고
마냥 휘발유로 쓴 책,
세계는 알 수 없는, 이상한 오렌지색 전류로 가득차 있는데
너와 나, 몸으로 낳은 씨앗은 지상을 두고
휘발의 회오리로 머리 풀고 날아올라가는

- 「휘발유로 쓴 글자」 전문

위 시는 서민들의 가난한 현실을 '휘발성'으로 노래하고 있다. '방값', '불값', '물값', '밥값' 등을 내고 나면 남는 것이 거의 없는 서민들의 빈궁한 삶을 읽을 수 있다. 시인은 등사지에 인쇄할 때 휘발유가 아닌 석유를 써야 한다고 강조하고 있는데, 우리는 이것이 그가 시쓰기의 엄정함을 보여주기 위한 것이라는 것을 어렵지 않게 짐작할 수 있다. 인쇄된 뒤 '휘발되는 시'가 아니라 오래 오래 사랑받는 귀감이 될 만한 시를 써야 한다는 것을 보여주는 것이라 할 수 있다. 이는 시인의 길을 걷고 있는 그에게 늘 자신을 바로잡는, 좋은 시를 써야 한다는 강박 아닌 강박으로 작용했을 것이다. "그것도 모르고/ 평생을 휘발유로 쓴 글자"라는 구절에서 자신의 시쓰기에 대한 깊은 반성과 성찰을 엿볼 수 있다. 이형기의 「낙화」를 연상하게 하는 시 「11월의 은행나무」도 같은 맥락으로 읽힌다. 11월은 조락의 계절

이다. 겨울이 오기 전 자신의 소임을 다한 나뭇잎들이 생에 대한 미련을 버리고 아름답게 떨어지는 시기이기도 하다. 시인은 이를 "11월의 왕관"으로 표현한다. "색을 버리고 수묵의 강산으로" 하야하는 모습이 아름답다고 노래한다. 색(色)은 욕망의 다른 이름으로, 시쓰기에서 이를 버리고 싶은 욕망을 드러낸 것이라 할 수 있다. 시인은 나뭇잎들이 떨어지는 것을 "하야"하는 것으로 보고 있는데, 이것은 자신이 가지고 있는 모든 권력을 내려놓고 싶은 욕망을 담아낸 것으로도 읽힌다.

이처럼 김승희는 열 번째 시집을 통해 절망 속에서 찾은 희망과 사랑을 곳곳에 표출하고 있는데, 이는 그의 균형감각과 공동의식, 시쓰기의 엄정함에서 비롯된 것이라 할 수 있다.

2. '여여(如如)'를 품은 공동체적 사랑

김승희가 역발상과 파격을 통해 절망 속에서의 희망과 사랑을 노래했다면, 양문규는 전통적인 시쓰기 방식으로 '여여산방'에서 터득한 공동체적 사랑을 형상화하고 있다. 전자가 '지금-여기'를 살아가는 민초들의 애환을 그리고 있다면, 후자는 대부분 영국사 근처 '여여산방'에 머무르던 시기 자연과 벗하며 살아가는 공동체적 사랑을 노래하고 있다. 두 시집 모두 '사랑'을 키워드로 하고 있다는 점에서 접점을 찾을 수 있겠다.

양문규는 수령 천년이 넘은 천태산 은행나무를 무척 사랑하는 시인이다. 오래 전부터 매년 천태산 은행나무에서 시제(詩祭)를 지내는 등 남다른 애정을 지닌 것으로 알고 있다. 시인은 은행나무 근처에 '여여산방'이라는 아담한 집을 마련한다. 그는 자연과 벗하며 그곳 사람들과 더불어

지내고, 그곳을 찾아오는 지인들과 행복한 시간을 보낸다. 그러나 그곳에 주지스님이 새로 부임해 온 이후 상황은 급변하기 시작한다. 절의 경계와 소유를 엄격히 함으로써 그곳의 공동체적인 삶이 점점 무너지기 시작한 것이다. 이에 따라 시인의 삶은 점점 피폐해지고, 구속 아닌 구속을 받게 된다. 그리하여 시인은 이때부터 이전 '여여산방'에서 자유롭게 머물면서 보고 듣고 느꼈던 공동체적 사랑을 담아내기 시작한다. 먼저 '공생(共生)' 의 아름다움을 노래한 시를 보기로 한다.

여여산방 옆 오래된 닭집 있다

지륵골 보살도 배나무집 할매도 끝집 영감도 날망집 할배와 북고 개 아재도 영국사 처사도 양산면 우편배달부도 천태산을 찾는 등산객 도 입 모아 부르는 집

모처럼 찾은 손님 밥 한 끼 할 수 있는 집
다디단 술이 찰방찰방 차고 넘치는 집
마을과 절집과 우편배달부와 등산객이 한데 어우렁더우렁 꽃이 되고 별이 되고 흥성흥성 노래가 되는 집
새벽이면 수탉이 목청 높여 꼬끼오 문을 열고 암탉이 푸드덕 붉은 해 알을 낳는

평상 하나 덩그러니 놓여 있는 영국동 그 집
                                        - 「맨드라미」 전문

천태산은 모든 것을 품고 있다. 시인이 거처하는 "여여산방"과 닭집도 어우러진다. 동네사람도, 우편배달부도, 등산객도, 손님도 모두 함께 어

울릴 수 있는 곳, 그 닭집의 열린 공간의 멋을 노래하고 있다. "어우렁더우렁 꽃"이 되기도 하고 "별"이 되기도 하고, 평상에 모여 정을 나눌 수 있는 "영국동 그 집"처럼 시인은 천태산에 머물고 있는 모든 것들이 한 데 어우러지길 희망하고 있다. 시인은 이곳에서 오래 오래 살기를 욕망하기도 한다. "누추한 삶이지만/ 외롭지 않을 만큼 살다가/ 슬픔이 마를 때 떠나리라// 절, 하진 않았지만/ 절이 보이는 산모롱이 홀로 앉아/ 가만 절할 때 많았다"(「찔레꽃」)라고 말한 데서 이를 확인할 수 있다. 찔레꽃은 화려하지 않으나 있는 듯 없는 듯 언제나 그 자리에 서 있다. 그 찔레꽃에 자신을 빗대어 오래 오래 천태산 은행나무 곁에 있는 듯 없는 듯 살고자 했던 것이다. "천태산 은행나무"와 끝까지 함께 살고 싶은 강렬한 욕망은 "내가 살아가는 동안/ 아니, 죽어 살과 뼈가 녹아/ 꽃이 될 때까지"와 "천태산 은행나무// 언덕에 기대어/ 살았으면 좋겠다, 골백번/ 같은 말을 되새겼다"라는 구절에서 읽을 수 있다. "절, 하진 않았지만/ 절이 보이는 산모롱이 홀로 앉아/ 가만 절할 때 많았다"라는 구절에서는 불교에, 절에 몸 담진 않았지만, 마음은 항상 그 곁에 있었음을 은연중에 암시하고 있다. 그리고 천둥 번개 뒤 피는 구절초의 아름다움을 노래하고 있는 시 「구절초」에서도 '공생'의 의미를 엿볼 수 있다.

그러나 시인은 그의 간절한 바람에도 불구하고 '안식처'이자 '유토피아 공간'이기도 한 '여여산방'에서 떠나야만 하는 상황에 직면하게 된다. 서로 동고동락하며 지냈던 이웃들은 시인의 안타까운 모습을 보며 떠나지 말고 오래 오래 이곳에 머무르라고 한다.

　가긴 어딜 가 그냥 살면서 똥 냄새가 부처려니 혀

저 은행나무 좀 봐, 바람에 설렁설렁 다 내어주잖어 모지란 중생
그냥 냅둬, 은행이 은행이라 나무는 나무고, 지 거라고 쇠자물통 들고
달라들어도 어디 지 것이 되간디 나야 저승 갈 날 얼마 남지 않았지만
서도 자네는 저 은행나무가 이 세상 구린내 싹 없애는 날까지 여기 살
어 내가 이 첩첩산중 지륵골에 시집와 칠십 년을 살아도 이렇게 지독
한 구린내는 처음이여, 망할 저 절집 개 들어오고부터 천태동천이 똥
바다가 되었당께

왜 자꾸 짐은 싸고 그려 그냥 여기 살으랑께
- 「배나무집 할매」 전문

영국사가 있는 천태동에 사는 '배나무집 할매'의 다정함을 느낄 수 있
는 시이다. 오랜 기간 천태동에 자리잡고 살아온 시인이 영국사의 젊은
스님의 성화에 못 이겨 '여여산방'을 떠나려 하자 "모지란 중생", "지독한
구린내", "똥 바다" 등의 표현으로 스님의 행태를 비판하는 동시에 시인을
두둔하며 이곳에 계속 머무를 것을 종용한다. "첩첩산중 지륵골에 시집와
칠십 년을 살아도 이렇게 지독한 구린내는 처음"이라는 배나무집 할매의
말을 통해 절에 대한 불만이 많은 것을 읽을 수 있다. '배나무집 할매'가
시인이 이곳에 계속 머무르기를 희망하는 데서 우리는 떠나야 할 스님은
떠나지 않고, 오히려 시인이 떠나야만 하는 안타까운 마음과 시인이 떠나
면 예전처럼 절이 있는 듯 없는 듯, 오순도순 살아갈 수 있는 터전을 잃을
것 같은 불안감을 감지할 수 있다. 그러나 결국 시인은 그곳을 떠나게 된
다. 시 「고향」에서 제2의 고향으로 자리잡은, 영국사와 천태산 은행나무
가 있어 좋은 곳을 떠나야 하는 안타까운 심정을 노래하고 있다. "비둘기
우는 아침 숲 안개"와 "꾀꼬리가 날개 치는 한낮 햇살"과 "사슴벌레가 날

개 펴는 초저녁 개똥벌레"가 있는 그곳을 무척이나 좋아하는 시적 화자는 오래 전부터 '고향'으로 여기며 머물고 있었던 것이다. 그러나 그곳을 "젊은 중한테 쫓겨나는" 시적 화자의 심정이 착잡하기 그지없고, "무참"하기 그지없음을 보게 된다. 시 「여여산방 떠났다」에서도 여여산방을 떠나야만 하는 착잡함을 형상화하고 있다. 정겨웠던 여여산방의 모습이 하루 아침에 낯선 공간으로 전락되는 것을 엿볼 수 있다.

그렇다고 하여 시인은 결코 좌절하거나 절망에만 빠지지 않는다. 한 겨울을 꿋꿋이 잘 견디는 늙은 나무들을 통해 지혜를 발견하게 된다.

> 한겨울 세상 밖으로 뚜벅뚜벅 걸어 나가는
> 늙은 나무들을 본다
>
> (……)
>
> 누구도 나이테에 그려진 죽음을 읽지 못하지만
> 늙은 나무들은 안다
>
> 걸으면서 쏴아 센 비바람에 잔가지 몇 쯤 버리고
> 누우면서 거친 눈보라에 굵은 몸 통째로 내려놓으며
> 저 높은 곳이 언제나 무덤이라는 것을
>
> 하늘을 떠가는 늙은 나무들 속에서
> 또 다른 나를 본다
> —「늙은 나무가 사는 법」 부분

한겨울에도 쓰러지지 않는, 늙은 나무들의 힘찬 기상을 엿볼 수 있다.

"고래심줄 같은 뿌리가 폭설과 맞닿는 순간/ 한 생은 극한이면서도 또 얼마나 황홀한 사랑인가"라고 노래하는 구절을 통해 생을 어떻게 마감해야 하는지, 죽음을 어떻게 받아들여야 하는지에 대한 메시지를 엿볼 수 있다. "저 높은 곳이 언제나 무덤이라는 것"을 잘 아는 늙은 나무, "하늘을 떠가는 늙은 나무들 속에서" 시인은 "또 다른 나"인 자신을 목도하게 된다. 늙은 나무의 지혜를 엿 본 시인은 아버지 곁으로 다가간다.

> 까치 새끼 밥 먹었나
> 이 세상 머리 내밀고
> 여적 듣는 말
>
> 울 아버지 까치였으니
> 그 아들 까치 새끼라
> 쉼 없이 듣던 생생한 소리
>
> 까치 새끼 밥 먹었나
> 천태산 은행나무 꼭대기
> 올려다보지 않아도
>
> 까치 새끼
> 또 그 아들의 아들
> 천년 비바람 넘나들며
>
> 밥 잘 먹고 있나
>
> -「까치 새끼」 전문

평소 시인이 아버지에게 자주 듣던 '까치 새끼 밥 먹었냐'라는 말을 통해 '아버지'를 떠올리고, 천태산 은행나무 꼭대기에 있는 '까치 새끼'를 생각하고, 천태산 은행나무의 안녕을 생각한다. '까치 새끼'는 길조인 까치의 새끼이지만, '시인'의 애칭이기도 하고, 천태산에 머무는 모든 생물들을 의미하기도 한다. 천태산 은행나무를 비롯한 모든 생물들의 안부를 묻는 시이기도 하다.

시인은 비록 몸은 천태산에서 떠나왔지만, 수호신과 같은 천태산 은행나무의 넉넉하고 따뜻한 품을 잊지 못한다. 그리하여 그는 이 천태산 은행나무처럼 살아갈 것을 다짐한다. 시「행복한 사진」에서 천 년 은행나무처럼 꿈도 오래 간직하고, 모든 대상들에게 아낌없이 베푸는 그런 시인이 되고 싶은 욕망을 표출하고 있다. 늙은 나무에서는 아직도 "푸른 잎사귀"가 싹트고, 많은 대상들에게 자신의 몸을 내주기도 하는 그런 대상을 시인은 닮고 싶은 것이다.

이처럼 양문규는 천태산 은행나무가 있는 '여여산방'에 대한 그리움을 통해, 그리고 그곳에서 배운 공동체적 사랑을 통해 '지금-여기'의 각박하고 외롭고 쓸쓸한 현실을 비판적으로 노래하고 있다. 시인이 자연공동체를 꿈꾸던 '여여산방'으로 다시 회귀하기를 희망해본다.

-『시와정신』 2018년 봄호

훼손된 삶의 복원, 현실 속의 희망

- 정낙추, 『그 남자의 손』/박성우, 『가뜬한 잠』

1. 기억과 현실과의 만남

시를 읽는 일은 즐거운 일이다. 시를 통해 다양한 세상을 만나게 되고, 그 세상을 살아가는 다양한 사람들을 접하게 되며, 그 인간들 속에 존재하는 다양한 내면을 볼 수 있기 때문이다. 시 속에 등장하는 이같은 다양한 세상과 인간, 그리고 그의 내면을 형상화하는 일에는 많은 도움을 필요로 한다. '기억' 속에 존재하는 수많은 대상들, 기억 속의 대상과 대상을 이어주는 현실적 매개들의 협력 없이는 불가능하기 때문이다. 이처럼 한 편의 시는 '기억'과 '현실'의 끊임없는 만남과 넘나듦을 통해 그려지는 풍경화와 같은 것이다.

그런데 우리의 기억 속의 내재된, 다소 무질서하고 무체계적인 것 같은 다양한 편린들이 시에 재생되거나 재창조되기 위해서는 기억의 뇌관을 칠 수 있는 현실적 공이가 있어야만 한다. 현실적 공이에 의해 발출되는 그 기억들은 시인의 선택에 의해 표상된다. 이처럼 시인에 의해 선별된 기억들이 '지금-이곳'의 현실적 맥락과 결부되어 새로운 모습으로 등장한다. 그렇다면 우리의 기억들 중 선별되고 선별되지 않는 기준은 무엇일까. 단지 현실적 맥락과의 일치와 불일치의 여부일까. 아니면 또 다른 무엇이 있는 것일까. 그것은 다양한 기억 중 다른 무언가를 생성시키는 긍정의 기억이 아닐까. 그 기억은 '날' 기억을 숙성시키고 발효시키는 일, 즉 끊임없이 기쁨을 얻기 위해 슬픔을 정화시키고, 희망을 위해 절망을 삭히는 일을 하는 '희망'을 내포한 고향과도 같은 따뜻한 기억일 것이다.

이렇듯 기억 속에 내장된 슬픔과 절망을 '지금-이곳'의 기쁨과 희망으로 빚어내는 시인이 있는데, 그들은 정낙추 시인과 박성우 시인이다. 정낙추의 첫 시집『그 남자의 손』(애지, 2006)과 박성우의 두 번째 시집『가뜬한 잠』(창비, 2007)에서 이를 오롯이 드러낸다. 두 시인 모두 현실에 굳건한 기반을 두고 삶의 흔적이 새겨진 기억을 변용한다. 정낙추 시인은 '농촌' 현장에서 굵고 강한 남성의 톤으로, 박성우 시인은 '고향'이라는 공간에서 가늘고 섬세한 여성의 톤으로 말이다. 농촌에서 잔뼈가 굵은, 그래서 농촌의 현실을 누구보다 잘 아는 정낙추 시인은 인간의 생명을 좌우하는 '밥'을 바탕으로 농촌현실의 핍박함과 건강함을 드러내고, 시골에서 자라 도회지로 나온 박성우 시인은 농촌에 사는 가난하고 쓸쓸하고 외로운 사람들의 군상들을 긍정의 시선으로 포착해낸다. 두 시인 모두 인간과 자연의 조화, 인간에 대한 예의를 끊임없이 보여주고 있다는 점이 그들을 동궤에 놓이게 만든다.

2. 농촌의 공동체적인 삶, 현실 속의 희망

정낙추의 첫 시집『그 남자의 손』을 거느리고 있는 것은 '밥심'이다. 농경사회에 미덕으로 간주되던 '밥심'은 밥이 힘의 근원이고, 힘이 밥에서 생성되는 것임을 단적으로 드러내주는 말이다. 그의 시에 자주 등장하는 '밥'도 같은 맥락에서 이해될 수 있다. (「똥」, 「며느리밥풀꽃」, 「망령」, 「또 못자리를 하며」, 「냉이꽃」, 「대보름」, 「밥 한사발」 등) 시인은 우리의 생명을 지켜주고 우리의 삶을 지탱해주는 가장 기본적인 '밥'이 언제부터 천덕꾸러기처럼 취급되고 소외되는 현실을 인식한다. 그래서 그는 '밥'이 단순히 '밥'만을 의미하는 것이 아니라 '밥' 이상의 의미를 내포하고 있음을 보여주게 된다.

> 한 사발의 밥을 먹고 누는
> 한 덩이의 똥
> 반드시 흙에 누어야 되리
>
> 그 똥
> 맛난 밥이 되어
> 살찐 흙
> 우리에게 고봉밥 한 사발 담아 주리니
>
> 밥이 똥이고 똥이 흙이고 흙이 밥이고
> 그 밥
> 달게 먹고 땀 쏟는 사람
> 비로소 흙을 닮은 사람 되리
>
> — 「똥」 전문

위 시에서 '밥'의 순환성과 긍정성을 엿볼 수 있다. '밥'이 '똥'이 되고, 그 '똥'이 '흙'의 '밥'이 되고, '흙'이 '밥'을 생성하는 순환구조와 '밥=똥=흙'을 등가시켜 하나로 바라보는 긍정적인 면을 보이고 있다. 이 세상에 존재하는 모든 것들이 순환의 원리를 지니고 있음을 가정할 때, '밥'이 '똥'이 되고 '흙'이 되는 원리를 이해하는 것은 어쩌면 지극히 당연할지도 모른다. 그러나 이러한 지극히 당연한 이치가 오늘날 깨어지고 있는 데에 문제가 발생한다. 그래서 시인은 '밥'을 단순히 경제논리로만 인식하여 평가절하 하는 근시안적 태도에 대한 비판의식을 은연 중에 유포하고 있는 것이다. '밥'을 잃게 되면 '흙'도 존재할 수 없음을 그는 아는 것이다. 그래서 시인은 "그 밥/ 달게 먹고 땀 쏟는 사람/ 비로소 흙을 닮은 사람 되리"라고 하여 '밥'의 잠재태인, 정직한 '흙'을 닮은 사람 되겠다고 다짐한다.

이렇듯 정직한 흙을 닮고자 하는 사람의 '손'은 투박할 수밖에 없다. 비록 투박하지만, 이 손은 많은 이들을 먹여 살린 '위대한' 손이다. 그런데도 농사꾼의 손이 투박하기 때문에 부끄러움을 느껴야 하는 아이러니한 현실을 우리는 목도하게 된다.

> 그 남자의 손은
> 무쇠솥 뚜껑보다 크고 투박합니다
> (……)
> 여린 싹도 키우고 고운 꽃도 피우게 하는
> 요술쟁이 손
> (……)
> 잘 썩은 두엄 냄새와 구수한 곡식 냄새가 납니다
> (……)
> 이 나라 만백성을 먹여 살리고도
> 생색 한 번 안 낸 위대한 손입니다
> (……)
> 그 손이 요즘 들어

회고 부드러운 손 앞에서 주눅 들어
자꾸 주머니 속으로 숨습니다

-「그 男子의 손」부분

위 시는 "어린 싹도 키우고 고운 꽃도 피우게 하"고 "이 나라 만백성을 먹여 살리"던 '요술쟁이'같고 '위대한' 농부의 손이 "회고 부드러운 손" 앞에 주눅이 드는 풍경을 실감나게 묘사하고 있다. 자신보다도 다른 사람들을 위해 헌신적으로 살아온 농부의 "무쇠솥 뚜껑보다 크고 투박"하고 "두엄 냄새와 구수한 곡식 냄새"가 나는 손은 '내면보다 외면'을 더 강조하는 현실에서는 더 이상 아름다운 손이 되지 못한다. 살아오면서 손 때문에 한 번도 '주눅'들지 않았던 시적 화자는 부끄러움을 느끼게 된다. 독일의 화가 뒤러가 자기의 미술공부를 위해 헌신적으로 도와준, 친구의 망가진 손을 그린 〈기도하는 손〉의 분위기와는 사뭇 다르다. 뒤러는 잘 펴지지 않는 손으로 기도하는 친구의 손을 가장 아름다운 손으로 보았는데, 이 시에서는 상반된 의미를 지니고 있기 때문이다. 즉, 시적 화자의 투박한 손 역시 다른 사람을 위해 헌신한 아름다운 손이요, '위대한' 손인 데도 말이다. 시인은 '회고 부드러운 손' 앞에 주눅이 들어야만 하는, 외피만 중시여기는 현실을 부정적으로 표출하고 있는 것이다. 같은 맥락에서 읽을 수 있는 또 다른 시 한 편이 있다.

여든 너머까지 잔병치레 한 번 없이
일소처럼 들일하다 돌아가신
개백정 당숙모 제삿날
제삿상 앞에 모여든 샌님 닮은 자식들
아무도 어머니를 추억하지 않고

제 새끼들하고 웃으며 수박덩이나 쪼개는

오늘은 말복(末伏) 날이다

- 「개백정」 부분

　위 시는 생계보다는 글읽는 것에 더 치중하는 남편과 자식들을 평생 보살핀 당숙모의 삶을 대비시켜 당숙모의 삶을 더 긍정적으로 보고 있는 작품이다. 자신에게 주어진 현실을 외면하지 않고 치열하게 살다간, 자신보다도 타자를 위한 삶을 영위한 대상에 찬사를 보내고 있는 것이다. 바느질보다는 들일, 푸성귀보다는 누린 것을 더 좋아했던 그녀는 오직 자신보다는 가족을 위해 헌신적으로 살다가 생을 마감하게 된다. 그러나 그녀의 제삿날, 가족들은 그녀의 삶을 치부로 여기는지 그녀에 대한 추억을 떠올리지 않는다. 대신 평생 샌님 노릇하면서 당숙모에게 '개백정년', '아귀 같은 년', '배운 것 없는 들꿩'이라고 핀잔하던 당숙을 닮은 그들은 자식들과 수박 먹으면서 지낼 뿐이다. 이는 어머니의 삶의 긍정성을 깨닫지 못한 결과라 할 수 있다. 그래서 시인은 권위와 체면을 중시하는 당숙부의 삶과 가족들을 위해 치열하게 살다간 당숙모의 삶을 제시하여 당숙모 삶의 건강성을 드러내고 있는 것이다. 즉, 자신의 삶이 누군가의 헌신적인 노력에 의해 마련된 것임을 깨닫게 해주고 있는 것이다. 시인은 이렇듯 소외된 대상의 긍정성을 표출하고 있다.

　정낙추 시인의 미덕은 '지금-이곳'의 현실을 비관적으로 보지 않고 낙관적으로 보려는 데에 있다. 그의 이러한 긍정적 태도는 노장사상을 바탕으로 나온 것이라 할 수 있다.(「똥」, 「득도」, 「갯벌에서」, 「밥 한 사발」, 「동행」 등) 또한 그의 긍정성이 농촌의 실상을 정확하게 꿰뚫고 있는 데서 마련된 것이고, 절망을 치유하려는 강한 의지에서 나온 것이라는 점에서 주목을 요한다. "농사꾼은/ 내년 때문에 속고 사는 거여"(「홍정마당」)라고 한 부분과 "기죽지 말고 살라고/ 속살거리고/ 사라지는"(「햇빛 한 줌」) 데서 이러한 점을 엿볼 수 있다. 이렇듯 정낙추 시인은 농촌의 공동체적인 삶의 흔적을 찾아내어 '지금-이곳'의 슬픔과 절망을 기쁨과 희망으로 그려내고 있는 것이다.

3. 소수자에 대한 사랑, 현실 속의 희망

정낙추 시인이 농촌의 현실체험을 바탕으로 그곳의 긍정적인 면을 찾아내어 희망을 그려내고 있다면, 박성우 시인은 고향 곳곳에 존재하는 소수자들의 삶을 따뜻한 시선으로 보면서 그들의 긍정성을 표출하고 있다.

시인은 이러한 소수자들의 삶을 보듬고 감싸안는 데로 나아가는 출발선상에서 '어머니'의 삶을 들여다본다. 여기에는 자신의 어머니를 감싸안고 보듬을 수 있어야 다른 소수자의 삶에도 애정을 보낼 수 있을 것이라는 믿음이 자리하고 있다.

> 자주 보라 자주 보라
> 자주 감자꽃 피어 있다
> 일 갈 적에도
> 마을회관 놀러 갈 적에도
> 문 안 잠그고 다니는 니 어미
> 누가, 자식 놈 흉이라도 볼까봐
> 끼니때 돌아오면

대문 꼭꼭 걸어잠그고
찬밥에 물 말아 훌훌 넘기는
칠순에 닿은 니 홀어미나
자주 보라 자주 보라,
자주 감자꽃 피어 있다
어머니가 챙겨 싸준 감자
쪼글쪼글 썩혀서 버린 화단에
자주 감자꽃은 피어,
꽃편 나 볼라 말고
쪼글쪼글 오그라드는
니 홀어미나
자주 보라 자주 보라

- 「보라, 감자꽃」 전문

위 시는 고향에 홀로 사시는 어머니에 대한 그리움이 짙게 묻어나는 작품이다. 어머니가 싸주신 감자를 방치하여 썩힌 시적 화자는 '쪼글쪼글' 해진 그 감자를 화단에 버리게 된다. 그런데 그 버려진 감자에서 '자주 감자꽃'이 핀 것이다. 시인은 썩은 감자에서 피어난 자줏빛 꽃을 보면서 감자의 강한 생명력과 어머니에 대한 죄책감을 느낀다. 비록 '썩은' 몸일지라도 자신의 마지막 남은 영양분으로 꽃을 피워내는 강인함을 그는 엿보게 된다. 아울러 평생 동안 흙과 함께 하며 자신의 몸보다는 자식을 위해 몸을 아끼지 않았을 어머니의 희생정신을 목도한다. 그리하여 시인은 "쪼글쪼글 오그라"들은 생기잃은 어머니에게로 다가간다. 첫 행과 끝 행에서 반복적으로 쓰인 시구 '자주 보라'는 감자꽃의 색채를 의미하기도 하지만, 홀로 계시는 어머니를 '자주 찾아보라'는 의미도 담고 있어 중의성을 띠고 있다. 이 시에서 '감자꽃'은 고향을 지키는 어머니와 객지에서 살아가는 아들을 이어주는 가교역할을 하고 있는 것이다. '감자꽃'을 의인화하여 "꽃핀 나 볼라 말고/ 쪼글쪼글 오그라드는/ 니 홀어미나/ 자주 보라 자주 보라"라고 한 구절은 화자에게 무안함을 느끼게 하는 동시에 어머니에 대한 그리움을 가져다준다. '자주 보라'라는 '언어유희'의 기법을 쓰고 있는 이 작품은 감자의 강한 생명력을 통해 모성의 강인함과 어머니에 대한 그리움을 표출하는 데에서 그 미덕을 찾을 수 있다.

'감자꽃'을 통해 어머니를 그리던 시인은 고향을 가게 된다. 고향의 골목 어귀에서부터 '탄내'를 맡은 시인은 막걸리 마시며 TV를 시청하는 어머니에게 "가요무대 볼 때는 가스불 켜지 말라고 했잖아요"(「고요한 밤」)라며 '짜증'을 낸다. 시적 화자의 '짜증'이 탄 냄비 때문이 아니라 행여 고향 집에 화재가 발생해 어머니가 어떻게 될까하는 노심초사하는 마음에서 나온 '짜증'이라는 것을 어머니가 모를 리 없을 것이다. 그러면서도 속상해 하실 어머니 때문에 시인은 마음이 편치 않다. 그래서 시인은 어머니의 방을 찾아간다.

> 뒷머리 긁적이며 방문을 열어봤어요
> 어머니는 늦은 바느질을 하시는지
> 반짇고리 앞에 앉아 계셨어요
> 암만 혀도 실이 안 들어간께 깝깝시러 죽겠다이,
> 어머니가 내민 바늘에는
> 바늘귀가 끊어져 나가고 없었어요
> 바늘에 실을 꿰려던 제가 먼저 피식 웃었어요
> 어머니도 피식피식 피식거리기 시작했구요
> 손끝의 실조차 실실 웃었지만

기가 막히게 고요한 밤이었어요

-「고요한 밤」부분

어머니는 자식에게 지청구를 먹은 것에도 아랑곳 하지 않고 '바느질'에 여념이 없다. 멋쩍게 들어오는 자식에게 그녀는 실을 꿰어달라고 한다. 시적 화자는 '바늘귀'가 끊어진 바늘을 보며 어이없는 표정으로 '피식피식' 웃는다. 시적 화자와 어머니의 '피식피식' 웃음으로 시적 화자와 어머니의 화해가 자연스럽게 이루어지게 된다. 어머니와 아들의 화해는 '가시돋친' '짜증'이 아니었기 때문에 이처럼 봄눈 녹듯 이루어진 것이다. 그러나 시적 화자는 어머니와의 화해가 이루어졌다고 해서 결코 마음이 편한 것은 아니다. 어머니의 시력이 급격히 떨어진 현실을, 점차 혼자 힘으로 살아가기 힘든 현실을 느꼈기 때문이다. 이 시의 마지막 행의 "기가 막히게 고요한 밤이었어요"라는 구절에는 시적 화자의 이러한 불안한 심정이 응축되어 있다. '감자꽃'을 통해 어머니에게로 간 시인은 '탄내' 때문에 소원해졌다가 다시 귀 떨어진 '바늘'을 통해 가까워진다. 이처럼 박성우 시인은 어머니에 대한 사랑을 다양한 경험과 이해방식을 통해 몸으로 느끼고 있는 것이다.

어머니에 대한 사랑을 몸소 체험한 시인의 촉수는 소수자에 대한 사랑으로 나아간다. 많은 사람들이 등한시하거나 무시하는 것과는 달리 박성우 시인에게 포착된 '곱사등이 새모리댁', 바보인 '가능이와 썸뻬댁' 내외, 치매걸린 노인, 자귀꽃 닮은 다방아가씨 등의 모습은 아름답게 채색된다.

뻘에 다녀온 며느리가 밥상을 내온다
아무리 부채질을 해도 가시지 않던 더위

막 끓여낸 조갯국 냄새가 시원하게 식혀낸다
툇마루로 나앉은 노인이 숟가락을 든다

남은 밥과 숭늉을 국그릇에 담은 노인이
주춤주춤 마루를 내려선다 그 그릇 들고
신발의 반도 안되는 보폭으로 걸음을 뗀다
화단에 닿은 노인이 손자에게 밥을 먹이듯
밥 한 숟갈씩 떠서 나무들에게 먹인다

느릿느릿 함지 쪽으로 향하던 노인이
파란 바가지 찰랑이게 물을 떠다가
식사 끝낸 나무들에게 기울여준다
손으로 땅의 등을 가볍게 토닥여주는 노인,
부축하고 온 지팡이가 다시 앞장을 선다

어슬렁어슬렁 기어온
고양이 한 마리가 나무 밑동으로 스며든다
툇마루로 돌아와 앉은 노인이 예끼, 웃는다

-「도원경(桃源境)」 전문

위 시는 치매에 걸린 노인의 살아있는 것들에 대한 차별없는 사랑을
표출하고 있는 작품이다. 화단에 있는 나무들에게 밥과 물을 주는 장면
과 땅을 가볍게 토닥거리는 장면에서 인간과 자연을 동일한 범주로 보고
동일하게 보살피는 노인의 따뜻한 심성을 읽을 수 있다. 그리고 나무에게
준 밥을 '고양이'가 먹어도 노인은 그다지 성내지 않는다. '예끼'라는 성냄
의 표현을 쓰고 있지만, 바로 이어지는 노인의 '웃음'을 통해 그의 성냄이

악의가 담긴 성냄이 아니라 선의가 담긴 익살스러운 '성냄'임을 알 수 있다. 이처럼 시인은 치매 걸린 노인의 '유아'같은 행동을 자연과 동물에 대한 차별없는, 아름다운 사랑으로 표출하고 있다. 그리고 이 시가 더 아름답게 느껴지는 것은 바로 '뻘에 다녀온 며느리'의 시아버지에 대한 따뜻한 심성 때문이다. '뻘'에서 힘들게 노동한 뒤에도 시아버지에게 '막 끓여낸 조갯국'을 내놓는 며느리의 극진한 사랑과 '망령'든 노인이 나무에게 밥을 주는 행위 등에 대해 당연한 것처럼 이해하는 넉넉한 품성이 이 시를 훈훈하게 만든다. 그래서 시인은 제목을 '도원경'이라 했는지도 모른다. 이처럼 시인은 치매에 걸린 노인을 우리와 격리시키고 감금시켜야 하는 존재가 아닌, 같이 더불어 부대끼고 사랑으로 감싸안아야 하는 존재로 인식하고 있다. 여기에는 '지금-이곳'이라는 공간에서 치열하게 살다가 치매에 걸린 노인들의 삶이 결코 '남'의 일이 아니라 미래에 자신에게 닥칠 일일지도 모른다는 생각이 자리잡고 있는 것이다. 치매에 걸린 노인들이 치매의 '현실태'라면 자신들은 치매의 '잠재태'라고 보고 있는 것이다.

이렇듯 치매에 걸린 노인을 끊임없는 사랑으로 보듬는 아름다운 풍경을 「동행」에서도 발견된다. "다리 위의 두 여자는/ 조용조용 중얼중얼/ 들판을 보고 먼 산을 본다/ 짐칸에 탄 아이가/ 고개 끄덕이자 몸뻬바지는/ 허리를 굽혀 리어카 당긴다// 리어카 끌고 마을로 가는/ 몸뻬바지 며느리도/ 아이가 된 시어머니도/ 된서리 맞은 허연 볏단머리다"(「동행」)라고 한 데서 말이다. 리어카를 끄는 백발의 며느리와 치매에 걸려 리어카를 타고 가는 백발의 시어머니는 '동행'한다. '리어카'라는 수레에 몸을 맡긴 시어머니도, 그것을 끄는 며느리도 같은 방향으로 함께 가고 있다. 이처럼 치매에 걸린 노인들과 그들을 보살피는 며느리는 한 배에 탄 것처럼 함께 부대끼며 살아간다.

그리고 시인은 마을 아낙들의 도움으로 살아가는 바보 부부인 '가능이' 와 '심삐댁'에 대해서도 "식은 밥이며 나물이며 김치쪼가리며/ 시래깃국 건더기 따위를 듬뿍듬뿍 담아주"(「오두막 이야기」)는 따뜻한 인정을 보여주 고 있으며, '다방아가씨'를 여름에 피는 연분홍빛 '자귀꽃'에 비유하여 긍 정적인 시선을 보내기도 한다. (「자귀꽃」)

박성우의 시에는 '가난하고 외롭고 쓸쓸한' 사람들에 대한 극진한 사랑 이 내포되어 있다. 그는 세상의 한복판에서 밀려날 대로 밀려나 주변부에 서 또아리를 틀고 살아가는 인간들의 내면을 놀라울 정도로 예리하면서 도 부드럽게 그려낸다. 그 힘은 '지금-이곳'의 현실을 정확하게 꿰뚫어보 는 통찰력과 세상을 '도원경'으로 바라보는 긍정의 시선에서 나온 것이라 할 수 있다.

- 『딩하돌하』 3호, 2007년

말랑말랑함, 노마드적 상상력의 힘

- 박종빈,『모차르트의 변명』/정겸,『공무원』

1. 공적인 삶, 그리고 시적인 삶

최근에 두 권의 시집을 읽게 되었다. 그런데 공교롭게도 직업이 모두 '공무원'이었다. 한 시인은 선거관리위원회에, 또 한 시인은 도청에 근무하고 있었다. 처음에는 '공무원'이라는 말이 주는 선입견, 즉 틀에 박힌 합리적인 삶과 상명하복이라는 단어가 주는 비시적(非詩的)인 의미 때문에 그다지 큰 기대는 하지 않았다. 그러나 시집을 읽어가는 과정에서 이러한 선입견이 잘못되었다는 것을 오래지 않아 깨달았다. 우리가 알고 있는 유명한 고전시가 대부분이 당시 공적인 업무를 담당한 벼슬아치들에 의해 지어진 점을 생각해보면 사실 공무원의 세계를 비시적 세계로 단정짓는 것은 무리일 듯 싶다. 두 시인은 공적인 업무를 통해 '사사로운 감정'을 읽어낸다. 다시 말하면 비시적인 삶을 통해 시적인 삶을 통찰하고 있는 것이다. 박종빈 시인이 공직 생활을 통해 익숙해진, 정형화되고 경직된 사고 이면에 자리하는 랑그(langue)적인 상상력을 발견하고 있다면, 정겸 시인은 공직 생활을 하면서 보고 느낀 부조리한 모습과 결핍을 투시하고 있다. 즉, 전자가 감성과 상상력이 중시되는 노장풍의 낭만주의적 시선으로 현실을 투시하고 있는 반면, 후자는 이성과 조화를 중시한 유가풍(?)의 리얼리즘적 시선으로 현실을 바라보고 있다. 따라서 박종빈 시인은 "가장 아름다운 꽃은 아이들의 눈 속에 있지요"라는 구절이 말해주듯 지극히 순수한 아이의 시선으로, 정겸 시인은 "좌측 방향과 우측 방향으로 갈라진 삼거리 중심"에서 균형적인 시선으로 시적인 삶을 형상화하고 있다.

2. 말랑말랑함, 낭만주의적 시선

박종빈 시인이 추구하는 곳은 '황무지'이다. 논밭으로 개간하기 이전의 거친 땅이라는 의미를 지닌 황무지에는 '자연스러움'이 있다. 그곳엔 빠롤(記標) 보다는 랑그(記意)가 중시되는, 무엇으로 명명되기 이전의 삶이 존재한다. 시인은 이러한 곳을 꿈꾼다. "선인장 가시 위에 피는 꽃"(「선인장이 있는 황무지 풍경」)이 아무렇게나 피어있는 황무지에 머무르고 싶은 것이다. 이처럼 시인이 황무지를, 이름으로 불리어지기 이전의 랑그적인 곳을 지향하게 된 것은 '지금-이곳'의 획일화되고 정형화된 세계에 대한 회의감에서 발출되었을 것이다. 사적인 삶이 공적인 삶으로 수렴되어야만 하는 공직 생활과 틀에 박힌 정형화된 일상생활이 이러한 회의감을 낳게 된 것이다. 그리하여 시인은 일탈을 꿈꾼다. 자신이 원하는 곳으로 상상의 나래를 펼쳐 나아가려 한다.

이러한 세상에 다가서기 위해 시인은 먼저 '벽'을 허물기 시작한다.

나는 담배를 피우려고 찬바람을 조금 비켜 벽 쪽에 가깝게 붙는다
병신 같은 새끼 너도 형이냐 작은아버지는 원색적인 욕과 함께 큰

아버지에게 삿대질을 하며 멱살을 잡았고 조카들은 그림자처럼 주위를 에워싸고 있었다 70이 넘어선 작은아버지는 제사와 차례 때만 되면 50여 년 전 나누지 못한 재산, 땅을 달라고 저런다 우리들이 누울 한 평의 땅, 그 깊은 곳에 간직하고 싶어 하는 불꽃은 무엇일까 향이 제 몸을 태우며 스며들고 싶어 하는 곳은 또 어디인가

추녀 끝 곶감은 끈에 묶여 햇빛으로 지난 세월을 말리고 있다 벽에 펼쳐지는 흑백의 담론, 아지랑이인가 현기증인가

나는 찬바람을 피하려고 벽 쪽에 더욱 가깝게 붙는다

- 「벽 1」 전문

'벽'의 양가적 의미를 잘 드러내고 있는 시이다. 보통 벽은 찬바람을 막아주거나 몸을 기대거나 의지할 대상으로서의 긍정적 의미와 인간과 인간 사이의 소통을 가로막는 장애물이라는 부정적 의미를 내포한다. 이 시에서 전자는 추위와 찬바람을 차단해주는, 따뜻함을 제공해주는 바람막이의 역할을 하는 벽의 의미로, 후자는 재산(땅) 때문에 50여 년이 지난 지금에도 작은아버지가 큰아버지에게 "원색적인 욕"과 "삿대질"을 하는 마음의 벽으로 등장한다. 이쪽과 저쪽을 가르는 장벽과 소통을 가로막은 마음의 벽 모두 "흑백의 담론"을 내재한 부정적인 의미를 지니고 있다. 이러한 흑백의 담론은 곧 랑그적인 삶이 결핍된 빠롤의 세계이다. 그리하여 시인은 마음의 벽을 해소할 대상을 찾는다. 그것은 다른 데 있는 것이 아니라 그 벽에 존재한다. 찬바람을 막아주거나 따뜻한 햇살이 비치는 벽을 통해 반대 편의 차갑고 어두운 벽을 무너뜨릴 수 있는 것이다. 그리고 「벽 2」에서는 "담장에 갇혀/ 햇빛에 외로움을 녹이는/ 어느 맑고 추운 겨울날/ 벽 속에 있는 내가/ 그립다"고 하고 있는데, 이를 통해 시인은 따사로운 햇살에 외로움을 녹이는 시적 화자와 벽 속에 있는, 기억 속의 시적 화자

가 서로 만나도록 유도한다. 그리하여 마음의 벽을 없애고자 하고 있다. 이처럼 시인이 황무지로 가기 위해 소통을 가로막고 있는 벽을 허물고 있는 것이다.

또한 시인은 힘겹지만 치열하게 살아가는 아웃사이더들에게도 따뜻한 시선을 보낸다. 시 「품바시대」는 백화점 근처에서 노래와 반주로 생을 엮어가는 맹인 부부의 고단한 삶을 보여주고 있다. 백화점이라는 화려한 공간과 맹인 부부의 힘겨운 삶이 극명하게 대비되고 있다. "더듬어 가는 음정"과 "허리 굽은 박자", 그리고 "손때 묻은 기타의 반주" 등에서 이를 어렵지 않게 확인할 수 있다. 그리고 수많은 사람들이 지나간 뒤 맹인 부부의 동전소쿠리에 "초라한 저녁"이 가득 담겨져 있다는 대목에서는 쓸쓸함도 보인다. 그러나 힘겹지만 치열하게 살아가는 그들의 모습은 우리들에게 부끄러움과 연민의 정을 동시에 느끼게 해주고 있다.

그런가 하면 귤을 팔고 있는 이들과 소통하고 있는 시도 보인다.

말랑말랑한 것들이 천 원어치씩 모여
떨고 있다

아버지가 없어 추운 겨울
손자와 할아버지가 모여
떨고 있다

리어카에는 하루치의 삶이
백열등에 반짝이고

알몸이 알몸을 가려주며

자기들끼리 견디고 있다

-「귤」전문

추운 겨울 귤을 파는 할아버지와 손자의 고단한 삶이 잘 그려져 있는 시이다. 귤이 떨고 있고, 그것을 파는 할아버지와 손자의 떨고 있는 모습에서 삶의 지독한 한기(寒氣)를 느낄 수 있다. 그러나 그들의 춥고 힘겨운 삶을 훈훈하게 해주는 것이 있는데, 그것은 서로의 "알몸"을 가려주며 "자기들끼리 견디고 있"는 "말랑말랑한" 귤들의 부대낌이다. 이러한 부대낌은 할아버지와 손자의 추위까지도 녹여준다. 그리고 부대껴있는 귤은 할아버지와 손자에게로 전이되고 있는데, 이는 할아버지와 손자의 힘겹고 고단하지만 서로 부대끼며 희망찬 내일을 위해 끌어안고 살아가는 모습이기도 하다. 이렇듯 말랑말랑함은 어떠한 겨울의 추위도, 어떠한 혹독한 삶도 견딜 수 있는 희망의 메시지를 함축하고 있다.

그것은 너무 빨라서
몇몇만이 볼 수 있었으며
소읍의 대다수의 주민들은 사실을 부정하였다
사진사가 촬영에 성공은 하였으나
그것을 찍은 사진은 희미했으며
전문가들도 단정을 내리기 어렵다고 말을 하자
사람들은 뒤에서 소곤거리기 시작했다
심지어 조작이라며 확실한 증거를 요구했으며
유언비어를 퍼뜨리는 위험인물로 관계기관에 고발하겠다고
협박 단체들도 생겨나기 시작했다
아이들이 신기해하며

사진사에게 말을 걸려고 접근하자
그 아비들은 무서운 표정으로 소리치며 달려들었고
새파랗게 질린 아이들이
모두 뒷산 반짝이는 별들처럼 숨어버리고
마을은 조용해졌으나
그것으로 끝이 아니었다
여전히 주민들은 술렁이며 잠들지 못했고
다음 날 의심의 해가 뜨자
무슨 대책기구를 만들어 투쟁을 시작했다
보지 못했거나 확인되지 않은 것이므로 진실을 밝혀 달라고
그들의 믿음은 종교적으로나 도덕적으로 굳건하여
단식투쟁을 하는 사람도 생겨났으며
마을의 소란은 진정되지 않았다
결국 그것을 보았다는 사람들은 착각을 일으킨 것 같다며
사과를 했으며
사진사는 한 마디를 남기고 떠났다
"가장 아름다운 꽃은 아이들의 눈 속에 있지요"
아이들은 오랫동안 그 사진사를 기억했지만
주민들에게 남은 것은 의심의 씨앗뿐이었다

계속해서 뜨겁거나 흐리고 음산한 날씨처럼
불임의 꽃이 피었다 진다, 이곳 소읍은
                              -「유 에프 오」전문

　위 시는 아직 정체가 밝혀지지 않은 유 에프 오에 얽힌 얘기를 노래하
고 있는 작품이다. 시인은 유 에프 오를 찍은 사진사와 그 유 에프 오를 보

았다는 주민들을 확실한 증거도 없이 "유언비어를 퍼뜨리는 위험인물"로 낙인찍어 몰아붙이는 대다수의 주민들을 고발하고 있다. 확실한 증거에 길들여진, 규율과 질서에 익숙해진 그들은 그 질서를 깨뜨리거나 전복하려는 것에 대해 반기를 든다. 용납을 못하는 것이다. 사진사와 아이들은 순수한 영혼을 지니고 있다는 면에서 공통분모를 지닌다. "가장 아름다운 꽃은 아이들의 눈 속에 있지요"라는 사진사의 말에서 이를 엿볼 수 있다. '유 에프 오'라는 신비한 비행물체를 통해 우리들이 잃어가는 순수한 영혼, 순수한 정신을 되찾고자 하는 의지를 담아내고 있다. "계속해서 뜨겁거나 흐리고 음산한 날씨처럼/ 불임의 꽃이 피었다 진다"는 마지막 내용은 우리를 더욱 슬프게 한다.

그런가 하면 소리의 그늘을 엿보고 있는 시도 있다. 시「모차르트의 변명 4」에서 시인은 그 그늘에 "나의 잠을 깃들게" 하고 싶은 욕망을 드러낸다. 그는 본래의 소리에서 자꾸 멀어져가는, 여러 모습으로 바뀌어가는 모든 "변주" 형태를 부정하고 "물속에 풀어지는 잉크처럼/ 희미해져 가는 소리의 씨앗들"을 찾아 나선다. 그리고 자신의 내면의 소리를 듣지 못하는, "주사위에 갇힌 소리들"을 깨뜨리기 위해 "나를 던"진다. 시인은 정형화된 소리나 틀에 박힌 소리의 내면을 투시하려 하고 있는 것이다. "주사위"로 대변되는 '의식적인 나'의 소리가 아닌 '무의식적인 나'의 소리를 듣고 싶은 욕망을 드러내고 있는 것이다. 또한 "1/ 까치가 산책길을/ 내어준다// 누구의 것도 아닌 숲/ 누구의 것도 아닌 좁은 길을/ 다람쥐도 내어준다// (……)// 5/ 나도 내어 주고 싶다/ 내 마음 속 쇠붙이 모두 내려놓고/ 보이지 않는 길/ 숲에게 나를 내어주고 싶다"(「숲의 음양오행론」)라고 한 대목에서는 숲이 모든 것을 끌어안듯 나도 나를 버리고 모든 것을 포용하고 싶은 욕망을 보여주고 있다. 까치나 다람쥐가 길을 내주듯 나도 소유에서 벗어나 무소유하고 싶은 욕망을 표출한 것이다. 이렇듯 시인은 소통을 위해 마음의 벽을 허물고, 외롭고 쓸쓸한 이들과 시선을 맞추고, 아이들의 순수에 귀 기울이는 과정을 통해 점점 '황무지'로 가고 있는 것이다.

3. 말랑말랑함, 리얼리즘적 시선

박종빈 시인이 추구하는 곳이 황무지라면, 정겸 시인이 지향하는 곳은 '지금-이곳'의 한 가운데이다. 어느 한쪽에 치우치지 않고 합리적이고 균형적인 감각을 소유한 채 중심을 지키고 있는 것이다. 그 중심은 선형적인 의미로서의 중심이라기보다는 중층적인 의미를 지닌 중용(中庸)에 가깝다. 때문에 그 곳은 고정되어 있지 않고 유동적이다.

시집의 제목이자 시인 자신의 내면적 목소리이기도 한 시 「공무원」을 보기로 한다.

> 그녀는 나를 우측통행자이거나
> 뒷문 통로와 연결된 지하계단에서 은밀한 거래를 즐기며
> 꽃밥을 훔쳐 먹는 언더그라운드 이코노미 정도로 알고 있다
> 가끔은 건전지를 혹처럼 달고 있는
> 낡은 금성라디오로 생각하기도 한다
>
> 그것뿐만이 아니다
> 산불과 홍수가 마을을 휩쓸고 지나가도
> 폭설과 태풍이 도로를 끊어 놓아도
> 가뭄이 들거나 흉년이 들어도

모두가 내 탓이라며 나에게 돌을 던진다

그렇다고 그녀가 일상생활에
관심을 갖고 있는 것은 아니다
거리에서 휴지 한 조각 주운 일 없고
집 앞에 쌓인 눈조차 치운 일 없다
길가에 엎드려 있는 노숙인에게
동전 한 푼 던져 준 적 없다

그녀는 내가
모래바람 부는 황무지 속에서
경운기 한 대 몰고
밥 대신 흙먼지로 배를 채우며
녹색 물결을 일으킨 농부였다는 사실조차 모른다

오늘은 중국 북동쪽에 있는 내몽고 지방에서
황사가 몰려온다고 했다
아무래도 그녀가 또 돌을 던질 것 같다
돌 바람 맞고 곰보가 되어 버린 돌하르방
좌측 방향과 우측 방향으로 갈라진 삼거리 중심에서
오늘도 꼿꼿이 서 있다
빙그레 웃으며 그녀를 바라보고 있다

　　공무원의 자화상을 노래하고 있는 시이다. '공무원'의 삶에 대한 자신
의 입장을 이처럼 선명하게 드러낸 것은 보기 드물다. 공무원의 대변인
격인 '나'는 국민들의 대리인인 '그녀'에게 볼멘소리를 던진다. 먼저 '나'를

은밀한 거래를 하거나 고지식한 인물로 생각하는 것과 자연재해(가뭄, 홍수, 태풍, 폭설 등)에 의한 피해를 모두 내 탓으로 돌리는 것에 대해 불만을 제기한다. 아울러 시적 화자는 일상생활에 대해 지극히 무관심한 '그녀'를 폭로한다. "거리에서 휴지 한 조각"을 주운 일도, 집 앞에 쌓인 눈을 치운 일도 없는, 그리고 길거리에 있는 노숙인에게 적선한 일도 없음을 말이다. 그렇다고 해서 시적 화자가 그녀의 행위에 대한 비판에만 포커스를 맞추고 있는 것은 아니다. 오히려 그녀 자신의 언행에 문제는 없는지 반추해 보라는 메시지가 더 함축되어 있다. 자신의 행동이 비판을 위한 비판은 아니었는지를 되돌아보게 하고 있다. 이렇듯 '나'는 그녀 자신의 성찰을 통해 그녀와의 소통을 모색하고 있다. 그리하여 '나'는 오늘도 "빙그레 웃으며 그녀를 바라보고 있다". 오늘도 그녀(국민)를 위해 "좌측 방향과 우측 방향으로 갈라진 삼거리 중심"에서 균형감각을 지닌 채 "꼿꼿이" 서 있다. 시적 화자가 좌측 방향과 우측 방향의 중심에 서있지 않고 제 3의 길이 또 하나 놓여 있는 삼거리의 중심에 위치해 있다는 것은 좌우의 이념적 갈등을 해소해 보겠다는 의지와 어떤 해결책을 모색하는 데 좌우를 선택하는 것이 반드시 옳은 것이 아님을 보여주는 것이라 하겠다.

이 세상에는 부조리한 모습이 적지 않다. 노숙자를 포함한 소수자의 모습이라든지 신도시 개발로 훼손되어가는 자연의 모습들을 그는 비판적인 안목에서 하나 하나 건져내고 있다.

> 휠체어를 탄 여인이 수원천변을 느릿느릿 산책하고
> 허리 굽은 노인이 시립 화장장 입구라고 쓰인
> 도로 표지판 아래를 지루하게 걸어간다
> 하얀 지팡이를 든 어린아이가

붉은색 보도블록 위를 더듬거리며
희망교회 안으로 들어간다

단오극장 조조할인 매표소
영화 '말아톤'을 보기 위해
관람객들이 줄지어 서 있다
보청기를 귀에 꽂은 사람
안경을 쓴 사람
금이빨을 드러내며 웃는 사람들
제 몸에 고장이 없는 사람은
하나도 없는 것 같았다

- 「나의 장애(障碍)에 대하여」 부분

몸에 불편함이 있는 것을 장애로 보아 장애인에 대한 잘못된 선입견을 표출하고 있는 시이다. 몸에 아무런 불편함을 느끼지 못하는 사람이 있을까. 아마도 거의 없을 것이다. 대부분 신체 기관 중 어느 한 부분은 거의 불편함을 느끼고 있기 때문이다. 시력이 나빠져 안경을 쓰거나 충치 때문에 금이빨을 한 경우엔 우리는 그들을 장애인으로 보지 않는다. 그러나 팔다리나 오감(五感) 기관이 심하게 불편한 경우엔 우리는 장애인으로 분류한다. 시인은 이에 대해 문제를 제기한다. 불편함이 있는 것을 모두 장애로 보아 기존의 '장애'에 대해 포괄적인 의미로 접근하고 있는 것이다. 이는 장애를 가진 사람들을 따뜻한 시선으로 응시해야만 가능하다. 시인은 목발을 낀 사내와 휠체어를 탄 여인도, 허리 굽은 노인과 하얀 지팡이를 든 어린 아이도 모두 감싸안는다. 보청기를 꽂은 사람, 안경을 낀 사람, 금이빨을 한 사람도 모두 끌어안는다. 이처럼 몸이 불편한, 장애를 가진 이들과 비장애인과의 경계를 두지 않는다. 우리와 함께 더불어 살아가야 할 이웃으로 인식하고 있는 것이다. 시인의 이러한 따뜻한 시선은 외롭고 쓸쓸한 이들에게도 가 닿는다. "검은 작업복을 입은 노인"이 생계를 위해 "한 생애를 마친 종이뭉치를 수습하여/ 리어카에 싣고 갈지자걸음으로 끌고"(「푸른 경전(經典)」)가는 모습과 60대 노부부가 "학생복이 담겨져 있던 버려진 포장지에/ 자신들의 삶을 주섬주섬 접어 넣어 리어카에 싣는"(「선(線)에 대한 기억」) 모습, 그리고 허리 굽은 할머니가 "라면봉지로 똬리를 틀어/ 폐휴지 한 더미를 머리에 이고/ 연체동물처럼 언덕을 올라"(「지구의 이면」)가는 장면에서 이를 목도할 수 있다. 그리고 갈 곳 없어 동전을 구걸하는 노숙자의 행위를 '참선'하는 것으로 보고 있는 시(「참선 중」)와 한창 일을 할 나이에 실직한 사오정들의 애환을 그리고 있는 시(「사오정」), 그리고 "헤프게 살아온 과거"를 슬프게 회상하는 늙은 창녀를 측은한 시선으로 바라보고 있는 시(「낙원여관 골목」)에서도 시인의 따뜻한 내면을 읽을 수 있다.

시인의 시에는 문명 비판적인 요소를 담아낸 시도 여러 편 보인다.

> 자연&아파트 현장분양사무실
> 현관 거울에 얼핏 비친 초록빛 코트가
> 햇볕과 바람에 탈색되고 있다는 것을 오늘에야 알았다
> 경비실로 가는 좁은 화단 사이로
> 강제로 이주된 할미꽃들이
> 생매장되어 가는 푸른 포자들을 위해
> 고개 숙이며 묵념하고 있다
>
> ―「녹색에 대한 집착」 부분

위 시는 신도시 개발로 인해 훼손되고 있는 자연에 대한 안타까움을

노래하고 있다. 시인은 그곳에 살고 있는 각시붓꽃, 애기똥풀, 뱀딸기꽃, 조팝나무꽃들이 무자비한 포크레인에 의해 힘없이 사라지는 것을 보며 "자연&아파트"라는 의미가 무색해지는 것을 느끼게 된다. 경비실로 가는 화단에 "강제로 이주된 할미꽃들이/ 생매장되어 가는 푸른 포자들을 위해/ 고개 숙이며 묵념하"는 모습에서는 절제된 슬픔을 읽을 수 있다. 그리고 경운기와 트랙터에 밀려 사라져가는 쟁기를 안타까운 시선으로 노래하고 있는 시(『쟁기』)와 잘 닦여진 길을 과속으로 달리던 차에 치여 쓰러진 족제비를 측은한 시선으로 바라보고 있는 시(『지금 속도계를 보아라』)에서도 문명에 대한 부정적인 의미가 내포되어 있다.

이렇듯 문명비판적인 요소를 형상화한 시인은 이제 자신을 되돌아본다. 시 「다림질」은 속물인 자신을 가려준 하얀 와이셔츠를 다리며 자아반성하고 있는 작품이다. 자신의 치부를 감싸준 와이셔츠는 하루 동안 공간을 돌아다니고, 사람 사이를 오가며 더러워지고 구겨지게 된다. 하루를 지탱해주던 그 "중심선"마저 사라져 버렸다. 시인은 이처럼 지워진 중심선을 복원하기 위해 정성스럽게 다림질을 한다. 그리하여 "잃어버린 중심선"을 다시 세워놓는다. 자신의 속물 근성을 없애기 위해, 자신의 찌들고 구겨진 내면을 펴기 위해, 잃어버린 중심을 찾기 위해 시인은 매일 다림질을 하고 있는 것이다.

그리고 시 「두레박」에서는 흔들리는 삶 속에도 꼿꼿하게 살고자 하는 시인의 욕망을 담아내고 있다. 두레박의 기능은 우물물을 길어 올리는 일이다. 때문에 두레박은 우물과 떼려야 뗄 수 없는 관계를 맺는다. 그런데 상수도가 생기고 각 가정마다 수도가 생김으로써 우물/ 두레박은 더 이상 쓸모가 없게 되었다. 이러한 두레박을 시인은 기억과 상상력을 통해 복원하고 있다. 그리고 우물가는 여인들의 개방된 공간이다. 그곳은 여인들의 쉼터이자 대화의 장소이기도 하다. 때문에 그곳은 온갖 얘기의 집산지이다. 기쁜 이야기, 슬픈 이야기, 비밀스런 이야기 등 모두 모였다가 흩어지게 된다. 언제나 말없이 그들의 대화를 가장 가까이에서 엿듣는 두레박은 고통스럽다. 그러나 두레박은 "뇌관처럼 지녀야 하는 고통스런 기억들"을 한 번도 발설한 적이 없다. 이것이 가능하게 된 데는 하루에도 몇 번씩 자신의 입을 헹구어 내고, 귀를 씻어냈기 때문이다. 시인도 "흔들리는 삶 속에서도/ 뇌관처럼 지녀야" 할 기억 때문에 고통스러웠을 것이고, 그때마다 두레박처럼 입을 헹구고 귀를 씻어 자신을 추스르고 담금질했을 것이다.

두 시인은 비시적 세계 속에서 시적인 삶을 꿈꾼다. 그 시적인 삶은 끊임없이 비시적/ 시적인 경계를 넘나들며 생성된 것이기에 더 새롭게 다가온다. 앞으로 그들이 어떠한 시를 발표할지 궁금해지는 것은 바로 이 때문이다.

-『시와경계』 7호, 2010년

5부

지역 문단의
소리

'불후의 문학'을 꿈꾸며
-『대전충남시선』제4집에 부쳐

1. 불후의 의미

'불후'라는 말은 우리에게 익숙하다. 아니 '불후의 명작'이라는 말이 더 친숙하다고 하는 것이 더 정확하겠다. 2000년에 심광진 감독이 제작한 〈불후의 명작〉이 상영된 이후 이 말은 우리에게 더욱 가까워지게 된다. 그러나 우리가 수없이 듣고 써온 이 '불후의 명작'이라는 말에서 '불후'의 의미를 정확히 아는 이는 그다지 많지 않다.

대체로 많은 사람들이 '불후'를 '뒤에 오지 않는'(不後)의 의미로 인지하고 있다. 만약 이런 의미를 '불후의 명작'에 적용해 본다면, '뒤에 오지 않을 유명한 작품'이라는 뜻이 될 것이다. 이 말 속에는 그 작품이 당대에만 한정되어 그 이후에 뛰어 넘을 수 없는 우수한 작품이라는 의미가 담겨져 있다. 여기에는 자만감과 우월감, 그리고 단절감마저 내포하게 된다. 그러나 이것은 틀린 말이다. 우리가 흔히 쓰는 '불후'라는 말은 '썩지 않는'(不朽)의 의미로 쓰인 것이다. 그렇게 본다면 불후의 명작은 '(어느 시대에도) 썩지 않을 훌륭한 작품'이라는 해석이 가능해진다. 이 말 속에는 당대에도 많은 사람들에게 감동을 주었지만, 후대에도 썩지 않고 살아 남아 그들에게 마음의 울림을 전해줄 것이라는 '지속성'과 시대를 달리하여 새로운 의미를 생산해내는 '생성'의 의미가 내장되어 있다. 이렇듯 '불후'는 단절보다는 지속의 의미를, 고정보다는 생성의 의미를 함축하고 있는 언어이다.

'불후'의 의미를 이처럼 장황하게 풀어낸 데는 대전 충남 지역 문인들이 쓴 작품이 '불후의 문학'이 지닌 긍정의 의미를 담아내야 되지 않을까 하는 점에서이다. 즉, 이 지역 작가들이 '대전 충남'이라는 지역성을 담아내면서도 이 지역에 국한되지 않고, '지금-이곳'의 현실에서 뿐만 아니라 다른 시대에서도 공감할 수 있는 작품을 생산해내야 된다는 의미를 담고 있는 것이다.

다행히도 이번에 네 번째로 묶은 『대전충남시선 제4집』에는 이러한 '불후'의 긍정의 의미를 담아낸 시들이 많이 포진해 있다. 자신을 성찰하고 인생을 돌아보며, 가족뿐만 아니라 민중의 삶까지 보듬어 '생'의 진실성과 '희망'의 소중함을 건져내고 있는 데서 이를 발견할 수 있다.

2. 세 개의 계열체 : 나, 가족, 이웃

『대전충남시선 제4집』에 실린 시들을 꼼꼼히 읽어보면 현실주의적 색채를 지닌 작품들이 주를 이루고 있다는 것을 알 수 있다. '지금-이곳'의 현실을 바탕으로 이곳에서 일어나는 작고 하찮은, 소소한 일에서부터 역사적 의미를 내포한 거대한 담론에 이르기까지, 자신의 삶을 면밀하게 파헤치고 성찰하는 일에서부터 아주 가까운 타자인 가족과 다른 이웃의 삶을 보듬는 일까지 다양하게 노래하고 있다. 이러한 다양한 시적 내용들을 몇 갈래로 나누어 본다면, 자신의 삶을 성찰하는 시, 가족사에 얽힌 내용을 담아낸 시, 이웃의 진솔한 삶을 노래한 시 등으로 구분할 수 있겠다.

자신의 삶을 성찰하는 일은 아주 중요하다. 이는 '속도'가 생명인 현대 사회에서 잃어가는 자신의 본래의 모습을 되찾는 일이고, 자신의 존재이유에 대한 질문을 던지는 행위이기 때문이다. 그리하여 많은 시인들은 삶의 좌표와 생기를 잃어갈 때 그 잃어버린 지점에서 원래의 지점을 향해 거슬러 올라간다.

> 헐거워진 자켓 단추 하나가 정류장에서 달랑거리다 재래시장 후미진 골목 끄트머리쯤서 봤던 옷 수선집을 기억해내다 새가 모이를 쪼듯 잰 솜씨로 단추 구멍에 바늘을 넣었다 빼던 여자가 앉아서 기다리라고 자신이 앉았던 작은 의자를 가리키다 맞은편 달력에 그려진 빨간 단추 하나를 발견하다 몇 초 안 지나 이빨로 실을 끊더니 여자가 자켓을 들고 품을 벌리면서 나를 부르다 단추가 배꼽에 가 닿을 즈음 여자가 내 눈을 똑바로 보면서 긴 손가락 셋을 곧추세우다 3000 원이라고 아주 작게 속삭이다

> - 김열, 「악센트」 전문

자신의 나태해진 삶에 '생기'를 불어넣으려고 수선집을 방문하는 시인의 모습을 엿볼 수 있는 작품이다. 시인은 삶이 느슨해지거나 헐렁해지면 '수선집'을 찾아간다. 그것도 번듯한 곳이 아니고 "재래시장 후미진 골목 끄트머리"에 자그맣게 있는 듯 없는 듯 존재하는 수선집을 말이다. 그곳에는 오랜 세월을 "달랑거리"는 삶을 '다독거려온' 여인이 있다. 그 여인은 능숙한 솜씨로 헐렁한 삶의 단추를 알맞게 옥죄어준다. 그곳에서 시인은 새 옷에 처음 달려온 단추를, 자신을 지탱해주던, 잃어버린 초심을 달고 온다. 이처럼 그는 자신을 반추하고 성찰하는 일에 게을리하지 않는다.

달을 통해 자신의 삶을 투시하는 시인도 있다. 김광선은 "납처럼 굳은 어둠 속에서 어느샌가 중천에 걸려 있"는 그믐달을 바라본다.(『그믐달』) 그 달을 보면서 시인은 달이 "그렇게 닳기 전까지는 무던히 가슴 저민 이의 꿈"을 지녔을 것과 "먹구름 때때로 가려도 푸른 입김 하얗게 쏟아내며 포기마다 촉촉히 적셨을" 것에 대해 생각해본다. 그믐달로 오기 전까지의 달의 여정, 즉 초승달에서 상현달을 거쳐 보름달로, 하현달을 거쳐 그믐 달이 되기까지를 상상해 본다. 여기까지 오는 동안 "오욕으로 물들어 굽이치던 역사"와 "처절한 희망"도 생각한다. 시인이 이처럼 '그믐달'에 애착을 가지고 바라보는 것은 그믐달의 '오욕'의 역사와 처절한 희망을 통해 자신의 삶을 성찰하고자 하는 것이다. 이는 시인 자신이 오욕의 역사에 길들여져 사는 자신의 인생을 반추하고자 하는 것에 다름 아니다.

자아성찰을 하는 시인들의 미덕은 '희망'을 내포하고 있다는 점에 있다. 강병철은 자신을 '삭은 장작'으로 비유하여 절망을 희망으로 색칠하는 시를 보여준다.

> 어둠이 찢어지는 아픔으로 물러나던 새벽
> 날마다 깨우침으로 경악하며
> 격랑에 투신하려던 그 사내
> 있었다, 맨땅에 헤딩하는 절망의 힘
> 영원할 줄 알았으므로 기실 절망하지 않았다
> 이가 없으면 잇몸이다
> 팔 다리 잘리면 가슴으로 시를 쓴다
> 민주주의와 통일과 이 나라 살리는 생명의 문학
> (······)
> 세상이 아파서 내가 울던 '70-80' 혁명기 지나

국밥과 사랑으로 후끈거리는 변혁기 지나
눈 멀고 이 빠지고 등이 굽는데
그랬다 방치했던 몸의 문제다
하여, 쏟아지는 머리카락 가뿐히 쓸어내면서
일어선다 시퍼런 욕망 감히 꿈꾸며
컴퓨터 문서함 쑤셔대는 토막잠 시달리며
새롭게 늙는 사내 분명히 있었다
　　　　　　　　　- 강병철, 「삭은 장작의 다짐」 부분

　　위 시는 1970-80년대를 거쳐 줄곧 '삶의 문학'을 추구해 온, 중년의 자
화상이 그려져 있다. 그 사내는 '절망'의 가장 깊은 밑바닥을 경험했기에
더 이상 절망할 줄 몰랐고, "이가 없으면 잇몸"으로, "팔 다리"가 없으면
'가슴'으로 시를 썼다. 그리고 "야수적 침탈"과 이에 "동조하는 관료"를 힘
껏 내동댕이칠 줄 알았고, 죽어있는 시가 아닌 살아있는 '생명'의 시를 토
해낼 줄 알았다. 그는 이렇듯 힘있고 멋있는 사내였다. 그러나 그 사내에
게도 세월의 무게는 이길 수는 없는 법. 이 세월의 무게에 짓눌린 그는 "등
뼈마다 대나무 마디로 우두둑 휘어"지는 것을 경험한다. 변혁기의 '국밥'
과 '사랑'으로 후끈거리던 청년기의 '눈'도 멀어지고 '이'도 빠지기 시작한
다. 그렇지만 사내는 절망하지 않는다. 이미 절망의 가장 밑바닥의 세계
를 경험했고, 그 절망 속에서 '생명'의 힘을 보았기 때문이다. 그의 몸은
비록 삭아가고 망가지고 있을지라도 혁명을 꿈꾸던, 변혁을 꿈꾸던 시기
에 품었던 꿈과 욕망은 고스란히 남아 있다. 이 '시퍼런' 꿈과 욕망은 그를
'새롭게' 만든다. 이는 '지금-이곳'의 현실 속에서 당시의 꿈과 욕망을 재
창조하는 데서 가능해진다. 다시 말해 그가 꿈과 욕망은 단순히 젊은 시
절에 그치는, 뒤에 다시 오지 않는 '불후(不後)'의 의미가 아니라 썩지 않는

'불후(不朽)'의 의미를 지닌다. 그렇기에 그의 삶은 생성적인 것이다.

이러한 희망을 담아내고 있는 작품으로 이진수의 「절이 있다」와 윤임수의 「아픈 사람」, 그리고 이정섭의 「봄」 등이 있다. 권위를 내세우지 않는 절과 스님에게서, 요양하러 간 환자의 긍정적인 시선에서, 봄이 되어 개나리가 피어있는 병원에서 시인들은 희망을 엿보고 있다. 그리고 함순례의 「문조」에서는 세상의 고달픔과 힘겨움을 이겨내려는 긍정성이 돋보인다.

이 외에도 "살구나무로 만든 목탁"은 "살구꽃이 톡톡 터"지듯 그렇게 '나이테'를 뚫고 꽃을 피우는데, 자신의 몸은 '나이테'를 뚫어 꽃을 피우지 못하고 그 나이테 수만 늘려가고 있다고 노래한 시(박경희의 「살구꽃 목탁소리」)와 삶의 질곡에 의해 많이 훼손된 본래의 모습을 되찾기 위해 무너진 절터를 찾아다니는 시(윤은경의 「시월에」), 그리고 자신의 삶을 끊임없이 '담금질'하고 무언가를 개척하려는 시(김순선의 「담금질」, 전홍준의 「게」)와 집착을 버리고 무소유의 삶을 지향하는 시(김완하의 「수상가옥」)에서도 자신의 삶을 되돌아보고 있다. 또한 "온갖 욕망에 쫓겨 더럽혀지고 추해질 때"마다 "양심 비누"로 씻어내어 앞으로의 인생을 더 양심적으로 살아가려는 시(이은봉의 「양심」)와 활활 타오르는 '연탄불'을 긍정적이고 아름답게 바라보는 시(류지남의 「연탄꽃」)도 자아성찰을 보여주고 있는 작품들이다. 불교의 윤회사상이나 부처님의 삶, 그리고 예수님의 삶을 통해 자신을 반추하는 시들도 있다. (김백겸의 「나비 길」, 양애경의 「암벽 속의 구름」, 김명원의 「예수님」)

두 번째 계열축으로 가족에 관련된 시들이 있다. 자아성찰이 자신의 삶을 되돌아보고 훼손된 것들을 치유하는 일이라면, 가족의 삶을 돌아보는 일은 자신의 근원을 찾아가는 일이요 자신의 존재를 가능케 한 대상들을 보듬는 일이다.

먼저 아버지에 대한 그리움을 노래하고 있는 시를 보기로 한다.

글쎄 명철이 양반 방앗간에서 그 잘난 쌀 방아를 찧는데 우리
는 양이 너무 적어 이쪽에서 저쪽으로 넘어가는 시간이 얼마나 짧은
지…, 받아서 뛰어오면 또 어느새 비어있고…, 발동기는 기차 화통
처럼 돌아가지요, 아부지는 빨리 안 받아온다고 퉁방울눈 부라리지
요…, 보다 못한 명철이 양반이 아, 유세완, 어린 딸이 무슨 죄가 있다
고……

조기는 찌고 고기는 양념장에 재워두고

누나만 그랬간? 누나가 품앗이로 기석이네 밭 매러 갔을 때 나는
안다랭이 대현이 할아버지 무덤 뒤 감자밭 일구는데 따라간 적이 있
었거든 푸나무를 베어 불을 놓고 나무뿌리를 캐어내고 고랑을 만드
는데…, 그러니까 국민학교 들어가기 전이었으니까 고작해야…, 잔돌
골라내는 정도…, 한 두어 고랑 만들고 아부지가 쉬어, 참 아부지처럼
맛나게 담배 잡숫는 분이 없었지 병아리 새끼처럼 아부지 옆에 슬그
머니 앉으면 불같이 일어나서 담뱃불을 내던지는 거여 어린 것이…,
싸가지 없이, 어른 쉬면 꼭 따라 쉰다고,… 어찌나 매몰차던지…… 지
금 생각하면 자기 스스로에게 화를 낸 것 같지만……

아이와 아내가 학교에서 돌아오고 멀리 수원에서 동생 내외와 조
카가 내려오고 불을 밝힌다 술 그득 따라 올린다 이게 다 무슨 소용이
여, 살아계실 때 따뜻한 밥이라도…, 그예 누님은 한쪽 눈두덩이를 훔
치고……

그 해 쌀 몇 가마니에 나를 팔아 장계 북동 어떤 남자한테 팔았는
디 그 남자 나이를 속인 거여 알고 보니 서른일곱, 스무 살이 넘게 차
이가 나는 겨 밤마다 부엌칼을 이불 속에 숨겨두고 잤제 벗은 남자 몸

이 얼마나 징그럽던지 밤새 오들오들 떨면서 잠도 못 자고 도망갈 궁
리만 했당게 반찬 산다고 속이고 장판 밑에다 몰래 돈을 모은 겨 첫눈
이 내릴려고 그랬나 하늘이 어둑어둑해 질 무렵 대전행 막차를 무조
건 타 버렸지 옷 보따리 하나 달랑 들고 신발 벗어지는 줄 모르고 뛴
생각을 하면… 흐이구, 벌써 사십 년 세월이 흘러가 버렸구먼 어이,
동상, 음복 혀

- 유용주, 「제삿날」 부분

위 시는 아버지의 제삿날 풍경이 잘 그려져 있는 작품이다. 제사 지내
러 먼저 온 '나'와 '누나'의 대화를 통해 아버지에 대한 아픈 기억이 되살아
난다. 남들보다 적은 곡식을 찧는 과정에서 누나가 일을 더 빨리 하지 못
한다고 아버지에게 지청구 먹던 일, 감자밭 일구는 데 따라간 내가 아버지
쉴 때 같이 쉬었다가 매몰차게 혼나던 일, 너무 가난하여 쌀 몇 가마니에
누나가 스무 살이 넘는 연상에게 시집갔다가 도망 나온 일 등 아버지에 대
한 기억은 이처럼 아프고 슬프다. '사십 년'이 지난 지금, 그 주체인 아버
지는 부재하고 유년시절 생채기를 입은 대상만이 존재한다. 그때의 생채
기의 흔적이 아직도 남아 있지만, 그 흔적은 고통이 휘발된 상태이다. 이
미 아버지(어머니)의 자리로 이동한 그들은 유년시절의 아픈 기억을 상기
하여 옛 상처를 치유하려 하고 있다. 동시에 그들은 '아버지'의 심정을 이
해하려 한다. 이로 인해 그들은 유년시절 아버지의 매몰찬 지청구가 자신
들보다는 아버지 "스스로에게 화를 낸 것"은 아닌지 자문해 본다. 그리하
여 가난을 되물림해야 되는, 죄없는 아이들을 고생시켜야만 하는 아버지
자신에 대한 '자책'이었을지도 모를 것이라는 면까지 엿보게 된다. 여기까
지 생각이 번지자 그들은 아버지에게 "살아계실 때 따뜻한 밥"을 제대로
대접하지 못한 것에 대한 죄책감을 느낀다.

그리고 박미라의 「안개부족」은 백내장을 앓고 있는 어머니에 대한 따뜻한 사랑을 묘사하고 있는 작품이다. '백내장'을 하나의 질병으로 보지 않고, 안개 부족(部族)으로 바라보는 시인의 긍정성이 돋보인다. 시인은 '안개 부족'임을 보여주는 증거를 조목조목 밝힌다. 먼저 "눈동자에 찍힌 안개의 紋章"이라는 시각적 이미지부터 드러낸다. 그리고 어머니의 삶 속에 새겨진 모습에서도 증거를 찾아낸다. 이른 새벽부터 늦은 밤까지 분주히 움직이는 모습과 매일 같은 자리에 밥상을 차려놓고 가족들의 귀가를 기다리는 모습에서 말이다. 그리고 "마른 논바닥처럼 먼지 풀썩이는 상심 따위도" 다 감싸 안아주는 어머니의 모습에서도 그 증거가 확인된다. 이러한 어머니의 모습은 고향에 있는 우리 어머니의 전형적인 모습이라 할 수 있다. 그리고 어머니가 백내장에 의해 점점 사물이 흐릿해지는 것을 보고 시인은 "세상의 모든 모서리를 지우고 싶은" 욕망까지 읽어낸다. 가족을 위해 헌신적인 사랑을 보여준 그녀의 삶이 단지 가족에 머물지 않고 세상의 모서리를 없애는 데까지 나아간 것을 알 수 있다. 모든 사물을 다 감싸안는 안개와 마찬가지로 어머니도 결국 이 모든 것을 포용할 줄 아는 '안개 부족'이었던 것이다.

우진용의 「고대를 기다리며」에서도 가족에 대한 따뜻한 이미지가 포착된다. 시인은 "아득한 고대국가인 예(濊)를 찾다가/ 마음(心)을 셋씩 얹은 나무"를 만나게 된다. 이때 문득 그는 이천 년 훨씬 전에 "꽃술 예"(蕊) 자를 만든 사내를 생각한다. 그리고 그 글자를 만든 사내의 마음을 읽는다. '꽃술'은 마음 셋이 모여야만 만들어지는 것이라는 사실을, 그리고 그 사내가 "만리보다 멀어지는 마음 장성으로 쌓다가/ 등잔 아래 눈물 꾹꾹 눌러" 썼을 것이라는 것을 말이다. 이를 통해 시인은 지천명이 된 자신에게 딸려있는 '식솔들'을 바라보고, "마음을 셋씩 얹은 나무"처럼 자식 셋을 그런 마음으로 키운 자신을 바라본다.

　이 외에 '제비집'을 매개로 독일에 광부로 간 자식을 이십 오년동안 기다리는 어머니의 간절한 그리움을 노래한 시가 있는가 하면(조용숙의「제비집」), 추운 겨울 차가운 바람을 막아주는 매개물인 문풍지를 통해 세상의 어떤 바람도 다 막아낸 어머니에 대한 그리움을 읊은 시도 있다. (최정숙의「문풍지」)

　세번 째 계열축은 이웃에 대한 작품들이다. 이 시선집에 수록된 나 아닌 타자를 바라보는 시선은 대체로 따뜻하다. 민중들이 살아가는 '지금-이곳'의 현실은 각박하고 힘들어도 시인의 눈을 통해 그려진 시세계는 그리 슬프지 않다. 시인이 현실 이면에 존재하는, 사람과 사람 사이에 존재하는, 정이 있는 '상정(常情)'의 의미를 포착하여 시에 담아내고 있기 때문이다. 그리하여 '지금-이곳'을 살아가는 민중들의 삶은 힘겹고 고통스럽지만, 그들에겐 '희망'이 존재하기에 그다지 비관적이지 않다.

　　　날선 바람 속 내리막길에서
　　　폐휴지 몇 장 실은 리어카를 뒤로 잡고
　　　엉거주춤 내려가는 한 사내를 본다.

　　　헐떡이며 올라왔는데
　　　가득 싣고 내려가야 하는데
　　　그럴 수 없어
　　　가슴 헐렁한 수의를 입고
　　　또 다른 계절의 수거를 위해
　　　한줄기 달빛 흔들림으로 수레바퀴를 끈다.

마디마디 저며 온 삶

이제 꽃피우려는 몸부림

풍화된 가슴 언저리

수레바퀴 밑에 깔려서

바퀴살 마다 복숭아꽃들 피어오르고

무덤 즐비한 산길을 내려가고 있다.

어둡고 찬 바닥 가파른 고샅길에서

또 다른 삶의 궤도를 향해

다리 휘청

삶이 휘청

그 사내 내려가고 있다.

- 김우식, 「수레바퀴를 끌다」 부분

고물장수의 힘겨운 삶의 풍경이 그려진 시이다. 어부가 '만선(滿船)'을 꿈꾸듯 고물장수인 시적 화자도 '만차(滿車)'를 꿈꾼다. 이 꿈을 실현하기 위해 그는 고샅길에 있는 '보물'을 찾는다. 그리고 오르막길이 끝나는 곳까지 찾아간다. 그러나 그곳에는 '폐휴지 몇 장'만이 덩그러니 남아 있다. '날선 바람'을 뚫고 올라온 보람도 없다. 꿈이 좌절된 시적 화자의 모습은 측은하기까지 하다. '가슴 헐렁한 수의'를 입고 '휘청'거리며 '엉거주춤' 내려가는 모습과 '날선 바람'과 '어둡고 찬 바닥', 그리고 '가파른 고샅길'이 그의 팍팍한 삶을 대변해 준다. 이 시의 "무덤 즐비한 산길을 내려가고 있다."라고 한 구절에는 시적 화자의 이러한 절망감이 응축되어 있다. 그렇다고 이 시에 부정적인 모습만이 그려진 것은 아니다. 2연의 "또 다른 계절의 수거를 위해/ 한 줄기 달빛 흔들림으로 수레바퀴를" 끄는 장면과 3연의 "바퀴살 마다 복숭아꽃들 피어오르"는 장면에서 긍정적인 면을 발견할 수 있다. 그는 지금까지 살아온 "마디 마디 저며 온 삶"을 꽃피우려고 오늘도 안간힘을 쓰고 있다. 그 과정이 힘겹고 고단한 일인 줄 알지만, 그는 포기하지 않는다. 희망의 끈을 놓지 않고 있다.

시장 모서리
낡은 턴테이블이 시간을 돌리고 있다
바늘 끝에 연결된 대나무의 긴 팔이
그녀를 대신해 파리를 쫓고 있다
바다를 파는 걸쭉한 그녀의 입담은
감미로운 음악이다
자신의 몸을 자식에게 내 주는 염낭거미처럼
텅 비어버린 그녀의 온 몸이
소리통이다
날마다 새로운 바다가 들어차고
그녀의 재빠른 손놀림에
바다가 얇게 썰리어 지면
비워낸 만큼
그녀의 몸에도 달이 들어찬다
돌고 도는 게 생이라면
사십년 동안 한곳에 붙박힌
그녀의 생 또한
인생유전이다

언제나 한 방향을 향하는
낡은 레코드

한 번도 바다를 보지 못한 그녀의 손등에

비늘이 돋는다

싱싱한 활어가 된다

시장 통을 헤엄치는 저 싱싱한 목소리

-    이태관, 「시간을 돌리다」 부분

시장 모퉁이에서 생선을 파는 늙은 상인의 건강한 삶을 노래하고 있는 작품이다. 그녀의 가게에는 파리를 쫓기 위해 마련된, 낡은 턴테이블이 긴 대나무를 매단 채 돌아간다. 그 턴테이블에 맞춰 '걸쭉한 그녀의 입담'은 '감미로운 음악'이 되고, 자식에게 모든 것을 준 그녀의 빈 몸은 소리통이 된다. 턴테이블이 하나의 구심점을 중심으로 흐트러짐 없이 돌듯, 그녀는 사십년 동안 이 한 곳에서 '인생유전'을 한 것이다. 그녀는 오랜 기간 동안 이처럼 중심축을 형성하여 부러지거나 마모됨이 없이 꿋꿋하게 지내왔다. 다른 데 눈길 주지 않고 "언제나 한 방향으로" 살아온 그녀의 삶에는 '싱싱한 목소리'가 배어 있다. 마치 '득음'의 경지에 오른, 그 어떤 소리보다 사람들의 가슴을 울리는 그런 소리 말이다. 그녀는 항상 바다에서 갓 잡아온 생선을 접한다. 때문에 바다 냄새와 소리에 누구보다도 익숙하고 바다도 많이 보았으리라 짐작할 수 있다. 그러나 사실 그녀는 "한 번도 바다를 보지 못"했다. 여기에서 그녀의 검소한 생의 단면을 읽게 된다. 마치 하루라도 중심축이 없으면 시간이 흐르지 않고, 턴테이블이 돌지 않듯, 그녀는 시장 모퉁이 그곳에서 사십년을 든든하게 지키고 있었던 것이다. 그래서 그녀의 삶이 더 아름다운지도 모른다.

이렇듯 '고물장수'와 '생선장수'의 고단한 삶 속에 내장되어 있는 '건강함'은 이정록의 「홍어」에 묘사된 '홍어집 할머니'의 애환 속에서도 확인할 수 있다. 일찍이 동사(凍死)한 남편, 14년 동안 골수암을 앓고 있는 아들,

나이든 욕쟁이 할머니 등 이 시의 풍경은 슬프고 우울하다. 홍어집할머니의 기구한 운명을 엿볼 수 있다. 그러나 할머니의 반응은 의외이다. "얼어 죽은 남편과 아픈 큰애와/ 박복한 이년을 합치면,/ 그게 바로 내 인생의 삼합"이라고 하여 할머니의 비극적 운명을 하나의 삶처럼 받아들이고 있으니 말이다. 그러면서도 "우리 집 큰놈은 이제/ 쓸모도 없는 좆만 남았다고/ 두 다리보다도 그게 더 길다고/ 막걸리거품처럼 웃는" 대목에서 시적 화자의 쓸쓸함이 묻어나는 것은 어쩔 수 없는 모양이다. 할머니는 부글부글 끓어오르는 '막걸리'와 삭힌 '홍어'가 하나가 된 오묘한 맛처럼 '이십 팔 년'을 부글부글 끓어오르는 것을 삭여 지금까지 살아온 것이다. 더 이상 절망의 나락으로 떨어질 수 없는 데까지 간 홍어집할머니는 가족의 불행을 '인생의 삼합'이라고 말할 수 있는 단계에까지 이른 것이다.

그리고 나이든 노인의 앓는 소리를 '절창'으로 노래한 육근상의 「절창」도 돋보인다. 삶의 모든 질곡을 견뎌낸 쇠약해진 노구의 육신에서 나오는 앓는 소리는 참으로 "처량"하기 마련인데, 시인은 노인의 "끊어질듯 이어지고 이어지다/ 끊어지는" 소리를 낯익은 중고제, 즉 "첫소리를 평평하게 시작하여 중간을 높이고 끝을 다시 낮추어 끊는 것"으로 듣고 있다. 소수자에 대한 사랑이 없이는 불가능한 일이다. 또한 장현우의 「놀래미」에서는 민중들의 소중함을 '놀래미'에 비유하여 노래하고 있다. "생선 같지 않"아서, 너무 흔해서 "고양이도 안 물어가고" "마늘밭 거름"으로나 쓰이는 '놀래미'였지만, 요즘 이 놀래미 때문에 "횟집들 불 밝"힐 수 있는 것이라고 시인은 역설한다. 이 시의 "이 세상에 젤로 흔허고 천헌 것들이/ 알고 보면 젤로 귀헌 것"이라는 대목에서는 '못 생긴 나무가 산을 지킨다'는 장자의 사상을 엿볼 수 있다. 생명을 가지고 태어난 것들은 모두 소중한데, 인간이 이를 필요에 의해, 희소가치에 의해 우열을 구분해 놓은 것에 대한 비판의식이 내포되어 있다. 시인은 가장 많고 흔한 민중들의 삶이 가장 귀하고 중요한 것임을 은연 중에 유포하고 있는 것으로 판단된다. 이러한 면은 하찮게 버려진 '깡통'을 쓸쓸한 아이의 심심함을 달래주는 놀이기구로, 화난 사람의 화를 풀어주는 대상으로 묘사하여 흔하고 천한 것을 긍정의 의미로 보고 있는 안학수의 「깡통」에서도 확인할 수 있다.

3. 긍정과 희망의 길로

이 시선집의 근간이 되는 세 개의 계열체를 이끌고 있는 키워드는 다름 아닌 '긍정'과 '희망'이다. 이를 떠받치고 있는 것은 '따뜻함'이다. 따뜻한 시선을 통해 긍정성이 나오고 희망이 만들어진다. 이같은 면은 앞에서 인용된 작품을 통해 여러 차례 확인한 바 있다. 같은 맥락에서 현대인의 소통 공간인 인터넷의 '블로그'에 대해 긍정적인 시선을 보내고 있는 김희정의 「블로그」는 눈여겨볼 만하다. 시인이 부정적으로 인식될 '블로그'에 대해 "견고한 성벽"처럼 높은 "마음의 담장"을 가로지르는 소통의 집인 동시에 우리들의 "안부를 묻고 정을 나"눌 수 있는 공간으로, 우리의 "이웃이 살고 있"는 곳으로 인식하고 있기 때문이다. '블로그'는 아날로그 시대처럼 서로 만나 다정한 눈빛 전하며 오래 만나기가 점점 어려워지는 현실에서 서로간의 소통을 가능하게 하는 기능을 하고 있는 것이다.

그리고 시골의 할머니와 도시의 할머니와의 친밀감이 돋보이는 황재학의 「학봉리」에서도 따뜻함이 묻어난다. 이 시의 "꽃망울 오무려뜨리고 떨어지는" '분꽃'은 두 할머니를 '사이좋게' 만든다. 이 시 말미에 "밤이 오려면 아직 조금은 남았습니다."라고 한 대목에서는 두 할머니가 '분꽃'을 좀 더 오래 사이좋게 감상하게 하려는 시인의 배려를 헤아릴 수 있다. 또한 여든 살 먹은 노인과 세살 먹은 애기가 소꿉장난 하는 풍경이 나와 있는 정낙추의 「심심한 봄」에서도 따뜻함을 느낄 수 있다.

『대전충남시선 제4집』에 수록된 시들은 하나같이 '불후(不朽)'의 속성을 지니고 있다. 대전 충남 작가들이 이 '불후'의 속성을 구체화할 수 있는, '대전 충남'이라는 지역성을 담아내면서도 이 지역에 국한되지 않고, '지금-이곳'의 현실을 바탕으로 하되 다른 시대에서도 공감할 수 있는 작품을 더 많이 생산하기를 기대해 본다.

- 『대전충남시선』 제4집 발문, 2007년

어울림, 따뜻한 세상을 만드는 힘
-『젊은시』9집에 부쳐

1. '젊은시'와 나, 그리고『젊은시』

'젊은시'와는 오래전부터 인연이 있다. '젊은시'에 다소 생소했던 1999년 겨울로 기억된다. 저녁 9시쯤 윤임수 시인에게 전화를 받고 김광선 시인이 운영하는 식당('남강'?)에 나갔다. 그곳에서 김광선 시인과 부인, 그리고 윤임수 시인이 술을 마시고 있었다. 평소 편하게 지내던 윤임수 시인은 한참을 뜸들이다『젊은시』해설을 부탁하는 것이었다. 그해『작가마당』2호에 발표한「신동엽론」을 보고 부탁한 듯싶었다. 그러나 이 시기 나는 감기 몸살로 몸이 골골했고 다음 학기에 박사학위논문 제출도 있고 해서 미안한 마음으로 다음을 기약했다. 이후 윤임수 시인을 만날 때마다 조금은 마음의 빚이 남아 있었다. 2005년도에 그의 첫시집『상처의 집』이 출간되었을 때 매우 기뻤다. 김열 사무국장의 청으로 출판기념회 때 그의 시집에 대한 평을 할 기회가 있어 잠시 그 기억을 술회한 적이 있다. 그러나 그 이후에도 윤임수 시인에 대한 마음의 빚은 사라지지 않았다.

그리고 시간이 흘러 2007년 봄이 찾아왔다. 4월 중순 쯤 대전충남작가회의 사무국장을 맡고 있는 이정섭 시인에게 전화가 왔다.『젊은시』해설을 부탁하는 것이었다. 문득 윤임수 시인에게 빚진 것도 있고, 그와 약속한 것도 있고 해서 흔쾌히 승낙했다. 원고를 받고 보니 윤임수 시인의 시는 빠져 있었다. 어떠한 연유에서 그러한지는 모르겠으나『젊은시』해설을 쓰기로 한 약속은 지키게 된 것이다. 그런데 누가 무슨 부탁을 하면 거절을 잘 못하는 나는 이 시기 필력도 부족하면서 몇 편의 원고 청탁을 받아놓은 상태였다. 원고를 하나하나 마무리하는 과정에서 이 원고는 자연스럽게 뒷전으로 밀리게 되었다. 사무국장의 한없는 배려 때문에 가능한 것이었지만, 원고를 못 준 나나 원고를 재촉하지 못하는 그나 답답하기는 마찬가지였을 것이다. 빡빡한 일정으로 정신없이 보낸 나는 이제야 숨을 돌리고『젊은시』원고를 꼼꼼히 본다. 동인의 시 한편 한편에 새겨진 행간의 의미를 해설에 담아내기 위해서 말이다.

먼저 지금까지 나온 동인지『젊은시』가 걸어온 길을 더듬어 보기로 한다. 1990년 2월에 '젊은시 동인 전국 연합회'를 결성한 것을 계기로 그해 4월에 '젊은시 대전·충청지역 동인'이 결성된다. 같은 해 7월에『문집』제1호를 발간하게 된다. (제2호로 휴간) 1992년 9월에 제3집『이제 조바심 부릴 수 없는 겨울』을 발간하였고, 이듬 해에 제4집『내 마음속엔 내가 없다』를 출간한다. 그리고 1997년 11월에 제5집『가슴에 불씨 하나 지피고』를, 다음 해에 제6집『작은 흔들림까지도』를 발간하게 된다. 1999년 10월에 제7집『그리움 긴 눈빛으로』를, 2002년 12월에 제8집『늦은 오후에 부는 바람』을 출판한다. 이후 5년 가까이 휴식기를 맞은 '젊은시'는 이제 새로운 전환기를 모색하고 있다. 김광선과 윤임수 시인 중심으로 이끌어져오던 '젊은시'가 대폭 개편되어 식구도 많아졌고, 내용도 풍성해졌다. '젊은시 대전·충청지역 동인'이 결성된 지 17년이 된 지금 그들은 '젊은시'라는 이름에 걸맞게 더 젊어지기 위해 변신을 꾀하고 있는 것이다.

'젊은시'는 어떠한 시를 말하는 것일까? 기존의 관념에 종속되지 않고 끊임없이 새로운 것을 추구하려는 시를 의미한다고 할 수 있다. 기존의 관념에 종속되지 않는다는 것은 기존 관념에 대한 부정과 전복의식을 내장하고 있는 것에 다름 아니며, 새로운 것을 추구하는 것은 불후(不朽)의 속성을 지닌, 썩지 않고 무언가를 생성해 내는 것을 의미한다. 『젊은시』 제9집에는 이러한 의미, 즉 기존 관념에 대한 부정과 전복의식, 그리고 불후의 속성을 지닌 생성의 의미가 풍부하게 담겨져 있다. '젊은시' 동인들은 기본적으로 혈연관계로 맺은 가장 작은 단위인 '가족'의 소중함을 바탕으로 가족의 슬픔이나 상처를 드러낸다. 자신을 포함한 가족의 상처를 깊이 성찰하고 치유하는 과정을 거쳐야 타자의 삶도 엿볼 수 있음을 잘 알고 있기 때문이다. 그리고 그들은 현실과의 불화, 세상과의 불협화음을 드러내는 것과 그 불화를 어떻게 조화와 협화음으로 바꿀 수 있을까하는 것에도 게을리 하지 않는데, 이러한 점이 '젊은시'의 미덕이라 할 수 있다.

2. 현실과의 불화, 어울림의 잠재태

『젊은시』 제9집에 수록된 시는 기본적으로 현실과의 불화 양상을 보이고 있다. 현실과 타협하지 않고 자신의 세계를 구축하고 있는 삶에서 비롯되는 이러한 양태는 긍정적인 면을 지닌다. 그러나 세상과의 불협화음 속에서 살아가는 주체는 힘겨운 삶을 영위할 수밖에 없다. 이러한 양상을 문영균의 시에서 엿볼 수 있다.

녹슬은 함석지붕,

천장 속에는 수상한 쥐들이 산다
세상과 어떤 불화가 있는지
소굴巢窟 속에서 칼 가는 도적처럼
끊임없이 이빨을 간다, 나는
(지우개를 던진다/
화장지를 던진다)
놈들은 잠시 침묵을 지키다
반자 위를 살강살강 걷는다
(한 놈만 걸려라/
살찐 놈으로 한 놈만)
나는 반자 위를
과도칼로 사정없이 찌른다
칼에 찔린 쥐는 피를 흘리고
나머지 놀란 쥐들이
미친 듯이 뜀박질을 한다
(청군 이겨라/
백군 이겨라),
삐애액, 유년의 휘파람을 불어대며
오재미가 된 시집을 마구 던진다
(박 터져라/
오, 시여 박 터져라)
칼에 찔려 피칠갑을 한 쥐가
책상 위에서 나를 노려본다

- 문영균, 「몽夢, 이빨을 갈다」 전문

소통을 원하지만, 소통되지 못한 대상들의 슬픔을 진하게 그려내고 있는 시이다. 시적 화자는 "녹슬은 함석지붕" 천장 속에서 이빨을 가는 쥐들 때문에 신경이 곤두서 있다. 그는 지우개와 화장지 등을 던져 쥐를 몰아내려 하지만, 쥐들은 "반자" 위가 자신의 터전인 듯 떠나지 않고 이빨을 간다. 이에 극도의 흥분상태가 된 화자는 살찐 쥐 "한 놈만" 걸리기를 바라며 "반자" 위를 과도칼로 "사정없이" 찌른다. 칼에 찔린 쥐는 피를 흘리고 남은 쥐들은 달아난다. 그리고 책상 위에 놓인 칼에 찔린 쥐가 나를 노려보는 것으로 이 시는 마무리된다. 제목을 통해 우리는 이 시가 '꿈'임을 알수 있다. '꿈'이 현실적으로 불가능한 개인적 욕망을 발현하는 것이라면, 이 시에 나오는 꿈은 시인의 현실과 아주 밀접한 관련을 맺고 있다. "몽夢, 이빨을 갈다"라고 한 것을 통해 "세상과 어떤 불화"가 있음을 보여준다. '불화'는 곧, 현실과 소통되지 못하는 것을 의미한다. 현실과 소통하지 못하는 것은 보통 현실에 대한 불만에서 비롯된다. 이 불만은 자신의 욕망을 실현할 수 없을 때 생겨나는 것이다. 이렇듯 시인은 자신의 욕망을 발현하지 못한, 어떤 불만을 지니고 있다. 때문에 그는 세상에 "이빨을" 갈고 있다.

시인이 현실과의 소통을 이루지 못한 데서 세상에 대한 불만을 간접적으로 드러내고 있다면, 쥐는 실제로 "끊임없이 이빨을" 갈고 있다. "함석지붕" 천장을 경계로 위에는 쥐가, 아래에서는 시인이 "이빨을 간다". 쥐는 인간에 대해 불만을 제기하고, 시인은 세상에 불만을 표출한다. 하지만 시인은 쥐들이 끊임없이 내는 '이빨'가는 소리를 용납하지 못한다. 그래서 시적 화자는 쥐를 향해 칼로 응징하려는 것이다. 세상에 대한 불만을 쥐에게 해소하려 하고 있다. 인간과의 불화 속에 살아가는, 칼에 찔린 쥐는 현실과 원활하게 소통하지 못하는 "나"를 불만에 찬, 원망의 눈빛으로 "노려본다". 마치 서로 세상과 소통하지 못하는 대상끼리 상처를 보듬지 못하고 생채기를 낸 것을 원망하듯이 말이다. 위 시에서 눈여겨 볼 것은 괄호친 부분이다. 첫 번째 괄호는 "지우개를 던진다/ 화장지를 던진다"로 쥐에게 화풀이를 하는 행위이고, 두 번째에서 네 번째까지의 괄호는 "한 놈만 걸려라/ 살찐 놈으로 한 놈만", "청군 이겨라/ 백군 이겨라", "박 터져라/ 오, 시여 박 터져라" 등으로 시인의 염원을 담아내고 있다. 시인의 '염원'은 시인의 욕망에 다름 아니다. 시인은 자신의 욕망을 실현시키기 위해 괄호 형식을 써서 자신의 염원을 군데군데 배치하고 있는데, 이러한 점은 다른 시에서 흔히 볼 수 없는 시적 장치라 할 수 있다. 이렇듯 시인은 세상과의 불협화음을 꿈을 통해, 그리고 괄호를 통한 '간절함'을 통해 해소하려 하고 있는 것이다.

현실과의 불화에서 생기는 일은 다양한 형태로 나타난다. 현실에 순응하지 못하고 그것의 질서에 편입되기를 거부하는 삶은 고통스럽기 마련이다. 집시의 삶도 마찬가지이다. 어느 한 곳에 정주하는 삶이 아닌 일정한 거주지 없이 항상 이동하면서 생활하는 삶은 고단하다. 이렇듯 집시의 삶을 바탕으로 가난한 삶을 노래하고 있는 시인은 송진권이다. 그의 「Moldova」를 보기로 한다.

> 달 속의 집입니다
> 오동꽃이 툭툭 떨어지고 있습니다
> 어디서들은 옛말 속 같기도 합니다
> 달은 너무 물러서
> 젓가락이 푹푹 들어갑니다
>
> 밥상머리에 식구들이 앉았습니다
> 어린것은 무릎에 앉히고

좀 큰것들은 비잉 둘러가며 앉아
낮에 산에서 주워온 토끼고기를 먹고 있습니다
나이를 많이 먹었는지 고기가 질기다고
소금 찍어 꼭꼭 씹으라는 소리가 들립니다
기름 둥둥 뜬 국물 홀홀 불어 마시던
사내가 어린것 입에도 고기 한 점을 넣어줍니다
어린것은 체해 토사곽란으로 한잠도 못 잤습니다

달 속의 집입니다
기우뚱 오동나무가 그때처럼 오동꽃을 피우고 있습니다
육고기는 입에도 대지 않는 아이가 있습니다

*세르게이 트루파노프의 곡

- 송진권, 「Moldova」 전문

세르게이 트루파노프의 〈Moldova〉는 "이름 모를 들판에서 울려퍼지는 집시들의 처연한 선율"을 담고 있는 곡이다. 시인은 집시들의 처연한 삶을 토대로 가난한 유년시절의 삶의 기억을 더듬고 있다. 오동꽃이 피고 지는 봄, 달이 잘 보이는 유년의 집에 가족들이 모여 저녁식사를 한다. "사내"가 "낮에 산에서 주워온", 나이를 먹어 질긴 "토끼고기"를 그들은 아주 맛있게 먹는다. 자주 먹지 못하는 고기이기 때문이다. 아이들에게 고기 덩어리를 모두 준 사내는 "기름 둥둥 뜬 국물"만 마신다. 아직 어려 사내의 무릎에 앉은, 그리하여 고기를 스스로 먹지 못하는 "어린것"에게도 "고기 한 점"을 입에 넣어준다. 그러나 "어린것"은 그것을 소화시키지 못하고 "체해 토사곽란"으로 고통을 겪는다. 산에서 잡아온 것이 아니라 주워

온 것이 그 어린것에게는 문제가 된 모양이다. "달 속의 집"이 있는 아름다운 집에서 자란 "어린것"은 지금도 "육고기는 입에도 대지 않"는다. "육고기"를 볼 때마다 유년시절의 생채기가 떠올라 아직도 먹지 못하는 것이다. 많은 시간이 경과했어도 가난한 유년시절의 아픔과 슬픔은 기억 속에 그대로 각인되어 있다.

이 시는 오동꽃이 피고 지는, 아름다운 "달 속의 집"의 낭만성과 그 집의 가난한 현실을 거느리고 있는 비참함이 공존한다. 1, 2, 4연은 낭만적인 모습이, 3연은 비참한 현실의 모습이 반영되어 있다. 낭만적인 모습과 비참한 모습이 공존하되 서로 배치된 모습을 지니고 있는 것이다. 이는 집시가 일정한 거주지가 없이 항상 이동하면서 생활하기 때문에 자유로운 삶이지만, 점쟁이, 가수, 말 장수 따위의 일로 생계를 꾸려야 되는 고통이 수반되는 것과 유사하다. 때문에 시인이 집시의 처연한 삶을 노래한 세르게이 투르파노프의 곡을 차용해서 가난한 유년시절의 슬픈 자화상을 노래한 것으로 보인다.

유년시절, 궁핍한 삶에 의해 새겨진 슬픈 생채기는 오랜 시간이 지나면 그 상처는 아물기 마련이다. 완전하게 치유되기는 어려울지라도 일정 정도 치유가 가능하다. 그러나 가난으로 인한 상처가 아니라 부모의 국적이 달라 발생되는 상처는 아이에게 지워지지 않는, 깊은 상처로 다가온다. 중국, 베트남, 캄보디아인 등과 국제결혼이 빈번하게 이루어지는 오늘날의 현실에서 '코시안'의 문제는 아주 중요한 문제로 부각되고 있다. 이러한 '코시안'의 문제를 서정적인 색채로 그리고 있는 시는 다름 아닌 조용숙의 「코시안」이다.

먹구름 하얀 도화지위에 밑그림을 그린다 선생님이 또박또박 눌러 쓴 '우리가족' 한결이 가슴에 빗방울 문신을 새긴다. 너의 엄마 아프리카 사람이잖아. 그런데 왜 넌 엄마 아빠 얼굴 똑같이 칠하니. 너 거짓말쟁이지 가장 먼저 살색 크레파스를 골라 쥔 손가락이 갈지자로 휘청거린다

친구들 크레파스가 가족 얼굴 다 칠해 짧아질 동안, 겨우 아빠 얼굴 칠한 한결이의 긴 크레파스. 밤낮 일 해도 빛이 줄지 않는다는 술 취한 목소리가 크레파스 끝에서 뭉개진다 "니네 나라로 다시 돌아가" 전봇대에 매달린 플래카드처럼 부여잡을 가지하나 없이 흔들리는 엄마 얼굴. 얼른 도화지 위에 옮겨 놓는다

깨 가져오라는 할머니 말에 개를 가르치는 엄마. 으이구 속 터져 깨소금 말여 이것아 한결이는 금방이라도 소나기를 퍼 부을 것 같은 엄마 얼굴에 얼른 살색 크레파스를 덧칠한다. 그려도 그려도 미완성 인 엄마의 두 눈 가득 빗소리가 차오른다. 고향에 한 번도 못 갔다는 엄마 눈빛이 "베트남 며느리 착해요 후불제 가능" 이란 플래카드에 걸려 출렁거린다

- 조용숙, 「코시안」 전문

위 시는 코시안의 슬픈 모습을 '한결이'를 통해 그리고 있는 작품이다. 초등학생인 듯한 한결이는 '우리가족'을 그리라는 선생님의 말에 난감해한다. 엄마가 "아프리카 사람"이기 때문이다. 그렇지만 한결이는 엄마의 까만 얼굴을 다른 엄마들처럼 "살색"으로 칠하기 시작한다. 그런데 "너의 엄마 아프리카 사람이잖아. 그런데 왜 넌 엄마 아빠 얼굴 똑같이 칠하니." 라는 친구의 말에 한결이는 주춤한다. 부모가 코시안이 아닌 친구들이 그림을 거의 다 완성해가는 동안, 한결이는 아빠 얼굴만 색칠하고 엄마 얼굴

은 아직 색칠하지 못하고 있다. "밤낮 일해도 빚이 줄지 않는다"는 아빠의 "술 취한 목소리"가 들려오고, "네 나라로 다시 돌아가"라는 플래카드처럼 "흔들리는" 엄마의 슬픈 모습이 떠오른다. 의사소통이 제대로 안 되어 할머니에게 심하게 '지청구'를 먹는 엄마의 슬픈 눈도 보인다. 한결이는 그러한 엄마 얼굴에 '살색' 크레파스를 힘있게 덧칠한다.

이 시에는 이중의 고통이 자리하고 있다. 우리나라의 환경과 문화와 전혀 다른, 먼 타국에서 시집온 "엄마"가 제대로 적응하지 못해서 생기는 고통과 국적이 다른 부부에게서 오는(피부색 등) 2세의 고통이 그것이다. 한결이의 엄마는 우리나라의 문화와 정서의 차이에서, 그리고 의사소통이 되지 않는 데에서 오는 고통을 겪는다. 그러나 한결이의 엄마에게 이보다 더 크게 고통을 주는 것은 "네 나라로 다시 돌아가"라는 플래카드 문구이다. 이는 비록 힘들고 어려울지라도 이곳에 터전을 잡고 뿌리를 내리려는 이의 정착의지를 꺾고 있기 때문이다. 국적이 다른 이 못지않게 고통받는 대상은 2세이다. 피부색이 다른 부부가 낳은 2세는 혼혈아로서 친구들의 놀림감이 되기 일쑤이다. 피부색도 다르고, 생김새도 다르기 때문에 아이들의 조롱의 대상이 되고, 그에 따라 소외되기도 한다. 그리고 2세에게 다가오는 또 하나의 고통은 부모님에 관련된 내용이 있을 때마다 심적으로 불안하고, 상처를 많이 받는다는 것이다. 시인은 이 시를 통해 신성해야 될 결혼, 특히 국제결혼이 자본의 논리에 의해 상업화되는 것을 비판적으로 보는 동시에 '코시안'에 대해 따뜻한 관심과 사랑을 보여주길 염원하고 있다. 그들에게 가장 요구되는 것이 한국인과 똑같이 하나의 인격체로 대해 주는 것임을 시사하고 있는 것이다.

3. 어울림의 다양한 양태들

보통 '어울림'은 두 가지로 나눌 수 있다. 첫째는 비슷한 두 대상이 만나거나 한 대상이 어떤 유사한 집단세계에 화합될 때의 '어울림'이다. 균일하고 동질적인 의미를 지닌 '어울림'은 '유유상종(類類相從)'의 기본이 되는, 비슷한 것끼리의 '어울림'을 말한다. 이러한 동질적이고 유사한 대상끼리의 어울림은 별 무리없이 자연스럽게 형성된다. 둘째는 전혀 성격이 다른 두 대상이 합류되거나 어떤 대상이 다른 성격의 집단에 화합되는, 이질적인 어울림이다. 서로 불화되거나 배타적이기 쉬운, 동질성이 없어 만나지 못할 것 같은 대상이 어울리는 것이다. 여기에는 많은 고통과 시련이 따르기도 하고 오랜 시간이 걸리기도 한다. 들뢰즈가 말한 '이접적(離接的) 종합'과 유사한 이 어울림은 이질적인 대상이 만나 새로운 의미를 창출하는 점에서 전자보다 긍정적인 의미를 더 많이 내포한다. '젊은시' 동인들의 어울림의 방식은 후자에 가깝다.

> 생선 같지 않다고들 허덜 말어
> 흔해빠져서 고양이도 안 물어가고
> 두엄자리 한 쪽에서 푹푹 삭아서
> 마늘밭 거름으로나 쓰였지만
> 제사상 잔치상에 오르는 것들만
> 생선이 아니랑께
> 생선들 씨가 마르는 요즘 같은 세상에
> 우리 같은 질긴 목숨들이
> 밤낮없이 퍼질러 새끼 까농께
> 요샛날 횟집들 불 밝히는거

이름 달고 태어난 것들은 아무렴

다 이름값을 허더란 말이시

자꾸 생선 같지 않다고들 허덜 말어

이 세상에 젤로 흔하고 천한 것들이

알고보면 젤로 귀헌 것이드랑께

- 장현우, 「놀래미」 전문

　위 시는 민중들의 긍정성을 '놀래미'에 비유하여 노래하고 있다. 예전에는 "생선 같지 않"아서, 너무 흔해서 "고양이도 안 물어가고" "마늘밭 거름"으로나 쓰이던 '놀래미'였지만, 요즘 이 흔한 놀래미 때문에 "횟집들 불 밝"힐 수 있다고 시인은 역설한다. 이 시의 "이 세상에 젤로 흔허고 천헌 것들이/ 알고보면 젤로 귀헌 것"이라는 대목에서는 '못 생긴 나무가 산을 지킨다'는 노장사상이 엿보이기도 한다. 어떤 것이 천하고 귀한 것은 인간이 만든 미/ 추, 선/ 악, 호/ 염(厭) 등의 이분법에 의해 생겨난 것이다. 생명을 가진 것들은 모두 소중한데, 인간이 이를 필요에 의해, 희소가치에 의해 우열을 구분해 놓은 것을 비판적으로 바라보고 있다. 시인은 가장 많고 흔한 '놀래미'가 귀하듯, 대다수를 차지하고 있는 민중들의 삶이 가장 귀하고 소중한 것임을 은연중에 유포하고 있다. 이 시에서도 이질적인 어울림이 보인다. 가장 흔한 물고기라 천시받는 '놀래미'를 "제사상 잔치상"에 오르는 고급 생선과 동궤에 놓고 있는 데서 말이다. 일반 생선과 고급 생선이 이접적 종합을 이루고 있는 것이다. 이는 인간이 만든 희소가치에 의해 구분된 고급 생선과 일반 생선의 이질성을 귀/ 천의 구분없이 같은 어종으로 복원시킨 것으로도 볼 수 있겠다. 그리고 "생선들 씨가 마르는 요즘 같은 세상에/ 우리 같은 질긴 목숨들이/ 밤낮없이 퍼질러 새끼 까농께/ 요샛날 횟집들 불 밝히는겨"라는 시구는 '놀래미'의 다산성에 의해 '횟집'이 존재하고 있음을 드러내고 있는 것이지만, 다른 면에서는 '민중들'의 다산성에 대한 긍정적인 의미를 표출하고 있다고 하겠다.

그리고 같은 맥락에서 많은 이들이 중심에 서길 욕망하는데, 그 중심에 대해 '의심'의 시선으로 바라보는 시도 있다.

> 너와 내가 모두 중심이라고 말하는 저 목조 흉상이 이상하다
> 중심은 오직 여기 뿐이라 말하는 저 연못이 수상하다
> 수상하다
> 모두 어디로 갔지
> 소나무를 믿을 수 없다고 말하는
> 저 양털 구름이 수상하다
> 내 신발을 만든 구두수선공의 칼과
> 길바닥의 아스팔트가 수상하다
> 왜 이렇게 풀들이 자욱하지
> 그런데 어제의 그 풀들이 아니야
> 술이 잘 취하지 않는다
> 내가 의심스럽다
> 내 손에 자라는 검은 이끼가 수상하다
> 나는 왜 중심을 두려워하는 걸까
> 중심의 위치가
> 중심의 가치가
> 중심으로 가는 길과 발들이 모두 수상하다
> 하
> 철제 책상 모서리에 부서지는 용접 불꽃이 이상하다
> 쏟아지는 나의 잠이 수상하다
>
> - 김성장, 「의심」 전문

인간은 대부분 중심이 되길 원한다. 그 중심에 서서 자신의 욕망을 실현하고자 한다. 때문에 우리는 '해바라기'처럼 중심을 향해 끊임없이 욕망하고, 미끄러져도 다시 욕망한다. 그러나 일반적으로 그 중심은 자연적으로 형성되는 것이 아니라 지속적인 어떤 힘에 의해 만들어진다. 때문에 그 중심을 형성하고 유지하려면 거기에는 많은 사람들의 희생이 뒤따른다. 그래서 중심을 지향하는 삶은 자칫 다른 대상의 삶을 훼손하거나 망가뜨리기도 한다. 시인은 그러한 중심에, 그 중심을 지향하는 삶에 회의를 갖는다. 그에게는 중심을 지향하는 모든 것들이 "이상"하게 보이고, "수상"해 보인다. "너와 내가 모두 중심"이라고 말하는 "목조 흉상"도, "중심은 오직 여기 뿐"이라고 말하는 "연못"도 시인은 신뢰하지 못한다. 그리하여 시인은 "중심의 위치가/ 중심의 가치가/ 중심으로 가는 길과 발들"을 모두 부정적인 것으로 인식한다. 이처럼 시인은 중심에만 가치를 부여하는 태도를 비판하는 동시에 주변부적인 것에 대한 사랑을 보여주고 있다. 중심에 대한 회의를 통해 훼손된 주변부적인 것들을 하나로 모으려 한다는 점에서 이 또한 이질적인 어울림을 지향하고 있다고 하겠다.

'놀래미'와 같은 아주 흔한 생선에서 그 가치를 발견하고, '중심'만이 아니라 주변부적인 것도 소중한 것임을 간파한 시인들은 '지금-이곳'을 살아가는 민중들의 삶의 모습과 소리에도 관심을 보인다.

검게 그을린 얼굴로
염전을 쓸고 있는 사내

더 구울 곳 없는 사내 가슴으로
파고드는 태양

잘 달구어진 오후 두시
하얀 연꽃 피어나고

연꽃을 들어 보이며
웃음 짓는 부처처럼 편안하다

팔월의 태양은 비금도 염전만
더 자주 찾아 간다

- 박인정, 「비금도 백련」 전문

위 시는 염전에서 소금을 긁어모으는 민중의 건강한 모습을 형상화하고 있는 작품이다. "검게 그을린 얼굴"과 "더 구울 곳 없는 사내 가슴" 등의 시구에서 '폭염' 아래에서 일해야만 되는 '사내'의 애환과 그러한 노동에 의해 질 좋은 '소금'이 생성될 수 있다는 '사내'의 건강성이 동시에 함축되어 있다. "잘 달구어진 오후 두시"라는 구절에서도 보이듯 시인은 염전에서 일하는 '사내'의 모습을 긍정적으로 읽어내려 하고 있다. '사내'의 노동을 신성하고 건강하게 바라보는 그의 태도가 견고해 보이는 것은 염전의 열악한 환경, '사내'의 애환을 간과하지 않는 데서 연유한다. 이렇듯 '사내'의 고통을 머금고 생성된 소금은 단지 소금이 아니다. "하얀 연꽃"인 것이다. 깨끗하지 못한 진흙 속에서 맑은 연꽃이 피어나듯, 소금도 강렬한 태양에서 일하는 '사내'의 시련을 딛고 만들어지는 것이다. 폭염을 이겨낸 소금이 "하얀 연꽃"이라면, 그 소금을 만들어낸, "연꽃"을 피워낸 시적 화자는 "부처"가 된다. 그것도 "웃음 짓는 부처"이다. "팔월의 태양은 비금도 염전만/ 더 자주 찾아 간다"라고 한 표현은 시인의 삶이 무료해지고 답답할 때 그곳으로 찾아가 삶의 생기를 얻고자 한 욕망을 표출한 것이라 할 수 있다. 이 시에서도 '소금'과 '하얀 연꽃', '검게 그을린 얼굴'과 '부처'를 접합시키고 있는 데서 이질적인 어울림의 양상이 보인다.

이렇듯 염전에서 '사내'의 건강한 삶을 통해 만들어진 '소금'을 '하얀 연꽃'으로, 그 사내를 '부처'로 본 시가 있는가 하면, 리어카로 행상을 하는 부부의 삶을 불교적 상상력으로 형상화한 시도 있다.

> 노래하는 건지 바람 부르는 건지
> 알아듣기 어려운 소리로
> 경 읊는 건지 경이 되는 건지
> 하늘을 밀며 끌며 부부가 간다
> 반나절 씨름하며 올라왔음직한 성남동 날망
> 온 생애를 부려온 듯한 리어카를 세우고
> 땀으로 얼굴을 씻어내는 부부
> 날망 아래부터 힘들게 따라온 어스름이
> 육교 부근까지 노을 끌어 모으면
> 목쉰 확성기를 환하게 펼친다
> 파 마늘 부추 시금치 열무
> 천천히 시들어 더욱 빛나는 깨달음들
> 귀담아 듣는 이 흥정하는 이 드문
> 육교밑, 따뜻한 법어를 흩뿌린다
> 들숨 날숨 힘겨운 고갯길
> 담지 못해 흩어지는 법어 사이로
> 서역 어딘가 행장 꾸린 노승이
> 비탈산 넘어 어둑어둑 걸어오는 중이다
>
> － 이정섭, 「어느 날 경經을 듣다」 전문

리어카로 야채를 파는 부부의 고단한 삶을 따뜻하게 그리고 있는 시이다. 전반부에 야채 실은 리어카를 끌고 힘겹게 성남동 날망을 오르는 야채상 부부가 등장한다. 그들은 리어카만 밀고 끌고 올라가는 것이 아니라 확성기에 '야채 사라'고까지 해야 되기 때문에 이중적인 고통에 직면한다. 그들이 확성기에 말하는 소리를 시인은 "노래하는 건지 바람 부르는 건지/ 알아듣기 어려운 소리로/ 경 읊는 건지"라고 하여 정확하게 진술하지 않는다. 이는 그들의 고통의 소리를 무화시키려는 시인의 의도된 시적 장치로 보인다. 고개 정상인 "날망"까지 온 그들은 땀을 훔친 뒤 "목쉰 확성기 환하게 펼친다". 확성기를 "목쉰" 것으로 표현한 것에서 하루의 끝자락에 이르기까지의 그들의 삶이 치열했음을 감지할 수 있다. 하루 종일 뜨거운 햇빛 받아 야채는 시들어 가지만, 햇빛이 그대로 담겨진 시든 야채에서, 그리고 확성기에서 울려퍼지는 그들의 목소리에서 시인은 "깨달음"을 얻는다. 그리고 "확성기"에서 울려 퍼지는 소리를 통해 "따뜻한 법어"를 듣는다. "들숨 날숨 힘겨운 고갯길"로 걸어오는 부부의 모습을, 아니 "노승"의 모습을 그는 보고 있는 것이다. 시인의 불교적 상상력이 돋보이는 작품이다. 리어카로 행상하는 부부의 힘겨운 모습을 놓치지 않으면서, 그들이 파는 대상인 야채와 확성기에서 울려퍼지는 소리, 그들의 행동을 '경(經)'의 경지에서 바라보고 있는 데서 이를 발견할 수 있다. 이는 그들의 삶을 꼼꼼히 들여다보고 '역지사지'의 심정으로 이해한 데서 발출하는 것이며, 그들의 건강한 삶이 곧 다른 '중생'들의 비관이나 '존재의 가벼움'을 극복하는 힘이 될 수 있음을 믿는 데서 나온 것이라 하겠다. 이정섭의 시 또한 리어카로 행상하는 부부의 삶을 부처의 삶에 연결시키고, '확성기 소리'를 '따뜻한 법어'로 접목시키는 데서 이질적인 어울림의 한 단면을 엿보게 된다.

이질적인 어울림의 양상을 가장 쉽게 볼 수 있는 것은 다름 아닌 '비빔밥'을 만드는 과정에서이다. 전혀 어울릴 것 같이 않은 대상들이 한 곳에 모여 서로 부딪치고 부대끼는 과정을 통해 '비빔밥'으로 탄생하기 때문이다. 이러한 면을 보여주는 시가 있다.

전혀, 원치 않은 곳에서 조금씩 부딪칠 때
그때마다 짜낸 즙액은
찰진 틈바구니
조금씩 또렷해지며 건조해지고 있었다

으깨어질 때마다 타액은 농축되고
비벼진다는 것은
욕망의 사선 위에서 미끄러질 때마다
거친 낱말들을
넝마에 주워 모으는 일

의지와는 상관없이 가없는 테두리
녹작지근하게
한 번도 푹 퍼져보지 못하여
겉돌아가는 양념 속
잠시 버리고서야 어울리는 법을 배웠지

아직은 성난 소처럼 맨땅만 후비는
그 바람 한 줄기 붙들고
유혹이라도 하는 듯
유두를 내미는 이른 철

아내와 둘이서 보리밥을 비빈다

아직도 서툰 계절 착착 으깨듯
천천히 밖으로 밀어내었다가
쟁기질처럼 안으로 다시 감아올리지만
한사코 혓바닥을 내미는
하, 철없는 꽃가지들
고추장 범벅이 된 눈으로 치뜨는 하오

펄펄 살았던 것들이 어느덧 다소곳하다
질컥하다.

- 김광선, 「꽃그늘 아래에서」 전문

　　이 시는 비빔밥을 통해 성긴 것들이 길들여지고, 이질적인 것들이 어울리는 모습을 보여주고 있는 작품이다. 시인은 무엇이 '비벼진다는 것'은 "욕망의 사선 위에서/ 미끄러질 때마다/ 거친 낱말들을/ 넝마에 주워 모으는 일"이라고 언급한다. 무엇이 어울려 비벼진다는 것은 결코 자신의 욕망대로 실현될 때는 생기지 않는다. "욕망의 사선"에서 미끄러질 때 가능한 것이다. 이 말은 자신의 욕망이 좌절되었을 때 누군가와 어울릴 수 있음을 의미한다. "거친 낱말들"은 결국 욕망의 좌절을 겪은 성긴 대상들이고, 그 대상들을 "주워 모으는 일"은 같이 어울리는 것을 말한다. 자신의 욕망이 좌절되어 비벼짐의 대상이 된 것들은 "한 번도 푹 퍼져보지 못하여/ 겉돌아"간다. 자신의 욕망이 남아있기 때문이다. 그러나 자신의 욕망에 미련을 버려야, 자신을 잊어야만 어울릴 수 있다는 것을 알게 된다. 시적 화자는 "아직은 성난 소처럼 맨땅을 후비는" 초보적인 단계를 벗어나지 못했지만 결코 그는 서두르지 않는다. 어울리는 행위가 결코 성급히 이루어질 수 없음을 알기 때문이다. 그리하여 시인은 "아직은 서툰 계절 으깨듯/ 천천히 밖으로 밀려내었다가/ 쟁기질처럼 안으로 다시 감아올"린다. 이 과정의 반복을 통해 "펄펄 살았던 것들이" "다소곳"해지고 "질컥"해지는 것을 시인은 인지하고 있는 것이다. 그는 어떤 대상이 비벼지고 어울린다는 것은 자신의 욕망을 버리고 성기면 성긴 대로, 서투르면 서투른 대로 내 몸을 던지는 것으로 보고 있다. 즉, 시인은 비벼지는 틀 안에서 밖으로 밀려내면 밀려나고 안으로 다시 감아올리면 감겨오고 하는 과정을 통해 진정으로 어울릴 수 있음을 보이고 있다. "펄펄 살았던 것"들이 숨죽게 되고 다소곳해지는 것은 다른 대상들과 잘 어울리고 있음을 반증하는 것이다. 이처럼 시인은 '비빔밥'을 통해 서로 다른 대상들이 어울리는 풍경을 그리고 있으며 나아가 자신도 자신의 욕망을 버려야만 다른 사람들과 어울릴 수 있음을 시사하고 있다.

'젊은시'는 진지하면서도 도발적이다. 시의 진정성을 끊임없이 갈구하면서도 그 진정성의 발현양식에 '실험정신'을 담아내고 있기 때문이다. 그리고 그들의 시는 '시적인 삶'을 바탕으로 하기 때문에 많은 공감을 주고 있으며, 그의 시에 담겨진 내용이 중층적이기 때문에 여러 번 곱씹게 한다. 자신의 생의 단면을 섬세하게 투시하는 모습과 가족의 삶의 근원을 가족의 '생채기'에서 찾는 모습에서, 그리고 타자의 삶에 드리워진 애환의 그늘을 보고 그 그늘이 '빛'이 담긴 그늘이라는 것을 간파하는 모습에서 이를 확인할 수 있다. 새롭게 다시 시작하는 '젊은시'가 시의 '젊음'을 어떻게 유지하고, 가꾸어 나갈지 자못 기대가 된다.

- 『젊은시』 9집 발문, 2007년

문학의 진실, 진실의 문학
『대전작가시선』 10집에 부쳐

1. 슬픈, 봄날

일찍이 엘리엇(T. S. Eliot)은 시집 『황무지』(1922년 작)에서 "4월은 가장 잔인한 달"이라고 노래한 바 있다. 서구 전후(戰後)의 황폐한 정신적 상황을 잘 묘사해주고 있는 이 시집에서 시인은 4월을 진정한 재생이 아닌, 공허한 추억으로 고통을 가져다주는 것으로 본 것이다.

『황무지』가 발표된 지 100여년이 흐른 2014년, 올해 4월은 우리에게 '가장 잔인한 달'로 기억될 것 같다. 4월 16일 '세월호 침몰 사고'로 인해 476명의 탑승객 중 304명이라는 사망자 및 실종자가 발생하였기 때문이다. 이 참사로 사망자와 실종자의 유가족뿐만 아니라 생존자와 그 가족, 나아가 전 국민이 '멘붕'에 빠졌다. 그리고 6월 말 현재 아직까지도 11명의 시신을 찾지 못하고 있다. 또한 우리를 더 슬프게 하는 것은 사망자 중 대다수가 아직 꿈도 피워보지 못한 고등학생이라는 점이다. 얼마 전 생존 학생들이 71일만에 등교하여 대국민 호소문을 발표하였는데, 그 호소문 중 "2014년 4월 16일 세월호를 잊지 말아달라"는 마지막 말이 우리를 숙연하게 했다. 그리고 그 말은 다시 우리를 세월호 침몰사고가 발생했던 시점으로 되돌려놓기에 이르렀다. 세월호 참사가 발생한지 두 달이 지났는데도 여전히 책임지는 이가 없다는 점과 그러한 안전사고에 여전히 무방비로 노출되어있다는 점을 다시 한번 인식하게 된 것이다. 다시는 그러한 참사가 발생되지 않도록 하는 '진정한 재생' 의지가 없기 때문에 우리는 4월을 '가장 잔인한 달' 이라고 기억해야 할지도 모른다.

『대전작가시선』 10집에 실린 시는 주로 '지금-이곳'의 현실에 바탕을 두고 있다. 세월호에 관련된 시, 소시민들의 삶을 노래한 시, 자아성찰과 시의 길에 대해 읊고 있는 시 등이다. 부조리한 현실과 핍박한 삶의 모습을 폭로하고, 억압과 고통 속에 신음하는 이들을 감싸안고, 지치고 힘든 이들에게 희망을 주려는 시인들의 결연한 의지를 엿볼 수 있다.

2. 세월호, 아이들의 꿈을 삼키다

세월호 침몰사고로 인한 희생자의 대부분이 나이 어린 고등학생이다. 생명의 가치는 평등하고 그것을 나이로 셈할 수는 없지만, 그럼에도 꿈 많은 고교생이라는 사실은, 더군다나 입시경쟁과 학교규율 속에서 모처럼 해방되어 수학여행을 가다가 난 사고라는 사실은 우리를 더 가슴 아프게 한다. 그리고 배가 침몰하는 과정에서도 "선내에서 계신 위치에서 움직이지 마시고, 잡을 수 있는 봉이나 물건을 잡고 대기해주시기 바랍니다"라는 방송만 믿고 탈출하지 않아 죽은 학생들의 순수함이 더 어른들의 죄책감을 느끼게 한다.

I

하얀 파도 거품이 일렁이는 맹골수도
팽목항에서 검은 바람이 불어온다
하늘이 푸르게 열린 날
그 바람이 내게도 온다
만약 물처럼 흘러가서
지리산 철쭉꽃을 흩날릴 수 있다면
먼 길을 갔다 다시 오려는가
눈부시게 시린 해풍에 날리는
저 여린 꽃잎 꽃잎들

(……)

III

정제되지 못한 철부지 어른들의 늪속에서
저 꽃잎들의 순수가 빛을 잃지 않도록 하소서
푸르디푸른 영혼들이
보리싹 같은 싱그러움으로
새 생명의 소망을 두게 하소서
        - 김우식,「팽목항에서 」부분

광풍에 치떠는
돈에 치떠는
검은 세월이
숨죽이며,
또 숨죽이며,
가위눌린 아이들의 울음소리조차

실낱같은 비명조차
냠냠 먹어치웠다.

나는 고요하게,
고요하게 세월을 밀어냈다.
먼 옛날은, 먼먼 옛날은,
태고는 신비가 아니었다.
뭇 생명들이 꿈틀거리는 곳이었다.

- 채진홍, 「세월」 부분

김우식의 「팽목항에서」에서는 "여린 꽃잎 꽃잎들"에 대한 간절한 기도를 올리고 있다. "철부지 어른들의 늪속에서" 어린 꽃잎들이 "순수한 빛을 잃지 않도록" 하고, "푸르디푸른 영혼들"이 다시 "보리싹 같은 싱그러움으로" 태어나길 진정으로 바라고 있다. 어른들의 잘못으로 "여린 꽃잎"이 상처받고 "예상치 못한 이별"을 맞이하게 된 것에 대해 시인은 어른의 한 사람으로써 죄책감을 느끼고 있는 것이다. 채진홍의 「세월」에서는 '자본'이 야기한 참사였음을 폭로하고 있다. "광풍", "돈", "검은 세월"로 표현되는 검은 자본이 "숨죽이며, / 가위눌린 아이들의 울음소리"와 "비명"조차도 삼켜버렸음을 비판적으로 문제제기한다. 천민 자본주의가 낳은, 자본에 의한 생명경시사상이 낳은 인재(人災)임을 시인은 밝히고 있는 것이다. 그리하여 그는 '자본'보다는 '생명'을 중시했던 '태고'를 그리워한다. "태고는 신비가 아니었다. / 뭇 생명들이 꿈틀거리는 곳"이라고 하여 태고를 신비화하지 않고 인간의 생명이 유기적으로 살아숨쉬는 곳으로 인식하여, 그 '태고'로 가고 싶은 욕망을 표출한다. 이 외에 김수려도 팽목항에서 숨진 이들의 넋을 기리고 있다. 시인은 세월호에서 못 나온 학생들을 안타깝게 여기면서 "아들아 딸아// 미끈한 너희/ 미목으로 쾌청하게 다시 살아/ 지키리/ 만년의 바다와 땅/ 정자나무 팽나무 되어"(『팽목』)라고 하여 '미목'으로 다시 태어날 것을 간절히 기도하고 있다.

육근상의 시 「낙화(落花)」는 아들의 죽음을 당한 어버이의 마음이라는 상명지통(喪明之痛)을 느낄 수 있는 작품이다. "할머니 들어간 자리에/ 아버지 들어가/ 가지 내고 꽃을 피우고/ 손톱 같은 아이들 매달려 있다/ 숲정이처럼 바르르 떨고 있다"라고 한 데서 팽목항에서 죽은 아이들의 공포를 엿볼 수 있다. 특히 "숲정이처럼 바르르 떨고 있"는 장면에서 아이들의 무서움과 슬픔이 점철된 모습을 어렵지 않게 감지할 수 있다. 부끄러운 우리들의 자화상이다.

세월호의 참사 속에서 '천사'처럼 빛을 발한 선생님을 추모하는 시도 있다. 그것은 조용숙의 「천사가 벗어놓고 간 날개 한 벌」이다.

> 지하도 끝나는 벽면에 걸려있는 천사의 날개 한 벌
> 누가 벗어놓고 갔을까
>
> (……)
>
> 침몰한 세월호 안에서 사고 34일 만에 모습을 드러낸 단원고 2학년 2반 담임 전수영 교사 탈출 가능했던 5층 선실 마다하고 4층으로 뛰어 내려가 구명조끼 먼저 챙겨 입힌 제자들 우선 탈출시키려다 구명조끼 한 벌 없이 주검으로 돌아오던 날 1학년 때 맡은 제자들 3학년까지 졸업시키고 싶다던 지상에서의 소망을 하늘나라로 옮겨갔다
> ─「천사가 벗어놓고 간 날개 한 벌」 부분

세월호 참사에서 살아남은 단원고 학생들이 어제 사고 이후 처음으로 등교했다. 단원고는 눈물바다가 되었다. 살아남은 단원고 학생뿐만 아니라 학교 선생님, 생존자 학부모, 실종자, 사망자 학부모 모두 눈물을 흘렸기 때문이다. 살아남은 학생이 죽은 친구들 부모에게 미안해하자 그 부모 중 한 명이 "미안해 하지 마라. 이렇게 살아온 것만 해도 얼마나 고마운지 모른다."라고 말한 내용이 우리를 더 가슴아프게 했다. 시인은 "세월호 침몰로 희생된 단원고 아이들이 다 내 아이만 같아서 며칠 동안 눈물이 나고 가슴이 벌렁거렸다"고 한다. "그들의 희생이 헛되지 않았으면 하는 마음으로 그날의 아픔을 詩로 적어본다."라고 시작메모에서 밝히고 있다. 시인은 세월호 침몰 사고가 난지 34일 만에 모습을 드러낸 전수영 교사에 대한 추모시를 쓴다. 사고 직전 5층 선실로 갈 수 있었음에도 불구하고 4층으로 뛰어내려가 학생들을 먼저 탈출시키려다 구명조끼 없이 주검으로 돌아온 선생님은 분명 '천사'였다. "1학년 때 맡은 제자들 3학년까지 졸업시키고 싶던 지상에서의 소망을 하늘나라로 옮겨"간 것이다. 선생님으로서의 소임을 다한 그의 숭고한 정신은 지상에 남은 많은 이들에게 커다란 귀감이 되고 있다.

3. 침묵하지 않는 삶, 희망을 전하다

살아있는 삶의 모습, 삶의 목소리를 '있는 그대로' 표출하기가 쉽지 않은 세상이다. 점점 표현의 제약, 억압이 심해진 것도 한 이유가 되겠지만, 또 다른 이유로는 그러한 목소리의 진의가 왜곡되어 다른 모습으로 변질되어 나타나기도 하기 때문이다. 따라서 많은 현대인들이 이런 이유로 진실을 알면서도 외면하거나 침묵하는 일이 점점 늘어나고 있는 것이다. 문학도 양상은 비슷하다. 그럼에도 지금 이곳의 '진실'을 드러내기 위해 지속적으로 시인의 목소리를 내는 시인이 있다.

악다구니에 비까지 내려
컴컴한 목구멍 속
말이 되지 못한 것들 고여 있다
아비규환인데 들리지 않는다

묵념하고 있을 때
폐수를 방류하는
과거라는 공장,
그 다물지 못한 구멍으로
내시경 카메라 들어가
오장육부의 일기
샅샅이 중계하지만

마스카라로 밑줄 그은 눈에
검은 자막 흐르는데
소리를 압류 당한 사람들
퍼런 눈자위가
뜻을 얻지 못하고
얼굴에 머물러 있다

- 권덕하, 「무성영화를 본다」 전문

권덕하는 무성영화를 보는 듯한 현실을 고발하고 있다. "악다구니에 비까지 내려/ 컴컴한 목구멍 속/ 말이 되지 못한 것들 고여 있다/ 아비규환인데 들리지 않는다"라고 표출하고 있다. 비참하고 참담한 현실을 보이는데, '아비규환' 소리는 들리지 않는다는 것이다. 철저하게 소시민들의 볼륨을 제로 상태로 만들었기 때문이다. 그 자리에 위정자들을 위한 목소리를 담은 중계는 계속 되고 있다. 옛 무성영화가 아닌, 현대판 무성영화이다. 소시민들의 울부짖음은 사라진, 꼭두각시처럼 위정자의 목소리를 계속 내는 변사의 목소리만 존재할 뿐이라며 이러한 현실을 비판하고 있다.

김백겸도 자본주의 현실에 대해 비판적 시선을 보낸다.

> 미국기업들이 버는 이익의 절반이 금융시장의 조작에서 나오네
> 국제자본시장에서 돌아다니는 돈은 전 세계 GDP의 4배
> 이 돈은 시장에서 수혈 피처럼 돌아다니며 인간의 심장을 압박하네
>
> (……)
>
> 돈이 필요한 메가시티의 시민들은 백 미터 달리기의 인생을 죽어라고 질주하지만
> 「붉은 여왕」인 자본이 돌리는 무대는 언제나 회전목마
> 제자리를 달리는 「이상한 나라의 엘리스」처럼 메가시티의 시민들은 경주의 피로에 지치네
>
> ―「붉은 여왕」 부분

위 시는 지금-이곳의 소비 위주의 사회를 고발하고 있다. "미국기업들이 버는 이익의 절반이 금융시장의 조작에서 나오네"라는 구절에서 볼 수 있는 것처럼 자본주의의 첨단을 걷고 있는 미국을 비판하고 있는 동시에

그 '자본'을 위해 무한경쟁을 벌이고 있는 우울한 현실에 대해서도 폭로하고 있다. 이러한 지나친 소비사회에 의해 인간의 마음은 병들고, 황폐해지고 있는 현실을 보여주고 있는 것이다.

김규성의 「빚」에서도 이러한 '자본'의 폭력성을 읽을 수 있다. "사업 하느라 사채를 얻은 집과/ 내 고향집/ 여섯 가구 지붕사이// 형은 병들어 죽고/ 돈을 돌려준 어머이도 죽고"(「빚」)이라는 구절에서 우울한 현실을 발견할 수 있다. 자본주의 현실에서 부채없이 살아간다는 것은 거의 불가능한 일일지도 모른다. 경제적으로 여유가 없는 빠듯한 일상생활을 하는 현대인들에게 마이너스 통장은 필수이고, 카드 또한 필수이다. 급한 돈을 융통하기 위해 이처럼 편리한 것이 없다. 그런데 이렇게 쌓인 부채를 해결하기는 쉽지 않다. 그리하여 우리는 이러한 금융권의 도움을 지속적으로 받게 된다. 더 큰 문제는 사채에 있다. 사채는 금융권보다 더 강력한 '폭력성'을 지니고 있기 때문이다. 사채를 쓴 뒤 약속을 어기면 어김없이 폭력을 행사하기 때문이다. 사채는 재산만 삼키는 것이 아니라 사람의 목숨, 인생까지도 송두리째 앗아가기 때문에 무서운 공포로 다가온다. 시인은 이러한 '자본'의 횡포를 고발하고 있는 것이다.

지금-이곳을 살아가는 이들의 우울한 현실을 박종빈의 「밀밭에서」에서도 읽을 수 있다.

> 까마귀를 보며
> 나는 언제나 손보다는
> 날개가 있었으면 했다
>
> 황금빛으로 지저귀며
> 밀밭 위를 비상하는 검은 영혼

분명한 것은
아기가 태어나서 울어야 하듯
바다와 뭍 사이
출렁이는 저녁의 산책은
항상 불안하다

울음과 노래사이

나는 오랫동안
손가락을 펼쳐보기도 하는 것이다

-「밀밭에서」전문

    고흐의「까마귀가 있는 밀밭」을 보면 평화로운 모습보다는 불안한 모습이 연상된다. 이는 아마도 까마귀가 보이고, 검은 하늘이 보이고, 파도치는 듯한 역동적인 모습이 보이기 때문일 것이다. 시인이 이 그림을 끌어들인 데는 시적 화자의 불안감을 표출하기 위한 것에 다름 아니다. 그 불안은 살아있음의 또 다른 표현이기도 하다. 그리하여 그의 시에 보이는 음산한 분위기는 역동적이기까지 하다. '불안'은 공포심을 불러일으키기도 하지만, 한편으로는 그 불안을 해소시키거나 감소시킬 수 있는 점을 모색한다는 점에서 양면적이다.

    정바름의「도끼로 이마까라 상」에서는 '노인'에 대한 새로운 성찰을 보여준다는 점에서 주목을 끈다. 예부터 노인은 연륜과 경륜을 바탕으로 그 시대의 좌표 역할을 해왔다. 아무리 고통과 슬픔이 가득한 현실이라도 노인들의 중심 잡힌, 심지 있는 언행이 그 시대의 이정표가 된 것이다. 그리하여 우리는 '어르신'을 남다르게 대접하고 그들을 따랐던 것이다. 그런데 언제부터인가 노인(어르신)에 그런 의미가 퇴색하고 있는 느낌이 들기 시작했다. 힘겨운 고통과 슬픈 현실을 살아온 그들이 점점 그 고통과 슬픔을 가져다 준, 억압의 주체를 옹호하고 있기 때문이다. 민주와 자유를 열망하는, 그리하여 억압의 주체에 저항하는 이들의 갈 길을 가로막고 있기 때문이다. 폭압 속에서도 꿋꿋히 견뎌온 그들의 힘은 다름 아닌, '희망'일 것이다. 아무리 힘든 나날 속에서도 이 시기만 견디면 새로운 세상이 올 것이라는 긍정의 힘이 작용한 결과일 것이다. 그런데 그들은 그 폭압의 시대에 그들이 당한 것처럼 지금-이곳을 살아가는 젊은이들에게 대물림하려고 하고 있다. 그리하여 시인은 "밤낮없이 도끼를 든 노인들이/ 아들 손자 불문하고 모가지에 휘두르는/ 광란의 세월"(「도끼로 이마까라 상」)이라고 표출하고 있는 것이다. 어르신들의 다양한 경험과 연륜이 많은 사람들의 귀감이 되고, 그들의 혜안이 현재, 미래의 세상을 여는, 희망이 빛이 되길 희망해본다.

정덕재의 「바람 DNA」에서는 '어둠'의 고통을 감지할 수 있다. "어둠이 제 모습을 드러낼 무렵/ 열린 창문에서 일제히 최루탄이 쏟아져 내렸다"에서처럼 어둠의 본질에 대해 잘 알고 있다. 또한 "이야기가 어둠속에서 자라는 것은/ 슬픔과 고통의 뿌리가/ 깜깜한 밤에/ 닿아있기 때문이다"(「극장이 깜깜한 이유」)에서도 이야기가 어둠 속에서 자라는 이유를 "슬픔과 고통의 뿌리"가 어둠에 닿아있기 때문이라고 한다. 어둠은 고통과 슬픔을 잉태하지만, 또한 그것은 안락과 기쁨이라는 밝음을 내포하고 있다. 그러한 그 빛(희망)이 있어 '지금-여기'의 암담한 현실, 우울한 현실도 견뎌낼 수 있는 것이다. 시인은 우리가 숨쉬는 공기가 제공되려면 바람이 필요하다는 것을 잘 알고 있다. 바람은 정화의 의미를 지닌다. 어느 오염된, 생명을 다한 공기를 통째로 섞어버린다. 그리하여 그곳에 '생명력'을 불어넣는다. 시위대를 해산시키기 위한, 시위대에게 고통을 주기 위한 '최루탄'은 과거에도, 현재에도 존재해왔다. 이 최루탄에 오염된 공기를 치유하기 위해 바람은 분주하다. 지금도 그 바람은 "적어도 70억 개의 바람이/ 햇살 아래/ 빗물 아래/ 파도 속에 살고 있다가/ 계절에 한 두 번 씩/ 차종식피부과를 드나들며/ 완치되지 않는 만성질환을 치료하고"(「바람 DNA」) 있는 것이다.

4. 연민, 따뜻한 세상을 품다

세상에는 '가난하고 쓸쓸하고 외로운' 이들이 많다. 그들의 삶은 우리가 생각했던 것보다 훨씬 고단하다. 그러나 그들의 고단한 삶의 풍경은 은폐되어 세상에 잘 노출되지 않는다. 때문에 우리는 그들의 삶을 잊은 채, 더 정확히 말하면 그들의 삶도 일상적인 다른 부류의 삶과 크게 다르지 않다는 인식 속에서 살아간다. 가끔 그들의 '자살'이나 '고독사' 소식이 들려올 때 잠시 놀랄 뿐이다. 이러한 그들의 삶을 연민의 시선으로 바라보는 일은 따뜻한 세상으로 가기 위한, 작은 실천이다.

> 시월,
> 여러 해 전 처음 모과를 수소문한 그 시월
> 내게 모과의 거처를 귀띔해준 대화공단근로자복지회관 경비 오
> 씨,
> 눈사람에 종종 국화배꼽을 꽂아둔 오 씨

연탄가스를 마셨다
오늘 새벽,

아내 둘 상처하고 떠나고, 아직은 견딜만해서 봄부터 배꼽을 키웠
을 오 씨
떨어지면서 누구의 가슴을 때렸을까
- 이강산, 「가슴을 맞았다」 부분

시인은 꿈꾼다. "바람 부는 대로 나도 언젠가 모과처럼 떨어지면 좋겠
다."라고 한 것처럼 자연의 섭리에 의해 예정없이 생이 마감되기를 말이
다. 그런데 이 시인의 독백을 들었는지 대화공단근로자복지회관 경비 오
씨가 연탄가스를 마시고 생을 마감했다. "아내 둘 상처하고 떠나고" 근근
히 생을 이어가던 그가 세상과 이별한 것이다. "눈사람에 종종 국화배꼽
을 꽂아"둘 만큼 풍부한 감성을 지닌 그에게도 말 못할 사정이, 감당하기
힘든 점이 있었음을 짐작할 수 있다. 이처럼 시인은 외롭고 쓸쓸한 이에
게 연민의 정을 보내고 있다.

이 세상에는 몸이 불편한 사람이 많이 존재한다. 그들의 삶은 각양각
색이다. 좌절하거나 절망하는 삶부터 치열하게 살아가는 삶에 이르기까
지 말이다. 몸의 균형을 잃은 삶은 세상살이에 더 많은 인내와 고통을 수
반하게 된다. 그리하여 그들의 삶은 힘겨운 나날의 연속이 되기도 한다.
그럼에도 꿋꿋하게 살아가는 이들도 있다. 분명 좌절이나 절망에 빠질 법
도 한데도 그것이 사치인 듯 치열하게 살아가는 이들도 많다. 대학병원
앞 대로변에서 만물상을 하고 있는 목발의 사내의 삶을 노래하고 있는 조
민정의 시 「배롱나무 처방전」에서도 이러한 모습을 엿볼 수 있다. 시적 화
자를 "뒤틀린 한 그루 배롱나무"로 묘사하고 있는 대목에서도, "빛바랜 야

전침대"에 만물을 펼쳐놓은 장면에서도 힘겨운 삶을 살아가고 있다는 것을 어렵지 않게 알 수 있다. 이 목발 사내에게 "젊은 여자 다가와/ 별로 소용 있을 것 같지 않은/ 파리채와 수세미"를 사가는 모습을 보며, 그리고 그 사내의 해맑은 웃음을 보며 시인은 '희망'을 엿본다. "가지각색 병명을 품에 안고/ 병원 문을 나서는 사람들 그에게 와서/ 꽃 처방전 하나씩 받아 간다"라고 한 장면에서도 마찬가지이다. 이를 통해 우리는 세상의 긍정성을 발견할 수 있다.

아파트 담장
골목골목
넝쿨 장미가 한창입니다
세 발 오토바이를 타고 온 남자
목발을 짚고 가까스로 버스 정류장 옆에 서서
머리에 무스를 바릅니다
얼굴에 목에
흰 셔츠에도 바릅니다
도끼빗 발목스타킹 파리채 손톱깎기...
장미 향기 아래 가지런합니다

도시의 열정과 무관심 사이
오락가락 물건들 펼쳐보이던 남자가
고꾸라집니다 고꾸라져서
웃습니다 꽃을 보고 웃습니다
일없이 손톱깎기를 집어 들던
나도 따라 웃습니다

　　　　　　　　　　　　　　　- 이미숙, 「6월」 부분

위 시에 나오는 목발을 짚고 온 사내 또한 한껏 멋을 부린 뒤 버스정류장 옆에서 생필품을 진열해놓고 팔고 있다. 때로는 물건을 펼쳐보이다 고꾸라지기도 하지만, 그럴 때마다 그는 웃는 얼굴을 내보인다. 이러한 건강한 모습이 있기에 세상은 더 아름다울지도 모른다. 시인의 이러한 건강한 삶의 포착은 기본적으로 연민의 시선에서 비롯된 것이다.

또한 박권수의 시 「화성고모」에서도 화성에 사는 '고모'에 대한 연민을 보이고 있다. 시인은 "막걸리 냄새나는 부엌이나/ 먼지 나는 신작로에 멍하니 앉아 있곤" 하는 고모의 삶의 애환을 읽고 있는 것이다. 고모부의 일탈과 많은 자식 뒷바라지에 무척 고생하였을 고모의 쓸쓸하고 외로운 삶의 이면을 간파한 것이다. "사는 거 다 거기가 거기여,/ 함 놀러 와/ 할머니마저 돌아가시고 나니 끈이 없더라/ 그냥 전화한 건께/ 함 놀러 오고/ 이제 보면 또 언제 보겠냐"라는 구절에서는 고모의 외로움의 극치를, 힘겨운 삶에서 터득한 인생의 달관적 자세를 엿볼 수 있다.

함순례의 「밥 한번 먹자」는 '밥'의 힘을 보여주고 있는 시이다. '밥'은 동고동락의 상징이기도 하다. 예부터 우리는 공동으로 밥을 먹는 문화가 형성되어 왔다. 바쁜 일상 속에서 혼자 '햄버거'를 먹는 서양문화와는 분명히 다르다. 오늘날 개인주의, 이기주의가 빠르게 확산되는 현실에서 시인은 '밥 문화'를 통해 공동체적인 삶을 꿈꾸고 있다. "땀을 흘릴 때 누군가 밥을 주었다/ 비겁해질 때 누군가 고봉밥을 퍼주었다/ 피 흘리며 싸우고 온 날/ 휘청거리는 내 손에 쥐여주던 숟가락 있었다/ 먹어도 물리지 않는 사람의 밥"이라고 한 데서 밥의 힘을 느낄 수 있다. 시인의 "밥 한번 먹자, 는 인사 습성"은 그리하여 많은 긍정의 의미를 내포하고 있다.

조민정은 시 「하현달」에서 다문화가정의 힘겨운 삶을 따뜻한 시선으로 목도하고 있다.

마음이 붉은 여자가
고추장 양념 듬뿍 바른 닭을
꼬챙이에 꿰ㅂ니다
한층 창백해진 하루가
슬며시 문을 닫으려 할 때쯤
라라 바비큐 치킨 집은
징검다리를 건너온 소식들이
비로소 등을 밝힙니다
때로는 왁자하게 때로는 고요하게
갖가지 소식들은 베트남 소스 꾹꾹 묻혀
허겁지겁 시간을 삼키고
한쪽 구석에선 친정 엄마가
오로지 눈빛으로만 손자를 재웁니다
오늘은 아오자이를 입은 특별한 날
아침에 여자는 거꾸로 매달리는
꿈을 꾸었습니다
가끔씩 악몽이 걸어 나와
손목을 잡아챌 때마다 아오자이를 입고
통닭을 굽고 생맥주를 나르는 사이
이제는 낡고 칙칙해진 옷처럼
여자도 자꾸만 닳아갑니다

-「하현달」부분

　베트남에서 시집 온 시적 화자의 고단한 삶을 엿볼 수 있다. 다문화가
정의 대부분의 주부는 이중고에 시달린다. 하나는 문화의 차이에서 오는
소통의 어려움이고 또 하나는 고국에 대한 향수이다. 이 시에 나오는 화

자 또한 이러한 이중고를 경험하게 된다. 특히 감당하기 힘든 것은 고국(고향)에 대한 그리움이다. 그러나 그 그리움은 '악몽'으로 표출된다. "거꾸로 매달리는/ 꿈"을 꿀 때마다, 그리고 "가끔씩 악몽이 걸어 나와/ 손목을 잡아챌 때마다" 화자는 베트남의 민속의상인 '아오자이'를 입는다. 고향에 대한 그리움을 떨쳐버리기 위한 방법이다. 시인은 이렇듯 힘겹게, 고단하게 살아가는 베트남 여인을 '동정'의 차원이 아닌 연민의 시선으로 보고 있는 것이다.

5. 다시, 시의 길을 묻다

자아성찰은 자신을 되돌아보고 살피는 일이다. 이렇듯 자신의 삶을 스스로 살펴보고, 나아가 타자에게 자신을 비추어보는 일은 앞으로의 더 나은 삶을 위해 꼭 거쳐야하는 과정이기도 하다. 그리하여 시인은 끊임없이 자신을 '나'뿐만 아니라 '타자', '사회'라는 거울에 비추고 있다. 시를 왜 쓰려고 했는지에 대한 초발심을 잘 간직하고 있는지, 지금-이곳의 현실에서 필요로 하는 내용을 잘 담아내고 있는지, 독자들에게 많은 울림을 주고 있는지 등을 확인하는 과정이다.

> 아버지가 돌아가시고 삼우제를 지낸 날 오후였다
> 어머니는 아버지의 일습(一襲)을 모아 불더미 위에 던져 넣었다
> 괜찮은 넥타이며 와이셔츠, 티셔츠며 양복 등도 불더미로 타올랐다
> 타오르는 것 중에는 가방이며 장갑, 털모자 등도 있었다
> 가장 아까운 것은 낙타털의 중절모였다 오른손으로 그것을 들고

있는 마음이 둥그렇게 부풀어 올랐다

어머니가 불어터진 갈퀴손으로 불쑥 그것을 빼앗아 불더미 위에
던져 넣었다

순식간의 일이었다 아버지의 일습 중에 이제 더 남은 것은 없었다

바로 그때 담벼락에 기대 세워둔 박달나무 지팡이가 얼핏 눈에 들
어왔다

어머니가 바라보는 데도 나는 태연히 자동차의 트렁크를 열었다
그러고는 천천히 그곳에 박달나무 지팡이를 집어넣었다

지팡이에는 '1967년 麻谷寺 방문기념'이라고 씌어 있었다

그해 봄 아버지는 할아버지와 함께 찾았던 마곡사의 상가에서 박
달나무 지팡이 하나를 샀다

그런 뒤 멋으로 짚고 다니던 젊은 아버지의 박달나무 지팡이⋯⋯
내가 막 시에 눈을 뜨던 중학교 2학년 때 봄의 일이었다.

— 이은봉, 「박달나무 지팡이-막은골 이야기」 전문

아버지의 유품을 태우는 일은 차안의 세상에서 아버지를 피안의 세계
로 보내드리는 일이다. 시인과 인연이 있는 아버지의 유품이 많이 있었겠
지만, 시인은 그 유품 중 박달나무 지팡이에 눈길을 보낸다. "막 시에 눈을
뜨던 중학교 2학년 때 봄"에 산 박달나무 지팡이를 시인은 또렷하게 기억
하고 있다. 중학교 2학년 때가 중요한 것이 아니라 "막 시에 눈을" 떴다는
것이 박달나무 지팡이를 더 기억하게 만든 요소가 되었을 것이다. 시인이
그 박달나무 지팡이를 아버지의 유품 태울 때 태우지 않고 트렁크에 넣은
것은 당시 왜 시를 공부하려고 했고, 시를 왜 쓰려고 했는지에 대해 잊지
않으려고 하는 의지에 다름 아니다. 시에 대한 '초심'을 망각하지 않으려
는, 되새겨보려는 마음인 것이다. 아버지가 돌아가신 지도 10년이 넘었지

만, 그때의 기억은 여전히 또렷하다.

정수경의 「건너가다」에서도 '아버지'의 삶을 노래하고 있다. 차안의 세계에서 피안의 세계로 들어가는 아버지의 모습을 잘 담아내고 있는데, 특히 임종 순간에 아버지가 "엄마"를 불렀다고 하는 장면은 독자들에게 작은 울림을 전해준다.

이처럼 아버지의 삶이 시의 길을 만들어 준 작품도 있지만, 어떤 시인은 어머니의 삶에서 시의 길을 열기도 하였다.

> 간과 쓸개를 내주어도
> 살기 힘든 세상이다
> 엄마는 뭘 붙들고 살다
> 간에 검은 꽃이 피어난 걸까
> 사람들은 타협하고 살아도
> 녹녹치 않다는데
> 세상이 말한 길 따르지 않아
> 한 평생 가난과 동거하며 살았을까
> 엄마가 밤새 호스피스 병동에
> 토해낸 신음소리
> 누군가에게 잘 못했다고 비는 것 같다
>
> — 김희정, 「엄마 생각 Ⅰ」 부분

평생을 세상과 타협하지 않고 가난하게 살아온 어머니를 노래하고 있는 시이다. "타협하고 살아도/ 녹녹치 않다는데/ 세상이 말한 길 따르지 않아/ 한 평생 가난과 동거하며 살았"다는 대목에서 우리는 시인의 삶을 어렵지 않게 유추할 수 있다. 시인이 어머니의 삶을 그대로 본받았을 것이기 때문이다. 유년시절 아버지를 잃은 시인에게는 어머니가 "아버지"였고, "어머니"였고, "고향"이었고, "집"이었던 것이다. 그리하여 시인에게 어머니의 삶은 곧 '시'였던 것이다.

김병호의 「불안과의 불화」는 엄마의 임종과정을 보면서 '불안'과 '위태로움'이 "서로를 물어뜯는 제로섬게임이 인생이라는 사실"(시작노트)을 깨닫고 있는 시이다. 어머니의 체온이 내려가는 것을 보면서 "모두 들끓으면서 서로의 온도를 못 견뎌 안달하는 일일지언정/ 끓어야 여기 있을 수 있다는" 사실을 알게 된다. 그리고 "삶의 온도가 중요한 것이 아니라 가까스로 온도를 유지해야/ 삶이 살아남는 일"이라는 것도 깨닫게 된다. 이 시에서도 어머니의 죽음을 통해 세상의 이치를 발견하고 있는 것이다.

박하현의 「머리 왜?」에서 시적 화자는 부모님이 돌아가신 후 '태생'의 시절로 돌아가고자 머리카락을 자른다. "쉬지 않고 저지른 푸석푸석한 잘못에게서 태생의 윤기 흐르는 때로" 회귀하려고 머리카락을 정리한 것이다. 마치 세속의 욕망의 상징인 무명초(無名草)를 자르는 것처럼 말이다.

장현우의 「어머니의 얼굴」은 이정록의 「풋사과의 주름살」을 연상케 하는 시이다. 어머니의 주름살이 노화의 상징만이 아님을 읽어낸다. 어머니의 주름살을 보며 "얼마나 많은 헛방의 발걸음이 쌓여/ 얽히고설킨 길들이 되었을까"라고 시인은 노래하고 있다. 어머니의 주름살이 곧 어머니의 인생 행로를 말해주고 있는 것이다. 수많은 시행착오에 의해 만들어진 길, 그리하여 더 안쓰러운 길, 그러나 그 길에는 사랑과 열정과 성실이 고스란히 담겨있는 길인 것이다. 또한 어머니의 주름은 남편과 자식을 걱정하는 마음의 선이기도 하다.

봄이 오는 기척으로 방랑괴객(放浪怪客)이란 단어를 만드는 일, 방

랑하며 괴상한 객이 되어 빈집에 들어가보는 일, 다른 봄을 걸으면 다른 사람이 된다고 어떤 시인은 말했지만

빈집에 저녁이 들어앉고 사나흘쯤 들어앉아 저녁이 빈집의 주인이 되면 물병에는 물 대신 시간이 고인다 몇억 광년 별빛이 처음으로 도착한다 자기 몸속 낯선 사람이 물병을 바라본다

물병을 들고서 언덕을 올라가면 유기견이 따라오는 다른 저녁이 있다 동물은 버려질 때 다른 종(種)을 앓는 방랑괴객을 피 대신 흐르게 한다 처음 해보던 기도를 피 대신 흐르게 한다 이리로,

이리로 오렴, 문장들의 식탁인 시집에 물병을 얹어놓고 늙은 개를 어루만지는 밤이 있다 물병을 들면 도착하지 못하는, 떠도는, 수백억 광년의 별빛, 별빛들이다

- 박진성,「방랑괴객」부분

박진성은 시의 힘을 '방랑'에서 찾고 있다. 위의 시에서는 사람과 사람 사이의 삶에 의미를 주지 않는다. 오히려 '방랑'을 통해 만나는 대상들을 소중히 여긴다. '빈집', '빈 식탁'이 주공간이고, "봄이 오는 기척으로" 방랑 괴객이 되는 일이다. 떠도는 그의 삶의 동반자로 버려진 개(유기견)가 있다. 그를 위해 기도도 하고 어루만지기도 하고, 수백억 광년을 떠도는 별 빛을 떠올리기도 한다. '방랑'을 하다보면, 빈 것의, 떠도는 것의, 쓸쓸한 것의 이면을 엿볼 수 있다고 한다. 그러니까 시인은 "떠돌아야 한다"라고 역설하고 있다.

임효빈의「죽은 시인의 머리」는 자아반성의 시이다. '죽은 시인의 사회'가 아니라 '죽은 시인의 머리'이다. 살아있는, 생동감있는 시인의 사회

가 아니라 죽어있는, 침울한 시인의 사회가 판을 친다고 시인은 진단한다. 이는 시인이 함구해야 되는 제조건에 의해 만들어진다. 또 하나 시인의 치열하지 못한 삶에서도 '죽은 시인의 사회'는 도래한다. 따라서 살아있는 시인의 사회가 되려면, 시인의 강한 의지가 중요하다. 그러나 시인은 죽은 시인의 사회가 아닌 '죽은 시인의 머리'를 반성한다. '죽은 시인의 머리'는 지극히 개인적인 영역에 머문다. 죽은 시인의 머리가 아니라 살아있는 시인의 머리가 되기를 염원하고 있는 것이다.

차의갑의 「사과의 속내」도 자아성찰을 다루고 있는 시이다. 과도에 의해 잘 깎여진 사과처럼, 시인 자신도 "투명하게 노릇한 사과의 맛이/ 오랜 숙고 끝에 완성된 제 맛이라 믿으며/ 붉게 달아오른 얼굴을 깎고 싶다"라고 노래하고 있다. "사각사각 모진 마음"을 아우르고 가다듬어 둥그런 마음을 보여주고 싶은 마음을 담아내고 있다. "작은 흠집마저 도려내고 깎아내어/ 잘 익은 속살을 내보이려는 것은/ 지난 과오를 인정하려는 속셈인 것이다."에서처럼 사과가 스스럼없이 자신의 흠집을 드러내는 것처럼, 자신도 허물을 드러내어 고치고 싶은 마음을 표출하고 있다.

정원의 「폐선(廢船)」에서는 폐선을 통해 인생을 생각하고 있다. 폐선은 더 이상 쓸 수 없는, 못 쓰게 된 배이다. 그러나 시인은 폐선에 생명력을 불어넣어 대양(大洋)을 가로질러 유유히 떠돌던 시절을, 그리고 풍랑을 헤치며 위엄을 부린 시절의 기억을 떠올리게 한다. 비록 지금은 대양에 나가지 못하고 모래 위에 쓰러져 있지만, 아직도 그때를 꿈꾸고 있는 폐선을 연민의 시선으로 바라보고 있는 것이다. "거친 물살과 맞서 싸운 풍랑의 흔적들이 구석구석/ 구릿빛 사내들의 땀내음과 뒤섞여" 배안에 남아있음을 상기시키고 있다. 시인은 이처럼 '폐선'을 통해 삶의 의욕을, 시의 길을 찾고 있는 것이다.

유진택의 「민들레 꽃씨에게」는 '민들레 꽃씨'를 보면 자신의 인생을 회고하고 있는 시이다. "보도블록의 민들레" 신세 같다고 생각한 적이 있는 시인은 자신의 삶에 대해 돌아보고 있다. 시인은 "고생길"보다는 좀 더 화려한 삶을 꿈꾸었을지 모른다. 그리하여 민들레에 그 희망을 담아내기도 한다. 그러나 그렇다고 해서 자신의 삶을 후회하지 않는다. 비록 화려한 삶을 살았을지라도 허튼 데에 눈을 두지 않는 삶을 살았기 때문이다.

손의 상처를 통해 상처의 내면세계를 엿보고 있는 시는 이은정의 「손을 베이다」이다. 육체적인 상처는 아물면 그만이지만, 정신적인 상처(충격)는 오래 지속되는 법이다. 인간관계에서도 "보이지 않는 칼"에 상처를 많이 받게 된다. 상처를 주는 사람은 상처를 받는 사람의 심정을 모를 때가 많다. 어떨 때는 알면서도 더 깊게 상처를 주는 이도 있지만 말이다. 혹여 자신의 말과 행동이 다른 이에게 '상처'를 주지 않았는지 다시 한번 생각해보게 하는 시이다. 시적 화자는 "보이지 않는 칼에 수없이 베여도/ 가슴으로 품으며 참고 살아야 하리라"라고 하여 수많은 상처에도 굴하지 않고 꿋꿋하게 힘있게 살아갈 것을 다짐하고 있다.

그리고 이정영, 「산소 가는 길에」에서는 '죽음'에 대한 단상을 노래하고 있다. 산소는 '죽음'과 연관되어 있다. 산소에 자주 간다는 것은 '죽음'과 가까워지고 있음을 뜻하기도 한다. 지인이 죽는 일은 슬픈 일이다. 그리움이 내재하고 있기 때문이다. 그리움은 자신과의 각별한 인연에서 비롯된다. 그 속에는 추억할 수 있는 많은 사연이 담겨있다. 그리하여 그러한 사람이 산소에 묻히는 것은 슬픈 일이다. "나뭇가지 사이/ 내품는 가쁜 숨소리와/ 사람들 귓볼을 스쳐가는 바람소리가/ 가슴에서 들려오고/ 삭막한 눈물샘에 다시 눈물 젖고/ 가슴속 회색빛 재 속에/ 또 다른 뜨거움이 올라오는거야"라고 시인은 노래한다. 이순을 넘긴 시인은 점점 '죽음'에 대해 생각한다. 산소에 가는 일이 이제 낯설지 않을 나이가 된 것이다. 그러면서 시인은 산소에 가는 길에, 훗날 산소에 갈 자신을 생각하고 있는 것이다. 남들이 자신을 어떤 사람으로 기억해줄지, 어떤 그리움을 가져다 줄지를 생각한다. "좋은 사람"으로 기억되길 바라는 시인의 마음이 담겨 있기도 하다.

김채운의 「파슈파티낫 사원에서」는 삶과 죽음이 서로 공존하고 있음을 보여주고 있는 시이다. "슬픔은 쉽사리 눈에 띠지 않는다"(시작노트)라고 한 데서 더 그러한 모습을 발견할 수 있다. "다비 다비 다비"에서 '다비(茶毘)'는 불에 태운다는 뜻으로, 시체를 화장(火葬)하는 일을 이르는 말로 육신을 원래 이루어진 곳으로 돌려보낸다는 의미가 있다.

그런가 하면 윤임수는 「나의 시」를 통해 시의 방향을 밝히고 있다. 시인은 "살아있는 동안만이라도/ 나하고 같이 살아있는 사람들에게/ 따뜻한 위안이 되는 시를 쓰고 싶"은 욕망을 표출하고 있다. 그리고 "나의 시는 여전히/ 진정으로 모두가 따뜻한 세상을 향할 것이다/ 내 옆의 소중한 사람들과 늘 함께 할 것이다."라고 하는 다짐도 한다. 시인은 자신의 시의 길을 밝혀놓음으로써 자신의 길을 묵묵히 가려는 의지를 표출하고 있다.

황재학은 역설적인 방법으로 시의 길을 모색하고 있다.

> 너를 그리워 하니 모란은 지고
> 너를 잊으니 천지간 모란은 피고
>
> -「오월, 모란」 전문

누군가를 잊는다는 것은 슬픈 일이다. 그러나 그것은 또 다른 새로운 관계를 만들기 위한 것이기도 하다. 시적 내공을 읽을 수 있는 작품이다.

그리고 남호순의 「진달래가 핀다」는 다른 이보다 늦게 사랑니를 뽑으며 사랑을 노래하고 있다.

차승호의 시를 읽다보면 입가에 미소가 절로 번진다. 촌철살인의 내용을 구수한 충청도 사투리로 리얼하게 구사하고 있기 때문이다. 이문구 시인(?)을 엿보는 것 같다. 그의 「심조불산」에서는 농촌의 풍경을 재미있게 묘사하고 있다. 만재 영감이 폐비닐 태우다가 불이 나자 주민들이 달려들어 불길을 잡았는데, 누가 소방서에 신고하여 소방차가 출동하는 사건이 발생한다. "소방차 출동으로 벌금께나 나"올 것을 생각한 만재 영감은 그 자리를 피했고, 주민들은 한통속이 되어 의뭉스럽게 '자연발화'를 주장한다. '산불조심'을 '심조불산'으로 바꾸어 읽는 것도 그렇고, 노인들이 "조수에 의한 야생발화"라고 주장하는 대목도 의뭉스러우면서도 재미있다.

시의 건강성은 '현실'에서 비롯된다. 지금-이곳의 현실을 바탕으로 '가난하고 외롭고 쓸쓸한' 삶을 건져내는 일, 그들의 삶 속에서 과거를 읽고 현재, 미래를 읽어내는 일, 그들의 삶 속에서 세상의 이치와 지혜를 발견하는 일이 더없이 소중한 때이다. 시인들의 '진정한 재생'을 위한 시를 기대해본다.

- 『대전작가시선』 10집 발문, 2014년

살아있는 문학, 새로운 공동체를 꿈꾸며
- 〈큰시〉 30주년에 부쳐

1. '큰시'가 걸어온 길, 30년

올해로 '큰시'가 30주년을 맞이한다. 1990년에 김완하를 비롯하여 이규황, 윤형근, 윤택수, 이종진, 안용산, 서정학, 김기상, 임영봉 등 젊은 시인 9인이 모여 '큰시' 동인을 결성한 지 30년이 된 것이다. 9인의 동인으로 시작한 '큰시'는 신진들이 새로 들어오기도 하고 일찍 운명을 달리하거나 개인적인 이유로 떠나기도 하여 현재에는 15인의 동인이 활동하고 있다. 동인지도 1990년에 『더 큰 사랑으로 굽이치며』(창간호)를 펴낸 이후 꾸준히 발간하여 지난해에 나온 『오래된 나무는 안다』까지 총 29권을 발간하였다. 이처럼 오랜 기간 동안 동인들의 목소리를 일관되게 꾸준히 내고 있는 동인지도 흔치 않다.

'큰시' 제호는 동인들이 "80년대 문학의 연장에서 새로운 시를 모색하자"는 캐치프레이즈를 내걸고 벌인 열띤 토론 중 "보다 큰 문학을 하자. 큰시를 쓰자"는 이야기가 나와 자연스럽게 정해진 것이다. 큰시 창간호의 머리말에 창립 취지가 자세히 나와 있다. "금강을 연고로 만난 젊은 시인들의 작품을 모아 엮는다. 80년대에 문학을 출발하여 이제, 이 90년대에는 새로운 세계를 열어갈 30대 초반의 시인들이다. 그러므로 여기에 수록된 시들은 작품 경향에 의한 선정이라기보다는, 새 출발이라는 입장을 고려한 것이다. 돌아보면 80년대의 모순된 상황은 문학에도 깊은 상처를 남겼다. 그렇다. 한 시대의 모순은 시인의 삶과 작품을 좌우한다. 그러나 그러한 질곡을 뛰어넘어 새로운 전망을 열어가는 것이 문학의 길이며, 그 연결선상에서 90년대의 문학 또한 크게 열려야 할 것이다."라고 말이다. 1990년 후일담 문학과 포스트모더니즘 등의 다양한 문학적 징후를 보이던 시기에 문학을 통해 80년대의 시대적 질곡을 뛰어넘어 새로운 문학의 길을 도모하고 전망을 모색해보겠다는 '큰시' 동인들의 의지를 엿볼 수 있다.

30년을 걸어오는 동안 이러한 큰시의 창립 취지는 지금까지도 이어지고 있다. 9인의 동인이 여러 사정으로 하나 둘 다른 신진들로 교체될 때에도, 동인지에서 시전문지로, 다시 동인지 형태로 동인지 체제가 바뀔 때에도 그들은 시대가 요구하는 새로운 문학의 길을 모색하고, 이를 동인지에 담으려 했던 것이다. 그것이 "1980년대 우리 현실과 문학에 대한 고민으로부터 더 올곧은 문학으로 거듭나"(『문자들의 다비식은 따뜻하다』 서문)는 것임을 잘 알고 있었던 것이다. 나아가 그들은 거듭나기 위해 "거대한 역사와 문학의 광장에서 길을" 물었으며, "부끄럽지 않은 시인"(『광장에서 길을 묻다』 서문)의 길을 고민했던 것이다. 이처럼 역사와 현실, 그리고 문학에 대한 고민, 이를 뛰어넘기 위한 새로운 길의 모색이 '큰시'를 존재하게 한 동력이었던 것이다.

'살아있는 정신', '올바른 만남', '열린 미래'를 모토로 치열하게 달려온 '큰시'는 '완성'보다는 '미완'에 주목한다. 혁명도 미완이고, 삶도 미완이고, 시도 미완인 것을 잘 알고 있기 때문이다. '보다 큰 문학을 하기 위해' '큰시'를 추구하였으나 이 또한 아직 미완임을 동인들은 잘 인지하고 있다. 그리하여 큰시 동인들은 지금까지 걸어온 30년의 성찰을 통해 앞으로의 10년, 20년을 내다보려 한다. '미완'의 연속 속에서도 '완(完)'의 실재계를 통해, 미완과 완(完)의 변증법적 과정을 통해 새로운 문학의 길을 모색하려 하고 있는 것이다.

2. '보다 큰 문학', '살아있는 정신'의 지향

'큰시' 동인은 1989년 여름에 "금강을 연고로 하여 80년대 문학의 연장에서 새로운 시를 모색하자"는 취지 아래 결성된다. 김완하, 이규황, 윤형근, 윤택수, 이종진, 안용산, 서정학, 김기상, 임영봉이 창립멤버로 참여한다. 그들은 80년대에 썼던 시들을 모아 창간호 『더 큰 사랑으로 굽이치며』를 펴내며 공식적으로 출발한다. 서문 '금강이여 굽이쳐라'라고 한 데에서 진취적이고 역동적인 그들의 문학적 열정을 읽을 수 있다. 오랜 역사의 아픔과 슬픔을 간직한 채 유유히 흐르는 금강처럼, 모든 것을 '사랑'으로 감싸겠다는 의지가 내포되어 있다. 큰시 창간호에는 동인의 시 90편이 수록되어 있다. 그 중 김완하의 「백마강에서」, 이규황의 「새우잠」, 윤형근의 「고추잠자리」, 윤택수의 「철쭉의 노래」, 이종진의 「신탄진 2」, 안용산의 「닥실나루」, 서정학의 「고향」, 김기상의 「쟁기꾼의 노래」, 임영봉의 「천래강(天來江)을 바라보면」 등이 눈에 띈다. 금강과 연관된 시(「백마강에서」, 「신탄진 2」, 「닥실나루」, 「천래강을 바라보면」)와 고향과 관련된 시(「고향」, 「쟁기꾼의 노래」), 일상과 미적 대상을 노래한 시(「새우잠」, 「고추잠자리」, 「철쭉의 노래」)가 주를 이룬다. 이들의 시에는 세상을 바라보는 따뜻함이 내포되어 있다. 인간의 애환과 고향 상실, 역사적 슬픔 등이 투영되어 있다.

저문 강에 비가 내린다
강심 깊이 귀를 묻으면
잠들지 못한 울음소리가 들린다
강물에 번지는 신음소리 따라
젖은 풀잎 깨어난다

그날 황산벌에 끓어오르던 함성
북소리 목놓아 울고
쫓겨온 장수 몇이 피를 헹구고 떠나간 후
빗물이 쌓여
죽음을 끌어안고
모래알은 천만번 깨어나고 있다

다짐하고 다짐해봐도
억누를 수 없는 힘을 어이하랴
안으로 뜨겁게 흐느끼는 강자락
장수의 칼날이 끊어낸 몇 둥치 어둠이여
거센 물결은 거듭 일어서고
우리가 살아있음으로 더욱 슬퍼지는 것을
또 어이하랴

비는 헐벗은 몸짓으로 부서져
강물에 몸을 섞는데
우리 이대로 서서 무엇이 될까
천둥소리에 놀라
재앵쟁 강줄기 몸을 뒤틀고
강울음은 들판을 적신다

- 김완하, 「백마강에서」 전문

금강의 잔잔하면서도 역동적인 느낌을 보여주고 있는 시이다. 저문 강에 비 내리는 풍경을 보며 시인은 역사적 아픔과 슬픔을, 황산벌에 "끓어오르는 함성"을 떠올린다. 비가 내려 강물이 더 역동적으로 굽이치며 들판을 적시는 광경을 통해 80년대의 암울한 현실 속에서도 희망을 내포하고 있음을 보여주고 있다. "강물에 번지는 신음소리 따라/ 젖은 풀잎 깨어"나듯, 아무리 억누른다고 해도 "억누를 수 없는 힘"을 보고 있는 것이다.

1992년에 『큰시 2집』이 발간된다. 창간호가 나온 지 2년만에 나온 것이다. "동인들의 동질성과 시대적 명제와의 연관성이 우선되어야 하겠으나 우리들의 동인지의 개성에 주력했다"라는 서문의 내용으로 보아 앞으로 동인들의 동질성, 시대적 요청도 간과하지 않으면서 동인들의 개성도 중시하겠다는 의지로 읽힌다. 동인들의 변화도 보인다. 이규황, 윤택수, 서정학, 김기상 등이 빠지고 강희안, 양선규, 이태관 등이 신입회원으로 들어오게 된 것이다. 『큰시 2집』에는 강희안, 김완하, 안용산, 양선규, 윤형근, 이종진, 이태관, 임영봉의 시들이 수록되어 있다.

어딘들 가지 못하랴, 우리
목숨이야 원래 그런 것
실하게 웃고 걸쩍하게 울지 않았던가
온 들판을 누비다
지친 숨소리에 길이 묻힌다
그제야 보이는 들꽃, 들꽃처럼 무너지는구나
참으로 서럽다면 서러운
달이 뜬다
보았느냐
속으로 삭혔다 떠나야 할 때 비로소 운다는

쇠북골 쇠북소리, 보았느냐

북소리 들판에 가득한데

어딘들 가지 못하랴

살 판 죽을 판 매달린 숨소리

쇠북을 울리는구나, 둥둥둥 둥둥둥

쇠북골 쇠북이 우는구나

- 안용산, 「쇠북골」 전문

쇠북소리의 운명을 보여주고 있는 시이다. 쇠북(鐘)은 예전에 쇠로 된 북으로, 한번 치면 멀리까지 종소리가 퍼진다. 어느 곳이든 막힘없이 퍼지는 자유로운 속성을 지니고 있다. "어딘들 가지 못하랴, 우리/ 목숨이야 원래 그런 것/ 실하게 웃고 걸쩍하게 울지 않았던가"라고 하여 생사(生死), 귀천, 남녀노소 등을 가리지 않고 구분과 경계없이 울려퍼진다. 시인이 이처럼 '쇠북'을 노래한 데에는 '지금-여기'를 살아가는 인간의 삶도 쇠북처럼 억압없이 자유를 누렸으면 하는 간절한 마음이 담겨있는 것이라 할 수 있다. 그리고 윤형근의 「소풍」도 눈길을 끈다. 5월에 보문산으로 소풍을 가며 '떠나간 벗'들을 떠올린다. "죽음이 부르는 소문들을/ 오월의 검은 날개에 싣고 나는 소풍을 간다"라고 한 데서 시인은 소리없이 숨져간 5월의 영혼들을 위로하고 있다.

1993년에 『깊은 강 물결소리』(큰시 3집)을 펴낸다. 「책머리에」에 "동인 모두는 우리들이 깨워야 하는 것이 무엇인가를 골똘히 다시 생각해 본다. (……) 한 손에 나침반을 들고 한 손엔 등고선이 복잡한 지도를 들고 우리는 찾아가는 것이다. 바람도 불 것이다. 강도 건너야 할 것이다. 산도 넘어야 할 것이다. 그러나 우리는 참아낼 것이다."라고 하여 앞으로의 고난과 역경도 잘 이겨낼 것이라고 다짐하고 있다. 강희안, 김완하, 양선규, 이

만교, 이종진, 임영봉 등의 시들이 수록되어 있다. 강희안의 「섬 속의 섬」, 김완하의 「눈발」, 양선규의 「금강천리」, 이만교의 「산길」, 이종진의 「불을 위하여」, 임영봉의 「무지개가 되기까지는」, 양선규의 「금강천리」 등이 눈길을 끈다.

> 강물의 깊이 우리 아는가
> 산의 허리 돌아 들을 지나 동네마다
> 베틀 소리 물레 소리 함께 뒤섞여
> 천년을 흐르는 강
> 전북 장수읍 수분리 뜸북날 금강 발원지에서
> 소백산맥 차령산맥 그 사이로
> 무주 금산 영동을 돌아 부여 백마강까지
> 메마른 대지 우리의 가슴 깊이 적시며 흘러온
> 금강천리
>
> — 양선규, 「금강천리」 부분

전북 장수에서 시작하여 서천, 장항으로 들어가는 금강을 예찬하고 있다. 천리를 흘러가는 금강을 시인은 어머니들의 "베틀 소리 물레 소리"가 담겨 있는 강으로, "메마른 대지 우리의 가슴 깊이 적시"는 강으로 노래하고 있다.

1994년에는 『우주로 통하는 길목』(제4집)이 출간된다. 윤종영, 정바름, 주용일 시인이 들어오게 된다. 「책머리에」에 "모든 것이 넘치는 의미과잉의 시대에 시와 삶을 하나로 아우르기를 꿈꾸며 우리는 걸어왔다. 산·꽃·강·별 등 흔히 만나는 저 자연의 절대성 앞에서 우리는 두 무릎을 꿇고 버릴 것이 없을 때까지 버려야 할 것이다."라고 하여 삶과 시, 무소유의 소중함을 강조하고 있다. 강희안, 김완하, 양선규, 윤종영, 임영봉, 정바름, 주용일의 시들이 수록되어 있다. 양애경의 해설 「삶에서 꿈 찾기 - 〈큰시〉 동인의 시를 읽고」는 동인들의 시에 대해 꼼꼼히 다루고 있어 그들의 시 세계를 이해하는 데 일조하고 있다. 이 시기 큰시에도 작은 변화가 찾아온다. 그것은 『계간 큰시』 창간호(1994·여름)와 제2호(1994·겨울)가 발간된 것이다. 창간호 「창간사-살아있는 정신·올바른 만남·열린 미래」에 "우리 「큰시」는 이 시대의 살아있는 정신을 찾고 되살려내려 한다. 우리의 이웃, 현실 그리고 진실의 올바른 만남을 추구하고자 노력할 것이다. 이로써 새롭게 다가오는 미래의 지평을 힘차게 열어가고자 하는 것이다."라고 씌어 있다. 이로써 큰시의 방향이 '살아있는 정신·올바른 만남·열린 미래'로 좀 더 확고해진다. 창간호에 임강빈, 김영석의 시, 김수남의 콩트, 큰시시단 (송찬호, 이만교, 양선규, 강희안, 이종진, 안용산, 윤종영, 주용일) 등이 마련되어 있다. 『계간 큰시』 제2호에는 조재훈, 나태주의 시, 최학의 문학칼럼, 연용흠의 콩트, 큰시시단(김완하, 박선호, 이승하, 양선규, 정바름, 김중식, 이강산, 주용일, 윤종영, 임영봉) 등 다양한 읽을거리가 실려 있다.

이듬해에 『행간을 흐르는 그리움처럼』(제5집)이 발간된다. 정용재 시인이 새로 들어온다. 강희안, 김완하, 양선규, 윤종영, 임영봉, 정바름, 정용재, 주용일의 시들이 수록되어 있다. 윤종영의 「별들의 마을」과 정바름의 「꿈과 밥」 등이 눈길을 끈다.

집집마다 어깨동무 기대고 있구나
골목의 어디쯤 술 취해
흔들리는 사람 대문을 두드리고
저이의 삶은 오늘 하루 고단했구나

이해하며 고개를 끄덕이며

빼꼼이 창문 여닫는 소리

- 윤종영, 「별들의 마을」 부분

밤이면 밤마다

밥을 꿈꾼다

가위 짓눌리듯 벗어날 수 없는

밥의 꿈

(……)

밥은 꿈처럼 멀고

꿈은 밥처럼 가깝다

- 정바름, 「꿈과 밥」 부분

윤종영의 「별들의 마을」은 고단한 사람들을 따뜻하게 바라보는 별들의 마을을 그리워하고 있는 시이고, 정바름의 「꿈과 밥」은 각박한 현실 속에서의 '밥'과 '꿈'의 가깝고도 먼 사이를 현실감있게 노래하고 있다. 전자가 '별들의 마을'의 유토피아적인 세계를 꿈꾸고 있다면, 후자는 현실 속에서의 소박한 꿈이 담겨 있다. 두 시 모두 '지금-여기'의 고단한 삶을 다루고 있다는 점에서 주목할 만하다. 다음해에 발간된 『말을 버리다』(제6집)에 강희안, 김완하, 박종영, 배인석, 윤종영, 주용일의 시가 수록되어 있다.

1997~98년에는 '큰시' 동인에 커다란 변화가 생긴다. 그것은 동인지가 아닌 시전문지 성격을 띤 『큰시』 혁신호가 발간되었기 때문이다. 『큰시』 제7집 「머리말」에 "우리는 동인지의 편집을 새롭게 하면서 좀더 성숙된

매체로 발전시키자는 결론에 이르게 되었다. 우리는 지면을 열어서 전국적으로 필자를 수용할 것, 시전문지의 형태를 취할 것, 좀더 젊은 패기와 신선함을 추구할 것 등의 편집 방향을 정하고 그 결과로『큰시』7집(혁신 1호)을 선보이게 된 것이다.”라고 하여 혁신호를 발간하게 된 경위를 밝히고 있다. 젊고 패기와 신선함을 추구하고, 전국적인 지면을 확보하기 위해 시전문지 형식으로 전환하였음을 알 수 있다. 기획특집(세기말의 문학 상황과 그 전망), 신작특집(이승하 등), 연속기획(김완하 편), 특집(올해의 큰 시), 서평 등 다양한 특집과 기획을 선보이고 있다. 반경환, 우찬제, 진순애, 안수환, 한기, 조해옥, 정순진 등 다양한 필진이 참여하고 있음을 볼 수 있다. 이듬해에 발간된『큰시』8집에는 특집기획(고은 시인과의 대화), 신작특집(이재무, 맹문재 등), 동인특집(양선규 편), 올해의 큰시 등이 실려 있다. 이처럼『큰시』혁신호는 큰시 동인이 좀 더 젊고 패기있는 장으로, 테두리를 '큰시'를 넘어 전국으로 시적 영역을 넓히는 장으로, 동인지에서 시전문지로서의 역량을 강화하는 장으로 나아가는 데 일조했다고 할 수 있다.

시전문지를 추구하던 큰시는 1999년에 다시 원래의 형태인 동인지『길에는 길 아닌 것이 있다』(제9집)를 발간한다. 시전문지의 지속적인 발간이 쉽지 않았던 것으로 보인다.「세기말,「큰시」10년을 돌이켜 보며」에 '큰시' 동인의 창립 배경과 앞으로 방향, 동인지 발간 경위 등의 내용이 비교적 자세하게 나와 있다. 김완하, 양선규, 윤종영, 임영봉, 정용재, 주용일의 다양한 시를 엿볼 수 있다. 주용일의「어깨의 쓸모」가 소박하지만 긴 여운을 주고 있다.

어스름녘,
일을 끝내고 돌아가는 버스 안에서

꾸벅꾸벅 졸다가 어깨에 얹혀오는
옆사람의 혼곤한 머리.
나는 슬그머니 어깨를 내어준다
항상 허세만 부리던 내 어깨가
오랜만에 제대로 쓰였다

-「어깨의 쓸모」부분

강한 어깨, 힘있는 어깨만 쓸모 있는 것이 아니다. 곤한 잠을 자는 옆사람의 머리를 받칠 수 있는 어깨도 세상을 따뜻하게 만드는 소중한 매개가 된다. "항상 허세만 부리던 내 어깨가/ 오랜만에 제대로 쓰였다"라고 한 데서는 시인의 겸허한 모습을 읽을 수 있다. 거창하지 않아도 작고 소중한 데에서 시적인 의미를 찾는 혜안을 지녔음을 보게 된다. 2000년에 큰시 10주년 기념 시선집 『문자들의 다비식은 따뜻하다』를 펴낸다. '큰시'와 인연을 맺은 동인들의 대표시를 모아 엮은 것이다. 1부에는 강희안, 김완하, 배인석, 양선규, 윤종영, 임영봉, 정바름, 정용재, 주용일의 시가, 2부에는 김기상, 박종영, 서정학, 안용산, 이규황, 윤택수, 윤형근, 이만교, 이종진, 이태관의 시가 실려 있다. 이 시선집에 수록된 시를 통해 '큰시'가 걸어온 10년의 발자취를 엿볼 수 있다. 80년대 문학의 현실 감각을 바탕으로 '지금-여기'의 다양한 삶을 독특하고 참신하게 형상화하고 있다. 그 배면에는 또 다른 세상으로 나아가는 데 추동이 되는 희망과 작고 하찮은, 비루한 대상들을 감싸는 따뜻함이 내재해 있다.

3. 비판적 정신과 새로운 공동체의 추구

21세기를 시작하는 '큰시'는 다시 시전문지의 성격을 띤『큰시』(제11집)로 포문을 연다. 지금까지 앞머리를 장식했던「머리말」도 이번 호에는 없다. 기획특집, 우리시대의 젊은동인(윤종영 편), 신작시, 올해의 큰시, 올해의 시집으로 꾸며져 있다. 기획특집에는 김석준의 평론「포스트모던 시대의 서정시」와 이용욱의 평론「사이버 스페이스 안에서 비트로 문학하기」가, 우리시대의 젊은동인에는 김택중의 평론「윤종영 시의 대립과 생성」이 실려 있다. 신작시 코너에는 임강빈, 나태주, 박명용, 이은봉 등의 시가, 올해의 큰시에는 김명인, 김선우, 김영남 등의 시와 조해옥의 평론「공동체의 회복과 무욕의 시」가 마련되어 있다. 다음해에 출간된『큰시』(제12집)「머리글」에 "12집을 세상에 내놓으며 우리는 어설픈 기획과 설익은 언어들을 부끄러워 해야 한다고 생각한다. 다행히 임강빈 외 16인의 대전·충남 시인의 대표시와 조혜옥, 이용욱의 시대를 꿰뚫는 날카로운 글들이 있어 위안이 된다. 정바름의 특집과 김완하의 세 번째 시집평, 그리고 김추성, 김희정, 고완수, 박기임, 양인경, 이필용, 정용재, 주용일 등의 시가 함께 하니 큰시에 희망이 있다."라고 쓰고 있다. 시전문지의 지속적인 발간의 어려움과 새로운 동인들의 증가로 인한 희망을 동시에 말하고 있다. 정바름의 특집에는 이종진과 조해옥의 평론이 마련되어 정바름의 삶과 시를 이해하는 데 도움을 주고 있다. 이후 29집까지『큰시』는 동인지 형태로 발간된다.

다음 해에『따뜻한 비명』(제13집)이 발간되는데, 신진 시인들이 많이 참여한 것을 알 수 있다. 강규식, 고완수, 김완하, 김추성, 김혜경, 김희정, 박기임, 양선규, 양인경, 윤종영, 정바름, 정용재, 주용일의 시들이 실려 있다. '시인의 말'이 곁들여 있어 동인들의 시의 결을 읽는 데 많은 도움을 주고 있다. 머리말에는 "(⋯⋯) 동인들의 시를 묶는데 왜 국화꽃이 떠오르는 것일까 아마도 그것은 난해나 현학이나 요설 등과 같은 시류에 흔들리지 않는 당당함 때문이리라. 이런 당당함이 우리 '큰시'를 지탱하는 힘이 아니겠는가 오상고절의 시를 세상에 내놓는다."라고 하여 오상고절(국화)처럼 어떤 상황 속에서도 흔들리지 않고 당당하게 나아가겠다는 의지를 표출하고 있다. 윤종영의 「장순길 氏」, 주용일의 「거미」, 정용재의 「따뜻한 비명」 등이 눈에 띈다.

> 벌목으로 잘려나간 나무 밑둥
> 봄부터 가을까지 물 기르던
>
> 계절의 속살이 켜켜이 쌓여 있다
>
> (⋯⋯)
>
> 벌판에서 견뎌야
> 한 뼘 한 뼘 단단히 키울 수 있고
> 단단해져야 따뜻할 수 있는
> 깊은 속을 만들 수 있지만
> 추운 겨울이 와도
> 단단한 나이테를 만들지 못하는 나는
> 아직도 가진 것이 너무 많은가 보다
>
>   - 정용재, 「따뜻한 비명」 부분

"살아남기 위해" 생장을 멈추어야 하는, 나무들의 고단한 몸부림을 보

며 자아성찰하고 있는 시이다. 추운 겨울, "벌판에서 견뎌야/ 한뼘 한뼘 단단히 키울 수 있고/ 단단해져야 따뜻할 수 있는/ 깊은 속을 만들 수 있"는 진리를 나무의 나이테를 통해 깨닫게 된다. 한살 한살 더 먹는 일이 곧 인생의 나이테를 만들어가는 일임을 시인은 노래하고 있는 것이다. 이듬해에는 『허공이 키우는 나무』(제14집)를 펴낸다. 김완하의 「허공이 키우는 나무」, 고완수의 「말라죽는 난 뿌리를 보며」, 김희정의 「시집」 등의 시가 오래 기억에 남는다. 오홍진의 해설 「일상과 기억과 생명의 시」는 14집에 실린 동인들의 시의 길라잡이 역할을 하고 있다.

> 한 삽 모래 틈에
> 우동발 같은 뿌릴 묻고
> 너는 살았구나
>
> 아래로도 옆으로도
> 뻗을 수 없는 불안에
> 몇몇은 아예
> 허공으로 들어올렸구나
>
> 한 줌 습기를 찾아
> 메마른 사냥터를
> 번뜩이는 눈으로 누볐을
> 네 혼곤했던 발목
>   - 고완수, 「말라죽은 난 뿌리를 보며」 부분

말라죽은 난의 뿌리를 보며 좁은 공간에서 생을 마쳐야 하는 난의 슬

품을 읽는다. 척박한 땅과 좁은 터전, 습기 없는 곳에서 묵묵히 견뎌야만 하는 난의 모습을 보며 사막같은 세상에서 뿌리를 내리려 사방을 기웃거리는 자신을 발견한다. 절개와 지조를 상징하는 '매란국죽'의 하나인 '난'이 절개와 지조를 지키기 위해 얼마나 오랜 기간의 세월을 참고 견뎌야 했는지를 안타까운 시선으로 목도하고 있다.

2005년에는 큰시 동인지 『미쳐버리고 싶은 미쳐지지 않는』(제15집)을 출간한다. 「책을 내며」에 "이 겨울, 내리는 함박눈처럼 풍성한 시의 세계로 어깨 걸고 가보는 것이다. 저 앞, 너른 벌판에 우리 시의 숲이 있다."라고 쓰고 있다. 연대의 힘으로, 동행의 힘으로 겨울 한복판에 있는 시의 숲에 다다르고자 하는 동인들의 소망을 담아내고 있다. 강규식, 고완수, 길상호, 김완하, 김정태, 김혜경, 김희정, 박기임, 양선규, 양인경, 윤종영, 이필용, 정바름, 정용재, 주용일의 시가 다채롭게 묶여 있다. 조해옥의 해설 「생의 빛을 발견하는 시인들」은 큰시 동인들의 시세계를 친절하게 안내하는 역할을 해주고 있다. 이듬해에는 『詩와 오징어』(제17집)를, 그 다음해에는 『촛불, 펜 끝에 불을 붙이다』(제18집)를 발간한다. 특히 18집은 「책을 내며」부터 예사롭지 않다. "시인은 세상을 밝히는 촛불이 되어야 한다고 말하고 싶은데 그런 촛불은 우리들 마음속에 아직 켜져 있지 않나 봅니다. 시인이 아니라는 소리겠지요. 시인이 경제 이야기를 하고 있다면 문학 판도 막장이라는 생각이 듭니다."라고 하여 지금까지 시인의 길을 걸어온 것에 대해 자성하고 있다. 조금은 덜 부끄럽게 살기 위해, 조금이나마 세상을 밝히는 촛불이 되기 위해 동인들은 '촛불 특집'을 마련한다. 12명의 동인들이 '광우병 쇠고기 수입반대 촛불'의 의미를 담아내고 있다.

제 몸 하나 소롯이 태워

어두움 밝히고자

제 뜻 하나 온전히 세워
시대를 밝히고자

그 순한 영혼들, 출렁이는
빛들의 군무.

- 양인경, 「촛불제」 전문

시대의 저항의 상징인 촛불의 의미를 함축적으로 잘 표출하고 있는 시
이다. 초는 제 몸 하나 온전하게 태워 어둠을 밝히고, 시대를 밝히고자 한
다. 이러한 순수한 영혼들이 모인 "빛들의 군무", 이것이 촛불제의 진정한
의미임을 보여주고 있다. 광우병 파동으로 시작된 촛불제는 이후 세월호
사건 진상 규명, 박근혜 정권 퇴진 운동 등으로 이어진다. 이듬해에 『광장
에서 길을 묻다』(제19집)가 발간되는데, 머리말에 "우리는 오늘 거대한 역
사와 문학의 광장에서 길을 묻고 있습니다. (……) 부끄럽지 않은 시인으
로 기억되었으면 좋겠습니다. 길을 묻는 것이 아니라 우리 스스로 길이었
으면 좋겠습니다"라고 하여 부끄럽지 않은 시인이 되기 위해 광장에서 길
을 묻고 있다. 특집 1 「광장에서 길을 묻다 - 민주주의를 다시 생각한다」
에 10명의 동인들이 참여하고 있다. 특집 2는 '회원 신간 시집'을 소개하
고 있다.

2010년에 큰시 제20집 특집호 『시인』이 출간된다. 큰시 동인지 제10
집이 '큰시'와 인연을 맺은 동인들의 대표시를 묶었다면, 제20집에서는
동인들의 시와 함께 '특집 1 - 묵필로 읽는 시', '특집 2 - 동인 신간 시집' 해
설이 수록되어 있다. 「묵필로 읽는 시」는 동인들이 뽑은 대표시를 묵필로

옮긴 것이기에 더 눈길을 끈다. 머리말에서 '살아있는 정신', '올바른 만남', '열린 미래'를 추구해온 20년의 회고와 더불어 앞으로 나아갈 방향도 언급하고 있다. "지금까지 묵묵히 걸어왔던 것처럼 뜨거운 열정으로 가득 차 새로운 밭을 일구어가는 치열한 태도로 문학적 갱신을 위해 노력하는 큰시가" 되고, 또한 "도시 문명으로 잊혀져가는 자연에 귀 기울임과 동시에 시대를 통찰하는 비판적 정신으로 새로운 공동체를 추구하는 보다 따뜻한 세상을 향해 나아가는 큰시가 되었으면 하는 바람"을 밝히고 있다.

4. 시의 원형(原型)과 로컬리티의 모색

2011년부터 큰시는 다양한 변화를 시도한다. 『한 달만 시인』(제21집)에 특집1 시와 풍경과 특집2 큰시의 산문을 마련한 것이다. 강규식의 「시와 경제 그리고 미래」, 고완수의 「나의 무협시대」, 김완하의 「고개의 시적 상상력」, 김채운의 「지푸재를 넘으며」, 김희정의 「시인의 아내」, 박권수의 「달의 창가에서」, 박종빈의 「세한도」, 양인경의 「목련꽃을 추억하다」, 윤종영의 「공부에 지친 아이들에게」, 정바름의 「차라리 잔디를 뽑을까」 등이 실려 있다. 큰시 동인들의 삶과 시의 이면을 살피는 데 적잖은 실마리를 제공한다. 신작시 중 김희정의 시 「복수하다」가 눈길을 끈다.

아침 일찍 4대강 공사 반대 공연 준비한다고 행사장으로 달려갔다 공연이 끝나고 산사에서 저녁 먹기 위해 줄을 섰는데 아내에게 전화가 왔다 어머니 생신인데 전화했냐며 추궁을 한다 순간 2주 전 일이 스쳐갔다 여든 넘긴 엄마, 아들을 세상에 내놓고 처음으로 생일을

잊어버려 짠한 마음 나이 탓으로 돌렸다

(……)

부리나케 전화하니 노모 목소리가 흘러나온다 왜 전화 늦게 한 줄
아느냐고 너스레를 떨었다 지금이라도 하면 되지 무슨 상관이냐는 엄
마, 그 말끝에 던진 한 마디 '저번 내 생일 잊은 것에 대한 복수'라고 말
해주었다 전화 밖으로 노모의 해맑은 웃음소리가 금강을 떠나는 해거
름, 돌려세운다

- 「복수하다」 부분

어머니의 생일을 잊어버린 시인이 어머니에게 익살스럽게 복수하는
(?) 장면이 인상적이다. 어머니의 마음을 상하지 않게 하기 위해 자신의
생일을 늦게 기억한 것을 어머니에게 상기시켜 "해맑은 웃음소리"를 자아
내게 하는 데서 시인의 사려깊은, 따뜻한 마음을 읽을 수 있다. 노모의 해
맑은 웃음소리로 "4대강 공사 반대 공연 준비"도 원활하게 되고, 어머니
에 대한 미안함도 해소된 것이다. 이듬해에 『징후』(제22집)이 나온다. 21
집과 마찬가지로 특집 1 시와 풍경, 특집 2 큰시의 산문, 동인의 시, 특집 3
동인 신간 시집이 마련되어 있다. 강규식의 시 「할미꽃」이 눈에 들어온다.

무덤길 석양
노을처럼 시들어
버선발에 밟히는 아픔
애써 고스란히 받아주겠지
뒤돌아 우련히 발자국 세어 보면
뚝뚝 오목 가슴에 번지는 놀

굽이굽이 움푹 고개 파묻고
노을은 솜털처럼 바르르

- 「할미꽃」 전문

할미꽃의 풍경을 통해 할머니들의 애환을 암시적으로 표출하고 있는
시이다. "버선발에 밟히는 아픔"과 "뚝뚝 오목 가슴에 번지는" 슬픔, "굽이
굽이 움푹 고개 파묻"은 고단함을 통해 할머니의 힘겨운 일생을 읽어내고
있다. 할미꽃의 애잔하고 쓸쓸한 풍경을 통해 할머니의 고단한 삶을 따뜻
하게 포착한 데서 시인의 섬세함을 볼 수 있다.

2013년에 큰시 동인지 23집 『뉴스를 전해드리겠습니다』를 출간한다.
강규식, 고완수, 김완하, 김정태, 김채운, 김희정, 박권수, 박기임, 박종빈,
양선규, 양인경, 윤종영, 정바름, 최대규, 황인학의 신작시가 수록되어 있
다. 특집 1은 어머니, 아버지를, 특집 2는 시와 풍경을 다루고 있다. 그 중
박권수의 「아버지」는 마음 한 구석을 짠하게 한다.

목욕탕에서
서로 등을 밀어주는 부자를 본다.
애틋함은 그만큼의 거리를 두고,
벽 한쪽 물속으로 뿜어져 나오는 물줄기에
잠시 몸을 맡겨본다
혼자인 사람에게는 벽이 등이 되기도 하지
속속들이 밀치고 들어오는 시원함들에
잠시 눈을 감고 잠길 즈음
가슴 한 쪽 오래된 벽을 열고 들어서는
"다 됐다 그만 가거라"

등은 항상 누군가의 보이지 않는 손길을 기억한다
탕을 적시며 나오는 길
커다란 탕을 휘돌며
등 떠밀고 혼자 등을 밀고 있는
하얀 물줄기

- 「아버지」 전문

손택수의 「아버지의 등을 밀며」를 생각나게 하는 시이다. 손택수의 시에서는 아버지가 어깨에 생긴 지겟자국을 아들에게 보여주지 않으려다가 결국 과로로 쓰러진 다음에 보여준다는 내용인데, 이 시에서는 등을 밀어줄 아버지가 부재한 상태이다. 때문에 시인은 목욕탕에 올 때마다 아버지의 손길이 더 간절하고 그리운 것이다. 그리하여 그는 "혼자인 사람에게는 벽이 등이 되기도 하지"하며 벽에서 나오는 물줄기에 몸을 맡기기도 한다. 그러나 아버지의 "보이지 않는 손길"을 기억하는 시인에게 그 물줄기는 아버지의 그리움을 대체할 수 없다. 부재한 아버지에 대한 그리움을 잘 표현하고 있는 시라 할 수 있다. 이듬해에 『잘 가라, 봄꽃들아』(제24집)를 내놓는다. 특집 1 '시인의 고향'과 특집 2 '시와 풍경'에 삽입된 다양한 사진들이 눈길을 사로잡는다. 이 중 최대규의 「그리움」과 황인학의 「식혜」를 보기로 한다.

긴 밤 지나 이른 아침
새벽안개 자욱히 쌓여서
온 산을 뒤덮네

머나먼 이별 뒤에 희미해진 그대 모습

겹겹한 사연에 묻어버린 이야기
망종 지난 마당에는 비 내리고
간밤 무성했던 개구리 소리 그쳤는데

아직도 내 맘속엔
아, 그리운 그대 음성

                                        - 최대규, 「그리움」 전문

공주군 신풍면 산정리
마당 한켠 누렁이는
컹컹컹 짖어대고요
별은 반짝반짝
지붕 위로 지붕 아래로
쏟아지고요 쏟아져내리고요
바람은 주렁주렁 고드름
하나하나 닦아주고요
할아버지 집 차디찬
마루에 놓인 살얼음이 살짝 낀
밥알 동동 식혜를
저붐으로 휘휘 휘저어
벌컥벌컥 마시는 것인데요
얼음을 살칵살칵 깨물어 먹는 것인데요
찬 마루 위 맨발보다
속이 얼얼하게 씨이원한 것인데요
바람과 별과 달에
순간 감전 되는 것인데요

                                        - 황인학, 「식혜」 부분

두 시 모두 고향의 이미지가 잘 표출된 작품이다. 전자가 망종이 지난 늦은 봄에 고향의 짙은 새벽안개와 개구리 소리, 비 내리는 모습이 등장하고 있다면, 후자는 한 겨울의 고향의 누렁이, 별, 바람, 고드름, 식혜 등이 등장하고 있다. 최대규의 시가 고향의 모습이 아련해지고 흐릿해져 더 그리운 대상으로 그리고 있다면, 황인학의 시는 유년시절의 기억을 아주 선명한 모습으로 묘사하여 고향에 다가가고 있다. 그리고 후자의 시는 '저붐'(젓가락의 방언), 씨이원한, 살칵살칵 등 유년시절의 언어를 구사함으로써 시의 맛을 더 살리고 있다.

2015년에 『그리 오래지 않은』(제25집)이 발간된다. 이번 동인지는 특별하다. 오랜 동인으로 활동했던 '[추모특집] 주용일 시인'을 비롯하여 자필시, 시와 풍경, 동인 신작시 등이 실려 있기 때문이다. 추모특집에는 그의 연보와 대표시, 작품해설(김홍진), 추모의 글(양선규, 정바름, 김희정)이 실려 있다. 불교적, 노장적 사유를 바탕으로 한 세상과 인생의 노래가 절창인 주용일 시인의 진면목을 볼 수 있다. 김정태의 「서더리」, 박기임의 「온기」, 김채운의 「산수유 필 무렵」 등이 눈길을 끈다.

> 한 팩에 삼천 원 하는
> 서더리를 들고 웃는다
> 동네 슈퍼에선
> 자주 만날 수도 없어
> 누군가 찰진 부분을 살살 여며낸 후
> 검정 봉지에 구겨 넣은 척추며
> 붙어 있는 것도 버거운 꼬리와
> 아가미와 입 주위 붙은 살들,
> 붉은 양념과 묵은지 넣고 끓여

말없이 먹고 있노라면
침묵의 거리도 알아차린다
사람과 사람 속에서 살다보니
나에게도 비릿함이 나겠지
한 그릇 푸짐한 살점 나오겠지
한 병 막걸리 들고
너덜거리는 뼈 살점 추려 먹으며
무심결에 자란 뼛속 까칠함이
양념 스며든 마디 속 빨아먹으며
누구의 먹거리, 욕거리 되겠지
한 팩에 삼천 원 하는
서더리를 들고
검정 봉지 속
묵직한 몸을 들고
내 몸에서도 바다향 나겠지

- 김정태, 「서더리」 전문

온가족의 밥상이 되고
책상이 되고 의자가 되어
사랑 받던 이름,

몸의 온기를 잃었는지
옷 구겨진 한 장의 바람에도 싸늘하다
흔들리는 인생의 뼈마디들,
앉았다 일어설 때마다
몸 구석구석에서 앓는 소리를 낸다

건강이 버팀목이라 말하던
당당한 그 목소리,
온몸의 관절 마디마디를 꺾는다
뚝, 뚝 소리를 지르고 있다

　　　　　　　　　　　　　　- 박기임, 「온기」 부분

　　김정태의 시는 동네 슈퍼에서 파는 저렴한 서더리에 대한 단상을 보여
주는 작품이다. 서더리는 생선의 살을 발라낸 나머지, 즉 머리, 등뼈, 껍질,
알, 꼬리 등을 함께 이르는 말이다. 온전한 생선보다 가격이 저렴한 매운
탕으로 사람들의 사랑을 받는다. 태안이 고향인 시인은 서더리를 통해 "무
심결에 자란 뼛속 까칠함"도 생각해 보고, 고향의 '바다향'도 느끼게 된다.
나아가 인생의 그늘과 애환까지도 엿본다. 박기임의 시는 '온기'의 소중함
을 노래하고 있다. 온기가 빠져나간 폐가는 허물어지기 일쑤이듯, 사람의
몸도 온기가 없으면 삐걱될 수밖에 없다. 시인은 가족의 "밥상이 되고/ 책
상이 되고 의자가 되어" 많은 사랑을 받던, 온기로 가득찬 시절을 떠올린
다. "몸 구석구석에서 앓는 소리"를 내는 몸에 온기를 불어넣어 새로운 인
생을 살고 싶은 욕망을 드러내고 있다. 김정태의 시는 '서더리'를 통해 삶
의 생기를, 박기임의 시는 '온기'를 통해 삶의 활력을 얻고자 하고 있다.
　　이듬해에 『계절이 지나가면』(제26집)이 출간된다. 특집 1 골목길과 특
집 2 신간시집(박권수 시집) 해설, 동인들의 신작시를 수록하고 있다. 아직
까지 원형이 거의 보존되어 있는, 대전의 마지막 달동네 소제동 골목을 탐
방하여 쓴 기록들이 인상적이다. 갈라진 벽, 빈 집을 통해 세월의 흔적을,
고단한 삶을 살다 간 민초들의 생의 이면을 발견하기도 한다. 박종빈의
「동백꽃보살-화광동진(和光同塵)」 등이 눈에 들어온다.

밤새 어느 여인이 천 번의 손길을
주고 갔을까
꽃들이 환하게 미소 짓고 있네요

궁금한 게 많은 동백꽃
영취산 홍국사 원통전 앞에
서성이며

천 개의 눈을 밝히고 있네요
사람 그리운 저 동백꽃보살
봄빛 따라

천 개의 몸으로 화답하고 있네요.
흙먼지도 개의치 않다는 듯이
땅으로 뛰어내리는

- 박종빈, 「동백꽃보살-화광동진」 전문

　　겨울과 이른 봄에 피는 동백꽃을 '화광동진'에 접목시키는 모습이 예
사롭지 않다. 화광동진은 '빛을 감추고 티끌 속에 섞여 있다'는 뜻으로, 자
기의 뛰어난 지덕을 나타내지 않고 세속에 따르는 것을 이르는 말이다.
전남 여수에 있는 영취산 홍국사에 피어있는 동백꽃을 보며 사람이 그리
워 봄빛을 따라 "천 개의 몸"으로 화답하고 있다고 노래하고 있다. 그리고
동백꽃이 떨어지는 모습을 "흙먼지도 개의치 않다는 듯이/ 땅으로 뛰어내
리는" 것으로 표현한 것에서 깊은 내공을 엿볼 수 있다. 이러한 동백꽃처
럼 살고 싶은 시인의 욕망을 표출한 것으로 보인다.
　　2017년에 『낯익은 초면』(제27집)이 출간된다. '큰시와 함께하는 백두

산 문학탐방'과 '동인 신간 시집' 해설, 그리고 동인들의 신작시를 수록하고 있다. '큰시와 함께하는 백두산 문학탐방' 코스는 단동, 환인, 통화, 백두산, 집안이었으며, 백일장 행사를 마련하여 수상작을 실은 것도 의미가 크다고 하겠다. 그리고 양선규 시집 『나비의 댓글은 향기롭다』의 해설은 길상호 시인이, 최대규의 『정원학 강의』 해설은 박종빈 시인이 맡아 두 시인의 시세계를 보여주고 있다. 다음해에는 『세상의 모든 소리』(제28집)이 발간된다. 특집으로 〈대학문학동아리 초대〉를 마련하여 충남대 시목문학동인회와 한남대 청림문학동인회 학생들의 풋풋한 시를 감상할 수 있다. 고완수, 김완하, 김채운, 박권수, 박기임, 박인정, 박종빈, 양선규, 양인경, 윤종영, 정바름, 정하윤, 최대규의 신작시들이 실려 있다. 또 다른 특집으로 김완하, 양인경, 정바름 시집 약평들이 수록되어 있다. 신작시 중에는 박인정의 「아궁이」를 보기로 한다.

내 눈도
네 눈도 붉다
심호흡 깊게 하고
하늘의 아궁이에 지펴놓은 불을 본다
작은 산은 큰 산의 품에 안기고
제 그림자를 지우는 시간
붉고 붉어서 어두워지면
지우개 지나간 자리
붉었던 기억으로 따뜻해지겠지

                              - 박인정, 「아궁이」 전문

붉은 저녁노을을 아궁이에 비유하여 새로운 의미를 보여주는 시이다.

저녁노을을 단순히 어둠 이전 단계로 보는 것이 아니라 저녁노을에 온기를 넣어 어둠 속에서도 '따뜻함'을 지닌 대상으로 보고 있다. 어둠 속에 저녁노을이 함몰되는 것이 아니라 어둠 속에 저녁노을의 흔적(火印)을 간직하고 있는 것이다.

작년에 『오래된 나무는 안다』(제29집)를 내놓는다. 동인들의 신작시와 특집 1 '내 마음의 풍경 대전', 특집 2 동인 신간 시집 해설 등이 실려 있다. 대전의 다양한 풍경을 담은 사진과 시를 볼 수 있다. 고완수와 김채운 시인의 대표시와 시집 해설(남기택, 오홍진)이 두 시인의 시의 지형도를 보여주고 있다. 눈에 띄는 작품으로 김채운의 「대전역-지하에서」, 정하윤의 「소녀의 일기 - 위안부 소녀의 꿈」 등이다.

> 되짚어올 거리만큼만 내달렸지,
> 떠남과 돌아옴의 경계 그 안전선 언저리에서
> 가슴 졸이며 머뭇거렸을 뿐
>
> 나 이제라도 길 잃어야겠네,
> 나 이제부터
>
>   - 김채운, 「대전역-지하에서」 전문

> 시퍼런 창틀 위로 여리고 하이얀
> 나비가 날아들었다
> 적삼처럼 얇은 날개 위로
> 짙어지고 온 하늘은
> 얼마나 무겁고 먼 것일까

그 무게를 가늠할 수 있을 때
돌아갈 수 있으려나
그리운 집으로 나의 집으로

앙상한 손등 위로
나비가 날아 앉았다
사뿐 사뿐히

눈 감으면 고향이 코앞인데
눈을 뜨면 여전히 머나먼 이곳

찰랑찰랑 늙은 소의
종소리와 함께 노을과 나란히
걸어오시던 아버지

사립문 앞에 서서
너울너울 손 흔들던
어머니의 뒷모습

가자 가자 함께 가자 하이얀 나비야
저 바람에 몸을 싣고 날아가 보자
저 강물에 몸을 싣고 흘러가 보자
그리운 집으로 나의 집으로
　　　　　- 정하윤, 「소녀의 일기 - 위안부 소녀의 꿈」 전문

위의 시는 역에서 역으로 달리는 기차를 통해 자아성찰을 하고 있는

작품이다. "되짚어올 거리만큼만" 달리고, "떠남과 돌아옴의 경계 그 안전선 언저리"에서 벗어나지 않은 기차를 보며 지금까지 '미지의 세계'보다는 '기지의 세계'에 안주했던 자신을 반추하고 있다. 그리하여 시인은 "나 이제라도 길 잃어야겠네/ 나 이제부터"라고 하여 새로운 미지의 세계, 보아온 세계가 아니라 보이지 않는 다른 세계로 나아가겠다고 다짐한다. 아래의 시는 일제강점기 자신의 의지와는 상관없이 끌려가 젊음을 빼앗긴 위안부 소녀의 꿈을 나비를 통해 보여주고 있다. "찰랑찰랑 늙은 소의/ 종소리와 함께 노을과 나란히/ 걸어오시던 아버지"가 있고, "사립문 앞에 서서/ 너울너울 손 흔들던/ 어머니"가 있는 곳인 고향으로 돌아가고 싶은 위안부 소녀의 욕망을 표출하고 있다. 위안부 소녀에 대한 시인의 따뜻한 시선을 느낄 수 있다.

1990년에 결성된 '큰시'가 걸어온 30년의 역사를 동인지 중심으로 살펴보았다. 동인지 결호도 없이, 동인들이 뜻을 모아 여기까지 오게 된 데에는 먼저 80년대 문학의 연장에서 새로운 시를 모색하기 위해 모인 동인들의 문학적 열정과 패기를 꼽을 수 있다. 오랜 기간 김완하 시인을 비롯하여 양선규, 윤종영, 정바름, 주용일, 정용재 시인 등이 애정을 가지고 공동체의식 속에서 문학적 열정을 보여준 결과라 할 수 있다. 그리고 '살아있는 정신', '올바른 만남', '열린 미래'라는 모토를 들 수 있다. 고정된 것이 아니라 생생하게 살아있는 정신을 바탕으로 진실과의 올바른 만남을 통해 열린 미래를 열어간다는 지향점이 있었기에 가능했던 것이다. 또한 '지금-여기'의 현실에 대한 직시와 로컬리티(대전)에 대한 지속적인 관심을 들 수 있다. '광우병 파동', '4대강', '세월호', '국정농단' 등에 대한 현실적인 문제와 대전지역의 고유성에 대한 관심을 보여준 결과라 할 수 있다.

이제 '큰시'는 다시 앞으로 10년, 20년을 내딛을 준비를 하고 있다. '살아있는 정신', '올바른 만남', '열린 미래'라는 모토를 바탕으로 '지금-여기'의 현실 속에서 어떠한 시를 보여줄지 기대된다.

- 『큰시』 30집 발문, 2020년

김현정

충남 금산에서 태어났으며 대전대학교에서 수학했다. 1999년『작가마당』을 통해 비평활동을 시작했다. 2002년 한국연구재단의 지역학 과제에 참여하면서 대전·충청지역의 문학에 대해 관심을 갖게 된 이후 지금까지 지역문학을 연구하고 있다. 저서로『한국현대문학의 고향담론과 탈식민성』,『대전·충남문학의 향기를 찾아서』,『대전·충청지역의 고향시』(공편),『시인 박용래』(공편) 등이 있으며, 현재 세명대학교 교양대학 교수로 재직 중이다.

연민의 시학
- 대전·충청의 문학과 로컬리티

초판 1쇄 인쇄 2021년 12월 14일
초판 1쇄 발행 2021년 12월 24일

지 은 이　김현정
펴 낸 이　이대현

책임편집　이태곤
편　　집　권분옥 문선희 임애정 강윤경
디 자 인　안혜진 최선주 이경진
마 케 팅　박태훈 안현진

펴 낸 곳　도서출판 역락
주　　소　서울시 서초구 동광로46길 6-6 문창빌딩 2층(우-06589)
전　　화　02-3409-2055(대표), 2058(영업), 2060(편집) FAX 02-3409-2059
이 메 일　youkrack@hanmail.net
홈페이지　www.youkrackbooks.com
등　　록　1999년 4월 19일 제303-2002-000014호

ISBN 979-11-6742-230-9　03810

*정가는 뒤표지에 있습니다.
*잘못된 책은 바꿔 드립니다.

*이 책은 대전광역시, (재)대전문화재단에서 사업비 일부를 지원 받았습니다.